骗 局

[美] 丹·布朗 —— 著
朱振武 信艳 王巧俐 —— 译

Deception Point
Dan Brown

人民文学出版社
PEOPLE'S LITERATURE PUBLISHING HOUSE

著作权合同登记号　图字 01-2013-8105

Dan Brown
Deception Point

Copyright © 2001 by Dan Brown
Published in agreement with Sanford J. Greenburger Associates, LLC. through Andrew Nurnberg Associates International Limited.
Simplified Chinese edition copyright © 2017 by Shanghai 99 Readers' Culture Co., Ltd.
All rights reserved.

图书在版编目(CIP)数据

骗局/(美)丹·布朗著；朱振武，信艳，王巧俐译．—2版．—北京：人民文学出版社，2017
(丹·布朗作品：纪念珍藏版)
ISBN 978-7-02-012688-0

Ⅰ.①骗… Ⅱ.①丹… ②朱… ③信… ④王… Ⅲ.①长篇小说-美国-现代 Ⅳ.①I712.45

中国版本图书馆CIP数据核字(2017)第080677号

责任编辑　刘　乔
特约策划　邱小群
封面设计　聂永真

出版发行　**人民文学出版社**
社　　址　北京市朝内大街166号
邮政编码　100705
网　　址　http://www.rw-cn.com

印　　制　莱芜市圣龙印务有限责任公司
经　　销　全国新华书店等

开　　本　890毫米×1240毫米　1/32
印　　张　15
字　　数　418千字
版　　次　2006年3月北京第1版　2009年4月北京第2版
印　　次　2017年9月第1次印刷

书　　号　978-7-02-012688-0
定　　价　57.00元

如有印装质量问题，请与本社图书销售中心调换。电话：010-65233595

译 者 序

美国畅销书作家丹·布朗凭借其小说《达·芬奇密码》刮起了一阵文化悬疑小说的旋风。与风靡全球的《达·芬奇密码》相比，丹·布朗此前创作的三部小说《数字城堡》、《天使与魔鬼》和《骗局》此时也不甘示弱，可谓本本叫座，全部进入二〇〇四年美国图书年度销量排行榜前十名。在短短两年的时间里，布朗有三部小说的中译本相继亮相中国书市，引发了中国的"丹·布朗"热，也带动了中国的悬疑小说创作。

现在的丹·布朗似乎风光无限，但是他成功的过程却是挫折连连。一九九六年，丹·布朗的处女作《数字城堡》与读者见面。这部小说赶上了电子时代的时髦，但却略显超前了些，再加上当时约翰·格里森姆和斯蒂芬·金的风头仍健，因此它没能引起读者群和评论界的普遍关注。不过，丹·布朗独特的叙事风格和情节模式在他的这部处女作中已经成形。在接下来的《天使与魔鬼》中，丹·布朗采用后现代主义小说中不确定的文本中心意义，逐一消解了人性与神性、善与恶、科学与宗教这些在传统价值体系中处于二元对立的中心概念。从阅读深度上来看，这是小说质的飞跃。丹·布朗二〇〇一年出版的第三部小说《骗局》涵盖了多个学科和畅销小说的各种要素，但可惜的是，它生不逢时。依照美国传记作家莉萨·罗格克所著的《〈达·芬奇密码〉背后的人——丹·布朗传》中的观点，《骗局》一书涉及的是政府机关和总统腐败的问题，这在"9·11事件"激起了美国人无比热忱的爱国心之后，显得不是很合时宜。《骗局》出版之后，丹·布朗开始构思《达·芬奇密码》，并于二〇〇三年初隆重推出。这部小说顿时引起了关注，一时洛阳纸贵，竟到了炙手可热的地步。人们回过头去再看丹·布朗的前几部作品，发现原来它们都极具可读性，每部书都是拿起来就放不下，而且读上几遍都不厌。许多人都觉得读他的书不光可以开心解颐，而且还能开启心智，增长知识。

《骗局》于二〇〇一年十一月由阿特里亚图书出版公司出版精装本，平装本由袖珍图书出版公司于二〇〇二年十二月出版。《华盛顿邮报》评论说："这是一部情节紧张、悬疑迭起的杰作，令人不忍释卷。"《圣彼得堡时报》评论道："《骗局》是一部不容错过的政治惊悚小说，它向你展示了一项惊人的科学发现、一桩高明的骗局和一系列美国政治黑幕。"同其他几部小说一样，《骗局》也是以一起神秘的谋杀案开篇。在人迹罕至的北极圈，美国地质学家查里·布罗菲被两个彪形大汉扔进一个冰河的裂隙中……美国总统大选在即，共和党总统候选人参议员塞奇威克·塞克斯顿猛烈抨击现任总统的航空航天政策，得到了大多数美国选民的支持，形势对现任总统的连任极为不利。就在这个关键时刻，美国国家航空航天局向总统报告了一项惊人的科学发现。总统特派雷切尔·塞克斯顿，也就是总统的竞选对手的千金小姐前往北极，与酷哥迈克尔·托兰以及几位来自不同领域的杰出科学家一道进行实地调查。雷切尔和迈克尔意外地发现了一场令人震惊的科学大骗局。而与此同时，杀手也正在一步步向他们逼近。雷切尔和迈克尔·托兰在北极圈内与强悍的杀手和恶劣的环境做拼死斗争，支撑他们活下来的动力就是要找出策划这一系列阴谋的元凶和两个人相互萌生的爱情……

小说一开始就把读者带到了冰川覆盖、气候恶劣的北极圈。"在这荒凉孤寂之地，一个人怎么死都有可能。"开篇第一句话就渲染了整个故事的氛围，定下了紧张的基调，抓住了读者。读者一直在疑惑、焦虑、期待、解密，而作者却十分从容地一直将这个谋杀悬念延宕到第九十章。读者直到故事接近尾声时才恍然大悟，从而产生一种如释重负的阅读快感。这部小说几乎每章都有悬念，玄机重重，所有秘密直到最后才被揭开。在叙事模式上，布朗通过两条线索和多个场景展开故事。一边是在冰天雪地的北极，女主人公雷切尔和搭档托兰为逃避特种部队的追杀,开始了惊险刺激的逃亡之旅;而另一边则是在政治风云中心华盛顿,美国总统大选正如火如荼地进行,政客们在策划一个个政治阴谋。小说中的三角洲特种部队也始终是个谜团。到底是谁控制着这个特种部队?这些人又为什么要追杀这些科学家?谁会在这场角逐中成为赢家?这些悬念贯穿着整部小说,吊足了读者的胃口。

该小说的成功之处还在于其中涉及了多个领域的知识。看过丹·布朗其他作品的读者无不为作者广博的知识所折服。《骗局》亦不例外。小说涉及了海洋学、冰川学、古生物学、天文学、地质学、天体物理学、气象学以及航天科学和军事科学等领域的专门知识,同时还牵扯到美国国家航空航天局、美国国家侦察局、三角洲特种部队等多个美国政府秘密机构。显然,布朗在创作之前曾进行过大量认真细致的研究和调查。这也是丹·布朗四部小说都能畅销的一个重要原因。

当然,丹·布朗小说的成功还有一个原因,那就是他的小说在摒弃二元对立的同时还侧重对伦理道德的思考,并将这种思考通过雅俗相融的手法进行表达。他的作品不存在一种建立在好与坏、真与假、美与丑、正义与邪恶的原则上的伦理和审美体系,许多情节往往是在正义与非邪恶的人物之间展开的,这是"提倡二者兼容式思想方法的各种小说家所坚持的主张"。[1] 这倒让我们更加看到了作者面对现实世界所产生的人文焦虑。《数字城堡》对这种人文焦虑乃至科技伦理就予以充分关注,他的其他几部小说也传递了人们的当下关怀。《天使与魔鬼》主要探讨了科学与宗教之间几千年来人们都很难说清楚的关系。同时作者也提出了一个人们正面临的问题,那就是科学到底向何处去。在《骗局》中,读者也一样可以感受到作者对当下社会的科学、政治和国家安全的深切关怀。《骗局》以美国总统大选为背景,关注政治道德、国家安全与保密高科技之间的矛盾,这既促进了人们

---

[1] 萨克文·伯科维奇:《剑桥美国文学史》(散文作品),北京,中央编译出版社,2005年,第468页。

对美国政治及一些政府绝密机构的了解，也激起了人们对被高新科技包围着的日常生活及政治生活的许多问题的积极思考。

在美国文学史上，严肃文学常常从通俗文学中汲取营养。丹·布朗的小说可以说是消除了"高雅艺术"与"通俗艺术"的对立的典范。正如詹姆逊所说："到了后现代主义阶段，文化已经完全大众化了，高雅文化与通俗文化，纯文学与通俗文学的距离正在消失。"丹·布朗极力合并各种经典体裁，又博采通俗的边缘体裁和亚体裁，如哥特小说、神秘小说、侦探小说和科幻小说之所长，但其作品的终端形态并不拘泥于其中任何一种。这种创作常规的打破，无疑为丹·布朗的小说带来极大的叙述自由。

丹·布朗的小说在世界各地取得了极大的成功，其原因自然是多方面的，但其深层原因却主要在于其文本中对传统文化的颠覆性阐释，对宗教与科学之间的关系的重新梳理，对当下人们内心焦虑的形象传递及其融雅入俗、雅俗同体的美学营构，这些要素满足了不同层面读者的审美诉求，激起了人们心灵深处的情感共鸣，引发了人们对既定的历史、对传承已久的经典文化和膜拜多年的宗教与科学的重新理解和审视。丹·布朗的几部作品在很大程度上既迎合了人们重构文化的意愿，也顺应了商业社会中雅俗文学合流的趋势。我们可以说，丹·布朗的作品让人们对小说这一久已低迷的文学样式刮目相看，使小说在各种新的文艺样式和媒体手段的混杂、挤压乃至颠覆的狂潮中又巩固了自己的一席之地。

最后，我再说一下这部小说书名的翻译。小说原名 Deception Point，我们起初想译成《圈套》，有的读者来信建议译成《瞒天过海》《欺骗要诀》或《骗点》等，我们觉得这些译名都很有创意，但考虑到作品中涉及"骗局"的语汇很多，为了在最大程度上忠实于原文，同时也为了避开黑市上先此而出的那本标着同样出版社和主译者的盗版《圈套》，最后还是决定将之译成《骗局》。丹·布朗的小说涉及学科广泛是人所共知的。他创作每部小说之前首先要进行大量的实地研究以及图书材料和专业知识、特别是高新科技信息的"取证"工作，就与小说有关的各方面知识请教大批的专家学者和专业工作人员，术语之多、之专、之新、之难都是文学翻译中比较少见的。在翻译过程中，我们主要依据的工具书是陆谷孙先生主编的《英汉大辞典》，《大不列颠百科全书》，和商务印书馆出版的《英语姓名译名手册》和《外国地名译名手册》。我们真诚地感谢一直关注丹·布朗作品中译本的热心朋友和广大读者，感谢人民文学出版社的领导和编辑的指导和通力合作，感谢那些不厌其烦地解答我们在翻译丹·布朗系列作品过程中遇到的各种专业问题的专家们，感谢从各个角度帮助和鼓励我们的外国文学专家、翻译家、评论家以及新闻工作者。陆谷孙先生在《英汉大辞典》的前言中引用十八世纪英国诗人 Alexander Pope 的那句英雄体偶句说得好：To err is human; to forgive, divine.（凡人多舛误，惟神能见宥。）我曾戏谑地跟一家出版社的老总说："一将功成万古枯，一书译罢满头秃。"完成一部作品的翻译很难。在审美意象、思维和视角上与原作保持相似性，为读者奉上既符合汉语读者阅读习惯又忠实于原作内容和风格的译文，是我们一直追求的目标。为了译好丹·布朗的作品并及时奉献给广大读者，我们殚精竭虑，绞尽脑汁，但由于我们的水平有限，舛译之处在所难免，殷切期望广大读者提出批评和建议，我们会尽最大努力做好我们的工作。

朱振武
二〇〇五年冬至之夜于上海寓所

鸣　谢

　　衷心感谢杰森·考夫曼高明的指导和颇有洞见的编辑才能；感谢布莱思·布朗孜孜不倦的研究和富有创意的建议；感谢我的好朋友杰克·埃尔韦尔；感谢国家安全档案馆；感谢国家航空航天局公共事务办公室；感谢斯坦·普兰顿，感谢他一如既往地在所有事情上向我提供信息；感谢国家安全局；感谢冰川学家马丁·杰弗里斯；感谢才华横溢的布雷特·特罗特、托马斯·纳德奥和吉姆·巴林顿。还要感谢康尼·布朗和迪克·布朗、美国情报政策文献资料工程、苏珊娜·奥尼尔、玛吉·瓦赫特尔、莫里·斯泰特纳、欧文·金、艾莉森·麦金内尔、玛丽·戈尔曼和斯蒂芬·戈尔曼；感谢卡尔·辛格博士、斯克里普斯海洋学研究所的迈克·拉茨博士、美光电子公司的阿普里尔、埃丝特·桑、国家航天航空博物馆、吉恩·奥尔门丁格博士、桑福德·格林伯格公司的盖世无双的海德·兰格和美国科学家联合会的约翰·派克。

本书作者声明

　　三角洲部队、美国国家侦察局和太空前线基金会都是真实机构，本书所描述的种种技术皆现实存在。

比尔·克林顿总统的话

  该项发现若得以证实,则是科学对我们所处的宇宙所能揭示的最为发聋振聩的洞见之一,我们可以想象其意义之深和惊世骇俗之甚,这可能会使我们最古老的一些疑问得到诠释,但也将提出另外一些更为本原的问题。

  一九九六年八月七日,在 ALH84001 发现后的新闻发布会上

楔　子

在这荒凉孤寂之地，一个人怎么死都有可能。地质学家查尔斯·布罗菲在这壮观的蛮荒之地一待就是几年，但对这就要降临到头上的异乎寻常的兽行，他还是始料不及。

布罗菲的四只猎狗拉着装有地质检测设备的雪橇在冻土带穿行着，突然，几只狗放慢了脚步，向天上望去。

"姑娘们，怎么了？"布罗菲迈步下了雪橇，对着几只猎狗问道。

透过密集的暴风云，只见一架双旋翼运输直升机在低空盘旋着，战斗机般异常敏捷地向着冰川降落下来。

这就怪了，布罗菲心想。他还从没在这么北的地方见过直升机。直升机在五十码外的地方着了陆，扬起了一阵冰冷刺骨的颗粒状的雪花。几只猎狗低声吠叫着，眼睛里充满了警觉。

直升机的舱门滑动着打开了，两个大汉跳了下来。他们身穿可以应对各种风霜雨雪的白色制服，手里端着步枪，迫不及待地径直朝布罗菲奔了过来。

"是布罗菲博士吗？"其中一个大汉喊道。

布罗菲大惑不解地问道："你怎么知道我的名字？你是哪位？"

"请把你的无线接收机拿出来。"

"你说什么？"

"照着做！"

布罗菲满腹狐疑地从风雪大衣里掏出无线接收机。

"我们需要你发送一份紧急公告，把无线接收频率降到一百千赫。"

一百千赫？布罗菲更加茫然了。这么低的频率是什么信息也收不到的。"出了什么事故吗？"

另一个大汉举起步枪，瞄准布罗菲的脑袋说道："没有时间跟你废话。照着做！"

布罗菲浑身颤抖着调试着传输频率。

先下来的那个大汉递给布罗菲一张打着几行字的记事卡，命令道："把这条信息发出去。立即发。"

布罗菲看了看那张卡片。"我不明白。这条信息有误。我还没……"

另一个大汉用步枪紧紧地顶住了布罗菲的太阳穴。

布罗菲颤抖着发送那条稀奇古怪的信息。

"很好！"头一个大汉说，"你和你的狗马上都滚到飞机里去。"

在枪口的威逼下，布罗菲把几只狗和雪橇都顺着滑梯弄上了直升机。他们刚刚站稳，飞机就离开了地面，机头转向了西方。

"你们到底是什么人？"布罗菲追问道，穿着风雪大衣的他惊出了一身汗。那条信息是什么意思呢？

两个大汉一言不发。

直升机向上攀升着，狂风撕扯着未拉上门的舱口。布罗菲的四只猎狗仍套在被拉上飞机的雪橇上，低声呜咽着。

"总该关上舱门吧，"布罗菲哀求道，"你看不见我的狗都很害怕吗？"

那两个大汉不予理睬。

直升飞机爬升到四千英尺的高空，下面是一连串的冰川和冰隙，这时，飞机陡然向内侧倾斜过来。两个大汉突然站起了身，二话没说，抓起那个满载的雪橇就向舱门外推去。布罗菲目瞪口呆地看着四只猎狗徒劳地抵御着那巨大的重力。转眼间，四只猎狗一下子就没了影儿，嚎叫着被重物拽着甩出了舱外。

布罗菲不由得狂叫着跳了起来，但立即被两个大汉牢牢地抓住了。他们把他径直拖向舱门。布罗菲吓得魂飞魄散，他挥动着双拳，试图挣脱那两双正把他推出舱门的大手。

但无济于事。眨眼工夫，他已经朝着下面的冰川坠了下去。

第 1 章

毗邻国会山的图卢兹饭店拥有牛犊肉和白汁红肉[1]等政治不正确的美味佳肴,这使这家饭店成了华府要人精英们工作早餐会的首选,真是让人啼笑皆非。今天早上,图卢兹饭店又是一番忙碌——刺耳的银制餐具的当啷声,咖啡机的转动声,使用移动电话的交谈声,都交织在一起。

饭店老板趁人不注意呷了一口清晨的红玛丽混合酒,正在这时,一个女人走了进来。老板转过身,老练地笑了笑。

"早上好!"老板赶忙迎道,"我能为您效劳吗?"

那女人很妩媚,三十四五岁,上身穿一件乳白色劳拉·阿什利牌的短上衣,下身穿灰色褶皱法兰绒长裤,脚蹬一双不太时尚的平底鞋。她站在那里,很挺拔——下颏微微抬起——不是傲气,结实而已。这女人的头发略显淡褐色,发型做的是华盛顿最流行的那种——就是电视节目主持人的那种——一头浓密的秀发,在齐肩的地方向内鬈曲着,长短恰到好处,既不乏性感,又让人感到她的聪颖过人。

"我来迟了一点,"那女人说,声音透出一种谦和,"我约好了在早餐会上见塞克斯顿参议员。"

老板的神经不由自主地猝动了一下。塞奇威克·塞克斯顿参议员。他是这里的常客,眼下可是全国最出名的人物之一。上星期,他在超级星期二[2]一举击败了全部十二名共和党候选人。现在,这位参议员实际上已经被确定为该党派美国总统的候选人。许多人都认为,明年秋季是塞克斯顿参议员从那个焦头烂额的总统手里巧妙地夺取白宫主人地位的绝佳时机。最近,塞克斯顿在各大杂志上频频露面,他

---

[1] 白汁红肉,配有调味汁的生牛肉片,因意大利画家卡尔帕乔(Carpaccio,1450—1525)擅用红白两色而得名。
[2] 超级星期二是总统竞选初选日,通常在三月份。

的竞选口号贴遍了美国的大江南北:"停止挥霍,开始改善。"

"塞奇威克·塞克斯顿在包间里。"老板说,"那您是……?"

"雷切尔·塞克斯顿,我是他的女儿。"

我可真够笨的,老板心想。那长相明摆着。这女人继承了参议员那敏锐的双眸和优雅的举止——那种圆通的雍容的贵族气质。很显然,参议员那标准的长相直接遗传给了雷切尔,然而雷切尔·塞克斯顿身上有一种特有的慈悲胸怀和谦恭之态,这点是她的老爸需要学一学的。

"欢迎您光临,塞克斯顿女士。"

老板领着参议员的女儿穿过就餐区,众多男性的目光立刻都聚焦到了这个女人的身上……这让老板感到了不大自在。有些人还算文质彬彬,另一些人可就不同了。在图卢兹饭店就餐的女人本来就少,而像雷切尔·塞克斯顿这样的女人更是少而又少。

"够窈窕的。"一个就餐的男子低声说道,"难道塞克斯顿又找了位太太?"

"那是他的千金,你这个糊涂蛋。"另一个人纠正道。

那人轻声笑了。"狡猾的塞克斯顿,没准哪天就把她干了。"

雷切尔来到了父亲的餐桌旁,这位参议员正在打电话,大侃特侃他最近过五关斩六将的事儿。他只是抬起眼皮瞄了雷切尔一眼,敲了一下手上的卡迪亚手表,示意她来迟了。

我也想你,雷切尔心想。

雷切尔的父亲原本叫托马斯,但他早就用中名取而代之了。雷切尔猜想这是因为他喜欢押头韵的缘故。塞奇威克·塞克斯顿参议员。[1] 别看已经满头银发,他可是个巧舌如簧的"政治动物",他曾经被化装成肥皂剧中一脸狡黠的医生的样子,考虑到他的表演天赋,那副样子还真是恰如其分。

---

[1] 塞克斯顿参议员的全名叫 Thomas Sedgewick Sexton(托马斯·塞奇威克·塞克斯顿),参议员的英文是 senator,Sedgewick(塞奇威克)是他的中名,与他的姓 Sexton(塞克斯顿)正好押头韵 S/S/S。

"雷切尔！"她的父亲咔嚓一下关了手机，站起身来亲了她一下。

"你好，爸爸。"她并没有回吻他。

"你看上去很累。"

就这样开始了，她想。"我收到了你的信息。出了什么事？"

"我就不能请我的女儿在外面吃早饭吗？"

雷切尔早就知道，她的这位父亲要是没有秘而不宣的目的是不会让她来作陪的。

塞克斯顿呷了一小口咖啡问道："怎么样，你还好吧？"

"就是忙。看得出，你的竞选进展得不错。"

"哦，咱们不要谈公事，"塞克斯顿凑上前来，压低了声音说，"我跟你提的国务院的那个家伙怎么样了？"

雷切尔轻吁一口气，努力克制着自己看表的冲动。"爸爸，我确实没有时间给他打电话，而且我希望你别再指望——"

"雷切尔，你该腾出点时间来做重要的事。没有爱，一切都毫无意义。"

雷切尔真想回敬父亲几句，但她还是选择了沉默。只要机会来了，做一个更为重要的人物，她爸爸肯定游刃有余。"爸爸，你不是想见我吗？你说这才重要。"

"没错。"父亲的双眼仔细审视着她。

在父亲的审视下，雷切尔觉得自己的拒斥心理有点冰释了，她真诅咒父亲的权威。这眼神是父亲的看家本领——这种本领，雷切尔猜想，可能会使父亲入主白宫。如果有必要，他可以一下子就热泪盈眶，而一会儿那双眼睛又可以泪痕全无，将激情洋溢的灵魂打开一扇窗，把信任的纽带伸向每一个人。这些都是为了信任的缘故。她的父亲总是这么说。塞克斯顿参议员好几年前就失去了雷切尔对他的信任，但他很快就赢得了全国人民的信任。

"我给你个提议。"塞克斯顿参议员说道。

"让我猜猜看。"雷切尔答道，想再次强调自己的态度，"是不是哪个有头有脸的离异老夫要娶个小媳妇啊？"

"别拿自己开涮,亲爱的。你可没那么年轻了。"

雷切尔感到一种似曾相识的自己在缩小的感觉,这是她每次与父亲相见时都有的感觉。

"我想给你一只救生筏。"塞克斯顿参议员说。

"我还不觉得我淹着了。"

"你是没有淹着,但总统可淹着了。你应该脱开干系,现在还为时未晚。"

"你这不是老生常谈吗?"

"想想自己的前途吧,雷切尔。你可以来为我工作嘛。"

"但愿这不是你叫我来吃早餐的原因。"

塞克斯顿参议员略微有点儿沉不住气了。"雷切尔,你看不出你为他工作对我影响很坏吗?而且影响到我的竞选。"

雷切尔叹了口气,她和父亲已经为此事吵过了。"爸爸,我不是为总统工作,我甚至连见都没见过他。我在费尔法克斯[1]工作,上天可以作证。"

"从政要有洞察力,雷切尔。你给人的感觉是在为总统工作。"

雷切尔慢慢地吁了口气,尽量使自己冷静下来。"我费了九牛二虎之力才得到这份工作,爸爸。我不会辞职的。"

塞克斯顿参议员眯起双眼,说道:"你知道,有时候你的这种自私态度的确……"

"您是塞克斯顿参议员吧?"餐桌旁突然闪出个记者。

塞克斯顿参议员的态度立刻缓和了下来。雷切尔咕哝了一声,从桌子上的筐里拿起一个羊角面包。

"我叫拉尔夫·斯尼登,"那位记者说,"《华盛顿邮报》的记者。我可以问您几个问题吗?"

参议员用餐巾纸轻轻擦了擦嘴,笑容可掬地说道:"很荣幸接受你的采访,拉尔夫,不过最好长话短说,我不想弄冷了我的咖啡。"

---

[1] 费尔法克斯(Fairfax),美国弗吉尼亚州东北部城市,位于华盛顿特区西南面。

那位记者听了这话立刻笑了起来。"这是当然,先生。"他拿出微型录音机,一边打开,一边说道,"参议员,您的电视宣传呼吁立法以保证男女同工同酬……还有,对新组建的家庭要实行税减。您能说说您这样做的根本原因吗?"

"当然可以。我只不过是特别希望女人和家庭都强大起来。"

一旁吃着羊角面包的雷切尔差点没噎着。

"还有,在家庭问题上,"记者追问道,"您就教育问题发表了不少言论。您建议削减一些争议颇多的预算,以便为我们国家的学校多拨些款项。"

"我相信孩子们是我们的未来。"

父亲竟沦落到引用流行歌词的地步,雷切尔简直不敢相信。

"先生,还有最后一个问题。"那记者又说道,"过去的几周里,您的选票激增,这使总统颇伤脑筋。您对您最近的成功怎么看?"

"我想这都离不开诚信二字。美国人民现在已经看出,总统在国家面临的棘手问题的处理上已经没有诚信可言。政府的开销失控使这个国家债台高筑,人们已经意识到,到了'停止挥霍'和'扭转局势'的时候了。"

雷切尔在大放厥词的父亲的旁边忍受着煎熬,这时,像是有意使她逃避一会儿似的,她手袋里的传呼机突然嘟嘟地响了起来。要在平常,这种尖锐的电动声音并不讨人喜欢,可这会儿,这声音听起来倒有几分悦耳了。

塞克斯顿参议员的话被打断了,他愤怒地瞪着眼。

雷切尔从手袋里掏出传呼机,按照预设的顺序揿了五个按钮,以确认她的确就是传呼机的主人。嘟嘟的声音停止了,液晶显示屏闪烁着。十五秒钟后,她就能收到一条可靠的文字信息。

拉尔夫·斯尼登对着塞克斯顿参议员咧嘴笑了笑,说:"令爱显然是个忙人,你们父女二人百忙之中还能拨冗聚餐,真是别有情致。"

"我说过,家庭是第一位的。"

斯尼登点头称是,但紧接着,他又盯着塞克斯顿参议员,目光冷峻地问道:"先生,我可以问一下,您和令爱是怎样处理你们之间的利益冲突的呢?"

"冲突?"塞克斯顿参议员歪着头,一脸茫然无辜地问道,"你指的是什么冲突?"

雷切尔翻了翻眼皮,一脸怪相地看着父亲演戏。她完全清楚记者的言下所指。该死的记者,她心里想。这帮家伙有一半人吃的都是政治饭。这个记者的问题就是平时那帮采访人所说的"葡萄柚"——一个貌似刁难、实则对参议员极为有利的他早已打好草稿的问题——这是她的父亲可以组织的,猛力击出场外的缓慢低手球,以消除民众对某些事情的猜疑气氛。

"这个,先生……"斯尼登轻咳了一声,做出因这个提问而难为情的样子说,"这个冲突就是令爱在为您的竞选对手效力。"

塞克斯顿参议员突然大笑,立刻弱化了这个问题。"拉尔夫,首先,总统和我不是对手。我们只不过是两个对于怎样管理我们所热爱的这个国家持不同政见的爱国者。"

那记者脸上立刻露出欣慰之色。他言词辛辣地问道:"那其次呢?"

"其次,我的女儿并不是受雇于总统,她是受雇于情报部门。她把情报汇编起来,然后呈给白宫。这是个很低的职位。"塞克斯顿参议员顿了顿,看了看雷切尔接着说道,"事实上,亲爱的,我想你连总统都没见过,是这样吗?"

雷切尔瞪起了眼睛,满眼怒火。

这时,她的传呼机又尖声叫了起来,雷切尔这才将目光转移到液晶显示屏的信息上。

—RPRT DIRNRO STAT—

雷切尔立刻破译了这条缩略短信,不由得蹙起了双眉。这个信息出乎她的预料,基本上可以肯定是个坏消息,但她总算找到了脱身的理由。

"先生们,"她说,"我真是极不情愿,但不得不告辞。我得赶去上班了。"

"塞克斯顿女士,"那记者赶紧说道,"我不知道您是否能回答我一个问题再走。有传言,您今天约令尊共进早餐就是讨论辞去现在的工作来帮助父亲竞选一事的可能性,您能否就此发表一下看法?"

雷切尔感到像是被人往脸上泼了一杯滚烫的咖啡似的。这问题使雷切尔完全措手不及。她看了看父亲,从他那得意的笑容里,雷切尔觉察到这个问题是早有预谋的。她真想跃过餐桌一叉子给他戳过去。

那记者把录音机推到雷切尔的面前追问道:"说说吧,塞克斯顿小姐?"

雷切尔与这位记者四目相对。"拉尔夫,或者不管他妈的你是什么东西,你听好了:我没有任何放弃我现在的工作并为塞克斯顿参议员效力的打算。你要是发表与此相反的话,你得弄一个鞋拔把那个录音机从你的屁眼儿里挖出来。"

那记者惊得目瞪口呆。他咔哒一声关了录音机,掩饰着脸上的笑意道:"谢谢二位。"然后就消失了。

雷切尔立即后悔自己的失态。她继承了父亲的脾气,为此,她恨自己的父亲。顺顺气,雷切尔,好好顺顺气。

塞克斯顿参议员颇为不满地瞪着她说:"你应该学会心平气和。"

雷切尔一边收拾自己的东西一边说道:"早餐会到此结束。"

显然,参议员也只能就此结束了。他拿出手机准备打电话,一边说道:"再见,宝贝儿,最近哪天得闲了顺便到我办公室来走走,看看我。还有,看在上帝的分上,结婚吧。你都三十三岁了。"

"是三十四。"雷切尔厉声说道,"你的秘书还给我发过贺卡呢。"

参议员深表同情地关注道:"三十四岁,差不多是个老姑娘了。你知道,我三十四岁的时候都已经——"

"不就是娶了妈妈,奸了邻居吗?"雷切尔没想到自己的这句话说得那么响,声音清晰地回荡在餐室里,显得很不合时宜。周围用餐的客人的眼神都向这里瞥来。

塞克斯顿参议员突然瞪起双眼,冷漠地盯着雷切尔道:"你要注意自己的言行，年轻的女士！"

雷切尔径直向门口走去。不，你才应该注意自己的言行，参议员！

第 2 章

三个人一言不发地坐在热技术抗风暴帐篷里。帐篷外，凛冽的寒风吹打着帐篷，像是要将它连根拔起似的，但三个人却一点也不在意，他们都看得出，眼前的形势远比这肆虐的寒风威胁大。

他们的帐篷是一片白色，扎在一个不太深的凹地里，一点都不显眼。他们的通讯设备、交通工具和武器装备都是超一流的。三个人中的组长是一个代号叫"三角洲一号"的人，这人肌肉发达，身手灵活，眼神却像他所处的这片地域一样显得一片凄凉。

三角洲一号手腕上的军用手表发出了尖厉的叫声，与此同时，另外两个人手腕上的手表也都叫了起来。

又过去了三十分钟。

到时间了。又到了。

三角洲一号本能地离开了他的两个伙伴，迈步走进了寒风呼啸的夜色之中，用红外线望远镜瞭望着月光下的地平线。像往常一样，他聚焦在那座建筑物上。那建筑离这儿有一千米远，是一个耸立在这不毛之地的硕大无朋、令人难以置信的庞然大物。自打这东西建立起来后，他已经和他的行动小组观察了十天。三角洲一号敢肯定，里面的情报将会改变这个世界。有些人已经为了保护这个建筑丢了性命。

这会儿，那座建筑的外面显得非常宁静。

然而，里面发生的事才是真正的考验。

三角洲一号返回到帐篷里，对他的两名组员说道："绕飞时间到。"

两个人都点了点头。高个头的是三角洲二号，他打开一台便携式电脑，开了机。在电脑屏幕前坐好之后，三角洲二号把手放在一个自动操纵杆上猛推了一下。一千米以外，一个深深隐藏在那幢建筑里的蚊子般大小的监视机器人收到了这一指令，立刻活动起来。

第 3 章

雷切尔·塞克斯顿驾驶着白色本田英特格拉轿车奔驰在利斯堡高速公路上，余怒未消。福尔斯彻奇[1]山麓上光秃秃的枫树挺拔地伸向三月里的晴空，但宁静的景色对于平息雷切尔的怒气几乎未起到任何作用。父亲最近在大选中的突飞猛进本应多少给他一种自信的气度，但却好像只是激起了他自大的心理。

塞奇威克·塞克斯顿参议员的欺世盗名使雷切尔倍感痛心，因为他是雷切尔所剩的唯一直系亲属。雷切尔的母亲三年前就已去世，妈妈的死对雷切尔来说像是塌了天，这一伤痛至今还噬咬着她的心。雷切尔的唯一慰藉是，她知道妈妈对于自己与那位参议员的痛苦婚姻深感绝望。具有讽刺意味的是，死神出于怜悯之心将妈妈解放了出来。

雷切尔的传呼机又响了起来，把她的思绪又拉回到了前面的公路上。她收到的信息和刚才的完全一样。

——RPRT DIRNRO STAT——

即刻向国侦局局长汇报。她叹了口气。天哪，我这就来了！

雷切尔感到越来越不安，她把车开到了往常的那个出口处，拐上一条列兵把守的通道，在一个戒备森严的岗亭前急停了下来。这就是利斯堡公路 14225 号，全美最隐蔽的所在之一。

---

1 福尔斯彻奇（Falls Church），美国弗吉尼亚州东北部的独立市，在华盛顿（哥伦比亚特区）此西。

哨兵对轿车进行着安检，雷切尔凝视着远处庞大的建筑群。这座一百万平方英尺的综合建筑群气势雄伟地坐落在华盛顿特区外、弗吉尼亚州费尔法克斯市的一片六十八英亩的森林当中。建筑正面是一面单向玻璃壁，把大批的信号接收器、密密麻麻的天线以及周围地面上的一些高科技设施都反射出来，使这些数量本来就多得令人敬畏的设施看起来又多了一倍。

两分钟后，雷切尔停好了车，穿过修剪齐整的草地，来到了主人口处，此处立着一方花岗岩指示牌，上面刻着这么几个字：

国家侦察局

端立于旋转防弹门两侧的两名海军陆战士兵径直盯着从他们中间走过去的雷切尔。雷切尔每次穿过这道门时都有着相同的感觉——一种走进一个熟睡的巨人肚腹之中的感觉。

走进拱状门厅，雷切尔感到周围都轻轻地回响着秘密交谈的声音，这声音好像是从头顶上的办公室里渗透出来的一样。一块巨大的用花砖装饰的马赛克标明了国家侦察局的工作宗旨：

在和平及战争期间
使美国在掌控全球情报方面处于领先地位

这里的墙上挂满了巨幅照片，都是些关于火箭发射、潜水艇下水仪式、情报拦截装置等一些只能关起门来唱赞歌的杰出成就。

像往常一样，雷切尔感到外面世界的诸多问题正消失在她的身后，自己正走进一个虚幻的世界。在这个世界里，问题像货物列车一样呼啸而来，而答案却几乎是低声细语地分发出去的。

雷切尔走到了最后一道安检口，她很纳闷，她的传呼机半个钟头响了两次，到底是什么事儿。

"早上好，雷切尔女士。"警卫看着走近钢门的雷切尔微笑着打了声招呼。

雷切尔从警卫的手里接过了一个小刷子，也报以微笑。

"你知道怎么做。"警卫说。

雷切尔接过那个高度密封的小棉刷，解开了塑料封盖，把它像体温计那样放进自己的嘴里，在舌头底下放了两秒钟，然后，她身体前倾，让警卫把小棉刷取走。警卫把弄湿了的小棉刷插进身后的一台机器的小孔里。四秒钟后，机器证实雷切尔的唾液的 DNA 数据准确无误。紧接着，监视屏闪烁着打开了，上面出现了雷切尔的相片和准许参加机密工作的许可。

警卫眨了眨眼说道："看来你依旧是你。"他从机器上取出那个使用过的小刷子丢进了一个开口处，小棉刷在里面立即化为灰烬，"祝你一天好运。"他揿了一个按钮，巨型钢门转动着打开了。

雷切尔在闹哄哄的、迷宫似的走道里穿梭着。别看在这里六年了，但面对这庞大的运转系统，她还是感到有些胆怯，这让她很震惊。这个机构还包括美国另外六个永久性军事基地，雇用特工一万多名，其运转经费每年超过一百亿美元。

国家侦察局在绝密的情况下建立并养护着一座令人震惊的最前沿的间谍技术宝库：全球电子情报拦截装置、间谍卫星、电信产品中的无声嵌入式继电器芯片，甚至还有被称为"经典奇才实用程序"的全球海军侦察网络，这是一个由安装在全球海底的一千四百五十六个水中测音器组成的秘密网络，能够监测世界任何地方轮船的活动情况。

国侦局的技术装备不光是帮助美国在军事冲突中立于不败之地，还为中央情报局、国家安全局和国防部等机构源源不断地提供和平时期的各种资料，帮助他们挫败恐怖主义，为破坏环境的罪行定位，为政策制定人提供所需的信息，以使他们在面对堆积如山的问题时做出明智决定。

雷切尔在这里做的是"情报分析员"的工作。分析，或者说是信息归纳，需要分析复杂的报告，对材料的实质或"要点"进行过滤，形成一个个简洁的单页报告。事实证明，雷切尔在这方面很有天赋。

这都得益于那些年里对父亲的弥天谎言进行归纳整理,她想。

就这样,雷切尔占据着国侦局这个显要的岗位——白宫的情报联络人。她要从国侦局每天的情报汇报中进行仔细筛选,要判断出哪些情况与总统有关,要把那些报告提炼成一个个单页报告,然后把写成梗概的材料发送给总统的国家安全顾问,雷切尔对这一工作兢兢业业。用国侦局的话说,雷切尔·塞克斯顿是"出成品并直接为那个客户服务的"。

这项工作尽管难度不小,且每天要工作很长时间,但对雷切尔来说却像是枚荣誉奖章,是一种维护自己独立于父亲的方式。塞克斯顿参议员曾无数次提出,只要雷切尔放弃这个工作,他就为她提供所需的一切,但雷切尔压根儿没打算在经济上依赖于像塞奇威克·塞克斯顿这样的男人。依赖一个手里握着太多牌的男人会有什么结果,她母亲就是一个很好的例子。

雷切尔传呼机的叫声在大理石的走廊里回荡起来。

怎么又响了?她顾不上看是什么信息。

雷切尔思忖着到底是什么事情,走进电梯,跳过自己办公的那层楼,径直去了顶楼。

第 4 章

把国侦局局长称做相貌平常其实是言过其实了。国侦局局长威廉·皮克林身材袖珍,他有着苍白的皮肤、容易被人遗忘的面孔、光秃秃的脑袋和淡褐色眼睛。他的这双眼睛虽然可以审视全国最深层的机密,但看起来却像是两个浅浅的水塘。然而,对那些在他手下工作的员工来说,皮克林可是个必须仰视的人。皮克林乖顺的个性和朴素的人生哲学在国侦局是有名的。这人无声无息,兢兢业业,加上一身黑装,大家送给他一个绰号,叫"贵格会教徒"。皮克林是个出色的战略家和效率的楷模，他以无与伦比的清醒管理着他的这片天地。他的"咒语"是："找到真相，立即行动。"

雷切尔到达局长办公室的时候，局长皮克林正在打电话。雷切尔每次看到他都觉得惊讶：威廉·皮克林可以随时把总统从睡梦中叫醒，他根本不像是一个掌握着如此大权的人。

皮克林挂了电话，招手叫雷切尔进去。"塞克斯顿探员，请坐。"他的嗓子显然有些酸痛。

"谢谢您，先生。"雷切尔坐了下来。

尽管皮克林身边的人对他的直率举止都觉得不是很舒服，雷切尔倒是一直都挺喜欢他的。他和雷切尔的父亲正好形成鲜明的对照……其貌不扬，特征全无，怀着一种忘我的爱国精神做着自己分内的工作，尽量避免出风头，而那正是她的父亲所热衷的。

皮克林摘下了眼镜，紧盯着雷切尔说道："塞克斯顿探员，总统半个钟头之前打电话给我，和你有直接关系。"

雷切尔变换了一下坐姿。皮克林一向以开门见山著称，这不，又来了，她想。"但愿不是我提炼的报告出了问题。"

"恰恰相反，总统说白宫的工作人员对你的工作都很满意。"

雷切尔轻轻地吁出了一口气。"那他要干什么？"

"要见你，亲自见你，立即见你。"

雷切尔越发不安起来。"亲自见我？什么事？"

"非常好的问题。他不肯告诉我。"

雷切尔闹不明白了。对国侦局局长保密无异于对教皇保守梵蒂冈的秘密。情报部门的一个经典笑话就是，威廉·皮克林不知道的事还没发生呢。

皮克林站起身来，在窗子前踱着步子。"他叫我立即和你联系，把你送去见他。"

"现在就去？"

"他已经派了车，就在外面等着。"

雷切尔皱了皱眉。总统的要求倒没什么让人紧张的，可是皮克林脸上那关爱的神情却让她着急。"显然您持保留态度。"

"我肯定会有异议！"皮克林表现出一阵少有的激动，"总统阁下的安排似乎尚欠考虑。你是眼下正和他竞选白宫主人位置的那个人的女儿，而他却要私下见你？我觉得这太不合适了。当然，你父亲毫无疑问不会有任何异议。"

雷切尔知道皮克林说得对——她倒不在乎她父亲是怎么想的。"你难道怀疑总统的意图吗？"

"我立誓为眼下的白宫政府提供情报支持，而不是为他们提供政治活动上的判断。"

典型的皮克林式的答复，雷切尔意识到。威廉·皮克林并不隐瞒对那些在政治斗争场所迅速闪过的傀儡政客们的看法，在那些角逐场所，真正的玩家却是皮克林这样的人——一些有着远见卓识、混迹政坛多年且懂得游戏规则的老练的玩家。在白宫干满两届，皮克林经常说，对领会全球政治风云那错综复杂的形势仍是不够的。

"也许这只是个简单的要求。"雷切尔说道，心想，但愿总统不会在竞选问题上耍什么低级的花招，"也许他需要把某个敏感的材料压缩一下。"

"那还不至于，塞克斯顿探员，白宫有的是合格的情报分析员，需要的话，他可以信手拈来。如果是内政方面的事情，总统应该清楚不用找你。如果不是，他毫无疑问应该知道不能要见国家侦察局的资产，而又不愿让我知道他找你是干什么。"

皮克林总是把他手下的人称做资产，这种方式让许多人都感到窘迫而又心寒。

"令尊在政治上可是势头正健。"皮克林说，"相当不得了。白宫方面已经很紧张了。"他叹了口气又说道，"政治可是个玩命的买卖。总统要见竞选对手的女儿，我猜他心里想的可不光是情报的事。"

雷切尔隐约感到一丝凉意。皮克林的第六感往往没错，这很不可思议。"你是担心白宫在万般无奈的情况下会把我搅和进政治旋涡？"

皮克林顿了顿说:"在对你父亲的感觉上,你并没有完全保持沉默,我几乎不会怀疑帮助总统竞选的人马对你们父女失睦这一点有所察觉。我突然感到他们可能会用你来对付你的父亲。"

"我是和谁签的约?"雷切尔半开玩笑地说。

皮克林对这玩笑看上去并不感兴趣。他严肃地看着雷切尔说:"给你一句忠告,塞克斯顿探员。如果你感到你和你父亲的个人问题会干扰你在处理总统问题上的判断的话,那我强烈劝告你拒绝与总统的这次会面。"

"拒绝?"雷切尔不安地笑了笑,"我绝对不能拒绝总统。"

"你是不能,"皮克林说,"但我能。"

皮克林的话很低沉,使雷切尔想起了皮克林被称作"贵格会教徒"的另一个原因。别看皮克林身材矮小,要是有人同他作对,他能掀起政治波澜。

"在这个问题上我的担心很简单。"皮克林说,"我有责任保护那些为我工作的人,即使是那种含糊的暗示,说他们中的一个有可能被当做政治游戏中的砝码,我都不愿意。"

"那您看我该怎么办?"

皮克林叹了口气道:"我看你还是去见他,但什么都别答应。总统一告诉你他到底是如何打算的,就打电话给我。要是我看出他跟你玩弄强硬的政治手腕,相信我,我会帮你迅速摆脱窘境,且让他不知道是怎么回事。"

"谢谢您,先生。"雷切尔从局长的身上感受到一种关爱的气息,这正是她经常渴望从父亲那儿得到的,"您说总统已经派车来了?"

"这话说得不算很准确。"皮克林皱了皱眉,用手指着窗外说。

雷切尔满腹狐疑地走过去,顺着局长手指的方向朝外望去。

一架平头的 MH-60G 型"铺路鹰"号直升机慵懒地停在草坪上,上面饰有白宫标记,"铺路鹰"号是有史以来速度最快的直升机之一。飞行员站在飞机旁,正在看时间。

雷切尔转过身,不敢相信地问皮克林:"这儿离特区只有十五英里的路,白宫竟然派了架'铺路鹰'?"

"显然,总统希望你既不会受宠若惊,也不要有被逼之感。"皮克林看着她说道,"我希望你两种感觉都没有。"

雷切尔点了点头。显然,她两种感觉都有。

四分钟后,雷切尔·塞克斯顿走出了国侦局,爬上了等候在外面的直升机。还没等她扣好安全带,"铺路鹰"号已经升到空中,一个斜转弯,急速飞过弗吉尼亚州的丛林。雷切尔向外凝视着下面疾驰而过的树木,感到脉搏在加快。要是她知道这架飞机永远也到不了白宫的话,她的脉搏还要加快。

第 5 章

尽管凛冽的寒风猛烈地吹打着热技术抗风暴帐篷,三角洲一号却几乎没有察觉。他和三角洲三号都把注意力集中在那个正熟练操纵着手中的控制杆的战友身上。面前屏幕上播放着通过嵌在微型机器人身上的针孔摄像机传输过来的现场画面。

真是个绝妙的监视工具,三角洲一号心中暗想,每次使用它,他都惊叹不已。近来,在微型机械学领域,现实的发展似乎超越了小说中的想象。

微电子机械系统,即微型机器人,是最新型的高科技监视工具,人们把它叫做"不被察觉的观察技术"。

非常贴切。

虽然微型遥控机器人听起来像是科幻小说中才有的,但实际上它们早在二十世纪九十年代就已经出现了。一九九七年五月,《探索》杂志上刊登过一篇封面故事,介绍了"飞行"型及"游泳"型两种微型机器人模型。那种会游泳的微型潜艇式机器人和盐粒差不多大小,就像电影《奇幻之旅》[1]中演的那样,可以注入人的血管里。如今人们已将这种微型机器人作为一种先进的医疗设备投入使用,医生通过遥控使其在动脉中游走,观察其实况传输的静脉内部图像,从而不需开刀即可确定患者血栓的位置。

令人意想不到的是,制造微型飞行机器人原来是件更为简单的事儿。自"小鹰号"飞机出现后,让机器飞上天的空气动力学就已成为一门普及学科,而留待解决的只有微型化问题。第一批微型飞行机器人只有几英寸长,是美国国家航空航天局为未来火星计划而设计的无人探测器。如今,纳米技术的发展、轻型能量吸收材料的开发和微型机械学的进步早已使微型飞行机器人成为现实。

真正的突破源自于仿生学——模仿自然界万物特征的一门新兴学科。袖珍蜻蜓机器人,正如结果证明的一样,是那种灵活且高效的理想模型。三角洲二号目前放飞的PH2型机器人只有一厘米长——与一只蚊子大小差不多,还有两对粘上去的透明硅箔翅膀,赋予了它无与伦比的空中灵活性和高效率。

另一大突破是微型机器人充电技术的改进。最早的一种微型机器人模型只有在明亮的光源正下方盘旋才能给电池充上电,既不便于执行秘密行动又不适于在黑暗环境中使用。但是,新型机器人只要停在磁场周围几英寸的范围内就可以充电。便捷的是,在现代社会,磁场随处可见,而且安置隐蔽——电源插座、电脑显示器、电动机车、话筒和手机,隐蔽的充电站似乎从不缺少。微型机器人一旦成功进入某个区域,就可以几乎无限制地传输声音与图像。三角洲部队使用的PH2型机器人一个多星期以来一直在不停地传输信息,至今还未出现过任何状况。

此时此刻,那个微型飞行机器人像一只逡巡在又大又深的谷仓里的虫子一样,无声无息地悬在那个巨大的圆顶屋中央的寂静的半空

---

1 Fantastic Voyage,《奇幻之旅》,这部电影于一九六六年由美国导演理查德·弗莱谢尔根据美国生物化学家、作家艾萨克·阿西莫夫的科幻小说改编而成,电影讲述的是一艘潜艇被缩小后进入人体的故事。

中。机器人从空中俯瞰着下面,在毫无察觉的人群——各个研究领域内的技术人员、科学家和专家上方盘旋。PH2还在盘旋着的时候,三角洲一号发现了两张正在交谈的熟悉面孔。他们有可能是打击的对象。他指示三角洲二号降低飞行高度,准备监听。

三角洲二号操纵着控制杆,打开了机器人上的声音传感器,调好椭圆形扩音器的方向,然后降低微型机器人的飞行高度,停在了那些科学家头顶上方十英尺的地方。传输信号虽然微弱,但声音还能听得出。

"我还是不敢相信这是真的。"一位科学家说道。自从四十八小时前到了这儿,他声音里就一直透着那么股兴奋劲儿。

和他对话的那个人显然也和他一样激动。"你这辈子……想没想过,自己竟会亲眼看到这种事情?"

"从来没想过,"那位科学家笑着回答,"这简直就像一场美梦!"

三角洲一号早已听够了,显然圆顶屋内事情进展得就和预料的一样。三角洲二号控制机器人从谈话人身旁飞走,又回到原来的藏身地。他将这个微型机器人神不知鬼不觉地停在一台发电机的气缸旁边,PH2型机器人的电池立刻就开始为下一次任务充电了。

第6章

"铺路鹰"号直升机一下子冲入清晨的天空,雷切尔·塞克斯顿凝神思索着早上发生的种种怪事,直到急速飞行的飞机就要越过切萨皮克湾时,她这才意识到飞机正朝着完全错误的方向飞行。她脑中迅速闪过一丝疑虑,接着,马上就被恐惧填满了。

"嘿!"她对这位飞行员大喊,"你在干什么?"旋翼转动的巨大声响几乎盖过了她的声音,"你应该送我去白宫!"

这位飞行员摇了摇头,"抱歉,女士。总统今天早上不在白宫。"

雷切尔努力回想当时皮克林是否曾特别提到过白宫，难道是她自己在想当然？"那么总统在哪儿呢？"

"您将在别的地方与总统会面。"

放屁。"别的什么地方？"

"现在已经不远了。"

"我问的不是这个。"

"还有十六英里。"

雷切尔蹙起眉头，望着他。这个家伙真该去做政客。"你躲枪子儿的技术是不是和你回避问题的本事一样高呀？"

飞行员没有回答。

不到七分钟，飞机就飞过了切萨皮克湾。飞行员看到陆地后，便驾驶飞机向北侧倾斜，沿着狭窄半岛的边缘飞了过去，雷切尔看到那里有一排跑道和几栋军事大楼模样的建筑。飞机朝那群建筑低空飞去，雷切尔随后便认出了那个地方。岛上的六个火箭发射坪和烧焦的火箭发射架是很好的线索。即使这还不够，一座大楼屋顶上用油漆粉刷着的五个大字也再清楚不过了：瓦勒普斯岛。

瓦勒普斯岛是美国国家航空航天局最古老的发射中心之一。现在它仍用于卫星发射与飞机试飞，是国家航空航天局不为外人所知的基地。

总统在瓦勒普斯岛？这没道理呀。

飞行员调整着飞机的航线，使其沿着那串贯穿整个狭窄半岛的三条跑道飞行。他们看来像是要飞向中间那条跑道的尽头。

飞机开始减速。"您会在总统的办公室里见到他的。"

雷切尔转头望着他，思忖着这个家伙是不是在开玩笑。"美国总统在瓦勒普斯岛还有办公室？"

驾驶员看上去非常严肃。"只要总统愿意，他在哪儿都可以有办公室，女士。"

他指了指跑道的尽头。雷切尔看到远处一个闪闪发光的庞然大物，惊得差一点停止心跳。即使中间相隔了三百码，她还是一眼认出了那架改装的747飞机的淡蓝色机身。

"我要在飞机上见他……"

"是的，女士。他的专机离开了基地。"

雷切尔瞪大双眼望着窗外的巨型飞机。这架负有盛名的飞机的军事秘密代号是VC-25-A，不过世人却都知道它的另一个名字：空军一号。

"看来今天早上您要登上那架新飞机了。"飞行员指了指飞机尾翼上的数字，说道。

雷切尔面无表情地点了点头。美国很少有人知道实际上投入使用的有两架空军一号——两架相同的特制747-200-B型飞机，一架尾号是28000，另一架是29000，其飞行巡航速度都是每小时六百英里，而且经过改装后可进行空中加油，这就使它们可以进行真正意义上的无限飞行。

"铺路鹰"号直升机降落在总统座机旁的跑道上，雷切尔一下子明白了有关空军一号是美军总司令"可携带的主场优势"的说法。这架飞机是个很有威慑力的景观。

总统乘机出访别国首脑时，常常要求——出于安全因素的考虑——在他那架停在跑道上的座机上会面。虽然部分原因是为了安全，但另一个动机无疑是希望利用飞机那赤裸裸的威慑力，在谈判中占据优势。参观空军一号可要比任何一次白宫之行都要令人惧怕。飞机机身上印着几个醒目的六英尺高的大字——美利坚合众国。一位英国内阁的女成员曾经指控尼克松总统在邀请她一起登上空军一号时，对着她"晃动他的阳具"。后来，机组成员开玩笑地把这架飞机叫做"大鸡巴"。

"您是塞克斯顿女士吧？"一位身着鲜亮夹克的特工人员出现在直升机的外面，为她打开了机门，"总统正在等您。"

雷切尔走下直升机，抬头凝望着空军一号鼓起的机身和陡直的舷梯。走进这个会飞的阴茎中。她曾经听说这个空中"总统办公室"内部面积超过四千平方英尺,内设四间独立的私人卧室、二十六名机组成员的休息铺位和两个可为五十人提供餐点的厨房。

攀登舷梯时,雷切尔发觉那名特工紧跟在身后,催促她爬上去。在高高的上方,飞机上的机舱门开着,就像一头庞大的银色鲸鱼体侧的一个小小刺痕。雷切尔朝黑乎乎的通道走了过去,感到自信正开始从她身上一点点地消失。

放松点儿,雷切尔。这只不过是一架飞机而已。

登楼梯平台时,那名特工人员礼貌地扶着她的胳膊,将她领进一个狭窄得令人惊讶的走廊。他们向右一拐,走了几步,然后进入了一个奢华且宽敞的座舱。雷切尔立刻认出了这个曾在照片上见过的房间。

"在这里等一下。"那名特工人员说完就不见了。

雷切尔独自一人站在空军一号上这间镶着木板的著名的前舱中。这就是那个用于会客、款待政要、显然还要把第一次来这里的乘客们吓个半死的房间。这个房间与飞机等宽,黄褐色的厚地毯从这头铺到那头。室内的装饰无可挑剔——一张糖槭木的会议桌,周围是科尔多瓦皮座扶手椅,抛光黄铜落地灯立在欧洲大陆式沙发的旁边,红木小吧台上摆放着手工蚀刻的水晶玻璃器皿。

可想而知,波音公司的设计师们精心设计出了这个前舱是要给乘客们一种"宁静且井然有序的感觉"。虽然这样,宁静感却是雷切尔·塞克斯顿此刻最无法体会到的。她脑子里唯一想到的是曾有过多少位世界首脑就坐在这个房间里,做出了影响世界发展方向的决定。

房间里的一切无不显示着权力,从上好的烟斗丝淡淡的香味到无处不在的总统印章,莫不如此。零星散放的靠垫上绣的和冰桶上刻的都是紧抓着弓箭与橄榄枝的鹰,就连吧台上的软木垫上也印着这个图案。雷切尔拿起一个杯垫,仔细端详了起来。

"这就开始偷纪念品了?"她的身后响起一个低沉的声音。

雷切尔吓了一跳,一个转身,手中的杯垫掉在了地板上。她笨拙地跪下来,想要捡起那个杯垫。她一把抓起杯垫,扭头发现美国总统正低头看着她,脸上露出了愉快的笑容。

"我又不是王室成员,塞克斯顿女士。你真的没必要对我行屈膝礼。"

第7章

塞奇威克·塞克斯顿参议员美美地坐在他的林肯加长型豪华轿车里,轿车迤逦而行,穿梭在华盛顿早晨的车流中,朝他的办公室驶去。在塞克斯顿对面,加布丽埃勒·阿什,这位芳龄二十四的私人助理正把今天的日程安排读给他听。可塞克斯顿几乎就没听。

我爱华盛顿,他心里嘀咕着,同时以赞赏的眼光端详着这名助手被细羊绒衫包裹的姣好身段。权力是最强烈的催情剂……它把这样的女人成群结队地带到华盛顿来。

加布丽埃勒毕业于纽约州的常春藤名校,她梦想着有朝一日能成为一名参议员。她也能成的,塞克斯顿想。她长得极美,头脑又十分敏锐。最重要的是,她懂游戏规则。

加布丽埃勒·阿什是个黑人,但她的茶色皮肤更接近一种深黄褐色或是红褐色,属于那种让人赏心悦目的中间色。塞克斯顿知道,假惺惺的"白人"很容易认可这种颜色。塞克斯顿向他的密友描述加布丽埃勒具有哈莉·贝瑞的脸蛋和希拉里·克林顿的头脑与抱负,不过有时候他认为连这样的说法都是打了折扣的。

自从三个月前他把加布丽埃勒晋升为自己的私人竞选助理之后,加布丽埃勒就成了他的一大法宝。更绝的是,她只工作,不拿钱。她一天工作十六小时,所得的补偿就是跟一位久经沙场的政治家一起,在战场上了解种种内幕。

当然了,塞克斯顿心满意足地想,我已经劝导过她,不要只顾干活儿。塞克斯顿给加布丽埃勒升职后,马上邀请她晚上到自己的私人办公室来开一个"工作介绍会"。正如他所料,他那年轻的助理追星般地来了,殷勤之意溢于言表。塞克斯顿凭着他控制了数十年的持久的耐心,使出浑身解数……赢得了加布丽埃勒对自己的信任,小心翼翼地消除了她的顾虑,极尽挑逗勾引之能事,最终,就在自己的办公室里,把她给干了。

塞克斯顿深信,那是这个年轻女人一生中最有性满足感的一次经历,然而,到了白天,加布丽埃勒分明对这次行为失检深感懊悔。她十分尴尬,提出要辞职,但塞克斯顿一口拒绝了。加布丽埃勒留了下来,不过她的意思十分清楚。从那以后他们之间就一直是纯粹的工作关系。

加布丽埃勒微翘的双唇还在一张一合。"……不希望你今天下午没精打采地走进美国有线电视新闻网的辩论现场。我们还不知道白宫派谁来做对手。你要好好读一读我打印的这些备注。"说完,她递给他一个文件夹。

塞克斯顿接过文件夹,她身上散发出的香水味与这舒适的皮椅的味道混合在一起,让他感到十分受用。

"你没听我说。"她说。

"我当然在听,"他咧嘴一笑,"别去管这场有线电视新闻网的辩论了。最坏的情形,就是白宫怠慢我,派了一个低级的竞选实习生来。最好的情形,就是他们派出一个大腕,我会把他当我的午餐的。"

加布丽埃勒皱起了眉头。"嗯。我已经在你的备注里列出了对方最可能提到的不利话题。"

"无疑,都是惯常的问题。"

"有一条新的。我觉得,你也许会面临来自同性恋团体的强烈对抗情绪,他们是冲着昨晚你在拉里·金[1]节目中的评论来的。"

塞克斯顿几乎没听,他耸了耸肩膀道:"不错。同性婚姻这档子事。"

---

[1] Larry King,拉里·金,美国一档电视实况采访节目主持人。

加布丽埃勒不满地看了他一眼,说:"你就是宣布过强烈反对此事。"

同性婚姻,塞克斯顿想起来就觉得恶心,要照我来说,这些男同性恋连投票权也不该有。"好吧,我会把气势降低一点。"

"好。在某些热门问题上,你最近的态度有点激烈。别趾高气扬的,公众一转眼就会改变立场的。这个时候你正处在上升阶段,而且势头很好,悠着点。没有必要今天就把球踢出场,尽管玩儿下去吧。"

"白宫方面有没有消息?"

加布丽埃勒显得有点为难,表情却是愉快的。"还是保持沉默。这只是官方的表现;你的对手已经成了'看不见的人'。"[1]

塞克斯顿简直不相信他近来交上了这等好运。几个月来,总统一直在为竞选的事奔波操劳。之后,很突然地,就在一周前,他把自己反锁在总统办公室里,从此谁也没见过他,也没听说他有什么动静。好像总统完全不敢面对越来越高的选民拥护塞克斯顿的呼声。

加布丽埃勒用一只手梳理了一下她拉直的黑发,说道:"我听说白宫的竞选班子和我们一样都被搞糊涂了。总统没有做出任何解释就这样消失了,那边所有的人都很生气。"

"有什么看法呢?"塞克斯顿问道。

加布丽埃勒透过她那副带着学者派头的眼镜盯着他,说:"结果是,今天上午,我从白宫内部的一个熟人那儿得到了一些有意思的消息。"

塞克斯顿一下子就明白了她眼中的那种神色。加布丽埃勒·阿什又一次获得了某条内部消息。塞克斯顿忖着她是不是告诉了某个不太重要的总统助理什么鬼话,以此换得竞选内情。不过塞克斯顿不在乎……只要消息能源源不断地来。

"传言,"他的助理压低了声音道,"自从上周与美国国家航空航

---

[1] Invisible Man,《看不见的人》,美国黑人作家拉尔夫·埃里森(Ralph Ellison, 1914—)的代表作。

天局局长进行过一次紧急的秘密会晤后,总统的言谈举止就有些怪异。从表面上看,总统开过那次会后,一脸的震惊。紧接着,他立即取消了自己的日程安排,并且从此以后跟国家航空航天局保持着密切联系。"

当然了,塞克斯顿十分喜欢这话的言外之意。"你认为有可能是国家航空航天局提供了更多坏消息?"

"这倒像是一个合理的解释,"她满怀希望地说,"不过要让总统放下一切事情,情况肯定很紧急。"

塞克斯顿琢磨着这一点。显然,只要是跟国家航空航天局沾了边的事,都只能是坏消息。不然的话,总统早该以此当面指责我了。近来,塞克斯顿一直狠狠地攻击总统对国家航空航天局所做的投资。这个航天机构最近一连串失败的行动和庞大的预算超支让人觉得它信誉有问题,这变成了塞克斯顿反对庞大的政府费用超支和工作低效的非正式宣传物。不可否认,攻击国家航空航天局——显示美国人的骄傲的最重要的标志之一——并不是大多数政治家想到的赢取选票的方式,但是塞克斯顿拥有一个别的政治家都没有的武器——加布丽埃勒·阿什,以及她那毫发无爽的直觉。

几个月前,这个精明的年轻女人在塞克斯顿的华盛顿竞选办公室里做调度员时就引起了塞克斯顿的注意。由于塞克斯顿在初选中远远落后,对他暗示的政府超支的观点,人们充耳不闻,加布丽埃勒·阿什就给他写了个条子,暗示他可以从一个全新的角度来进行竞选的角逐。她告诉参议员,他应该攻击国家航空航天局庞大的预算超支费用和白宫持续不断的财政援助,以此作为赫尼总统草率行事、花费过度的典型事例。

"国家航空航天局大把大把地花掉了美国人的钱,"加布丽埃勒写道,并列出了一系列财务数据、财务上的失误以及财政援助等,"而选民却压根儿就不知情。要是他们知道了的话,会被吓坏的。我认为你应该把国家航空航天局的问题上升为一个政治问题。"

塞克斯顿对她的幼稚嗤之以鼻。"喔,那我攻击国家航空航天局的时候，还要反对在棒球赛上高唱国歌了。"

接下来的几个星期中，加布丽埃勒不断地向参议员的桌上发去有关国家航空航天局的信息。塞克斯顿越看这些信息就越觉得这个年纪轻轻的加布丽埃勒·阿什说得在理。即使是以政府机构的标准来看，国家航空航天局也的确是一个骇人的吃钱的无底洞——它耗资巨大，效率低下，而且，最近几年来简直就不中用了。

一天下午，塞克斯顿参加了一个教育类的广播访谈节目，主持人逼问塞克斯顿准备从哪儿筹集资金进行自己承诺的对公立学校的彻底改革。塞克斯顿打算检验一下加布丽埃勒在国家航空航天局问题上的那套说法，他半开玩笑似地答道："教学资金？呃，也许我会把太空计划削减一半。我认为，如果国家航空航天局每年都要在天上花掉一百五十亿的话，我就该在这里，在地上的孩子们身上花掉七十五亿。"

在广播信号发射间里，塞克斯顿的竞选干事们听到他信口开河，吓得倒抽了一口气。毕竟，整个竞选运动还不至沦为对国家航空航天局的胡乱攻击。一时间，广播台的电话指示灯不断闪烁着。塞克斯顿的竞选干事们胆怯了，太空爱国者们则逡巡着寻找机会给对方致命的一击。

接着，意想不到的事发生了。

"每年一百五十亿？"第一个打进电话的人叫道，听上去着实震惊了，"竟要以十亿为单位计算？你这不就是告诉我，学校请不起足够多的老师，因此我儿子的数学课堂上人满为患，而国家航空航天局却每年花掉一百五十亿美元来拍摄太空中的灰尘吗？"

"呃……是的。"塞克斯顿谨慎地回答。

"荒唐！总统有权采取相关措施吗？"

"当然，"塞克斯顿获得了一点信心，答道，"总统可以否决任何机构提出的他或她认为耗资过多的预算请求。"

"那么好，我投您一票，塞克斯顿参议员。花一百五十亿进行太空研究，却让我们的孩子们没有了老师。太无耻了！祝您好运，先生。我希望您在竞选中一路走好。"

下一个电话接进来了。"参议员,我刚刚看到,国家航空航天局的国际空间站大大超过了预算,而且总统还在考虑给国家航空航天局紧急资助,好让这个项目继续进行,这是真的吗?"

听到这个,塞克斯顿陡然来劲儿了。"千真万确!"他解释道,那个空间站本来是一个合作项目,由十二个国家平摊成本。然而,空间站的建设开始后,该项目的预算便一路飙升,完全失去了控制,因此,许多国家心怀厌恶地纷纷退出。然而,总统非但没有削减这个项目,反而决定为那些退出的国家支付费用。"我们花在国际空间站项目上的钱,"塞克斯顿宣称,"已经从计划的八十亿升到了令人瞠目结舌的一千亿美元了!"

电话那头听起来十分愤怒。"总统为什么不收手呢?"

塞克斯顿真该亲这个家伙一口。"问得好极了。不幸的是,这个空间站的三分之一已经在轨道上运行,总统把你们交的税款都投在这里面了,所以,他就此罢手的话就等于承认自己用你们的钱犯了一个损失达数十亿美元的错误。"

电话一个接一个地打了进来。有史以来第一次,似乎美国人民觉醒了,意识到国家航空航天局不过是可有可无的——并非是一项国家固定资产。

这场作秀结束时,除了少数几个国家航空航天局的死硬派打进电话,态度强硬地提起人类对知识的永恒追求外,大多数人的意见已经很清楚了:塞克斯顿的竞选意外地发现了竞选活动的"圣杯"——一个新的"热键"——一个尚未碰过、触动选民们神经的富有争议的问题。

接下来的几周,塞克斯顿在五轮决定性的初选中彻底击败了对手。他宣布加布丽埃勒·阿什为他的新任私人竞选助理,大大赞赏她把国家航空航天局的问题摆到了选民面前来。塞克斯顿大手一挥,就使一位年轻的非裔美国姑娘成了一颗冉冉上升的政坛新星,而他的种族主义和性别歧视的投票记录问题一夜间就荡然无存了。

这个时候，塞克斯顿和加布丽埃勒两人一起坐在轿车里，塞克斯顿知道加布丽埃勒已经又一次证明了她的价值。她带来的新消息，上周国家航空航天局局长与总统的秘密会晤显然表明更多的麻烦正在等候着国家航空航天局——说不定又有哪个国家把钱从国际宇宙空间站撤走了。

轿车经过华盛顿纪念塔时，塞克斯顿参议员不禁感到，冥冥之中，他已被选中了。

第 8 章

别看扎克·赫尼总统已经登上了世界上最强大的政治权力的宝座，其实他只不过中等个头，体格单薄，肩膀瘦削。他脸上长着色斑，戴着一副双光眼镜，头上的黑发也日渐稀疏了。但是，他那毫不起眼的外表跟他所博得的下属们对他如对君王般的爱戴却形成了鲜明的对照。人们都说，只要见过扎克·赫尼一次，你就愿意一辈子追随他，为他赴汤蹈火。

"很高兴你能赶到。"赫尼总统说着，伸出手来跟雷切尔握手。他的手又温暖又亲切。

雷切尔忍着沙哑的嗓音说道："当……当然，总统先生。见到您，我很荣幸。"

总统向她露出一个亲切的笑容，雷切尔此时亲身感受到了赫赫有名的赫尼式的和蔼可亲。这个男人长着一张政治漫画家喜爱的随和脸孔，因为画家们所表现的人物再怎么走样，也没有人会认错此人自然而然表现出来的友善和亲切的笑容。他的目光总是流露出真诚和尊贵的气质。

"请跟我来，"他以一种愉快的口气说道，"我已为你叫了一杯咖啡。"

"谢谢您，先生。"

总统按下对讲机，叫人把咖啡送到他办公室里来。

雷切尔跟着总统穿过机舱，她不禁注意到，对于一个在投票中处于劣势的人来说，他显得过分高兴、过分放松了。他的穿着也很随意——蓝牛仔裤、马球衫、L.L. 比恩[1]登山靴。

雷切尔试着挑起话题。"喜欢……徒步旅行吗，总统先生？"

"不。我的竞选顾问认为，这应该成为我的新造型。你认为怎么样？"

雷切尔只巴望着他不是说真的。"这很……呃……很有男人味，先生。"

赫尼毫无表情。"好。我们都觉得，这身打扮能帮我从你父亲那儿争回一些女人的选票。"顿了一下，总统又粲然一笑，"塞克斯顿女士，这不过是玩笑话。我想，咱们俩都很清楚，要在选举中获胜，我所需要的可不仅仅是马球衫和蓝牛仔裤。"

总统的坦率和幽默很快消除了雷切尔在那里的紧张感。他在人际交往上的老练大大弥补了他在体型上的不足。交际是跟人打交道的能力，而扎克·赫尼有这项禀赋。

雷切尔随总统朝飞机的后舱走去。他们走得越深，飞机就越显得不像飞机——弯弯曲曲的过道，贴着墙纸的墙壁，甚至还有一间配备班霸牌台阶器和划船机的健身房。奇怪的是，这架飞机上似乎人全走光了。

"您一个人旅行吗，总统先生？"

他摇了摇头。"实际上，是刚刚着陆。"

雷切尔很惊讶。从哪儿飞来着陆的？她这周的情报摘要中并没有总统的出行计划。显然，他是要从瓦勒普斯岛偷偷出行。

"我的人刚下飞机你就来了，"总统说，"我马上也要回白宫与他们碰面，但我想在这里见你，而不是在我的办公室里。"

---

1 L.L. 比恩，即 L.L.Bean，美国著名的生产和销售服装及户外运动装备的公司，美国最成功的家族式公司之一，其创始人为利昂·利昂伍德·比恩（Leon Leonwood Bean）。

"是想吓吓我吗？"

"恰好相反。我是想向你表达我的敬意，塞克斯顿女士。白宫一点都不隐蔽，而且你我两人会面的消息会使你在你父亲面前十分尴尬。"

"非常感谢您这样做，先生。"

"看起来你十分得体地维持着一种微妙的平衡，我没有理由来破坏这种平衡。"

雷切尔脑海里闪现出跟他父亲早餐会面时的情形，心想这未必称得上"得体"。然而，扎克·赫尼却特地做了得体的安排，而且他根本不必这样做的。

"我能叫你雷切尔吗？"赫尼问。

"当然。"我能叫你扎克吗？

"我的办公室到了。"总统说着，领她穿过一扇雕花枫木门。

空军一号上的办公室当然比白宫的办公室要舒适得多，但这儿的陈设还是透着一股质朴的气息。办公桌上堆满了文件，桌子后面的墙上悬挂着一幅气势恢宏的油画——一艘古雅的三桅纵帆船鼓满了帆，正要极力避开一场猛烈的暴风雨。整个画面似乎恰到好处地象征着此时此刻扎克·赫尼总统在总统宝座上的形势。

总统让雷切尔在面朝他办公桌的三张办公椅中的一张上坐下。她坐下了。雷切尔料想他会坐在办公桌后，谁知他却拖过一把椅子坐在了她身边。

平等的关系，雷切尔意识到，真是人际关系专家。

"呃，雷切尔，"赫尼在椅子上坐下来，疲倦地叹了口气道，"我想你肯定很困惑，为什么现在坐在这儿，我说得对吗？"

雷切尔的戒心随着这个男人话音里流露出的直率渐渐消除了。"的确如此，先生，我是十分困惑。"

赫尼大声笑了起来。"好极了，我并不是每天都能把国侦局的人弄糊涂的。"

"并不是每天国侦局的人都能被一个脚穿登山靴的总统请到空军

一号上来的。"

总统又欣然一笑。

这时,办公室门外响起了一阵轻轻的敲门声,咖啡来了。一名机组人员走了进来,她手里的托盘上放着一只冒着热气的白镴壶和两只白镴杯子。照总统的吩咐,她把托盘放在办公桌上就出去了。

"加奶和糖吗?"总统说着,站起来倒咖啡。

"奶,谢谢。"雷切尔品味着这浓郁的香醇。美国总统亲自为我倒咖啡?

扎克·赫尼递给她一只沉重的白镴杯。"这可是货真价实的保罗·里维尔的手艺,"他说,"一个小小的奢侈品。"

雷切尔呷了口咖啡,这是她品尝过的最美味的咖啡。

"不管怎么样,"总统一边说,一边给自己倒了杯咖啡坐下来,"我在这儿的时间有限,所以我们言归正传。"总统往他的咖啡里放了一块方糖,抬眼看着她,"我想威廉·皮克林肯定告诫过你,我想见你的唯一原因就是利用你来增加我的政治优势?"

"说实在的,先生,这正是他的原话。"

总统笑出了声。"他总是这么愤世嫉俗。"

"这么说他说错了?"

"开什么玩笑?"总统笑道,"皮克林绝不会错。他说得丝毫不错,跟往常一样。"

第 9 章

塞克斯顿参议员的豪华轿车穿梭在清晨的车流中,向他的办公大楼驶去时,加布丽埃勒·阿什心不在焉地凝视着车窗外。她思忖着自己究竟是怎么走到现在这一步的:她成了塞奇威克·塞克斯顿参议员的私人助理。这正是她一直向往的,不是吗?

我现在就坐在一辆豪华轿车里，身边是下一届美国总统。

加布丽埃勒的目光扫过这辆内部布置得很豪华的轿车，落在她对面的参议员身上，参议员仿佛陷入了沉思。加布丽埃勒倾慕他英俊的外表和得体的着装。他看上去真像总统。

加布丽埃勒第一次见到塞克斯顿演讲是在三年前，当时她还是康奈尔大学的一个政治学专业的学生。她永远都不会忘记他的目光是怎么在观众中搜索的，仿佛把一条讯息直接传达给了她——相信我。塞克斯顿的演讲结束后，加布丽埃勒排队等着见他。

"加布丽埃勒·阿什，"参议员念着她胸牌上的名字说道，"只有可爱的年轻小姐才会取这么可爱的名字。"他的目光让人感到很舒心。

"谢谢您，先生，"加布丽埃勒一边说着，一边跟他握手，感觉到他有力的一握，"您的观点真的很触动我。"

"听你这么说，我很高兴！"塞克斯顿将一张名片塞到她手里，"我一直在寻觅与我有共同理想的才智出众的年轻人。毕业之后来找我吧，我的人会给你安排个职位的。"

加布丽埃勒开口道谢，参议员已经走到队伍中下一个人那儿去了。不过，接下来的几个月内，加布丽埃勒不知不觉地通过电视关注着塞克斯顿事业的发展。她怀着钦佩之情看着他站出来公开反对巨额的政府开支——首先削减财政预算，精简国内税收署以提高工作效率，裁减对外事务局冗员，甚至取消多余的市民服务项目。接着，参议员的太太因撞车事故而骤然辞世，加布丽埃勒充满敬畏地看到塞克斯顿竟将消极因素转化为了积极因素。塞克斯顿从他个人的苦难中站了起来，向世人宣称，他将竞选总统，还要将他的余生贡献给公益事业，以此纪念他的太太。加布丽埃勒当即就决定，她要密切参与塞克斯顿参议员的总统竞选工作。

如今，她已经走得不能再近了。

加布丽埃勒回忆起了她和塞克斯顿在他那豪华的办公室里度过的一夜，她蜷着身子，试着把那尴尬的画面从脑子里赶走。我在想什么呢？她知道她本该抗拒的，但不知怎的，她觉得自己无法抗拒。很长时间以来，塞奇威克·塞克斯顿都是她的一个偶像……她想他需要她。

豪华轿车颠了一下，惊了她，把她拉回到现实中来。

"你没事儿吧？"塞克斯顿这时正看着她。

加布丽埃勒慌张地一笑。"没事儿。"

"你不会还在想着那条八卦新闻吧，啊？"

她耸了耸肩道："是，我还是有一点担心。"

"别管它了。那是在我的竞选中发生的最奇妙的事。"

加布丽埃勒从惨痛的经验中懂得，八卦新闻在政治上等效于泄露你的对手使用阴茎扩大器或者订阅《性感男子》杂志的消息。八卦新闻并不是一种有魔力的手段，但一旦这招显灵了，那就不得了了。

当然了，如果适得其反……

适得其反的效果确实出现了。白宫事与愿违。大约一个月前，不断下跌的选票让总统的竞选班子深感不安，于是他们决定采取攻势，向外界透露一件他们认为会有的事——塞克斯顿参议员跟他的私人助理加布丽埃勒·阿什有染。然而，可惜的是，白宫并没有站得住脚的证据。塞克斯顿参议员，一个坚信最好的防守就是有力的进攻的人，抓住了时机进行反击。他召开了一个全国性的新闻发布会，在会上表明了自己的无辜和义愤。我无法相信，他凝视着对准他的摄像机镜头说道，眼里还流露出痛苦的神色，总统竟用这些恶毒的谎言来羞辱我对我太太的怀念。

塞克斯顿参议员在电视上的表演如此令人信服，以至于连加布丽埃勒本人差一点都要相信自己没和他睡过了。看到他说起谎来这么轻巧，加布丽埃勒意识到塞克斯顿参议员确实是一个危险人物。

近来，加布丽埃勒虽然确信在这场总统竞选中她把赌注下在了最强壮的马身上，却开始置疑自己是否把赌注下在了最好的马身上。与塞克斯顿亲密共事让人大开眼界——就像在环球影城[1]幕后的一场旅

---

[1] 环球影城，又称为环球片场，是世界上最大的电影、电视制片厂及以电影题材为主题的公园，位于世界著名的电影胜地好莱坞附近，是洛杉矶市附近的几个著名观光点之一。

行一样,在那儿,当你意识到好莱坞实际毫无魔力时,那种孩子般的对电影的敬畏便被大大破坏了。

尽管加布丽埃勒坚信塞克斯顿的观点而不动摇,她却开始怀疑持此观点的这个人了。

第 10 章

"雷切尔,我要告诉你的是,"总统说道,"机密'暗影',它已经大大超出了你目前的忠贞审查[1]所允许的范围。"

听到这话,雷切尔顿时觉得空军一号变得逼仄起来。总统派人用飞机把她接到了瓦勒普斯岛,邀请她上了他的专机,为她倒咖啡,直截了当地告诉她他打算利用她带来的政治优势来对付她的父亲,现在,他又声称要向她透露机密信息,而这是违法的。不管扎克·赫尼表面上看起来多么和蔼可亲,雷切尔·塞克斯顿已意识到了此人很重要的一面。这个人转眼间就控制了局势。

"两星期前,"总统目不转睛地注视着她,说道,"国家航空航天局获得了一个大发现。"

他的话音在空中萦绕了一会儿,雷切尔方才明白过来。国家航空航天局的发现?最近的情报更新显示,这个航天机构压根儿就没有出现异常情况。当然了,时下"国家航空航天局的发现"通常意味着他们大大削减了某个新计划编制的预算。

"在我们做深一步交谈之前,"总统说,"我想知道你是否跟你父亲一样,对太空探索持一种嘲讽挖苦的态度。"

雷切尔对这个评判感到忿忿不平。"我当然不希望你打电话叫我到这儿来,就是为了让我阻止我父亲对国家航空航天局的痛骂。"

---

[1] security clearance,忠贞审查,指在选派某人参加国家机密工作前对其是否忠贞进行的审查。这里,总统的意思是雷切尔目前所接受的忠贞审查程度不足以让她知晓这个机密。

他笑了。"绝对不是。我接近参议员很长时间了,知道谁都控制不了塞奇威克·塞克斯顿。"

"我父亲是一个投机取巧的人,先生。大多数成功的政治家都是如此。可不幸的是,国家航空航天局自己创造了这个机会。"国家航空航天局最近所犯下的一连串错误如此不堪,让人哭笑不得——卫星在轨道上炸成了碎片,太空探测器跟地面失去联系,国际空间站的预算上涨十倍,导致成员国纷纷退出,仿佛从一艘下沉的轮船上纷纷逃窜的老鼠。数十亿的钞票付诸流水,于是塞克斯顿参议员借此机会破浪前进——这股浪潮似乎注定要将他带到宾夕法尼亚大道1600号登陆。

"我承认,"总统继续说道,"国家航空航天局最近已经成了一个活灾区。每一次我要使局势扭转,他们都会再给我一个理由大大削减对他们的投资。"

雷切尔瞅准了一个机会,她不失时机地说:"不过,先生,我刚刚才看到,上周您不是又投放了三百万紧急救助资金,让他们免于借债度日,渡过难关吗?"

总统笑了起来。"你的父亲看到这个消息很高兴,是吧?"

"这简直就是把炮弹送给你的刽子手嘛。"

"你听到他在'晚间夜话'[1]上的讲话了吗?'扎克·赫尼是一个太空迷,纳税人在为他的癖好买单。'"

"但是一直以来您都在证明他说得没错啊,先生。"

赫尼点了点头。"我是美国国家航空航天局的忠实崇拜者,这一点我丝毫也不隐瞒。我一直都是这样。我是太空竞赛时代的人——苏联人造地球卫星、约翰·格伦、阿波罗11号——我从不犹豫地表达我对我国太空计划的欣赏之情和民族自豪感。在我心里,国家航空航天局的男男女女就是历史上的先锋开拓者。他们尝试不可能的任务,接受失败,然后从头再来,而我们其他人却袖手旁观,还要对其进行

---

[1] 美国广播公司的一档晚间新闻访谈节目,在美国主流社会影响极大。

谴责。"

雷切尔一句话也不说，她觉得这位总统沉着的外表下掩藏着一股怒气，是冲着她父亲没完没了的攻击国家航空航天局的言辞而来的。雷切尔不由得开始琢磨国家航空航天局到底发现了什么。毫无疑问，总统从容不迫，正要切入正题。

"今天，"赫尼加重了语气，说道，"我要彻底改变你对国家航空航天局的看法。"

雷切尔将信将疑地注视着他。"您已经赢了我的选票，先生。您也许想把焦点集中在这个国家的其他人身上。"

"正有此意。"他啜了一口咖啡，微笑道，"我还要请你帮个忙。"他迟疑了一下，向她凑拢来，"以一种非比寻常的方式来帮忙。"

雷切尔这时感觉到扎克·赫尼审视着她的每一个举动，就像一个猎手想要估计出他的猎物是要逃跑还是要反击似的。不幸的是，雷切尔意识到无路可逃了。

"我猜，"总统又给他们每人都加了些咖啡，说道，"你知道国家航空航天局有个名为地球观测系统的计划吧？"

雷切尔点点头。"地球观测系统。我想我的父亲提到过一两次。"

这个小小的挖苦让总统皱起了眉。事实上，雷切尔的父亲一有机会就会提起地球观测系统。这是国家航空航天局最富争议的代价高昂的投资项目之一——它由五颗卫星组成，这些卫星从太空俯瞰地球，分析地球的环境：臭氧损耗、极地冰融解情况、全球变暖形势、热带雨林落叶状况。此计划的目的是给环境学家提供从未有过的宏观数据，好让他们能够为地球的未来做更好的规划。

不幸的是，地球观测系统计划运行失败了。就像近来国家航空航天局的许多计划一样，这个计划从一开始就受到严重超支的困扰，而扎克·赫尼成了那个备受攻击的人。他利用环境界游说团的支持，使国会通过了预算为十四亿美元的地球观测系统计划。但是地球观测系统计划不但没给全球的地球科学做出应有的贡献，反而迅速卷入了一场损失惨重的梦魇当中——发射失败，电脑故障，以及国家航空航天局召开的气氛阴郁的新闻发布会。近来唯有塞克斯顿参议员面露笑容,他沾沾自喜地提醒选民,他们的钱有多少都被总统花在了地球观测系统上,而回报又是多么微小。

总统往杯里加了一块方糖。"听起来要多惊人就有多惊人,我提到的这个国家航空航天局的发现正是地球观测系统的功劳。"

雷切尔一下子觉得如堕五里雾中。如果地球观测系统最近有一项壮举的话,国家航空航天局一定早就公之于众了,不是吗?他的父亲一直在媒体上攻击地球观测系统,国家航空航天局会利用他们能找到的任何好消息来反击的。

"有关地球观测系统发现的任何消息,"雷切尔说,"我一点儿也没听说。"

"我知道。国家航空航天局宁愿把这个好消息隐瞒一段时间。"

雷切尔不相信。"就我的经验,先生,对国家航空航天局来说,没有消息通常就是坏消息。"收敛克制可不是国家航空航天局公关部的专长。国侦局里那条经久不衰的笑话说,国家航空航天局的一个科学家每放一个屁,国家航空航天局都要召开一次新闻发布会。

总统皱了皱眉。"哦,是的。我忘了我是在跟皮克林的一个国侦局安全信徒讲话来着。他是不是仍旧对国家航空航天局的口风不紧而抱怨不已?"

"安全是他的职责,先生。他对安全问题一向很严肃。"

"他是好得多。我只是觉得难以置信,两个有许多共同之处的机构老是会找些问题相互对抗。"

雷切尔刚开始在威廉·皮克林手下干活时就知道了,尽管国家航空航天局和国侦局都是跟航空有关的机构,二者却有着截然相反的信条。国侦局是一个保卫型的机构,它将局里所有的航空活动都列为机密,而国家航空航天局是学术机构,它总是很兴奋地向全世界公开它的科学成就——通常是在拿国家安全冒险,威廉·皮克林争论道。国家航空航天局一些最先进的技术——卫星望远镜的高分辨率透镜,远程通讯系统,无线电成像仪——总是危险地出现在了敌对国的秘密军火库中,用于暗中监视我们的行动。皮克林经常抱怨,说国家航空航天局的科学家脑袋大……嘴巴更大。

然而,这两家之间的一个更尖锐的问题,却是由于国家航空航天局操纵着国侦局的卫星发射,国家航空航天局最近的许多失误直接影响了国侦局。没有什么失误比一九九八年八月十二日的那次失败更让人吃惊了。当时,一支国家航空航天局的空军大力神4型运载火箭在发射升空四十秒后爆炸,其运载物——国侦局一颗价值十二亿美元、代号为旋涡2号的卫星——毁于一旦。皮克林似乎特别不愿忘记那一档子事儿。

"那么国家航空航天局为什么不把这项新成果公之于世呢?"雷切尔质问,"他们当然立即就能用得上一些好消息。"

"国家航空航天局之所以保持沉默,"总统表明,"是因为我命令他们这样做。"

雷切尔不知道自己有没有听清楚他的话。如果是这样,总统就是在采取某种她不理解的自取灭亡的政治行为。

"这个发现,"总统说,"是……可否说……其结果简直是骇人听闻的。"

雷切尔感到一阵寒气袭来,心中顿觉不安。在情报界中,"骇人听闻的结果"很少意味着是好消息。她现在想知道,有关地球观测系统的秘密是否是该卫星系统发现了某个迫在眉睫的环境灾难。"有危险吗?"

"根本没有危险。地球观测系统的发现实在绝妙之极。"

雷切尔陷入了沉默。

"雷切尔,假如我告诉你国家航空航天局刚刚做出了一项具有重大科学意义的发现……具有如此震撼全球的重大意义……它证明了美国人花在航天研究上的每一分钱都是值得的,你会怎么想?"

雷切尔想不出来。

总统站起身来。"我们走走,好吗?"

第 11 章

雷切尔跟着赫尼总统出来，走到了空军一号那闪闪发亮的舷梯上。他们走下舷梯时，雷切尔觉得阴冷的三月的空气让她的脑子一下子清醒了。可惜的是，这种清醒只让她觉得总统的话比先前显得更加古怪了。

国家航空航天局做出了一项具有重大科学意义的发现，证明了美国人花在航天研究上的每一分钱都是值得的？

雷切尔想到，一个如此重大的发现只能跟一件事有关——国家航空航天局的"圣杯"——与外星生命的接触。令人惋惜的是，雷切尔对这个特别的"圣杯"再清楚不过了，她知道这是完全不合情理的。

作为一名情报分析员，雷切尔经常巧妙地回答那些想知道政府对与外星接触做出的所谓掩饰的人提出的问题。她常常为她那些"有学识的"朋友提出的理论感到震惊——外星飞碟的残骸被藏在了隐秘的政府地堡里，外星人的尸体保存在冰里，甚至还有无辜平民被绑架并被解剖研究。

当然了，全都是胡闹。没有外星人。也没有对这些事情的掩饰。

情报界人人都知道，绝大多数有关飞碟和外星人绑架之类的事件都只是人们的丰富想象或者某些人设下的捞钱骗局。当确实有人拿出不明飞行物的真实照片为证时，奇怪的是，不明飞行物总是出现在检测先进的机密飞行器的美军空军基地附近。当洛克希德公司[1]开始对一种名为"隐形轰炸机"的全新的喷气机进行试飞时，爱德华兹空军基地附近出现不明飞行物的次数增加了十五倍。

"看你的神情，你不相信。"总统不以为然地看着她说道。

---

[1] Lockheed，洛克希德，美国一家比较大的航空航天公司，生产军用飞机、导弹、人造卫星，提供航天器发射系统、信息和技术服务、电子产品等。

他说话的语气吓了雷切尔一跳。她匆匆瞟了一眼,拿不准如何作答。"呃……"她迟疑地说道,"我可否认为,先生,我们不是在谈论外星宇宙飞船或者小绿人儿?"

总统看起来乐得轻声笑了。"雷切尔,我认为你会觉得这个发现远比科幻小说引人入胜。"

听到国家航空航天局并没有铤而走险地试着用一个外星人的故事来蒙总统,雷切尔松了口气。然而,他的话只是让这个谜愈发显得神秘了。"呃,"她说,"不管国家航空航天局发现了什么,我得说这个时机是非常适当的。"

赫尼停下脚步,站在舷梯上。"适当?怎么个适当?"

怎么个适当?雷切尔停下来,注视着总统。"总统先生,国家航空航天局现今正处在一场证明其存在价值的生死保卫战中,并且由于你继续对国家航空航天局进行资助,你也受到了攻击。此时此刻,国家航空航天局的一项重大突破对国家航空航天局自身和您的竞选来说都是一剂良药。批评您的人显然会觉得这事发生在这个时候非常可疑。"

"这么说……你认为我不是骗子就是傻子了?"

雷切尔觉得如鲠在喉。"我无意冒犯,先生。我只是——"

"别紧张,"赫尼的唇边露出一丝微笑,他又开始往下走了,"一开始国家航空航天局局长把这个发现告诉我的时候,我直截了当地表示否定,认为这简直是胡闹。我谴责他,说他是在策划有史以来最昭彰的政治骗局。"

雷切尔觉得堵在喉咙里的东西不知怎么融化了。

走下舷梯,赫尼停住了脚步看着她。"我叫国家航空航天局不要公开他们的发现,其中一个原因就是为了保护他们。这项发现的重大程度远远超过了国家航空航天局有史以来公布过的任何发现。这个发现会使人类登月的成就也相形见绌。因为每个人,包括我在内,有许多得——以及失——所以我想应该趁我们还没有正式面对公众公布结果,先让人再核实一下国家航空航天局的数据,这才是审慎之举。"

雷切尔吃了一惊。"您肯定不是指我吧,先生?"

总统笑了起来。"不,这不是你的专业。另外,我已经通过政府外的渠道获得了确认。"

雷切尔放松的心一下子又感到了一种新的迷惑。"政府外,先生?您的意思是说您动用了私人机构?在这么机密的事上?"

总统肯定地点了点头。"我组成了一支外来的确认小组——四个非官方科学家——非国家航空航天局成员,他们都是知名人士,有良好的声誉,可确保其权威性。他们使用他们自己的设备进行观测,并且得出他们的结论。在刚过去的四十八小时内,这些非官方科学家已经证实了国家航空航天局的发现,这项发现不再笼罩在怀疑的阴影中了。"

雷切尔此刻深为触动。总统用那种典型的赫尼式的沉着保卫自己。通过雇佣那些最具怀疑心理的人——那些证实了国家航空航天局的发现却捞不到任何好处的外人——赫尼已经使自己免受怀疑,外界认为这可能是孤注一掷的国家航空航天局为证明其预算可行而采用的伎俩,让人们重新选择他们那位与国家航空航天局关系友好的总统,并且以此抵挡住塞克斯顿参议员的攻击。

"今晚八点,"赫尼说,"我要在白宫召开一个新闻发布会,向全世界宣布这项重大发现。"

雷切尔觉得很泄气。赫尼实际上什么都没告诉她。"确切地说,这个发现是什么?"

总统微微一笑。"今天你会懂得耐心是一种美德。这个发现需要你亲自去看。我需要你全面了解一下情况,然后再作进一步交谈。国家航空航天局局长正等着向你介绍基本情况。他会告诉你你需要知道的一切。在这之后,你我将进一步讨论你的职责问题。"

雷切尔从总统的目光中觉察到一出戏剧性的事件即将发生,她想起了皮克林曾预感白宫早留了一招。看起来,皮克林又说对了,跟往常一样。

赫尼指着附近的一个飞机棚说道:"跟我来。"说着他朝那儿走了过去。

雷切尔迷惑不解地跟在后面。他们面前的这幢房子没有窗,而且高大的开间门封死了。唯一的入口似乎是边上的一个小小的通道。门虚掩着。总统领着雷切尔走到离门几英尺远的地方停了下来。

"我就走到这里了,"他指着门说道,"你从那儿进去。"

雷切尔犹豫不决。"您不来?"

"我要回白宫。我不久就会跟你通话。你有手机吗?"

"当然有,先生。"

"给我。"

雷切尔掏出手机递给他,以为他要输入一个秘密的联系号码,谁知他反而把她的手机放进了自己的口袋。

"现在你在通讯网外了,"总统说,"你的全部工作都在掩蔽中。没有我或者国家航空航天局局长的明确许可,你今天不要和其他任何人通话。明白了吗?"

雷切尔盯着总统。总统刚刚偷走了我的手机?

"局长向你简单介绍那个发现之后,他会让你通过安全的渠道与我联系。我很快就会和你通话的。祝你好运。"

雷切尔盯着飞机棚的门,愈发感到不安起来。

赫尼总统安慰似地把手搭在她肩上,朝这个门口点了点头。"我向你保证,雷切尔,在这件事上帮助我,你不会感到遗憾的。"

总统没有说别的,就大步流星地朝把雷切尔送来的"铺路鹰"直升机走去。他登上飞机后,飞机就起飞了。他再没有回头看一眼。

第 12 章

雷切尔·塞克斯顿独自站在这个孤零零的瓦勒普斯飞机棚的门槛上,费力地看着黑洞洞的里面。她只觉得仿佛站在了另一个世界的门口。幽深的飞机棚里吹出来一阵冰凉并且散发着霉味的微风,仿佛这个房子在呼吸一样。

"有人吗?"她大声喊道,声音微微地颤抖着。

一片寂静。

她愈加惶恐地跨过了门槛。一下子她什么都看不见了,随后,她的眼睛才适应了那片昏暗。

"我想是塞克斯顿女士吧?"就在几码开外,一个男人的声音说道。

雷切尔吓了一跳,立刻转过身对准声音传来的地方。"是的,先生。"

一个模模糊糊的男人的身影走了过来。

待雷切尔能看清楚了,她发觉自己正与一个身着国家航空航天局飞行服的年轻男人面对面地站着。他有着刚毅的下巴,身体健壮,肌肉结实,胸前装饰着许多纹章。

"我是韦恩·卢斯根司令官,"这个人说道,"如果吓着您了,女士,我很抱歉。这里很黑,我还没来得及打开开间门。"雷切尔还没来得及作答,这个人又说:"今天上午很荣幸做您的飞行员。"

"飞行员?"雷切尔瞪着这个男人。我刚刚乘过飞机。"我来这儿是见局长的。"

"是的,女士。我接到的命令就是立即送您去见他。"

雷切尔过了一小会儿才听懂这话。她一明白过来,就觉得自己被骗了。显然,她的旅行还没有结束。"局长在哪里?"雷切尔追问着,一下子警惕起来了。

"我还没有得到消息,"飞行员回答,"我们起飞后我会收到他所在位置的坐标值。"

雷切尔觉察到这人说的是真话。显然,今天上午被蒙在鼓里的并不只是她和皮克林局长两个。总统非常认真地对待安全问题,而且这么快这么轻易就将她置于通讯网络之外了,雷切尔觉得很窘迫。才上阵半个小时,我就被夺去了所有的通讯工具,而且我的局长不知道我现在在哪儿。

现在，站在这个脊背挺直的国家航空航天局飞行员面前，雷切尔毫不怀疑，她今天早晨的计划早就定了下来。不管喜不喜欢，她的这次嘉年华之旅要在飞机上度过了。唯一的问题是飞机飞往哪里。

飞行员迈开步子朝墙边走去，按下了一个按钮。飞机棚较远的一边发出巨大的声响开始朝一边滑去。光从外面射进来，衬出了飞机棚中央的一个大家伙。

雷切尔不由张大了嘴。上帝啊。

飞机棚中央停着一架样子骇人的黑色喷气式战斗机。这是雷切尔有生之年所见过的最具流线型的飞机。

"你在开玩笑吧。"她说。

"通常人们的第一反应都是这样，女士，不过，F-14型'雄猫'裂尾式战斗机可是一架广受称赞的飞机。"

这是一枚长了翅膀的导弹。

飞行员领着雷切尔朝他的飞机走去。他指着那个双人座舱说道："您坐后面。"

"真的？"她朝他紧张地笑笑，"我还以为你要我来开飞机呢。"

雷切尔在她的衣服外面套上一件保暖飞行服，爬进座舱。她笨手笨脚地在那个狭小的座位上坐了下来。

"显然，国家航空航天局没有大屁股飞行员。"她说。

飞行员咧嘴一笑，帮雷切尔系好扣带。然后，他将一个头盔扣在了她的头上。

"我们要飞很高很高，"他说，"您会缺氧的。"说着，他从旁边的仪表板里拉出一个氧气面罩，要扣在她的头盔上。

"我能行。"雷切尔说着，伸出手接过了氧气面罩。

"当然了，女士。"

雷切尔摸索着面罩的嘴，终于把它扣在了她的头盔上。这个面罩戴起来不太合体，让人感到非常不舒服。

那位飞行员瞪着她看了好一会儿,好像被逗乐了。

"哪里不对劲儿吗?"她问。

"没有,女士。"他似乎要掩饰一丝得意的笑,"您椅子下面有呕吐袋。大多数人第一次坐裂尾战斗机时都会觉得不舒服。"

"我没事儿,"雷切尔向他保证,她从那使人透不过气来的面罩后,用沉闷的声音说道,"我不会有反应的。"

飞行员耸耸肩。"美军海豹突击队的许多队员都跟您说的一样,可我已经从我的座舱里清理了好多突击队员吐出的垃圾。"

她无力地点点头。真有意思。

"出发前还有什么问题吗?"

雷切尔迟疑了片刻,然后拍了拍卡在她下巴上的吸嘴。"这东西卡着我的血管了。长途飞行时你怎么戴这些东西的?"

飞行员笑了笑,显得很有耐心。"喔,女士,通常我们并不把这些玩意儿倒过来戴。"

飞机平稳地停在跑道的一头,发动机在雷切尔身下哒哒地响着,她觉得这飞机就好像枪膛里的一发子弹一样,等着有人来扣动扳机。飞行员把油门杆往前一推,"雄猫"上的洛克希德出品的345型双引擎便吼叫着转了起来,接着整个世界都晃动起来了。飞行员松开制动阀,雷切尔重重地往后撞在椅背上。飞机沿着跑道飞快地前行,几秒钟后就飞离了地面。飞机外,地面以令人头晕目眩的速度逝去。

随着飞机直冲云霄,雷切尔不由闭上了双眼。她不知道这个早晨她哪里出错了。她本该坐在办公桌旁写情报摘要的。然而,此时此刻,她却骑在一枚烧睾丸素的鱼雷上,借助氧气面罩进行呼吸。

"雄猫"在四万五千英尺的高空中做水平飞行时,雷切尔觉得恶心想吐。她靠意志力驱使自己把注意力放到别的事情上,望着九英里以下的海面,雷切尔突然觉得自己已远离家园了。

前面，飞行员正通过无线电跟谁说话。通话结束后，飞行员关上了无线电，然后立即驾驶着"雄猫"侧着机身，猛地向左打了个弯。飞机倾斜着，几乎都要变成垂直的了，雷切尔觉得胃里面一阵翻腾。最后，飞机再次调整成水平飞行了。

雷切尔咕哝了一声："谢谢你的提醒，好把式。"

"让您这样真抱歉，女士，不过我刚刚得到了您与局长见面的秘密地点的坐标。"

"我来猜猜，"雷切尔说，"在正北边？"

飞行员看上去很不解。"您怎么知道的？"

雷切尔叹了口气。你不能不喜欢这些电脑培训出来的飞行员。"现在是上午九点，伙计，太阳在我们的右边呢。我们是在向北飞行。"

飞机座舱里安静了一会儿。"是的，女士，今天上午我们要一直往北飞行。"

"那我们要往北飞多远？"

飞行员核对了一下坐标，说："差不多三千英里。"

雷切尔一下子从座位上弹起来，坐直了。"你说什么！"她试着在脑子里描出一幅地图，却怎么也想不出往北那么远是什么地方，"那可是四个钟头的航程啊！"

"照我们现在的速度看，确实如此，"飞行员说，"请您坐稳了。"

雷切尔还没反应过来，这人就将 F-14 型飞机的机翼后掠，缩到空气阻力极小的位置上。刹那间，飞机猛地向前冲去，仿佛此前一直是静止不动的，雷切尔觉得自己又撞到了椅背上。不到一分钟，他们就以每小时大约一千五百英里的经济巡航速度飞行了。

现在，雷切尔只觉得头晕目眩。随着他们在空中飞掣，他们的速度快得什么也看不清，她觉得五内翻江倒海，难以遏制。她耳边模模糊糊地回响起总统的话：我向你保证，雷切尔，在这件事上帮助我，你不会感到遗憾的。

雷切尔呻吟着，伸手去抓呕吐袋。永远都不要相信一个政客。

第13章

尽管不喜欢这些不体面的、肮脏的公共出租车，但塞奇威克·塞克斯顿参议员已经学会了忍受在成功之路上偶尔出现的贬低自己身份的时刻。这辆刚刚将塞克斯顿放在普渡大酒店地下停车库的脏兮兮的五月花牌出租车给了他一样东西……神不知鬼不觉，那是他的加长豪华轿车所不能给他的。

他很高兴找到了这样一个不入流的僻静之地，只有几辆脏兮兮的汽车零星地停在一片水泥柱之间。塞克斯顿一边沿斜对角方向步行穿过车库，一边看了看手表：

上午十一点十五分，一分不差。

塞克斯顿要见的这个人向来容不得别人迟到一秒。塞克斯顿又一次提醒自己考虑到此人所代表的集团，只要他愿意，他可以为任何事情发火。

塞克斯顿看见那辆白色福特稳达休旅车[1]一点儿不差地停在他们每次见面的地点——车库的东角，一排垃圾桶的后面。他本想在楼上的套房里与此人会面，但是他当然清楚如此防范的必要性。此人的那些朋友可不会粗心到在他们家里与他见面。

塞克斯顿向那辆休旅车走去的时候，又一次感觉到了那种急躁不安，每次会面之前他都会有这种感觉。他强迫自己放松放松肩膀，愉快地向那人挥了挥手，然后爬到了乘客座位上。司机位置上的那个满头黑发的绅士没有露出一丝笑容。他差不多有七十岁了，苍老粗糙的脸上透出一种冷漠，而他作为一群厚颜无耻的空想家和残忍无情的企业家的代表，这种表情正和他的身份匹配。

---

1 福特稳达是美国福特汽车公司一九九八年投入市场的一款多用途微型旅行车。

"关上门。"那人说道，声音冷冰冰的。

塞克斯顿照办了，很客气地忍受着这人粗鲁的态度。毕竟，这人代表着那些掌握巨款的人，这里头相当大一部分钱最近被集中到一起，为的是把塞克斯顿推向世界最高权力宝座。塞克斯顿明白，这些见面，与其说是战略性的会见还不如说是他们每月一次的提示，意在提醒参议员要感谢这些资助人。这些人期盼从他们的投资中获得巨大的回报。"回报"，塞克斯顿不得不承认，这是个令人吃惊的露骨要求。然而，让人更难以置信的是，一旦塞克斯顿执掌总统大权，那就是在他的影响范围之内的东西。

"我猜，"塞克斯顿说道，他已经了解了这人喜欢如何展开话题，"又筹到了一笔款子？"

"是的。像往常一样，这笔钱只能用于你的竞选。我们很高兴看到选票一直在向有利于你的方向倾斜，看起来你的那些竞选主管很会花钱。"

"我们进展很快。"

"就像我在电话里提到的那样，"那老头继续说道，"我又说服了六个人今晚与你会面。"

"好极了。"塞克斯顿已经把时间安排好了。

老头交给塞克斯顿一个文件夹。"这是他们的资料。好好看看。他们感兴趣的是，你是否非常清楚他们所关心的问题，而且与他们意气相投。我建议你在家里会见他们。"

"我家？但我见人通常……"

"参议员，这六个人的公司所拥有的财力超过了你以往见过的那些人。他们可是大有来头，而且机警得很。他们索取的多，因此失去的也多。我费了很大气力才说服他们来见你。他们要求特殊的交往方式，是私下的接触。"

塞克斯顿不假思索地点了点头。"没问题。我会在我的家里安排一次见面。"

"当然，他们要的是绝对私密。"

"我也一样。"

"祝你好运，"老头说道，"如果今晚顺利的话，这将是你的最后一次会议。单单是这几个人就可以提供把塞克斯顿竞选推到顶峰所需要的一切。"

塞克斯顿喜欢听这样的话。他冲老头自信地笑了一下。"我的朋友，如果选举顺利的话，我们都会欢呼胜利的。"

"胜利？"老头皱皱眉头，探过身用一种不祥的眼光看着塞克斯顿，"让你入主白宫仅仅是通往胜利的第一步，参议员，我想你没有忘记吧。"

第 14 章

白宫是世界上面积最小的总统官邸之一，主楼仅宽一百七十英尺，纵深八十五英尺，占地只有十八英亩，四周风景如画。建筑师詹姆斯·赫本设计的带尖房顶、栏杆和入口有圆柱的箱子般的石建筑虽然算不上是有创意，却在公开的设计竞赛中被裁判们选中，被誉为"外观迷人、庄严，又不失柔和"。

尽管已在白宫生活了三年半，然而，成天对着这些令人眼花缭乱的枝状吊灯、古董，还有全副武装的海军陆战队士兵，扎克·赫尼总统总是觉得不自在。不过，此时此刻，他正迈开步子朝白宫西侧厅走去，感到神清气爽，心情莫名的舒畅，走在丝绒地毯上步履轻盈矫健。

总统走近的时候，几个白宫的工作人员抬起头来。赫尼冲他们挥挥手，点名与他们打招呼。他们虽然礼貌地作答，却有所克制，脸上还带着勉强的笑容。

"早上好，总统先生。"

"很高兴见到您，总统先生。"

"天气不错,先生。"

赫尼总统径直朝他办公室走去的时候,感到身后有人小声嘀咕着什么。白宫内正在酝酿一场内乱。过去的几个星期里,人们对宾夕法尼亚大街1600号的失望与日俱增,到现在赫尼已觉得自己就像布莱艇长[1]一样——指挥着一艘艰难行进的轮船,而船员们却要哗变。

总统没有责怪他们。他的工作人员日夜紧张地工作,为的是支持他在即将到来的大选中获胜,但现在,突然之间,总统似乎出了什么闪失。

他们很快就会明白的,赫尼叮嘱自己。我很快就会再一次成为英雄。

把他的工作人员蒙在鼓里这么长时间,他感到很过意不去,但做到保密是至关重要的。说到保密,人人都知道,白宫可是华盛顿最透风的墙。

赫尼走到总统办公室外的休息室,快活地冲他的秘书招了招手。"你今天早晨气色不错,多洛雷丝。"

"您也是啊,先生。"她答道,同时打量着总统那一身休闲的打扮,眼里流露出对总统的不满。

赫尼压低声音说:"我想让你为我安排一个会议。"

"和谁,先生?"

"白宫所有工作人员。"

他的秘书抬头看了他一眼。"所有班底成员,先生?一百四十五个全都来?"

"正是。"

她看起来有些不安。"好吧。安排在……新闻发布室怎么样?"

赫尼摇摇头。"不,安排在我的办公室。"

听到这话,她立刻瞪大了双眼。"您想在您的办公室会见所有的

---

[1] 布莱(1754—1817),英国海军将领,"惠恩"号艇长,曾因苛待船员引起哗变。

班底成员?"

"对。"

"一起见,先生?"

"为什么不?定在下午四点。"

秘书点了点头,好像是在迁就一个精神病人似的。"好的,先生。这个会议是关于……"

"今晚我有一项重要声明要向全美国人民宣布。我想让我的工作人员最先听到。"

一丝突如其来的沮丧神情从秘书的脸上掠过,好像她一直就暗暗担心这一时刻的到来。她压低了声音说:"先生,您要退出竞选?"

赫尼爆发出一阵大笑。"才不是呢,多洛雷丝。我要奋勇而战!"

她看上去将信将疑。媒体一直报道说赫尼总统要放弃竞选。

他又冲她眨眨眼睛,宽慰她说:"多洛雷丝,过去这几年你工作干得非常好,而且,你还要在接下来的四年里把工作干得漂亮出色。我们会坚守白宫。我发誓。"

他的秘书看起来好像很想相信他所说的一切。"很好,先生。我会通知整个班底成员的。下午四点。"

扎克·赫尼总统走进办公室,想到他所有的工作人员都挤在这间容易给人错觉的小房子里的情景,他忍不住笑了。

尽管这间著名的办公室在过去有很多绰号——厕所,迪克的窝,克林顿的卧室——赫尼最中意的还是"龙虾套",似乎这再合适不过了。每次生人进了总统办公室,总是立刻没了方向。对称的房间,稍带弧度的墙面,精心掩饰的内外通道,所有这些都让参观者们有种头晕目眩的感觉,仿佛被人蒙住了双眼转了几圈。常常,总统办公室里的会议结束后,来访的贵宾会站起身,跟总统握手,然后径直大步流星地向壁橱门走去。赫尼会根据会议进展的情况,或是及时地阻止客人,或是饶有兴趣地看着他出洋相。

赫尼一直深信，主宰这间总统办公室的就是那只镶在椭圆形地毯上的彩色美国之鹰。那只鹰的左爪紧紧抓着一枝橄榄枝，右爪则攥着一捆箭。鲜有外人知道，在和平时期，鹰头向左——面朝橄榄枝，但在战争时期，鹰头却神秘地转到了右边——面朝那捆箭。这个办公室的小把戏背后的机关成了白宫工作人员们私底下猜测不已的话题，因为按照惯例只有总统和白宫总管知晓这个秘密。赫尼发现，这只神秘莫测的鹰的背后的真相其实简单得令人失望。原来，地下储藏室里另有一张椭圆形地毯，而总管只不过是在夜深人静时将它们调换一下而已。

此刻，赫尼低头凝视着这只神态宁静、面向左侧的雄鹰，笑着想，也许他应该将地毯调换一下来纪念他即将对塞奇威克·塞克斯顿参议员发动的这场小小的战争。

第15章

美国三角洲部队是唯一一个完全受命于总统而不受法律约束的战斗部队。

第二十五号总统令授予三角洲部队"免于任何法律责任"的权力，其中包括一八七六年的地方保安法案。此项法律规定，任何人因私利而动用军方武力，或以军力干扰地方执法，或以军力参与未经批准的秘密行动，都将受到刑事制裁。三角洲部队的成员都是从特种部队实战组中挑选出来的，这是一个机密组织。受北卡罗来纳州福特布拉格市的美国特种作战指挥部的指挥。在反恐特警行动、解救人质、突袭劫匪、摧毁地下敌对力量的行动中，三角洲部队的成员们既是训练有素的杀手，也是专家。

由于三角洲部队的行动要求高度机密，所以传统上的多级领导的方式在这里就变成了"单首"管理——只有一个手握大权的指挥官以他或她认为合适的方式管理这个分队,这个指挥官通常是军方或者政府的权力经纪人,有足够高的军衔或者影响力来操纵任务的执行。不管指挥者的身份如何,三角洲部队的任务都是最高机密。一旦任务结束,部队成员就对该任务绝口不提——不对同伴提,也不对特种部队的指挥官提。

他们的职责是飞行,战斗,遗忘。

可是现在这支驻扎在北纬八十二度的三角洲小分队既没有飞行也没有战斗,他们只是在监视着什么。

三角洲一号不得不承认这是迄今为止最不寻常的一项任务,但他早就学会了从来不对他要做的事表示惊讶。在过去的五年里,他参加了在中东解救人质的行动,追踪和消灭美国境内的恐怖分子,甚至还秘密地铲除了世界上几个危险的男女。

就在上个月,他的三角洲队员还用微型飞行器使南美的一个臭名昭著的大毒枭突发心脏病而毙命。三角洲二号在微型飞行器上安装了含有强效血管收缩药的细线形钛针,让它从二楼一个打开的窗户飞进去,找到那个毒枭的卧室,并趁他熟睡的时候在他肩上扎了一针。还没等毒枭从胸口的剧痛中醒来,微型飞行器就从窗口中退出,消失得无影无踪。等到毒枭的妻子打电话叫大夫的时候,三角洲队员已经在回家的途中了。

没有非法闯入。

自然死亡。

一切干净利落。

最近,安在一位显要议员办公室里监视其私人会见的一个微型飞行器竟然拍到了他的艳遇。三角洲部队的成员们把这次任务戏称为"插入敌线后方"。

此刻,完成了在这个帐篷里的历时十天的监视任务之后,三角洲一号准备结束任务了。

继续隐蔽。

监视那幢房子里里外外的活动。

有什么异常情况立即向指挥官报告。

三角洲一号训练有素,决不会对任务怀有任何情绪。然而,当他和他的小分队刚刚接到这项任务的命令时,他心跳加速了。接到的命令是"千篇一律的"……每个阶段都是通过安全的电子渠道解释的。三角洲一号也从来没有见过这个任务的指挥者。

三角洲一号正在准备脱水的蛋白质食物,这时,他和同伴的手表不约而同地响了起来。不一会儿,他身旁的加密对讲机就闪起了警告信号。他停下手里的活儿拿起了那个手握式通话机。其他两个队员静静地在一旁看着。

"三角洲一号。"他对着对讲机说。

内置在通话机中的声音鉴别软件立刻识别出了这两个词。每个字都经过编号、加密,继而通过卫星传到听者那边。听者那边也有同样的装置,编号被解密,通过事先设计好的自动排序的内置字典把数字转化成文字,然后通过合成声音大声读出来。而这一切最慢也只要八十毫秒就能完成。

"我是指挥官,"监管这项任务的人说道。加密对讲机中传来的机器人似的声音听起来很奇怪——毫无生气,难辨性别。"情况怎么样?"

"一切都在按计划执行。"三角洲一号回答。

"好极了。时间表更新了,消息将会在东部时间今晚八点发布。"

三角洲一号看了一下他的秒表。只有八个多小时了。他的工作就要结束了。这真令人鼓舞。

"还有一个新情况,"指挥官说,"又有一个人卷进来了。"

"什么人?"

三角洲一号听着。一次有趣的赌博。某个局外人准备与他们一赌输赢。"你认为她可信吗?"

"要对她进行严密监视。"

"要是出了什么麻烦呢?"

话筒里的声音毫不犹豫。"给你的指令仍然有效。"

第 16 章

雷切尔已经往正北方飞行了一个多小时。除了一闪而过的纽芬兰岛之外，整个旅程中就只能看见 F-14 型飞机下面的一片汪洋。

为什么偏偏是水呢？她心里想着，皱了皱眉头。雷切尔七岁那年，滑冰掉到了冰冷的池塘里。她被困在水下，确信自己必死无疑。多亏了妈妈用力紧抓住她不放，最后终于把全身湿透的她拽了上来。自打那次悲惨的经历之后，雷切尔一看到水就怕，她对开阔的水面，尤其是对冷水有着明显的恐惧。今天，面对这一望无际的北大西洋，她旧日的恐惧又悄然袭上了心头。

还没等飞行员和北格陵兰岛的图勒空军基地核对飞行方向，雷切尔就意识到他们已经飞了多远。我在北极圈的上空？这个想法更让她觉得不安。他们要把我带到哪儿去？国家航空航天局发现了什么？不久，她就看到下面蓝灰色的海面上点缀着成千上万个白色的斑点。

冰山。

在这之前，雷切尔只看到过一次冰山。六年前，她的母亲说服她参加了一个阿拉斯加母女海上航行活动。雷切尔提出许多的陆地旅行方案，但妈妈还是坚持己见。"雷切尔，亲爱的，"妈妈曾这样说，"这个星球上三分之二的地方都被水覆盖着，总有一天，你要学会如何去对付它们。"塞克斯顿太太是一个适应能力极强的新英格兰人，她决意要培养一个坚强的女儿。

那次海上旅行是雷切尔和妈妈的最后一次旅行。

凯瑟琳·温特沃斯·塞克斯顿。雷切尔隐隐感到了一阵孤独。回忆像飞机外面呼啸的风一般，像平常一样又把她拉回到往昔中。她们最后的谈话是在电话里，在感恩节的早上。

"很抱歉，妈妈，"雷切尔说，她从被大雪封闭的奥黑尔机场打电话回家,"我知道我们家的感恩节从来不会分开过,但是看起来今天要破例了。"

雷切尔的妈妈听起来很沮丧。"我好想见到你。"

"我也是,妈妈。简直不敢想象,你和爸爸在吃火鸡大餐,而我却只能吃机场里的食物。"

电话里顿了一下。"雷切尔,我本来想等你回来再告诉你,你爸爸说他工作太忙,不能回来了。他要在他华盛顿的套房度过这个漫长的周末。"

"什么!"雷切尔起初的惊讶立即被愤怒取代了,"但今天是感恩节。现在又不是参议院的会期!他回来一趟连两个小时都用不到。他应该跟你在一起!"

"我知道。他说他太累了——累得不能开车。他已经决定要在周末处理一大堆工作了。"

工作?雷切尔感到怀疑。更准确的猜测应该是塞克斯顿参议员和另外一个女人在一起吧。他偷偷摸摸对妻子不忠已经有好几年了。塞克斯顿太太不是傻瓜,但每次对他的风流韵事稍有暗示,他总能摆出令人信服的托辞,还好像受了羞辱一般痛苦。最终,塞克斯顿太太没有办法,只能睁一只眼闭一只眼,把痛苦埋在心底。尽管雷切尔曾敦促母亲考虑离婚,但是凯瑟琳·温特沃斯·塞克斯顿却是一个恪守承诺的女人。只有死亡才能把我们分开,她告诉雷切尔。你的父亲把你给了我——一个美丽的女儿——我为此感谢他。总有一天,他要为他的所作所为付出惨重的代价。

现在,站在机场,雷切尔难以抑制自己的愤怒。"但是,这就是说你要自己过感恩节了!"她感到一阵恶心。参议员先生在感恩节把自己的家人扔下不管,即便对他来说,这也算是一件新的丑事了。

"好吧……"塞克斯顿太太说,她的声音虽然很失望,但是很坚定,"我当然不能浪费这些吃的。我会开车去安姑妈家里,她一直邀请我们去她那儿过感恩节。我这就给她打电话。"

雷切尔感到稍稍好过一些。"好吧。我会尽快赶回家的。我爱你,妈妈。"

"一路平安,宝贝。"

晚上十点三十分,雷切尔的出租车驶过蜿蜒的公路终于到达了塞克斯顿的豪宅。她一到那儿就觉得哪里不对劲。三辆警车停在她家的私人车道上,还有几辆新闻采访车。整个房子灯火通明。雷切尔心跳加速,冲了进去。

一个弗吉尼亚州的警官在门口撞见了她,他表情严肃。不消他说一句话,雷切尔就明白,出事了。

"因为雨水结冰,25号公路变得很滑,"警官说,"你母亲的车滑出公路掉进了一个长满树木的深谷,很遗憾,她当场死亡。"

雷切尔的身体僵住了。她父亲得知这一消息后立刻赶了回来,现在正在客厅里开一个小型的新闻发布会,强忍着悲痛,向世人述说着他的妻子在与家人吃完感恩节晚餐后回家途中死于车祸。

雷切尔站在厢房里,一直在抽泣。

"要是,"她的父亲眼里闪着泪光,对记者们说道,"要是我这个周末为她回来就好了,那样她就不会出事了。"

你几年前就该想到这一点了。雷切尔在心里哭喊道。她对她父亲的憎恨每一分钟都在加深。

从那时起,雷切尔就与她父亲彻底决裂了,而这是塞克斯顿太太不曾做到的。不过,参议员先生对此置若罔闻。他用亡妻的财富争取他所在党派的总统候选人提名,他一下子忙得不可开交。获得一些同情的选票也没什么坏处。

残酷的是,三年之后的现在,就算彼此相距甚远,参议员先生也能使雷切尔的生活变得孤独寂寞。她父亲争夺白宫之位的角逐使雷切尔遇见一个心仪的男人并拥有一个家庭的梦想变得遥不可及。对雷切尔来说,退出这场游戏比对付那些络绎不绝的贪恋权势的求婚者来说要容易得多,那些求婚者想趁着地位相当的时候,把这位仍在丧母之痛中的未来"第一千金"追到手。

F-14型飞机外面，白昼渐渐逝去。这时是北极地区的晚冬——长期黑暗的日子。雷切尔意识到她正在飞往一个永远只有黑夜的地方。

时间一分分过去，太阳完全消失了，落在了地平线以下。他们继续北上，大半个明月升了起来，明亮地挂在清澈冰冷的天空中。下面遥远的海面上波光粼粼，一座座冰山看上去就像是镶在黑色缎带上的钻石。

终于，雷切尔辨认出了这个地带模模糊糊的轮廓，但跟她料想的却不一样。飞机前方的海面上隐隐约约透出的是一大片被雪覆盖的山脉。

"山？"雷切尔迷惑不解地问道，"格陵兰岛以北还有山？"

"显然是的。"飞行员说，听上去他也同样感到吃惊。

F-14型飞机的机头开始向下倾斜，雷切尔觉得有一阵奇怪的失重感。尽管耳朵里有轰鸣声，她仍然能听到飞机驾驶舱里不断响起的电子信号的嗒嗒声。飞行员显然是在追踪某种指示信号并跟着它前进。

他们在三千英尺以下飞行时，雷切尔向外探望飞机下面那片洒满明亮的月光的土地。山脚是一片被雪覆盖着的广阔土地。高原向海的方向延伸出去约十英里，在坚冰覆盖的悬崖处戛然而止，直陡陡的悬崖下面是一片汪洋。

就是在这时，雷切尔看到了一种景象，一种她从未在地球上任何地方见过的景象。起初她还以为是月光跟她开的玩笑。她看看雪地，却搞不清楚她看的东西到底是什么。飞机飞得越低，景象就越发清晰起来。

那到底是什么？

他们下面的高地是条纹状的……就好像是有人在雪地上画了三条粗大的银色线条，这些闪光的平行线一直延伸到海边的悬崖处。飞机降到五百英尺以下的时候，那种视觉上的错觉才消失了。原来，那三条银色的条纹是三条深深的沟壑，每条至少有三十码宽。原本注满水的沟壑由于天寒已经结冰,变成了三条平行的宽宽的银色沟槽,横贯高原。两条沟槽之间的白色突起地带则是由雪堆积而成的崖径。

他们往高地降落的时候,飞机在强大的气流中剧烈晃动起来。雷切尔听到起落架发出很响的"当"的一声,但是她并没有看到着陆的跑道。飞行员竭力控制着这架飞机时,雷切尔往外瞥了一眼,她看到了两条闪烁的光线横跨最外侧的冰槽,她意识到飞行员想要干什么,心里十分害怕。

"我们要在冰上着陆吗?"她问。

飞行员顾不上回答,他正集中精力与寒风搏斗。飞机减速,向冰道下降,雷切尔感到五脏六腑猛地一沉。高耸的崖径在飞机两旁升了起来。雷切尔屏住了呼吸,她知道在这狭窄的过道里,一丁点儿的计算失误都意味着必死无疑。飞机摇摇晃晃地停在了崖径之间,气流刹那间消失了。没有风的阻碍,飞机准确无误地落在了冰面上。

"雄猫"截击机的后推进器咆哮着使飞机减速下来,雷切尔长舒了一口气,飞机又向前滑行了约一百码后停在了冰面上极显眼的一条喷绘红线上。

月光下,右边的视野里除了雪墙什么也没有——那是冰道的侧面,左面也是一样。只有透过前面的挡风玻璃,雷切尔才能看到外面……一片无垠的冰原。她觉得仿佛是降落在了一个没有生命的星球上。除了冰上的这条线,没有任何生命的迹象。

接着,雷切尔听到了声响。远处,另一个引擎的声音逐渐靠了过来。音调更高,而且越来越响,最后,一个机动装置进入了他们的视线。只见一辆巨大的多踏板雪地牵引机正从冰槽的另一端向他们驶来。牵引机又高又细,看起来就像是一只来自未来世界的巨型昆虫。它飞快地转动着轮子,嘎吱嘎吱地向他们驶过来。那牵引机的底盘上是一个密封的有机玻璃舱,里面有一排探照灯用来照明。

牵引机摇摇晃晃地正好停在了 F-14 型飞机的旁边。有机玻璃舱的门打开了,一个人顺着梯子下来,到了冰面上。他从头到脚都裹着一件蓬松的白色连体衣,让人感觉他像是被充了气似的。

疯狂的麦克斯[1]遇到了皮尔斯伯利的面团宝宝[2]。雷切尔心里想着,为这个陌生的星球上还有人居住而感到欣慰。

来人示意飞行员把F-14型飞机的舱门打开。

飞行员照办了。

舱门打开时,一阵寒风钻进了雷切尔的身体,她立刻感到冰冷彻骨。

把那该死的盖子关上。

"塞克斯顿女士?"那人称呼她道,带着美国口音,"我代表美国国家航空航天局欢迎你。"

雷切尔浑身打着冷颤。多谢了。

"请你解开安全带,把头盔放在飞机里,踩着机舱的踏板下来吧。你有什么问题吗?"

"当然,"雷切尔大声回敬道,"我到底在哪里?"

第17章

玛乔丽·坦奇——总统的高级顾问——长着一副松垮垮的骨头架子。她骨瘦如柴的六英尺身架就像是由关节和四肢拼成的建筑拼装玩具[3]。弱不禁风的身体上挂着的那张蜡黄色的面孔像是一张被一对无神的眼睛穿了两个洞的羊皮纸。五十一岁的她看起来却像七十岁。

坦奇在华盛顿政界被当做女神来崇敬。据说她有超凡的分析能

---

[1] 疯狂的麦克斯(Mad Max),澳大利亚系列剧《疯狂的麦克斯》中的主角,是一名疯狂的飞车手。这里用来指代那名飞行员。

[2] 面团宝宝是美国贝氏堡公司十九世纪六十年代推出的玩具,全身雪白,模样可爱,脸上有闪亮的蓝眼睛及可爱的笑容,头戴厨师高帽,上面印有美国贝氏堡公司(The Pillsbury Company)的蓝色商标。皮尔斯伯利(Pillsbury, 1842—1899),美国制造商,创立了十九世纪最大的面粉制造企业之一。这里指来接雷切尔的司机穿得像面团宝宝一样。

[3] 建筑拼装玩具是美国发明家吉尔伯特一九一三年发明的。利用建筑物玩具工具箱里的轻质材料组合,可以造出一座座桥梁和高楼大厦林立的微型城市。

力,仿佛有千里眼一样。她主持国务院情报研究局的十年帮她练就了一副极其敏锐而富有判断力的头脑。可惜的是,坦奇虽有出色的政治才华,却也有一副冷酷脾气,少有人能忍受得了几分钟。上天赋予玛乔丽·坦奇一个仿佛超级计算机的脑子——还有热情。不过,扎克·赫尼总统很能容忍这位妇人的刁钻癖性,而一开始也正是她的才智和努力工作让赫尼坐上了总统的位子。

"玛乔丽,"总统说道,站起来把她迎进总统办公室,"我能为你做点什么吗?"他没有给她让座。那些普通的社交礼节对玛乔丽·坦奇这样的女人来说是不适用的。如果坦奇想坐的话,她早就坐下了。

"我听说你今天下午四点钟要给班底成员开个会。"她的嗓音由于吸烟而沙哑,"好极了。"

坦奇踱了几步,赫尼能感觉到她的脑子转个不停,就像一个复杂精细的齿轮。赫尼对此很感激。玛乔丽·坦奇是总统工作人员里精选的极少数洞晓国家航空航天局的发现的人之一,她正施展政治才能帮助总统策划他的应对策略。

"美国有线电视新闻网的辩论定在今天下午一点,"坦奇一边咳嗽一边说道,"我们派谁去跟塞克斯顿辩论呢?"

赫尼笑了。"一个资历不高的竞选代言人。"这条不派遣重要人物与竞争者辩论的政治策略自辩论开始就有了,其目的是挫伤对方的锐气。

"我有一个更好的主意,"坦奇说,她空洞的目光注视着总统的眼睛,"我亲自上阵。"

听到这话,扎克·赫尼猛地抬起头来。"你?"她到底在想什么?"玛乔丽,你不能去上那个电视节目。而且,这只是一个午间节目。要是我把我的高级顾问派去了,那会传达什么样的信息呢?那会让我们看起来已经恐慌不已了。"

"没错儿。"

赫尼仔细审视着她。不管坦奇有多么复杂的计划,赫尼无论如何也不会让她出现在美国有线电视新闻网的节目中。任何瞧过玛乔丽一眼的人都明白她之所以在幕后工作是有原因的。坦奇是个模样可怕的女人——不是那种总统期待的可以传达白宫信息的形象。

"我要参加这次美国有线电视新闻网的辩论。"她重复道。这次她可不是在征求意见了。

"玛乔丽，"总统还在努力，却有些不安了，"塞克斯顿的竞选班子肯定会把你在美国有线电视新闻网的亮相当做是白宫恐慌的证据。早早地让我们的大将出马会使我们显得已经绝望了。"

这女人一声不吭地点点头，点着了一根烟。"我们看上去越绝望越好。"

接下来的六十秒钟，玛乔丽向总统解释了为什么要派她而不是一个普通的白宫人员去参加电视辩论的原因。玛乔丽说完以后，总统只能吃惊地盯着她看了。

又一次，玛乔丽·坦奇证明了自己是个政治奇才。

第 18 章

米尔恩冰架是北半球面积最大的浮冰，位于北纬八十二度，在北极高纬度区的埃尔斯米尔岛[1]的最北岸，宽四英里，厚度超过三百英尺。

此刻，当雷切尔爬进这架冰上牵引机顶部的有机玻璃舱时，她十分感激那早就放在她座位上的毛皮风雪大衣和手套，还有那从牵引机通风孔里吹出来的暖风。外面的冰道上，F-14 型飞机正在发动引擎，准备启程返回了。

雷切尔警觉地抬起头。"他要走了？"

---

[1] 埃尔斯米尔岛属于加拿大西北领地，为北极圈的岛屿中面积最大、居住人口最多的地方，也是风景最秀丽的地方。

她的新东道主爬进牵引机,点点头,说道:"只有科学家和国家航空航天局援助小组的直属成员才能进入这个地区。"

F-14型飞机起飞进入那不见天日的空中时,雷切尔突然觉得孤立无援了。

"我们从这里乘坐冰上跑车,"那人说道,"局长在等我们。"

雷切尔注视着他们前面银色的冰道,竭力猜想着这位国家航空航天局的局长在这个鬼地方能干什么。

"坐稳了。"那个国家航空航天局的人员喊着,拉动了几个控制杆。随着一阵咆哮,那机器就像是踏板式军事坦克一样在原地旋转了九十度,现在在它面前的是高高的崖径了。

雷切尔看着这陡峭的斜坡,感到了一丝恐惧。他应该不会是想要——

"摆动起来吧!"驾驶员突然踩动了离合器,那机器就径直冲着斜坡加速而去。雷切尔惊慌地发出了一阵含糊不清的叫喊声,努力控制着自己的身体。当他们撞到斜面时,那机器的钉式踏板扎入了雪中,这奇妙的装置就开始向上爬了。雷切尔想他们肯定要翻过去背朝下了,但在牵引机沿着斜面往上走时,驾驶舱却仍旧不可思议地保持着水平。当这庞然大物蹒跚着到达崖径顶部时,驾驶员让它停了下来。他对这位神经紧张的乘客笑了笑说:"在多功能跑车里试试这玩意儿吧!我们采用了火星探路者号的防震系统,把它放置在这个小家伙里面。就像护身符一样灵验。"

雷切尔虚弱地点了点头道:"很好。"

此刻,雷切尔在崖径顶上凝视着外面那不可思议的景色。又一座高大的崖径矗立在他们面前,接着那种起伏的地势就突然消失了。远处,冰雪大地变成一片闪闪发光的原野,有一点很细微的倾斜。月光下这片冰雪地带向远处延伸,最终变窄,蜿蜒着伸入山中。

"那就是米尔恩冰川,"驾驶员指着那片山说道,"冰川从那里开始一直延伸到我们现在所在的三角地带。"

他又加大了油门,那辆跑车沿着陡峭的冰面加速前行,雷切尔努力控制着自己的身体。到达谷底之后,他们又爬过了一条冰河,然后飞速地爬上了另一座崖径,到顶之后又急速地向远处滑行而去。滑出这片光滑的冰带之后,他们开始穿越冰川,跑车发出吱嘎吱嘎的声音。

"有多远?"前面,雷切尔除了冰什么也没看到。

"往前走大约两英里。"

雷切尔觉得好像挺远的。外面一股股无情的寒风不停地敲打着冰上跑车,弄得有机玻璃舱吱嘎作响,好像要把他们掀翻到海里去一样。

"那是下降风,"驾驶员喊道,"你得习惯它!"他解释说这一地带有一种近海风被称作下降风——希腊人利用这种风滑行下山。这无休无止的风显然是这些刺骨冷空气的产物,它们像怒吼的河水一样奔流而下。"这是地球上唯一一个有这种景观的地方!"驾驶员笑着又说道,"是真正的全都结冰了。"

几分钟以后,雷切尔开始看见在他们前面的远处有一个模糊的轮廓——一个巨大的白色圆顶的轮廓出现在冰面上。雷切尔揉了揉眼睛。那到底是什么?

"爱斯基摩人出现了。呃?"那男人开玩笑地说道。

雷切尔努力想搞清楚那建筑物到底是什么东西。它看起来就像是一个小型的休斯敦天文观测站。

"国家航空航天局在一个半星期之前造的,"他说,"是多级的充气式聚山梨醇酯结构。把每片结构充好气,一个个粘在一起,然后用岩钉和金属丝把整个结构连接起来。看起来就像是一个密封的大帐篷顶,但实际上它是国家航空航天局便携式住宅的试验品。我们希望将来把它用在火星上,我们把它叫做'旅居球'。"

"旅居球?"

"对,明白吗?因为它不是一个完整意义上的球体,它只是一个用来居住的球体。"

雷切尔微微一笑,注视着车外这座正逐渐逼近的形状怪异的冰上建筑。"因为国家航空航天局还没有登上火星,你们这帮人就决定先在这里尝尝露宿野外的滋味?"

那人笑了。"事实上，我更愿意去塔希提岛，但是命里注定要来这个地方。"

雷切尔抬头凝视着那个建筑，心里很没底。这个灰白色外壳在夜空的映衬下显得极其可怕。冰上跑车逐渐靠近那个建筑，吱嘎响着停在了圆顶屋侧面的一扇小门旁。门开着，灯光从里面射出来照在雪地上，一个人走了出来。那是一个身材高大的男人，上身的黑色羊毛套衫更使他显得身材高大，看起来像头熊。他朝冰上跑车走了过来。

雷切尔很清楚这人是谁：劳伦斯·埃克斯特龙，美国国家航空航天局局长。

驾驶员像是安抚雷切尔似地笑了笑。"别被他那大块头吓着。他就是只猫，很讨人喜爱的。"

更像老虎，雷切尔心想，埃克斯特龙的威名她早就听说过了，他能把那些阻碍他实现梦想的人的头咬下来。

雷切尔从冰上跑车里下来时，差点被寒风吹倒。她裹紧了身上的大衣，朝圆顶屋走去。

国家航空航天局局长在半路上迎接她，伸出一只戴着手套的大手。"塞克斯顿小姐，感谢你的到来。"

雷切尔半信半疑地点了点头，她的叫声压过了呼啸的寒风。"坦白地说，长官，我想我没什么别的选择。"

国家航空航天局局长把雷切尔·塞克斯顿领进那个圆顶屋的时候，三角洲一号正在再向北一千米的冰川上透过红外线望远镜盯着这里，监视着这一切。

第 19 章

国家航空航天局局长劳伦斯·埃克斯特龙是个身材高大的人，他面色赤红,脾气暴躁,活脱脱一个暴躁的古斯堪的纳维亚之神。他额头上布满了皱纹,一根根竖起的金发被剪成了军队要求的长短,圆头鼻上筋脉分明。此刻,他炯炯有神的双眼正因为连续的不眠之夜而变得黯淡无光。在就任国家航空航天局局长之前,他是五角大楼里一位颇有影响的航空航天战略家和军事行动顾问,埃克斯特龙以他那粗暴的脾气和他完成一切任务时都不容置疑的决心而著称。

雷切尔·塞克斯顿跟随劳伦斯·埃克斯特龙进入旅居球,发觉自己正走在怪诞的半透明的走廊迷宫里。一些不透明的塑料片挂在紧绷的金属线上,似乎这个错综复杂的通道就是这样形成的。迷宫的地面并不存在——那只是一片冰层,上面铺了一层橡胶垫子来防滑。他们穿过了一个两旁有轻便床和生化厕所的简易营区。

虽然伴随狭小营区里的人们的是各种各样浓重的难以分辨的味道,但值得欣慰的是,旅居球里的空气还是暖和的。不知什么地方,发电机正在嗡嗡作响,显然这就是挂在走廊里灯芯绒窗帘上电灯泡的能量来源。

"塞克斯顿女士,"埃克斯特龙一边咕哝道,一边轻快地引领着她走向一个未知的目的地,"我想一开始就对你坦诚些。"他的语气里传达的可绝不是欢迎雷切尔这位客人的意思,"你之所以来到这里是因为总统想让你来。扎克·赫尼总统是我的私交好友,也是国家航空航天局忠实的支持者。我尊敬他,感激他,也信任他。对于他直接下达的命令,我从不怀疑,尽管有时我讨厌这些命令。正是如此,有一点很清楚,你得注意我并不赞成总统让你卷进这件事情的那个热情劲儿。"

雷切尔瞠目结舌。我飞了三千英里来到这里就是为了受到这样的礼遇?这家伙可不是玛莎·斯图尔特[1]。"在这个问题上,"她不客气地回敬道,"我也是在执行总统的命令。没有人告诉我此行的目的。我来只是出于忠心。"

---

[1] 玛莎·斯图尔特是全美最具影响力的女性之一,家政领域的女皇,在二〇〇二年卷入了一场证券内幕交易丑闻。

"很好，"埃克斯特龙说，"那我就直说了。"

"你已经开了个好头。"

雷切尔毫不客气的回答好像让局长很吃惊。他放慢了脚步，静静地打量着她。然后，就像一条舒展开身子的蛇一般，他长长地叹了口气，又大步向前走去。

"要知道，"埃克斯特龙说，"你参与到国家航空航天局的一个机密的项目中来，这让我心不甘情不愿。这不仅仅是因为你是国侦局的一个代表，你们的长官总是把我们当做信口开河的孩子来戏弄，还因为你是那个总想要摧毁我的机构的人的女儿。这该是我们国家航空航天局扬眉吐气的时候了。最近我的人承受了许多的指责，我们该赢得这光荣的一刻。然而，在你父亲的带领下，怀疑的浪潮一拨拨地向我们涌来，结果我们发现自己已经陷入了这样的政治局面，不得不被迫和一些任意挑选出来的非官方科学家，还有那个竭力想弄垮我们的人的女儿一起来分享荣耀。"

我不是我的父亲，雷切尔想喊出来，但此时可不是和国家航空航天局局长辩论政治的时候。"我来并不是为了出风头，先生。"

埃克斯特龙盯着她说道："你会发现你没得选择。"

这句话让雷切尔吃了一惊。尽管赫尼总统并没有特别说明让她"公开"协助他，威廉·皮克林显然已经怀疑雷切尔可能会变成一枚政治棋子。"我想知道我来这里的任务是什么。"雷切尔要求道。

"我和你一样，也不知道。"

"什么？"

"总统说你一来就让我把我们目前的发现全部告诉你。至于他想让你在这里扮演什么角色，就是你和他之间的事情了。"

"他告诉过我你们的地球观测系统有了新发现。"

埃克斯特龙斜了她一眼。"你对地球观测系统了解多少？"

"地球观测系统由国家航空航天局的五颗卫星组成，它们从不同的角度对地球进行观测——绘制海洋图，分析地质断层，观察极地冰雪融化现象，测定矿物燃料资源的位置——"

"很好，"埃克斯特龙说，听起来他一点儿也不感到惊奇，"所以你也知道地球观测系统的最新成员了？它叫做极轨道密度扫描卫星。"

雷切尔点了点头。极轨道密度扫描卫星旨在监测全球变暖的影响。"据我理解，极轨道密度扫描卫星是检测极地冰帽的厚度和硬度的。"

"事实上，是的。它运用光谱带技术对大片地区的合成物进行扫描观测，并找出冰层中异常的软地带——半融化地带，内部融化，大裂缝——这是全球变暖的迹象。"

雷切尔对合成厚度侦测很熟悉。它就像是地下超声波一样。国侦局曾将类似的技术应用在对东欧和本土墓地的地下表层密度变化的监测中，以此向总统证实种族清理运动仍在进行。

"两个星期以前，"埃克斯特龙说，"极轨道密度扫描卫星从这个冰架上空经过，它发现了一个与我们的想象一点也不同的密度反常现象。极轨道密度扫描卫星监测到深埋在冰下两百英尺的固体冰块中的一个直径十英尺左右的非结晶质球状物。"

"是跌水潭吗？"雷切尔问道。

"不，不是流体。奇怪的是，这个异常的部分比它周围的冰层还要硬。"

雷切尔顿住了。"那么……是巨石什么的？"

埃克斯特龙点点头。"应该是的。"

雷切尔在等待那句关键的话，但没有等到。我来到这里就是因为国家航空航天局在冰层里发现了一块大石头？

"直到极轨道密度扫描卫星计算出它的密度，我们才对此兴奋不已，立即组织了一个小组来到这里研究。结果是，冰下这块岩石的密度比我们在埃尔斯米尔岛上发现的任何石块都要大出许多。实际上，它比方圆四百英里以内发现的所有石块的密度都大。"

雷切尔看着脚下的这片冰层，想象着下面巨石的样子。"你是说有人把它搬到这里来的？"

埃克斯特龙似乎被逗乐了。"这块石头有八吨多重，嵌在两百英尺以下坚固的冰里,也就是说已经有三百多年没有人动过它了。"

雷切尔跟随局长走进这又长又窄的通道入口,从两个荷枪实弹的国家航空航天局的警卫身边走过,她感到有些累了。她瞥了埃克斯特龙一眼。"我想对这块石头出现在这儿……还有这个秘密,应该有个合乎逻辑的解释吧?"

"最大的可能性就是,"埃克斯特龙面无表情地说,"极轨道密度扫描卫星发现的这块石头是陨石。"

雷切尔僵在走廊里盯着局长说:"陨石?"她感到一阵失望。在总统的一番大肆宣扬之后,一块陨石可真算是虎头蛇尾。这样的发现就能为国家航空航天局过去的开销和失误辩解了?赫尼到底在想什么?陨石当然是地球上最珍稀的石头之一,但国家航空航天局发现陨石是司空见惯的事了。

"这块陨石是迄今为止发现的最大陨石之一。"埃克斯特龙挺直了身子站在雷切尔前面说道,"我们认为这是有记录的十七世纪撞击北冰洋的大陨石的碎片,它极有可能是被海洋冲击力甩到了米尔恩冰川上,在过去的三百年里被慢慢地埋在了冰雪里。"

雷切尔皱了皱眉头。这个发现什么也改变不了。她愈发怀疑起来,自己正目睹一场由绝望的国家航空航天局和白宫使出的夸张的哗众取宠的噱头——两个在困境中挣扎的机构正试图把一个有利的发现推上震撼世界的国家航空航天局的胜利的高度。

"看起来你并不是很吃惊。"埃克斯特龙说。

"我觉得应该还会有什么……其他的信息。"

埃克斯特龙眯了眯眼。"塞克斯顿女士,这么大的陨石是很罕见的发现。世界上没几个比它大。"

"我知道——"

"但是让我们兴奋的并不是它的体积。"

雷切尔抬起了头。

"如果你能听我讲完,"埃克斯特龙说,"你就会知道这块陨石有其他陨石身上从来不曾出现的特征。不管它们是大是小。"他示意雷切尔继续往前走。"现在，如果你跟我来，我会介绍一个比我更有资格谈论这件事的人给你认识。"

雷切尔搞不懂了。"比国家航空航天局局长更有资格的人？"

埃克斯特龙那北欧人的眼睛锁住了雷切尔的目光。"更有资格，塞克斯顿小姐，他只是一个平民百姓。我想既然你是个职业的数据分析家，你大概更倾向于从没有偏见的消息提供者那儿得到数据吧。"

对极了。雷切尔放慢了脚步。

她跟着局长向狭窄的走廊深处走去，在一块笨重的黑色帏帐的尽头停了下来。在帏帐另一侧，雷切尔可以听到很多声音窃窃私语，嗡嗡回响，就像是在一个巨大而空旷的空间中回荡一样。

局长什么也没说就伸出手去掀开了帏帐。雷切尔被那突如其来的耀眼白光刺得睁不开眼睛。她犹犹豫豫地走上前去，眯起眼睛看着那片闪亮的地带。等她的眼睛适应过来后，她注视着面前宽敞的房屋，不禁倒吸一口冷气。

"我的上帝。"她喃喃自语道，这是什么地方？

第 20 章

美国有线电视新闻网的演播室位于华盛顿特区外，是全球二百一十二个通过卫星与亚特兰大的特纳广播系统总部联系的演播室之一。

下午一点四十五分，塞奇威克·塞克斯顿参议员的豪华轿车驶进了停车场。塞克斯顿洋洋得意地走了出来，大步流星地朝入口走去。一个大腹便便的美国有线电视新闻网制片人脸上挂着热情的微笑，迎接他和加布丽埃勒入场。

"塞克斯顿参议员，"制片人说，"欢迎您。有个好消息，我们刚刚得知白宫派了谁来做您的辩论对手。"他露出一丝严峻的笑容，"我希望你能拿出一副备战的样子。"他示意他们从制作间的玻璃向里看。

塞克斯顿透过玻璃向里看了看，差点没跌倒。透过香烟迷雾正盯着他看的，是政界最难看的一张脸。

"玛乔丽·坦奇？"加布丽埃勒脱口而出，"她来这儿究竟干什么？"

塞克斯顿也搞不清楚，但不管什么原因，她的出现是绝妙的消息——这是表示总统绝望的一个明显的信号。不然，他怎么会派出高级顾问到前线来呢？扎克·赫尼总统派大将出马了，塞克斯顿正求之不得。

对手越强，摔得就越惨。

参议员先生当然清楚坦奇是个狡猾的对手，但是现在看着这个女人，他不禁想，总统犯了一个严重的判断失误。玛乔丽·坦奇长得真是可怕。此刻，她没精打采地坐在椅子上抽烟，右臂懒洋洋地一上一下地碰着她那薄薄的嘴唇，就像一只正在吃食的大螳螂。

上帝啊，塞克斯顿想。这样一张脸也敢来上电视做节目。

塞奇威克·塞克斯顿有几次在杂志上见过白宫高级顾问的这张蜡黄色面孔，但他还是不能相信他现在面对的就是华盛顿政界最有影响力的面孔之一。

"我不喜欢这样。"加布丽埃勒小声嘀咕。

塞克斯顿没听见她说的话。他越斟酌这个千载难逢的机会就越高兴。比起坦奇那张不受媒体欢迎的脸来说，更让人觉得幸运的是她在一个关键问题上的态度：她极力声明美国未来的领导地位只能由科技优势来保证。她是政府高科技研发计划的热情支持者，而且，非常重要的是——她对国家航空航天局的支持是最明显的。很多人相信正是因为她在幕后施加的压力迫使总统对于衰败的美国航天机构的态度仍然毫不动摇。

塞克斯顿纳闷儿，也许总统因为坦奇提出的所有支持国家航空航天局的馊主意要惩罚她？他要把他的高级顾问送入虎口？

加布丽埃勒·阿什透过玻璃窗看着坦奇，愈发感到不安起来。这个女人绝顶聪明，而且总是令人意想不到。这两点让加布丽埃勒·阿什本能地感到不安。考虑到这个女人在国家航空航天局的问题上的立场，总统派她来与塞克斯顿参议员正面交锋似乎失策，但总统肯定不是傻子。加布丽埃勒隐隐觉得这次见面不是什么好事。

加布丽埃勒已经感觉到参议员正在为他这千载难逢的机会垂涎不已，可这丝毫不能减轻她的忧虑。塞克斯顿总是在他过于自信的时候走极端。国家航空航天局的问题对他们的投票结果来说确实是个鼓舞，但是塞克斯顿最近有些过头了，她想。许多竞选人正是因为想给对手致命的一击而失败的，其实那时他们所要做的该是结束这一轮较量。

制片人对这即将展开的血腥辩论充满了期待。"准备开始吧，参议员先生。"

塞克斯顿向制作室走去的时候，加布丽埃勒扯了扯他的袖子。"我知道你正在想什么，"她小声说道，"但是要聪明点。别走极端。"

"走极端？我？"塞克斯顿咧嘴一笑。

"记住，这个女人对她的工作可是非常在行。"

塞克斯顿冲她颇具暗示性地得意地一笑道："我也是。"

第 21 章

美国国家航空航天局旅居球里这个幽深的主厅在地球上的任何角落都算得上是一个奇景，而它坐落在北冰洋一个冰架上，这更让雷切尔·塞克斯顿觉得难以置信。

抬头可见一个应该出现在未来世界的圆顶，是用白色连环三角片连缀而成，雷切尔只觉得自己好像是进了一间大型的疗养院。墙壁是斜面的，延伸下来与冰面相接，大厅边缘是一圈哨兵般的卤素燃料灯,向上投射出亮光,大厅里有了些许亮度。

黑橡胶制成的长条地毯曲曲折折地铺在冰地上,就像是铺在那些可移动的科学工作站之间的人行道似的。在这些电子仪器之间,三四十个穿着白大褂的工作人员正忙碌着,激动而又兴奋地议论着什么。雷切尔一眼就看出了房间里洋溢着一股兴奋之情。

那是人们在为新发现而激动不已。

雷切尔和局长环绕圆顶屋外缘行进的时候,她注意到那些认出她的人投来了流露出不满之情的惊讶眼神。他们的窃窃私语在这有回音的空间里清晰地传了过来。

那不是塞克斯顿的女儿吗?

她来这里干什么?

我简直不能相信局长竟然在跟她说话!

雷切尔料想在这里处处都能见到悬吊着用来诅咒她父亲的鬼符娃娃。然而,弥漫在她身边的那种仇恨并不是唯一的一种情绪,她还感觉到了一种明显的洋洋得意——好像国家航空航天局已经清楚地知道谁是笑到最后的人了。

局长领雷切尔向一排桌子走去,那儿只有一名男子坐在电脑工作台前。他穿着一件黑色高领套头毛衫,一条宽松的灯芯绒裤子,脚上套着一双笨重的船形鞋,却没有穿国家航空航天局的防寒服,而这里的其他人似乎都穿着这个。他背对着他们。

局长让雷切尔等一会儿,他走过去跟那陌生人说话。不一会儿,那穿套头毛衫的男人向他友好地点了点头,开始关电脑。局长回来了。

"托兰先生会对其他事情作出解释的,"他说,"他也是总统派来的,你们两个要好好相处。我一会儿再去找你们。"

"谢谢你。"

"我想你听说过迈克尔·托兰吧?"

雷切尔耸了耸肩,她的思绪仍然停留在这不可思议的环境上。"名字不代表什么。"

那个穿套头毛衫的男人走了过来,咧开嘴笑了。"不代表什么?"他的声音洪亮而又友好,"这是我今天听过的最好消息了。我还以为再也没有机会给人留下第一印象了。"

雷切尔抬起头看这个陌生人时,她惊呆了。她一下子就认出了这张英俊的面孔。每个美国人都能认得出。

"噢,"她说,对方跟她握手的时候,她脸红了,"你就是那个迈克尔·托兰。"

总统曾告诉雷切尔他已经召集了顶级的非官方科学家来证实国家航空航天局的新发现,雷切尔还以为那是一群手里拿着各式各样计算器的形容枯槁的呆子。迈克尔·托兰正好相反,他是当今美国最负盛名的"科学名人"之一。托兰主持着一个名为"神奇的海洋"的纪录片,每周播放一次。在节目中,他让观众亲眼目睹引人入胜的海洋现象——海底火山、十英尺长的海虫,还有可置人于死地的潮汐。媒体称他集雅克·库斯托[1]和卡尔·塞根[2]于一体,他们称赞他以广博的知识、内敛的热情,以及对冒险的热爱作为节目的制作原则让"神奇的海洋"获得了最高的收视率。当然,大多数评论家都承认,托兰粗犷英俊的面孔和谦逊的个人魅力使他受到了女性观众的青睐。

"托兰先生……"雷切尔说道,她有点语无伦次了,"我是雷切尔·塞克斯顿。"

托兰愉快又有些狡黠地笑了。"你好,雷切尔,叫我迈克就行了。"

雷切尔发现自己舌头打结了,这可不是她的特点。大脑负担真是太重了……旅居球,陨石,秘密,发现自己意外地与电视明星面对面。"在这里见到你真让我吃惊,"她一边说一边努力地想让自己恢复正常,"总统告诉我他派了非官方的科学家来证实国家航空航天局的

---

[1] 雅克·库斯托是一个出名的法国科学家和海洋学家,他做过很多深海探测,也拍过很多介绍海底的影片。
[2] 卡尔·塞根曾担任美国康奈尔大学天文太空系的大卫·邓肯客座教授及该校行星研究中心的领导人,加州理工学院喷射推进实验室的卓越科学家,世界上最大的业余太空科学组织美国行星协会的联合创办人及会长。著有电视剧集《宇宙的奥妙》等,广受全球欢迎。

新发现时，我猜我会遇见……"她犹豫了一下。

"真正的科学家？"托兰笑道。

雷切尔脸红了，纠正他道："我不是那个意思。"

"别担心，"托兰说，"自从我来到这里，我一直听到人们这么说。"

局长有事走开了，说一会儿再追上他们。托兰现在转向雷切尔，好奇地看着她。"局长告诉我说你爸爸是塞克斯顿议员？"

雷切尔点点头。真不幸。

"塞克斯顿打入敌军阵营的间谍？"

"战线可不总是按照你想的那样划分。"

一阵尴尬的沉默。

"呃，请告诉我，"雷切尔飞快地说，"世界著名的海洋学家和一群美国国家航空航天局的顶级专家们在冰川上做什么呢？"

托兰呵呵地笑了。"实际上，是有一个长得极像总统的人让我帮他一个忙。我本来想说'见鬼去吧'，却脱口说出'是，先生'。"

雷切尔整个上午头一次笑了。"所以你就加入了。"

尽管大多数的名人本人看上去要矮小些，雷切尔却认为托兰看起来更高大。他棕色的眼睛正如在电视节目上那样机警并充满激情，声音也同样温暖热忱，他四十五岁，看起来饱经风霜却又充满活力，粗粗的黑发永远有一缕被风吹散在额前。他有坚实的下巴，举手投足潇洒不羁且透露出自信。雷切尔跟他握手的时候，他粗糙又长了茧子的手掌使她注意到，他并非那种"文弱的"典型电视名人，而是一个出色的海员和亲身实践的研究者。

"坦白地说，"托兰承认道，听起来有些腼腆，"我想我之所以被选中，更多的是因为我的公共关系而不是我的科学知识。总统叫我来为他制作一部纪录片。"

"纪录片？关于陨石的？但你是海洋学家啊。"

"我正是这样告诉他的！但他说他不认识什么陨石纪录片制作人。他说我的介入能使更多的人相信这个发现。很明显，他想在今天晚上宣布这个发现的大型新闻发布会上播放我的纪录片。"

明星代言人。雷切尔嗅到了扎克·赫尼精明的政治策略。国家航空航天局一直被指责操着大众不懂的语言高高在上地说话，这次可不是了。他们拉了一个科学传媒人员进来，一张涉及科学时美国人熟知并且信任的脸。

托兰指了指圆顶屋里远处斜对过的一堵墙，一个新闻发布区正在那里搭建。在那儿，一块蓝色的地毯铺在冰面上，还有电视摄像机、聚光灯，以及一张摆了几个麦克风的长桌子。有人正在挂一块巨大的印有美国国旗的背景幕布。

"那就是为今晚准备的，"他解释说，"局长和他的一些顶级科学家将会通过卫星连线到白宫的直播，所以他们也可以参与总统八点的电视节目。"

恰到好处，雷切尔想，她很高兴知道扎克·赫尼没打算把国家航空航天局完全排除在这个发布会以外。

"那么，"雷切尔叹了口气，"到底有没有人能告诉我这块陨石有什么特别之处呢？"

托兰扬了扬眉毛，冲她神秘地笑了笑。"实际上，这块陨石的特别之处不能解释，最好是去看。"他示意雷切尔跟他到隔壁的工作区去，"安置在那边的那个家伙有很多标本可以给你看。"

"标本？你们有那块陨石的标本？"

"当然，我们钻取了一些。实际上，正是最初的矿样让国家航空航天局意识到了这个发现的重要性。"

雷切尔不确定自己期待些什么，她跟着托兰走进了工作区。里面好像没有人。一张散放着岩石标本、测径器还有其他检测工具的桌上摆着一杯咖啡，还冒着热气。

"马林森！"托兰喊道，朝四周看了看。没人回答。他沮丧地叹了口气，回头对雷切尔说："他大概是为他的咖啡寻找奶精时走迷路了。告诉你吧，我在普林斯顿读研究生的时候认识了这个家伙，他常常在自己的宿舍里迷路。现在他已经是天体物理学国家科学奖章的获得者。我们来看看他会不会还迷路。"

雷切尔恍然大悟。"马林森？你不是在说那个著名的科基·马林森吧？"

托兰笑了。"就是那个人。"

雷切尔呆住了。"科基·马林森在这里？"马林森关于引力场的观点在国侦局的卫星专家们当中广为流传，"马林森是总统召集的非官方科学家之一？"

"对，真正的科学家之一。"

千真万确的，雷切尔想。科基·马林森机智过人，备受尊敬。

"但不可思议的悖论是，"托兰说，"马林森可以告诉你到半人马星座A的距离，精确到毫米，却不能打好自己的领带。"

"我用带别针的领带！"一个和善的鼻音从附近传了过来，"效率高于时尚，迈克。你这种做作的人是不会明白的！"

雷切尔和托兰转过头去，只见一个人正从一大堆电子装置后面钻出来。他又矮又胖，就像一只长着水泡眼、毛发稀疏却又梳理整齐的哈巴狗。看到托兰和雷切尔并肩站在一起，他停下了手里的活儿。

"上帝啊，迈克！我们在这该死的北极，你竟然还能找到这么好看的女人。早知如此，我也该去做电视节目了。"

迈克尔·托兰显得很尴尬。"塞克斯顿小姐，请原谅马林森博士。他善于胡乱地用一些有关我们星球的毫无用处的知识来弥补他智力上的不足。"

科基走了过来。"很高兴认识你，女士。我没有听清楚你的名字。"

"我叫雷切尔，"她说，"雷切尔·塞克斯顿。"

"塞克斯顿？"科基开玩笑似地喘息了一下，说道，"跟那个目光短浅、道德败坏的参议员没关系吧？我但愿！"

托兰眉头一皱。"事实上，科基，塞克斯顿参议员就是雷切尔的父亲。"

科基立刻止住了笑容，一下子蔫了。"你知道，迈克，我总是没有女人缘,真的是一点儿也不足为奇。"

第 22 章

奖章得主、天文物理学家科基·马林森把雷切尔和托兰带进了他的工作区,开始仔细挑选着他的工具和标本。他动起来就像是一根上紧了弦马上会绷断的发条。

"好了,"他说,身体兴奋得发抖,"塞克斯顿女士,你马上就要接受科基·马林森的三十秒陨石启蒙教育了。"

托兰向雷切尔使了个眼色,示意她要耐心。"忍一忍。这人想当演员想疯了。"

"是的,迈克以前也想当一个受人尊敬的科学家。"科基站在一个鞋盒子的旁边,挑了三块小的陨石标本,把它们在桌上排成一排,"这是世界上三种主要的陨石。"

雷切尔看着这三块标本,都是高尔夫球大小的难看的球状体。每一块都被截成两半,露出了截面。

"所有的陨石,"科基说,"都包含着不同含量的镍铁合金、硅酸盐和硫化物。我们根据它们中所含的金属和硅酸盐的比例来分类。"

雷切尔已经预料到科基·马林森的陨石"启蒙教育"不止三十秒了。

"这第一块陨石,"科基指着一块乌黑发亮的石头说,"是块铁心的陨石。很重。它是几年前落在南极洲的。"

雷切尔仔细端详着这块陨石,它看起来显然就是来自于别的星球——一个深灰色的小铁球,外面的硬壳经过灼烧已经变黑了。

"烧焦的外层叫熔壳,"科基说,"这是它穿过我们的大气层极度灼烧的结果。每个陨石都有一层。"科基迅速移动到下一个标本旁,"接下来这个就是我们所说的石心陨石。"

雷切尔打量着这块标本,发现外层也被烧焦了。不过,这块陨石却有一点淡淡的绿色,并且截面看起来像是一幅由带尖角的彩色碎片组成的抽象拼贴画,像一个万花筒似的智力玩具。

"真可爱。"雷切尔说。

"你在开玩笑吗?简直绚烂至极!"科基花了几分钟来解释是因为它高含量的橄榄石成分才使得它发出绿色的光,接着他激动地拿起了第三块,也是最后一块标本递给了雷切尔。

雷切尔把第三块陨石放在手掌里。陨石呈灰棕色,像花岗岩。它比地球上的石头稍重一些,但不是重很多。唯一表明它与普通石头不同的是它的熔壳——那层烧焦的外壳。

"这,"科基斩钉截铁地说,"叫做石质陨石。这是最普通的陨石类型。地球上发现的陨石百分之九十以上都是这种类型。"

雷切尔很吃惊。她一直都觉得陨石应该更像第一种标本——金属般的样子古怪的圆石头。她手里的这块陨石一点儿也不像是来自于外星。除了这层烧焦的外壳,它看起来就跟在沙滩上踩到的石头没什么两样。

科基的眼睛兴奋地鼓了起来。"埋藏在米尔恩冰架下面的陨石是一块石质陨石——就像你手里的这块。石质陨石看起来跟地球上的火成岩差不多,这使它们很难被辨认出来。这些陨石通常是些重量较轻的硅化物的混合体——长石,橄榄石,辉石。没什么让人兴奋的东西。"

确实是,雷切尔一边想着,一边把标本还给了他。"这块陨石看起来就像是被人扔到火炉里烧过了的石头一样。"

科基爆发出一阵大笑。"好一个火炉!再厉害的高炉也不可能再现流星滑过我们大气层时的温度。它们会被划得伤痕累累。"

托兰深有同感地冲雷切尔笑了笑。"这是好的部分。"

"想象一下,"科基说着,从雷切尔那里拿过了陨石标本,"让我们想象一下这个小家伙有一座房子那么大。"他把标本举过了头顶,"好了……它在太空里……在我们的太阳系中漂浮……从宇宙的温度冷却到零下一百度。"

托兰轻声地笑了，显然他已经看过科基是如何演示陨石到达埃尔斯米尔岛的了。

科基开始降低标本的高度。"我们的陨石正在向地球靠近……非常接近了……重力把它抓住了……加速……加速……"

科基使标本加速运动，模仿着物体加速下落的样子，雷切尔则在一旁观看着。

"现在它下降得很快，"科基大叫道，"每秒至少十英里——每小时三万六千英里！在地球上方一百三十五公里处，陨石开始和大气层发生摩擦。"他一边使标本朝冰面下降，一边剧烈地晃动着它，"降到一百公里以下，它开始发热！现在大气层密度加大了，摩擦不可避免！随着表面物质在产生的热量中熔化，流星体周围的气体发出白炽光。"科基开始模仿物体燃烧时发出的咝咝声，"现在，它降到了八十公里标记以下，表面加热，达到了摄氏一千八百多度！"

雷切尔难以置信地看看这个被授予总统奖章的天体物理学家更加猛烈地摇晃着陨石，嘴里发出那些幼稚的声音。

"六十公里！"科基大喊道，"我们的流星碰到了大气层壁。空气密度太大了！这使它一下子减速，这种减速超过地球重力加速度的三百多倍！"科基发出了尖锐的急刹车的声音，一下子慢了下来，"流星立即冷却了下来，停止了发热。现在我们看到的是一个黑乎乎的东西在下落！流星的表面由熔化状态硬化成了烧焦的熔壳。"

科基跪在冰面上演示那优雅的一击——陨石撞击地球表面，雷切尔听到托兰不耐烦地咕哝了起来。

"现在，"科基说，"我们的大陨石正在穿越我们最低的大气层……"他跪着，使陨石沿着拱形的曲线落到地面的一个小斜坡上，"它向北冰洋滑去……呈斜角……降落……看起来它要越过海洋……降落……最后……"他用标本轻轻地碰了一下冰面，"砰！"

雷切尔吓了一跳。

"撞击引起了大变化！陨石爆炸了。碎片四处乱飞，在海洋上跳动,旋转。"科基的动作慢了下来,滚动陨石标本穿过那看不见的海洋,来到了雷切尔的脚下,"有一块还在跳,跌落到了埃尔斯米尔岛……"他把它放到了雷切尔脚趾头那里,"它跳过了海洋,弹到了陆地上……"他把它拾起,抬到了她的鞋舌的上方,然后让它滚落到她贴近脚踝的脚面上,"最后停在了米尔恩冰川,那里的冰雪很快就把它埋了起来,避免了大气的侵蚀。"科基微笑着站了起来。

雷切尔觉得无话可说了,她深受感动地笑了起来。"哦,马林森博士,这个解释真是异常的……"

"清晰?"科基插嘴道。

雷切尔笑了。"是的。"

科基把标本还给她。"看看这个截面。"

雷切尔仔细地看了一会儿石头的外表,什么也没发现。

"斜对着光,"托兰突然说道,声音温和而友好,"再近一点儿看。"

雷切尔把这块石头凑到眼前,让它斜对着头顶上昏暗的卤素灯光。现在她看到了——细微的金属粒在石头里闪着光。许多小粒散落在截面里,就像是细小的水银粒,每个直径大概只有一毫米。

"这些小气泡叫做'陨石球粒',"科基说,"它们只出现在陨石里。"

雷切尔眯着眼看着这些小粒。"确实,我从来没有在哪个地球石块里见过这样的东西。"

"你决不会看到的!"科基说,"陨石球粒是一种地球上根本没有的结构。一些陨石球粒非常古老——也许是由宇宙中最早的物质构成。另一些新得多,像你手里的这些。这块陨石里的陨石球粒大概只有一亿九千万年。"

"一亿九千万年是新的?"

"当然!从宇宙论的角度来说,那就是昨天呀。但这里的关键是,这块标本包含陨石球粒——这是陨石的确凿证据。"

"好的,"雷切尔说,"陨石球粒是确证。明白了。"

"最后，"科基长吐了一口气，说道，"如果熔壳和陨石球粒还不能令你信服的话，我们天文学家们还有一种简单的办法来确定陨石的来源。"

"什么方法？"

科基漫不经心地耸了耸肩。"我们只要使用岩相学偏振显微镜、X射线荧光分光计、中子活化分析仪，或者是感应耦合等离子分光计来确定铁磁比例。"

托兰咕哝道："他在炫耀。科基的意思是我们只需测定一块石头的化学成分就能证明它是否是陨石。"

"嘿，海洋小子！"科基责备他道，"把科学留给科学家，好吗？"说完他立刻又转向雷切尔，"在地球上的岩石中，矿物质镍的含量不是极高就是极低，没有中间值。但在陨石里，镍的含量却在一个中间范围之内。所以，如果我们分析一个标本，并且发现镍的含量在一个中间范围之内的话，我们就可以毫不怀疑地认定这个标本是陨石。"

雷切尔觉得很恼火。"好了，先生们，熔壳，陨石球粒，中间范围之内的镍含量，它们都可以证明它是从宇宙中来的。我清楚了。"她把标本放回到科基的桌子上，"但是我为什么来这里？"

科基小心翼翼地舒了口长气。"你想不想看国家航空航天局在我们脚下的冰里发现的陨石标本？"

趁我死在这儿之前，请吧。

这次，科基从他胸前的口袋里掏出了一块小小的磁盘形状的石片。这片石头形状像唱片，大约有半英寸厚，成分看起来像她刚刚看过的石质陨石。

"这是我们昨天钻取的一片矿样。"科基把那磁盘样子的石头递给了雷切尔。

它的样子当然没有什么震撼之处。像她之前看过的标本一样，这是一块橙色偏白的石头，沉甸甸的。石头部分边缘烧焦变黑了，很显然是陨石外壳的一块碎片。"我看到熔壳了。"她说。

科基点点头。"是的，这块标本是从接近陨石外壳的地方取下来的，所以有些外壳在上面。"

雷切尔在灯光下倾斜磁盘片，发现了上面细小的金属粒。"我也看见了陨石球粒。"

"很好，"科基说，他的声音由于激动而有些紧张，"而且我可以告诉你，通过岩相学偏振显微镜来检测证明它的镍处于中间范围之内——决不像地球上的石头。祝贺你，你现在已经成功鉴定了你手上这块石头是来自太空。"

雷切尔抬起头看着他，迷惑不解。"马林森博士，这是块陨石，理应是从太空来的。我有没有漏了什么东西？"

科基和托兰心领神会地互相看了看。托兰把一只手搭在雷切尔的肩上，轻声说道："把它翻过来。"

雷切尔把磁盘片翻过来看到了另一面。她顿时就搞清楚了她看到的是什么。

就在那时，她恍然大悟，明白了个中原委。

不可能！她大吃一惊，当她盯着石头看时，她意识到"不可能"的定义刚刚被永远地改变了。嵌在这块石头里的这个东西出现在地球标本里也许会被认为是平淡无奇的，但在陨石里则完全不可思议。

"那是……"雷切尔结结巴巴的，几乎都吐不出那个字了，"那是……一只虫子！这块陨石里有一只虫子的化石！"

托兰和科基都笑了。"恭喜！"科基说。

雷切尔百感交集，一时间说不出话来。尽管她仍然迷惑不解，但她可以明显看出，这块化石，毫无疑问曾经是一个活生生的生物肌体。这石化标本大概有三英寸长，看上去它在一个更大的什么甲壳虫或是爬行昆虫的下面。七对有活动关节的腿被压在一个保护性的外壳下面，壳上布满了像犰狳[1]一样的鳞甲片。

---

[1] 犰狳，一种杂食性的、掘河隐居的贫齿目哺乳动物（犰狳科），生于北美洲南部和南美洲，特征为全身有连续的、角质鳞片组成的盔甲状保护层。

雷切尔感到一阵晕眩。"太空里的昆虫……"

"它是一种等足类动物,"科基说,"昆虫只有三对腿,不是七对。"

雷切尔甚至没听到他在说什么。她仔细地审视着面前的化石,脑子飞快地转着。

"你可以清楚地看到,"科基说,"它背部的壳像地球上的西瓜虫一样被分成了片状。但它两条明显的尾巴——像附肢一样,把它和虱子类的东西区别了开来。"

雷切尔的脑子早就把科基抛到了九霄云外。物种的分类压根儿无关紧要,那些令人疑惑的片段闪了出来——总统的秘密,国家航空航天局的兴奋……

陨石里有化石!并不是一点点的细菌和微生物,而是高级的生命形式!宇宙其他地方存在生命的证据!

第23章

有线电视新闻网的辩论进行十分钟后,塞克斯顿参议员心想,自己的担心完全是多余的。作为一个对手,玛乔丽·坦奇的实力完全被高估了。尽管这位高级顾问的冷酷、聪慧尽人皆知,可她这会儿与其说是一位有实力的对手,不如说是个牺牲品。

不得不承认,辩论刚开始时,坦奇一再强调塞克斯顿提出的反堕胎的政纲是对妇女的歧视,这使她处于上风,但是紧接着,她似乎正要乘胜追击,却不小心犯了个错误。坦奇在质问塞克斯顿不增加税收何以资助教育发展时,不怀好意地提到了塞克斯顿一贯寻找的那个替罪羊——美国国家航空航天局。

尽管美国国家航空航天局这个话题是塞克斯顿打算在辩论接近尾声时一定要说的,可玛乔丽·坦奇提早给了他这样一个机会。真是白痴!

"说到国家航空航天局,"塞克斯顿漫不经心地继续问道,"我不断听人说,国家航空航天局最近又遭受了失败,你能就此传言发表一下你的看法吗?"

玛乔丽·坦奇毫不畏缩。"很遗憾,我没听过那种传言。"她抽烟抽得嗓子如砂纸一般粗哑。

"这么说来,无可奉告?"

"恐怕是的。"

塞克斯顿幸灾乐祸起来。在媒体播放的引言片断中,"无可奉告"大致上成了"被控告有罪"的另一种措辞。

"我明白了,"塞克斯顿说道,"那么对于总统和国家航空航天局局长两人召开的秘密紧急会议的传言呢?"

这次,坦奇面露惊讶之色。"我不知道你所指的是什么会,总统开的会多了。"

"当然,他是要开很多会。"塞克斯顿打算单刀直入地问她,"坦奇女士,你是鼎力支持航天机构的,这没错吧?"

坦奇叹了口气,听起来似乎厌倦了塞克斯顿所热衷的问题。"我相信保持美国的科技优势意义重大——在军事、工业、情报搜集和电信方面都很重要,国家航空航天局无疑属于上述范围,是这样。"

在这间演播室内,塞克斯顿察觉到加布丽埃勒正在使眼色让他放弃原来的主张,但是塞克斯顿尝到了甜头,这会儿正在兴头上。"我很好奇,女士,总统继续支持这个境况明显不佳的机构是受了你的影响吗?"

坦奇摇了摇头,答道:"不是。总统同样是国家航空航天局的坚定的信徒。他很有主见。"

塞克斯顿简直无法相信他听到的话。他刚才给玛乔丽·坦奇一个机会,让她亲自承担资助国家航空航天局的部分过错,以此偏袒总统为他开脱,可是,坦奇反倒将责任重新推到了总统身上。总统很有主见。看来坦奇早已打算避开一场陷入困境的竞选活动。不过这也不足为奇，毕竟，尘埃落定之时，玛乔丽·坦奇很可能就要另谋生路了。

在接下来的几分钟内，塞克斯顿和坦奇都在拐着弯说话。坦奇试图转换话题，却不大管用，塞克斯顿则一直迫使她将话题停留在国家航空航天局的预算上。

"参议员，"坦奇争辩道，"你想要削减国家航空航天局的预算，可你知道将有多少高科技工作人员会因此失业吗？"

塞克斯顿差一点要当面嘲笑这位女士了。这女人还被认为是全华盛顿脑子最灵的人？对于本国的人口统计数据，坦奇显然需要做进一步的了解。与数目庞大、工作辛苦的美国蓝领相比，高科技工作人员的数目微不足道。

塞克斯顿急忙抓住这个问题，说道："玛乔丽，我们现在谈的可是节省大量的资金，如果科研的结果是国家航空航天局的一群科学家得开着宝马带着有销路的技术四处走的话，那还是算了吧。在财政开支方面，我保证决不妥协。"

玛乔丽·坦奇默不作声，似乎最后那一记重拳打得她天旋地转。

有线电视新闻网的节目主持人鼓励着问道："坦奇女士？有何回应？"

坦奇女士最终清清嗓子，开口说道："听到塞克斯顿先生情愿被别人认为是坚定的反国家航空航天局分子，我想我太震惊了。"

塞克斯顿眯起了眼睛。真是不错的进攻，女士。"我没有反国家航空航天局，而且我不喜欢这样的指责。我只想说，国家航空航天局的预算正好说明了总统在支持这种飙升的开支。过去，国家航空航天局说他们只要五十亿美元就可以建造航天飞机，可他们花掉了一百二十亿。他们说用八十亿就能建成宇宙空间站，可他们现在就花了一千亿。"

"美国人之所以成了领袖，"坦奇反驳道，"就是因为我们确立了崇高的目标，并且在艰难时期还能坚持不懈。"

"这种宣扬民族自豪感的演说可说服不了我，玛吉。国家航空航天局前两年的花费已经超出了预算的三倍，还要夹着尾巴爬来向总统索要更多的金钱收拾残局。那是民族自豪感吗?要是你想讲民族自豪感,那就谈谈了不起的学校,谈谈全民医疗保健,谈谈成长在一个充满机遇的国度里的聪明的孩子吧。这才是民族自豪感!"

坦奇对他怒目而视。"我能直截了当地问你个问题吗,参议员?"

塞克斯顿没有回答,不过他在等着问题。

这个女人突然勇气倍增,她不慌不忙地说道:"参议员,要是我告诉你少于国家航空航天局目前的开支我们就无法探索太空,你是不是要完全废除这个航天机构?"

这个问题的分量就如同一块巨石砸在了塞克斯顿的腿上。毕竟,坦奇也不是傻子。她刚才提了个绝妙的问题,冷不丁给了塞克斯顿一下子——她精心设计了一道是非题,迫使抱骑墙态度的塞克斯顿做出明确的选择,彻底阐明自己的立场。

塞克斯顿凭直觉想要回避这个问题。"我毫不怀疑,在良好的管理下,国家航空航天局探索太空的开支会大大少于我们目前——"

"塞克斯顿参议员,回答我的问题。太空探险是个危险且代价高昂的事业,这就像建造载客喷气机一样。我们要么就取得应有的成就——要么满盘皆输。其风险非常之大。我还是这个问题:要是你当上了总统,而且面对着是继续按目前的标准资助国家航空航天局还是彻底废止美国太空计划的情况,你会做何选择?"

她娘的。塞克斯顿透过玻璃窗向上瞥了一眼加布丽埃勒。她不断地表露出塞克斯顿早已知晓的意思。观点要明确,直截了当,不要闪烁其词。塞克斯顿高昂起头,说道:"是的,我会。要是面对上述抉择,我会把国家航空航天局目前的预算直接转用到我们的教育系统上。我情愿投票支持孩子们而不是太空计划。"

玛乔丽·坦奇大惊失色。"我太震惊了。我没有听错吧?身为总统,竟会废除本国的太空计划?"

塞克斯顿只觉得怒火中烧。此时此刻,坦奇硬逼他说出这样的话来。他想反驳,可坦奇已先开口了。

"如此看来,必须郑重声明,参议员你是说要废除将人类送上月球的那个机构了？"

"我是说太空竞赛结束了！时代变了，国家航空航天局在美国人民的日常生活中不再是极其重要的，可至今我们都还把它当做重要机构来供着。"

"这么看来你认为太空不是我们的未来了？"

"太空当然是我们的未来，但是国家航空航天局却是个大废物！让私营部门去探索太空吧。哪个华盛顿的工程师要花十亿美元拍摄一张木星照片，美国纳税人可没必要解囊相助。美国人已经厌倦了以牺牲孩子的未来来养一个过时的机构，这个机构开支庞大，回报却是微乎其微！"

坦奇重重地叹了口气，说道："微乎其微？可能除了对外星智能的探索计划之外，国家航空航天局还是取得了巨大成果的。"

坦奇连对外星智能的探索这样的话都说出了口，塞克斯顿大为震惊。真是个弥天大错。多谢提醒。对外星智能的探索是国家航空航天局有史以来最深不可测的吞钱的无底洞。尽管国家航空航天局曾经将其更名为"起源"，又搁置某些项目，试图以此使这个计划的施行有所改观，但结果还是一场空。

"玛乔丽，"塞克斯顿抓住这个有利机会，说道，"既然你提到了对外星智能的探索，那我也来谈一下这个问题。"

真奇怪，坦奇看上去几乎迫不及待地想听到这话。

塞克斯顿清了清嗓子，说道："大多数人都没有意识到，国家航空航天局一直在寻找外星人，迄今已三十五年了。这是一项代价高昂的寻宝活动，要使用碗状天线卫星阵列和巨大的无线电收发两用机，还要给坐在黑暗处听着空白磁带的科学家们发放数百万美元的工资，这样浪费资源真令人难堪。"

"你是说天上什么也没有吗？"

"我是说要是哪个政府机构用了三十五年时间花费四千五百万美元，却连一项成果都没得到，那这个机构很久以前就该被砍掉了。"塞克斯顿停顿了一下，好让人们领会他的讲话的重要性，"三十五年过去了,我想我们不会找到外星人,这是极其明显的。"

"可要是你错了呢?"

塞克斯顿骨碌碌地转了转眼睛,说道:"噢,看在老天爷的面上,坦奇女士,要是我错了就砍我的头。"

玛乔丽·坦奇那双患黄疸病似的眼睛死死地盯着塞克斯顿参议员。"我会记住你说过这句话的,参议员。"她第一次露出了笑容,"我想我们大家都会记住的。"

在六英里之外的总统办公室里,扎克·赫尼总统关掉电视机,给自己倒了杯饮料。正如玛乔丽·坦奇保证过的那样,塞克斯顿参议员上钩了——彻底中了圈套。

第24章

雷切尔·塞克斯顿目瞪口呆地默默凝视着手里的陨石化石,迈克尔·托兰觉得自己也同样欣喜。雷切尔那优雅脱俗的脸上这会儿似乎渐渐露出一种纯真的惊异表情——像是一个初次见到圣诞老人的小女孩。

我很能理解你的感受,他心想。

就在四十八小时之前,托兰也同样震惊,他当时也是惊愕得说不出话来。即便是现在,这块陨石在科学和哲学上的意义仍令他惊骇不已,迫使他对自己曾经深信不疑的自然界的万事万物进行反思。

托兰在海洋学上的诸多发现包括许多前所未知的深海生物,可这种"太空昆虫"则完全属于另一个层次上的突破。尽管好莱坞动辄爱把外星人塑造成小绿人,但是天体生物学家和科学迷都一致认为,考虑到地球昆虫的绝对数目和其适应性,如果有人曾经发现过外星人的话,那外星人的样子十有八九像昆虫。

昆虫属于节肢动物门——这种生物具有坚硬的外骨骼和有关节的腿。地球上有一百二十五万多种已知昆虫和估计约五十万种尚未分类的昆虫,昆虫的种类比其他所有动物的种类加在一起还要多。它们构成了地球上百分之九十五的生物种类,占据了百分之四十的生物量,这真令人震惊。

昆虫数目的繁多并不如其强大的适应力那样令人印象深刻。从南极冰层上的甲壳虫到死谷阳光下的蝎子,昆虫在极度酷热、干燥,甚至大气压极高的地方都能够快活地生存下来。昆虫同样经受得住人类目前所知的宇宙中杀伤力最大的威力——辐射的影响。一九四五年,在一次核试验之后,美国空军军官穿上防辐射制服来研究爆心投影点,结果却发现蟑螂和蚂蚁还在快活地活动着,似乎什么都没发生过一样。天文学家意识到,节肢动物所具有的起保护作用的外骨骼使其相当适宜栖居在充满无数辐射的星球上,而在这些地方,其他任何生物都无法生存。

看来天体生物学家说得一直都没错,托兰心想,外星人就是昆虫。

雷切尔觉得双膝发软。"我简直无法……相信,"她说着,手里翻转着那块化石,"我从没想到……"

"是需要一些时间才能想明白,"托兰说着,嘴角露出了笑容,"我花了整整二十四小时才明白过来。"

"我想我们来客人了。"一位块头特别高大的亚洲人说着,趾高气扬地走到他们中间来。

这人一来,科基和托兰立刻就像泄了气的皮球似的,没有了兴致。显然,奇妙的这一刻已经被破坏了。

"我是韦利·明博士,"他自我介绍起来,"加州大学洛杉矶分校古生物系主任。"

韦利·明带着一副文艺复兴时期杰出人士所具有的那种自命不凡的刻板样,不断地抚弄着他的蝴蝶领结,这领结跟他那齐膝长的驼绒外套很不相称。很明显，韦利·明可不是因身处偏远地带就不注重着装整洁的那类人。

"我是雷切尔·塞克斯顿。"雷切尔握着明博士那光洁的手，她的手仍然在发抖。毫无疑问，明是总统聘用的另一位非官方人士。

"这真是我的荣幸，塞克斯顿女士，"这位古生物学家说道，"很荣幸给你讲解你想知道的有关这些化石的任何事情。"

"还有许多你不想知道的事情。"科基嘟囔着说。

明用手指理了理领结，说道："我在古生物学方面专门研究业已灭绝的节肢动物和猛蛛亚目生物。显而易见，这种生物给人印象最深刻的特征就是——"

"——就是它来自该死的另一个星球！"科基插话道。

明阴沉着脸，清了清嗓子。"这种生物令人印象最深刻的特征就是它完全符合达尔文生物分类系统和分类法。"

雷切尔抬头瞥了他一眼。他们竟能给这个东西归类？"你指的是界、门、种这样的分类吧？"

"正是如此，"明说，"如果人们在地球上发现这种生物，会把它归入等足类动物目，和两千种虱目昆虫同属一个纲。"

"虱目昆虫？"她问道，"可这个昆虫个头很大。"

"分类学并不是以个头大小作为分类原则的，家猫和老虎就有亲缘关系。分类法涉及的是生理学知识。这种生物无疑属于虱目昆虫：具有扁平身体、十四条腿，而且其繁殖育儿袋的结构与窃虫、球潮虫、海滩跳虫、潮虫和蛀木水虱的完全一样。其他化石清楚地展示了更为特殊的——"

"其他化石？"

明朝科基和托兰瞥了一眼，问道："她不知道？"

托兰摇了摇头。

明的脸上顿露喜悦之色。"塞克斯顿女士，你还没听到精彩部分呢。"

"还有更多的化石。"科基突然插话，明显想要抢在明之前说出来,"很多很多。"科基急忙奔向一个马尼拉纸的大信封,取出一张过大的折叠着的纸。他将那张纸展开铺在雷切尔身前的桌子上,"我们在钻取了一些冰体心[1]之后,就放了一部 X 光照相机下去。这是一张横断面透视图。"

雷切尔看了一眼桌上那张 X 光打印图纸之后,立刻就不得不坐了下来。这个三维的陨石横断面上聚集了很多这样的昆虫。

"人们发现,"明说,"旧石器时代的昆虫化石通常成密集状态。泥流时常困住全体生物,连巢穴和整个群落都一起淹没了。"

科基咧嘴笑了笑。"我们认为这块陨石里聚集的昆虫化石呈现出了一个巢穴的状态。"他指着打印输出图纸上的一只昆虫说,"这是个昆虫妈妈。"

雷切尔看着正被谈论的这个标本,惊诧得张口结舌。那只昆虫看起来大约有两英尺长。

"大虱子,对吧?"科基说道。

想象着长方形大块面包一样的虱子正在某个遥远的星球上飞来飞去,雷切尔点点头,震惊得一句话也说不出来。

"在地球上,"明说,"昆虫保持了较小的个头,那是因为重力抑制了它们的生长。昆虫无法长得太长,它们的外骨骼承受不了。可是,在一个重力减小了的星球上,昆虫就可能进化成大得多的个头。"

"想到要拍打秃鹫般大的蚊子,真是可怕。"科基开着玩笑,从雷切尔手中取回冰体心样品,偷偷放进了口袋里。

明蹙起了眉头。"那东西你还是不要偷走为好!"

"放心好了,"科基说,"在取这块化石的地方,我们还有八吨多呢。"

眼前的这些数据在雷切尔那善于分析的头脑中翻腾着。"太空生

---

[1] 冰体心,英语为 core,地质学术语,指用环状钻头或冰体心管从孔底取得的岩层的圆柱状实物样品。冰体心样品是确定地下岩石的整体性质如孔隙度和渗透率之类,或调查某一已知地区地层的特殊性质所必需的。科学家通过研究其中所含矿物颗粒,微体化石及间隙水,推断出沉积的历史和过去的大洋情况。这里,科学家使用这种技术钻透极地冰盖以获得有关极地冰的年龄,由此推断出陨石的年龄。诺拉·曼格博士在后文有详细解释。

命怎么可能和地球生命如此相似呢？我的意思是，你们说这种昆虫竟然符合达尔文分类原则？"

"确实如此，"科基说，"信不信由你，许多天文学家都曾预言外星生命会与地球生命非常类似。"

"可是为什么呢？"她追问道，"这种昆虫可是来自完全不同的环境呀。"

"胚种论。"科基无所顾忌地笑了起来。

"对不起，你的意思是……"

"胚种论是指地球生命源自于另一个星球的理论。"

雷切尔站了起来，说道："我真弄不懂了。"

科基向托兰求助。"迈克，你可是研究原生海洋的。"

托兰看起来很乐意接着说下去。"地球曾经是个没有生命的星球，雷切尔。后来仿佛一夜之间，生命突然出现。许多生物学家认为生命的陡然出现是原生海洋里的各种因素很理想地混合在一起所产生的不可思议的结果。但是我们永远都无法在实验室里重现那一幕，所以宗教学者们就利用这个无法证明的问题来证实上帝的威力，说若不是上帝触到原生海洋，然后把生命注入其中，生命是不可能出现的。"

"不过我们天文学家，"科基宣称，"对于地球上一夜陡现的生命提出了另一种解释。"

"胚种论。"雷切尔说道，这会儿，她逐渐明白了他们正讨论的事情。她以前就听说过胚种论的学说，只是不知道这个名称。"这种学说是讲一颗流星扑通一声掉进原生海洋，就把第一批微生物生命种子带到了地球上。"

"答对了，"科基说，"那批种子就在地球上扩散，然后生命涌现。"

"如果真是那样的话，"雷切尔说，"那地球生命的根本起源就应该与外星生命的相同。"

"又答对了。"

胚种论，雷切尔想着，仍旧无法理解其隐含的意义。"如此看来，这块化石不仅证实了生命存在于宇宙的其他地方,而且事实上也证实了胚种论……地球生命源自宇宙的其他地方。"

"再一次答对了。"科基满怀热情,朝她飞快地点了一下头,"从严格意义上讲,我们可能都算是外星人。"他把手指架在头上,像两只触角一样,双眼斜视,不停地吐着舌头,活像某种昆虫。

托兰看着雷切尔,爱怜地粲然一笑,说道:"这个家伙就是进化论的顶峰之作。"

第25章

雷切尔·塞克斯顿走在迈克尔·托兰身旁在旅居球里面穿行着,感觉有团梦幻般的迷雾笼罩着她,科基和明则紧跟在后面。

"你没事吧?"托兰注视着她,问道。

雷切尔匆匆瞥了他一眼,露出淡淡一笑。"谢谢。这简直……太不可思议了。"

她回想起一九九七年国家航空航天局的那个臭名昭著的发现——ALH84001,那是一块火星陨石,国家航空航天局声称里面含有细菌生物化石遗迹。说来遗憾,在国家航空航天局成功地召开新闻发布会后几周,一些非官方科学家就站了出来,证明那块陨石中的"生命迹象"实际上只不过是地球污染产生的油母岩质。由于那个错误,国家航空航天局的声誉受到了严重破坏。当时,《纽约时报》抓住那次良机,挖苦性地重新解释了这个机构的首字母缩拼词:NASA——在科学上并非总是准确无误。[1]

还是在那起事件中,古生物学家斯蒂芬·杰伊·古尔德概括出了

---

[1] "美国国家航空航天局"原文为 National Aeronautics and Space Administration,首字母缩写为 NASA。《纽约时报》挖苦性地将其解释为"在科学上并非总是准确无误(Not Always Scientifically Accurate)",这是因为它们的首字母完全一样。

ALH84001 的诸多问题，指出他们是用化学方法，根据推论得出的证据，而不是找到了确凿的证据，比如一块清晰的骨骼或贝壳。"

可是，如今雷切尔意识到国家航空航天局已经找到了无可辩驳的证据。任何一位持怀疑态度的科学家都决不可能站出来质疑这些化石的真实性。国家航空航天局再也用不着拿那种被放大后画面模糊的细菌照片吹嘘，据说那些细菌只有在显微镜下才看得见——他们这会儿呈献的可是货真价实的陨石标本，人们肉眼就能看见嵌入这些陨石中的生物有机体。那可是几英尺长的虱目昆虫！

雷切尔想到自己小时候曾狂热地喜爱大卫·鲍伊[1]唱的一首谈及"火星来的蜘蛛"的歌曲，简直要大笑起来。很少有人想过这位英国的双性恋流行歌星的预言竟与天体生物学家的最重大发现这么接近。

正当那个悠远的歌曲旋律在雷切尔的心中回响时，科基从她身后匆忙跑了过来，问道："迈克有没有向你夸耀他的纪录片？"

雷切尔回答："没有，不过我倒愿意听听。"

科基拍拍托兰的后背说："大胆地讲一讲吧，大名人。给她讲讲为什么总统决定把科学史上最重要的时刻交给一个使用水下呼吸管潜游的电视明星。"

托兰嘟囔道："科基，如果你不介意的话？"

"好吧，我来说一下，"科基说着，费劲地挤在他俩中间，"你大概也知道，塞克斯顿女士，总统今晚要召开新闻发布会，向全世界宣布这块陨石的事情。由于世界上大多数人都是弱智，总统就让迈克参与此事，为他们把这一切都记录下来。"

"谢谢，科基，"托兰说道，"说得真好。"他看了看雷切尔，"科基要说的就是因为有太多的科学数据需要传送，总统认为一部关于这块陨石的纪录短片可能会帮助美国主流社会更容易理解此事。说来奇

---

1 大卫·鲍伊（David Bowie, 1947—　），英国歌手，词曲作者，被誉为"摇滚变色龙"或"千面歌星"，是欧美摇滚乐坛最富于变化、最神秘莫测的歌手。因他本人是双性恋歌手，其音乐被称为"阴阳摇滚"（androgynous rock）。他的主要专辑有"Love You Till Tuesday"，"The Man Who Sold The World"，"Honky Dory"等。这里指的是其一九七二年发行的专辑"The Rise & Fall of Ziggy Stardust and the Spiders from Mars"（火星来的蜘蛛和陨落星尘的沉浮），这是一张以科幻与神话为题材的经典之作。

怪，他们中间很多人对天体物理学都不甚了解。"

"你知道吗？"科基对雷切尔说，"我刚刚才听说，我们的国家总统私下里竟是《神奇的海洋》的忠实观众。"他假装气愤地摇了摇头，"扎克·赫尼——这个自由世界的统治者让秘书把迈克的节目录下来，这样他就可以在工作一整天后放松一下。"

托兰耸了耸肩，说道："这个男人趣味高尚，我还能说什么呢？"

雷切尔这会儿才开始认识到总统的计划是多么高明。政治是一种大众传媒游戏，雷切尔立刻就想到了迈克尔·托兰出现在电视屏幕上会激发人们对新闻发布会的热情，并且使人们相信它的科学性。扎克·赫尼聘用了这个理想人选来支持他对国家航空航天局所采取的小小妙举。如果总统的数据出自几个受人尊崇的非官方科学家和本国电视行业最有名的科学名人，持怀疑态度的人就难以对此质疑。

科基说道："为了制作纪录片，迈克已经用录像记录下了国家航空航天局里的大多数重要专家和我们这些非官方科学家的证词。我用我的国家奖章打赌，他的下一个对象就是你。"

雷切尔转过身看着他，问道："我？你在说些什么？我可是一窍不通。我只是个情报联络员。"

"既然这样，总统为什么把你派到北极来？"

"至今他都没告诉我原因。"

科基被逗乐了，粲然一笑。"你是白宫里负责资料分析和确认数据真伪的情报联络员，对吧？"

"对，不过跟自然科学可一点都不搭界。"

"你还是以指责国家航空航天局在航天业上浪费钱财为中心观点来积聚竞选实力的那个人的女儿吧？"

雷切尔渐渐听明白了。

"你得承认，塞克斯顿女士，"明插话道，"你的证词会大大提高这部纪录片的可信度。如果说是总统派你过来的话，他肯定是想让你以某种方式参与此事。"

雷切尔忽然又想到威廉·皮克林曾担忧她被利用。

托兰看了看手表。"我们差不多该过去了,"他说着,示意性地指了指旅居球的中央,"他们应该快开始了。"

"什么要开始了?"雷切尔问道。

"采掘时间。国家航空航天局打算把那块陨石打捞出水面,这会儿那块陨石随时都可能出现在地面上。"

雷切尔感到震惊。"你们这些家伙居然要把一块八吨重的岩石从二百英尺厚的实心冰块下取出来?"

科基看上去很高兴。"你不会以为国家航空航天局打算任由这样一项发现埋在冰下置之不理吧?"

"不会,可是……"雷切尔在旅居球的任何地方都不见有大规模挖掘设备的踪影,"国家航空航天局到底打算怎么把那块陨石取出来呢?"

科基得意起来。"没什么难的。你现在可是在一间顶级科学家云集的屋子里!"

"胡说,"明轻蔑地说着,看了看雷切尔,"马林森博士就喜欢给别人戴高帽子。其实这儿的每个人对于怎么取出那块陨石来都束手无策。提出切实可行的解决办法的是曼格博士。"

"我还没见过曼格博士。"

"新罕布什尔大学的冰川学家,"托兰说,"总统聘用的第四位,也是最后一位非官方科学家。在这一点上,明说得对,正是曼格博士想出了解决办法。"

"不错嘛,"雷切尔说道,"那么这个小伙子提出了什么建议?"

"是姑娘,"明纠正道,似乎深受触动,"曼格博士可是位女士。"

"出问题喽。"科基咕哝了一声。他对着雷切尔上下打量一番,说道:"顺便说一下,曼格博士会讨厌你的。"

托兰怒气冲冲地瞪了科基一眼。

"哎呀,她肯定会的!"科基辩解道,"她不喜欢有竞争。"

雷切尔如堕五里雾中。"对不起,你说什么?什么竞争?"

"别理他,"托兰说道,"真是不幸,国家科学委员会不知怎的竟没发现科基是个十足的白痴。你和曼格博士会相处得很和睦的。她可是专家,被认为是世界上最优秀的冰川学家之一。说实在的,她为了研究冰川的移动,搬到南极洲住了好几年。"

"真奇怪,"科基说,"我以前听说新罕布什尔大学拿出一笔捐款,把她打发到那儿去,这样他们在学校里就可以图个安宁与清静了。"

"你知不知道?"明厉声喝道,像是他自己受到了批评一样,"当时曼格博士差一点死在南极!她在一场暴风雪中迷了路,靠吃海豹脂活了下来,五个星期后,人们才找到她。"

科基轻声对雷切尔说道:"我听说是没人去找。"

第 26 章

坐着豪华轿车从美国有线电视新闻网的演播室回塞克斯顿办公室,这段路让加布丽埃勒·阿什觉得很长。塞克斯顿参议员坐在她对面,望着车窗外,显然还在得意扬扬地想着那场辩论。

"他们派了坦奇来参加一场下午的电视节目,"他说着,面带一副帅气的笑容扭过头来,"白宫开始紧张了。"

加布丽埃勒点了点头,未置可否。她早已注意到玛乔丽·坦奇驾车离去时脸上是一副沾沾自喜的满足表情,这让她紧张不安。

塞克斯顿的私人专用手机响了起来,他赶忙在口袋里摸索着找到了手机。和大多数政客一样,塞克斯顿参议员对电话号码也有个等级划分,什么样的人能联系得上他取决于他们的身份地位。这会儿打来电话的肯定是位要人。电话是通过塞克斯顿的私人专用线路打进来的,这个号码就连加布丽埃勒都不能拨打。

"我是塞奇威克·塞克斯顿参议员。"他抑扬顿挫地说着,想要突出他名字的悦耳动听。

由于轿车发出的声响,加布丽埃勒听不出打电话的人是谁,不过塞克斯顿却是一边全神贯注地听,一边满怀热情地答复:"好极了!你打电话过来,我很高兴。我打算六点,你看如何?很好。我在哥伦比亚特区有套公寓,很幽静,又舒适。你知道地址的,对吧?好的。期待着与你会面,那么今晚见。"

塞克斯顿挂断电话,看上去一副自鸣得意的神情。

"又一个塞克斯顿的仰慕者吗?"加布丽埃勒问道。

"仰慕我的人正成倍地增加,"他说,"这个家伙可是个重量级人物。"

"肯定是的。打算在你的公寓见他?"通常,塞克斯顿都会像一头保卫它仅存的藏身之地的狮子一般捍卫着他那套公寓的神圣与隐蔽。

塞克斯顿耸了耸肩,说道:"是的。今晚我要亲自会会他。这个家伙在最后阶段很可能会起到一些推动作用。要知道,我过去就与他们有私交。这都意味着信任。"

加布丽埃勒点点头,掏出了塞克斯顿的日程表。"你想让我把这个人添到日程表里吗?"

"不必了。我本来就打算无论如何都得在家待一晚的。"

加布丽埃勒找到写有今晚安排的那一栏,发现塞克斯顿早就亲手写下了粗体字 P.E.——这是塞克斯顿对于私事、独处夜晚或者打发任何人[1]的简略表达方式,至于到底指代什么,谁都不太清楚。这位参议员时常会给自己定一个 P.E. 夜晚,这样他就可以躲在公寓里,支起电话听筒,然后尽情享受他的最爱——与密友抿着白兰地,假装他在这个晚上早将政治忘却。

加布丽埃勒吃惊地看了他一眼。"这么说来,你居然允许工作占用你事先安排好的 P.E. 时间?真令我感动。"

"我晚上有点空,这个家伙碰巧要在那时候找我。我打算和他谈一会儿,听听他会说些什么。"

---

[1] 英文 personal event(私事)、private evening(独处夜晚)、piss-off everyone(打发任何人)的首字母缩写都可以写成"P.E."。

加布丽埃勒很想问问那个打来电话的神秘人物是谁，但是塞克斯顿显然有意含糊其辞。加布丽埃勒早已学会了不乱打听消息。

他们拐下环形公路返回塞克斯顿的办公大楼的时候，加布丽埃勒低头又扫了一眼塞克斯顿的日程表上那个勾出来的 P.E. 时间，然后有种奇怪的感觉：塞克斯顿之前就知道这个电话会打过来。

第 27 章

美国国家航空航天局的旅居球中央的冰面上高耸着一个十八英尺高的三脚结构的复合脚手架，这个装置看起来就像是在石油钻台与粗劣的埃菲尔铁塔模型之间架了个十字架。雷切尔细细察看了这一装置，却搞不懂它怎么能把那块硕大的陨石挖出来。

在这个塔状装置的下方，几部绞车早已被拧进了用巨大的螺栓固定在冰面上的钢板里。许多钢丝绳穿过那些绞车，斜向上绕过这个塔状装置顶上的一系列滑轮。钢丝绳从那个位置垂直向下坠入冰面上凿出的一个狭小的钻孔里。国家航空航天局的几个身材高大的工人轮流拉紧绞车上的摇柄。每重新拉紧一下，钢丝绳就会从钻孔里向上滑动几英尺，似乎几个人在拉起一支锚。

很明显，有些事我没看到，雷切尔和其他人走到离采掘地点更近的地方时，心里想道。那些人似乎要把那块陨石直接从冰块里吊起来。

"用力均匀！真见鬼！"一名女子在附近尖叫道，她的声音如链锯般刺耳。

雷切尔看到对面有位身材小巧的女士穿着一套沾满油污的亮黄色儿童风雪服。她背对着雷切尔，可即便是这样，雷切尔还是很容易就猜到了她就是这次陨石挖掘工作的负责人。这位女士在写字板上做着记号，大步地来回走着，像是一位气愤的教官。

"可别跟我说你们这些姑娘累了！"

科基大声叫道："嗨，诺拉，别把国家航空航天局那帮可怜的小伙子差来遣去的，过来跟我调调情吧。"

诺拉连头都没扭一下，就问道："是你吗，马林森？走到哪儿我都能听出那个尖声细气的嗓音，等你长到青春期再回来吧。"

科基扭头对雷切尔说："诺拉的魅力让我们激情澎湃。"

"我可听到这句话了，太空小子。"曼格博士一边反唇相讥，一边还在做着记录，"要是你想检查一下我的屁股的话，这件防雪裤可是让我重了三十磅。"

"不用担心，"科基喊道，"让我心旌摇荡的并不是你那毛茸茸的大屁股，而是你迷人的个性。"

"少来这一套。"

科基又大笑起来。"我有个好消息，诺拉。看来你并不是总统聘用的唯一女士。"

"显而易见，他还聘用了你。"

托兰接着说道："诺拉，有空来见一个人吗？"

听到托兰的声音，诺拉立刻停止记录转过身来。她那强硬的态度顿时就消失不见了。"迈克！"她笑容满面地跑了过来，"好几个小时没见着你了。"

"我一直在剪辑那部纪录片。"

"我那部分怎么样？"

"你看上去聪颖且秀美。"

"他用了特技效果。"科基说道。

诺拉没有理会他的话，马上冷淡却又不失礼貌地微笑着瞥了雷切尔一眼。她又看着托兰，说道："我希望你没有骗我，迈克。"

托兰做介绍时，那张粗犷的脸有点泛红。"诺拉，我想让你认识一下雷切尔·塞克斯顿。塞克斯顿女士在情报界工作，受总统之邀来到这里。她父亲就是塞奇威克·塞克斯顿参议员。"

这种介绍方式让诺拉一脸迷惑。"我甚至不想假装听懂这句话。"

诺拉心不在焉地与雷切尔握手时,手套都没取掉,"欢迎来到北极。"

雷切尔微微一笑,说道:"谢谢。"她惊讶地发现诺拉·曼格尽管说话强硬,脸上却有着讨人喜欢的调皮神情。她留着小仙子式的发型,棕色的头发中夹杂些许灰色,双眼敏锐且机灵——那是一双清澈透明的眸子。雷切尔喜欢她身上那种钢铁般坚定的自信。

"诺拉,"托兰说,"你能抽点时间给雷切尔讲讲你们在做什么吗?"

诺拉眉头一抬,说道:"你们两个已经直呼其名了?哎呀,哎呀。"

科基哼了一声,说:"我可早提醒过你的,迈克。"

诺拉·曼格带领雷切尔绕着塔状装置的底座参观,托兰和其他几个人彼此交谈着跟在后面。

"看到三脚支架下面的那些钻孔了吧?"诺拉用手示意着问道,起初那种咄咄逼人的口吻这会儿逐渐温和下来,热忱而痴迷地讲解着自己的工作。

雷切尔点点头,低头注视着冰面上的那些钻孔。每个孔的直径大约有一英尺,每个孔里都插有一根钢丝绳。

"这些孔都是我们在钻取岩石标本和照射陨石 X 光时留下的。目前我们利用这些钻孔把许多耐磨损的环首木螺丝放到了下面空着的冰窟内,再把它们旋进陨石里。之后,我们向每个孔里都投进两百英尺长的编织钢丝绳,用工业吊钩钩住那些木螺丝,这会儿我们只是想用绞车把那块陨石给吊上来。这些姑娘们得用上几个小时才能把它拉上地面,不过就快成功了。"

"我还是不太明白,"雷切尔说,"那块陨石在极重的冰块里,你们怎么把它提上来呢?"

诺拉指了指那座脚手架的顶部,那里有盏崭新的灯,那盏灯发出一束狭长的红光,垂直向下射到三脚架下的冰上。雷切尔起初看到那盏灯,还以为那只是某种视觉指示器——一个划定陨石所埋地点的指示灯。

"那是镓砷化合物半导体激光器。"诺拉说。

雷切尔靠得更近一些看了看那束光线,立刻发现那束光居然使冰面融化出一个极小的洞,然后射向了洞口深处。

"光线温度很高,"诺拉说,"我们向上拉的时候一直在给陨石加热。"

雷切尔明白了诺拉简单且绝妙的计划后,对她大为钦佩。诺拉只是让激光束射向下方,使冰块融化,从而让激光照在陨石上。过于厚重而无法被激光熔化的陨石开始吸收激光的热量,最终慢慢热起来,热到足以使其周围的冰块融化。国家航空航天局的工人们在吊起这块灼热的陨石时,这块被加热过的陨石在一股向上的力的作用下,融化掉周围的冰,这样就便于向上提。积聚在陨石表面上的冰川融水从陨石边缘向下渗,重新填满了那个冰窟。

就像在用一把热刀穿透一条冷冻的黄油。

诺拉抬手指了指绞车上的国家航空航天局的工人,说道:"那些发动机提不起这么大的重物,所以我就动用了人力。"

"胡说八道!"有位工人突然插了一句话,"她使用人力是因为她喜欢看我们出汗!"

"放轻松点儿,"诺拉反击道,"你们这些姑娘两天来一直在抱怨身上发冷,是我祛除了你们的寒冷。现在继续用力拉吧。"

那些工人们放声大笑。

"那些锥形路标是做什么用的?"雷切尔问着,指了指塔状装置周围放置的几个橘黄色锥形路标,那些路标似乎是随意摆放的。雷切尔早就注意到这个圆顶屋里到处都散放着类似的锥形路标。

"那是冰川学上必不可少的工具,"诺拉说,"我们把那种东西叫做'沙巴',就是'踩到这里,扭断脚踝'[1]的简称。"她拿起其中一个锥形路标,一个如无底洞般通到冰层深处的圆口钻孔就展现在眼前。"这个地方不能踩,"她重新放好那个路标,"为了检验冰川构造的连

---

1 "踩到这里,扭断脚踝"的英文原文是:step here and break ankle。这句英文的首字母缩写为 SHABA,这里将这个缩写词音译为"沙巴"。

贯性，我们在整个冰川上都钻了孔。一般在考古学上，一样东西被埋在地下的深浅程度表明了这个东西被埋藏时间的长短。在越深的地下发现的东西，其年代就越久远。所以，人们在冰层里发现了一样东西，只要看看这样东西上面堆积了多厚的冰层就可以确定其落入此地的年代。为了确保冰体心年代测定准确无误，我们就在这块冰盖的许多地区都进行了测试以证实这里是实心板块，并且没有受到地震、裂隙、雪崩等诸如此类的破坏。"

"那么这块冰川是什么样子呢？"

"完好无损，"诺拉说，"是块完整的实心冰体，没有任何断层裂痕和冰川崩塌。这块陨石就属于我们所称的'静态陨落'。这块陨石自一七一六年落下之后，就一直完好无损地待在冰下。"

雷切尔听完大吃一惊，问道："你居然知道这块陨石降落的确切年代？"

诺拉对这个问题感到诧异。"当然知道。这就是他们召我来的原因。我是研究冰川的。"她示意性地指了指附近一堆圆柱状的冰。每个冰柱看起来都像是一根半透明的电线杆，上面标有亮黄色的标签。"那些冰体心是一种冰冻的地质文物。"她带领雷切尔走到了冰柱的另一边，"你仔细看看，就能看到冰的各个层次。"

雷切尔蹲下来，的确看到了这种冰柱是由无数个在发光度和透明度方面有着细微差别的冰层构成。这些冰层厚度各异，有的薄得跟纸一般，有的厚约四分之一英寸。

"每年冬天，冰架上都会落下厚厚的一层雪，"诺拉说，"到了春天，一部分雪又会融化。于是我们就会发现每个季节都会出现一个新的压缩层。我们完全可以从顶部——最近的那个冬天——算起，然后倒着数。"

"就像数树木的年轮一样。"

"没那么简单，塞克斯顿女士。不要忘了，我们这是在测量数百英尺厚的分层。我们得察看气候标记——降雨记载、空中污染物等等，以检测我们的工作。"

托兰和其他人这会儿走到了她们中间。托兰对雷切尔微微一笑,说道:"她懂很多冰川知识,对吧?"

看见托兰,雷切尔感到一阵异样的高兴。"对,她真是了不起。"

"郑重声明,"托兰点点头,说道,"曼格博士说的一七一六年这个时间,是完全可以接受的。国家航空航天局在我们尚未到达此地时,就提出了完全一样的撞击年代。曼格博士亲自钻取冰体心,自己又进行了测试,结果进一步证实了国家航空航天局的工作成果。"

雷切尔很是钦佩。

"真是巧合,"诺拉说道,"就是在一七一六年,早期探险家们声称在加拿大北部的上空看到了一团耀眼的火球。那颗流星就是众所周知的琼格索尔陨落,这是以探险队队长的名字命名的。"

"这么说来,"科基补充说道,"冰体心的年代与历史记载相符,这一事实实际上证实了我们看到的恰是历史上记载的琼格索尔在一七一六年所见的那颗流星的一部分。"

"曼格博士!"国家航空航天局的一名工人大喊道,"最上面的搭扣快要露出来了!"

"参观结束,朋友们,"诺拉说道,"揭晓真相的重要时刻到了。"她抓住一把折叠椅爬了上去,然后放声大喊,"伙计们,五分钟后拉上地面!"

在整个旅居球内,科学家们就像是对吃饭铃声做出条件反射的狗一样丢下手中的活,匆忙跑向了挖掘区。

诺拉·曼格双手叉腰,审视着她的领地。"好了,我们来把这个庞然大物拉上来。"

第 28 章

"靠边站!"诺拉叫喊着,从渐渐拥挤的人群中穿行而过。工人们四散开来，诺拉则全局在握，炫耀似地检查着钢丝绳的拉力和排列。

"用力拉啊！"国家航空航天局的一名工人喊道。工人们拉紧了摇柄，那些钢丝绳朝钻孔上方又上升了六英寸。

钢丝绳还在继续向上升着，雷切尔感觉大家都满怀着期望一步步地挪向前方。科基和托兰就在附近，他们看起来像是过圣诞节的孩子一样。在离钻孔较远的一侧，身材高大的国家航空航天局局长劳伦斯·埃克斯特龙走过来，找了个地方观看陨石打捞的过程。

"搭扣！"国家航空航天局的一名工人喊道，"最上面的露出来了！"

那些慢慢从钻孔内向上升起的钢丝绳由银色编织绳变成了黄色引线。

"还有六英尺！保持陨石平稳！"

脚手架周围的人群一下子全都屏息肃静起来，就像在降神会上等待着某个神灵鬼怪现身一般——大家极目望去，都想先睹为快。

就在那时，雷切尔看到了那块陨石。

那块形状模糊的陨石从逐渐变薄的冰下露出来，开始现出本来面目。陨石呈长方形，起初黑乎乎的看不清楚，但是随着它融化出一条向上的通道，它的形状变得逐渐清晰起来。

"再加把劲！"一名技师喊道。工人们拉紧了那些摇柄，脚手架吱吱嘎嘎地响着。

"还有五英尺！保持用力均衡！"

现在，雷切尔可以看到陨石上方的冰块逐渐鼓了起来，像是一头即将生产的野兽。在这个凸起的冰块顶部，激光射入点周围的那一小圈表层冰块开始消失，逐渐融化了，形成一个展宽的洞口。

"子宫颈扩张了！"有人叫道，"有九百厘米宽！"

一阵紧张的笑声打破了那片沉静。

"好了，关掉激光！"

有人扳了一下开关，光束随之消失。

紧接着,激动人心的一幕发生了。

如气冲冲到来的某位旧石器时代的神明一般,那块巨石在一阵"呲呲"的水汽声中顶破了冰面。透过滚滚水蒸气,那个庞然大物升出了冰面。操作绞车的工人们更加用力地拉紧摇柄,最终整块陨石破冰而出,热气腾腾地滴着水,悬在一个轻轻沸腾的敞口的水洞上方。

雷切尔感觉如着了迷一般。

这块陨石悬垂在钢丝绳上湿漉漉地滴着水,粗糙的表面在荧光灯的照射下泛着亮光,表面已被烧焦,一层层地现出一片石化造成的深紫红色。陨石有个侧面光滑呈圆形,此截面显然是在急速划过大气层时由于摩擦炸裂而成的。

注视着这个焦化的陨石表面,雷切尔几乎想象得出那颗流星烈焰熊熊地猛然坠向地球时的情景。难以置信的是,那竟是发生在数世纪以前的事儿。现在,这头被捕获的怪兽吊在钢丝绳上,冰水正滴滴答答地从表面落下来。

寻宝活动结束了。

直到这一刻,这个激动人心的事件才算真正打动了雷切尔。悬吊在她眼前的是千万英里之外的另一个世界的事物,可这其中却包藏着一个迹象——不,应该是一种证据——证明人类在茫茫宇宙中并不孤独。

就在同一时刻,大家似乎都喜不自禁,人们不由自主地叫嚷着鼓起掌来,就连国家航空航天局局长也沉醉其中。他轻拍着男女员工,向他们道贺。雷切尔在一旁观看着,突然为国家航空航天局高兴起来。过去,他们运气始终不佳,但事情最终出现了转机。他们值得拥有这一刻。

冰上那个裂开的洞口这会儿看起来像是旅居球中央的一个小小的游泳池。这个两百英尺深的冰川融水潭的水面剧烈地拍打着坚冰的潭壁,过了一会儿终于平静了下来。这口水潭的水位比冰面低了足足四英尺,造成这个落差一方面是因为偌大的陨石被打捞了出来,另一方面是由于冰融化成水时体积变小的缘故。

诺拉·曼格立刻就在水潭四周放置了"沙巴"锥形路标。尽管这个水潭清晰可见,但是无论哪个好奇的家伙冒险靠得太近,一不小心滑进去,都会有生命危险。潭壁都是实心冰块,没有任何立足点,不借助任何东西就想爬出来是根本不可能的。

劳伦斯·埃克斯特龙轻手轻脚地踩在冰川上,从对面向他们走了过来。他径直走向诺拉·曼格,紧紧地握着她的手,说道:"干得不错,曼格博士。"

"我期望将来得到媒体的大力称赞。"诺拉答道。

"你会得到的。"这位局长立刻就转向了雷切尔。他愁云散尽,看起来更高兴了,"如此一来,塞克斯顿女士,持怀疑态度的专业人士是不是就会信服了?"

雷切尔不禁微微一笑,说道:"简直要目瞪口呆了。"

"很好,那么跟我来吧。"

雷切尔跟随局长走过旅居球来到一间宽敞的金属房屋前,这座房屋像是工业用的集装箱。房子上涂有军事伪装图案和钢印字母:P-S-C。[1]

"你可以从这屋里给总统打电话。"埃克斯特龙说。

野外安全通讯系统,雷切尔心想。这些移动通讯站可是标准的战地设备,雷切尔从未曾想到国家航空航天局竟然在和平时期利用它来完成任务。不过话又说回来,埃克斯特龙局长的后台可是五角大楼,所以他当然可以使用诸如此类的装置。看着看守野外安全通讯系统的两名全副武装的卫兵那铁板一般的面孔,雷切尔明显感觉到只有得到埃克斯特龙局长的明确许可,人们才能与外界联系。

看来与外界断绝联系的还不止我一个。

埃克斯特龙与这间活动房屋外面的一名卫兵简单地说了几句话,然后又回到雷切尔身边。"祝你好运。"说完,他就离开了。

---

[1] P-S-C,这是英文 Portable Secure Comm 的缩写,意思是"野外安全通讯系统"。

一名卫兵轻轻敲了敲活动房屋的门,门从里面打开了。一名技师出来,招手示意雷切尔进去。雷切尔跟着他走了进去。

野外安全通讯系统房间里面漆黑一片,还不通风。在仅有的一台电脑的显示屏泛出的蓝光下,雷切尔看得出成排的架子上放着电话装置、无线电和卫星通讯设备。她立刻感觉到了幽闭恐惧。屋内寒气刺骨,像是冬天的地下室。

"请这边坐,塞克斯顿女士。"那名技师拉出一把带滚轮的凳子,让雷切尔坐在纯平显示器前。他在雷切尔身前放了一个话筒,又让她戴上了一副过大的爱科技牌耳机。查看了一本写有加密口令的工作日志后,那名技师就在附近的一台设备上输入了一长串密码。雷切尔身前的显示屏上出现了一个计时器。

00:60

随着计时器开始倒计时,那名技师满意地点了点头,"一分钟后接通。"他转身离去,砰地一下关上了那道门。雷切尔听到门闩从外面锁上了。

太棒了。

她在黑暗中等待着,注视着六十秒计时器慢慢倒数计时,此时她意识到这是一大早以来,自己第一次独处。她今天一觉醒来,对于即将发生的事情几乎毫不知情。外星生命。从今天起,历史上流行最广的现代神话将不再是神话。

雷切尔刚刚才意识到这块陨石对于她父亲的竞选活动将是多么大的冲击。虽然国家航空航天局的财政问题与堕胎权、福利和卫生保健问题原本就不该放在同一个政治层面上,可是她的父亲还是利用这一点制造了事端。如今这一切马上就会毁于眼前。

不出几个钟头,美国人将再一次感受国家航空航天局的成功所带来的震撼。梦想家们泪眼摩挲,科学家们目瞪口呆,孩子们则任由想象自由驰骋。纯金钱的问题将渐渐变得微不足道,这个具有重大意义的时刻将令其相形见绌。总统会如不死鸟一般出现,摇身一变成为一个英雄,而正当欢呼庆祝之际,讲究实际的塞克斯顿参议员则顿时成了不具备美国人的冒险精神的心胸狭隘、锱铢必较的吝啬鬼。

电脑嘟地响了一声,雷切尔随之向上看了一眼。

00:05

身前的显示屏突然啪的一声打开,一个模糊的白宫印章图像随即出现在屏幕上。过了一会儿,画面上渐渐显现出赫尼总统的脸。

"你好,雷切尔,"他说着,眼中闪现一丝顽皮的笑意,"我想你过了个有趣的下午吧?"

第 29 章

塞奇威克·塞克斯顿参议员的办公室位于国会东北方向,在C大街的菲利普·A.哈特参议员办公大楼上。那是一座新现代型棋盘式白色矩形大楼,评论家们批评它看起来更像座监狱,而不是办公大楼。许多在那里上班的人都有同感。

三楼,加布丽埃勒·阿什那双修长的腿在她的计算机终端前迈着轻快的步子踱来踱去。屏幕上是一封新邮件,可她不知该怎么解释这件事。

前两行是这样写的:

塞奇威克在有线电视新闻网的表现令人钦佩
我有更多的情报要告诉你。

加布丽埃勒在过去的几周里总收到类似的信息。虽然寄信人地址是伪造的,但是她追踪到了一个"whitehouse.gov"的域名。看来那个向她提供情报的神秘人物是白宫内部人士,但是不管是谁,那人最近向加布丽埃勒透露了许多重要的政治情报,包括国家航空航天局局长与总统私下召开秘密会议那件事。

起初，加布丽埃勒对那些电子邮件总是很警惕，可当她做过调查之后，发现那些内部情报常常都是准确无误的，而且大有用处，她着实吃了一惊——那些机密情报涉及国家航空航天局的超额的经费开支，即将开始的耗资巨大的太空行动，证明国家航空航天局寻找外星人的探索虽然大大超支、可惜却毫无结果的数据，甚至还有国内民意测验结果，那个结果提醒他们：国家航空航天局就是那个可以将投票人从总统身边拉走的议题。

为获得塞克斯顿参议员的进一步认可，加布丽埃勒并不曾告诉他自己接受了白宫内部人士主动提供的电子邮件帮助。她只是把它当做"她的一位消息人士"发来的情报送交给塞克斯顿。塞克斯顿总是对此大加赞赏，似乎还很明事理，并不过问她的消息人士究竟是谁。加布丽埃勒知道塞克斯顿怀疑她在做性交易。令她苦恼的是，这样似乎都没能让塞克斯顿感到丝毫紧张。

加布丽埃勒收住脚步，又看了一眼这条刚收到的信息。这些电子邮件的言外之意都很明确：白宫内部有人想让塞克斯顿参议员赢得这次竞选，于是就支持他攻击国家航空航天局，以助他达到目的。

会是谁呢？为什么呢？

沉船上的一只老鼠，加布丽埃勒断言。白宫雇员由于担心总统可能要被赶下台，会暗中向最有希望的接班人提供帮助，希望保全实力或者在政权更迭后再谋个一官半职，这种情况在华盛顿都是司空见惯的了。看来有人察觉到塞克斯顿会赢，提前博取信任来了。

此刻，加布丽埃勒的电脑屏幕上显示的信息却让她神情紧张。这条信息与以往她接收到的信息都不一样。信息的前两行并没有太让她不安，让她不安的是最后两行：

伊斯特约会门，下午4:30。
一个人来。

向她提供情报的人以前从来不曾要求见面。不过即使那样，加布丽埃勒原本还是想找个比那里隐秘的地方面对面地交谈的。伊斯特约会门？据她所知，华盛顿只有一个伊斯特约会门。那不是在白宫外面吗？这会不会是什么恶作剧？

加布丽埃勒知道她无法回复这种电子邮件，因为她的信息总是被当做无法发送的邮件给退回来。与她通信的人使用的是匿名账户，这也不足为奇。

我该不该与塞克斯顿商量一下呢？她很快就推翻了这个想法。塞克斯顿正在开会。再说了，要是跟他说了这封电子邮件的事情，她就得把其他电子邮件的事情都告诉他。加布丽埃勒认定，向她提供情报的人提出要与她光天化日之下在公共场所见面肯定是为了让她有安全感。毕竟，这位消息人士在过去两周里的所作所为无非是要帮她。毋庸置疑，他或者她能帮上大忙。

最后读了一遍那封电子邮件之后，加布丽埃勒看了一下时钟：还有一个小时。

第 30 章

那块陨石既已被成功地从冰下打捞出来，美国国家航空航天局局长感觉就不那么紧张了。一切都在明朗起来，他穿过圆顶屋，朝迈克尔·托兰的工作区走着，心中暗自想道，如今，我们可以所向披靡了。

"进展如何了？"埃克斯特龙问着，阔步走到这位从事电视行业的科学家身后。

托兰从电脑前抬起头，扫了他一眼，看上去虽然疲惫不堪，却是热情洋溢。"剪辑工作就快结束了。我正在替换你们拍摄的挖掘过程中的某些镜头，应该很快就能完成。"

"很好。"总统早就让埃克斯特龙尽快把托兰制作的纪录片上传到白宫。

尽管埃克斯特龙对于总统要在这一计划中利用迈克尔·托兰一事持怀疑态度,可托兰制作的纪录片的初步剪辑却让他改变了看法。这名电视明星生气勃勃的解说和对几位非官方科学家的采访一起被巧妙地合成一部既激动人心又简单易懂的十五分钟的科学节目。托兰不费吹灰之力就完成了国家航空航天局常常都无法做成的事情——用一种让一般美国人都能理解的方式描述一项科学发现却不会显得神气十足。

"剪辑工作完成之后,"埃克斯特龙说道,"你就把制作好的纪录片带到那边的新闻发布区。我会找人上传一份数字版的给白宫。"

"好的,先生。"说完,托兰又开始工作了。

埃克斯特龙继续向前走去。他来到北墙边,发现旅居球里的"新闻发布区"早已收拾妥当,心中感到鼓舞。一大块蓝色地毯已经在冰架上铺展开来,地毯中央摆着一张放有许多话筒的会议长桌,背景幕是一块美国国家航空航天局的旗帜和一面巨大的美国国旗。为了达到视觉上冲击力,他们把陨石放在一个有颜色的雪橇上运过来,摆在会议桌的正前方这个显要位置上。

看到新闻发布区一派喜庆气氛,埃克斯特龙感到一阵欣喜。大多数职员这会儿都挤在那块陨石周围,伸出手放在仍有余温的陨石上,像是一群露营的人围在篝火四周一样。

埃克斯特龙认定时机到了。他朝新闻发布区后面的冰地上放着的几个纸板箱走了过去。今天早上,他就让人把这几箱东西从格陵兰岛空运了过来。

"我请大家喝几杯!"他喊着,把一罐罐啤酒递给了那帮欢欣雀跃的工作人员。

"嗨,头儿!"有人欢呼道,"谢谢!这可算得上是冰镇啤酒了!"

埃克斯特龙露出了难得一见的笑脸,说道:"我把啤酒一直都放在冰上的。"

大伙儿哈哈大笑起来。

"等一下！"又有人尖叫起来，皱眉看着手中的啤酒，显得很敦厚，"这可是加拿大产的！你的爱国精神哪里去了？"

"得了，伙计们，我们现在要精打细算。这是我能找到的最便宜的东西。"

人群中又是一阵哄笑。

"顾客们，注意了，"国家航空航天局的一名电视工作人员对着话筒高声喊道，"我们马上要打开媒体灯光，你们可能会暂时性地失明。"

"黑暗中不许亲吻哦，"有人尖叫道，"这可是一家老小都会看的电视节目！"

工作人员在对聚光灯和高光灯做最后的调整，埃克斯特龙则边笑边听那些俏皮话。

"准备打开媒体灯，五、四、三、二……"

卤素灯一经关掉，圆顶屋里很快暗了下来。几秒钟之后，所有的灯都熄灭了。一团漆黑笼罩在圆顶屋内。

有人假装害怕，发出一声惊叫。

"谁拧我的屁股？"有人喊着，大笑起来。

那片黑暗仅仅持续了一会儿就被媒体聚光灯那耀眼的强光照亮了。大家都眯着眼睛。现在，转换工作已经完成，国家航空航天局旅居球的北部变成了一间电视演播室。圆顶屋的其他地方这会儿看起来像是夜色下一座裂开口的粮仓。其他地方仅有的亮光就是媒体聚光灯反射出来的柔和光线，聚光灯照在拱形屋顶上反射下来，在此时阒无一人的工作站上投下了长长的阴影。

埃克斯特龙走回到阴影处，心满意足地看着工作人员围在被照亮了的陨石四周，举杯畅饮。他觉得自己就像一位过圣诞节的父亲，看着自己的孩子们在圣诞树下尽情欢乐。

请上天为证，他们值得拥有这一刻，埃克斯特龙心中暗想，丝毫没有察觉有什么灾难正等在前头。

第 31 章

天气渐渐变了。

像在悲切地预示一场迫在眉睫的战争一般，下降风发出哀伤的怒号，猛烈地拍打着三角洲部队的临时棚。三角洲一号用板条钉好防风帘子，进屋回到他的两个同伴中间。他们以前也遇到过这种天气，不过风暴很快就会过去的。

三角洲二号目不转睛地看着微型机器人传来的实况录像资料。"你最好看看这个。"他说。

三角洲一号走了过去。除了北面舞台的附近有片亮光，旅居球里面一团漆黑。旅居球的其他地方看上去只剩下一个模糊的轮廓。"没什么，"他说，"他们只不过在调试今晚要用的电视照明设备。"

"照明设备没什么，"说着，三角洲二号指了指冰地中央的那团黑乎乎的东西——注满水的冰窟，那块陨石先前就是从那儿被打捞出来的，"问题出在这儿。"

三角洲一号看了看那个冰窟，只见冰窟四周依然用锥形路标围着，水面显得很平静。"我没看到什么情况。"

"再好好看看。"他操作着控制杆，将微型机器人向下旋转着，对准了冰窟表面。

三角洲一号靠得更近一些，在仔细察看那个注满冰川融水的、漆黑的冰窟时，他看到了某样东西，那东西惊得他直往后缩。"那是……"

三角洲三号走过来看了看，同样感到震惊。"老天啊，那就是采捞陨石的冰窟？水面上应该出现那种情况吗？"

"不该，"三角洲一号说道，"肯定不该。"

第32章

虽然雷切尔·塞克斯顿现在坐在华盛顿特区三千英里以外的一间金属做成的大房子里,可还是觉得压力很大,犹如被召去了白宫一般。面前的电视电话屏幕上非常清楚地显示了扎克·赫尼总统正坐在白宫通信办公室里,他的身后是总统印章图案。这种数字式音频连接简直无懈可击,除了有一点不易被人察觉的延迟之外,总统简直就像在隔壁说话。

他们的对话欢快而且直接。由于雷切尔对国家航空航天局的发现和让迈克尔·托兰这位颇具人格魅力的名人做发言人的抉择大加称赞,总统看上去很高兴,不过丝毫不惊讶。总统的性情温和,谈吐风趣。

"我确信你也会这么认为,"赫尼说道,这时候他的语气比刚才严肃了,"在一个理想的世界里,这个发现所带来的影响实际上是纯科学的,"他顿了一下,身子前倾,一张脸填满了整个屏幕,"遗憾的是,我们并没有生活在理想的世界里,而且我一旦宣布国家航空航天局的这项杰出成果,它就会成为一个政治皮球。"

"考虑到这个毋庸置疑的证据和您请来作证的那些厉害人物,我想不出公众和您的任何一位对手除了接受这个已成既定事实的发现之外,还能做些什么。"

赫尼几乎是在苦笑。"我的政治对手的确会相信他们看到的事物,雷切尔。我担心的是他们不会喜欢所看到的景象的。"

雷切尔留意到总统是多么小心翼翼,避免提起她的父亲。他说话只用"对手"或者"政治对手"这样的字眼。"您觉得您的对手仅仅出于政治原因就会大搞阴谋活动?"她问道。

"游戏本来就是这样。他们所要做的就是煽动怀疑情绪,传言这个发现是国家航空航天局与白宫共同制造的某个政治骗局,于是突然之间,我就要面对别人的调查。各家报纸都会忘记国家航空航天局已经找到证明外星生命存在的证据,而且媒体也会重点关注尚未发现的有关阴谋活动的证据。令人悲痛的是,任何影射这个发现为阴谋活动的言论都不利于科学的发展,不利于政府,不利于国家航空航天局,再坦率点儿说,不利于国家。"

"所以您才在尚未完全证实此事,也没有得到某些著名的非官方人士的证词之前,推迟宣布结果。"

"我是要以一种无可辩驳的方式展示这些数据,把一切疑虑扼杀在萌芽状态。我想让这项发现以其应得的洁白无瑕的尊严得到人们的称赞。国家航空航天局理应享受同样的殊荣。"

雷切尔敏锐地感到一阵紧张。他想从我这儿得到什么呢?

"显而易见,"他继续说道,"要帮我,你的身份很独特。你不仅与我的对手有着明显的血缘关系,还是情报分析家,因而你会使这个发现更加可信。"

雷切尔逐渐清醒过来。他想利用我……恰如皮克林所言,他做得出来!

"也就是说,"赫尼继续说着,"我想请你亲口认可这项发现,要郑重声明,既以你白宫情报联络员的身份……又以我对手的女儿的身份。"

原来目的在这儿,这简直是明摆着的事实。

赫尼想让我做他的证人。

雷切尔曾经以为扎克·赫尼是不屑于玩弄这种险恶的政治权术的。她一公开作证,陨石事件立刻就会变成她父亲的一件私事,这样,这位参议员如果再质疑这一发现的可信度,就不得不质疑亲生女儿的信用了——对于一位"家庭至上"的候选人而言,这无异于被判处死刑。

"坦白说,先生,"雷切尔说着,注视着显示屏,"您竟让我那么做,真让我震惊。"

听到此话,总统惊讶不已。"我还以为你会为帮我渡过难关而激动不已呢。"

"激动不已?先生,撇开我和我父亲的分歧不说,您的要求让我非常为难。不跟我的父亲面对面地公开生死对抗,我跟他之间的问题就已经够多了。尽管我不喜欢他是无可否认的,可他毕竟是我的父亲,让我堂而皇之地在公共论坛上与我的父亲相斗,似乎也有失您的尊严。"

"等一下!"赫尼举手做投降状,"谁说是公共论坛了?"

雷切尔顿了一下,接着说道:"我以为您是想让我和国家航空航天局局长一起出席今晚八点的新闻发布会。"

赫尼的哄笑声回响在音频话筒里。"雷切尔,你把我看成什么人了?你当真以为我会让你在上全国性的电视节目时暗箭伤害令尊吗?"

"可是,您说过——"

"你以为我会让国家航空航天局局长和他的首要敌人的女儿一起成为公众瞩目的焦点?不是要打破你的美梦,雷切尔,这次新闻发布会可是一次科学展示会。我觉得你所具有的陨石、化石和冰层构造的知识并不会增加这件事的可信度。"

雷切尔一下子羞得满脸绯红。"那么……您想要什么证词呢?"

"一种更适合你的身份的认同方式。"

"您说什么,先生?"

"你可是我们白宫的情报联络员。对于涉及本国利益的重大事件,你要向我的工作班子做简要汇报。"

"您想让我把这件事告诉您的班底人员?"

赫尼依然因刚才的误解而觉得好笑。"对,我想让你这么做。我所面临的来自白宫外部的怀疑与如今我的班底人员对我的怀疑根本就没法比。我们现在正面临着一场全方位的内讧。我在白宫内部已没什么信用可言。我的班底人员曾经恳求我削减对国家航空航天局的资助,可是我没有理会他们,这就意味着自毁政治前程。"

"直到现在还是这样。"

"一点儿不错。正如今天早上我们谈论的那样,这个发现在时间的选择上看来要受到好挑剔挖苦的政治家们的怀疑,而且眼下再没有比我的班底人员更会冷嘲热讽的人了。因此,当他们首次听到这件事时,我想此事由——"

"关于陨石的事您都没跟您的班底人员说吗?"

"只跟几个高级顾问讲过。这个发现要保密,这是要最先考虑的。"

雷切尔感到目瞪口呆。难怪他要面临内讧。"可是这并不属于我通常的工作范围。陨石怎么也不会跟情报概要扯上关系呀。"

"不要从传统意义上来看,不过这份概要当然包括你平常工作的各个基本要素——需要精选汇编的复杂数据,重大政治影响——"

"我不是陨石分析专家,先生。国家航空航天局局长不可以把情况通报给您的班底人员吗?"

"开什么玩笑?这儿的每个人都对他恨之入骨。在这些官员们看来,埃克斯特龙就是个卖蛇油的推销员,一次次地诱我上当受骗。"

雷切尔明白了他的意思。"科基·马林森怎么样?他不是天体物理学国家奖章获得者吗?他要比我让人觉得可信多了。"

"我的班底人员都是政治家,雷切尔,并不是科学家。你见过马林森博士。我觉得他很了不起,可要是我任由一位天体物理学家对我那帮思想激进、只会纸上谈兵的空谈家们畅所欲言,其结果就是一大帮人都找不着北。我需要一个容易被接受的人,而你就是这样一个人,雷切尔。我的班底人员了解你的工作,而且考虑到你的姓氏,你会是我的班底人员所期望的最公正无私的发言人。"

雷切尔感觉自己逐渐被总统谦恭和善的态度所吸引。"至少您承认了一点,因为我是您的对手的女儿,您才会提出这样的要求。"

总统窘迫地笑出了声。"的确如此。不过,你也猜测得到,不管怎么样,我的班底人员终归要知道这个情况的。你并不是蛋糕,雷切尔，你只不过是蛋糕上的糖衣。[1] 你是来通报这个情况的最合适人选，而且你正好又是那个想在下一任期把我的工作班子踢出白宫的人的近亲。从这两方面考虑，你都比较可信。"

"您真该去做销售。"

"实际上，我就是在做销售，你父亲也一样。说老实话，我想结束这种状况，改变一下局面。"总统摘掉眼镜，与雷切尔对视着。雷切尔在他身上感受到一丝父亲的权威。"我要请你帮这个忙，雷切尔，而且也是因为我相信这是你的分内之事。所以你看怎么做？行还是不行？你愿意向我的班底人员介绍一下基本情况吗？"

雷切尔感觉被困在了这间小小的野外安全通讯系统活动房间里。再没有比这更强硬的手段了。即便相距三千英里，雷切尔还是感觉得到他的意志力穿过电视显示屏渗透过来。她也知道，不管愿不愿意，这都是个合情合理的要求。

"我要提一些条件。"雷切尔说道。

赫尼眉头一耸，问道："什么条件？"

"我要私下会见你的班底人员，不能有任何记者。这只是一次非公开的情况通报，不做对外宣传。"

"我答应你。我早已为你安排了一个非常秘密的会面地点。"

雷切尔叹了口气，答道："那好吧。"

总统笑容满面地说："太好了。"

雷切尔看了看手表，惊讶地发现都四点多了。"等一下，"她困惑不解地说道，"如果您要在晚上八点现场直播的话，恐怕我们要来不及了。即便坐上您派我过来时乘坐的那个糟糕的发明，以最快的速度飞行，我也没法再用两个小时回到白宫。我得准备一下发言稿，还有——"

---

[1] 这句话的英文原文是 You are not the cake, Rachel, you are simply the icing. 这个句子将 the icing on the cake 这个短语拆分开来。这个短语的字面意思是蛋糕上的糖衣，常指"装饰物，点缀品"。这里赫尼将雷切尔比作"糖衣"，是为了劝她不要多虑，暗示她所做的只不过是辅助工作而已，不占主导地位。

总统摇了摇头。"恐怕我没把意思表达清楚。你就待在原地以电视会议的方式作简单介绍。"

"哦,"雷切尔忐忑不安地说,"您打算几点开始呢?"

"说实在的,"赫尼说着,嘴角露出了笑容,"马上开始怎么样?大家都聚齐了,而且他们正注视着一台没有画面的电视机。他们可都在等你。"

雷切尔的身体一下子紧绷起来。"先生,我毫无准备,决不能——"

"只管实话实说,这有何难呢?"

"可是——"

"雷切尔,"总统说着,探身靠近屏幕,"别忘了,你可是靠收集和分程传送数据为生的。这正是你的工作内容,只要谈谈北极的情况如何就行了。"他伸手准备扳动视频传输装置上的开关,可又迟疑了一下,"你会发现我已经把你置于至高无上的地位了,我想你会很高兴的。"

雷切尔不明白总统的意思,可要问已经来不及了,他扳下了开关。

有那么一会儿,雷切尔面前的屏幕上什么图像也没有。屏幕再次出现图像时,雷切尔正注视着有生以来见过的最令人紧张不安的一幅画面。她面前展现的竟是白宫的总统办公室,办公室里挤满了人,只剩下可以站立的地方了。所有的白宫工作人员似乎都在那儿了,他们每一个人都在盯着她看。雷切尔这会儿恍然大悟,原来她是从总统办公桌的上方往下看的。

要在一个至高无上的位置上讲话。雷切尔立刻就感到了紧张。

从白宫官员们脸上的表情可以看出,他们看到雷切尔正如雷切尔看到他们一样惊讶不已。

"塞克斯顿女士!"一个人粗声粗气地喊了出来。

雷切尔在那群人中搜寻着,发现了那个说话的人。那是坐在前排的一个瘦高个女人——玛乔丽·坦奇。哪怕在人群里,她那与众不同的相貌也会被一眼认出来的。

"谢谢你加入我们的行列,塞克斯顿女士,"玛乔丽·坦奇说着,似乎很得意,"总统说你有事要对我们讲?"

第 33 章

古生物学家韦利·明沉浸在黑暗中,独自坐在他的私人工作区里,静静沉思着。他对今晚的大事满怀期待。很快我就会是举世闻名的古生物学家。他相信迈克尔·托兰为人宽厚,会在那部纪录片里突出他的评论。

就在明玩味着即将到来的声望时,脚下的冰块突然发出一丝轻微的颤动,吓了他一跳。由于住在洛杉矶,他对地震的反应很灵敏,地面略有晃动都会让他神经紧张。可此时此刻,他意识到这种震动是完全正常的,只觉得自己真傻。这不过是冰山崩裂罢了,他这样提醒着自己,轻吁了一口气。明还是不习惯这样的震动。每隔几个小时,巨大的冰块在沿冰川边缘一带的某些地方咔嚓一声断裂下来,坠入大海,夜空中远远地就会爆发出一阵隆隆的响声。诺拉·曼格对此有个绝妙的解释:新的冰山就要形成……

明这会儿站起身子,伸展了一下双臂。他的目光扫过旅居球,只见在不远处那片耀眼的电视聚光灯的照射下,一场庆典即将拉开帷幕。明对聚会不怎么感兴趣,就沿相反的方向穿行在旅居球里。

空无一人的迷宫式的工作区这会儿感觉像是一座废弃的城镇,整个圆顶屋里呈现一派近乎阴森的气氛。寒气似乎在不断袭来,明扣上了驼绒长大衣的纽扣。

明看到那个采掘陨石的冰窟就在前方——人类有史以来最为壮观的化石就是从那里被打捞上来的。那个巨大的金属三脚装置如今已被收起来,只剩下一口孤零零的水潭,四周围着一圈锥形路标,像是广阔的冰地停车场里划出来的某些路面凹坑。明信步走到冰窟的另一边，站在安全距离内，眯着眼睛望着深达两百英尺的冰冷的水潭。水潭很快就会重新冻上，把任何人来过此地的痕迹都清除殆尽。

这片水可真美，明心想。即便是在夜色中，美景依然未减。

尤其是在夜色中。

想到这里，明犹豫了一下。紧接着，那片水引起了他的注意。

有什么不对劲。

明凑到更近的地方目不转睛地盯着那里的水看时，感觉先前的那种满足感一下子消失不见了，整个人顿时陷入了疑惑的漩涡。他眨眨眼，再次凝神注视水中，紧接着立刻就将视线转向圆顶屋的另一边……投向正在五十码开外的新闻发布区里欢庆胜利的人群。他知道，在夜色下，他们是不可能看到远在这里的他的。

我该不该把这个情况告诉别人呢？

明又看了看那片水，思忖着自己应该怎么告诉他们。会不会是他的幻觉呢？是不是某种奇怪的反射？

由于无法确定，明就跨过锥形路标在水潭边缘蹲了下来。水位线低于冰面四英尺，于是他俯下身子以便看得再清楚一些。果不其然，有个情况的确很怪异。这个状况是不可能被忽视的，可是只有圆顶屋里的灯熄灭了，人们才看得出来这种情况。

明站了起来。肯定得有人知道此事。他打算赶紧跑向新闻发布区，可刚迈出去几步，就猛地刹住了脚步。老天哪！他一个转身折回了水潭，恍然大悟，惊得双眼圆睁。他刚才就已经明白了是怎么回事。

"决不可能！"明突然高声喊道。

可是，明知道那就是唯一的解释。仔细想想，他告诫自己，肯定还有比这合理的解释。但是他越想，就越对看到的事物深信不疑。根本就没有其他解释！明简直无法相信国家航空航天局和科基·马林森居然莫名其妙地没有发现这个惊人的状况，不过这会儿他却没有发牢骚。

如今这是韦利·明的发现了！

明兴奋地颤抖着身子，跑到附近的工作区找来了一个烧杯。他所需要的就是一小份水样。任谁也不会相信这是真的！

第 34 章

"作为白宫的情报联络员，"雷切尔·塞克斯顿说了起来，她想让自己面对显示屏上的众人说话时声音不要发颤，"我有责任前往全球政治热点地区，分析各种不稳定局势，并且呈报给总统和政府官员。"

雷切尔的前额上开始冒汗，她一边将汗水轻轻拭去，一边在心中咒骂总统不做任何提醒就将做情况介绍的任务推给了她。

"我以前从没到过这么奇异的地方，"雷切尔说着，僵硬地朝她所在的这间狭小的活动房屋示意了一下，"信不信由你，我这会儿是在北极圈以北的一块三百多英尺厚的冰层上与你们通话。"

雷切尔察觉到身前显示屏上的人都在迷惑不解地期待着什么。他们显然知道，出于某种原因，大家聚集在了总统办公室里，但是肯定谁也没想到，这个原因会与北极的事态有关。

汗珠这会儿又冒了出来。沉着冷静，雷切尔，这是你的工作。"今晚，我怀着一种无限光荣、自豪……最主要是兴奋的心情，坐在你们面前。"

官员们神色木然。

见鬼去吧，雷切尔暗自想着，气呼呼地擦掉汗水，我可没签约做这种事。雷切尔知道，要是此刻她妈妈在这儿，肯定会说：有疑问就要痛痛快快地讲出来！美国人这句古老的谚语是她妈妈的主要人生信条之一——不管结果怎样，据实直言可以克服一切挑战。

雷切尔深吸一口气，坐正身子，双眼直视摄像头。"对不起，朋友们，要是你们想知道我在北极怎么还能出汗减肥的话……我有点紧张。"

面前屏幕上的官员们似乎一下子反应过来,有人尴尬地笑了笑。

"此外,"雷切尔说道,"你们的老板先向我发出了近十秒钟的警报,然后才对我说我要面对他的班底人员。我怎么也没想到初次参观总统办公室还会接受这样严峻的考验。"

这次更多的人笑了起来。

"而且,"她说着,朝下扫了一眼屏幕底部,"我无论如何都想不到我会坐在总统办公桌前……更不用说坐在桌子上了!"

听到这话,有人放声大笑,还有人宽容地报之一笑。雷切尔感觉浑身的肌肉慢慢开始放松。只要把情况客观如实地告诉他们就行了。

"情况是这样的,"雷切尔的声音这会儿听上去和平常差不多了,表达从容而清楚,"在过去的一个星期,赫尼总统之所以退出公众瞩目的中心,并非他对竞选活动失去了兴趣,而是因为他全身心地投入到另一件事情中去了,一件他觉得极其重要的事情。"

雷切尔停顿一下,马上用目光与听她讲话的官员们做着交流。

"在北极高地一个叫米尔恩冰架的地方,人们获得了一项科学发现。总统在今晚八点的新闻发布会上会向世人宣告此事。这项发现要归功于一群不辞辛苦的美国人,他们最近遭遇了一连串的倒霉事儿,也应该走好运了。我说的就是国家航空航天局。你们的总统很有洞察力,而且信心十足,他早已打定主意,不畏艰难险阻都要与国家航空航天局站在一起,明白了这一点你们该感到骄傲。现在看来,他的这种忠诚是值得奖励的。"

此刻,雷切尔这才意识到这是多么具有历史意义的大事。她感到喉咙有点不舒服,就竭力忍着,继续讲了下去。

"作为一名专门分析和确认数据真伪的情报工作人员,我是被总统叫来调查国家航空航天局的数据的众多人员之一。我与几个官方的、非官方的男女专家都商议过此事,这些专家的专业水准不容置疑,思想境界非政治权势所能影响,而且我也亲自做过调查。从专业的角度来看,我即将展示给你们的那些数据在来源上真实可信,在介绍时不带任何偏见。此外，我个人认为总统的确是忠于职守，忠于美国人民的，他在推迟宣布这项发现一事上所表现出的谨慎与克制令人钦佩，我知道他原本打算上个星期就把这件事公诸于众的。"

雷切尔看到面前屏幕上的官员们面面相觑。他们都把目光重新投向了她，于是雷切尔知道，她吸引了所有人的注意。

"女士们，先生们，你们马上要听到的将是这间办公室有史以来透露出的最振奋人心的新闻之一，我确信你们会这么认为的。"

第 35 章

由目前正盘旋在旅居球内的微型机器人发送给三角洲部队的空中鸟瞰图看起来大概都能获先锋派电影大奖了——昏暗的灯光，闪闪发光的采捞陨石的冰窟，还有那个躺在冰地上、衣着考究的亚洲人，他的驼绒大衣就像一对巨大的翅膀一样摊在身边。很显然，他试图提取一些水样。

"我们得阻止他。"三角洲三号说道。

三角洲一号也这么认为。米尔恩冰架上藏有很多秘密，他的小分队经授权准许动用武力来保守那些秘密。

"我们怎么阻止他呢？"三角洲二号问道，手里依然紧握着控制杆，"这些微型机器人并不能派上用场。"

三角洲一号眉头紧锁。现在正盘旋在旅居球里面的微型机器人只是侦察模型，不能做更远距离的飞行。它的危害性就和家蝇差不多。

"我们应该给指挥官打个电话。"三角洲三号说道。

三角洲一号全神贯注地注视着画面上孤独的韦利·明，只见他小心翼翼地蹲在了采捞陨石的冰窟边上。他身边一个人也没有——冰冷的水能够阻止人的尖叫。"把控制杆给我。"

"你要干什么？"手握控制杆的那名士兵追问道。

"干我们受训要干的事儿，"三角洲一号厉声喝道，接过了控制杆，"见机行事。"

第36章

韦利·明俯卧在采捞陨石的冰窟旁边，右臂伸到冰窟边上想提取一份水样。他的视力肯定不会和他开玩笑的，他的脸这会儿距离水面只有大约一码，什么都能看得一清二楚。

这简直难以置信！

明更加费劲地用着力，变换手中烧杯的位置想要够到水面。他只差几英寸就能够着了。

由于没法把胳膊伸得再远一些，明就改变身体的位置，靠到离冰窟更近的地方。他用靴子尖抵住冰面，左手重新稳稳地扶在冰窟边缘上。明再次尽可能地伸长右臂。就差一点了。他又挪近了一些。够到了！烧杯的边缘碰到水面了。水流进了烧杯，明则目不转睛地看着，觉得难以置信。

紧接着，没有任何预兆，发生了极其莫名其妙的事情。一颗微小的金属物像是枪膛里打出的子弹一般穿过夜空飞了过来。明只在一瞬间看到了那样东西，紧接着，那东西便击中了他的右眼。

人类保护眼睛的本能是与生俱来，并且根深蒂固的，所以尽管明想着任何急促的动作都有可能让他失去平衡，他还是向后缩了一下。他晃动了一下身子，他的这一反应与其说是因为疼痛，还不如说是出于惊讶。因为明的左手离脸最近，他就本能地迅速抬起左手护住那只受到袭击的眼睛。刚一抬手，他就意识到自己犯了个错误。由于身体的重心全都倾向了前方，仅有的支撑突然消失，韦利·明摇摇晃晃地要跌下去。他想恢复平衡，已经太迟了。明丢掉烧杯，想要抓住光滑的冰架以防掉下去，可他还是滑了下去——一头栽进了那个黑暗的冰窟。

落差不过四英尺，可是明头朝下撞到冰冷的水面，感觉就像以五十英里的时速，一头栽在了人行道上。冰窟里的水吞没了他的脸，冰得他像被酸灼烧一样疼。这让他立刻感到一阵恐慌。

明倒栽葱般地处在黑暗中，顿时迷失了方向，全然不知水面在哪儿。他那件厚厚的驼绒大衣可以使他的身体免遭刺骨的潭水的侵袭——可也只是片刻温暖而已。终于辨清方向之后，明冒出水面啪啪地吐着气，与此同时，冰水向他胸前和背后涌来，在刺骨的寒气的紧逼下，他被淹没了。

"救……命。"明呼吸急促地喊道，可他吸入的新鲜空气都不够他发出一声呜咽的。他感觉自己已无法呼吸。

"救……命！"他的叫喊声小得几乎连他自己都快听不见了。他攀扶着采捞陨石的冰窟的内壁，想把自己拉出去。身前是陡峭的冰壁，没有地方可以抓手。他的双脚在水下踢打着一侧的内壁，想要找个踏脚的地方，结果却什么也没找到。他竭力向上浮着，想要够到冰窟边缘。只差一英尺他就够着了。

明的肌肉反应已经不太灵敏。他更加用力地踢动双腿，想促使自己浮到内壁高处以抓住冰窟边缘。他身体像灌了铅一般，似乎已不能呼吸，像是正被一条巨蟒紧紧缠着。他那件湿透了的外套立刻变得愈加沉重，直把他往下拽。明想把外套扯下身，可这件厚厚的外套粘住了。

"救……我！"

恐惧这会儿如狂潮般袭来。

明曾经从书本中看到，溺死是人们想象得出的最可怕的死亡方式。他做梦也没想到自己竟然要亲历这种死亡。他的肌肉不听大脑使唤了，他一直在抗争，只求能把头露出水面。他用冻僵的手指在冰窟侧壁上摸索着，身上湿漉漉的衣服则拖得他直往下沉。

现在，他只能在心里尖叫了。

紧接着，他沉了下去。

明沉了下去。人在意识到死神逼近时所产生的恐惧感是他从来都不曾想象过的。可是，现在……他正沿着冰架上的一个两百英尺深的冰窟的陡峭的内壁慢慢向下沉。许多念头闪现在他眼前：童年以来的各个重要时刻以及他未竟的事业。他不知道，会不会有人在冰下这个地方发现他。他会不会就这么沉到水底，冰封在那里……永远埋葬在冰川下。

明的肺部这会儿严重缺氧。他屏住呼吸，依然试图踢水浮出水面。喘息！他努力克制着本能反应，紧紧地闭上没有知觉的双唇。喘息！他试图向上游，却没能浮起来。喘息！就在那一刻，在人的本能与理智之间的殊死对抗中，明没能抵抗住呼吸的本能，张开了嘴巴。

韦利·明吸了一口气。

冰水哗啦一下灌入他的体内，感觉像是热滚滚的油烫在了敏感的肺部组织上。他感觉自己就像由内向外被烫熟了似的。说来真是残忍，冰水并没有立刻淹死他。明在冰冷的水里喘息了七秒钟，令人感到惊骇，他每一次呼吸都比前一次痛苦，每次吸气都没能让他获得他迫切渴望的空气。

明最终滑到下面那片冰冷的黑暗中，感觉自己就要昏过去了。他愉快地接受了这种解脱。他在水下看见身边泛起了点点亮光，这是他这辈子见过的最美的景色。

第 37 章

白宫伊斯特约会门在伊斯特财政大街，位于财政部与伊斯特草坪之间。贝鲁特海军陆战队兵营遭袭事件之后，这里安置了加固的环形围墙和水泥柱，这让这个入口看上去一点儿都不友好。

加布丽埃勒·阿什在约会门外面看了看手表，越来越觉得不安。下午四点四十五分了，可依然没人跟她联络。

伊斯特约会门,下午4:30,一个人来。

我来了,她暗自忖度,你在哪儿呢?

加布丽埃勒扫视着四处闲逛的游人,期盼着有人引起她的注意。几个男人把她上下打量一番,又继续朝前走去。加布丽埃勒这会儿开始思量,这样做算不算明智之举。她察觉到警卫室里有个特工人员注视着她。她断定向她提供情报的人临阵退缩了。她的目光越过厚重的围墙,最后凝望了一眼白宫之后,她叹了口气,转身就要离去。

"加布丽埃勒·阿什吗?"那个特工人员在她身后喊道。

加布丽埃勒转过身来,惊得心都快提到嗓子眼里了。什么事?

警卫室里那个人挥手让她过去。他身材瘦削,一副一本正经的样子。"你的同伴现在准备见你。"他打开大门,挥手示意她进去。

加布丽埃勒的脚就是不听使唤。"我进去?"

那个特工点了点头。"让你久等了,有人让我为此向你道歉。"

加布丽埃勒看着敞开的入口,依然无法挪动脚步。这是怎么回事?这完全在她意料之外。

"你叫加布丽埃勒·阿什,是不是?"那个特工质问道,这会儿看上去有些不耐烦。

"是的,先生,不过——"

"既然这样,我就强烈地建议你跟我来。"

加布丽埃勒慌乱地走了起来。她迟疑不决地踏过门槛,大门在身后砰的一声关上了。

第 38 章

由于两天不见天日,迈克尔·托兰的生物钟重新做了调整。尽管手表显示为傍晚时分,可托兰的身体却坚持认为现在是午夜时刻。如今,他完成了对这部纪录片的最后剪辑,将整部录像文件下载到一张数字光盘里,这会儿正穿行在漆黑的圆顶屋里。来到灯光明亮的新闻发布区,他将光盘递给了国家航空航天局负责监督这次节目的新闻媒体技师。

"谢谢,迈克。"那位技师说着,拿起光盘冲他眨了眨眼,"要重新解释'必看节目'了,嗯?"

托兰疲惫地笑了笑。"希望总统喜欢。"

"肯定会的。不管怎么说,你的差事完成了。在一旁歇着看看节目吧。"

"谢谢。"托兰站在灯火通明的新闻发布区,扫了一眼国家航空航天局的那群快活的工作人员,他们正用加拿大罐装啤酒为陨石事件举杯庆贺。尽管托兰很想庆祝一下,可他觉得筋疲力尽,没有心情。他举目四视,寻找雷切尔,可她显然还在和总统通话。

总统想让雷切尔上电视,托兰心想。他并不责怪总统,因为雷切尔会成为陨石事件的另一个理想的发言人。除了具有姣好的面容,雷切尔身上还散发出一种易于接近的姿态与自信,这是他在自己以前认识的女人身上很少见到的。话又说回来了,托兰所认识的大多数女人都是电视行业的——她们不是冷酷的女强人,就是缺乏个性的靓丽的电台"名人"。

此刻,托兰从那群喧闹的国家航空航天局职员身边安静地走开,穿行在圆顶屋里纵横的小道间,思忖着其他非官方科学家都到哪里去了。要是他们有他一半累的话,就该趁这个重大时刻尚未来临之际,待在住宿区里偷空打个盹儿。在前方不远处,托兰看到了围在那个废置的冰窟四周的"沙巴"锥形路标。头顶上,空荡荡的圆屋顶下似乎回响起了久远记忆中的那个空洞的声音。托兰真想把这个声音从脑海中驱逐出去。

忘了那些往事吧,他努力使自己这样想。当他疲惫不堪或者独自一人时,在他取得成功或者出席庆典时,那些往事时常就会萦绕在他心际。她这会儿应该跟你在一起，那个声音低声说道。托兰独自在夜色下，又想起了那逐渐被遗忘的往事。

西莉亚·伯奇是他读研究生时的恋人。一个情人节，托兰带她去了她最喜欢的那家饭店。服务生送来了西莉亚的甜点，竟是一枝玫瑰和一枚钻戒。顿时，西莉亚什么都明白了。她泪眼盈盈，只说了一句话，那句话让迈克尔·托兰体验到了有生以来最大的幸福。

"我愿意。"

他们满怀期望地在帕萨迪纳附近买了套小房子，西莉亚就在那里做起了理科教师。虽然收入微薄，但这只是开始，而且这里离圣迭戈的斯克里普斯海洋研究所[1]也比较近，托兰在这个研究所的一艘用于研究地质的轮船上找到了梦寐以求的工作。由于工作性质的关系，托兰经常要出海三四天，不过与西莉亚小别后的重逢总是令他激情澎湃、兴奋不已。

出海时，托兰就开始为西莉亚拍摄一些他的奇遇，打算把他在船上的工作情况制作成纪录短片。有一次，他出海归来带回了一盒音质粗嘎的家庭录像带，那是他在一艘深海潜艇上透过窗户拍摄的——这是最早的一段关于一种具有向药性的奇异的乌贼的录像，在这之前甚至都不曾有人知道这种乌贼的存在。托兰在摄制中为纪录片做解说时，简直要狂热地冲出潜艇。

不夸张地说，成千上万种尚未被发现的物种，他感情充沛地说道，就生活在这片深海里！我们知道的仅仅是些皮毛！海底这个地方的奥秘是我们任何人都无法想象的！

西莉亚对丈夫那高涨的兴致与言简意赅的科学讲解着了迷。一时心血来潮，她把录像带放给理科班的学生看了，这盒录像带随后风行一时。其他老师都想借过去看看，学生家长也想拷贝一份。大家似乎

---

[1] 斯克里普斯海洋研究所（Scripps Institute of Oceanography），是美国太平洋海岸的综合性海洋科学研究机构，位于加利福尼亚拉霍亚。一九〇三年由W.E.里特教授创建，从事海洋生物研究。一九一二年归属加利福尼亚大学，以主办人姓氏定名为斯克里普斯生物学研究所。一九二五年由大学董事会改为现名，开始全面研究海洋。该所是目前世界上规模比较大的海洋研究所。

都在热切地等待着迈克尔的下一盒录像带。西莉亚突然有了个主意。她给一位在全国广播公司上班的大学同学打了个电话,然后把录像带寄给了她。

两个月后,迈克尔·托兰来找西莉亚,让她陪他去金曼沙滩散散步。那是个特别的地方,他们总是去那里谈论他们的希望与梦想。

"有件事儿我想告诉你。"托兰说道。

西莉亚停住脚步,拉起了丈夫的双手,这时海水轻拍着他们的脚。"什么事?"

托兰急不可耐地说道:"上周我接到全国广播公司电视台打来的一个电话。他们认为我可以主持一档有关海洋的纪实性电视系列节目。这可真是太好了。他们想在明年制作一期试播节目!你相信这是真的吗?"

西莉亚笑容满面地吻了他一下。"我相信。你会做得很出色的。"

六个月后,西莉亚和托兰在卡塔利娜岛附近扬帆航行,这时,西莉亚总说身体的一侧痛。几个星期过去了,他们都没在意,但是最后症状愈演愈烈。西莉亚就去做了个检查。

托兰美妙的生活一下子被毁了,突然间变成了一场可怕的梦魇。西莉亚病了,病得非常严重。

"淋巴瘤晚期,"医生们解释道,"她这个年龄的人得这种病的很少,不过当然,这种事也并不是没听说过。"

西莉亚和托兰走访了无数家诊所和医院,咨询了许多专家,可结果都一样:无法医治。

我决不接受这个结果!托兰立刻辞去斯克里普斯海洋研究所的工作,把全国广播公司纪实节目的事全都抛诸脑后,然后倾其全部精力与爱帮助西莉亚康复。西莉亚也在努力同病魔斗争,欣然忍受着疼痛,这样只会让托兰更爱她。托兰带她在金曼沙滩上长时间地散步,给她做健康餐,还跟她谈将来等她病情好转以后他们要做的事情。

但是那样的日子不会有了。

仅仅过了七个月,迈克尔·托兰就发觉自己坐在一间空荡荡的医院病房里,旁边是奄奄一息的妻子。他已经认不出那张脸了。残忍的化疗对人的折磨不亚于无情的癌症,她被摧残得骨瘦如柴。临终前的几个小时是最痛苦的。

"迈克尔,"西莉亚声音嘶哑地说,"该放手了。"

"不行。"托兰眼中溢满了泪水。

"你要活下去,"西莉亚说道,"你必须活下去。答应我,你要再找个爱人。"

"我永远都不会再找的。"托兰当时是这样打算的。

"你会学着去爱的。"

西莉亚是在六月的一个晴朗的星期天早晨撒手尘寰的。迈克尔·托兰感觉像是一艘轮船被拽出泊地,扔到波涛汹涌的大海里,任意漂流,他的指南针被撞碎了。连续几个星期,他情绪低落得无法自控。朋友们想帮忙,可强烈的自尊心让他无法忍受他们的怜悯。

你得做个选择,他终于明白过来了,要么工作,要么死去。

托兰坚定决心以后,就投身于"神奇的海洋"这项工作了。这档节目真的算是拯救了他。在接下来的四年里,托兰的节目大受欢迎。尽管朋友们竭力为他做媒,但是托兰只赴了几个约会。这些约会不是没有结果,就是双方都很失望,于是托兰最终放弃了,还把他缺乏社交活动归咎于繁忙的航行计划。可是,他最要好的朋友再清楚不过了:托兰只不过是还没有准备好。

这时,采捞陨石的冰窟在托兰面前若隐若现,把他从痛苦的幻想中拉了回来。他一扫那些往事造成的消沉情绪,走到冰窟旁。在这间黑洞洞的圆顶屋里,冰窟里融化出的水呈现出一种几乎是梦幻般迷人的美。水面上泛着微光,像是洒满月光的池塘。他的目光被水面上的点点亮光吸引住了,那就像是有人在水面上撒了蓝绿色的宝石。他凝视着这片微光良久。

这片光看起来有点怪异。

乍一看,他还以为这微光闪烁的水不过是反射了圆顶屋另一边的聚光灯的强光。这会儿他明白了,根本就不是那么回事。这种微光呈某种淡绿色,好像还在有节奏地跳动,似乎水面是鲜活的,透亮透亮的。

托兰满腹狐疑地越过锥形路标,走过去靠近看了看。

在旅居球的另一边,雷切尔·塞克斯顿走出野外安全通讯系统的活动房屋,来到了夜色下。她停了一会儿,圆顶屋内,四周一片幽暗,她分不清方向。旅居球这会儿像是裂开的山洞,照明的只有媒体聚光灯照在北墙上发散出的光辉。周围的黑暗让人觉得紧张不安,她凭直觉朝明亮的新闻发布区走了过去。

雷切尔对自己向政府官员们所做的简单介绍还算满意。总统要的小小花招起初让她不安,一旦镇定下来之后,她就滔滔不绝地讲起了她所知道的有关陨石的一切事情。她一边说着,一边留神观察白宫官员们的面部表情:他们先是感觉难以置信,大为震惊;然后又抱有希望,觉得可信;最后是肃然起敬,大加赞赏。

"外星生命?"她听到他们中有人惊叫道,"你知道那意味着什么吗?"

"知道,"另一个人答道,"那意味着我们将在这次选举中获胜。"

雷切尔朝引人注目的新闻发布区走着,想象着即将开始的发布会,不由自主地思量着她的父亲是不是当真值得总统使用这种非同寻常的手段攻其不备,一举击败他的竞选运动。

毫无疑问,答案是肯定的。

无论何时,只要雷切尔·塞克斯顿对她的父亲有丝毫心软,就不由得想起她的母亲,凯瑟琳·塞克斯顿。塞奇威克·塞克斯顿带给她母亲的痛苦与耻辱是应该受到谴责的……夜夜晚归,看上去沾沾自喜的样子,身上还有股香水味。她的父亲那伪装的虔诚和热情背后是一贯的谎言与欺骗,他知道凯瑟琳是决不会离开他的。

对,雷切尔拿定主意,塞克斯顿参议员是罪有应得。

新闻发布区的人都很愉快,每人都拿着啤酒。雷切尔穿行在人群中,感觉像个参加大学生联谊会的女生。她想知道迈克尔·托兰去了什么地方。

科基·马林森突然出现在她身后。"在找迈克吗?"

雷切尔吓了一跳。"啊……不……算是吧。"

科基反感地摇了摇头。"我就知道是这样,迈克刚走。我想有几点亮光又把他吸引过去了。"科基眯着眼,望着昏黑的圆顶屋的另一边,"尽管看起来你仍然能吸引住他,"他对雷切尔嬉笑着,指了个方向说道,"可迈克每次看见水还是很着迷。"

雷切尔顺着科基伸出的手指所指的方向,望向圆顶屋的中央,迈克尔·托兰的侧影矗立在那儿,正低头凝视着采捞陨石的冰窟里的水。

"他在干什么?"雷切尔问道,"那地方可不是闹着玩儿的。"

科基咧着嘴笑道:"可能在撒尿。咱们去推他一把吧。"

雷切尔和科基穿过漆黑的圆顶屋,朝采捞陨石的冰窟走了过去。他们快走到迈克尔·托兰身旁时,科基大声喊了起来。

"嗨,水上来的老兄!忘了带游泳衣吧?"

托兰转过了身。虽然光线暗淡,雷切尔还是看到他神色异常凝重。奇怪的是,他的脸看起来被照亮了,好像有盏灯从下往上地照在他身上。

"一切正常吗,迈克?"她问道。

"不完全如此。"托兰朝水里指了指,答道。

科基越过锥形路标和托兰一起站在冰窟边上。他朝水里一看,热情顿时冷却下来。雷切尔也越过路标和他们一起来到冰窟边上。她眯着眼睛朝冰窟里面望去,惊讶地看到水面上闪着点点蓝绿色的亮光,像是水面上漂浮了一层氖气小颗粒。它们看起来像是有规律地跳动着的绿色物体,让人感觉很美。

托兰捡起一块冰川上断裂的冰朝水中投了下去。水面刚一碰到冰就发出磷光,伴随着一片突然溅起的绿色水花燃烧起来。

"迈克,"科基说着,看上去很不安,"请告诉我你知道那是什么。"

托兰蹙着眉头，说道："那是什么我一清二楚。问题在于这里怎么会有这种东西。"

第 39 章

"这里有腰鞭毛虫。"托兰说着，凝神注视着闪着冷光的水。

"胃气胀？"[1]科基绷着脸说，"你讲讲清楚。"

雷切尔感觉迈克尔·托兰并不是在开玩笑。

"我知道本不该出现这种情况的，"托兰说道，"不过这儿的水里莫名其妙地出现了能自行发光的腰鞭毛虫。"

"自行发光的什么？"雷切尔说。请讲英语。

"一种单细胞浮游生物，能够氧化一种叫做荧光素的冷光催化剂。"

这是英语吗？

托兰吁了口气，扭头问他的朋友："科基，有没有可能，我们从这个冰窟里打捞出来的陨石上面存有生物呢？"

科基突然大笑起来。"迈克，正经点吧！"

"我是说正经的呢。"

"决不可能，迈克！说真的，要是国家航空航天局发现任何蛛丝马迹，认为那块陨石上寄居着外星生物的话，你该非常清楚他们是决不会把陨石捞出来露天放置的。"

托兰看起来并没得到什么安慰，显然有个更难解的谜团搅扰得他难以释怀。"没有在显微镜下观察过，我也不能确定，"托兰说，"不过依我看，这东西看起来像是甲藻门中的一种可以自行发光的浮游生物，其名字的含义是发光的植物。北冰洋到处都是这种生物。"

---

1 胃气胀，英语是 flatulence；腰鞭毛虫，英语是 flagellates。两个英语单词发音很像，科基这里是故意插科打诨，开托兰的玩笑。

科基耸了耸肩。"既然这样,你怎么还问这些生物是不是来自太空呢?"

"因为,"托兰说道,"那块陨石是被埋在冰川下的——那是降雪形成的淡水。这个冰窟里的水是冰川融水,而且已经冻住三百年。海洋生物怎么可能进入其中呢?"

托兰的一席话使大家沉默了良久。

雷切尔站在冰窟边缘,试图集中精力思考她正看着的事物。采掘陨石的冰窟里出现了自行发光的浮游生物。这意味着什么呢?

"冰窟下面某个地方应该有个裂缝,"托兰说道,"只能这样解释。浮游生物肯定是从一个能渗进海水的冰块裂缝里进入这个冰窟的。"

雷切尔还没有明白过来。"渗进来?从哪儿渗进来?"她记得自己坐了很久的冰上跑车才从海边来到这里,"海洋离这里足足有两英里远呢。"

科基和托兰都奇怪地看了雷切尔一眼。"实际上,"科基说道,"海洋就在我们正下方。这块冰是漂浮着的。"

雷切尔注视着他们两人,感觉非常困惑。"漂浮着的?可……我们是在冰川上的。"

"没错,我们是在冰川上,"托兰说道,"但是我们并没有在大陆上方。冰川时常会漂离大陆,在水上呈扇形展开。由于冰比水要轻,冰川就继续漂流,像冰做的巨大筏子一样漂在海上。这就是冰架的定义……漂浮着的冰川断面。"他顿了顿,接着说道,"事实上,我们此刻在海上漂出大约一海里远了。"

雷切尔大吃一惊,顿时变得小心翼翼。她转念想象着自己所处的环境,一想到自己正站在北冰洋上方,她就觉得害怕。

托兰似乎觉察到了她的不安。为了消除她的疑虑,托兰在冰上跺了跺脚,说道:"别担心。这里的冰厚达三百英尺,其中两百英尺是漂浮在水里的,就像一块小方冰漂在玻璃杯里一样,这就使得这个冰架非常稳固。你都可以在上面建造摩天大楼了。"

雷切尔一脸愁容地点了点头,并没有完全信服。疑虑归疑虑,她这会儿明白了托兰关于浮游生物的来源的看法。他认为有个裂缝向下一直通向海洋，使浮游生物可以穿过裂缝向上游进这个冰窟。这样解释得通，雷切尔断定，但是还有一个矛盾的地方使她迷惑不解。诺拉·曼格对于这块冰川的完整性始终确信无疑，还钻取了无数个实验用的冰体心证实这是块实心冰川。

雷切尔看了看托兰，说道："我觉得所有冰层年代的测定都是以冰川的完整性为基础的。难道曼格博士没有说过这块冰川上没有裂缝或者裂纹吗？"

科基眉头紧蹙。"看来冰川女王把事情搞砸了。"

说这种话，可千万不要太大声，雷切尔暗自想道，不然你背后就会飞来一把碎冰锥。

托兰摸着下巴，注视着那些闪着磷光的生物。"确实没有其他的解释。一定是有裂缝。冰川压在海洋表面上，这肯定会把富含浮游生物的海水挤进上面的冰窟里。"

真是个大裂缝，雷切尔心想。要是这里的冰块有三百英尺厚，而且这个冰窟有两百英尺深，那么这个假设的裂缝就得穿透一百英尺厚的实心冰块。诺拉·曼格的冰体心测试却显示没有任何裂缝。

"帮个忙，"托兰对科基说道，"把诺拉找来。但愿她知道些这块冰川的事情，只不过还没告诉我们。再把明找来，也许他能告诉我们这些发光的小东西是什么。"

科基走开了。

"最好快点，"托兰在科基身后喊着，扭头瞥了一眼那个冰窟，"我敢肯定这种冷光在慢慢消失。"

雷切尔看了看那个冰窟，果不其然，那片绿色这会儿已没那么鲜明了。

托兰脱掉身上的毛皮风雪大衣，躺在了冰窟旁边的冰架上。

雷切尔一脸困惑地注视着他，问道："迈克，你干吗呢？"

"我想查一查有没有海水流进来。"

"不穿外套躺在冰上查吗？"

"对。"托兰说着,爬到冰窟边上。他攥着一个袖子伸到冰窟边缘的上方,把另一个袖子沿着冰窟放了下去,直到袖口掠过水面。"这是世界级的海洋学家们使用的极其精确的盐分测验方法。这叫做'舔湿外套'法。"

在外面的冰架上,三角洲一号竭力操纵着控制杆,试图让受损的微型机器人继续在聚在冰窟旁的那群人的上方飞行。听到下方冰架上的对话,他知道事情很快就会被弄个一清二楚。

"快给指挥官打电话,"他说,"我们碰到了很严重的问题。"

第 40 章

加布丽埃勒·阿什少女时期就参观过白宫无数次,私下里还梦想过有朝一日在总统官邸里工作,并且成为制定本国未来计划的上层人士之一。可就在这会儿,她倒情愿自己在世界上其他任何地方。

伊斯特门的那名特工领着加布丽埃勒走进一间华美的门厅,这时她纳闷,向她提供情报的那位匿名人士究竟想向她证明什么。邀请加布丽埃勒去白宫简直是荒唐之举。要是我被别人看到怎么办?她最近以塞克斯顿参议员最得力的助手的身份频频亮相于媒体。肯定会有人认出她的。

"阿什女士?"

加布丽埃勒抬头看了看。门厅里的一名长着和善面孔的警卫冲她友好地笑了笑。"请看那边。"他指了个方向。

加布丽埃勒朝他所指的方向望去,闪光灯一下子照得她头昏眼花。

"谢谢,女士。"那名警卫把她领到一张桌子旁,递给她一支笔,"请在登记簿上签个名。"他将一本厚重的皮制活页夹推到了她面前。

加布丽埃勒看了看那本活页夹。面前的纸上是一片空白。她记得曾经听人说过，所有来白宫参观的游客都是在空白页上单独签名，以表示对他们的来访保密。她签上了自己的名字。

秘密会面原来不过如此。

加布丽埃勒穿过一道金属传感器，紧接着有人粗略地从上到下轻拍她的外衣搜身。

那名警卫微微一笑，说道："祝你参观愉快，阿什女士。"

加布丽埃勒跟随那名特工沿着一条倾斜的走廊走了五十英尺，来到另一张警卫办公桌前。在这儿，另一名警卫正在收集刚从一台层压机里滚压出来的游客通行证。他在通行证上打了个孔，拴了根颈绳，然后迅速将它套在加布丽埃勒的脖子上。这张塑料通行证还是热乎乎的，身份牌上的照片就是他们十五秒之前在走廊里给她拍的。

加布丽埃勒深感钦佩。谁说政府部门工作效率低？

他们继续走着，那名特工要把她带往白宫综合大楼的更深处。每走一步，加布丽埃勒就觉得又多了一分不安。不管是谁发出的这个神秘邀请，他肯定不担心有人知道此事。加布丽埃勒之前拿到一张正式通行证，还在会客登记簿上签了名，这会儿又被人带着在众目睽睽之下穿行于聚集了许多游客的白宫底楼。

"这间是瓷器室，"一名导游对一群游客讲解起来，"是南希·里根夫人摆放每套价值九百五十二美元的红边瓷器的地方。早在一九八一年时，这还激起了一场有关铺张浪费的争论。"

那名特工带领加布丽埃勒经过那群游客身边，朝一座巨大的大理石楼梯走了过去，另一队游客正从这里上楼。"你们马上要进入的是面积达三千二百平方英尺的伊斯特室，"那名导游说道，"阿比盖尔·亚当斯夫人从前就是在这里晾晒刚洗好的约翰·亚当斯的衣服。[1]我们随后要进入的是雷德室。多利·麦迪逊夫人就是在这里将来访的

---

[1] 约翰·亚当斯（1735—1826），美国第二任总统，大陆会议代表，《独立宣言》起草人之一。阿比盖尔·亚当斯夫人（1744—1818），是亚当斯总统的夫人，多产书信作家，反对奴隶制，呼吁保障女权。

各国首脑灌醉，然后詹姆斯·麦迪逊再与他们谈判。"[1]

游客们一下子哄笑起来。

加布丽埃勒从那座楼梯旁走过，经过一条条围绳和一块块隔板，进入这座大楼里更加隐蔽的地方。这时，他们进入了一个加布丽埃勒只在书上和电视里看到过的房间。她的呼吸一下子变得急促起来。

老天呀，这里可是地图室！

任何一个旅游团都不曾来过这里。这个房间里的许多隔板墙都可以拉向一侧，一层层地展现出世界各国的地图。这里就是罗斯福制订第二次世界大战的行动方针的地方。令人困窘的是，同样是在这个房间里，克林顿承认了与莫尼卡·莱温斯基有染。加布丽埃勒将这个奇怪的念头从脑海中赶走。最重要的是，地图室还是前往西侧厅的通道，那里可是真正的政治掮客在白宫工作的地方。加布丽埃勒·阿什怎么也没想到会到这里来。她原本以为，她的电子邮件是在这座综合楼里一间较为普通的办公室里上班的某个有进取心的年轻实习生或者秘书发来的。看来事实并非如此。

我就要进入西侧厅……

那名特工领她走到一条铺着地毯的走廊的尽头，在一道没有标志的门前停了下来。他敲了敲门。加布丽埃勒的心这会儿怦怦直跳。

"门没锁。"有人在里面喊道。

那名特工推开门，抬手示意加布丽埃勒进去。

加布丽埃勒走了进去。窗帘放了下来，房间里光线暗淡。她隐隐看见黑暗中有个人影坐在办公桌前。

"阿什女士吗？"那人的声音从一团香烟烟雾后面传了出来，"欢迎。"

加布丽埃勒的双眼适应了这片黑暗之后，她逐渐辨认出那张熟悉的面孔，感到一阵不安，惊讶得肌肉一下子绷紧了。这就是那个一直

---

[1] 詹姆斯·麦迪逊（1751—1836），美国第四任总统，美国宪法主要起草人，晚年任弗吉尼亚大学校长。多利·麦迪逊夫人（1768—1849），麦迪逊总统之妻，美国历史上著名的第一夫人之一，以善于应酬、高雅妩媚闻名。

给我发电子邮件的人?

"谢谢你能来。"玛乔丽·坦奇说道,她的声音冷冰冰的。

"坦奇……女士?"加布丽埃勒结结巴巴地说着,顿时大气都不敢出。

"叫我玛乔丽,"这个丑恶的女人站起身来,像条龙一样从鼻孔里喷出一团烟雾,"我们马上就会成为最好的朋友的。"

第 41 章

诺拉·曼格与托兰、雷切尔和科基一起站在冰窟边上,凝神注视着漆黑的冰窟。"迈克,"她说,"你很聪明,不过你太荒唐了。这里根本就没有什么生物发光现象。"

托兰这会儿真希望自己先前想起来拍一些录像。早在科基去找诺拉和明的时候,这种生物发光现象就开始逐渐消失。在一两分钟之内,所有的亮光全都不见了。

托兰又朝水里投了一块冰,可什么情况也没出现。没有溅起绿色的水花。

"它们去哪儿了?"科基问道。

托兰灵机一动,想到了原因。作为自然界最高明的防御机理之一,生物发光是浮游生物遇到危难时的一种自然反应。浮游生物在感觉自身即将被较大的生物吃掉时,就会开始闪光,希望引来更大的食肉动物,从而把原先要侵袭它的生物吓跑。而此时的情况是,浮游生物从一个裂缝里游到这个冰窟里,突然发现它们身处一个淡水环境,惊慌之下,身体就发出微光,此时,这种淡水慢慢地扼杀了它们。"我认为它们已经死了。"

"它们是被谋杀的,"诺拉轻蔑地说道,"复活节的兔子游进来把它们全吃了。"

科基对她怒目而视。"我也看见了生物发光现象,诺拉。"

"是在你获得生命科学博士学位之前还是之后?"

"我们为什么要在这件事上撒谎呢?"科基质问道。

"男人们总会撒谎。"

"对,在跟别的女人睡觉的事情上会,可在跟自行发光的浮游生物有关的事情上绝对不会。"

托兰叹了口气。"诺拉,你肯定知道,这块冰架下面的大海里的确有浮游生物。"

"迈克,"她怒视着他,回敬道,"不用烦劳您来教我。据记载,北极冰架下茂盛地生长着两百多种硅藻,十四种自养型微型鞭毛虫,二十种异养型鞭毛虫,四十种异养型腰鞭毛虫,还有包括多毛纲环节动物、端足目动物、桡足亚纲动物、磷虾和鱼类在内的大量多细胞动物。有疑问吗?"

托兰眉头紧蹙。"有关北极动物群的知识,显然你知道得比我多,而且你承认我们脚下的大海里生存着许多生物。既然这样,为什么你对我们看到了自行发光的浮游生物还是这么怀疑呢?"

"因为,迈克,这个冰窟是封闭的。它是密封的淡水生态环境,任何海洋浮游生物都不可能进到这儿来!"

"我尝出了水里有咸味儿,"托兰强调道,"味道很淡,但还是有咸味儿。不知怎么回事,海水流了进来。"

"不错,"诺拉怀疑地说道,"你尝到了咸味儿。你舔了那件沾有汗味儿的破毛皮大衣的袖子,这会儿就认定极轨道密度扫描卫星的密度扫描图和十五种不同的冰体心样品都不准确了。"

托兰把他那件毛皮风雪大衣的湿漉漉的袖子当做证据递了过去。

"迈克,我可不想舔你这件该死的外套。"她朝冰窟里看了看,"我想问一下,为什么所谓的成群的浮游生物要游到那个所谓的裂缝里去?"

"高温?"托兰猜测道,"高温把大量的海洋生物都吸引了过来。我们在采捞陨石的时候,陨石被加热过。也许浮游生物凭着本能,被吸引到冰窟里一时比较温暖的环境中来了。"

科基点了点头。"听上去很有道理。"

"有道理？"诺拉骨碌碌地转着眼睛，"要知道，你们一个是获过奖的物理学家，一个是举世闻名的海洋学家，可真是一对愚钝的家伙。你们怎么就想不到即使出现了裂缝——我可以向你们保证并没有此事——海水也是完全不可能流到这个冰窟里的。"她注视着他们两人，眼中带着一种悲愤的蔑视。

"可是，诺拉……"科基开口说道。

"先生们！我们现在站的地方要高于海平面。"她在冰架上跺着脚，说道，"看到了吗？这块冰盖高出海平面一百英尺。你们还记不记得这块冰盖尽头的那个大悬崖？我们的地势比海面还要高。要是这个冰窟里有裂纹的话，只会有水从这个冰窟里流出去，而不是流进来。这就叫做万有引力。"

托兰和科基对看了一眼。

"该死，"科基说道，"我没想到这一点。"

诺拉指了指注满水的冰窟，说道："你们也应该留意一下，看看这里的水位变了没有？"

托兰感觉自己像个白痴一般。诺拉说得显然没错。要是出现了裂缝，就该有水流出去，而不会流进来。托兰静静地站立良久，思忖着接下来该做什么。

"好吧，"托兰叹了口气，说道，"裂缝这一说法显然是讲不通的。可是我们先前在水中看到了生物发光现象。唯一的结论就是这并非一个封闭的环境。我知道，你测定冰层年代的大多数数据都建立在这块冰川是实心冰体的假设上的，但是——"

"假设？"诺拉这会儿明显激动起来，"别忘了，这可不仅仅是我一个人的数据，迈克。国家航空航天局也得出了同样的结论。我们都证实了这是实心冰川，没有裂缝。"

托兰望向圆顶屋的另一边，扫了一眼聚在新闻发布区附近的人群。"不管出现什么情况，我觉得出于善意，我们都有必要通知局长一声,然后——"

"这简直是胡闹!"诺拉嘶叫道,"听我说,这个冰川板块并未受到破坏。我不能让我的冰体心数据因为你尝出了咸味和出现了某种荒唐的幻觉就受到质疑。"她怒气冲冲地朝附近的一间储藏室走去,准备取来一些工具,"我要实际取一份水样,向你证明这片水域没有任何海洋浮游生物——无论死的还是活的!"

雷切尔和其他人在一旁看着诺拉用一支系在一根绳子上的消过毒的移液管从冰川融水里取出一份水样。诺拉在一台像是微型望远镜的小型仪器上滴了几滴水,然后她一边透过目镜眯缝着双眼看着,一边将这个仪器对准圆顶屋另一边发出的亮光。几秒之后,她咒骂了起来。

"天哪!"诺拉摇了摇那个仪器,又看了一下,"真见鬼!这个折射器肯定出毛病了!"

"是海水?"科基幸灾乐祸地问道。

诺拉眉头一皱,说道:"不完全是。仪器显示有百分之三的盐分——这是完全不可能的。这块冰川是个积雪场,都是纯净的淡水,不该有盐分的。"诺拉将水样放到旁边的显微镜下仔细观察了一番。她抱怨了起来。

"是浮游生物吗?"托兰问道。

"G-多面胞,"她答道,语气立刻平静了下来,"这是我们冰川学家时常在冰架下面的大海里看到的一种浮游生物。"她瞥了一眼托兰,接着说道,"它们这会儿已经死了。很明显,它们在含盐量为百分之三的水里存活的时间并不长。"

好一会儿,他们四个人站在深深的冰窟旁边,一句话也不说。

雷切尔默默思忖着,这个自相矛盾的结果对整个发现来说会有什么样的影响。跟陨石的重大发现相比,这个两难推理显得微不足道,然而作为一名情报分析员,雷切尔亲眼看到过基于一个比这个还要微小的症结,所有推理被全盘推翻的局面。

"这里出什么事了?"一个声音低沉地问道。

大家抬头望去,只见虎背熊腰的国家航空航天局局长出现在夜色中。

"冰窟里的水有一点小问题,"托兰说道,"我们正力图弄个清楚。"

科基听起来倒有点高兴。"诺拉的冰川数据完蛋了。"

"又来这一套。"诺拉低声说道。

局长走到近旁,浓密的眉毛向下耷拉着,问道:"冰川数据出什么问题了?"

托兰叹了口气,有点拿不准。"我们证实了采捞陨石的冰窟里混有含盐量为百分之三的海水,这与冰川报告上说的这块陨石被密封在原始的淡水冰川里相抵触。"他顿了顿,接着说道,"现在发现还有浮游生物。"

埃克斯特龙简直怒不可遏。"这决不可能。这块冰川没有任何裂缝。极轨道密度扫描卫星获得的扫描图证实了这一点。这块陨石是密封在一块实心冰体里的。"

雷切尔知道埃克斯特龙说得没错。据国家航空航天局的密度扫描图显示,这块冰盖固若磐石。陨石周围是数百英尺厚的冻实的冰川,根本没有裂缝。可是,雷切尔想象着密度扫描图是如何拍摄的,脑子里冒出了一个奇怪的念头……

"另外,"埃克斯特龙说道,"曼格博士的冰体心标本也证实了这是块实心冰川。"

"一点儿不错!"诺拉说着,将那个折射器扔到了桌子上,"双重证明。冰体里没有断层纹路。这样我们根本就不用解释盐分和浮游生物的事情了。"

"实际上,"雷切尔说道,她开口说话的勇气连她自己都觉得惊讶,"还有另一种可能。"她从那最令人难以置信的记忆中,突然想到了一个恰当的解释。

这时,所有人都注视着她,毫不掩饰地露出了怀疑之色。

雷切尔微微一笑。"关于盐分和浮游生物的出现,有个相当合理的解释。"她一脸怪相地看了看托兰,说道,"坦白讲,迈克,你竟没想到这个原因,真让我感到惊讶。"

第 42 章

"被冻在冰川里的浮游生物?"对于雷切尔的解释,科基·马林森似乎全然不能接受,"并不是要扫你的兴,不过通常情况下生物一冻就会死掉。这些小家伙刚才都还在对我们闪光,你忘了?"

"说实在的,"托兰说着,尤为钦佩地看了雷切尔一眼,"她说得有点道理。受生态环境所迫,许多物种都会进入假死状态。我曾经播放过一期有关这种独特现象的节目。"

雷切尔点点头,说道:"你播放过白斑狗鱼被冻在湖里,只好等到湖水解冻后再游走的节目。你还说过叫'缓步纲动物'的微生物在沙漠里变得完全干枯,几十年都保持这种状态,等到雨季再来时就会膨胀起来。"

托兰被逗乐了。"这么说来,你真的看我主持的节目?"

雷切尔有点难为情地耸了耸肩。

"你要说什么,塞克斯顿女士?"诺拉追问道。

"她要说的就是,"托兰说道,"原本该是我先想到的,我在那期节目中提到过一个属于浮游生物的物种,那种浮游生物每年冬天都会被冻在极地冰盖下,躲在冰里冬眠,等到夏天冰盖变薄的时候再游走。"托兰停顿了一下,"就算我在节目中播放的生物不是我们这里看到的自行发光的物种,不过同样的现象有可能会出现。"

"被冻住的浮游生物,"雷切尔继续说道,她为迈克尔·托兰对自己的想法如此感兴趣而兴奋不已,"这就可以解释我们现在所看到的一切。在过去某个时刻,这块冰川可能原本就裂了个缝隙,里面充满了富含浮游生物的海水，然后又被冻住了。如果这块冰川里出现了许多小块海冰会怎样呢？要是海冰里面有被冻住的浮游生物呢？想象一下，会不会是你们在将那块加热过的陨石从冰体里提上来时，陨石穿过了一小块海冰。海冰原本就已融化，使浮游生物从冬眠中醒过来，并且使这里的淡水混合一小部分盐分。"

"噢，看在上帝的面上！"诺拉充满敌意和痛苦地惊叫道，"突然间谁都成了冰川学家！"

科基看起来同样表示怀疑。"难道极轨道密度扫描卫星在进行密度扫描时就没发现任何海冰吗？毕竟，海冰的密度与淡水冰的不一样。"

"几乎没什么差别。"雷切尔说道。

"百分之四可是很大的差别。"诺拉反驳道。

"对，那是在实验室里，"雷切尔回答，"但是极轨道密度扫描卫星是从一百二十英里的高空中进行扫描的。它的计算机是用来区分冰与砂浆，花岗岩与石灰岩这些明显不同的事物的。"她转身面对埃克斯特龙局长，问道，"极轨道密度扫描卫星从空中测量密度时，很可能不具有区分海冰和淡水冰所需的分辨率，我这样假设对吗？"

埃克斯特龙局长点了点头。"对。百分之四的差别在极轨道密度扫描卫星的容限范围之内。这颗卫星会把海冰与淡水冰当做同一种东西。"

托兰这会儿看起来很有兴致。"这就解释了为什么冰窟里的水位没变。"他看了看诺拉说，"你刚才说你看到的冰窟里的浮游生物叫——"

"G-多面胞，"诺拉断然地说，"你这会儿是不是在想 G-多面胞可不可以在冰层里冬眠？你会很高兴地得知答案是肯定的，完全可以。人们在冰架周围发现了成群的 G-多面胞，它们可以自行发光，又能够在冰层里冬眠。还有别的问题吗？"

大家面面相觑。诺拉的语气中明显有些"但是"的意味——不过她刚才似乎已经证实了雷切尔的推测。

"如此看来，"托兰斗胆问道，"你是说有可能，对吗？这样推测行得通？"

"当然，"诺拉说道，"要是你弱智到了极点的话，当然行得通。"

雷切尔对她怒目而视。"对不起，你说什么？"

诺拉·曼格目不转睛地瞪着雷切尔。"我想在你们行业，一知半解很危险吧？那么，说真格的，我要对你说的就是，这一点同样适用于冰川学。"诺拉这会儿将视线移开，逐个看了看身边的四个人，"我来为大家彻底讲清楚。塞克斯顿女士提出的被冻住的小块海冰这种情况的确存在。那就是冰川学家们所说的裂隙。不过这些裂隙并不以小片海水的形式存在，而是分岔过多、纵横交错的盐水冰，那些冰的卷须如人的头发丝一般细。如果这样，那块陨石就得穿过许多非常密集的裂隙才能释放出足够的海水，从而使一个那么深的冰窟里混有百分之三的盐分。"

埃克斯特龙一脸愠色，问道："这么说来，有没有可能？"

"决不可能，"诺拉断然说道，"完全不可能。真要有海冰，我早就在冰体心样品中发现了。"

"冰体心样品基本上是在随意选择的地点钻取的，对吧？"雷切尔问道，"有没有可能，只是因为运气不佳，钻取冰体心的地方也许连一小片海冰都没能碰到呢？"

"我是直接向下钻到陨石上方的，随后我又在陨石四侧几码之外的地方钻取了多个冰体心。那是近到不能再近的地方了。"

"只是随便问问。"

"这个问题并没有实际意义。"诺拉说道，"盐水裂隙只出现在季节性冰层里——这种冰层在一个季节形成，另一个季节融化。米尔恩冰架属于稳固的冰层——这种冰层存在于冰山中，它在移动到冰山崩裂地带掉进海里之前都是稳固的。尽管被冻住的浮游生物一时可以解释这个不可思议却又微不足道的奇特事情，但我敢保证这块冰川里并未隐藏呈网状分布的被冻住的浮游生物。"

大家一下子又沉默不语了。

尽管大家对被冻住的浮游生物这个说法极力反驳，雷切尔对那些数据所进行的系统分析却使她不愿接受这种否定。凭直觉，雷切尔知道他们脚下的这块冰川里出现的被冻住的浮游生物就是解决这个谜团的最简单的办法。这就是俭省原则，她暗自想道。她在国侦局的那些导师早已将这个原则灌输到她的潜意识中。一旦出现多种解释，最简单的那个通常就是正确答案。

如果诺拉·曼格的冰体心数据出错，她显然要失去很多东西；雷切尔思量起诺拉会不会早就看到过浮游生物，意识到自己在宣称这是块实心冰川时犯了个错误，这会儿只不过在力图隐瞒自己的失误。

"我只知道，"雷切尔说道，"我刚才向白宫的全体官员通报了情况，并且告诉他们这块陨石发现于一块原始冰层板块中，自一七一六年从一块有名的琼格索尔陨石上断裂下来后就一直被密封在那里，没有受过外界作用的影响。这个事实现在看来有点问题。"

国家航空航天局局长默不作声，表情很凝重。

托兰清了清嗓子。"我不得不同意雷切尔的看法。这个冰窟里出现了海水和浮游生物。不管如何解释，这个冰窟都显然不是封闭的生态环境。我们不能把它说成是封闭的。"

科基这会儿看起来很不自在。"嗯，伙计们，别装得个个都跟天体物理学家似的，不过在我的专业领域内，我们一出错，通常就会错过数十亿年。难道这个浮游生物和海水构成的小小的混合体就那么重要吗？我是说，陨石周围冰层的完整与否决不会影响到陨石本身，对吧？我们依然得到了化石。谁也不会怀疑化石的真实性。即使结果证明我们的冰体心数据出现了错误，谁也不会真正在意的。他们感兴趣的只是我们找到了另一个星球上有生命存在的证据。"

"很抱歉，马林森博士，"雷切尔说道，"作为以分析数据为生的人，我不敢苟同。国家航空航天局今晚展示的数据只要出现一个微小的错误都有可能使人们对整个发现的可信度产生怀疑，包括那些化石的真实性。"

科基惊诧得张口结舌。"你在说什么？那些化石是不容否认的！"

"这一点,我清楚,你也清楚。可要是公众风闻国家航空航天局有意出示了有问题的冰体心数据,说真的,他们立即就会想知道国家航空航天局还在其他什么事儿上撒了谎。"

诺拉走上前来,双眼炯炯有神。"我的冰体心数据决不会有问题。"她转身对国家航空航天局局长说道,"我可以明确地向你证明,这块冰架里的任何地方都分离不出海冰!"

局长注视了她良久,问道:"怎么证明?"

诺拉粗略地说了说她的计划。她说完后,雷切尔不得不承认这个办法切实可行。

局长看起来并不那么确定。"这样结果会是确定无疑的吗?"

"百分之百确定无疑,"诺拉向他保证,"要是在采捞陨石的冰窟附近任何地方出现哪怕一丁点冰冻的海水的话,你都会看得出来的。哪怕只有几滴海水,它也会像时报广场[1]一样醒目地显现在我的设备上。"

局长的双眉在他那很流行的军人发型下皱了起来,"时间不多了。两个小时后新闻发布会就要开始。"

"二十分钟后我就能回来。"

"你说你得在这块冰川上走出去多远?"

"不太远。两百码应该差不多了。"

埃克斯特龙点了点头。"你确信这样安全吗?"

"我会带上照明灯,"诺拉答道,"而且迈克也会跟我一起去。"

托兰猛地抬起了头。"我要去吗?"

"你当然要去,迈克!我们要拴在一起。要是外面突然刮起了大风,我希望有双强壮的臂膀。"

"可是——"

"她说得对,"局长说着,转向了托兰,"要去的话,她不能一个

---

[1] 时报广场(Times Square),是美国纽约市曼哈顿区中心广场,由第七大道、第四十二街和百老汇交叉日形成。它likely因名为《纽约时报》的报社大楼,该楼正面迄今仍有成排电灯用来发布新闻。也有人将之译成"时代广场"。

人过去。我很想派几个人与她同去,不过坦白地讲,在我们没弄清楚浮游生物是否构成问题前,我不想对外声张。"

托兰很不情愿地点了点头。

"我也想去。"雷切尔说道。

诺拉像条眼镜蛇一样突然扭过头来。"你去干什么?"

"说实在的,"局长说道,似乎刚刚想到一个主意,"我觉得要是我们使用标准的四边拴绳组合,感觉会更安全。要是你们两个人去,一旦迈克滑倒了,你根本就拉不住他。四个人总比两个人保险一些。"他停顿一下,看了看科基,"这也就意味着你或者明博士要一起去。"埃克斯特龙朝旅居球里扫了一眼,"但是明博士在哪儿呢?"

"我有一会儿没看见他了。"托兰说道,"他可能在打盹吧。"

埃克斯特龙转过头对科基说:"马林森博士,我不能要求你和他们一起出去,可是——"

"究竟怎么了?"科基说道,"似乎大家这会儿相处得都很融洽。"

"不必了!"诺拉惊叫道,"四个人会放慢我们的速度。迈克和我要单独去。"

"你们不能单独去。"局长的语气不容反驳,"一个原因就是拴绳都是做成四方形的,而且我们在做这件事时,要尽可能地保证不出意外。在美国国家航空航天局历史上最重要的新闻发布会开始前的两个小时内,我不想发生什么意外。"

第 43 章

加布丽埃勒·阿什坐在玛乔丽·坦奇那满是呛人烟味的办公室里,感到十分不安。这个女人究竟想让我做什么?在房间里仅有的一张办公桌后面,坦奇斜靠在椅子里。看到加布丽埃勒局促不安,她那丑陋的脸上似乎流露出一种快意。

"你介意别人抽烟吗？"坦奇一边问，一边从烟盒里又弹出一支香烟。

"不介意。"加布丽埃勒撒谎道。

不管她如何回答，坦奇已经点着烟，抽了起来。"你和你的候选人在这次竞选活动中对国家航空航天局表现出了极大的兴趣。"

"确实如此，"加布丽埃勒厉声说道，丝毫不愿掩饰自己的愤怒，"多亏有不少很有创意的鼓励。我想要个解释。"

坦奇故作天真地撅起了嘴。"你想知道我为什么要给你发送电子邮件，让你们抨击国家航空航天局吗？"

"你发给我的情报伤害了总统。"

"在短时间内来看，是这样。"

坦奇声音中透出的阴险语气让加布丽埃勒心神不安。"你这样做是什么意思？"

"放轻松点儿，加布丽埃勒，我发出去的电子邮件并不能改变什么。早在我插手之前，塞克斯顿参议员就在抨击国家航空航天局。我只不过是帮他阐明观点，坚定他的立场。"

"坚定他的立场？"

"一点不错。"坦奇微微一笑，露出一嘴被烟熏黑的牙齿，"说真的，这一点他在上今天下午美国有线电视新闻网的节目时表现得非常清楚。"

加布丽埃勒想起了塞克斯顿参议员就坦奇提出的那个绝妙的问题所做的回答。对，我情愿废除国家航空航天局。塞克斯顿使自己陷入了走投无路的绝境，不过他展开强烈攻势，摆脱了困境。这一着棋走得没错，不是吗？从坦奇那心满意足的表情来看，加布丽埃勒意识到有些事儿她还不知道。

坦奇突然站了起来，过分瘦长的身子一下子矗立在这个逼仄的房间里。她嘴里叼着香烟，走到一个靠墙的保险柜旁，取出一个厚厚的马尼拉纸信封，回到办公桌前，又坐了下来。

加布丽埃勒盯着那个厚厚的信封看了看。

坦奇微笑着把那个信封放在了腿上,像是打牌的人手里握着一副同花大顺。她那发黄的指尖轻弹着信封的一角,令人恼怒地反复抓来抓去,她似乎在品味着预计要发生的事情。

加布丽埃勒知道那只是她自己的内疚心理在作祟,但是她起初是担心那个信封里放着某样证明她和参议员有失检点的性行为的证据。真是荒谬,她心想。那次邂逅是下班后,在塞克斯顿那间大门紧锁的参议员办公室里发生的。更不必说,要是白宫当真持有证据,他们可能早就将之曝光了。

他们也许有所怀疑,加布丽埃勒暗自忖度,不过他们没有证据。

坦奇摁灭了香烟。"阿什女士,不管你知不知道,你都卷入了一场自一九九六年起就在华盛顿激烈地秘密进行着的较量之中。"

这样的开场白可是完全出乎加布丽埃勒的意料。"对不起,你说什么?"

坦奇又点燃了一支香烟。她那薄薄的双唇衔着香烟,香烟的一头泛起了红光。"你对一项名为《太空商业化推进条例》的议案知道多少?"

加布丽埃勒从未听说过这个议案。她耸了耸肩,感觉如堕五里雾中。

"真的吗?"坦奇说道,"考虑到你的候选人的政纲,这可真让我大吃一惊。《太空商业化推进条例》早在一九九六年由沃克参议员提出。这项议案,实际上就是印证了国家航空航天局从人类登月之后,连一件有意义的事儿都没做成。该议案要求立刻把国家航空航天局的资产廉价变卖给私营航空公司,允许自由市场体制介入,从而更加有效地探索太空,解除国家航空航天局如今加在纳税人身上的负担,从而实现国家航空航天局私有化。"

加布丽埃勒曾听人说,批评国家航空航天局的那些人建议把国家航空航天局私有化,以此解除国家航空航天局的困难,但是她并不知道这个想法居然变成了一纸法定议案。

"这项商业化议案,"坦奇说道,"如今已递交给国会四次了。这与成功地将诸如生产铀这样的国家行业私有化的那些议案很相似。国会四次看到这个太空商业化议案，全通过了。令人欣慰的是，白宫每次都否决了该议案。扎克·赫尼就否决过两次。"

"你的意思是？"

"我的意思是，如果塞克斯顿当了总统，他肯定会赞成这项议案的。我有理由相信塞克斯顿一有机会就会毫不犹豫地将国家航空航天局的资产变卖给投标的商人。总之，你的候选人情愿赞成私有化，而不愿用美国人的税款资助太空探险事业。"

"据我所知，塞克斯顿参议员从未就他在什么《太空商业化推进条例》的问题上公开表过态。"

"没错。可是知道他的政治主张后，就算他赞成该议案，想必你也不会觉得惊讶。"

"自由市场体制有助于提高效率。"

"我就当这句话是一种赞同，"坦奇注视着她，说道，"遗憾的是，将国家航空航天局私有化是个糟糕的提议，而且从刚一提出这项议案，每一任美国政府都有无数个理由否决它。"

"我听说过反对太空私有化的争论，"加布丽埃勒说道，"我也知道你在担心什么。"

"是吗？"坦奇向她探身过来，"你听到过什么争论？"

加布丽埃勒不自在地挪了挪身子。"哦，权威学术派人士最为担心的是——众所周知，要是国家航空航天局私有化了，人们很快就会放弃对当前太空科学的研究，转而支持有利可图的投机活动。"

"不错。太空科学瞬息就会被遗忘。私营航空公司就会露天开采小行星，建造太空观光宾馆，提供商业卫星发射服务，而不愿花钱研究我们的宇宙。既然太空探索可能要花费私营公司几十亿美元，还显示不出任何财政收益，那么他们为什么要费心研究宇宙的起源呢？"

"他们是不会，"加布丽埃勒反驳道，"不过国家肯定会针对太空科学，创办一个国家基金会以资助学术团体。"

"我们已经有了一个这样合适的机构，那就是国家航空航天局。"

加布丽埃勒一下子默不作声了。

"受利益所驱而放弃科学研究还是次要问题，"坦奇说道，"这与准许私营部门自由经营太空所造成的天下大乱简直不能比。我们可能又要遭遇一次开拓西部时的混乱状态。我们将会看到，拓荒者们坚持对月球和小行星的所有权，并且动用武力保护这些权限。我听说很多公司都提出了请求，他们想在夜空中建造利用闪光信号打广告的霓虹灯箱。我看到过要建造太空旅馆和设立游览胜地的公司的申请书，他们所提议的业务包括将垃圾扔到太空间隙里，然后建立一个轨道废物堆。事实上，昨天我就看到一个公司的提议，该公司想把过世的人发射到轨道上，从而将太空变成一座陵墓。你能想象我们的远距离通讯卫星与死尸相撞的情景吗？上个星期，我的办公室来了一位拥有亿万家财的高级执行官，他当时就要求发起一次到临近小行星的太空之行，将该行星拉到离地球更近的地方，然后在上面开采贵重矿物。说实在的，我当时只得提醒那个家伙，将小行星拽到靠近地球轨道的地方有引发全球性大灾难的潜在危险！阿什女士，我可以向你保证，要是这项议案通过了，蜂拥奔向太空的先导者们不会是顶级科学家，而是一些钱袋鼓鼓、脑袋空空的企业家。"

"真是很有说服力的理由，"加布丽埃勒说道，"要是塞克斯顿参议员发现自己真的有权对此议案表决的话，我确信他会谨慎地斟酌这些问题的。我可以问问这和我有什么关系吗？"

坦奇眯起眼睛凝视着香烟。"许多人都坚持要在太空里挣大钱，政界的院外活动集团开始取消了那些限制规定，放任不管。总统办公室的否决权是反对私有化……反对太空彻底进入无政府动乱状态的仅存的障碍。"

"这样看来，我要对扎克·赫尼否决了这项议案表示赞扬了。"

"我担心要是你的候选人当选为总统，他可能就不会这么审慎了。"

"我再说一遍，要是塞克斯顿参议员当真有权对那项议案进行表决的话，我可以保证，他会谨慎地斟酌所有的问题。"

坦奇看起来并不完全信服。"你知道塞克斯顿参议员利用传媒做广告花了多少钱吗？"

"这个问题提得有点离题。"那些数据都是公开的。"

"每月超过三百万。"

加布丽埃勒耸了耸肩。"要是真有你说的这么多就好了。"这个数字实际上很接近了。

"这可是很大一笔钱。"

"他的确有那么多钱。"

"对，他计划订得不错，说得确切一点，是娶了个好老婆。"坦奇顿了顿，吐出一口烟，"他的妻子凯瑟琳真是可悲。她的死亡对他的打击很沉重。"说完，她明显是故做悲痛地叹了口气，"他的妻子并没有死多久，对吗？"

"说正事儿吧，不然我走了。"

坦奇猛烈咳嗽了一阵，然后伸手去拿那个鼓鼓的马尼拉纸信封。她抽出一小沓用 U 形钉固定好的纸，递给了加布丽埃勒。"这是塞克斯顿的财政状况记录。"

加布丽埃勒仔细察看着这些单据，感到一阵惊愕。多年前的记录都在这儿了。虽然加布丽埃勒并不知晓塞克斯顿的内部财政运作状况，但是她感觉这些数据都是真实可信的——银行存款、信用卡往来账、贷款、股份资产、房地产、债务、资本收益和损失。"这是保密材料，你是从哪儿弄到手的？"

"我从哪儿弄到这些资料的和你无关。不过要是你花点时间研究一下这些数据，就会很清楚地发现，塞克斯顿参议员并没有他目前开支的那么多钱。凯瑟琳死后，塞克斯顿将她的大部分遗产挥霍在恶性投资和个人享受上，而且他还收买人心，使自己在候选人初选中看似胜券在握。实际上，半年前你的候选人就破产了。"

加布丽埃勒觉得那只是在虚张声势。塞克斯顿要是破产了，就肯定不可能像现在这么行事了，他每周都在花钱买越来越多的广告时间。

"你的候选人,"坦奇继续说道,"目前的开支与总统的相比是四比一。他自己并没有钱。"

"我们收到了很多捐款。"

"对,有一部分是合法的。"

加布丽埃勒猛地抬起了头。"对不起,你说什么?"

坦奇从桌子上探身过来,加布丽埃勒都能闻到她嘴里的尼古丁气味。"加布丽埃勒·阿什,我要问你一个问题,而且,我建议你考虑清楚了再回答这个问题。这可能关系到在接下来的几年里,你要不要在牢房里度过。你知不知道,塞克斯顿参议员一直都在收受航空公司提供的巨额非法竞选贿赂,那些公司可以从国家航空航天局私有化中赚取数以十亿计的利润?"

加布丽埃勒注视着她,说道:"这简直是荒唐的主观臆测!"

"你是说你不知道这件事?"

"我想要是塞克斯顿参议员接受了你所说的巨额贿赂,我应该知道的。"

坦奇冷酷地笑了笑。"加布丽埃勒,我知道塞克斯顿参议员把很多事儿都告诉过你,但是我敢断言,你对这个人还不够了解。"

加布丽埃勒站了起来。"谈话结束了。"

"相反,"坦奇说着,从信封里取出余下的东西摊开放在桌子上,"这次谈话才刚刚开始。"

第 44 章

在旅居球的"后台",雷切尔·塞克斯顿慢慢穿上一套美国国家航空航天局的马克 9 型救生服,感觉好似宇航员一般。这种黑色带帽紧身连衫裤救生服像是一套带自携式水下呼吸器的充气式潜水服。它的记忆泡沫质地的双层材料之间是一些中空的凹槽,浓稠的凝胶就是从这些凹槽里注进来，使穿戴者在炎热和寒冷的环境中都能调节体温。

雷切尔这时把松紧合适的帽子拉上头顶，目光落在了国家航空航天局局长身上。他看上去就像一位沉默寡言的守门的卫兵，显然在为紧要时刻出现这种琐事而不悦。

诺拉·曼格给大家发着装备，嘴里嘟嘟哝哝地骂着脏话。"这套是加大号的。"她说着，扔给科基一套救生服。

科基几乎立刻就穿上了。

雷切尔刚把拉链全都拉上，诺拉就在雷切尔身体的侧面找到那个活栓，然后把她连接到一根输送管上，这根输送管是卷在一个像是大号自携式水下呼吸罐一样的银制罐子外面的。

"吸气。"诺拉说着，打开了阀门。

雷切尔听见一阵嘶嘶声，随后感觉到凝胶注进了救生服。记忆泡沫膨胀起来，身上的救生服受压缩小，直往最贴身的衣服上压下去。这让她想到了戴着胶皮手套把手伸进水里的感觉。头上的帽子膨胀起来，渐渐向两只耳朵靠拢，使得一切声音听起来都很沉闷。我在蚕茧里了。

"马克9型最好的地方，"诺拉说道，"就在于它的填料。人们一屁股摔倒在地，感觉跟没事儿似的。"

雷切尔相信这是真的。她感觉就像被裹在了床垫里一般。

诺拉递给了雷切尔一系列工具——一把冰镐、绳索保险搭扣和铁锁，她把这些东西都绑在了雷切尔腰间的皮带上。

"要带这么多？"雷切尔问着，看了看这些工具，"不就走两百码远吗？"

诺拉眯起了双眼，问道："你还想不想去？"

托兰冲雷切尔温和友爱地点了点头。"诺拉只不过是谨慎行事罢了。"

科基连在输送管上，使自己的救生服也膨胀起来，看样子他被逗乐了。"我觉得自己像穿了个巨大的避孕套。"

诺拉气愤地哼了一声:"看来你还挺懂的,处男。"

托兰挨着雷切尔坐了下来。雷切尔在穿那双沉重的铁钉鞋时,托兰对她淡淡一笑。"你确信你想去吗?"他的眼神中流露出一种关切保护之情,使她想贴近他。

雷切尔希望自己自信的点头掩饰了渐渐袭来的恐惧心理。两百码……一点儿都不远。"你以为就只有在外海上才能寻求刺激?"

托兰轻声笑了起来,一边粘上带钉的铁鞋底,一边说道:"我早已拿定主意,喜欢流水胜于这种坚实的冰块。"

"两个我都不怎么喜欢,"雷切尔说道,"小时候我掉进过冰窟里。从那时起,水总让我神经紧张。"

托兰匆匆看了她一眼,眼神中透着同情。"很抱歉听到那种事。这件事结束之后,你有必要出去走走,到戈雅号上来找我吧。我会改变你对水的看法,我向你保证。"

这个邀请让她惊讶不已。"戈雅"是托兰做研究用的轮船——它既作为海上众多奇形怪状的轮船之一而享有盛名,又以它在"神奇的海洋"节目中所起的作用而广为人知。尽管去参观"戈雅"可能会让雷切尔不知所措,可她知道,盛情难却。

"'戈雅'这会儿停泊在距离新泽西海滨十二海里的海面上。"托兰说着,用力扣上带钉铁鞋底上的碰锁。

"听上去好像不应该停在那里。"

"确实就在那儿。大西洋海岸是个不可思议的地方。我们当时正焦急地等着拍一部新的纪录片,就在那时,总统无礼地打断了我的工作。"

雷切尔大笑起来。"拍一部什么样的纪录片?"

"双髻鲨和强卷流。"

雷切尔眉头一蹙,说道:"真高兴我问了一下。"

托兰粘好带钉的铁鞋底,抬头望了望。"说真的,我打算在那里拍摄两周。华盛顿离新泽西海滨没有多远。你回家后就来吧,大可不必一辈子都怕水。我的船员们会隆重欢迎你的。"

诺拉·曼格那刺耳的声音在大叫道:"我们还出不出去,要不要我给你们两个准备些蜡烛和香槟?"

第 45 章

加布丽埃勒·阿什全然不知怎样理解现在摊在她面前的玛乔丽·坦奇办公桌上的材料。这堆材料有信件复印件、传真、电话谈话的文字记录,而且所有这些似乎都证实了那个说法:塞克斯顿参议员在与私营航空公司秘密对话。

坦奇把两张磨砂面的黑白照片推到加布丽埃勒面前,说道:"我猜这件事你还不知道吧?"

加布丽埃勒看了看那两张照片。第一张偷拍的快照是塞克斯顿参议员正从某个地下车库里的一辆出租车上下来。塞克斯顿从来不乘出租车的。加布丽埃勒看了看第二张快照——这是塞克斯顿攀上一辆停放着的白色小型货车的远摄照片。有位老人似乎在那辆车里等他。

"他是谁?"加布丽埃勒问着,怀疑这些照片可能是伪造的。

"太空前线基金会的一位要人。"

加布丽埃勒满腹狐疑。"太空前线基金会?"

太空前线基金会像是一个私营航空公司的"联盟"。它是航空与航天器制造承包商、企业家和投机资本家——任何想要涉足太空的私营实体的代表。他们总爱挑国家航空航天局的刺儿,认为美国的太空部门为阻止私营公司开展太空行动,采取了不公平的商业行为。

"太空前线基金会,"坦奇说道,"如今已是一百多家大公司的代表,有些就是热切盼望《太空商业化推进条例》得到批准的、实力雄厚的企业。"

加布丽埃勒在心里忖度着。毫无疑问,太空前线基金会成了塞克斯顿竞选活动的强烈拥护者,不过由于在游说策略上存有争议,塞克斯顿参议员总是谨小慎微，不与他们走得太近。最近，太空前线基金会发表了一番极有争议的高论，指责国家航空航天局实际上属于"非法垄断企业"，它亏本运作都还能经营下去，这对私营公司而言是一种不公平竞争。据太空前线基金会称，无论何时美国电话电报公司要找家公司发射一颗远程通讯卫星，几家私营航空公司都愿以五千万美元的公道价揽下这个活儿。不幸的是，国家航空航天局总会插一脚，开价仅二千五百万美元就愿意为美国电话电报公司发送卫星，尽管它做成那件事所花的费用是当初开价的五倍！亏本经营是国家航空航天局保持它对太空控制的一种方式，太空前线基金会的律师们指责道，纳税人却在为他们买单。

"这张照片拍的是，"坦奇说道，"你的候选人正与一家代表私营航空企业的组织秘密会面。"坦奇示意性地指了指办公桌上的其他材料，"我们还得到太空前线基金会规定向其成员公司收集巨资的内部备忘录——集资总额与他们公司的净值相当——然后将其转至塞克斯顿参议员名下的账户上。实际上，这些私营航空机构是在为塞克斯顿当选下赌注。我只好认为他已经答应别人，一当选就会通过商业化法案，并且同意把国家航空航天局私有化。"

加布丽埃勒看着那堆材料，并不信服。"你想让我相信白宫握有塞克斯顿参议员深深卷入非法筹集竞选资金事件的证据——可是出于某种原因，你们在这件事上保守了秘密，是吗？"

"你究竟肯相信什么？"

加布丽埃勒怒目圆睁。"坦白讲，考虑到你的伪造才能，有个更为合理的解释，就是你利用伪造的材料和白宫某位很有进取心的职员，用他电脑上的桌面出版系统制作出来的照片不断地打击我。"

"有这种可能，我承认。不过，事实并非如此。"

"并非如此？既然不是那样，你是怎么得到这些公司的内部文件的呢？要从这么多家公司偷来这种证据，无疑超出了白宫的能力所及。"

"你说得对。这些情报是他们主动送上门来的。"

加布丽埃勒这会儿如堕五里雾中。

"千真万确,"坦奇说道,"我们收到了很多情报。总统有许多强大的政治同盟,他们想让他继续当政。别忘了,你的候选人可是提议削减各处的开支的——很多正好是华盛顿的机构。塞克斯顿参议员对于引用联邦调查局过高的预算作为政府超支的实例,一定不会有任何疑惧。他还对国内收入署胡乱批驳。说不定联邦调查局或者收入署的某些人有点火了。"

加布丽埃勒明白她的言外之意。联邦调查局和国内收入署的人总有办法弄到这种情报。紧接着,他们就会主动把情报送到白宫,帮助总统竞选。但是,加布丽埃勒怎么也无法相信塞克斯顿参议员居然会卷入非法筹集竞选资金的事件中。"如果这些材料正确无误,"加布丽埃勒质问道,"这一点我非常怀疑,你们为什么不将其公之于众呢?"

"你觉得是为什么?"

"因为这些材料是非法收集的。"

"我们怎么得到的并不重要。"

"当然重要。这些材料在听证会上是不会被接受的。"

"什么听证会?我们只要把这些材料透漏给一家报社,他们紧接着就会登出一篇'可靠消息人士'提供的、配有照片和证明文件的报道。在被证明是清白无辜的之前,塞克斯顿都是有罪的。他那激烈的反国家航空航天局的姿态实际上反倒证明了他收受贿赂。"

加布丽埃勒知道这是实话。"好吧,"她质疑道,"既然这样,你们为什么没泄露这些情报呢?"

"因为这是一种负面因素。总统以前答应不进行否定式竞选,他想尽可能持久地遵守这个诺言。"

对啊,真不赖!"你是在对我说总统为人多么正直,因为人们有可能会认为这些材料有一种负面意义,他就不愿将其公布了?"

"这对国家而言有负面影响。这件事牵连到几十家私营公司,其中很多公司里都是老实人。这种事有辱美国参议院,有损民族精神。不老实的政客伤害了所有的政治家。美国人民有必要信任他们的领袖。这会是一次丢人现眼的调查,而且很可能把一位美国参议员和航空航天行业的多名杰出管理人员投入大牢。"

尽管坦奇的逻辑的确合乎情理,加布丽埃勒还是对这一说法心存疑虑。"这和我又有什么关系呢?"

"说得简单点儿,阿什女士,要是我们把这些材料发布出去,你的候选人就会因为非法筹措竞选资金受到指控,丢掉参议员职位,很有可能还得坐牢。"坦奇顿了顿,接着说,"除非……"

加布丽埃勒看到这位高级顾问的眼中闪耀着蛇一样狡黠的光芒。"除非什么?"

坦奇深深地抽了一口烟。"除非你决定帮我们避免那种情况。"

房间里莫名地安静下来。

坦奇猛烈地咳嗽起来。"加布丽埃勒,听好了,出于三个理由我才决定让你知道这些于你们不利的情报。第一,向你证明扎克·赫尼是位将国民安康置于个人利益之上的正派人物。第二,想让你知道,你的候选人并不如你想象中的那样值得信赖。第三,说服你接受我马上要说的提议。"

"什么提议?"

"我想给你提供一个做正确事情的机会,做爱国的事情。不管你知不知道,要使华盛顿免于出现各种令人不愉快的丑闻,你的立场很独特。要是你能按我马上所要求的去做,也许你还可以为自己在总统的班子里谋个一官半职。"

"在总统班子里谋个一官半职?"加布丽埃勒简直无法相信自己听到的话。"坦奇女士,不管你心里想的什么,我都不愿意被讹诈、胁迫,或者贬抑。因为我信奉塞克斯顿参议员的政治见解,所以才会为他的竞选活动效力。如果这就是扎克·赫尼施加政治影响的手段,那么我没有丝毫兴趣与他结交!要是你知道塞克斯顿参议员什么事的话,我建议你还是泄露给媒体吧。坦白讲,我认为整出事儿都是骗人的。"

坦奇沮丧地叹了口气。"加布丽埃勒,你的候选人进行非法集资是事实。我很抱歉,我知道你信任他。"她降低了嗓音,"哎,问题就在这里。如有必要,我和总统会将非法集资事件公布出去,但是这会让很多人颜面丧尽。这出丑闻牵涉到几家违法的美国大公司,许多无辜的人都要付出代价。"她猛吸一口烟,又吐了出来,"如今,我和总统所希望的就是……就是用其他方式让塞克斯顿参议员名誉扫地。一种更加低调的方式……一种让所有无辜的人都免遭伤害的方式。"坦奇放下香烟,十指交叉地握住双手,"坦白讲,我们想让你公开承认与塞克斯顿参议员有染。"

加布丽埃勒浑身一下子僵住了。坦奇似乎非常自信。不可能,加布丽埃勒清楚。没有证据。那种越轨行为就发生过一次,还是在塞克斯顿那间大门紧锁的参议员办公室里。坦奇什么证据也没有,她只不过在拐弯抹角地打探消息。加布丽埃勒竭力使说话的语气保持镇定。

"你想多了,坦奇女士。"

"哪件事想多了?是你的风流韵事吗?要不就是你愿意抛弃你的候选人这件事?"

"两件事都是。"

坦奇冷笑了一声,站了起来。"好吧,我们马上就把其中一件事弄清楚,好吗?"她又一次走到墙边的保险柜前,取出一个红色的马尼拉纸文件夹。那个文件夹上盖着白宫印章。她松开搭扣,将文件夹颠倒过来,把里面的东西一下子倒在了加布丽埃勒身前的办公桌上。

当很多张彩色照片散落在办公桌上时,加布丽埃勒意识到她的前程就这样毁了。

第 46 章

在旅居球外面,从冰川上怒号着刮来的下降风全然不像托兰所熟悉的海风。在海面上,风随潮汐和气压锋面的变化而变化,而且总会伴有潮涨潮落。可是，下降风则完全受物理现象控制——强烈的冷空气如海啸一般沿着冰川斜面猛吹过来。这是托兰有生以来见过的最猛烈的狂风。要是下降风始终以二十节[1]的速度吹着，它很可能成为水手们梦寐以求的微风，但是下降风目前的风速是八十节，即便是对于那些站在坚实地面上的人而言，它都很快会变成一场梦魇。托兰发觉即便停下来向后挺起身子，强劲的风都能轻而易举地将他撑起。

让托兰觉得比这股狂怒的气流更让人胆怯的却是这个略微有点顺风倾斜的冰架。这个冰架朝两英里之外的海面有些轻微的倾斜。尽管粘在靴子上的比特斗犬·快车牌铁鞋底上有尖锐的鞋钉，托兰还是很担忧，感觉只要被绊一下，他就可能被狂风卷走，沿着无边无际的冰面斜坡滑行。诺拉·曼格就冰川安全技能所进行的两分钟讲解，这会儿看来似乎很不充分。

水虎鱼冰镐，他们在旅居球里穿好马克9型救生服后，诺拉曾说在他们每个人的皮带上都拴了这样一把轻便的T形工具，标准刀片，香蕉形刀片，半管形刀片，铁锤和扁斧。你们所要记住的是，要是有人滑了一跤或者受到狂风吹袭，就一手抓住冰镐头，一手抓住冰镐柄，将香蕉形刀片夯进冰里，然后踩在刀片上，固定住你们的鞋钉。

说完这些安慰的话，诺拉·曼格又把YAK[2]保护安全带拴在了每个人身上。他们全都戴上护目镜，一头扎进屋外午后的黑暗里。

这会儿，他们四人顺着冰川沿直线前进，前后两人之间都由一条十码长的保护绳隔开。诺拉走在最前面，后面跟着科基，紧接着是雷切尔，托兰在最后压阵。

他们离旅居球越远，托兰就越觉得不安。身上穿着鼓鼓的救生服，尽管很暖和，可他感觉像某个动作不协调的太空旅行者在一个遥远的星球上跋涉。月亮早已消失在厚厚的如波浪般翻滚着的暴风云

---

[1] 节，物理学上的航速和流速单位，1节＝1海里／小时。
[2] YAK是韩国最大户外生产厂商东进株式会社的高端品牌，该公司专门研究、开发、生产和销售登山及户外运动服装和用品，产品涵盖服装、背包、登山鞋、帐篷、炊具、餐具、灯具、登山器材等所有产品。

后面,使这块冰架陷入一片漆黑。此时,下降风似乎刮得越来越猛烈了,不断地吹打在托兰背上。他透过护目镜瞪大双眼睛看清楚周围这片空旷的天地,这时他开始意识到这个地方存在一种真正的危险。不管国家航空航天局的安全防范措施是不是多余,托兰对局长让他们四个人而不是两个人出去冒险的决定,着实感到惊讶。特别是这另外两个人,一个是参议员的女儿,另一个还是著名的天体物理学家。对于自己对雷切尔和科基怀有的关切保护之心,托兰丝毫不觉得惊诧。作为一名当过艇长的人,他习惯了对身边的人承担责任。

"待在我后面。"诺拉大喊道,她的声音一下子就被狂风吞没了,"让雪橇引路。"

诺拉运输测试设备所用的铝制雪橇很像一辆超大型福来尔牌折叠自行车。雪橇上是早就放上去的诊断设备和安全配件,这都是诺拉过去几天一直在使用的东西。她的全部设备——包括一个电池组、安全照明灯和一个安装在雪橇前头的大功率探照灯——都被缚牢了绑在一块塑料油布下。尽管负载很重,又长又直的雪橇滑板还是轻而易举地就滑了起来。即便是在几乎看不出倾斜的冰块上,雪橇都能自行下滑,而且诺拉只轻轻控制一下,似乎雪橇就在前面带路了。

托兰意识到他们离旅居球越来越远,扭头向后看了一眼。五十码开外,圆顶屋那模糊不清的弧线差不多快消失在那片狂风大作的黑暗中。

"你就不担心找不着回去的路吗?"托兰高声问道,"旅居球几乎看不——"他的话还没说完,就被诺拉手里点燃的照明灯发出的响亮的嗤嗤声打断了。这束突然闪现的炽热的白光把他们周围十码之内的冰川都给照亮了。诺拉用鞋跟在雪地表面上掘出一个小坑,在小坑迎风的一边堆积出一道防护垒。紧接着,她猛地将照明灯塞进了那个凹坑。

"高科技面包屑。"诺拉喊道。

"面包屑?"雷切尔问着,遮住突然出现的亮光以保护眼睛。

"《亨特与格蕾特》,"[1]诺拉吼道,"这些照明灯能亮一个小时——足够我们找到回去的路了。"

借着亮光,诺拉又出发了,带领他们沿冰川而行——又一次步入黑暗。

第 47 章

加布丽埃勒·阿什怒气冲冲地离开了玛乔丽·坦奇的办公室,出门时险些和一位秘书撞个满怀。她神情羞惭,看到的全是那些照片——那些画面——四肢交错的姿势,心醉神迷的表情。

加布丽埃勒虽然全然不知那些照片是怎么被拍到的,但是确切地知道照片都是真实的。那些照片是在塞克斯顿参议员的办公室里拍的,似乎有人使用一台隐藏着的摄像机从高处拍摄了那些画面。天哪!其中一张照片上就是加布丽埃勒与塞克斯顿直接在参议员办公桌上做爱的情景,他们四肢伸开,压在了零零散散的官方文件似的东西上。

玛乔丽·坦奇在地图室外面赶上了加布丽埃勒。她手里拿着那个装有照片的红色信封。"从你的反应来看,我想你觉得这些照片是真的了吧?"总统的这位高级顾问看起来真像是过了个愉快的假期,"我希望这些照片能使你相信我们的其他材料也是真实的。这些东西都来自同一位消息人士。"

加布丽埃勒沿走廊快步走着,感觉浑身都在发烫。该死的出口在哪儿?

坦奇那瘦得跟麻秸棍儿似的双腿不费什么劲就跟了上来。"塞克

---

[1] Hansel and Gretel,《亨特与格蕾特》,出自《格林童话》,中译本多译为《巫婆的糖果屋》,讲述的是一对小兄妹因偷吃了装在罐子里的奶酪,而被罚往森林采蘑菇,两人在森林里迷路,经历了一段惊险而奇异的旅程。故事中有小兄妹沿途撒面包屑做标记以防在森林里迷路的情节。这里诺拉意指这些照明灯与童话里的面包屑具有同样的用途。

斯顿参议员以前向全世界发誓,说你们俩只是单纯的同事关系。他的电视声明真的非常令人信服。"坦奇自鸣得意地回头示意了一下,"说实在的,要是你想加深一下记忆的话,我的办公室里有一盒录像带。"

加布丽埃勒压根儿就用不着加深记忆。那场新闻发布会她记得再清楚不过了。塞克斯顿的否认既坚决又诚挚。

"真可悲,"坦奇说着,似乎丝毫不觉得失望,"塞克斯顿参议员直视着美国人民,却厚颜无耻地撒起了谎。公众有知情权,他们终究会知道的。我本人也会注意这件事的。现在唯一的问题就是公众如何发现这个事实。我们觉得最好是由你来说。"

加布丽埃勒感到大为震惊。"你真就以为我会帮别人中伤我自己的候选人吗?"

坦奇的脸色一下子沉了下来。"在这个问题上,我力求以大局为重,加布丽埃勒。我这是在给你一个机会,让你昂首挺胸说出真相以使大家免遭很多难堪之事。我只要一份承认你们私通的签字声明。"

加布丽埃勒突然收住脚步。"你说什么?"

"当然,一份签字声明会使我们占据优势,我们需要这个优势来暗中对付塞克斯顿,使国家避免陷入尴尬困境。我的提议很简单:要是你签署一份声明给我,这些照片就决不会公诸于众。"

"你想要一份声明?"

"从严格的法律意义来说,我想要一份书面陈述,白宫大楼里现在就有一位公证员,他可以——"

"你简直疯了。"加布丽埃勒又走了起来。

坦奇继续走在她侧旁,听上去似乎比加布丽埃勒还要气愤。"塞克斯顿参议员不管怎么样都要坐牢,加布丽埃勒,我这是在给你一个机会,让你摆脱尴尬处境,而不会在晨报上看到你自己光着屁股的样子!总统为人正派,并不想让人看到这些照片。你只要交给我一份书面陈述,并且按你自己的意愿承认这件绯闻,那样我们大家就都能保留一些尊严。"

"我不做交易。"

"嗳,那你的候选人肯定做。他可是个危险人物,还违法乱纪。"

"他违法乱纪?你们才是闯进别人办公室,非法监视别人并拍取照片的强盗!听说过水门事件吧?"

"我们和搜集色情照片这件事没有任何关系。这些照片和太空前线基金会筹集竞选资金的情报都来自同一位消息人士。有人在密切监视你们二人。"

加布丽埃勒飞奔到那张警卫办公桌前,先前她在这里领过安全徽章。她一把扯下那枚徽章,扔给那位目瞪口呆的警卫。坦奇仍然跟在后面。

"你得赶紧做决定,阿什女士。"她们快要走到门口时,坦奇说道,"交给我一份承认你与参议员有染的书面陈述,不然,总统就只好在今晚八点把一切——塞克斯顿的财政交易、你们的照片以及诸如此类的丑事公诸于众。说真的,公众看到你无端袖手旁观,而且任由塞克斯顿对你们的关系撒谎,你就可以随他双双坐牢去了。"

加布丽埃勒看见大门,就朝那里走了过去。

"今晚八点之前放到我办公桌上,加布丽埃勒,放聪明点儿。"坦奇在加布丽埃勒就要走出大门时,把那袋照片扔给了她,"留着吧,亲爱的。我们还有很多呢。"

第 48 章

雷切尔·塞克斯顿沿冰川在渐浓的夜色中走着,心里越来越觉得恐惧。那些令人不安的形象在她脑海中翻腾着——陨石、发出磷光的浮游生物,还有如果诺拉·曼格的冰体心数据出错带来的后果。

这是一块实心的淡水冰块,诺拉曾经这样争辩,提醒所有人她在陨石的正上方和周围地区都钻取过冰体心。要是冰川里含有布满浮游生物的海水裂隙,她早该发现了。难道不是吗?尽管这样想着,雷切尔凭直觉还是不断地回到那个最简单的答案上。

这块冰川里存在被冻住的浮游生物。

十分钟后，雷切尔和其他人点燃了四盏照明灯，距离旅居球大约两百五十码。诺拉不做任何提醒，陡然刹住了脚步。"就是这里了。"她说道，听起来像个用占卜杖神秘地感觉到凿井的最佳地点的算卦先生。

雷切尔扭过身，抬头瞅了一眼身后的斜坡。旅居球早已消失在这月色朦胧的极夜里，但那些照明灯的轮廓却清晰可见，最远的那盏灯像一颗微弱的寒星在闪烁，让人心中释然。照明灯排成一条笔直的线，像是精心划出来的跑道。诺拉的高超技能令雷切尔深感钦佩。

"让雪橇走在前头还有一个原因，"诺拉看到雷切尔赞赏地望着那排照明灯，大声说道，"那就是滑板是笔直的。要是让重力牵引雪橇前进，我们不用插手，就可以确保沿直线行进。"

"真是妙计，"托兰喊道，"要是在外海上也有这类东西就好了。"

这就是外海，雷切尔暗自想着，脑海中想象着他们脚下的那片海洋的样子。刹那间，最远处的那团灯光引起了她的注意。灯光消失了，似乎有样东西经过，遮住了那片亮光。可是过了一会儿，灯光又出现了。雷切尔顿时感到一阵不安。"诺拉，"她的喊声压过了风声，"你是不是说过这里有北极熊出没？"

这位冰川学家正准备点燃最后一盏照明灯，不是没听到她的问话，就是不想理会她。

"北极熊，"托兰喊道，"以海豹为食。只有当人类侵占它们的地盘时，它们才会袭击人类。"

"这里就是北极熊的故乡，对吧？"雷切尔简直记不清地球的哪一极有熊哪一极有企鹅了。

"对，"托兰高声回答，"实际上，是北极熊赋予了北极（Arctic）这个名字。'熊'在希腊语中就是 arktos。"

真吓人。雷切尔神情紧张地凝视着那片黑暗。

"南极（Antarctica）没有北极熊，"托兰说道，"所以人们把它叫做 Anti-arktos。"

"谢谢，迈克，"雷切尔叫道，"别再谈北极熊了。"

他笑着说道："好吧，真对不起。"

诺拉将最后一盏照明灯塞进了雪地里。与前几次一样，他们四人沐浴在一片微红的灯光里，身上穿着黑色防风雪救生服，看上去很臃肿。在照明灯发出的亮光所及范围以外，什么也看不见，一团环形的黑暗吞没了他们。

雷切尔和其他人在一旁看着，诺拉则站稳双脚，手掌向下，小心翼翼地收回绳索，把雪橇往斜坡上拉回几码，停放在他们所站的地方。接着，绳索拉紧后，她蹲下来，手动操作雪橇上的爪状刹车——四枚可以掘进冰里以固定雪橇的斜角道钉。把雪橇固定好之后，她站起身掸掉身上的雪花，腰间缠着的绳索松垮垮地垂了下来。

"好了，"诺拉喊道，"该干活了。"

这位冰川学家绕到雪橇顺风的那端，准备取掉将防护帆布固定在那些设备上的蝶形圆孔眼。雷切尔觉得自己先前对诺拉有点过分严厉，就走过去想帮忙松开帆布的后部。

"天哪，住手！"诺拉尖叫道，猛地抬起了头，"千万别那么做！"

雷切尔一下子缩回手，感到迷惑不解。

"决不能解开迎风的那一边！"诺拉说道，"你会做出一个风向袋的！这个雪橇很可能会像风洞里的一把雨伞那样飞起来！"

雷切尔打消了先前的念头。"对不起，我……"

诺拉怒目圆睁。"你和太空小子就不该来这里。"

谁也不该来，雷切尔心想。

真是一群外行，诺拉怒火中烧，咒骂局长坚决要让科基和塞克斯顿女士一起来。这群无知的家伙会让别人丧命于此的。诺拉这会儿最不想做的事就是照料别人。

"迈克，"她说，"帮我把探地雷达从雪橇上抬下来。"

托兰帮她卸下探地雷达，放在冰川上。这台仪器看起来像是并排固定在一个铝制框架里的三片微型扫雪机刀片。整台设备不过一码长，用电缆连接在雪橇上的电流衰减器和船用蓄电池上。

"那就是雷达？"科基问道，尖叫声盖过了风声。

诺拉默不作声地点了点头。探地雷达要比极轨道密度扫描卫星更适于发现海冰。探地雷达发射机射出的电磁能脉冲波能穿透冰层，脉冲波在不同的结晶体结构的物质面上的反弹状况有所不同。纯淡水结冰形成叠压着的扁平格架结构，可海水结成的冰根据其钠含量不同，形成的更多的是有网孔的或者叉状的格架结构，这就使探地雷达脉冲波不规律地反弹回来，极大地减少了反射回来的脉冲波的数量。

诺拉打开了雷达的电源。"我要利用一种回声定位法获取冰窟周围的冰盖的截面图。"她喊道，"这台机器的内在程序系统会生成一张冰川截面图，然后打印出来。只要有一点海冰都会以阴影的形式显现出来。"

"打印出来？"托兰面露惊讶之色，"你能在这里打印图纸？"

诺拉指了指从探地雷达上伸出来，连在那台依然用帆布篷盖着以免损坏的设备上的电缆。"除了打印，其他什么也做不了。电脑显示屏会耗费太多宝贵的电量，所以野外冰川学家们都用热转印打印机打印数据。热转印打印出的色彩不是很鲜艳，但是，在气温低于零下二十度时，激光打印机的墨粉会凝结成块。这是我在阿拉斯加从艰苦的实践中学会的。"

因为要校正发射机，以便发射机扫描差不多三个足球场距离之外的冰窟的周围地区，诺拉就让大家站到了探地雷达的下坡方向。但是，她透过夜色向他们先前来的大致方向回头一望，却什么也看不见。"迈克，我要把探地雷达发射机与采捞陨石的地点调整在一条直线上，但是这盏灯照得我什么都看不见。我要沿斜坡重新回到灯光恰好照不到的地方。我会在与照明灯成一条直线的地方举起双臂，你就来调整探地雷达上的准线。"

托兰点点头，在雷达设备旁边跪了下来。

诺拉穿着带钉的靴子踩在冰上，迎风弓着身子，爬坡朝旅居球走了过去。今天的下降风猛烈得超出了她的想象，她觉得一场暴风雪即将来临。不要紧，他们几分钟内就能做好这件事。他们会意识到我是对的，诺拉囊囊地朝旅居球的方向往回走了二十码。保护绳恰好绷紧的时候，她来到了黑暗的边缘。

诺拉抬头望了一眼身后的冰川。眼睛适应了那片黑暗之后，她看见成直线排列的照明灯向她左边偏离了几度。她移动着位置，直到与那些照明灯完全在一条直线上。紧接着，她像指南针一样伸出双臂，扭转着身体，指示着正确的方向。"我现在与照明灯在一条直线上了！"她高声喊道。

托兰调整好探地雷达设备之后，挥了挥手，喊道："准备就绪！"

诺拉最后抬头看了一眼这个斜坡，对这条被照亮的回去的路充满了感激。可就在她留神一看时，奇怪的事情发生了。有那么一瞬间，最近的那盏照明灯一下子不见了踪影。诺拉还没来得及为灯熄灭了而发愁，那盏灯又重新出现了。即使诺拉不相信，可还是认为有样东西从那盏照明灯和她所在的位置之间穿行而过。无疑，这会儿谁也不会待在户外⋯⋯当然，除非国家航空航天局局长渐渐觉得内疚，就在他们之后派出了国家航空航天局的工作人员。不知怎的，诺拉不大相信有这种可能。也许没什么要紧的，她断定，一阵狂风使灯焰瞬间失去了光亮而已。

诺拉回到了探地雷达那边。"全都对齐了吗？"

托兰耸了耸肩，说道："我觉得对齐了。"

诺拉走到雪橇上的控制设备旁，按了个按钮。探地雷达发出一阵刺耳的嗡嗡声，紧接着就没有了声响。"很好，"她说道，"完成了。"

"这样就好了？"科基说道。

"所有的操作都是调试好的，实际拍摄只用了一秒钟。"

热转印打印机在雪橇上立刻开始嗡嗡作响，而且发出咔哒咔哒的声音。打印机包在一块透明塑料布里，这会儿正慢慢吐出一张卷缩的厚纸。诺拉一直等到打印机打印完毕，紧接着她把手伸到塑料布下面，取出了那张打印图纸。他们终归会发现，她这样想着，把那张图纸拿到了照明灯旁，以便大家都能看个清楚。根本就没有海水。

当诺拉站在照明灯近旁，戴着手套的双手紧紧抓住那张打印图纸时，大家都围了过来。她深吁一口气，展开图纸以检验那些数据。纸上的图像竟吓得她直往后缩。

"噢，天哪！"诺拉瞪大了双眼，简直无法相信她所看到的东西。正如预料中的那样，打印图纸展示出一幅清晰的注满水的冰窟的截面图。但是，诺拉怎么也没有料到会看见一个浅灰色的模糊人影漂浮在接近洞底的地方。她一下子变得极度惊恐。"天哪……冰窟里有具尸体。"

大家吓得目瞪口呆，都不吭声了。

这具鬼似的尸体在那个狭窄的冰窟里头朝下地漂流着。一个怪异的如裹尸布似的光环在尸体旁边像个斗篷一样鼓了起来。诺拉立刻意识到那个光环是什么了。探地雷达探测到了受害者的厚外套的模糊痕迹，它只可能是那件他们所熟悉的、厚厚的驼绒长大衣。

"是……明，"诺拉轻声说道，"他一定是滑了进去……"

诺拉·曼格决不会想到，在采掘陨石的冰窟里看到明的尸体，只不过是这张打印图纸将要揭晓的两件惊人事件中不那么令人震惊的一件，当沿着冰窟朝下看时，她看见了别的东西。

采掘陨石的冰窟下面的冰块……

诺拉目不转睛地看着。她最初还以为是扫描器出毛病了。紧接着，她更加仔细地察看着这个画面，一下子恍然大悟，心中开始觉得忐忑不安，感觉狂风暴雨正向他们袭来。狂风猛烈地拍打着打印图纸的边缘，她转身更加专心地看着这张图纸。

可是……这不可能！

真相陡然大白于天下。她仿佛醍醐灌顶，不能自已，将明的事完全抛掷脑后了。

诺拉这会儿明白过来了。冰窟里有海水！她一下子跪倒在照明灯旁边的雪地里,简直无法呼吸。她的双手依然紧抓住那张打印图纸,身体颤抖了起来。

天哪……我想都没想到这一点。

紧接着,她突然怒火迸发,猛地扭头朝国家航空航天局的旅居球望去。"狗娘养的!"她尖叫起来,声音在狂风中越传越轻,"你们这群该死的杂种!"

黑暗中,仅在五十码开外,三角洲一号把加密对讲机放到嘴边,对指挥官就说了两个字:"泄密。"[1]

第 49 章

诺拉·曼格依然在冰面上跪着,这时,迷惑不解的迈克尔·托兰从她颤抖的手里抽出了那张探地雷达的打印图纸。看到漂浮着的明的尸体,托兰感到震惊,他竭力集中注意力辨认着眼前的图像。

托兰看到了那个从水面深入冰下两百英尺的冰窟的截面图。他看到明的尸体漂浮在冰窟里。他的双眼这会儿又向下扫视,紧接着,他意识到出问题了。就在采掘陨石的冰窟的正下方,一根暗色的海冰柱向下一直延伸到冰下的外海。这根竖直的海冰柱非常粗大——直径与冰窟的一样。

"我的天!"雷切尔惊叫着,从托兰的肩头望过去,"看来这个冰窟穿透冰架,一直通向了大海!"

托兰呆若木鸡地站着,思想上却无法接受这个他以前就知道的、唯一合理的解释。科基看上去同样大惊失色。

诺拉大叫起来:"有人从冰架下面往上钻了个洞!"盛怒之下,

---

[1] 这里原文是 they know,与前面的 two words("两个字")刚好对应,意思是"他们知道了",这里将其译为"泄密"两个字。

她瞪圆了双眼,"有人故意把陨石从冰层下面插了进来!"

作为理想主义者,托兰很不愿相信诺拉的话,可身为科学家,他却意识到诺拉说的无疑是对的。米尔恩冰架是在海面上漂浮着的,拥有足够的空隙适合潜艇出入。由于一切事物在水下的重量都会大大减轻,只要有一艘小型潜艇,哪怕比托兰的那艘仅供一人做研究使用的特里同号大不了多少,人们都可以利用其载重双翼轻而易举地将那块陨石运过来。潜艇很可能是从海面上靠过来,潜入冰架下面,然后在上面的冰层里钻了个洞。当时,潜艇可能用了一个伸长了的载重翼或者充气式气球将那块陨石推进了上面的冰窟里。一旦陨石被放在了指定地点,先前上涨到陨石下方冰窟里的海水就开始结冰。那个冰窟一冻封,足以将陨石固定在合适的位置上,那艘潜艇就缩回其载重翼溜之大吉,让大自然来密封那条隧道的剩余部分,并且消除制造骗局的痕迹。

"为什么呢?"雷切尔问道,从托兰手里拿过打印图纸,细细察看起来,"为什么有人要干这种事?你确信探地雷达没出故障?"

"我当然确信!这张打印图纸很好地解释了为什么冰窟里会出现发磷光的细菌。"

托兰只得承认诺拉的推理合情合理,这简直令人恐惧。发出磷光的腰鞭毛虫原本是出于本能,向上游进了采掘陨石的冰窟,这样刚好被困在陨石下方,冻在了冰层里。后来,诺拉给陨石加热时,陨石正下面的冰块可能早已融化,把浮游生物释放了出来。浮游生物就会再次向上游,这次就游到了旅居球里的水面上,在那里,它们最终因为缺乏海水而死掉。

"这太荒唐了!"科基叫道,"国家航空航天局找到了一块包含地外化石的陨石。他们为什么要在意这块陨石究竟是在哪里发现的呢?为什么要把陨石特意埋在冰架下面呢?"

"天晓得为了什么,"诺拉驳斥道,"不过探地雷达打印图纸是真实可信的。我们被耍了。那块陨石并不是琼格索尔陨落的一部分,而是最近才被塞进冰层里的。就是去年塞进去的,要不然那些浮游生物早就死了!"她立刻把探地雷达设备收拾妥当,放到雪橇上束紧。"我们得回去告诉人们!总统马上要公布的全是错误数据!国家航空航天局坑了他!"

"等一下!"雷切尔喊道,"至少我们应该再扫描一次才能确定。这什么也说明不了!谁会相信这是真的?"

"谁都会信,"诺拉说着,把装备在雪橇上放好,"等我赶回旅居球,从冰窟底部再钻出一份冰体心样品,结果证明还是海冰之后,我保管人人都会相信这是真的!"

诺拉松开装有设备的雪橇上的刹车,调头转向旅居球,开始爬坡往回走,她将鞋钉扎进冰块里,居然轻易就拉动了雪橇。她是个肩负着使命的女人。

"我们走!"诺拉喊道,拖起拴在绳上的大家,朝着被照亮区域的边缘走了过去,"我不知道国家航空航天局在这里搞什么阴谋,不过我决不愿被他们当做工具利用——"

诺拉·曼格的脖子蓦地扭转过来,似乎她被某种看不见的威力猛地击中了前额。她疼得发出一声粗哑而短促的尖叫,打了个趔趄,仰天倒在了冰地上。几乎就在同时,科基发出一阵叫喊,一下子转过身去,像是有人在他肩上推了一把。他倒在冰地上,痛苦地扭动着身子。

雷切尔顿时将手中的打印图纸、明、陨石和冰层下面那条异乎寻常的隧道忘得一干二净。她刚才感到一颗小小的射弹从耳边擦过,差一点打中她的太阳穴。出于本能,她身子一屈,把托兰也一起拽倒了。

"怎么回事?"托兰惊叫道。

雷切尔只当是下了一场雹暴——冰川上刮下来的冰球——可是从刚才袭击科基和诺拉的那种威力看,她觉得要是冰雹的话,可能也得以几百英里的时速落下来。令人不解的是,这些突然接二连三飞来的弹子般大的东西这会儿似乎对准了雷切尔和托兰,全都纷纷砸向他们附近,摔成一片碎冰。雷切尔左右摇晃着趴了下来,将鞋头上的钉子扎进冰里,然后朝唯一的隐蔽处——雪橇爬了过去。托兰随后而至,匆忙爬过来蹲在她身边。

托兰向外探了探头,看到在冰地上毫无防护的诺拉和科基。"用拴绳把他们拖进来!"托兰尖叫道,一把抓住绳子试图拉过来。

可是拴绳缠在了雪橇上。

雷切尔一把将那张打印图纸塞进她那件马克9型救生服上的维可牢口袋,然后四肢着地朝雪橇那边爬过去,试图从雪橇滑板上解开绳子。托兰刚好在她身后。

冰雹突然如暴雨般倾泻下来,一连串地砸在雪橇上,似乎大自然已经放弃了科基和诺拉,这会儿将目标直接对准了雷切尔和托兰。一颗冰雹砰的一声砸到雪橇上的帆布上,并没有完全埋入其中,而是又弹出来落在了雷切尔的衣服袖子上。

雷切尔看到那样东西,吓得呆若木鸡。她一直存有的疑惑顿时变成了恐惧。这些"冰雹"是人造的。她衣袖上的冰球是一颗大樱桃般大的完美的球状体。表面光滑锃亮,只在其圆周一圈被划出一条线性裂缝,像是用老式压力机加工而成的铅制火枪子弹。这种球状子弹无疑是人造的。

冰做的子弹……

身为获得参与军事机密许可的重要人士,雷切尔对这种新式试验型简易弹药武器装备——将雪压缩成冰球的雪地来复枪,将沙石熔化成玻璃似的子弹的沙漠来复枪,还有水上手枪,它能射出威力很大的水波,足以把人的筋骨打断——非常了解。简易弹药武器大大优于传统武器,究其原因则是它利用现成的资源就可以制做弹药,让士兵们没必要带上沉重的传统弹药,也能有用之不竭的子弹。雷切尔知道这会儿正向他们射来的冰球一旦不够用了,那些人就会将雪填进来复枪的枪托里再压缩制成。

正如情报界常出现的情形一样,人们知道得越多,事态就会变得越让人惧怕。此刻也不例外。雷切尔情愿自己傻乎乎的什么都不知道，但是她对这种简易弹药武器的了解立刻就让她得出唯一一个令人战栗的结论：他们正受到美国某个特种兵部队的袭击，那是本国当前唯一一支经批准允许在野外使用这种试验型简易弹药武器的武装力量。

一支秘密军事作战部队的出现让她意识到了另一个更加可怕的问题：他们几乎不可能从这样的进攻中逃生。

一颗冰球状的子弹把雪橇里设备上的帆布打出了个洞，呼啸着穿过来打中了雷切尔的腹部，她此时不再去想那个可怖的念头。即便穿着有填衬的马克9型救生服，雷切尔还是觉得刚才像被一位隐身的职业拳击手狠命击了一拳一样。她立刻觉得两眼直冒金星，身子向后趔趄了一下，极力抓住雪橇里的设备维持身体平衡。迈克尔·托兰丢下诺拉身上的绳子，扑过去想扶住雷切尔，但为时已晚。雷切尔拖起一堆设备仰面倒了下去。她和托兰跌倒在冰地上，身下是那堆电子设备。

"这是……子弹……"雷切尔喘着气说道，呼吸即刻变得急促，"快跑！"

第50章

这会儿，从联邦三角站开出的华盛顿地铁运输系统的列车再怎么急速驶离白宫也没能让加布丽埃勒·阿什觉得速度飞快。她僵直着身子坐在列车里一个空寂无人的角落，车外晦暗的人影儿一闪而过，变得模糊不清。玛乔丽·坦奇的那个红色大信封放在加布丽埃勒的腿上，让她感觉如有十吨重物压了下来。

我得找塞克斯顿谈谈！她心想，地铁列车这会儿正加速朝塞克斯顿办公大楼的方向驶去，刻不容缓！

在列车里昏暗、摇曳的灯光下，加布丽埃勒感觉像是喝了某种致幻药，产生了幻觉。柔和的灯光像是迪斯科舞厅里的频闪灯一样从头顶倏然而过，沉闷的隧道一下子从四周拔地而起，像是一条逐渐变深的峡谷。

我不相信出了这种事。

加布丽埃勒低头凝视着腿上的信封。她松开信封盖，把手伸进去，抽出了其中一张照片。车厢里的灯闪了一会儿，刺眼的强光一下子照亮了一副极其丑恶的画面——塞奇威克·塞克斯顿赤身裸体地躺在办公桌上，他一脸快意地对准了摄像机，而加布丽埃勒那暗色的躯体一丝不挂，就躺在他身边。

加布丽埃勒不寒而栗，猛地将照片塞了回去，手忙脚乱地重新扣好信封。

全完了。

列车刚一开出隧道，爬上朗方广场附近的地面轨道，加布丽埃勒就找出手机，拨通了塞克斯顿参议员的私人专用手机号码。但是，接通的是他的语音信箱。加布丽埃勒不知所措，就往参议员办公室打了电话。秘书接通了电话。

"我是加布丽埃勒，他在吗？"

这位秘书似乎有点恼火。"你去哪儿了？他刚才一直在找你。"

"我刚才有个约会，时间长了点儿。我要立刻跟他通话。"

"你得等到明天早上了。他在维斯特布鲁克。"

塞克斯顿在哥伦比亚特区的寓所就在维斯特布鲁克豪华公寓楼里。"他没有接听私人专用电话。"加布丽埃勒说道。

"他取消安排去处理私事了，"秘书提醒道，"很早就走了。"

加布丽埃勒蹙起了双眉。私事。由于激动过度，她早已忘记塞克斯顿为自己安排了一个晚上，独自待在家里。他十分苛刻，要求在处理私事的时间里不得有人打扰。除非大楼着火了，否则别敲我的门，他总是这样说，其他事情都可以等到早晨再处理。加布丽埃勒认定塞克斯顿的大楼就是着火了。"我要你为我联系他。"

"不可能。"

"事关重大,我真的——"

"不,我的意思是说确实不可能。他走出去的时候把传呼机留在了我的办公桌上,还告诉我整晚上都不得有人来打扰他。他当时的态度很坚决。"她停顿了一下,"比平常还要坚决。"

见鬼。"好吧,谢谢。"说完,加布丽埃勒挂断了电话。

"朗方广场,"地铁列车里播起了一段录音,"连通各大车站。"

加布丽埃勒闭上双眼,想使大脑清醒一下,却突然想到了那些令人震惊的东西……关于她和塞克斯顿参议员的令人愕然的照片……指称塞克斯顿受贿的那堆资料。加布丽埃勒依然听得到坦奇那粗哑的勒令声。做正确的事情,签署书面保证,承认私通。

列车尖叫着驶进车站,加布丽埃勒竭力思考着要是这些照片被刊登在各大报纸上,塞克斯顿会作何反应。她的脑海中最先闪现的一个想法既让她感到震惊又让她觉得羞耻。

塞克斯顿会撒谎。

想到她的候选人,她的第一反应真的是这样吗?

是的,他会撒谎……水平还极高。

要是加布丽埃勒没有承认这件绯闻而这些照片出现在媒体上,塞克斯顿就会声称那不过是些伤人的伪造照片。现在是编辑数码照片的时代,任何上过网的人都看到过将名人的头像天衣无缝地接在其他人的身体上而修整出来捉弄人的照片,人们通常使用的都是那些从事下流勾当的色情明星们的身体。加布丽埃勒以前就看到过塞克斯顿面对电视镜头就他们的绯闻撒谎,说得还颇令人信服。她毫不怀疑,塞克斯顿能让世人相信这些照片是有人为了破坏他的前程而使出的拙劣的花招。塞克斯顿肯定会无比愤慨地严加斥责,甚至还有可能含沙射影,暗示是总统亲自下令造的假。

难怪白宫还没有公开秘密。加布丽埃勒意识到,这些照片可能会同当初的八卦新闻一样,产生适得其反的后果。这些照片看起来好像很逼真,但是丝毫不能令人信服。

加布丽埃勒突然感觉有了一线希望。

白宫证明不了确有其事！

坦奇先前铁着心肠对加布丽埃勒施以高压，其目的简单明了：承认那件绯闻，否则就要看着塞克斯顿去坐牢。突然之间，这个想法完全合乎情理。白宫的确需要加布丽埃勒承认那件绯闻，要不然那些照片就一钱不值了。由于突然有了一点自信，她的心情有所好转。

就在列车停了下来，车门徐徐开启的同时，加布丽埃勒的脑海深处似乎也打开了一扇门，向她展示了一个让人意想不到又振奋人心的美好未来。

也许坦奇告诉我的有关贿赂的事情都是骗人的。

毕竟，加布丽埃勒亲眼看到了什么呢？再说，没有一样东西有说服力——一些静电复印的银行单据，一张塞克斯顿出现在车库的磨砂面照片。所有这些东西都可能是伪造的。坦奇先前诡诈地给加布丽埃勒看那些伪造的财政记录，继而呈上这些真实的展现性行为的照片，就是为了鱼目混珠地让加布丽埃勒把所有事情都当成是真的。这叫做"联想证明"，政客们总是使用这种方法让人们接受很多含糊的观念。

塞克斯顿是清白的，加布丽埃勒自言自语道。白宫孤注一掷，他们早就决心不顾一切，冒险威吓加布丽埃勒公开那件丑闻。他们要加布丽埃勒公然抛弃塞克斯顿——通过造谣中伤的方式。在有条件的时候脱身，坦奇这样告诉过她，今晚八点之前你都有这个条件。这可真是最强硬的攻略。一切都有备而来，她思量着。

有一件事除外……

在这件难解之事上，唯一令加布丽埃勒困惑不解的是坦奇一直都在给她发送反国家航空航天局的电子邮件。这无疑表明国家航空航天局实际上的确想让塞克斯顿坚定其反国家航空航天局的立场，这样他们就能以此反对他。是不是这样呢？加布丽埃勒意识到就连电子邮件一事都有个合情合理的解释。

如果那些电子邮件不是坦奇发送的呢？

可能是坦奇逮到了总统班子里的一名正给加布丽埃勒发送情报的叛徒，把他解雇之后再插手进来，然后亲自发送了上封电子邮件，要求跟加布丽埃勒见面。坦奇可能原本就是故意泄露国家航空航天局的那些情报的——想设计陷害加布丽埃勒。

地铁列车的水力闸这会儿在朗方广场上发出一阵嘶嘶声，列车门马上就要关闭。

加布丽埃勒凝望着车外的站台，她的脑子飞快地转着。她全然不知自己的怀疑有没有道理，会不会只是她的幻想。但是不管究竟发生了什么事，她觉得都得马上告诉塞克斯顿——管他现在是不是他处理私事的夜晚。

加布丽埃勒紧握着装有照片的信封，在车门嘶叫着就要关闭时，匆忙跳下了列车。她要去另一个地方。

维斯特布鲁克公寓。

第 51 章

不拼命就逃命。

作为生物学家，托兰清楚，很多生理变化都是在生物觉察到危险时发生的。刺激素不断涌进大脑皮层，扰乱着心跳频率，命令大脑做出最古老最本能的生物决定——是战还是逃。

托兰的本能反应是要逃走，可他又理智地想到诺拉·曼格和他依然拴在同一根绳上。不管怎样，都无路可逃。几英里之内仅有的藏身处就是旅居球，而且不管那些袭击者究竟是何人，他们早已在冰川上占据高势，还切断了那条退路。在他身后，辽阔的冰盖呈扇形展开，成为一片两英里长的平原，平原的尽头有个峻陡的斜坡伸向了冰冷的大海。朝那个方向逃跑意味着必将暴露自己，必死无疑。尽管救人将会妨碍逃亡，但托兰知道他决不可能舍弃别人。诺拉和科基依然与雷切尔和托兰拴在同一根绳子上，昏迷在野外。

冰球状的子弹不停地砰砰打在掀翻的雪橇侧面上，托兰靠近雷切尔待在了下坡处。他扒找着满地散落的东西,想找出一样武器,信号枪或是无线电设备……任何用得着的东西。

"快跑!"雷切尔尖叫着,她的呼吸依然很急促。

就在那时,雹暴一般的冰球子弹突然奇怪地停止了。虽然刮着猛烈的狂风,但是这个夜晚还是感觉骤然安静下来……似乎暴风雪出人意料地停了。

托兰小心翼翼地从雪橇旁边觑着双眼观望,就在那时,他看到了有生以来见过的最令人胆寒的景象。

三个幽灵似的人影毫不费劲地从黑暗区域滑进明亮的地方,脚下踩着滑雪板,静悄悄地顺势滑行着出现了。那几个人身穿全白色风雪服。他们并没有拿滑雪杆,而是每人端着一把超大型来复枪,那是托兰这辈子都不曾见过的枪支。他们的滑雪板也稀奇古怪,显得很前卫,而且比较短,更像是加长的滚轴溜冰鞋,而不是滑雪板。

他们似乎知道已经胜利在握,就镇定地滑行到离他们最近的一个受害者——昏迷的诺拉·曼格身旁停了下来。托兰紧张不安地跪直身子,从雪橇上探头凝视着那三个袭击者。他们透过怪异的电子护目镜回头注视着他,看上去并不感兴趣。

至少目前是这样。

三角洲一号低头凝视着那个躺在他面前的冰地上、不省人事的女子,丝毫不觉得悔恨。他接受的训练就是执行命令,从不询问动机。

这名女子身穿厚厚的、黑色保暖救生服,一边的脸上还有一道伤痕。她呼吸急促而且吃力。冰制简易弹药来复枪中的一支击中目标,把她打昏了。

现在该是完成任务的时候了。

三角洲一号在这个昏迷的女子身旁跪了下来,他的队友们则用来复枪对准了其他目标——一人对准躺在近旁冰川上身材矮小、昏迷的男子,另一个则瞄准了打翻的雪橇,那两个目标就藏在那里。虽然他的队友完全可以轻易地逼过去,完成任务,可是余下的那三个受害者已是赤手空拳又无处可逃，立刻冲过去把他们全都干掉未免太轻率了。不到绝对必要的时候，决不能分散注意力。一次对付一个敌人。完全和他们过去接受训练时一样，三角洲部队的士兵要一个一个地杀死这些人。不过其神秘之处则在于他们不会留下丝毫痕迹，不让人觉察到他们的死因。

三角洲一号蹲伏在这个昏迷不醒的女子身旁，取掉保暖手套，捧起了一把积雪。他把积雪压实后，掰开那个女子的嘴，开始把雪往她的喉咙里面塞。他把她的嘴填满之后，就把积雪向她气管里尽可能深的地方塞。三分钟之内，她就会死去。

这种方法叫做白色死亡，由俄罗斯黑手党发明。这个受害者在其喉咙里的雪融化之前就会窒息而死。不过刚死的时候，她的尸体还会有体温，足以融化那些冰雪。即使有人对这种暴行有所察觉，也不会立刻看出任何使用凶器或者暴力的迹象。如果有人最终弄明白了这件事，那也会耗去大量的时间。冰做的子弹会逐渐消失，被积雪掩埋，而这个女子头上的伤痕看起来让人觉得她是在冰川上重重地摔了一跤——在狂风大作的天气，这不足为奇。

其他三个人都会变得无力反抗，然后以差不多同样的方式被除掉。之后，三角洲一号会把他们全都装上雪橇，拖到偏离这条路几百码远的地方，重新给他们拴好保护绳，然后摆好尸体。几个小时之后，人们将会发现，他们四人显然因为待在户外时间过长和体温过低被冻死在雪地里。对于他们偏离方向去做什么，那些发现他们的人可能会感到迷惑不解，但是他们死了，谁也不会感到惊讶。毕竟，他们的照明灯早已燃尽，天气险恶，而且在米尔恩冰架上迷路轻易就能导致死亡。

三角洲一号这会儿已经不再向那个女子的喉咙里塞雪。他在将注意力转向其他人之前，解开了她身上的保护安全带。稍后，他可以重新将其连结好，不过眼下，他可不想让躲在雪橇后面的那两个人抱有把受害者拉向安全地带的幻想。

迈克尔·托兰刚才亲眼看到一次谋杀行为，那种行为怪异至极，超乎他所能想到的最恶毒的杀人方式。三个袭击者解开诺拉·曼格身上的绳索后，就将注意力集中到了科基身上。

我得做点什么！

科基已经苏醒，呻吟着正要坐起来，但是其中一名士兵一把将他推倒，骑坐在他身上，然后用膝盖把他的双臂压倒在地，让他不能动弹。科基发出一声痛苦的喊叫，叫声立刻就被狂怒的大风吞没了。

托兰惊恐得近乎发狂，匆忙从掀翻的雪橇上散落出来的工具里翻找着东西。这里肯定有能用的东西！一件武器！随便什么能用的东西！他看到的只有冰层检测设备，大多数设备都被那些冰球击碎，几乎辨认不出了。雷切尔在他身旁摇摇晃晃地试着坐起来，用冰镐撑起身子。"快跑……迈克……"

托兰看了看系在雷切尔腰间的冰镐。那把冰镐倒可以用做武器，它多少有点像一件武器。托兰忖度着用一把小小的冰镐去袭击三个全副武装的士兵获胜的可能性有多大。

无异于自取灭亡。

雷切尔摇晃着坐起来的时候，托兰发现了她身后的一样东西——一个圆鼓鼓的塑料袋。托兰怀着一丝侥幸，祈祷袋子里有一支信号枪或者一台无线电设备。他从雷切尔身边爬过去，一把抓过那个口袋。他在口袋里找到一大块折叠整齐的密拉牌纤维布。没什么用处。托兰做研究用的那艘轮船上也有这样的东西。这是一种小型气象气球，是设计用来承载一台并不比个人电脑重多少的气象观测设备的。诺拉的气象气球这会儿大概也没什么用，特别是在缺少氢罐的情况下。

听着科基越来越响的挣扎声，托兰有种多年不曾感受到的无助。极其绝望，彻底失败。像是眼睁睁地看着一个人走到生命的尽头却无能为力一样，托兰的脑海中出人意料地闪现出早已忘怀的童年印象。有那么一会儿，他仿佛又航行在圣佩德罗海域，学习水手驾驶大三角帆船这种古老的娱乐活动——紧紧抓着一根悬在海面上的打结的绳子，大笑着猛地扎入水里，像个吊在钟楼绳索上的孩子一样起起落落,命运全由一面张起来的大三角帆和变幻不定的海风决定。

刹那间,托兰的双眼又看到了手中的密拉牌纤维气球,意识到他始终不曾屈服,而是在努力想个解决办法!驾驶大三角帆船。

科基这会儿依然与俘获他的人搏斗着,托兰猛地打开了包扎气球的保护袋。这个计划不大可能行得通,托兰对此不抱丝毫幻想,可是他清楚,待在这里他们必死无疑。他紧紧地抓着这块折叠的密拉牌纤维布。载重线夹上发出告诫:警告:风速超过10节勿用。

见鬼去吧!托兰牢牢地抓住纤维布防止其展开,从侧身而卧的雷切尔身上爬了过去。他靠到近旁,察觉到了她眼中的疑惑,大声叫道:"握紧这个!"

托兰递给雷切尔一块折叠的布,然后用腾出来的那只手将气球的载重扣钩从安全带上的铁锁中迅速穿了过来。他侧歪着身子,同样把那个扣钩从雷切尔身上的一个铁锁中迅速穿出来。

托兰和雷切尔这会儿合二为一了。

沿臀部的位置连在了一起。

那根松散的绳子垂下来拖在雪地上,绳上连着他们两人和垂死挣扎的科基⋯⋯还连着十码之外的诺拉·曼格身旁那个无人使用的扣钩。

诺拉已经死了,托兰暗自叮嘱道,你无能为力了。

那些袭击者这会儿蹲伏在扭动着身体的科基旁边,压实一把积雪,正准备塞进他的嘴里。托兰感觉快要来不及了。

托兰将那个折叠的气球从雷切尔手中夺了过来。这种布和绵纸一样薄——而且几乎不易破损。这样没什么希望的。"抓紧了!"

"迈克?"雷切尔说道,"怎么——"

托兰一把将那块卷好的密拉牌纤维布抛向了头顶的天空。怒号着的狂风一下子把它刮向上空,使它如降落伞包一般在飓风中展开。降落伞包一样的东西立刻鼓胀起来,伴随着一阵响亮的吧嗒声张开了。

托兰感觉安全带被猛地拉了起来,立刻意识到他先前大大低估了下降风的威力。转瞬间,他和雷切尔已经在半空中了,顺着冰川被拖了出去。过了一会儿,由于连在科基·马林森身上的绳子慢慢绷紧,托兰感觉被猛地拽了一下。在身后二十码的地方,他那位受到惊吓的朋友猛地从目瞪口呆的袭击者身下被拉了出来,把其中一个袭击者仰面掀倒在地。科基发出一阵令人毛骨悚然的尖叫,也在冰川上加速前进,差一点没撞到掀翻的雪橇,然后左摇右摆地从中穿行而过。科基的身边还垂着一段软塌塌的绳子……那是先前连在诺拉·曼格身上的。

你已无能为力,托兰自言自语道。

这三个人像是一组由人装扮成的复杂的牵线木偶,从冰川上飞速掠过。冰球子弹不断地飞过来,可是托兰知道那些攻击他们的人早已错过良机。在他身后,那些身穿白色外衣的士兵们逐渐消失,在照明灯的照射下越来越小,慢慢变成了明亮的斑点。

托兰这时感觉冰块不断地加速后退,从他那有填衬的救生服下飞奔而过,由于逃脱追杀而产生的宽慰感很快消失了。在他们正前方不到两英里的地方,米尔恩冰架在一个陡峻的悬崖处突然到了尽头——悬崖的那一边……一百英尺以下就是凶险的、波涛拍岸的北冰洋。

第 52 章

玛乔丽·坦奇笑容可掬地走下楼,朝白宫通信办公室走了过去,这是一个计算机化的广播中心,负责将楼上通信间里制定的新闻稿传出去。先前与加布丽埃勒·阿什的会面进行得很顺利。加布丽埃勒会不会因受到惊吓而交出一份书面保证承认那件绯闻,尚难以预料,但是这个方法肯定值得一试。

加布丽埃勒应该精明一些,撒手不管塞克斯顿,坦奇心想。这个可怜的姑娘还全然不知塞克斯顿会败得多么惨。

几个小时之后,总统关于陨石的新闻发布会会让塞克斯顿下跪屈服。这已是板上钉钉的事。如果加布丽埃勒·阿什肯合作,将会给塞克斯顿致命一击,让他羞愧得灰溜溜地走开。到了早晨,坦奇就可以把加布丽埃勒的书面保证连同塞克斯顿否认私通的新闻镜头一起向媒介公布。

这叫双面夹击。

毕竟,政治并不仅仅意味着在选举中获胜,而是要赢取决定性的胜利——要获得实现梦想的势头。以往,凡是以微弱优势侥幸当选的总统,建树都不多。只要一出办公室,他的势力就会被削弱,而且国会似乎决不会让他忘记这一点。

最好的结果就是塞克斯顿的竞选活动遭到全面破坏——针对其政治立场和道德规范发起钳形进攻。这种策略是从军事兵法里借来的,在华盛顿通常叫做"搏头尾"。迫使敌人两条阵线作战。一位候选人先掌握了他的对手的一条负面信息,时常会等到获取第二条信息后再同时公开。双面夹击总比单一进攻有力,特别是在这种双面夹击结合了竞选活动的不同方面的情况下——第一重攻击他的政治立场,第二重攻击他的道德品质。反驳别人对其政治立场的攻击要晓之以理,而反驳对其道德品质的攻击则要动之以情;同时就两个方面进行辩驳很有可能会顾此失彼。

今晚,由于国家航空航天局的一项令人震惊的壮举,塞克斯顿参议员将会发觉自己要狼狈地从这一政治梦魇中摆脱出来,但是如果他在被迫为其在国家航空航天局问题上的立场辩护时,又被自己的一位显要的女职员指称为说谎大王,他的处境就会愈加艰难。

这时,坦奇来到通信办公室门道里,因斗志高昂而感到活力十足。政治就是战争。她深吁一口气,看了看手表:晚上六点十五分。第一炮马上就要打响。

她进了房间。

通信办公室地方很小,倒不是因为缺少空间,而是因为不必太大。这是世界上效率最高的大众传媒广播电台之一,可是雇员只有五名。这时,五名雇员全都密切监视着整套电子设备,看起来像是做好准备等待发令枪声的游泳选手。

他们准备好了,坦奇从他们热切的眼神中察觉出来了。

只要提前给出两个小时的时间,这间小小的办公室就能与世界人口中三分之一多的文明人取得联系,这一点总令坦奇大为惊奇。毫不夸张地说,由于这些电子设备连接着成千上万个全球新闻源——从规模极大的电视广播联合企业到规模极小的乡村报社——白宫通信办公室轻击几个按键就能越出办公室影响全世界。

传真广播计算机制作出新闻稿发送至广播电台的、电视台的、印刷部门的和从缅因州到莫斯科的许多联网的地方广播电台的收件箱里。电话自动拨号器给数千名负责新闻内容的经理人打电话,然后播放录音语音通知。一个发布消息的新闻网页提供了不断更新的和预先编排内容。那些"有能力进行实况转播"的新闻源——美国有线电视新闻网、全国广播公司、美国广播公司、哥伦比亚广播公司、外国辛迪加——就要受到全面攻击,还得允诺别人免费进行电视实况转播。这些电视联播公司不管当时在播送什么节目,都会因总统的紧急演说而急忙中断。

这是一种全面渗透。

像是一名检阅军队的将军一般,坦奇悄悄地迈开大步朝文字编辑桌那边走过去,拿起了一份电讯打印稿。所有的传输机上这会儿都堆满了这种电讯稿,像是猎枪上的弹药筒。

坦奇看着这份电讯稿简直要暗自笑起来。按照平常的标准,大量需要播送的新闻稿都很低劣——更像是做广告,而不是发表宣言——但是总统早已下令通信办公室要全力以赴,而且他们已经照做。这篇演讲稿无懈可击——关键词丰富,内容清晰。真是一种极好的组合。即使使用"关键词搜索"自动操作程序对新收到的邮件进行分类的新闻电讯社也能看到许多这样的报头:

来源:白宫通信办公室
主题:总统紧急演说

美国总统将于东部标准时间今晚八点在白宫的新闻发布室召开紧急新闻发布会。他发言的主题目前保密。视听实况转播都能通过一般的地方广播电视台接收到。

把电讯稿放回到文字编辑桌上后,玛乔丽·坦奇四下扫视着通信办公室,然后冲雇员们满意地点了点头。他们看上去很急切。

坦奇点燃一支香烟,抽了一会儿,任由众人的期望值越升越高。终于,她咧嘴笑了笑。"女士们,先生们,开始干活吧。"

第53章

雷切尔·塞克斯顿早已把一切合理的推论忘得干干净净。对于陨石、口袋里那张不可思议的探地雷达打印图纸、明和在冰盖上受到的恐怖袭击,她全都抛诸脑后。眼下只有一件事要考虑。

逃生。

这块冰川像是一条没有尽头的光洁平坦的公路,从她脚下一掠而过,模糊难辨。到底是因为恐惧还是因为紧紧地裹在防护救生服里令她身体麻木,她已无从知晓,但她丝毫不觉得疼痛。她已什么都感觉不到了。

可又不尽然。

雷切尔侧卧着身子绑在托兰腰间,与他尴尬地面对面拥抱着。在他们前面某个地方,气象气球吃满了风鼓胀起来,像是减重高速汽车尾部上的降落伞。科基跟在后面,如一列失控的牵引式挂车一般横冲直撞。标明他们所受攻击的地点的照明灯已然消失在远方。

他们的速度还在加快,身上的马克9型救生服在冰川上发出了越来越响的嘶嘶声。雷切尔全然不知他们这时的速度有多快,但是风速至少是每小时六十英里,而且时间每过去一秒,身下那个光滑无阻的坡道似乎都在以更快的速度疾驰。这个不易损坏的密拉牌纤维气球似乎并不会被撕裂，上面的扣钩好像也不会有丝毫松动。

我们得松手，雷切尔心想。他们这会儿刚从一伙死敌那里迅速逃开——又直接奔向另一个火坑。海洋这时可能就在前方不到一英里的地方！一想到冰冷的海水，她又回忆起了可怕的往事。

狂风刮得越来越猛烈，他们的速度也越来越快。在他们身后某个地方，科基吓得发出阵阵尖叫。雷切尔确信以这个速度，只消几分钟他们就会被拖下悬崖坠入冰冷的大海。

托兰显然也想到了这一点，因为他现在正设法解开系在他们身上的载重搭扣。

"解不开！"他大喊道，"拉力太大了！"

雷切尔真希望狂风能暂时停歇片刻，给托兰一次机会，可是下降风的风速没有丝毫的变化，继续用力拉扯着他们。为了帮上一点忙，雷切尔蜷起身子，用力将一只靴子鞋头上的防滑钉猛地蹬进冰里，随即身后的半空中扬起了一阵冰雪碎块。他们的速度略微慢了一些。

"来！"雷切尔大叫着，抬起了那只脚。

气球上的载重绳顿时稍稍松了一点。托兰使劲向下一拉，想要乘着绳子绷得不紧的时候将载重搭扣从身上的铁锁上取下来，可根本就解不开。

"再来一次！"托兰大叫道。

这次他们两人相对着蜷起身子，用力将鞋头下的钉蹬进冰里，半空中扬起了两团冰雪。这样气球的速度比刚才又慢了一些。

"开始！"

恰好在托兰说这话的时候，他们两人都慢了下来。在气象气球再次向前猛冲时，托兰用力将大拇指插进铁锁的碰簧里，旋动挂钩，试图松开搭扣。尽管这次差一点要解开，绳子还是得再松一些才行。这种搭扣，诺拉曾经这样吹嘘道，是质量极好的百褡牌保险扣钩，特别精心多制作了一个金属环，这样即便上面吊起再重的东西都绝不会松开。

保险扣钩让人丧了命,雷切尔心想,并不觉得这个讽刺有一丁点儿可笑。

"再试一次!"托兰喊道。

攒足力量又满怀着希望,雷切尔尽量缩紧身子,猛地将两只鞋头都蹬进冰里。她弓着背,试图将整个身体的重量全放在两只脚尖上。托兰效仿着她的做法,直到两个人差不多都弓起身子,连在皮带上的绳子把他们的安全带拉得紧绷绷的。托兰的脚尖尽力向下蹬,雷切尔的背则弓得更厉害。这样产生的震颤如冲击波一样沿着双腿向上传。她感觉脚踝都要扭断了。

"坚持住……坚持住……"就在他们速度减慢时,托兰扭动身子想解开百褶牌扣钩,"就快……"

雷切尔的带钉铁鞋底发出了啪的一声响。靴子上的防滑铁钉给钩掉了,在夜色中向后颠跳着飞过科基的头顶。气球立刻倾斜而前,把雷切尔和托兰摆到了一侧。托兰松开了紧握在扣钩上的手。

"该死!"

密拉牌纤维气球像是因为刚才受到一时的遏制而发怒了一般,这会儿更加猛烈地倾斜着向前拉,拽着他们顺着冰川向下直往大海滑去。雷切尔清楚他们就要逼近那个悬崖,可是不等下落一百英尺坠进北冰洋里他们就要面临险境。三道由积雪构成的高大的崖径挡在了路上。尽管身上有带填衬的马克9型救生服保护着,可飞速翻向半空越过那几座雪丘还是让她惊骇不已。

雷切尔拼命地解着身上的安全带,试图找个办法松开气球。就在那时,她听到了冰川上传来有节奏的滴答声——轻金属撞在光秃秃的冰盖上发出的断断续续的响声。

冰镐。

由于惧怕,她完全不记得皮带上的放气裂幅拉绳上还系着一把冰镐。这种轻型铝制工具在她腿边颠来颠去。她抬头看了看气球上的载重绳,这是重载编织尼龙粗绳。她的手向下摸索着够到了那把摆来摆去的冰镐。她一把抓在冰镐柄上,一边将冰镐拉向身边,一边紧拉着那根有弹性的放气裂幅拉绳。雷切尔依然侧卧着身子，竭力将双臂举过头顶，把锯齿状的冰镐刃对准粗粗的放气裂幅拉绳。她笨拙地锯起了那根绷紧的绳子。

"对！"托兰大叫着，立刻摸找自己的冰镐。

雷切尔侧身滑行着，伸直身子，双臂放在头上，割着那根绷紧的绳子。这种绳子很结实，可是有一股尼龙线已被慢慢磨损。托兰紧抓着自己的冰镐，扭着身子将双臂举过头顶，想在同一个地方从下往上锯。他们像伐木工人一样一前一后地劳作着，他们的香蕉形刀片碰在一起，发出了咔哒声。那根绳子的两边这会儿都开始磨损。

我们就要成功了，雷切尔心想，这根绳子快断了！

陡然间，他们前面这个银色的密拉牌纤维布泡状气球像是遇到上升气流一样突然飞向上空。雷切尔惊恐地意识到它完全是在沿地势行进。

他们到了路的尽头。

崖径。

那道白色的屏障赫然耸现，须臾之间他们就撞在了上面。他们撞在斜坡上时，雷切尔的侧身受到撞击，疼得她大叫起来，冰镐猛地从手中甩了出去。像是一位跳起来被拉向高空的困惑不解的滑水运动员一样，雷切尔感觉她的身体被拖向崖径斜坡的上方，又给扔了出去。她和托兰顿时在一阵令人头晕目眩的混乱中被抛向了上空。崖径间的槽谷在他们身下伸展到远方，不过这根磨损的载重绳还是很结实，将他们加速运动的身体拎到半空中，带着他们翻越了第一道槽谷。她立刻瞥了一眼前方的情形，还有两道槽谷——一块地势很低的高原——然后就会坠入大海。

科基·马林森的尖叫刺破天空传了过来，像是在为雷切尔的错愕与惊骇配音。在他们身后的某个地方，科基也飞过了第一道崖径。他们三人全都悬在半空，那个气球则像一头试图挣断捕猎者的锁链的野兽一样，仍旧拼命地向上攀爬着。

突然，头顶传来喀嚓一声响，就像是夜晚的枪声一样。那根磨损的绳子断开了,磨断的一头还弹到了雷切尔的脸上。他们瞬时跌落下去。密拉牌纤维气球在头顶上摇曳不定,失去了控制……急速飘向海面。

雷切尔和托兰身上缠着搭扣和安全带,翻滚着跌向地面。当第二道白色崖径突现在他们下方时,雷切尔做好了撞击的准备。他们刚好绕过第二道崖径的顶峰,哗的一声摔在了斜坡的另一边,因为穿着救生服,又落在崖径的下坡上,他们跌得并不怎么重。周围的世界变成了模糊的一片,雷切尔只看得出胳膊、双腿和冰块,感觉自己顺着斜坡急速冲到了冰层槽谷的中央。出于本能,她将四肢伸展开,想在撞上下一道崖径之前减慢速度。她感到他们逐渐慢下来,但是仅仅慢了一点,而且似乎转瞬间她和托兰又沿着斜坡向上滑了过去。在越过崖顶时,他们感到片刻的失重。紧接着,雷切尔惊恐地意识到,他们开始沿斜坡的另一侧拼命滑行,进入最后一块高原……米尔恩冰架上最后八十英尺冰层。

他们朝着悬崖滑去时,雷切尔感觉科基在拖拽着绳子,她清楚他们这会儿都减慢了速度。但是,她知道现在已经为时太晚。他们急速逼近冰川边缘,雷切尔无助地发出了一声尖叫。

紧接着,出现了那一幕。

他们一下子从冰川边缘滑了出去,雷切尔最后只记得她在向下坠落。

第 54 章

维斯特布鲁克公寓位于西北方向的北大街 2201 号,自诩是华盛顿为数不多的绝对适合居住的地点之一。加布丽埃勒匆忙穿过镀金的旋转门,走进大理石装饰的大厅,人工瀑布那震耳欲聋的流水声回荡其中。

前台的门卫看见她,满脸诧异。"阿什女士?我还以为你今晚不会过来。"

"我来晚了。"加布丽埃勒很快登记了一下。头顶上的时钟显示:晚上,6:22。

这名门卫困惑地挠了挠头皮。"塞克斯顿参议员给了我一份名单,可是你不在——"

"人们总是忘记给他们帮助最大的人。"她强作笑脸,从他身旁朝电梯大步走去。

门卫这会儿一脸的窘相。"我还是打个电话为好。"

"谢谢。"加布丽埃勒在乘电梯上楼时说道。参议员的电话听筒没挂上。

加布丽埃勒到了九楼后,出电梯沿着装饰考究的走廊前行。在走廊尽头,塞克斯顿的家门外,她看到一位壮实的私人安全护卫——享有美名的保镖——正坐在走廊里。他一脸的倦意。看到警卫正当班,加布丽埃勒感到很惊讶,不过看起来并不像那名警卫看到她那样诧异。加布丽埃勒走近时,他噌地一下站了起来。

"我知道,"加布丽埃勒还在走廊的半道上就大声说道,"这是个处理私事的夜晚,他不想受到打扰。"

那名警卫态度坚决地点了点头。"他给我下了非常严厉的命令,任何来访者——"

"事情紧急。"

警卫的身体挡在了门口。"他在与人密谈。"

"真的吗?"说着,加布丽埃勒从腋下抽出了那个红色信封。她将白宫印章在那名警卫面前亮了亮。"我刚才去了总统办公室。我要把这份情报交给参议员。不管今晚和他闲扯的是什么样的老朋友,他走开几分钟,他们也能交谈下去。好了,让我进去吧。"

看到信封上的白宫印章,警卫略显动摇。

可千万别让我打开信封,加布丽埃勒心想。

"把信封放这儿,"他说道,"我会把东西交给他的。"

"你是会。我从白宫直接接到指令,要亲手传送这份文件。要是我不立刻找他谈谈的话,明天一早咱们都得去找工作。你明白吗?"

警卫看起来很苦恼,加布丽埃勒则察觉到塞克斯顿参议员今晚固执地不接待任何来访者,这的确异乎寻常。为了彻底说服他,她使出了杀手锏。加布丽埃勒将那个白宫专用信封直接递到他面前,压低嗓音,窃窃私语地说了六个字,那是华盛顿的所有警卫人员最害怕听到的六个字。

"你不了解形势。"

政客们的警卫人员永远都不了解形势,他们痛恨这种状况。他们是受雇的职业杀手,被蒙在鼓里,从不确定是要坚定地执行命令还是要冒失业之险执拗地忽视某些明显的危机。

警卫忍气吞声,又看了看那个白宫专用信封。"好吧,不过我要告诉参议员是你强烈要求进去的。"

他打开了门上的锁,加布丽埃勒趁他还没改变主意,从他身旁挤了过去。加布丽埃勒进了公寓,悄悄地随手关上门,重新上了锁。

这会儿待在门厅里,加布丽埃勒隐隐听到门厅尽头的塞克斯顿书房里传出的声音——男人们的说话声。今天这个处理私事的夜晚安排的显然不是塞克斯顿早先在电话里暗示的那个秘密会议。

加布丽埃勒穿过门厅朝书房走去时,路过了一个敞开的壁橱,那里挂着六套华贵的男式外套——独特的羊毛和花呢质地。地板上搁着几个公事包。今晚这个门厅里显然还在办公。要不是其中一个公事包引起了加布丽埃勒的注意,她早就从那些公文包旁边走过去了。那个标示牌上印有独特的公司标识:一个鲜红的火箭图案。

她收住脚步,跪下来看着那个标示牌:

美国航天公司。

迷惑不解的她仔细察看了一下其他公文包。

比尔航空航天公司,微观世界公司,扶轮国际火箭公司,基斯特勒航空航天公司。

玛乔丽·坦奇那粗哑的声音又回响在她的脑海里。你知不知道,塞克斯顿一直在接受私营航空公司的贿赂?

加布丽埃勒凝视着漆黑的门厅那端通往塞克斯顿书房的拱门,心跳开始加速。她知道自己应该响亮地说话,表明她的到来,可是却发觉自己正一步一步地向前悄悄挪动。她走到距离拱门几英尺的地方,一声不响地站在了阴影处……偷听着拱门那边的对话。

第 55 章

三角洲三号留在后面收拾诺拉·曼格的尸体和雪橇,其他两名士兵则顺着冰川加速追赶他们要追捕的人。

他们脚下踩着以电动履带为动力的滑雪板。这种保密的电动履带滑雪板模仿消费者法斯特·特拉克斯的机动化滑雪板制造而成,实质上就是在滑雪板上添加了微型坦克履带——像在脚下踩着一辆摩托雪橇一样。人们只要同时用食指和大拇指的指尖紧压在嵌在右手手套里的两块压盘上就能控制速度。人们用模子制成一块大功率的凝胶体蓄电池放在脚边,这样既绝缘又可以让滑雪板安静地滑动。其巧妙之处就在于,使用者在顺着小山下滑时利用地球引力和履带转动产生的动能会自动给蓄电池再充电,供下一次爬坡使用。

三角洲一号顺风而行,一边眺望着前方的冰川,一边把腰弯得低低的飞速奔向海边。他的夜间观察装置与水手号不载人航天探测器上使用的爱国者号装置大不一样。三角洲一号这会儿透过免持眼罩望了过去,这种眼罩带有一种由六片透镜构成的九十毫米长四十毫米宽的镜头,具有三种元件的放大倍频器和超远程红外辐射功能。外面的世界看上去呈一种清晰的淡蓝色,而不是通常的绿色——这种色彩就是针对北极这样高度反光的地带专门设计的。

三角洲一号走近第一道崖径,透过护目镜清晰地看到几段刚被搅乱的狭长的积雪带,那些积雪带就像一支发着霓光的箭一样,在夜空下射向高处落到崖径的那一边。很明显,那三个逃脱者先前如果不是没有想到要取掉他们临时做成的风帆,就是没能取下来。不管是哪种情况,如果在最后一道崖径处还没松开绳子,他们这会儿就该漂在海上某个地方。三角洲一号清楚,他要追捕的人所穿的防护衣会延长他们在水中的存活期,不过持续不断的离岸气流会把他们拖向外海。溺水而亡将是不可避免的。

尽管已成竹在胸,但三角洲一号受过训练,是决不会凭主观臆断的。死要见尸。他低低地弓着身子,紧压双指,加速冲上了第一道崖径。

迈克尔·托兰一动不动地躺着,估量着身上的瘀伤。他受到了撞击,不过感觉并没有骨折。这种充有凝胶的马克 9 型救生服能让他免受重创,对此他毫不怀疑。他睁开双眼,慢慢回过神来。这里的一切似乎更柔软……更安静。大风依然在呼啸,但是没那么猛烈了。

我们越过了崖边——不是吗?

他逐渐集中了思想,发觉自己正躺在冰块上,压在雷切尔·塞克斯顿的腰上,两人几乎成一个直角,他们身上的铁锁缠在了一起。他察觉到雷切尔在他身下喘息,却看不到她的脸。托兰从她身上翻下来,浑身几乎僵硬。

"雷切尔……"托兰不知道他有没有喊出声来。

托兰想起了最后几秒钟的痛苦历程——气球把他们拖向上空,载重绳逐渐断裂,他们垂直落在崖径的另一边,向上滑行着翻过了最后一道雪丘,急速奔向崖边——冰川一下子到了头。托兰和雷切尔跌落了下去,可是下落的时间极其短暂。并不是如意料中的那样一头扎进海里,他们刚刚降落大约十英尺就撞在另一块冰层上面,由于后面拖着沉重的科基，他们慢慢停了下来。

　　这时候，托兰抬头朝大海望去。不远处，冰层尽头就是峻陡的悬崖，他听得到悬崖那边的海水声。托兰回头看着高处的冰川，极目远眺茫茫黑夜。在身后二十码处，他看到一道高高的冰雪屏障，那道屏障就像是悬挂在他们上方一样。就在那时，他明白发生什么事了。不知为什么，他们从先前那块辽阔的冰川上滑下来，落在了低处的冰层上。这个断面很平坦，与冰球场地一样大，而且有一部分已经坍塌——随时都会断裂，掉进海里。

　　冰川崩裂，托兰这样想着，看了看这会儿所躺的危险的冰块。这是一个如巨型阳台一样伸出冰川悬在那里的开阔四方冰块，三面都是靠海的峭壁，只有一边与冰川相连，托兰看到，连接处根本就不牢固。由于受到挤压，低处的冰层与米尔恩冰架的交界处形成了一道大约四英尺宽的、张开的裂缝。重力的作用已经逐渐彰显。

　　比看到裂缝更让人惊恐的是，托兰见科基·马林森躺在冰地上，一动不动地蜷着身子。科基躺在十码开外，拴在那根连接他们所有人的绷紧的绳子末端。

　　托兰想站起来，可是依然与雷切尔系在一起。他变换一下身体的位置，去拆解勾缠在一起的铁锁。

　　雷切尔试图坐起来，看上去很虚弱。"我们没有……落下去？"她的声音中透着困惑。

　　"我们落到了低处的冰层上。"托兰说着，最终解开了他们身上的铁锁，"我得去帮帮科基。"

　　托兰费力地站了起来，可觉得双腿无力。他一把抓住绳子，用力拉了起来。科基开始穿越冰块向他们滑过来。拉动大约十二次之后，科基躺在了几英尺之外的冰地上。

　　科基·马林森看上去伤势严重。他弄丢了护目镜，脸颊被严重划伤，鼻子还在流血。托兰担心科基可能已经死了，这时，他看到科基翻了个身，气呼呼地瞪着自己，他的这种担心很快消除了。

　　"天哪，"他结结巴巴地说道，"那可真是个卑鄙的花招！"

托兰感到一阵宽慰。

雷切尔这会儿皱眉蹙眼地坐了起来。她四下察看着,说道:"我们得……离开这里。这块冰似乎马上就要断裂。"

托兰完全赞同,可唯一的难题是怎么离开这里。

他们已来不及去想解决办法。他们逐渐听到上方的冰川上传来一阵熟悉且尖锐的呼呼声。托兰猛地抬头凝望,只见两个身着白衣的人影轻而易举地滑到高处的冰川边缘,同时停了下来。那两个人在那儿站了一会儿,低头凝视着已受重伤的猎物,就像象棋大师在玩味棋局,琢磨着如何在终局前先吃将。

三角洲一号看到这三个逃脱者还活着,感到十分惊讶。可是他知道这种情况只是暂时的。他们落在了冰川的断面上,这个断面已经开始不可避免地坠向大海。真该像对付那个女子一样把他们制服后干掉,不过他刚刚又想到了一个更干净利落的方式。用这种方式,任谁都找不到尸体。

三角洲一号从边缘处向下凝望,目不转睛地看着那个裂开的冰隙,这个冰隙早已撑开,就像在冰架与紧挨着的冰块之间敲进了一个楔子。那三个亡命者所在的那块冰断面处于很危险的境地……不知哪天就断裂了,坠入大海。

为什么不在今天……

现在在这块冰架上,每隔几个小时,振聋发聩的隆隆声就会响彻夜空——那是部分冰块从冰川上喀嚓断裂,骤然落入大海的声音。可有谁会在意呢?

伴随着一种在预备要杀人时会有的熟悉而强烈的冲动,三角洲一号把手伸进物品储存包,掏出一样沉甸甸的、柠檬状的东西。作为军事进攻部队的标准配备,这种东西叫做闪光弹——一种通过产生炫目的亮光和震耳欲聋的震荡波而让敌人暂时迷失方向的"非致命性的"震荡手榴弹。可是今晚,三角洲一号确信这种闪光弹肯定会致命的。

他在冰架边缘附近选好位置,思量着这个冰隙要下陷多少才能逐渐变成一条死路。二十英尺？五十英尺？他知道这并不重要。不管怎样，他的计划都会很奏效。

由于无数次行刑而练就了平静的心理，三角洲一号将手榴弹的螺旋转盘调成十秒定时状态，拉出保险针，一下子将手榴弹扔进了下面的裂隙里。这颗炸弹垂直坠入黑暗中消失不见了。

紧接着，三角洲一号和他的同伙爬坡溜回崖径的顶端等待着。这将是个值得一看的景象。

即便处于神志昏乱状态，雷切尔·塞克斯顿还是非常清楚袭击他们的人刚才扔进裂缝里的是什么东西。迈克尔·托兰是不是也明白了，有没有看到她眼中惧怕的神情，这些都不得而知，可是雷切尔看到他脸色发白，惊恐万分地向下扫了一眼这个困住他们的巨大冰块，显然意识到了不可避免的事态。

像是被闪电固有的光所照亮的暴风云一样，雷切尔身下的冰块从里面亮了起来。怪异的白色半透明光线飞快地射向了四面八方。冰块在他们周围一百码以内的地方都射出了白光，接下来又出现了震荡。那并不是地震的隆隆声，而是一种能震颤人的五脏六腑的极响的震荡波。雷切尔感觉这种冲击波急速穿透冰层刺进了她的体内。

顷刻间，似乎楔子被敲进了冰架与支撑他们的冰块的连接处，伴随着一阵令人毛骨悚然的喀嚓声，这块悬崖开始断裂。雷切尔惊骇得一动不动地与托兰对视着。科基在附近发出了一声尖叫。

低处的冰块掉了下去。

雷切尔顿时感觉如失重了一般，悬浮在数百万磅重的冰块上方。紧接着，他们乘着冰山下落——垂直坠入了冰冷的海水。

第 56 章

当巨大的冰块从米尔恩冰架的陡面上滑落下来，在半空中飞起一大片塔状冰雪时，冰块对撞发出的发聋振聩的喀嚓声刺穿了雷切尔的双耳。冰块随着轰隆一声巨响落下来，放慢了速度，雷切尔先前处于失重状态的身体啪地一声落在了冰面上。托兰和科基也重重地跌在了附近。

冰随着向下的冲力扎向大海的更深处，雷切尔看到泛着泡沫的海面猛地溅向上空，随着海面的升高，上升的速度逐渐放慢，就像绳子长出几英尺的跳蹦极的人在看着身下的地面。海面越升越高……越升越高……紧接着到达了顶点。童年时的梦魇又出现了。冰……海水……一片漆黑。那种恐惧几乎是在释放童年被压抑的情绪。

冰块上端滑到水位线以下，冰冷的北冰洋海水波涛滚滚地漫过冰块边缘。就在海水从四面八方涌来之时，雷切尔感觉自己被卷到了水下。脸上裸露的皮肤紧绷着，咸咸的海水袭来时有种刺痛的感觉。脚下的冰块消失不见了，雷切尔奋力回到水面，靠着救生服里的凝胶浮了起来。她灌了满满一嘴海水，在海面喷吐着。她看到他们两个在附近拼命挣扎着，三人都缠在绳子上了。雷切尔刚刚恢复了平衡，托兰就大叫了出来。

"冰块又浮上来了！"

就在他的话在这个混乱场面的上空回响时，雷切尔感觉身下的海里有股怪异的上升流。像一辆竭力想调转方向的巨型机车一样，这块冰块刚才吱嘎响着停在水下，这会儿又开始从他们正下方升了起来。在水下几英寻的地方，随着那块浸入海里的巨大冰块发出嚓嚓声重新冒了出来，一阵令人毛骨悚然的低频率的隆隆声回响着从水下传来。

那块冰块迅速上升，速度越来越快，猛地从黑暗中升了上来。雷切尔感觉自己在逐渐上升。冰块一碰着她的身体，海水就从四周流了下去。她徒劳地攀爬着，试图在冰块将她和数百万加仑的海水一起推向上方时保持平衡。那块巨大的冰块向上漂浮着跃上了海面，颠簸摇晃着想保持平衡。雷切尔发现自己浸在齐腰深的海水里，在那块平坦的巨大冰块上划拉着。海水从冰面上倾泻而下，水流把雷切尔吞没，将她又拖向冰块边缘。雷切尔一边滑行一边张开双臂平趴着，看到冰块边缘正阴森森地快速逼近。

坚持住！雷切尔的耳边又回响起了母亲的声音，她孩提时掉进冰封的池塘里拼命挣扎时，母亲说过这样的话。坚持住！千万别下沉！

雷切尔的安全带被猛地拉了一下，把她体内残存不多的一口气给抖了出来。在离边缘仅几码远的地方，她猛然刹住了。这一拉扯让她在原地转了起来。十码之外，她看到了依然和她系在同一根绳上的科基那疲软的身体，他也摇晃着停了下来。原来他们在沿相反的方向向外滑，是他的势能使她停了下来。当海水不再涌动，而且变得越来越浅时，又一个黑影出现在科基对面不远的地方。他四肢着地趴着，一边紧拉着科基身上的绳子，一边不停地呕着海水。

迈克尔·托兰。

当最后一股尾流从雷切尔身旁淌尽，流下冰山时，她吓得一声不响地躺在那儿，静听着海水的声音。紧接着，她慢慢感到有种刺骨的寒意，费力地挪动身子蜷成一团。这座冰山还在不停地漂来荡去，就像一块巨大的方冰。她神志昏迷而且疼痛难忍，费劲地爬回他们身边。

在高处的冰川上，三角洲一号透过夜视护目镜眯眼看着海水在北冰洋上最新出现的平顶冰山附近翻滚不停。虽然没有看到水面上有尸体，但是他丝毫不觉得诧异。海面上一片漆黑，他要追捕的人所穿的风雪服和戴的无檐便帽也都是黑色的。

扫视着那块漂浮的巨大冰块表面，他很难将那块冰块看个清楚。冰块很快就看不见了，随着汹涌的离岸水流立刻就漂向了外海。他正要重新将目光投向海面，突然看到了意想不到的东西。冰块上出现了三个黑点。那是尸体吗？三角洲一号竭力想看个清楚。

"看到什么了吗？"三角洲二号问道。

三角洲一号什么话也没说，用放大器对准了目标。在那块灰白色的冰山上，他震惊地看到三个人影挤作一团，一动不动地躺在冰块上。他们是死是活，三角洲一号全然不知。没什么要紧的了。就算他们还活着，还穿着风雪服，他们也会在一个小时之内死去，因为他们浑身湿漉漉的,暴风雪就快来了,而且他们正在地球上最具危险的一个海洋上漂浮着。谁都不会发现他们的尸体。

"只是鬼影而已,"三角洲一号说着,转身背对悬崖,"我们回基地吧。"

第 57 章

塞奇威克·塞克斯顿参议员将盛有拿破仑干邑的矮脚杯放在维斯特布鲁克公寓的壁炉台上,有那么一会儿,他一边添加燃料拨旺炉火,一边集中思绪。与他一起待在书房里的六个人这会儿都安静地坐着,等待着。闲谈已经结束,该是塞克斯顿参议员宣传他的论点的时候了。他们和他都意识到了这一点。

政治就是销售。

建立信任,让他们知道你了解他们的难处。

"你们也许都知道,"塞克斯顿说着,转身面对他们,"在过去的几个月里,我认识了很多跟你们处境相同的人。"他微微一笑,坐下来与他们处于同一水平位置,"迄今为止,我只把你们带到家里来过。你们都是杰出人士,我很荣幸认识你们。"

塞克斯顿十指交叉、双手互握,两眼环视房间,与每一位来客直接进行目光交流。接着,他目不转睛地盯着第一个目标——一名头戴牛仔帽,体格敦实的男子。

"休斯敦航天工业,"塞克斯顿说道,"你来了,我很高兴。"

这名得克萨斯人咕哝了一声,道:"我讨厌这个城市。"

"我不怪你,华盛顿对你不公。"

得克萨斯人从帽檐下向外探望,不过什么话都没说。

"十二年前,"塞克斯顿开始说道,"你向美国政府做过一次提议。你提议只要五十亿美元就能为他们建立一个美国宇宙空间站。"

"对，我是提过。到现在我都还有这个行动计划。"

"可是国家航空航天局当时让美国政府相信美国宇宙空间站应该属于国家航空航天局的规划。"

"没错。国家航空航天局在大约十年前才着手筹建。"

"是十年前。国家航空航天局的宇宙空间站现在不仅还未完全投入运营，而且迄今为止，这项计划的耗资已经是你当时竞价的二十倍。身为美国的一名纳税人，我对此深恶痛绝。"

房间里出现一片抱怨声，大家表示赞同。塞克斯顿的目光游动着，再次与大家进行眼神交流。

"我清楚地知道，"塞克斯顿参议员说道，这会儿他是在对着所有人说话，"你们中间有好几家公司都曾提议以每次五千万美元的低价发射私用航天飞机。"

更多人点了点头。

"可是国家航空航天局以每发射一次只收取三千八百万美元的价钱抢走了你们的生意……尽管他们实际每发射一次的开销超过了一亿五千万美元！"

"他们就是这样拒绝我们迈进外太空，"他们中有人说道，"私营企业无论如何都无法与以百分之四百的蚀本率发射航天飞机，却还能继续经营的公司相抗衡。"

"你们也没必要那么做。"塞克斯顿说。

周围的人都点了点头。

塞克斯顿这时扭头看着旁边一位神情严肃的企业家，他曾饶有兴致地看过这个人的资料。和大多数资助塞克斯顿竞选的企业家一样，这个人以前是军队里的工程师，因为对微薄的收入和政府中的官僚心灰意冷，他辞去军队里的职务，转而在航空与航天空间领域寻找发迹的机会。

"基斯特勒航空航天公司，"塞克斯顿说着，大失所望地摇了摇头，"你们公司都已经设计并且制造出了一枚火箭，与国家航空航天局运载每一磅有效载重所需要的一万美元费用相比，这枚火箭的每磅有效载重只要两千美元。"塞克斯顿停顿了一下,以加强效果,"可是你没有客户。"

"我怎么可能会有客户?"那人回答道,"上周,国家航空航天局抢走了我们的生意,以每磅只收取八百一十二美元的价格为摩托罗拉公司发射了一颗通讯卫星。政府是以百分之九百的蚀本率发射的那颗卫星!"

塞克斯顿点了点头。纳税人是在不知情地资助一个工作效率比其竞争对手低十倍的机构。"国家航空航天局要竭力阻止外层空间领域内的竞争,"他说着,语气低沉了下来,"这一点已经是显而易见的了,真让人气愤。他们以低于市价的服务定价来排挤私营航天企业。"

"这是太空沃尔玛效应。[1]"那名得克萨斯人说道。

真是再好不过的类比了,塞克斯顿心想,我得记住这句话。沃尔玛每迁入一块新地盘,就以低于市价的价格销售产品,然后逼得所有本地的竞争对手只得退出市场,它就因为这样而臭名昭著。

"我简直受够了,"得克萨斯人说,"我缴纳数百万元的商业税,却让山姆大叔用那些钱暗中舞弊抢走了我的客户!"

"我同意你的看法,"塞克斯顿说,"我很理解。"

"就是因为没有公司赞助才使扶轮国际火箭公司无以为继,"一个衣着入时的人说,"制定反赞助法,真是可耻!"

"我完完全全同意。"得知国家航空航天局确立它在外层空间的垄断地位的另一种方式是通过了禁止在航天工具上做广告的联邦指令,塞克斯顿大为惊愕。私营公司不得通过公司赞助和登广告标识的方式——例如,职业赛车手所采用的那种方式——获得资金,太空工具上只能显示"美国"字样和公司的名称。在一个每年花费一千八百五十亿美元在广告上的国家里,却不曾有一块钱的广告费存

---

[1] Wal-Mart,沃尔玛,全世界首屈一指的零售业巨头,一九六二年由山姆·沃尔顿在美国阿肯色州开设第一家商店。以沃尔玛零售连锁店命名的经济效应是指包括诸如挤垮规模较小的对手、压低工资等局部效应,以及对维持低通货膨胀率和高生产能力有所促进的更广泛效应。这里是个形象的类比,指国家航空航天局以类似的方式垄断太空。

入私营航天公司的金库里。

"这简直就是抢钱,"他们中有人厉声说道,"我的公司希望能长时间地经营下去,以便在明年五月发射本国第一艘太空旅游样机。我们期望在大范围内进行新闻报道。耐克公司已经出了七百万美元的赞助费要我们把耐克的对钩标志和'Just Do It!'画在航天飞机的侧面。百事公司出双倍的价钱要印上'百事:年轻一代的选择。'可是根据联邦法律,要是航天飞机上印有广告,我们就会被禁止发射航天飞机!"

"是这样,"塞克斯顿参议员说,"假如我当选了,我会设法废除那个反赞助法。这是一个承诺。外层空间应该是可以利用来做广告的,就像地球上每一平方英寸都可以用来做广告一样。"

塞克斯顿这会儿凝视着听他说话的所有人,双眼紧盯着他们,语气逐渐严肃起来。"不过我们都得明白,国家航空航天局私有化的最大障碍并不在于法律上的条款,说得确切一点,是在于公众的观念。大多数美国人对美国的太空计划仍抱有一种理想化的看法。他们依然相信国家航空航天局是一个必不可少的政府机构。"

"都是那些该死的好莱坞电影捣的鬼!"有人说道,"看在上帝的分上,好莱坞要制作多少那种有关国家航空航天局让世界免遭毁灭性的小行星撞击的电影?这都是炒作!"

塞克斯顿知道,好莱坞制作了过多的有关国家航空航天局的电影,那不过是个经济问题。随着《壮志凌云》这部电影风靡一时——这部由汤姆·克鲁斯扮演喷气机飞行员的大片就像是为美国空军做了两个小时的广告,国家航空航天局认识到了好莱坞作为强大的公关团体的真正潜能,就开始暗中让电影公司免费拍摄国家航空航天局的那些惊人设施——发射坪,航天地面指挥中心,训练设施。制片商们以前在别的地方拍摄,通常都要支付巨额场地使用费,现在则忙不迭地抓住机会利用"免费"背景拍摄有关国家航空航天局的惊悚电影以节省数以百万计的预算费用。当然,只有在电影剧本得到国家航空航天局认可的情况下,好莱坞才有权这样做。

"要说给公众洗脑,"一个西班牙裔美国人咕哝道,"这些电影的坏影响还不及他们自己那些公开表演的一半。要把一名已届退休的老人送入太空?国家航空航天局如今还计划全由女人充当机务人员?全都是为了引起公众的注意!"

塞克斯顿叹了口气,语气变得悲伤起来。"说真的,我知道没必要提醒你们八十年代发生了什么事,其时教育部破产了,而国家航空航天局浪费了本可以花在教育上的数百万美元。国家航空航天局为了表明他们对教育的友善态度,就做了一个公关上的广告噱头。他们当时就把一名公立学校的老师送进了太空。"塞克斯顿停顿了一下,"你们都记得克里斯塔·麦考利夫吧。"

房间里一下子安静了下来。

"先生们,"塞克斯顿说着,突然停在了壁炉前,"我认为,为了我们未来的整体利益,该让美国人明白事情的真相了。是时候让美国人明白,国家航空航天局并没有引领我们向外层空间发展,而是在阻止对外层空间的探索。太空领域与其他产业并没有什么不同,一直遏制私营部门简直就是犯罪行为。想想计算机产业,我们看到该产业每周都在突飞猛进地发展,以至于我们几乎都跟不上了!为什么?就是因为计算机产业是自由市场机制:高效和远见会带来回报。想想要是计算机产业由政府经营会出现什么状况?人类可能还处在愚昧的黑暗时代。我们现在在太空方面就是在停滞不前。人们应该将外层空间探索交给私营部门去做,那是属于私营部门的事。美国人肯定会因其迅猛的发展,丰硕的成果和已实现的诸多梦想而大为惊叹。我认为我们应该让自由市场机制激励我们在太空领域达到一个全新的高度。我要是当选了,我的使命就是打开通往尖端领域的大门,并将它们敞置。"

塞克斯顿举起了盛有上等白兰地的矮脚杯。

"朋友们,你们今晚来到这里是要断定我是不是一个值得你们信赖的人。希望我已经赢得了你们的信任。投资者们以一定的方式成立公司,也要以同样的方式培养一位总统。公司股东们期望获利,而身为政治投资者的你们同样期望有所回报。我今晚要跟你们说的就是:

托付于我吧,我绝不会忘记你们的,永远都不会。我们有着同样的使命。"

塞克斯顿向他们举杯以示庆贺。

"朋友们,在你们的帮助下,不久我就能入主白宫……你们也都会实现梦想。"

就在十五英尺之外的地方,加布丽埃勒·阿什僵直着身子站在阴影处。书房里传出了水晶杯碰击发出的悦耳的叮当声和炉火的劈啪声。

第 58 章

一阵惊慌之下,国家航空航天局年轻的技师飞奔着穿行在旅居球里。出了可怕的事儿!他发现埃克斯特龙局长独自待在新闻发布区附近。

"先生,"那名技师急促地喊着,跑上前来,"出事了!"

埃克斯特龙转过身,看上去心不在焉的样子,似乎已经因其他事情而深感苦恼。"你刚才说什么?出事?在哪儿?"

"就在采掘冰窟里。一具尸体刚才浮了上来,是韦利·明博士。"

埃克斯特龙一脸的茫然。"明博士?可是……"

"我们把他拉了出来,不过太迟了。他已经死了。"

"看在上帝的分上。他掉进冰窟里多长时间了?"

"我们认为大约有一个小时。看上去他是失足掉进去的,沉到了底部,可是身体肿胀起来之后,又浮了上来。"

埃克斯特龙那微红的脸色变得绯红。"真该死!还有谁知道这件事?"

"没人知道了,先生。就只有两个人知道。我们把他捞了出来,不过我们觉得还是该先告诉您一声再——"

"你做得很对，"埃克斯特龙重重地叹了口气，"立刻把明博士的尸体藏起来，不要对外声张。"

那名技师觉得难以理解。"可是，先生，我——"

埃克斯特龙的大手放在了他的肩头。"仔细听我说，这是一次不幸的意外，一次让我痛惜不已的意外。到时候，我肯定会妥善处理这件事的。不过现在还不是时候。"

"您想让我把他的尸体藏起来？"

埃克斯特龙那双冷酷的具有北欧日耳曼人特征的蓝眼睛让他屈服了。"好好想想吧。我们可以把情况告诉大家，可那样做究竟能达到什么目的呢？离这次新闻发布会开始还有大约一个小时的时间。宣布这里发生了死亡事故会给这个发现蒙上不祥的阴影，而且还会严重地挫伤士气。明博士不小心犯了个错，我可不想让国家航空航天局为此而付出代价。这些非官方科学家已经抢够风头了，我不想让他们不经心犯下的一个错误影响到我们这一备受瞩目的光辉时刻。明博士的意外在新闻发布会结束之前都得保密，你明白吗？"

那名技师面色苍白地点了点头。"我这就去把他的尸体藏起来。"

第 59 章

迈克尔·托兰出海的次数够多了，很清楚大海会残酷无情且毫不犹豫地夺去受害者的生命。托兰精疲力竭地躺在宽阔的冰块上，仅能辨认出逐渐远去的高耸的米尔恩冰架那模糊不清的轮廓。他知道从伊丽莎白群岛海域涌来的北冰洋强大水流打着转在极地冰盖附近形成巨大的水圈，并且最终会绕过俄罗斯北部地区。那已无关紧要，那将是几个月之后的事儿了。

我们可能还有三十分钟的时间……最多四十五分钟。

托兰清楚，要是没有注满凝胶的绝缘材料的防护救生服，他们立刻就会死去。值得欣慰的是，马克9型救生服不会让他们湿淋淋的——这是挺过寒冷天气的极为重要的条件。包裹着他们的身体的保暖凝胶不仅可以减小跌落的冲撞力，而且这会儿还让他们的身体保留着残存的一点温度。

体温很快就要开始下降。由于血液要退回到心脏以保护重要的内部器官，人体刚开始会感觉四肢有点麻木。随着脉搏跳动与呼吸的减慢，大脑逐渐缺氧，紧接着就会神志不清、出现幻觉。之后，身体会停止所有的活动，只留有心跳和呼吸以做出最后的努力保存残余的温度，接下来就会出现昏迷状态。最后，大脑中的心脏中枢和呼吸中枢会同时停止活动。

托兰扭头凝视着雷切尔，真希望自己能做点什么来拯救她。

一种麻木的感觉传遍了雷切尔·塞克斯顿周身，这并没有她原本想象中的那般痛苦。这几乎是一剂她求之不得的麻药。自然界的吗啡。在倒下时，她早就弄丢了护目镜，顶着严寒，她简直睁不开双眼。

雷切尔看到了近旁冰块上的托兰和科基。托兰正看着她，眼中充满了自责。科基这会儿在移动着，不过显然很痛苦。他右边的颧骨被击中了，血肉模糊。

雷切尔的身体在拼命地打着哆嗦，大脑则在寻找着答案。会是谁干的呢？为什么？由于心情越来越沉重，她的思绪一片混乱。一切都解释不通。她感觉身体正慢慢停止活动，一股看不见的力量让她放松警惕，催她入眠。她抵抗这种力量。一股愤怒的火焰这时在她内心燃烧起来，她试图煽动这团火焰。

他们想杀人灭口！她觑着双眼望向这片危险重重的大海，意识到袭击他们的人业已成功。我们马上就会死去。到现在，雷切尔知道自己不可能活着弄清楚米尔恩冰架上上演的生死游戏的全部真相，但是她怀疑自己已经知道谁是罪魁祸首了。

最大的可能就是埃克斯特龙局长。就是他把他们派到营地外的冰川上的。他跟五角大楼和特种部队都有联系。可是埃克斯特龙将陨石塞到冰层下面又能得到什么好处呢？是什么人要得到什么好处呢？

雷切尔忽然想起了扎克·赫尼，思忖着总统是同谋还是不知情的卒子。赫尼对此一无所知，他是清白的。总统显然被美国国家航空航天局欺骗了。这时距离赫尼宣布美国国家航空航天局的发现只有大约一个小时的时间。那时，他会带上一部有四位非官方科学家的证词的纪录片。

四位已经死去的非官方科学家。

雷切尔虽然现在对于阻止这次新闻发布会已无能为力，但是她发誓，无论是谁策划了这次袭击都逃脱不了惩罚。

雷切尔使出全身的力气，试着坐了起来。她的四肢感觉就像花岗岩一般，弯曲手臂和双腿时所有的关节都疼痛难忍。她慢慢跪起来，在平坦的冰块上保持平稳。她感到一阵头晕目眩。海水在四周翻滚着。托兰躺在附近，用一种好奇的眼神抬头注视着她。雷切尔感觉托兰很可能以为她这是在跪着祈祷。毫无疑问，她不是，尽管祈祷与她即将要做的事情都不大可能救得了他们。

雷切尔用右手在腰间摸索着找到了那把依然吊在皮带上的冰镐。她僵硬的手指紧握在柄上。她把冰镐倒过来，摆成一个倒置的T字形。这时，她使出浑身的力气，将冰镐粗大的一头砸向下面的冰块。砰。又是一声。砰。血管里的血液感觉就像冰冻的糖蜜一般。砰。托兰在一旁看着，一脸的困惑。雷切尔又将冰镐砸了下去。砰。

托兰试着用胳膊肘撑起了身体。"雷……切尔？"

她没有答话。她得使出全部的力气。砰，砰。

"我觉得……"托兰说道，"在这么遥远的北方……SAA网……是听不到……"

雷切尔扭过头，感到一阵惊讶。她忘记了托兰可是海洋学家，对她要做的事情可能有所了解。想法是对的……不过我不是在呼叫SAA。

她继续敲击着。

SAA是指海底声波阵列[1],这是冷战时期的用语,如今被世界各地的海洋学家用来倾听鲸鱼的声音。由于声音在水下能传数百英里远,遍布世界各地的五十九台水下扩音器组成的海底声波阵列网络就可以倾听到地球上绝大部分海洋里的声音。不幸的是,北极圈这个遥远的地区并不在那个范围之内,不过雷切尔知道,除此之外还有其他东西可以监听海底动静——对于它们的存在,世界上鲜有人知道。她继续敲击着。她的信息简单而清晰。

砰,砰,砰。

砰……砰……砰……

砰,砰,砰。

雷切尔根本就不妄想她的举动能救他们的命。她已经感觉浑身结满了霜,紧绷绷的。雷切尔怀疑她还能不能存活半个小时。救援现在已毫无可能。可是这并不关救援的事。

砰,砰,砰。

砰……砰……砰……

砰,砰,砰。

"来……不及了……"托兰说道。

这样做并不……关乎我们,雷切尔心想,这关乎我口袋里的情报。她想象着马克9型救生服维可牢口袋里的那张让他们深受牵连的探地雷达打印图纸。我得把这张探地雷达打印图纸交到国侦局……而且要尽快交过去。

尽管处于狂乱状态,雷切尔还是确信有人会收到她的信息。在八十年代中期,国侦局就用一种比海底声波阵列强三十倍的阵列将其取代,其范围覆盖全球:国侦局花费一千两百万美元用来倾听海底动静的"经典奇才实用程序"。在接下来的几小时里,国侦局和国安局在英格兰曼威斯希尔情报通讯站的"格雷"巨型计算机就会记下

---

[1] SAA,海底声波阵列,是 Suboceanic Acoustic Array 的缩写。

北极的一个水下听音器中的异常序列，把这种撞击声破译为紧急呼救信号，用三角学测出其坐标值，然后就从格陵兰岛的图勒空军基地派出救援飞机。那架飞机会在一座冰山上发现三具已经冻僵的尸体。一个就是国侦局的雇员……她的口袋里还装着一张带有体温的奇怪的图纸。

一张探地雷达打印图纸。

诺拉·曼格的临终遗物。

在救援者仔细察看了那张打印图纸之后，陨石下面那条秘密隧道就会被揭露出来。在那之后，雷切尔就不知道会出什么事了，不过至少这个秘密不会同他们一起被遗忘在这座冰山上。

第 60 章

每一位进驻白宫的总统都会秘密巡视三间戒备森严的仓库，仓库里放着前任总统使用过的成堆的贵重家具：远到乔治·华盛顿的前任总统们用过的办公桌、银器、五斗橱、床以及其他物品。在巡视的时候，人们欢迎即将上任的总统挑选他所喜欢的所有传家宝，并且在任期内在白宫里使用这些家具。只有林肯卧室里的那张床是白宫里的固定资产。具有讽刺意味的是，林肯从没在那床上睡过。

目前总统办公室里扎克·赫尼座椅前的那张办公桌曾经就属于他的偶像哈里·杜鲁门。那张办公桌以现代的标准来看虽然小了一点，却可以每天提醒扎克·赫尼责任的确止于此，[1]而且赫尼最终要对其任期内的所有不足之处负责。赫尼把这种责任当做一种荣誉加以接受，还为不惜一切做好工作而竭尽全力向其班子人员灌输动力。

---

[1] 责任止于此，英语为 The buck stops here。这原是美国总统杜鲁门办公室桌子上的座右铭，意思是不要再把责任往别处推。在这里，一语双关，既指扎克·赫尼这位总统的办公桌上的确刻有这句话，又体现了赫尼作为总统，责任重大。

"总统先生吗？"他的秘书大声叫着，仔细朝办公室里张望，"您的电话刚刚接通。"

赫尼挥了挥手。"谢谢你。"

他伸手去拿电话。他真希望打这个电话时少受些干扰，但是他清楚得很，这会儿得不到片刻清静。两位专业化妆师像蚊子一样晃来晃去，分别在修饰他的脸和梳理他的头发。办公桌的正前方，一位电视台的工作人员正在调试设备，还有一大群纷至沓来的顾问和公关人员匆忙穿行在办公室里，激动地探讨着策略问题。

还有不到一个小时的时间……

赫尼按下专线电话上那个发亮的按钮，说道："劳伦斯？你听得见吗？"

"我听见了。"国家航空航天局局长的声音听上去极其冷漠。

"那里一切都还正常吧？"

"还在下暴雪，不过我的下属对我说卫星连接不会受其影响。我们可以开始了。一个小时后进入倒计时。"

"很好。我希望情绪高涨一些。"

"极其高涨。我的下属都很兴奋。说实在的，我们刚刚喝了些啤酒。"

赫尼大笑起来。"很高兴听到这消息。哎，我想在我们宣布这件事之前打电话谢谢你。今晚将是一个盛大的夜晚。"

国家航空航天局局长停顿了一下，语调中有种莫名的疑虑。"肯定是这样，先生。为了这一刻，我们已经等了很久。"

赫尼犹豫了一下。"你听起来很疲惫。"

"我需要一些阳光和一张真正的床。"

"再等一个小时。微笑着面对镜头，享受这一重大时刻，随后我就会派飞机去那里把你接回哥伦比亚特区。"

"我期待着这一刻的到来。"说完，他又陷入了沉默。

身为高明的谈判专家，赫尼练得会倾听并听懂别人话里的弦外之音。不知怎的，国家航空航天局局长语气中有种不满。"你确信那里一切正常?"

"当然。一切正常。"这位局长似乎急于转变话题,"你看到迈克尔·托兰剪辑好的纪录片了吗?"

"刚刚看过,"赫尼说道,"他做得非常棒。"

"是的。你把他召进来,真是做对了。"

"还为让非官方人士插手而生我的气吗?"

"该死,是的。"局长愤愤不平地说道,但并无恶意,语气里恢复了往日的活力。

这让赫尼感觉好多了。埃克斯特龙没什么事,赫尼心想,只是有点疲惫而已。"好吧,我会在一个小时后通过卫星与你见面。我们要给他们提供一些谈资。"

"好。"

"嘿,劳伦斯?"赫尼的声音这时变得低沉而又庄重,"你在那里做了一件非常了不起的事情。我永远都不会忘记的。"

在旅居球外面,三角洲三号迎着猛烈的狂风使劲将诺拉·曼格那架翻倒的雪橇扶正,然后把设备重新装上了雪橇。所有的设备刚一放回雪橇上,他就用板条压在塑料篷上,然后把曼格的尸体随意地横放在篷上束紧。就在他准备把雪橇拖离原来的方向时,他的两个同伴急速滑向冰川高处朝他奔来。

"计划有变,"三角洲一号的喊声压过了风声,"其他三人掉下了悬崖。"

三角洲三号丝毫不觉得诧异,他也知道那意味着什么。三角洲部队原本要把四具尸体摆在冰架上,以制造发生意外的假象,这个计划如今行不通了。留下孤零零的一具尸体会带来更多的问题,而不是答案。"斩草除根?"他问道。

三角洲一号点了点头。"我去收回照明灯,你们两个去扔掉雪橇。"

三角洲一号小心翼翼地沿那些科学家们走的路线折回,搜集任何人来过此地的蛛丝马迹，三角洲三号和他的同伴则在冰川上推起了满载设备的雪橇。他们奋力翻过崖径，最终来到米尔恩冰架尽头的悬崖处。他们用力一推，诺拉·曼格和她的雪橇就这样静静地滑过悬崖，一头栽进了北冰洋。

斩草除根，三角洲三号心想。

他们返回基地时，他高兴地看到，大风逐渐擦掉了他们的滑雪板留下的痕迹。

第61章

夏洛特号核潜艇如今已在北冰洋停泊了五天。它在此处的出现是要高度保密的。

洛杉矶级潜艇夏洛特号是为"监听别人而不被别人听到"而设计的。它的四十二吨重的涡轮发动机被吊在弹簧上以消除发动机可能造成的任何振动。尽管必须隐身，这艘洛杉矶级潜艇却是体积最大的水中侦察潜艇之一。潜艇从头部到尾部有三百六十多英尺长，艇身要是放在全国橄榄球联盟的一个球场上，可能要把两根球门柱全压碎了都还放不下。夏洛特号的长度是美国海军第一艘荷兰级潜艇的七倍，完全潜入水下时，排水量达六千九百二十七吨，而且能够以令人震惊的三十五节的速度巡航。

这艘潜艇的正常巡航深度仅仅位于温跃层之下，温跃层是一种可以使上面反射来的超声波发生畸变，并使水面上的雷达探测不到此潜艇的自然形成的温度梯度。该潜艇拥有艇员一百四十八名，最深可潜入水下一千五百多英尺，它集中体现了最新技术发展水平，并且成了美国海军的海上运载工具。它拥有蒸发电解氧化装置，两个核反应堆和工程食品，这使它可以绕地球环航二十一圈而不用浮出水面。全体艇员的人体排泄物与大多数巡洋舰上的一样，被压缩成六十磅重的块状物扔到海里——人们开玩笑地将这些巨大的粪块称为"鲸鱼粪便"。

坐在声呐室里的振荡器屏幕前的这名技师是世界上最优秀的技师之一。他的脑子里装满了各种声音和波形。这名技师能够区别出几十种俄罗斯潜艇推进器的声音及数百种海洋动物的声音,甚至能精确地测定远在日本的水下火山的位置。

可是这会儿,他正听着一种沉闷且反复的回声。这种声音虽然很容易区别,却大大出人意料。

"你想象不到我从耳机里听到了什么声音。"他对他的编目助理说着,把耳机递给了他。

助理戴上耳机,脸上现出一副难以置信的神情。"老天哪,这声音太清晰了。我们要怎么办?"

这位声呐操纵员已经在跟艇长打电话了。

潜艇上的艇长来到声呐室后,这位技师正将传过来的超声波传送到一套小型扬声器中。

艇长听着,脸上没有任何表情。

砰,砰,砰。

砰……砰……砰……

节奏越来越慢,越来越慢。这种撞击越来越稀疏,声音越来越微弱。

"坐标值多少?"艇长质问道。

这名技师清了清嗓子,说道:"说实在的,先生,这个声音是从水面传来的,就在潜艇右舷大约三海里的地方。"

第 62 章

加布丽埃勒·阿什站在塞克斯顿参议员书房外面漆黑的门厅里,双腿不住地打颤。这倒不全是因为一动不动地站着让她精疲力竭,而是因为她听到的那些话使她幻想破灭。隔壁房间的谈话还在继续,可加布丽埃勒却用不着再多听一个字。看来真相是明摆着的,这真令人痛苦。

塞克斯顿参议员一直在收受私营航空机构的贿赂。玛乔丽·坦奇说的始终都是实话。

一阵强烈的厌恶感袭上加布丽埃勒的心头,她有种被出卖的感觉。她曾经很信任塞克斯顿,也很维护他。他怎么能做出这种事呢?加布丽埃勒见过塞克斯顿时不时地在众人面前撒谎以保护其私生活,但是那是政治,而这可是在犯法。

他还没有当选,就已经背叛了白宫!

加布丽埃勒确信她决不能再支持这位参议员了。答应递交国家航空航天局私有化议案是只有轻视、蔑视法律体制和民主体制的人才会做出来的事情。即使塞克斯顿参议员认为这样做对每个人都极为有利,但是断然预先宣布那种决定则摒弃了政府的制衡制度,忽视国会、顾问、选举人和院外活动集团成员们可能提出的令人信服的论据。尤为重要的是,许诺把国家航空航天局私有化,塞克斯顿就为无休止地滥用预先得知的信息——进行最为常见的内部交易——铺平了道路,他以老实的大众投资者的利益为代价,公然偏袒那些富有的内部官员。

加布丽埃勒感到一阵厌恶,真不知道该怎么办。

电话突然在她身后响起,打破了门厅的沉静。加布丽埃勒吓了一跳,扭过头去。那个声音正从门厅的壁橱里传出来——一位客人放在外套口袋里的手机响了。

"对不起,朋友们,"书房里有位得克萨斯人拖长调子说道,"是我的手机。"

加布丽埃勒听到那人站了起来。他朝这边来了!加布丽埃勒一个转身,沿铺着地毯的来路往回冲。沿门厅走到半途中,她急忙向左一拐,闪进漆黑的厨房藏了起来,就在这时那个得克萨斯人走出书房,出现在门厅里。加布丽埃勒呆住了,一动不动地立在阴影处。

得克萨斯人阔步走了过去,什么都没注意到。

伴随着怦怦的心跳声,加布丽埃勒听到他把壁橱里弄得窸窣作响。终于,他接通了铃声大作的手机。

"是吗……什么时候……真的吗?我们这就去打开,谢谢。"得克萨斯人挂断电话又往书房走,边走还边喊,"嗨!打开电视。听起来似乎扎克·赫尼今晚要召开紧急新闻发布会。八点开始,所有台都会播出。不是美国要对哪国宣战了就是国际宇宙空间站掉进了大海里。"

"这时候出现那种事真该举杯庆贺!"有人喊道。

众人大笑起来。

加布丽埃勒这会儿感觉厨房在绕着她打转。晚上八点召开新闻发布会?这样看来,坦奇并没有虚张声势吓唬人。她先前曾让加布丽埃勒晚上八点前给她一份书面保证承认那件丑闻。趁现在还来得及,跟塞克斯顿参议员保持距离,坦奇这样对她说过。加布丽埃勒还以为订下这个最后期限,白宫就可以向明天的报纸透露消息,可现在看来白宫是打算自己公开那些有待证实的指控。

一场紧急的新闻发布会?加布丽埃勒越想就越觉得蹊跷。难道赫尼打算现场直播这种麻烦事吗?还亲自出马?

书房里的电视机打开了,发出刺耳的响声。新闻播音员的声音中充满了兴奋之情。"关于今晚出人意料的总统演说的主题,白宫方面没有提供任何线索,于是出现了种种猜测。一些政治分析家们现在认为扎克·赫尼在最近的总统竞选活动中屡屡缺席,可能打算宣布他不准备参加下届竞选。"

书房里出现了一阵满怀希望的欢呼声。

荒谬,加布丽埃勒心想。就白宫现在所掌握的有关塞克斯顿的丑闻来看,总统今晚是绝不可能认输的。这场新闻发布会是关于其他事情的。加布丽埃勒心情低落,意识到早已有人警告过她那是什么事情。

她越来越觉得急迫,看了看手表:还有不到一个小时的时间。她必须做出个决定,而且清楚地知道她要跟谁谈谈。加布丽埃勒紧握住夹在腋下的装有照片的信封,悄悄地走出了那间公寓。

走廊里,那名警卫看上去如释重负。"我听到里面传出了好几次欢呼声。似乎你很受欢迎。"

加布丽埃勒匆匆一笑,朝电梯走了过去。

在外面的街道上,渐渐降临的暮色让人感觉不同寻常的寒冷。她挥手招来一辆出租车,钻了进去,心里不断对自己说,她明白自己在做什么。

"美国广播公司电视演播室,"她对司机说道,"快点。"

第 63 章

迈克尔·托兰侧身躺在冰块上,头枕在伸开的胳膊上,他已感觉不到自己是这种姿势了。尽管觉得眼皮很沉,他还是竭力睁开双眼。从这个不寻常的有利位置上,托兰最后看了一眼这个向一侧怪异地倾斜的世界——这会儿就只有大海和冰川了。这样结束一天似乎很恰当,在这一天,没有一件事情看上去是正常的。

一阵可怕的沉静开始降临到这块漂浮的冰筏上。雷切尔和科基都陷入了沉默,敲击声也停止了。他们漂流着,离米尔恩冰架越来越远,大风也逐渐停息。托兰听到自己的身体变得更加平静。他头上紧裹着可以盖住耳朵的无边便帽,听得到脑子里自己那被扩大的呼吸声。呼吸越来越慢……越来越浅。手脚处快速流回的血液像弃船逃亡的船员一般本能地流回身体的重要器官,为保持清醒而做出最后的挣扎,他的身体再也克服不了随之产生的压迫感。

一场失败的较量,他这样认为。

奇怪的是,疼痛的感觉没了。他早已度过那个阶段,这时有种肿胀的感觉,四肢麻木,随波漂流。当托兰最起码的反射性动作——眨眼也开始停止时,他的视线一片模糊。在眼角膜与晶状体之间循环的眼房水多次凝结起来。托兰回头凝望着模糊的米尔恩冰架，在朦胧的月色下，它看起来只是一个隐约的白色轮廓。

托兰感到他已经在心里认输。在半清醒半昏迷的状态中，他凝神眺望远处的海浪。狂风在他周围怒吼着。

就在那时，托兰开始出现幻觉。奇怪的是，在进入昏迷状态前的最后几秒钟，他并没有幻想自己被救。他在幻觉中也没产生温暖的、令人安慰的想法。最后他出现了一个可怕的错觉。

一个庞然大物从冰山旁边的水中升起，伴随着一阵不祥的嘶嘶声逐渐跃出水面。像是神话中的某个海中怪兽一样，随着海水在它周围碎成泡沫，它过来了——表面光滑呈黑色，十分危险。托兰勉强眨了一下眼。他稍微能看清楚一些了。庞然大物就在近旁，像是用头顶撞一只小船的巨大鲨鱼一样向上撞着这座冰山。这个大块头高高地矗立在托兰面前，表面湿漉漉地泛着微光。

那片朦胧的景象变黑后，剩下的就只有声音了。那是金属相碰的声音，像在用牙嚼着冰块一样。那个东西逐渐靠近过来，随后把人给拖走了。

雷切尔……

托兰感觉有人粗暴地抓住了他。

之后，他什么都不记得了。

第64章

加布丽埃勒·阿什一路小跑着进了三楼的美国广播公司新闻演播室。就是这样，她的动作还是比房间里的其他所有人都慢。演播室里一天二十四小时都是一片闹哄哄的紧张气氛，不过这会儿，她眼前的室内隔间里看起来像是忙得不可开交的证券交易所。怒目圆睁的编辑们从各自的隔间探出头冲着别人尖声大叫着，挥动着传真的记者们从一个隔间飞奔到另一个隔间交换着意见,而手忙脚乱的实习生们则忙着差事,还不时嚼上几块士力架巧克力,喝几口百事激浪饮料。

加布丽埃勒来美国广播公司就是要见约兰达·科尔。

通常,人们会在演播室的租金高昂的房间里找到约兰达——那些玻璃墙的办公室是专为决策人保留的,他们实在得有个安静的地方来考虑事情。可是今晚,约兰达却在外面交易所似的房间里忙得不亦乐乎。看到加布丽埃勒,约兰达如往常一样,热情洋溢地发出一声尖叫。

"加布斯!"约兰达穿着蜡染的外衣,戴着一副黄褐色眼镜。她还是那样,身上挂着好几磅重的俗气的人造珠宝,像镶了金丝一样。她挥了挥手,一摇一摆地走了过来。"拥抱一下!"

约兰达·科尔在华盛顿美国广播公司工作了十六年,担当新闻节目的内容编辑。约兰达长着一张有雀斑的波兰人的脸,是个略有秃顶的矮胖女子,大家都亲切地管她叫"妈妈"。她性格稳重,且不乏幽默,因此每当获取好的题材时,她都不动声色。加布丽埃勒是刚来到华盛顿不久时在一次女性从政指导研讨会上认识约兰达的。她们当时聊到加布丽埃勒的学历和经历,聊到身为女性在哥伦比亚特区所面临的挑战,最后还聊到埃尔维斯·普雷斯利[1]——她们惊讶地发现原来大家酷爱同一个明星。约兰达曾经庇护过加布丽埃勒,还帮她打通了关系。现在每隔个把月,加布丽埃勒都还会过来跟她打个招呼。

加布丽埃勒给了她一个热烈的拥抱,约兰达的热情立刻就让她打起了精神。

约兰达后退一步,把加布丽埃勒打量了一番。"你怎么像老了一百岁,孩子!出什么事了?"

加布丽埃勒压低了嗓音,说道:"我有麻烦了,约兰达。"

---

[1] 埃尔维斯·普雷斯利(Elvis Presley, 1935—1977),二十世纪美国流行音乐史上最重要的人物之一,世界摇滚乐的一位开山鼻祖,演员。他使摇滚乐在世界范围内流行开来,是第一位将乡村音乐和布鲁斯音乐融进山地摇滚乐中的白人歌手。九岁即登台演出,一生拍摄三十三部电影,获得一百三十一张金唱片及白金唱片。The Hillbilly Cat,即通常说的"猫王",这是美国南方歌迷对他的昵称。

"这话可不能在外面说。你的候选人似乎声势大振。"

"我们找个方便的地方聊聊？"

"不巧得很，亲爱的。大约半个小时后总统就要召开新闻发布会，可我们压根还不知道这次新闻发布会是什么内容。我得去组织专家评论，简直就像个无头苍蝇。"

"我知道新闻发布会是什么内容。"

约兰达把眼镜往下推了推，看上去满腹狐疑。"加布丽埃勒，我们白宫里边的通讯记者对这件事尚不知情，你却说塞克斯顿的竞选团事先得到了消息？"

"不，我是说我事先得到了消息。给我五分钟时间，我给你说说事情的来龙去脉。"

约兰达向下瞥了一眼加布丽埃勒手里的红色白宫信封。"那是白宫内部信封，你从哪里拿到的？"

"今天下午与玛乔丽·坦奇私下会面时拿到的。"

约兰达注视着她，良久，她说："跟我来。"

在约兰达那间幽静的玻璃办公室里，加布丽埃勒向这位可信赖的朋友吐露了秘密，承认了自己与塞克斯顿的一夜情和坦奇有照片为证的事实。

约兰达宽容地微微一笑，随后大笑着摇了摇头。很显然，她在华盛顿从事新闻工作时间太久，对很多事都不会感到震惊。"噢，加布斯，我以前就隐约觉得你和塞克斯顿可能已经勾搭上了。这丝毫不足为奇。他有名望，你则是个迷人的女孩子。那些照片太让人恼火了。不过，对这件事我倒不担心。"

对这件事不担心？

加布丽埃勒解释说，坦奇指责塞克斯顿从航空公司收受贿赂，而且她刚才偷听到太空前线基金会的秘密会议，这证实了受贿事件的真实性！约兰达仍没有流露出丝毫惊讶和担忧的神色——直到加布丽埃勒告诉她自己有何打算时，她才不安起来。

约兰达这时看上去满脸忧虑。"加布丽埃勒，要是你想交出一份法律文件，说你跟美国参议员有染，而且在他对此撒谎时你却作壁上观，那是你的事。不过听我说，这对你而言是极不明智的一步。你得从长计议，好好考虑一下这对你意味着什么。"

"你根本就没听！我没那个时间！"

"我在听，亲爱的，不管时钟是不是在滴答滴答地走着，有些事情你就是不能做。你决不能在性丑闻问题上出卖一位美国参议员，这等于自取灭亡。听我说，孩子，要是你想煞煞一位总统候选人的威风，最好是跳进汽车，开到尽可能远离哥伦比亚特区的地方。你会是一位众人瞩目的女性。许多人花了很多钱财使他们的候选人登上总统的宝座。重大的财源和权力在这儿都会受到威胁——人们为这种权力争得你死我活。"

加布丽埃勒这时一下子默不作声了。

"就我个人而言，"约兰达说道，"我认为坦奇是在恐吓你，希望你惊慌失措做出一些蠢事来——诸如对自己的职责撒手不管，承认那件绯闻。"约兰达指了指加布丽埃勒手中的红色信封，"只要你和塞克斯顿矢口否认你们被拍的照片是真实的，那些照片就不会构成威胁。白宫清楚，要是他们把那些照片泄露了出去，塞克斯顿会声称那都是伪造的，还会当着总统的面把照片扔回去。"

"我想过那个情况，不过收受竞选资金贿赂问题依然——"

"亲爱的，好好想一想吧。要是白宫迄今为止都没公开受贿问题，很可能是他们不愿意这么做。总统不愿进行否定式竞选，对此他非常严肃。我相当肯定总统是为了避免一次航天工业丑闻，才派了坦奇虚张声势地纠缠你，希望这样他就可以把你吓得不再隐瞒性丑闻，让你背后中伤你的候选人。"

加布丽埃勒考虑了一下这种情况。约兰达说得很有道理，可是有些事情还是让她觉得很奇怪。加布丽埃勒指着玻璃办公室外面喧闹的新闻编辑室，说："约兰达，你们这些家伙都在焦急地等待一场重大的总统新闻发布会。要是总统不打算公开受贿事件和性丑闻，那么这次新闻发布会为何而开呢？"

约兰达看上去很震惊。"等等,你认为这次新闻发布会是关于你和塞克斯顿的事情?"

"或者是受贿问题,或者二者兼有。坦奇之前对我说我得在今晚八点之前签字招供,否则总统就会宣布——"

约兰达的笑声震颤了整个玻璃办公室。"得了吧!等一下!你简直让我佩服得五体投地!"

加布丽埃勒可全没心情开玩笑。"你说什么!"

"加布斯,听好了,"约兰达努力忍着笑说道,"在这种问题上,相信我没错。我和白宫已经打了十六年的交道,扎克·赫尼决不可能把全世界的媒体都召来,就是为了告诉他们他怀疑塞克斯顿参议员接收了见不得人的竞选资金或者跟你睡过觉。这种事儿是你泄露出来的。打断预定的正常节目来指责性丑闻或者所谓的违反了含糊不清的竞选筹资法,这样做并不会使总统赢得声望。"

"含糊不清?"加布丽埃勒厉声说道,"花费数百万美元做广告竭尽全力使人们接受一项太空法案,这很难说是个含糊不清的问题!"

"你确信他做了那种事情吗?"约兰达的语气这时强硬起来,"你一定要脱光了出现在全国的电视节目中吗?好好考虑一下。现今,想把任何事情做好都需要许多同盟,而且竞选运动集资是个复杂的问题。也许塞克斯顿的会议是完全合法的。"

"他在违法。"加布丽埃勒说道。不是吗?

"大约是玛乔丽·坦奇让你相信那是真的吧。候选人一直都接受大公司的秘密捐款。捐款可能不那么正当,但也未必就是不合法的。实际上,许多法律上的争议牵扯的并非钱是从哪里得来,而是候选人选择怎样花这笔钱。"

加布丽埃勒犹豫了一下,立刻有种不确定的感觉。

"加布斯,今天下午白宫耍了你。他们想让你背叛你的候选人,而且到目前为止,你已经接下他们的挑战。要是我要找一个可信赖的人,我觉得我宁可继续支持塞克斯顿,也不愿潜逃去找玛乔丽·坦奇这种人。"

约兰达的手机响了起来。她接通电话,一边点着头,一边嘴里嗯嗯啊啊地回答着,还做了记录。"有意思,"她最后说道,"我马上过去。谢谢。"

约兰达挂断电话,挑起一边的眉头转过身来。"加布斯,看来你脱离困境了。恰如我所料。"

"怎么了?"

"详情尚不太清楚,不过我可以告诉你这一点——总统的新闻发布会与性丑闻和筹集竞选资金没有丝毫关系。"

加布丽埃勒感觉有了一线希望,非常想相信她说的是真的。"你怎么知道的?"

"内部有人刚刚透露这次新闻发布会与国家航空航天局有关。"

加布丽埃勒突然坐直了身子。"国家航空航天局?"

约兰达眨眼示意了一下。"今晚你可能要走运了。我认定赫尼总统感觉来自塞克斯顿参议员的压力太大,因而他认定白宫毫无选择,只得披露国际宇宙空间站的问题。这就是要进行全球新闻报道的原因。"

一场要关闭宇宙空间站的新闻发布会?加布丽埃勒简直难以想象。

约兰达站了起来。"今天下午坦奇又发难了吧?在总统不得已公开坏消息之前,这很可能仅仅是为了获得比塞克斯顿更稳固的地位而做的最后挣扎。想要将人们的注意力从总统的又一次失败中引开,绝不是靠像性丑闻这类的消息。不管情况如何,加布斯,我还有工作要做。我给你的建议就是:给自己倒一杯咖啡,就坐在这里,打开我的电视机,然后和我们其他人一样安然度过这段时间。我们离播出时间还有二十分钟,听我说,总统今晚决不可能进行'垃圾搜寻'[1]。他可是让全世界的人都等着呢。不管他说些什么,都有着重大影响。"她

---

[1] Dumpster-diving,垃圾搜寻,这是黑客用语,是密码破解中的一种蛮力技术,指攻击者将垃圾搜寻一遍以找出可能含有密码的废弃文档。这里,约兰达的意思是说加布丽埃勒所担心的问题,在总统看来就是垃圾,是不值得去理会的。这是约兰达以此来安慰加布丽埃勒。

眨了眨眼以示安慰,"现在给我那个信封。"

"你说什么?"

约兰达伸出手强要将信封拿过去。"这些照片在新闻发布会结束之前要锁在我的办公桌里。我想确保你不会做傻事。"

加布丽埃勒很不情愿地把信封递了过去。

约兰达小心翼翼地将照片锁进办公桌的抽屉,然后把钥匙放到了口袋里。"你会感谢我的,加布斯。我肯定是这样。"她在出去的路上开玩笑地撩弄了一下加布丽埃勒的头发,"静观其变吧。我觉得好消息就要到了。"

加布丽埃勒独自坐在玻璃办公室里,试图让约兰达的乐观态度感染自己,使自己的心情振奋起来。可是,加布丽埃勒所能想到的只有今天下午玛乔丽·坦奇脸上流露出的自我满足的得意笑容。加布丽埃勒想象不出总统即将要告诉世人什么消息,不过那对塞克斯顿参议员而言一定不会是好消息。

第 65 章

雷切尔·塞克斯顿感觉她快被活活烫死了。

天上在下火!

雷切尔努力睁开双眼,却只能看到模糊的人影和令人头昏眼花的灯光。四周这会儿下起了雨。滚烫的雨滴接连不断地落下来,砸在她那裸露的皮肤上。她侧身躺着,感受得到身下热乎乎的瓷砖。她把身体蜷得更紧了,缩成胎儿的姿势,试图保护自己不被天上落下来的沸水烫伤。她闻到一股化学药品的味道,大概是氯。她很想爬走,却没法离开。一双强劲的手压住她的肩头,把她按倒在地。

放开我!我快给烫死了!

出于本能,雷切尔又一次想奋力挣脱出去,却又一次遭到阻止,那双有力的手强行拦住了她。"待着别动，"一名男子说道，听口音是美国人，像是专业人士，"很快就完了。"

什么快完了？雷切尔思量着，痛苦，还是我的命？她很想看清东西，可是这里的灯光太刺眼了。她感觉这个房间不大，有点狭小，天花板很低。

"我快给烫死了！"雷切尔的尖叫简直就是耳语。

"你很好，"那人说道，"这水不冷也不热，相信我没错。"

雷切尔意识到她的身体大部分是裸露着的，只穿着浸湿的内衣。她没有任何窘迫的感觉，因为脑子里塞了太多别的问题。

这时候，往事接连不断地再度浮现：冰架、探地雷达、袭击事件。谁？我在哪儿？她很想梳理一下事情的前前后后，可是头脑感觉很钝，像是一套运转不灵的设备。她在这种混沌和困惑的状态下，一个念头油然而生：迈克尔和科基……他们在哪儿呢？

雷切尔很想看清那些轮廓模糊的事物，却只看到站在她上方的那些人。他们都穿着相同的蓝色连衫裤。她想开口说话，可是嘴巴连一个字也说不出来。皮肤上灼烧的感觉这会儿逐渐消失，顿时转变成阵阵剧烈的疼痛，那种痛如地震引起的颤动一样传遍全身。

"就让它疼，"在她上方的那人说道，"血液需要重新流回你的肌肉组织。"他说起话来像一位医生，"尽量活动一下手脚。"

这种剧痛折磨着雷切尔的身体，她感觉似乎每一寸肌肤都像用铁锤砸过一样。她躺在瓷砖上，胸口紧窒，几乎无法呼吸。

"活动一下双腿和胳膊，"那人坚持道，"别管多疼，都得活动一下。"

雷切尔尝试了一下。每活动一下感觉都像是有把刀子捅进了关节处。喷洒下来的水再次变得越来越热。她又有了被烧伤的感觉，这种令人难以忍受的疼痛还在继续。就在雷切尔觉得再多过一会儿自己就要撑不住的时候，感觉有人给她打了一针。疼痛似乎很快就消退了，变得不太剧烈，震动频率也慢了下来。她感觉自己又能正常呼吸了。

这时，一种全新的感觉传遍了她周身，那是一种针扎似的怪异感觉。她浑身有种越来越剧烈的刺痛感。许多极小的针尖猛刺过来,她每动一下就会加剧那种痛。她很想保持不动,可水还在不停地喷洒下来,打在她身上。在她上方的那人这会儿抓住她的双臂,摆动着。

疼死我了!雷切尔太虚弱了,没法挣扎。由于疲惫不堪和疼痛难忍,她的眼泪哗哗地顺着脸颊流了下来。她痛苦地闭上双眼,不愿去看那个世界。

最终,刺痛感开始消退。上方的水停了。雷切尔睁开双眼,她的视线比先前清晰了。

就在那时,她看到了他们。

科基和托兰颤抖着身子半裸着躺在旁边,浑身湿漉漉的。看他们脸上的表情,雷切尔意识到他们刚才经历了与她相似的痛苦。迈克尔·托兰那双暗褐色的眼睛布满了血丝,没有任何神采。看到雷切尔,托兰勉强淡淡一笑,乌紫的嘴唇颤抖起来。

雷切尔试着坐了起来,想仔细察看一下这个异乎寻常的环境。他们三人半裸着身子哆哆嗦嗦地扭成一团,躺在一间狭小的淋浴房的地板上。

第 66 章

几只强有力的胳膊将雷切尔拉了起来。

雷切尔发觉那些强健的陌生人把她的身体擦干了裹在毯子里。他们把她放在一张病床似的东西上,用力按摩着她的胳膊、双腿和双脚,又在她的胳膊上打了一针。

"肾上腺素。"有人说。

雷切尔觉得这针剂像一种生命力一样在她的血管里流淌,使她恢复生气。尽管她依然觉得饥寒交迫,腹中似有一面鼓在敲个不停,可还是感觉到血液正慢慢流回四肢。

死而复生。

她竭力想看清东西。托兰和科基正躺在附近,裹着毯子打着冷颤,那些人同样先给他们做了按摩,又给他们打了针剂。这群神秘人刚才救了他们,对此雷切尔丝毫都不怀疑。他们中的许多人都浸湿了,很明显他们刚才穿着衣服跳到淋浴下面帮助他们。他们是谁,又是怎样及时地找到她和其他人的,雷切尔全然不知。这些问题如今都不重要。我们还活着。

"我们……在哪儿?"雷切尔勉强问道,这个试着开口说话的简单动作都让她头痛欲裂。

给她按摩的那个人答道:"你们在救护甲板上,这是一艘洛杉矶级——"

"在甲板上!"有人大声喊道。

雷切尔感觉四周顿时出现一阵骚动,就试着坐起身子。一个身穿蓝色衣服的人帮了她一把,撑她坐起来,又把毯子给她往上盖了盖。雷切尔揉揉双眼,看到有人阔步走进了这个房间。

新来的这位是一个强健的非裔美国人,长得英俊潇洒,颇具威严。他的制服是卡其布军装。"稍息,"他断然说着,向雷切尔走过来,停在她身旁,一双敏锐的黑眼睛向下注视着她,"我是哈罗德·布朗,"他说道,声音低沉而显得很有权威,"美国夏洛特号潜艇上的艇长。你是?"

美国夏洛特号潜艇,雷切尔想道。这个名字似乎有点耳熟。"塞克斯顿……"她答道,"我是雷切尔·塞克斯顿。"

那人看起来在苦苦思索着什么。他走到更近的地方,愈加仔细地端详着她。"我真该死,原来是你。"

雷切尔如堕五里雾中。他认识我?雷切尔确信她不认识这个人,然而当目光从他的脸上移到他身前的胸章上时,她看到了那个熟悉的徽章:一只鹰抓在锚上,周围是"美国海军"几个字。

雷切尔现在意识到她为什么知道夏洛特这个名字了。

"欢迎上船,塞克斯顿女士,"艇长说道,"你分析过这艘潜艇的大量侦察报告。我知道你是谁。"

"你们在这片水域做什么？"她结结巴巴地问道。

他的脸色略微阴沉起来。"坦白讲，塞克斯顿女士，我也正要问你这个问题。"

托兰这时候慢慢坐了起来，张嘴想要说话。雷切尔坚定地摇了摇头示意他别做声。此时此地不宜讲。托兰和科基最先想说的事情肯定是陨石和袭击事件，对此雷切尔确信无疑，但是这肯定不是该在一队海军潜艇队员面前谈论的话题。在情报界，不管出现什么危机，有没有参与机密工作的许可是最重要的，陨石的情况要高度保密。

"我要跟国侦局局长威廉·皮克林通话，"她对艇长说道，"要秘密进行，马上去办吧。"

艇长眉头紧蹙，显然还不习惯在他自己的潜艇上受人指挥。

"有份机密情报我得告诉他。"

艇长细细看了她许久，说道："先恢复你的体温吧，随后我会让你与国侦局局长取得联系。"

"情况紧急，先生。我——"雷切尔突然闭上了口。她适才看到了挂在药品柜上方墙上的时钟。

19：51。

雷切尔眨了眨眼睛，目不转睛地看着。"那……那个钟走得准吗？"

"你是在一艘海军舰艇上，女士。我们的时间准确无误。"

"这……是东部时间吗？"

"东部标准时间，晚上七点五十一分。我们离开了诺福克。"

老天哪！她想着，一下子瞠目结舌了，才刚刚晚上七点五十一。雷切尔还以为由于昏迷时间早就过去了。还没到八点？总统尚未公开陨石事件！我还来得及阻止他！她立刻从床上滑下来，把那块毯子裹在了身上。她的双腿虚弱无力。"我要马上跟总统通话。"

艇长显得困惑不解，问道："哪个总统？"

"美国总统！"

"我还以为你想跟威廉·皮克林通话。"

"没时间了,我要找总统。"

艇长一动也不动,他那庞大的身躯挡在了她的去路上。"我了解到总统马上就要召开一场极其重要的现场直播的新闻发布会。我认为他这会儿未必会亲自接听电话。"

雷切尔晃晃悠悠地尽可能站得笔挺,眼睛死死地盯着艇长。"先生,你没有参与机密工作的许可,我不能就这种局势向你做出解释,不过总统即将犯下一个可怕的错误。我得到一些他急切需要知道的信息。在这一点上,你必须相信我。"

艇长注视了她良久。他额头紧蹙,又看了看手表。"九分钟?在这么短的时间内,我没办法让你与白宫安全联系。我所能提供的就只有无线电话,不能保证不被窃听。我们还得潜到水下,淹没天线,这要花上几——"

"就这么办!快去!"

第 67 章

白宫的电话交换台位于东侧厅较低的楼层里,总是有三位总机接线员当班。此刻,只有两个人坐在操作装置前,第三位接线员全速奔向了新闻发布室。她手中拿着一部无绳电话。她刚才尝试过将电话接到总统办公室,可是总统已经在去新闻发布会的路上了。她还试过拨打总统助手的手机,可是在电视讲话之前,为了不打断发布会的进程,新闻发布室里面及周围所有的手机都关掉了。

即使以最乐观的看法,在这种时候将一部无绳电话直接送到总统手里似乎也成问题,可是当白宫国侦局的联络员打来电话,声称她获得了总统在进行现场直播前必须要得到的紧急情报时,这位接线员并没有太迟疑,她需要快速行动。现在的问题是她能否及时到达那里。

在美国夏洛特号潜艇上的一间小小的医务室里,雷切尔·塞克斯顿紧抓住电话听筒放在耳边,期盼着与总统通话。托兰和科基坐在旁边,看上去依然在发抖。科基缝了五针,颧骨上还有一块严重的瘀伤。有人帮他们三人都穿上了超薄保暖棉内衣、厚厚的海军飞行服、超大号的羊毛袜和甲板上穿的长靴。雷切尔手里端着一杯走味儿的热咖啡,这会儿才开始又有了人的感觉。

"什么事耽搁了?"托兰敦促道,"都七点五十六了!"

雷切尔不敢想象。她之前顺利地接通了一位白宫接线员,说明她是谁而且这是紧急情况。那位接线员似乎很体谅人,让雷切尔先别挂断,大概这会儿是把为雷切尔接通总统的电话当成了最优先考虑的事。

"只有四分钟了,雷切尔想道,快点呀!

闭上双眼,雷切尔试图集中思想。这真是糟透了的一天。我现在在一艘核潜艇上,她暗自想着,不论她身在何处,她都得算是走运极了。据潜艇的艇长说,夏洛特号两天前在白令海例行巡逻时,他们收听到了米尔恩冰架上传来的异常的水下声音——钻洞的声音,喷气机似的噪音,还有大量加密的往来无线电通讯信号。他们当时收到指令改道而行,并被告知悄悄隐蔽起来监听情况。大约一个小时前,他们听到冰架上发生了爆炸,就移过去察看一下。就是那时,他们听到了雷切尔的紧急呼救信号。

"只剩三分钟了!"托兰监视着那块时钟,此刻他听上去焦虑不安。

雷切尔这会儿明显紧张起来。什么事耽搁了那么久?为什么总统还没接她的电话呢?要是扎克·赫尼照原来的样子将数据公之于众——

雷切尔拼命将那种想法驱逐出脑海,然后摇了摇听筒。快接电话!

那位白宫接线员猛冲到新闻发布室入口,碰到了聚集成群的工作人员。这儿的每一个人都在兴奋地谈论着,做着最后的准备。她看到总统就等候在二十码开外的入口处。化妆人员还在为他做着修饰。

"让我过去!"那位接线员说着,试图从人群中穿过去,"总统的电话。劳驾,让我过去!"

"两分钟后现场直播!"一位媒体协调人高声喊道。

接线员紧握住电话,向总统那边挤去。"总统的电话!"她气喘吁吁地说道,"让我过去!"

一个高大的路障挡在了她的道上,原来是玛乔丽·坦奇。这位高级顾问的那张大长脸低下来,皱着眉头,不让她过去。"怎么了?"

"有急事!"接线员上气不接下气地说道,"……总统的电话。"

坦奇看上去并不相信。"现在不行,你不能那样做!"

"是雷切尔·塞克斯顿打来的,她说情况紧急。"

坦奇阴沉着脸,与其说是因为气愤,还不如说是因为迷惑不解。坦奇看了看那部无绳电话,说道:"那是商用线路,不安全。"

"对,女士。不知怎么回事,来电是不受保护的。她用的是无线电话。她要立刻与总统通话。"

"九十秒后现场直播!"

坦奇那双冷酷的眼睛盯着接线员看了看,然后伸出了一只蜘蛛爪子似的手。"给我电话。"

那名接线员胸口怦怦直跳。"塞克斯顿女士要直接与赫尼总统说话。她让我在她与总统通话之前推迟新闻发布会。我保证过——"

坦奇这时走向接线员,耳语般的声音中流露出极度恼怒的情绪。"我来告诉你这种情况怎么处理才好。你不是听从总统竞争对手的女儿的指挥,你要听从我的指挥。我可以向你保证,我会查明到底出了什么事儿,这就和你把电话送到总统手里差不多。"

那位接线员望了望总统,他这会儿已被扩音器技师、发型师和几个正对他讲着最后修正过的演说词的工作人员团团围住。

"还有六十秒!"电视监督人员喊道。

在夏洛特号上,雷切尔·塞克斯顿在这艘密封的潜艇里急躁地踱来踱去,这时她终于听到电话里传来了一阵喀嚓声。

她听到了一个粗哑的嗓音。"哪位?"

"赫尼总统吗?"雷切尔脱口问道。

"我是玛乔丽·坦奇,"那人更正道,"总统的高级顾问。不管我是谁,我必须警告你,给白宫打骚扰电话违反了——"

"看在上帝的分上!"这不是骚扰电话!我是雷切尔·塞克斯顿,你们国侦局的联络员,而且——"

"我知道雷切尔·塞克斯顿是谁,女士。我真怀疑你是不是她。你用不受保护的线路给白宫打来电话让我去中断一场重大的总统电视演说。这不是恰当的时候,对于一个有着——"

"听好了,"雷切尔怒气冲冲地说道,"两个小时之前我向你们所有的官员通报了那块陨石的情况。你当时坐在前排,还从放在总统办公桌上的电视里观看了我做的汇报。有问题吗?"

坦奇沉默了片刻。"塞克斯顿女士,你这么做是何居心?"

"我的意思是,你得阻止总统!他宣布的陨石数据是错的!我们刚刚得知那块陨石是从冰架下面被塞进去的。我不知道谁是罪魁祸首,也不知道什么原因!但是北极这里的情况并不是他们看上去的那样!总统马上要认可的是一些有严重误差的数据,我强烈建议——"

"先等一下!"坦奇压低了嗓音,"你有没有意识到你在说什么?"

"有!我怀疑国家航空航天局局长精心策划了某个大骗局,而赫尼总统马上就要中计,陷入左右为难的困境。起码你可以让电视直播推迟十分钟,这样我就可以向他解释北极这里发生了什么事。看在上帝的分上,有人想杀我!"

坦奇的口气变得冷冰冰的。"塞克斯顿女士,我来给你一句忠告吧。如果你对自己在这场竞选活动中承担的帮助白宫的职责还有别的想法的话,早在你亲自认可那份给总统的陨石数据之前就应该想到过了。"

"你说什么！"她到底有没有在听啊？

"对于你的表现，我很反感。使用一条不安全的电话线路就是卑鄙的花招。还要暗示陨石数据是捏造的？哪有情报官员使用一部无线电话给白宫打电话谈论机密情报的？你明显是想让某些人截获这些信息。"

"诺拉·曼格因此而被杀！明博士也已经死了。你得去提醒——"

"就此打住吧！我不知道你在玩什么花招，不过我要提醒你——还有其他任何碰巧窃听到这个电话的人，白宫拥有国家航空航天局高级科学家的、几个有名望的非官方科学家的，还有塞克斯顿女士你自己的录像为证，所有人都赞成陨石数据准确无误。你为什么要突然改口，我只能去猜测了。不管出于什么原因，自这一刻起，为你被革除白宫的职务做个打算吧，要是你胆敢耍花招，再用一些荒谬的言辞来玷污这项发现，我向你保证，白宫和国家航空航天局会告你诽谤，你可能连行李都来不及收拾就得去坐牢。"

雷切尔张张嘴想说些什么，可一个字也没说出来。

"扎克·赫尼待你不薄，"坦奇厉声说道，"坦白地讲，这有点像卑鄙的塞克斯顿使用的宣传噱头。就此打住吧，不然我们就要起诉了。我说到做到。"

电话里一下子听不到声音了。

雷切尔惊得依然张着嘴巴，这时，艇长敲门了。

"塞克斯顿女士，"艇长说着，觑着双眼向屋内看去，"我们收到加拿大全国无线电台的一个微弱信号。扎克·赫尼总统刚刚开始了他的新闻发布会。"

第 68 章

站在白宫新闻发布室的讲坛上，扎克·赫尼感受到了媒体聚光灯的温度，确信举世都在注视着这一幕。白宫新闻办公室策划的这场有目的的宣传战在各大媒体之间引发了一阵骚动。那些没有通过电视、广播或者在线新闻听说这次演说的人也从邻居、同事或者家人那里得知了这件事。在晚上八点之前，只要不是住在山洞里的人都在揣测着总统演说的议题。在世界各地的酒吧和客厅里，千百万的人们都忐忑不安且迷惑不解地凑到电视机前。

正是在面对全世界这样的重大时刻，扎克·赫尼才真实地感受到了身为总统的重任。说权力不会使人上瘾的人都不曾真正体验过大权在握的感受。可是演说刚一开始，赫尼就察觉出问题了。他并不是一个轻易怯场的人，所以感到这时心中竟有些许紧张，他大吃一惊。

是听众太多了，他暗自叮嘱。可是他知道是别的原因。是一种直觉。是他刚才看到的那一幕。

那只是一件小事，可是……

他暗暗叮嘱不必在意，那只不过是件无关紧要的小事，可它给人的印象太深刻了。

坦奇。

赫尼刚才正准备登台演讲，看到玛乔丽·坦奇在黄色走廊里拿着无绳电话接电话。这件事本身就很奇怪，而白宫接线员带着一副惊恐失色的神情站在她身旁，这就更让人觉得奇怪了。赫尼听不到坦奇的通话，可看得出谈话很有争议。坦奇怒气冲冲地与人争论着，那种气愤是总统很少见到的——他甚至都没见坦奇发过那么大的火。他停顿了一会儿，脸上一副好奇的神色，让她看到了。

坦奇冲他跷起了大拇指。赫尼不曾见坦奇对任何人竖过大拇指表示赞赏。他受到暗示走上讲坛时，脑子里就只剩下了这个画面。

埃尔斯米尔岛上的美国国家航空航天局旅居球里，在新闻发布区内的那块蓝色小地毯上，劳伦斯·埃克斯特龙局长在长长的会议桌的中心位置上坐定，两边分别是国家航空航天局的高层官员和高级科学家。在他们面前的一块宽大屏幕上，总统的开场白正被实况转播。国家航空航天局的其他工作人员在其他屏幕前挤作一团，随着他们的最高统帅开始新闻发布会，他们个个都喜不自胜。

"晚上好，"赫尼开始说道，听上去异常拘谨，"同胞们和世界各地的朋友们……"

埃克斯特龙目不转睛地看着那块显眼地摆在他面前的烧黑的巨石。他的目光移到了一块备用屏幕上，他从那里看到自己左右两边是神情肃穆的职员们，身后的背景是一面巨幅美国国旗和国家航空航天局的标识。舞台照明灯光使这个场景看起来像是某种新现代派油画——《最后的晚餐》上的十二个使徒。扎克·赫尼早已将整个事件变成一段小小的政治插曲。赫尼别无选择。埃克斯特龙感觉自己还像个电视福音传教士，为民众精心打扮着上帝。

大约五分钟后，总统会介绍埃克斯特龙和国家航空航天局的职员们。那时，从北极进行引人注目的卫星连接之后，国家航空航天局就和总统一起把这个新闻告诉世人。国家航空航天局和总统先简要说明这项成果如何被发现和它在太空科学上的重大意义，再彼此赞许几句，之后他们就撒手不管，把任务交给著名科学家迈克尔·托兰，他制作的纪录片刚好要播放十五分钟。之后，在观众极为信服并且热情高涨之时，埃克斯特龙和总统就会道一声晚安，答应在未来的日子里国家航空航天局还会通过不断召开新闻发布会的形式传出更多的信息。

埃克斯特龙坐着等待信号的时候，感觉有种深深的羞愧停留在心底。他早就知道会有这种感受，一直都在期待着这种感觉。

他扯了谎……还弄虚作假。

可是不知怎的，那些谎言此时似乎显得无关紧要。有件更为重大的事情压在了埃克斯特龙的心头。

美国广播公司的演播室里一片混乱，加布丽埃勒·阿什与众多陌生人并肩站在一起，伸长了脖子望着那排从天花板上悬下来的电视屏幕。重要时刻来临之前一片寂静。加布丽埃勒闭上双眼，祈祷着睁开眼后不会看到自己赤身裸体的画面。

塞克斯顿参议员书房里是一派振奋人心的气氛。所有的客人这时都站了起来，眼睛紧紧盯着那台大屏幕电视机。

扎克·赫尼站在世人面前，但是不可思议的是，他的问候语却显得不合时宜。一时间，他似乎心中没数了。

他看上去紧张不安，塞克斯顿想道，他可从来没紧张过。

"看看他那样子，"有人低声说道，"一定是个坏消息。"

是宇宙空间站吗？塞克斯顿怀疑。

赫尼直视镜头，深呼了一口气。"朋友们，对于如何妥当地做出这个宣告，我已经冥思苦想了好多天……"

简简单单三个字，塞克斯顿参议员想要他这么说，全完了。

国家航空航天局变成这次选举中一个如此有争议的问题是何等的不幸，而且出现这种状况，他觉得自己有必要在即将开始的演说前先道个歉，赫尼就这些问题谈了一会儿。

"我倒情愿在历史上其他任何时刻来做出这个宣告，"他说道，"谣传中的政治指控往往会把梦想家变成怀疑论者，可是身为总统，我除了把我最近获悉的消息告诉你们之外，别无选择。"他微微一笑，接着说道，"似乎宇宙的魅力就在于它不受任何人的计划的影响……连总统的计划都奈何不了它。"

塞克斯顿书房里的每一个人似乎都不约而同地向后退了退。他说什么？

"两个星期以前，"赫尼说道，"国家航空航天局新型的极轨道密度扫描卫星扫过了埃尔斯米尔岛上的米尔恩冰架上空，那是位于北纬八十度以北北冰洋中的一个偏远陆块。"

塞克斯顿和其他人迷惑不解地互相看了一眼。

"国家航空航天局的这颗卫星，"赫尼继续说着，"探测到了埋藏在冰下两百英尺的一块高密度巨石。"赫尼脸上这时第一次露出笑容，恢复了自信，"一收到这个资料，国家航空航天局立刻就怀疑极轨道密度扫描卫星发现了一块陨石。"

"陨石？"塞克斯顿站着，气急败坏地说道，"这算是新闻吗？"

"国家航空航天局派一队人到那个冰架采取了冰体心样品。就在那时，国家航空航天局做出了……"他顿了顿，接着说道，"坦白讲，他们做出了本世纪最重大的科学发现。"

塞克斯顿怀疑地朝电视机前迈了一步。不……他的客人不安地挪了挪身子。

"女士们先生们，"赫尼宣布，"几个小时前，国家航空航天局将一块八吨重的陨石从北极冰层里拖了出来，这块陨石含有……"总统又停顿了一下，留出时间让全世界的人凑拢来，"一块包含生物化石的陨石，很多这样的化石。它确凿无疑地证明了外星生命的存在。"

恰好就在这时候，一幅鲜明的画面在总统身后的屏幕上亮了起来——一块烧黑的岩石，岩石里嵌着一块轮廓极其清晰的巨型昆虫生物化石。

在塞克斯顿书房里，六位企业家吓了一跳，惊恐万状地瞪大了双眼。塞克斯顿也呆若木鸡地站在原地。

"朋友们，"总统说道，"我身后的这块化石有一亿九千万年的历史了。这块化石是在一块被称为琼格索尔陨落的陨石碎块里发现的，琼格索尔陨落是在大约三百年前掉进北冰洋的。国家航空航天局那颗激动人心的新型极轨道密度扫描卫星发现这个陨石碎块埋在了冰架下面。国家航空航天局和本国政府在过去的两周里对这一重大发现的方方面面进行了极为小心的证实，之后才将其公布。在接下来的半小时里，你们除了会看到由一位熟悉的人物制作的纪录短片之外——那个人我确信你们大家都认识——还会听到众多国家航空航天局的和非官方的科学家的声音。可是在进一步说明之前，我一定要通过北极圈上空的卫星实况转播欢迎一个人，他杰出的领导、卓越的眼光和艰苦的努力是促成这一具有历史意义的重要时刻的唯一原因。我带着无限荣耀向大家介绍国家航空航天局局长劳伦斯·埃克斯特龙。"

赫尼恰到好处地转身面向了那块屏幕。

陨石画面很快消失,淡淡化出一副看上去像是由国家航空航天局的科学家们组成的王室陪审团一样的画面,他们坐在一张长桌前,位于统治人物劳伦斯·埃克斯特龙的左右两边。

"谢谢您,总统先生。"埃克斯特龙站起来直视镜头时,神情严峻而骄傲,"能与你们所有人分享美国国家航空航天局的这一美好的时刻,我感到莫大的自豪。"

埃克斯特龙热情洋溢地谈了谈国家航空航天局和这项发现。在夸耀了一番爱国精神和杰出成就之后,他恰到好处地让画面转到了非官方科学家兼知名人士迈克尔·托兰主持的纪录片上。

塞克斯顿参议员观看着电视,一下子跪倒在电视机前,十指紧抓着他那一头银发。不!老天哪,不!

第69章

玛乔丽·坦奇怒不可遏地从新闻发布室外面欣喜且混乱的人群中走开,快步返回她那位于西侧厅的幽静角落。她丝毫没心情去庆贺。雷切尔·塞克斯顿的来电可真大大出人意料。

极其令人扫兴。

坦奇砰地关上办公室的门,昂首阔步地走到办公桌旁,然后拨通了白宫接线员的电话。"给我接威廉·皮克林,国侦局。"

坦奇在等接线员找皮克林的时候,点上一支烟,在房间里踱起了方步。正常情况下,皮克林晚上可能早已回家,但是由于白宫今晚要以一场新闻发布会来结束这伟大的一天,坦奇猜想皮克林整晚上都在办公室,一边目不转睛地盯着电视屏幕,一边思忖着天下究竟有什么国侦局局长事先不知道的事情。

坦奇暗暗咒骂着自己,怪自己没能在总统说他想派雷切尔·塞克斯顿前往米尔恩时相信自己的直觉。坦奇始终谨小慎微,觉得没必要冒那个险。可是总统总是很有说服力，说服坦奇相信白宫官员在过去的几周里渐渐疑虑重重，而且要是这个消息从白宫内部传出来的话，他们会不相信国家航空航天局的这项发现是真实的。正如赫尼预料的那样，雷切尔·塞克斯顿的证词打消了各种猜疑，防止了怀疑性的政府内部争论，还迫使白宫官员团结一致向前看。真是难能可贵，坦奇不承认不行。可是如今雷切尔·塞克斯顿却变卦了。

这个泼妇竟用一条不受保护的线路给我打电话。

很明显，雷切尔·塞克斯顿一心想破坏这项发现的可信性，而坦奇唯一的慰藉则是知道总统早已将雷切尔先前所做的简要汇报保存在录像带里。谢天谢地。起码赫尼以前就已想到要取得这样一个小小保证。坦奇突然想到他们马上就要把它派上用场了。

此时，坦奇想用其他方式来阻止这种欺诈。雷切尔·塞克斯顿是个精明的女人，而且要是她当真打算与白宫和国家航空航天局对着干的话，就得找一些强大的盟友来帮忙。可想而知，她第一个要找的会是威廉·皮克林。坦奇早就知道皮克林对国家航空航天局是什么看法。她得赶在雷切尔之前设法找到皮克林。

"坦奇女士吗？"电话里传出一个清晰的声音，"我是威廉·皮克林。什么事让我如此荣幸啊？"

坦奇能够听到背景电视节目——国家航空航天局的实况报道。坦奇马上从他的语气中察觉到他依然因这次新闻发布会而感到震撼。"你有空吗，局长？"

"我还以为你忙着庆功呢。对你而言，这个夜晚非比寻常。看来国家航空航天局和总统恢复斗志了。"

坦奇从他的言语中听出了明显的惊奇，还有一丝尖刻——后者无疑是因为此人不喜欢与世界上的其他人同时听到惊人的新闻，这一点人人皆知。

"我很抱歉，"坦奇说道，试图立刻搭建一座沟通桥梁，"白宫和国家航空航天局是不得已才没有告诉你。"

"要知道，"皮克林说道，"国侦局在两个星期之前就发现了国家航空航天局在北极那里的行动，还做了一次调查。"

坦奇眉头紧蹙。他很恼火。"是的，我知道。可是——"

"国家航空航天局对我们说没什么要紧的事儿。他们说在进行某种绝境训练活动、调试设备那一类的事情。"皮克林顿了一下，接着说道，"我们还对那句谎言信以为真了。"

"我们不能把它算做谎言，"坦奇说，"在更大程度上应该说那是一种必要的错误指引。考虑到这项发现的重大影响，我相信你明白国家航空航天局有必要对此保密。"

"也许是有必要向公众保密吧。"

像威廉·皮克林这种人是不会一直板起脸孔生闷气的，而且坦奇觉得他的气愤至多也就是这样表现一下。"我只有一会儿时间，"坦奇说着，渐渐占据了主导地位，"不过我觉得应该打个电话警告你一声。"

"警告我？"皮克林即刻挖苦道，"是不是扎克·赫尼已经决定重新任命一位支持国家航空航天局的国侦局局长？"

"当然不是。总统明白你对国家航空航天局的批评完全是出于安全考虑，而且他一直在努力避免出现那些窘境。我打电话过来实际上跟你们一位职员有关。"她停顿了一下，"就是雷切尔·塞克斯顿。今晚你接到过她的电话吗？"

"没有。今天早上应总统的要求，我派她去了白宫。你们显然让她忙了个马不停蹄。她还得上班呢。"

得知自己最先联系上了皮克林，坦奇如释重负。她抽了一口烟，尽可能镇静地说道："我猜，要不了多久你可能就会接到塞克斯顿女士的电话。"

"很好。我一直期盼着能有个电话。我得告诉你，总统的新闻发布会刚开始的时候，我真担心扎克·赫尼可能已经说服塞克斯顿女士公开参与此事。看到他有所抵制，我很高兴。"

"扎克·赫尼是个正派人物，"坦奇说道，"这一点可要比雷切尔·塞克斯顿强多了。"

电话里出现了一段长时间的停顿。"真希望我误解了这句话。"

坦奇重重地叹了口气。"不，先生，恐怕你没有误解。我倒希望不要在电话里谈论细节问题，可是雷切尔·塞克斯顿似乎已经下定决心要暗中破坏国家航空航天局的这项宣告的可信度。我压根儿不知道是什么原因，她今天下午早些时候评论并且认可了国家航空航天局的数据，之后突然彻底转变观点，还喋喋不休地做出一些所能想象出来的最不可能的臆测，声称那是国家航空航天局的阴谋诡计。"

皮克林听上去立刻紧张起来。"对不起，你说什么？"

"的确令人大伤脑筋。我很不愿成为告诉你这件事的那种人，可是塞克斯顿女士在新闻发布会前两分钟与我取得了联系，还告诫我要取消所有的安排。"

"以什么为由？"

"坦白讲，理由很荒唐。她说，发现数据存在严重的错误。"

皮克林沉默了良久，他比坦奇原本料想的还要谨慎。"错误？"他最终说道。

"实在是荒谬，国家航空航天局经过整整两周的试验之后——"

"我觉得要是没有相当充分的理由，很难相信像雷切尔·塞克斯顿这样的人会叫你推迟总统的新闻发布会。"皮克林听上去很不安，"也许你原本就该听她的。"

"得了吧！"坦奇不假思索地说着，咳嗽了起来，"你刚才看了新闻发布会。那些陨石数据得到了无数专家的反复证实，包括一些非官方科学家。雷切尔·塞克斯顿——这项宣告唯一伤害到的那个人的女儿——突然变卦，这在你看来就不显得可疑吗？"

"这之所以显得可疑，坦奇女士，只是因为我正好知道塞克斯顿女士和她父亲彼此几乎不能以礼相待。我想象不出雷切尔·塞克斯顿因何在为总统效力了几年之后，突然之间决定转移阵营，还为支持她的父亲而撒谎。"

"也许她抱有野心？我实在不清楚。也许因为有机会成为第一千金……"坦奇的话就此打住了。

皮克林的语气顿时强硬起来。"不足为信,坦奇女士,极不令人信服。"

坦奇面露愠色。她本来到底要干什么的?她这是在指控皮克林手下的一位杰出成员背叛总统。皮克林打算进行防守。

"让她听电话,"皮克林要求道,"我想亲自跟塞克斯顿女士说话。"

"恐怕办不到,"坦奇答道,"她现在不在白宫。"

"她在哪儿?"

"今天一大早总统把她派到米尔恩冰架研究第一手数据去了。她迟早得回来的。"

皮克林这时听上去大为光火。"我压根儿没收到通知——"

"我可没空安慰你受伤的自尊心,局长。我打电话来只不过是出于好意,想告诫你,雷切尔·塞克斯顿已经下定决心在今晚宣布的事情上另辟她自己的前程。她一定会寻找盟友的。要是她联系你,你要知道白宫拥有今天早些时候拍摄的一盒录像带,在这盒录像带里她在总统、总统内阁和所有官员面前彻底认可了那些陨石数据。不管出于何种动机,要是雷切尔·塞克斯顿现在妄图玷污扎克·赫尼的美名或者国家航空航天局的声誉,那么我向你保证,白宫一定会让她跌得爬不起来的。"坦奇等了一会儿,确信皮克林已经领会了她的意思,"要是雷切尔·塞克斯顿联系你,我希望你能礼尚往来,立刻通知我。她这是在直接攻击总统,而且白宫打算趁她还没造成任何破坏,先把她拘留起来审问。我期待着你的来电,局长。就这样吧,晚安。"

玛乔丽·坦奇挂断电话,确信这辈子都没人跟威廉·皮克林这样说过话。起码现在皮克林知道她是认真的。

在国侦局的顶楼,威廉·皮克林站在窗前凝望着弗吉尼亚的夜色。玛乔丽·坦奇的来电让人深感忧虑。他咬着嘴唇,试图把头脑中那些凌乱的想法理出个大概来。

"局长吗?"他的秘书说着,轻轻叩门,"您还有个电话。"

"现在不接。"皮克林心不在焉地说道。

"是雷切尔·塞克斯顿打来的。"

皮克林一下子转过了身,坦奇显然是个算命先生。"好吧,马上把她的电话接进来。"

"说实话,先生,那是一种加密的视频音频流。你要在会议室里看吗?"

视频音频流?"她从什么地方打来的?"

秘书告诉了他。

皮克林瞪大了双眼。他迷惑不解地匆忙沿走廊向会议室走去。这可是他非看不可的。

第 70 章

夏洛特号上的"消声室"是仿照贝尔实验室的一座相似建筑设计的,它的正式名称通常叫无回声室。作为一间没有平行面和反射面的吸声清洁室,它以百分之九十九点四的效率吸收声音。由于金属和水具有传声的性质,潜艇上的谈话总是容易受到附近的窃听器或者附着在潜艇外壳上的寄生式抽吸传声器的侦听。消声室实际上就是潜艇上的一个小房间,在这个房间里,任何声音都不会传出去。这个隔音室里的所有谈话一概不会被窃听。

这个房间看上去就像一个大得能容人走进的壁橱,房间的天花板、四壁和地板上布满了泡沫锥形体,这些锥形体从四面八方伸向房间中央。这让雷切尔想起了狭小的水下洞穴,石笋就在那种地方疯长,从每一块地面上冒出来。可是最让人不安的是这个房间看上去像是没有地板。

地板是一块绷紧的轻质镀锌六角形网眼铁丝网格栅,格栅沿水平方向如渔网一般铺满了整个房间,让里面的人感觉他们像被悬在了半墙高的地方。这张网上涂了一层橡胶液，踩在脚下感觉很硬。雷切尔透过网状地板凝视着下方，感觉像在穿越一座悬在一块离奇古怪的不规则碎片形地带上空的带网眼的桥。林林总总的泡沫制成的针尖从三英尺之下不祥地指向了上方。

刚一进去，雷切尔就感觉空气沉闷得让人无所适从，似乎浑身的力气全被抽空了一样。她的双耳感觉像用棉花塞住了一般，只在脑子里听到自己的呼吸声。她大叫了一声，效果就和对着枕头说话一样。墙壁吸收了所有的回声，她唯一感觉得到的是大脑中的颤动。

艇长这时早已离去，随手关上了那道包垫着的门。雷切尔、科基和托兰坐在了房间中央一张 U 形小办公桌前，那张办公桌是用长长的、斜向下插入网孔的金属支架撑起来的。桌上固定着几个鹅颈管话筒、耳机和一个顶部带有一部超广角镜头摄像机的视频控制台。这个样子看起来像是一场微型的联合国专题报告会。

作为美国情报界——世界上制造高透力激光扩音器、水中碗状天线窃听器和其他高灵敏度窃听设备的最重要的商家——的工作人员，雷切尔非常清楚世上难得有几个地方可以让人们真正放心地谈话。消声室显然是其中之一。借助于桌上的话筒和耳机可以进行面对面的电话会议，人们可以用这些东西无拘无束地说话，确信他们声音的震颤不会从屋里传出去。他们的声音刚一传入话筒，就会在其穿越空气的较长过程中被译成密码。

"水平检验，"他们的耳机里突然传出一个声音，让雷切尔、托兰和科基吓了一跳，"你听见我说话了吗，塞克斯顿女士？"

雷切尔探身到话筒前，回答："听见了，谢谢你。"你究竟是谁。

"我为你接通了皮克林局长。他正在接受视听，我现在就停止广播，你很快就会收到数据流。"

雷切尔听到电话里没声音了。耳机里远远传来一阵嗡嗡的静电噪声，接着是一阵快速的嘟嘟声和咔哒声。他们面前的视频屏幕上突然闪现出清晰得令人吃惊的画面，雷切尔看到了待在国侦局会议室里的皮克林局长。他独自一人，猛地抬起头与雷切尔对视着。

看到他,雷切尔奇怪地感到一阵宽慰。

"塞克斯顿女士,"他说着,露出迷惑不解且焦虑不安的神情,"到底出了什么事?"

"陨石,先生,"雷切尔说道,"我觉得我们可能碰到了一个大问题。"

第 71 章

在夏洛特号的消音室里,雷切尔·塞克斯顿向皮克林介绍了迈克尔·托兰和科基·马林森。紧接着,雷切尔接过话题,飞快地讲起了这一天来发生的一连串不可思议的事情。

这位国侦局局长一动不动地坐着倾听。

雷切尔对他讲了采掘冰窟里发出冷光的浮游生物,他们在冰架上的历程,在陨石下方发现的一条塞入陨石的通道,最后还发现他们受到一支武装部队的突然袭击,她怀疑是特种兵部队。

威廉·皮克林听到令人不安的消息,处变不惊,连眼皮都不会眨一下,他因此而闻名,可是随着雷切尔的叙述每推进一步,他那专注的眼神就变得愈加不安。在讲到诺拉·曼格被谋杀和他们自己九死一生的脱险经历时,雷切尔察觉到了他先是怀疑,而后愤怒不已的神色。尽管她很想说出自己的疑虑,怀疑国家航空航天局局长与此事有牵连,但是她知道没有证据皮克林是决不会妄加指责的。她把事情的经过原原本本地告诉了皮克林。她讲完之后,皮克林几秒之内都没有做出反应。

"塞克斯顿女士,"皮克林终于说道,"你们大家……"他盯着他们逐一看了看,"要是你所说的全部属实,而我也想象不出你们三人有何理由对此撒谎,你们还能活着可真够幸运的。"

他们全都默不作声地点了点头。总统召来了四位非官方科学家……如今他们中的两人已经死了。"

皮克林心怀愁绪地发出一声叹息，似乎全然不知接下来该说什么。这些事件显然都不大合乎情理。"有没有可能，"皮克林问道，"你们在探地雷达打印图纸上看到的那个塞进陨石的通道是一种自然现象呢？"

雷切尔摇了摇头。"那条通道过于完整，"说着，她展开那张湿答答的探地雷达打印图纸，举到了摄像机镜头前，"没有一点儿裂隙。"

皮克林细细看了一下那个画面，赞同地皱起了眉头。"千万别把它弄丢了。"

"我打电话提醒玛乔丽·坦奇阻止总统，"雷切尔说道，"可她却把我拒之门外。"

"我知道，她对我说了。"

雷切尔抬头看着，感到震惊。"玛乔丽·坦奇给你打了电话？"速度可够快的。

"刚刚打的。她非常担心，认为你企图要什么花招败坏总统和国家航空航天局的名声。也许是要帮助你的父亲。"

雷切尔一下子站了起来。她抖动着那张探地雷达打印图纸，示意给两位同伴看。"我们险些丧命！难道这看起来像在耍花招吗？为什么我还要——"

皮克林举起双手作投降状。"别紧张。坦奇女士并没告诉我你们有三个人。"

雷切尔想不起来坦奇是否给过她机会让她提及科基和托兰。

"她也没告诉我说你掌握了物证。"皮克林说，"在没跟你通话之前，我就对她的断言有所怀疑，现在我确信她误会了。我毫不怀疑你的断言。现在的问题是单单一张图纸能意味着什么。"

大家沉默了良久。

威廉·皮克林极少面露惊慌的神色，但是现在他摇了摇头，似乎茫然不知所措。"目前假定确实有人将那块陨石塞进了冰层下方，以这个假设为依据，就提出了另一个显而易见的问题：出于何种原因。

要是国家航空航天局弄到一块包含化石的陨石,他们或者其他任何支持这种事的人为什么要在意陨石是在哪里发现的呢?"

"看来,"雷切尔说,"陨石这样被塞进去就是为了让极轨道密度扫描卫星发现,而且这块陨石看上去似乎就是一次著名的碰撞所产生的碎块。"

"琼格索尔陨落。"科基提示道。

"可是把那块陨石与一次著名的碰撞联系在一起又有什么意义呢?"皮克林追问道,听上去有点恼火,"这些化石无论出现在何时何地不都是令人惊骇的发现吗?不管与什么陨石事件有关,不都如此吗?"

三个人都点了点头。

皮克林犹豫了一下,看上去很不高兴。"除非……当然……"

雷切尔意识到局长的判断背后,另有所指。皮克林已经找到为何把那块陨石确定为与琼格索尔岩层相同的事物的最简单的解释,可这个最简单的解释也是最令人不安的。

"除非,"皮克林继续说道,"这样精心安排是有意让人们相信那些完全错误的数据。"他叹了口气,转向科基问道,"马林森博士,有没有可能这块陨石是仿造的呢?"

"你说仿造,先生?"

"是的,一件冒牌货,人工制造的。"

"一块假冒的陨石?"科基不自然地大笑起来,"完全不可能!那块陨石得到了无数位专家的检测,包括我自己在内。化学成分扫描图、声谱图、铷锶年代测定。它与人们在地球上见过的任何一种岩石都不一样。陨石是真实可信的。任何一位天体地质学家都会这么认为。"

皮克林轻轻抚弄着领带,似乎对此考虑了许久。"可是考虑到国家航空航天局此时因这项发现而达到的总体效果,篡改证据的明显迹象,还有你们所受的袭击……我所能得出的唯一合理的结论就是这个陨石事件是一个精心设计的骗局。"

"不可能！"科基这时听上去怒气冲天，"恕我直言，先生，陨石跟好莱坞的某些特技可不一样，不是在实验室里随便应付一下去糊弄一帮对什么都信以为真的天体物理学家。它是化学成分比较复杂的物质，有独特的晶体结构和化学元素比率！"

"我并不是在向你挑战，马林森博士。我只不过是遵从一系列合理的分析。鉴于有人想杀人灭口，以防止你们把陨石是从冰下塞进去的事情泄露出去，我现在倾向于考虑所有的荒诞设想。是什么让你格外肯定那块岩石的确是陨石？"

"格外？"科基的声音在耳机里变得沙哑，"一层没有裂缝的熔壳，陨石球粒的出现，还有与人们在地球上发现的任何物质都不相同的镍比率。假如你要说有人在实验室里制造这种岩石来捉弄我们的话，那我只能说那个实验室大约得有一亿九千万年的历史。"科基把手伸进口袋，掏出一块光盘形状的石头。他将那块石头举到摄像机镜头前，说道，"我们使用许多种化学方法测定了这种标本的年代。铷锶年代测定方法可不是能伪造的！"

皮克林看上去大吃一惊。"你还有标本？"

科基耸了耸肩，说："国家航空航天局有很多标本，任其四散。"

"你打算对我说的，"皮克林立刻看着雷切尔说道，"就是国家航空航天局发现了一块他们认为包含生物的陨石，而且他们任由别人顺手拿走那些标本吗？"

"问题在于，"科基说道，"我手里的这块标本并非假冒。"他将那块陨石举到摄像机镜头近旁，"你可以把这东西拿给世界上任何一位岩石学家、地质学家或者天文学家，他们会在做出各种检验之后告诉你两点：一、这块岩石有一亿九千万年的历史；二、从化学成分来看，它与我们地球上的任何一种岩石都不一样。"

皮克林探身向前，细细察看着嵌在岩石里的化石。他一时似乎束手无策了。最终，他叹息道："我并非科学家。我只能说，要是这块陨石是真的，它看上去也是如此，我想知道为什么国家航空航天局不以其本来面目展示给世人呢？为什么有人要小心翼翼地将它放在冰层之下,好像要劝说我们相信它是真实的呢?"

就在那时,白宫里的一位警官给玛乔丽·坦奇拨通了电话。

铃声刚一响,这位高级顾问就接了起来。"喂?"

"坦奇女士,"那位警官说道,"我查到了你要的信息。关于今晚早些时候雷切尔·塞克斯顿给你打来的那个无线电话,我们追踪到了信号来源。"

"快说。"

"特工处的间谍说电话信号来自于美国夏洛特号海军潜艇。"

"你说什么?"

"他们没有查到坐标值,女士,不过他们对那艘潜艇的代号确信无疑。"

"噢,看在上帝的分上!"坦奇一句话都没再说,就砰地一声挂断了电话。

第72章

夏洛特号上的消音室里的隔声音响效果突然令雷切尔略感恶心不适。屏幕上,威廉·皮克林那忧虑的目光这时落在了迈克尔·托兰身上。"你没说话,托兰先生。"

托兰就像一名没想到会被点到名字的学生一样匆忙抬头看了看。"先生,你说什么?"

"刚才在电视里,你提供了一部非常令人信服的纪录片。"皮克林说,"关于那块陨石,你现在怎么看?"

"噢,先生,"托兰说着,局促之情尽显无遗,"我不得不同意马林森博士的观点。我相信那些化石和陨石都是真实存在的。在测定年代方法上,我相当精通,而且我们用多种测试方法对那块岩石的年代进行了证实,还验证了它的镍含量。这些数据是不可能伪造的。毫无疑问,这块岩石形成于一亿九千万年前,它呈现了非地球岩石的镍比率,还包含许多经鉴定证实同样形成于一亿九千万年前的化石。除了认为美国国家航空航天局找到了一块真正的陨石外,我想不出还有什么恰当的解释。"

皮克林这时陷入了沉默。他流露出困惑不定的表情,这是雷切尔以前从未在威廉·皮克林脸上看到过的神色。

"我们该怎么办,先生?"雷切尔问道,"我们显然得让总统意识到那些数据有问题。"

皮克林额头紧蹙。"但愿总统还并不知晓。"

雷切尔感到嗓子眼里一紧,说不出话来。皮克林的言外之意清楚明了。赫尼总统可能与此事有牵连。雷切尔坚决不信有这种可能,可是总统和美国国家航空航天局在这件事上都能得到许多好处。

"遗憾的是,"皮克林说,"除了这张显示出塞进陨石的通道的探地雷达打印图纸之外,所有的科学数据都表明航空航天局的这一发现是可信的。"他阴沉着脸,迟疑了一下,"关于你们遭受袭击的问题……"他抬头看了看雷切尔,接着说道,"你说到了特种兵部队。"

"是的,先生。"雷切尔又给他讲了一遍关于那种简易弹药和杀人手段的事情。

皮克林这会儿看上去愈加不快。雷切尔感觉她的上司这是在忖度着哪些人有权调动一小股杀人军事力量。总统当然享有这种权力,玛乔丽·坦奇身为高级顾问可能也有此种权力。因为与五角大楼有联系,国家航空航天局局长劳伦斯·埃克斯特龙极有可能获得这种特权。可惜,在考虑了各种各样的可能性之后,雷切尔却意识到袭击事件的幕后主谋几乎可能是任何一位在高层具有政治影响和恰当关系的人。

"我可以马上给总统打电话,"皮克林说,"可是我认为那样做并不明智,起码我们得先弄清楚谁与此事有牵连。一旦把白宫牵扯进来,我对你们的保护就会受到限制。此外,我还无法确定要对他说些什么。要是陨石确有其物,你们全都认为如此,那么你们关于塞进陨石的通道和袭击事件的说法就讲不通了。因此,总统可能会有充分的理由来怀疑我的说法的真实性。"他停顿了一下,似乎在考虑各种选择,"不管怎样……不论真相如何,也不论玩家是谁,要是这个信息公布出去了,某些非常有权势的人物可能要受到猛烈攻击。依我看,乘我们还没陷入困境,我还是立刻把你们送往安全地带吧。"

把我们送往安全地带?这句话让雷切尔大吃一惊。"我觉得我们在核潜艇上就相当安全,先生。"

皮克林一脸的狐疑。"你们待在那艘潜艇上的事是不会保密太久的。我要马上把你们带走。坦白讲,要是你们三个人这会儿坐在我的办公室里,我就放心多了。"

第73章

塞克斯顿参议员感觉像个难民一样孤零零地蜷身躺在了沙发上。他的维斯特布鲁克公寓就在一个小时之前都还挤满了众多新朋友兼支持者,现在这里看上去却像是被弃置了一般,四下散落着酒瓶的橡胶瓶塞和名片,那是早已飞也似的冲向门外的那些人丢弃的。

塞克斯顿这时在电视机前孤寂地蜷曲着身子,非常想关掉电视却又无法把自己从新闻媒体那没完没了的分析上引开。这里是华盛顿,而且要不了多久,分析家们就会匆忙做出伪科学的、哲学家似的夸张分析,然后把问题锁定在政治这个丑恶的事物上。新闻播音员就像一名在塞克斯顿的伤口上擦酸性物质的惯施酷刑的高手,一遍又一遍地陈述着显而易见的事情。

"数小时前,塞克斯顿的竞选势头高涨,"一位分析家说道,"现在,由于国家航空航天局的这项发现,这位参议员的竞选一败涂地。"

塞克斯顿眉头紧蹙,伸手拿起拿破仑干邑白兰地,直接对着瓶口喝了起来。他确信今晚将是他这一生中最漫长、最孤独的一晚。他鄙视玛乔丽·坦奇,是她设计陷害了他;他蔑视加布丽埃勒·阿什,因为她最先提到国家航空航天局;他看不起总统,因为他这么鸿运当头;他还看不起全世界的人,因为他们都在嘲笑他。

"显然,对塞克斯顿参议员来说,这会打得他一蹶不振。"那位分析家这样说道,"由于此项发现,总统和国家航空航天局获得了巨大的成功。不管塞克斯顿在国家航空航天局问题上是何态度,这种消息都会给总统的竞选活动注入新的活力,可是鉴于今天塞克斯顿承认如有必要,他要放弃对国家航空航天局的资助……那么,总统的这个宣告就是让塞克斯顿无法从中恢复过来的连续重击。"

我被骗了,塞克斯顿说道,该死的白宫设计陷害我。

那位分析家笑眯眯地说道:"国家航空航天局最近在美国人民中所失去的信用刚才得到了极大的恢复。外面的大街小巷里立刻洋溢出一种真正的民族自豪感。"

"理应如此。人们喜欢扎克·赫尼,可是之前他们都快失去信心了。你得承认,总统过去百般屈从,最近又受到极其猛烈的抨击,可他保持了清白。"

塞克斯顿想起下午在有线电视新闻网进行的那场辩论,低下了头,觉得厌恶不已。他在过去的几个月里逐渐精心地培养出的人们对美国国家航空航天局的惯性思维不仅戛然中断,而且还变成带给他麻烦的束缚。他看上去就像个傻子,被白宫肆无忌惮地玩弄。他立刻就对明天报纸上的所有讽刺话惧怕起来。他的名字将成为全国人民的笑柄。无疑,太空前线基金会也不会为竞选活动暗中集资了。万事都已改变。刚才待在他寓所里的那些人都已看到他们的梦想随抽水马桶里的水付之东流了。太空私有化问题适才遇到了难以逾越的障碍。

又喝了一口干邑白兰地,塞克斯顿参议员站起身,一摇一晃地走到了书桌前。他低头凝视着支起的电话听筒。他意识到这是一种受虐狂式的自我鞭挞行为,可还是慢慢将电话听筒搁回叉簧上,开始数起了时间。

一秒……两秒……电话铃响了起来。他让电话答录机接了电话。

"塞克斯顿参议员，我是有线电视新闻网的朱迪·奥利弗。我想给你提供一个机会，对国家航空航天局今晚的发现作个回应。请给我来电。"说完，她挂断了电话。

塞克斯顿又开始数起了时间。一秒……电话突然铃声大作。他不去理会，任由电话答录机接听。又是一名记者。

拿着拿破仑干邑酒瓶，塞克斯顿信步朝阳台上的拉门走去。他把门拉向一侧，走出去呼吸一下凉爽的空气。他凭栏眺望，凝视着远处在城市另一边那被照亮的白宫正面。微风中，那些灯光似乎在愉快地闪烁。

兔崽子，塞克斯顿心想。数世纪以来，人类一直在寻找天空中的生命迹象。如今人们竟在我参加竞选的这一年找到了？它出现得太不是时候，太他妈的有洞察力了。在塞克斯顿目力所及范围之内，每所公寓的窗口里都有一台打开的电视机。塞克斯顿不知道加布丽埃勒·阿什今晚所在何处。这全是她的过错，是加布丽埃勒一次次地向他提供了国家航空航天局的失败信息。

他举起酒瓶又喝了一大口。

该死的加布丽埃勒……就是因为她，我才深陷麻烦之中。

在城市的另一端，加布丽埃勒站在美国广播公司新闻演播室里混乱的人群中，感觉如同呆住了一般。总统出乎意料的宣告使她焦急不安地陷入了有几分紧张的混沌状态中。她脚下生根般地立在新闻演播室的中央，抬头注视着一块电视屏幕，周围则是闹哄哄的一片。

在宣布结果的几秒钟内，新闻编辑室里鸦雀无声。沉寂了片刻之后，这里爆发出匆忙行动的记者们那震耳欲聋的狂欢声。这些人都是干这一行的，他们无暇顾及自己的想法。工作完成之后，他们有的是时间来思考这件事。眼下，全世界都想知道更多的信息，所以，美国广播公司就得提供这种信息。这篇新闻报道涵盖了方方面面——科学、历史和戏剧性的政治因素——它就是一个催人泪下的丰富的信息源。从事新闻传媒工作的人，今晚无人能眠。

"加布斯？"约兰达的声音里有一种同情，"趁还没人认出你的身份，就这件事对塞克斯顿的竞选活动造成的影响对你进行追问之前，你还是回我的办公室去吧。"

加布丽埃勒感觉自己迷迷糊糊地被领进了约兰达的玻璃办公室。约兰达让她坐下来，又递给了她一杯水。她勉强挤出一个笑脸。"要抱有乐观态度，加布斯。你的候选人的竞选活动完蛋了，不过起码你没有。"

"谢谢。真可怕。"

约兰达的语气变得严肃起来。"加布丽埃勒，我知道你觉得很不幸。你的候选人刚才有如受到麦克牌重型卡车的撞击一般，而且据我看，他不会飞黄腾达了，至少不能及时扭转乾坤。但是起码谁都没有在各个电视节目里大张旗鼓地展示你们的照片。说真的，这是好消息。赫尼如今并不需要性丑闻。他现在可是极具总统眼光，不愿谈论性问题。"

这于加布丽埃勒似乎是个小小的慰藉。

"至于坦奇所言的塞克斯顿非法筹集竞选资金一事……"约兰达说着，摇了摇头，"我有我的疑虑。要知道，赫尼在要求竞选运动没有负面影响方面可是严肃认真的。当然，一次有关受贿的调查事件会对国家造成不利影响。可是赫尼真的那么爱国吗，竟会为了保护国家的道德规范而放弃挫败对手的机会？我相当肯定坦奇夸大塞克斯顿竞选资金的事实是想吓唬人。她孤注一掷，希望你能溜之大吉，然后无偿为总统提供一次性丑闻的信息。你得承认，加布斯，今晚本来就是塞克斯顿的品德接受考验的重要一晚！"

加布丽埃勒茫然地点了点头。性丑闻原本该是一次连续打击，这本可以使塞克斯顿永远不能东山再起……让他永世不得翻身。

"你比她经事，加布斯。玛乔丽·坦奇拐弯抹角地做着试探，可你并没有上当。你摆脱麻烦了。还会有别的选举的。"

加布丽埃勒毫无表情地点点头，不知道还能相信什么。

"你得承认，"约兰达说，"白宫高明地耍弄了塞克斯顿——引诱他沿着国家航空航天局这条路走下去，说服他表态，哄骗他将一切希望都寄托在国家航空航天局这一点上。"

全是我的错，加布丽埃勒心想。

"我们刚才看到的那个宣告，老天哪，那可真是天才之作！完全撇开这项发现的重大意义不说，它的制作价值就令人羡慕不已。是来自北冰洋的现场录像材料吧？一部由迈克尔·托兰制作的纪录片？老天哪，你们如何能比？扎克·赫尼今晚挑明了真相，原因就是那家伙是总统。"

还得再等四年……

"我得回去干活了，加布斯，"约兰达说道，"你想在这儿坐多久就坐多久。好好清醒一下。"约兰达朝门口走了过去，"亲爱的，过几分钟我会再来看你的。"

现在独自一人，加布丽埃勒啜了一口水，可那水感觉糟糕透顶。一切都糟透了。都是我的错，她这样想着，试图通过回想国家航空航天局在过去几年里那些令人沮丧的新闻发布会来使自己不再受良心的责备——宇宙空间站方面的失败，X-33 航天飞机的推迟推出，全以失败告终的火星探测器，接连不断的应急专款。加布丽埃勒不知道自己还能有些什么别的做法。

什么都做不了，她暗自想道，你做的一切事情都没错。

只不过产生了适得其反的结果。

第 74 章

隆隆作响的"海鹰"号海军直升机因执行一次秘密行动奉命从格陵兰岛北部的图勒空军基地紧急起飞。直升机迎着阵阵狂风倏地一下冲到海上七十海里处，在雷达监测范围之外保持低空飞行。紧接着，为了执行他们之前接到的怪异的命令，飞行员们顶风操纵直升机，在杳无人烟的海面上预先确定的一组坐标位置的上方盘旋着。

"在哪里会合？"副驾驶员迷惑不解地大叫道。他们之前被告知随机带上一架救援卷扬机，因此他预料是一次搜索救援行动。"你确信这些坐标值没错吗？"他用探照灯扫描着波浪滔天的海面，可是下面什么动静都没有，只有——

"天哪！"飞行员一把扳回操纵杆，逐渐向上摇着。

黑乎乎的钢制庞然大物没有任何预兆地浮出水面耸立在他们前方。一艘没有标志的巨大潜艇扯断压舱物，在一片水泡中升出水面。

飞行员们尴尬地相视而笑。"估计那就是了。"

根据指令，交接活动要在无线电彻底寂静的状态下进行。潜艇顶上的双倍宽度的入口打开之后，一名海军用电子闪光灯向他们发出信号。直升机接着就飞到潜艇上空，丢下一根适用于三个人的救援保险绳，那个保险绳实质上就是一根收放式缆绳上拴着的三个用橡胶液浸渍过的绳圈。一分钟之后，三名被吊在线圈里晃来晃去的陌生人在直升机下方摇荡着，迎着水平旋翼发出的下沉气流慢慢向上攀升。

副驾驶员把这两名男子和一名女子拉上机舱后，那名飞行员向潜艇发出了一切顺利的信号。几秒之内，那艘庞大的潜艇就消失在狂风肆虐的大海里，没有留下丝毫它曾在那儿出现过的痕迹。

由于乘客们业已安全登机，直升机飞行员就面朝前方，降低直升机的机头，为完成任务而加速向南飞。风暴很快就要来临，而且这三位陌生的乘客要被安全带回图勒空军基地再转乘喷气机。他们要去往何方，这位飞行员全然不知。他只知道他的命令来自高层，而且他这是在运送极其珍贵的货物。

第 75 章

米尔恩冰架上最终风雪大作，全力吹打着国家航空航天局的旅居球,这时,这座圆顶屋剧烈震颤起来,似乎要被拔离冰架,坠入大海。那种起稳固作用的钢丝绳在桩杆上绷得紧紧的,像一把巨型吉他上的弦一样振动着,还发出一阵哀戚的喃喃声。屋外的发电机突突作响,使灯光闪烁不定,似乎要让这个宽敞的房间陷入一片漆黑。

国家航空航天局局长劳伦斯·埃克斯特龙大步穿行于圆顶屋内。他真希望今晚就离开这个鬼地方,可那是不可能的。他得多待一天,明早要在现场另外召开一场新闻发布会,还要视察把陨石运回华盛顿的准备工作。埃克斯特龙这会儿只求能睡上一会儿,这一天出现的诸多意外难题早已使他身心俱疲。

埃克斯特龙转念又想到了韦利·明、雷切尔·塞克斯顿、诺拉·曼格、迈克尔·托兰和科基·马林森。国家航空航天局的某些职员早就开始注意到这些非官方人士不见了踪影。

放松些,埃克斯特龙暗自叮嘱,一切都在控制之中。

他深吁一口气,提醒自己这会儿地球上的每一个人都对国家航空航天局和太空问题兴奋不已。自一九四七年那次著名的罗斯韦尔事件以后,外星生命就再没有像今天这样成为一个如此振奋人心的话题。罗斯韦尔事件据说是指一艘外星太空船在新墨西哥州的罗斯韦尔坠毁,即使对当下的许多飞碟阴谋理论家而言,那里都还是一块圣地。

埃克斯特龙在五角大楼工作期间就已经得知罗斯韦尔事件只不过是一次名为"蒙古人计划"的机密行动中的军事意外——那是在试飞一个设计用来监听俄罗斯原子试爆的侦察气球。在试飞时,一个模型渐渐偏离方向,在新墨西哥州的沙漠里坠毁。不幸的是,一位平民百姓先于军方发现了气球残骸。

不速之客威廉·布雷泽尔牧场主碰巧穿过一片遍地是合成氯丁橡胶残骸和轻金属残骸的地方,这与他曾见过的任何事物大不相同,于是立刻就给县治安官打了电话。各家报纸都对这些古怪的残骸进行了报道,之后公众的兴致很快提高。由于军方拒不承认残骸是他们的东西,记者们就展开了很多调查,于是"蒙古人计划"陷入了令人担心的险境。就在侦察气球这个敏感话题感觉就要被揭穿时,奇特的事情发生了。

新闻媒体得出了一个让人意想不到的结论。他们认定这些领先时代的物质碎片只可能来自外星球——源自在科学技术方面比人类还要先进的生物。显而易见,军方对此次意外的否认无疑是出于相同的考虑——掩饰其与外星人的联系!尽管被这种新的假设弄得摸不着头脑,空军方面也不打算对此说法进行批驳。他们抓住外星人这个题材,继续报道此事。全世界对外星人侵袭新墨西哥州的猜疑远不及俄罗斯人听到蒙古人计划的风声对国家安全造成的威胁大。

为了给有关外星人的新闻报道火上加油,情报界秘密地将罗斯韦尔事件掩盖起来,开始精心编制"泄密"故事——暗中传言与外星人进行联系,再次发现了太空船,甚至在代顿的赖特-帕特森空军基地还有一个神秘的"18号飞机库",本国政府就把外星人的身体藏在了那里。全世界都对这个报道信以为真了,于是罗斯韦尔热风靡全球。自那时起,每次平民百姓误以为发现了一种先进的美国军用飞机时,情报界只消故伎重演即可。

那并不是飞机,而是外星人的飞船!

想到这个简单的骗局如今依然行得通,埃克斯特龙大为惊诧。每次媒体报道有人突然看到一个飞碟,埃克斯特龙就要发笑。那很可能是某个幸运的百姓瞥见了国侦局的一架通常叫做"全球夜鹰"的移动快捷 57 型无人驾驶侦察机,这是一种与其他所有飞机都不一样的长椭圆形遥控飞机。

埃克斯特龙发觉不计其数的游客仍然去新墨西哥州的沙漠朝圣,用摄像机扫视夜空,他真怜悯他们。偶尔有人走运,捕捉到证明飞碟存在的"铁证"——那些移动更加灵便、速度比人类有史以来建造过的任何飞行器的速度都要迅速、轻快地划过天空的明亮光线。当然,这些人没有意识到的就是公众听说过的飞行器要比政府所能建造的滞后十二年。这些凝视飞碟的人只不过是看到了在 51 区研制而出的新一代美国航天器,其中许多航天器都是国家航空航天局的工程师们集思广益的成果。无疑,情报局的官员们从来不去更正这一误解。让全世界读到人类又一次看到飞碟的报道要比让人们知道美国军事部队真正的飞行能力明显可取得多。

可是如今一切都有所改变，埃克斯特龙想道。几个小时之后，外星神话就要永久地成为既定现实。

"局长吗？"一位国家航空航天局的技师穿越冰架匆忙来到他身后，"野外安全通讯系统室内有个紧急保密电话找您。"

埃克斯特龙叹了口气，转过身来。这时候还有谁打电话来？他朝通讯移动房屋走了过去。

那名技师匆忙跟在他身旁。"野外安全通讯系统室里操纵雷达设备的那些人很好奇，先生……"

"嗯，什么？"埃克斯特龙还在考虑别的事情。

"那艘被派驻在这片海域的庞大潜艇？我们纳闷，为何您没向我们提及过。"

埃克斯特龙抬头一瞥，问道："对不起，你说什么？"

"潜艇，先生？起码您该告诉那些操纵雷达的人员。增添海岸防卫措施是可以理解的，可这使我们的雷达兵丧失了警惕。"

埃克斯特龙陡然收住脚。"什么潜艇？"

那名技师这时也停了下来，显然没有料到局长会感到诧异。"潜艇不是我们行动的一部分吗？"

"不是！潜艇在什么地方？"

那名技师猛地倒抽一口冷气，说道："大约三海里开外。我们是在雷达上偶然发现的，它只浮出水面一两分钟。雷达显示光点相当大，它肯定是个庞然大物。我们还以为您要求海军方面承担监督此次行动的职责而没告诉我们任何人呢。"

埃克斯特龙怒目圆睁。"我肯定不会那么做的！"

那名技师的声音这时颤抖了起来。"唔，先生，那么看来我应该告诉您一声，一艘潜艇刚才就在这片海域与一架飞机会合了。看样子是在换人。说实在的，有人竟要在这种狂风中垂直升降，我们大家都深感钦佩。"

埃克斯特龙感觉身体变得直僵僵的。一艘潜艇背着我在埃尔斯米尔岛的海面上到底做什么？"你看到那架飞机后来飞往哪个方向了吗？"

"返回图勒空军基地了。我想是为了转机到内陆吧。"

在继续朝野外安全通讯系统室走的路上，埃克斯特龙什么话也没说。他进入那个狭促的黑暗房间后，那个粗哑的嗓音立刻就发出一阵熟悉的嘶叫声。

"我们有麻烦了，"坦奇说道，边说还边咳嗽，"问题出在雷切尔·塞克斯顿身上。"

第76章

听到砰砰的声音时，塞克斯顿参议员并不确定他已对着苍穹凝望了多久。意识到耳中突突的震颤声并非喝酒所致，而是因为有人在敲公寓的大门，他从沙发上爬起来，把那瓶拿破仑干邑藏起来，然后朝门厅走了过去。

"谁呀？"塞克斯顿喊道，一点儿也不想迎接来客。

警卫的声音传进来，说出了塞克斯顿未曾料到的那位客人的身份。塞克斯顿一下子清醒过来。动作可真快。他本来期望到明早才进行下面的谈话。

塞克斯顿深吁一口气，然后理理头发，打开了大门。眼前的这张面容太熟悉了——虽是七十来岁的高龄，却还是倔强且坚韧。就在今天早晨一家宾馆的车库里，塞克斯顿在一辆白色福特稳达小型休旅车上与他见过面。那是今天早晨的事吗？塞克斯顿暗忖道。老天哪，自那时起事情变化太大了。

"我可以进来吗？"这位有着浅黑色头发的人问道。

塞克斯顿走开一点，让太空前线基金会的会长走进来。

"会开得顺利吗？"在塞克斯顿关门的时候，他问道。

会开得顺利吗？塞克斯顿思忖着他是不是住在蚕茧里。"总统在电视上出现之前，事情进展得都很顺利。"

这位老人点了点头，看上去很不高兴。"是的。真是一次令人难以置信的胜利。它会大大地破坏我们的事业。"

破坏我们的事业？这可真是个乐天派。由于国家航空航天局今晚的胜利，还没等到太空前线基金会实现私有化的目标，这家伙就会死去然后被埋葬。

"多年来，我始终认为证据随时都会出现。"老人说道，"虽然我并不知道以何种方式和何时出现，可我们肯定迟早都得知道。"

塞克斯顿咋舌道："你不觉得诧异吗？"

"事实上，宇宙所包含的数学知识就要求要有别的生物。"他说着，朝塞克斯顿的书房走了过去，"人们做出这项发现，我并不觉得震惊。理智上，我很兴奋。精神上，我敬畏不已。在政治方面，我却深感不安。这个时机简直糟得不能再糟了。"

塞克斯顿不知他为何而来。他来肯定不是为了安慰塞克斯顿的。

"要知道，"他说道，"太空前线基金会的成员公司已经花费千百万美元试图为私人开辟太空发展的新领域。最近，那些钱大部分都用在了你的竞选活动上。"

塞克斯顿立刻就进行辩驳："对于今晚的惨败，我根本就无法控制。是白宫引诱我攻击国家航空航天局的！"

"是的。总统的花招耍得很高明。可是，也许未必全盘皆输。"这位老人的眼中怪异地射出一线希望。

他老糊涂了，塞克斯顿坚定地认为。肯定一切全完了。电视台的各个频道此刻都在谈论着塞克斯顿竞选活动的覆灭。

老人径自走进书房，坐在沙发上，那双疲劳的眼睛紧紧盯着塞克斯顿。"你记不记得，"他说道，"国家航空航天局一开始将异常程序系统安装在极轨道密度扫描卫星上时遇到了诸多难题？"

塞克斯顿猜不出这句话意图何在。那件事如今还有什么影响吗？

极轨道密度扫描卫星发现了一块该死的带有化石的陨石!"

"你还记不记得,"他说道,"卫星所载的程序系统起初并没有很好地运行。你以前还在报刊上对此大做文章。"

"本来就该那样!"塞克斯顿说着,在他对面坐了下来,"那是国家航空航天局的又一次失败!"

他点了点头。"我也这么认为。那件事发生后不久,国家航空航天局就举行了一场新闻发布会,宣布他们想出了一个变通办法——为那个程序打补丁。"

塞克斯顿实际上并没有看到那场新闻发布会,但是听说新闻发布会时间短暂,单调乏味,而且几乎没什么新闻价值——极轨道密度扫描计划的负责人做了一个索然寡味的技术说明,讲述了国家航空航天局如何克服极轨道密度扫描卫星的异常检测程序上的一个小小故障,又怎样把一切修好,使其正常运行。

"从极轨道密度扫描卫星失灵到现在,我始终都在饶有兴致地关注它的情况。"他说着拿出一盒录像带,走到塞克斯顿的电视机前,把录像带塞进了录像机,"这个应该会引起你的关注。"

录像开始播放了。录像显示的是设在华盛顿的美国国家航空航天局总部的新闻发布室。一位衣着考究的人走上讲坛,向观众致意。讲坛下方的副标题写的是:

  克里斯·哈珀,部门主管
  极轨道密度扫描卫星

克里斯·哈珀个头高大,举止优雅,而且谈吐中透出一种依然骄傲地默守着祖先传统的欧裔美国人所具有的文雅与高贵。他说话的腔调显得博学且有教养。哈珀自信地对新闻记者讲着话,向他们报道了有关极轨道密度扫描卫星的一些坏消息。

"虽然极轨道密度扫描卫星已进入轨道并且正常运转,我们在卫星所载的计算机方面还是经历了一次小小的失败。我对那个微小的程序错误负全部责任。要特别说明的是，FIR 过滤器出现了错误的立体像素指数，这意味着极轨道密度扫描卫星的异常检测程序并没有真正发挥作用。我们正在进行补救。"

观众发出一阵叹息，显然习惯了国家航空航天局的令人沮丧的新闻。"这对卫星目前的实际效用有何影响？"有人问道。

哈珀像个专家一样充满自信而又实事求是地做了解答。"想象一下拥有一双明亮的眼睛而大脑却不能正常思考的样子。极轨道密度扫描卫星的视力基本上正常，可对于所看的为何物，却全然不知。极轨道密度扫描卫星的任务是要寻找极地冰盖地区的融化冰层，可是计算机分析不出极轨道密度扫描卫星从扫描器上接收到的密度数据，卫星就无法辨别所要关注的要点何在。紧接着的太空行动就会对卫星上的计算机做出校正，之后我们应该就可以排除这种情况。"

新闻发布室里发出一阵失望的抱怨声。

这位老人抬头看着塞克斯顿，说道："他非常得当地讲了个坏消息，不是吗？"

"他是国家航空航天局的人，"塞克斯顿咕哝了一声，"那就是他们的一贯作为。"

有一会儿，录像带上没有了内容，紧接着又转变成另一场新闻发布会的画面。

"这第二次新闻发布会，"老人对塞克斯顿说道，"是在几个星期之前召开的。在深夜举行的，难得有几个人看了。这次，哈珀博士宣布的可是个好消息。"

录像开始了。这次克里斯·哈珀看上去衣着不整，且心神不安。"我很高兴地宣布，"哈珀说道，语调却显得一点也不高兴，"国家航空航天局已经找到解决极轨道密度扫描卫星上的程序问题的变通办法。"他支支吾吾地解释了那个变通方法——说什么将极轨道密度扫描卫星上传来的原始数据转发到别处，然后将其发送到地球上的计算机里，而不用依赖卫星所载的计算机。大家似乎都被感动了。单单听起来，这个方法切实可行，而且振奋人心。哈珀说完后，发布室里的人都对他报以热烈的掌声。

"如此看来,我们可以期待很快收到数据了吗?"观众中有人问道。

哈珀点点头,额上冒出了汗。"一两个星期。"

掌声更热烈了。满屋子的人都抬起了双手。

"目前我要对你们说的就这么多,"哈珀说道,气色不佳地整理着他的讲稿,"极轨道密度扫描卫星已修好而且正在运行。我们很快就会收到数据。"他简直是跑下讲坛的。

塞克斯顿皱起了眉头。他不得不承认,哈珀的表现很怪异。为什么克里斯·哈珀在发布坏消息时那么轻松自在,而在发布好消息时却是如此的局促不安呢?他的表现原本应该反过来才对。这次新闻发布会播出的时候,塞克斯顿实际上并没有看到,然而他读到过关于那个程序补救方法的消息。当时,那个补救方法似乎对国家航空航天局是个无关紧要的挽救。公众对这件事的印象并不深刻——极轨道密度扫描卫星只不过是国家航空航天局的另一个计划,它发生过故障,然后人们就用一种根本算不上理想的解决方法对其进行了粗劣的修补。

老人关掉了电视机。"那天晚上,美国国家航空航天局声称哈珀博士身体不适,"他顿了一下,接着说道,"我倒觉得他是在撒谎。"

撒谎?塞克斯顿瞪大了双眼,头脑晕乎得无法对哈珀竟然在程序事件上扯谎的原因想出任何合理的解释。再说了,塞克斯顿一生撒谎无数,看到不高明的撒谎者一下子就能认出来。他不得不承认,哈珀博士看上去的确可疑。

"也许你还没意识到吧?"老人说道,"你刚才听克里斯·哈珀所作的那个小小的宣告是国家航空航天局历史上最重要的一次新闻发布会。"他停顿了一下,"他刚才所描述的那个方便使用的程序补救方法促使极轨道密度扫描卫星发现了那块陨石。"

塞克斯顿感觉迷惑不解。你认为他在这件事上撒了谎?"不过,要是哈珀说了假话,而且极轨道密度扫描卫星上的程序根本就没起作用,那么国家航空航天局究竟是如何发现陨石的呢?"

老人微微一笑，道："这就是问题之所在。"

第 77 章

美国军用"购回协议"机群在控制毒品交易的整个期间重新得到了使用，机群由十二架以上的私用喷气机组成，还包括三架用于运送军队要人的翻新的 G-4 型飞机。半小时之前，其中一架 G-4 型飞机从图勒跑道起飞了，顶着风暴飞向前方，这会儿正轰鸣着向南穿越加拿大的夜空飞往华盛顿。飞机上，雷切尔·塞克斯顿、迈克尔·托兰和科基·马林森坐在拥有八个座位的机舱里，他们穿着美国夏洛特号潜艇上的蓝色连身衣，戴着配套的便帽，看上去像是某个衣着凌乱的运动队。

尽管格拉曼发动机轰隆作响，科基·马林森还是在机舱后部睡着了。托兰坐在靠前舱的地方，一脸疲惫地凝望着窗外的大海。雷切尔待在他旁边，知道自己虽然服用过镇静剂却无法入睡。那块神秘的陨石和最近在消声室里与皮克林的谈话在雷切尔的脑海中翻腾。在结束对话之前，皮克林告诉了雷切尔另外两条扰人心绪的消息。

这第一条消息就是玛乔丽·坦奇声称拥有一盒记录雷切尔私下向白宫官员提供证词的录像带。坦奇如今扬言要是雷切尔试图回去证实陨石数据，她就把那盒录像带作为证据使用。这条消息之所以特别让人觉得不安，就是因为雷切尔曾经明确叮嘱过扎克·赫尼她对官员们的讲话只能内部使用。很明显，扎可·赫尼对这一要求置若罔闻。

第二条令人烦恼的消息则与今天下午早些时候她父亲所参加的有线电视新闻网的一场辩论有关。看来，玛乔丽·坦奇稀罕地露面，然后机敏地引诱了雷切尔的父亲明确其反国家航空航天局的立场。更为明确的是，坦奇哄骗他不加掩饰地表明他对人类总会发现外星人这种事的怀疑态度。

砍他的头？这是皮克林讲的要是国家航空航天局什么时候发现了外星人，她的父亲愿意接受的惩罚。雷切尔不知坦奇是如何把那一小段有利的尖刻的话骗到手的。很明显，白宫始终都在精心做着准备——残酷地将所有的多米诺骨牌排好，预备让塞克斯顿惨败收场。总统和玛乔丽·坦奇就像某个职业摔跤比赛车轮战分组[1]中的一对政治搭档，早就在施展策略以消灭对手。总统在摔跤台外面保持尊严，坦奇却早已走上摔跤台，一边兜着圈子，一边狡黠地调整着塞克斯顿的阵式以使总统猛击其身体。

总统以前就告诉雷切尔，说他为了留出时间，再次确定那些数据的准确性，要求国家航空航天局推迟了那项发现的宣布。雷切尔这会儿意识到在等待期间还有其他好处。多出来一些时间，就使白宫有时间来分发绞索，塞克斯顿就是用这种绞索自我了结的。

雷切尔丝毫不同情她的父亲，可是这时她意识到在扎克·赫尼总统那诚挚亲切的外表之下，潜伏着的却是一个江湖老手。不具有杀人的本能就无法成为世界上最有权势的人物。现在的问题是这个老江湖是无辜的局外人——还是参与者。

雷切尔站起来，想要走动一下。她在飞机上的过道里踱来踱去，这个难题的诸多片段如此矛盾，让她觉得沮丧。皮克林运用其特有的简单逻辑，得出了陨石是假冒的结论。科基和托兰以其科学上的特性，坚持认为那是块真正的陨石。雷切尔只了解她看过的东西——一块从冰层下面被拖上来、烧黑的已变成化石的岩石。

雷切尔这时候走过科基身旁，低头注视着这位因在冰架上的苦难经历而受伤的天体物理学家。他脸上的肿块这会儿逐渐消退，而且伤口看上去缝合得很好。他打着鼾睡着了，胖鼓鼓的双手紧紧抓住那块光碟形状的陨石标本，就像抓着一条安乐毯一样。

雷切尔弯腰伸出手，从他手里轻轻地抽走了陨石标本。她把陨石标本拿起来，又细细察看着那些化石。取消所有的假设，她暗自忖

---

[1] 车轮战分组，英文 tag team，这是拳击比赛用语，它由两人或者数人组成，轮流同对方选手比赛，进场替换时循互相触手的规矩。这里意指对一个人进行轮番打击。

度,竭力让头脑重新清晰起来。重新确立那条证明链。这是国侦局的老一套诀窍。重新从头开始寻找证据,这个方法叫做"零起点"——当某些片段不能很好地合起来时,所有的数据分析家都会使用这种方法。

重新收集证据。

雷切尔又开始踱起了步子。

这块石头是不是证明了外星生命的存在呢?

她认为证据就是建立在一堆事实真相基础之上的结论,更加明确的断言就是在这种由已被接收的信息构成的广阔基础上得出的。

取消所有的基本假设。重新开始。

我们可以得到什么呢?

一块岩石。

她就上述问题思考了片刻。一块岩石,一块带有生物化石的岩石。她走回飞机的前部,在迈克尔·托兰身边就座了。

"迈克,咱们来玩个游戏吧。"

托兰从窗前扭过头来,一脸的茫然,显然陷入了沉思中。"游戏?"

雷切尔把那块陨石标本递给了他。"咱们假定你是第一次看到这块带有化石的陨石。关于陨石在何地被发现和如何被发现的,我一概没有告诉你。你会告诉我这是什么?"

托兰郁郁寡欢地叹了口气。"你该问问好玩一点的事情。我刚才有个非常怪异的念头……"

在雷切尔和托兰身后数百英里外的地方,一架样子古怪的飞机在空寂无人的海面上急速向南保持着低空飞行。飞机上,三角洲队员沉默不语。他们曾经匆忙撤离过很多地方,但从未出现过这种状况。

他们的指挥官大发雷霆。

早些时候,三角洲一号曾报告指挥官,说冰架上发生了意想不到的事情,那让他们除了使用武力之外别无选择——包括使用武力杀掉包括雷切尔·塞克斯顿和迈克尔·托兰在内的四位非官方人士。"

指挥官震惊地做出了反应。杀人灭口,尽管是一个经授权万不得已才使用的手段,但无疑这从未在指挥官的计划之内。

后来,听说暗杀行动并未能按计划进行,指挥官对谋杀事件就由不悦变成了怒不可遏。

"你们这队人失手了!"指挥官怒火中烧,他那分辨不出男女的语气里透着难以掩饰的愤怒,"你们四个目标中的三个都还活着!"

不可能!三角洲一号原本这样认为。"可是我们亲眼看到——"

"他们与一艘潜艇取得了联系,这会儿正在去华盛顿的路上。"

"你说什么!"

指挥官的口气中透着杀机。"仔细听好了,我要给你们下达新的命令。这次你们决不能失手。"

第78章

塞克斯顿参议员陪着这位不速之客步出房间走向电梯时,居然感到了一线希望。原来太空前线基金会的会长并不是来严惩塞克斯顿的,而是来同他讲话,给他打气,并且告诉他战役尚未结束的。

国家航空航天局的防御层上有一个可利用的缺口。

那盒有关国家航空航天局那场怪异的新闻发布会的录像带早已使塞克斯顿相信老人说得很有道理——极轨道密度扫描卫星的部门主管克里斯·哈珀撒了谎。可为什么呢?要是从来就没有修补极轨道密度扫描卫星上的程序,国家航空航天局是如何发现那块陨石的呢?

他们朝电梯走去的时候,老人说道:"有时候,只要一条线索就能弄清某些事情。也许我们可以想个办法从内部逐渐毁掉国家航空航天局的胜利。给它投上一层怀疑的阴影。谁晓得会出现什么后果?"老人那双疲劳的眼睛牢牢地盯着塞克斯顿,"我并不打算屈服认输,参议员。我相信你也如此。"

"当然不认输,"塞克斯顿说着,话音里透露出渐渐增强的决心,"我们已经走得太远了。"

"克里斯·哈珀在修补极轨道密度扫描卫星问题上撒了谎,"他边进电梯边说道,"我们得知道个中原委。"

"我会尽快收集那方面的信息。"塞克斯顿答道。我有合适人选。

"很好。你的未来就全靠它了。"

塞克斯顿返回公寓时,脚步比刚才略微轻盈,头脑也更清醒。国家航空航天局在极轨道密度扫描卫星问题上撒了谎。唯一的问题是塞克斯顿怎样才能证明这一点。

他之前就已经想到加布丽埃勒·阿什。不管她此刻身在何处,肯定感觉糟糕透顶。加布丽埃勒无疑看到了那场新闻发布会,而且这会儿正站在某个岸边礁石上准备跳崖。她曾提议将国家航空航天局变成塞克斯顿竞选活动的重大议题,结果这被证明是塞克斯顿事业的最严重的错误。

她对不起我,塞克斯顿心想,她明白这一点。

加布丽埃勒早已证明她在获取国家航空航天局的秘密方面有绝招。她有熟人,塞克斯顿想道。几个星期以来,加布丽埃勒总能得到内部消息。她有一些不为人知的熟人。她可以向那些熟人探问出有关极轨道密度扫描卫星的信息。此外,今晚加布丽埃勒会很积极。她得还债,而且,塞克斯顿觉得,加布丽埃勒为了重新得到他的青睐,干什么都愿意。

塞克斯顿回到公寓门口的时候,他的警卫对他点了点头。"晚上好,参议员。看来早些时候我让加布丽埃勒进房间是做对了。她说事关重大她得跟你好好谈谈。"

塞克斯顿收住脚步。"对不起,你说什么?"

"不是阿什女士吗? 今晚早些时候她有重要信息要告诉你,所以我让她进去了。"

塞克斯顿感觉身体直僵僵的。他看了看公寓的大门。这个家伙到底在说些什么?

警卫的表情变得困惑且担忧。"参议员,你没事吧?你记得的,对吧?加布丽埃勒在你们开会的时候来了。她跟你谈过了,对吗?她肯定跟你谈了。她在里面待了好长一会儿呢。"

塞克斯顿对他凝视良久,感觉胸口剧烈地跳动着。这个笨蛋在太空前线基金会召开秘密会议时让加布丽埃勒进了房间?她在屋里待了一会儿,然后一声不响地就走开了?塞克斯顿只能想象一下加布丽埃勒可能偷听到了什么。他抑制住心头的怒火,对警卫挤出个笑脸。"噢,是这样!对不起,我太疲惫了,还喝了几杯。阿什女士的确跟我谈过了。你做得很对。"

警卫看上去如释重负。

"她走的时候有没有说要去哪儿?"

警卫摇了摇头,说道:"她行色非常匆忙。"

"好的,谢谢。"

塞克斯顿走进公寓,气得七窍生烟。我下达的该死的命令有那么难懂吗?谢绝来客!塞克斯顿只得认为,要是加布丽埃勒在任一时间段内进来过,然后一言不发地就溜走了,她肯定是听到了不该听的事情。那么多个夜晚,怎么偏偏碰到了今晚!

塞克斯顿参议员知道,最为重要的是他不能失去加布丽埃勒·阿什的信任。女人一感觉受了欺骗,就会变得报仇心切而且神思恍惚。塞克斯顿得使她恢复过来。今晚不比以往,他需要加布丽埃勒加入他的阵营。

第 79 章

在美国广播公司电视演播室的四楼,加布丽埃勒·阿什独自坐在约兰达的玻璃办公室里,凝视着磨损的地毯。她以前总为自己直觉灵验和知道什么样的人可以信任而感到自豪。如今，有生以来第一次，加布丽埃勒感到了孤独，拿不准该何去何从。

听到手机铃声，加布丽埃勒抬起头来，不再看那地毯。她很不情愿地接通了电话。"我是加布丽埃勒·阿什。"

"加布丽埃勒，是我。"

她一下子就听出了塞克斯顿参议员的声音，尽管刚刚发生过那么多事情，他的声音听上去却出奇地镇定。

"今晚可真是糟糕透顶，"他说道，"所以就让我说说吧。我确信你看了总统的新闻发布会。老天爷，是不是我们出错招了？对此，我懊丧不已。你可能要责怪自己，别这样。谁又能想得到呢？这并不是你的错。无论如何，听清楚了。我认为可能有个办法会让我们东山再起。"

加布丽埃勒站起身，猜不出塞克斯顿到底要说些什么。这可不是她原本料到的反应。

"今晚我开了个会，"塞克斯顿说道，"是和私营航天企业的代表们一起开的，而且——"

"真的吗？"加布丽埃勒脱口问道，听到他承认了那件事，她感到震惊，"我是说……我什么都不知道。"

"噢，没什么重要的事。我本来该叫你参加的，可那些家伙对隐私过于敏感。他们有些人为我的竞选活动捐了钱，这种事他们不想宣扬出去。"

加布丽埃勒感觉怒气完全消释。"可是……那不是非法的吗？"

"非法？当然不是！所有的捐款都没有超过两千美元的最高限度，并没有几个钱。这些人几乎都没取得什么进展，反正我也是听他们发发牢骚，权当对未来的投资。这件事我没有声张，坦白讲是因为表面形式并不那么重要。要是白宫得到风声，他们肯定会借题发挥。不管怎么着，嗯，这都不是关键。我打电话是要告诉你，在结束了今晚的会议后，我同太空前线基金会的会长谈了谈……"

有那么几秒钟，尽管塞克斯顿还在讲个不停，可加布丽埃勒却只觉得由于羞愧，血一下子涌上了脸。她还没有提出丝毫质疑，塞克斯顿就已镇静地承认与私营航天公司会过面。完全合法。想想加布丽埃勒差一点就做出了什么事情！谢天谢地，约兰达阻止了她。我险些溜之大吉去投奔玛乔丽·坦奇！

"……所以我告诉太空前线基金会的会长，"塞克斯顿参议员这样说道，"说也许你可以为我们弄到那种信息。"

加布丽埃勒放弃原先的打算，说道："可以。"

"过去几个月里，你总是从他那里获得所有国家航空航天局的内部情报的熟人呢？我想你们还有联系吧？"

玛乔丽·坦奇。意识到决不能告诉塞克斯顿那些情报自始至终都操纵着自己，加布丽埃勒畏缩了。"嗯……我想是的。"加布丽埃勒撒谎道。

"很好，我需要你为我查一些信息。马上就要。"

加布丽埃勒听着，意识到她近来真是错误地低估了塞奇威克·塞克斯顿参议员。打从一开始支持他的事业，他身上的某些亮点就已经逐渐消失。可就在今晚，那些亮点又出现了。面对看似要对其竞选活动造成致命一击的事情，塞克斯顿计划发动反攻。尽管正是加布丽埃勒把他引上了这条不顺的道路，可他并没有惩罚加布丽埃勒，反倒给她个机会让她立功赎罪。

她也愿意立功赎罪。

不管有多艰难，她都愿意。

第 80 章

威廉·皮克林凝眸远眺办公室窗外利斯堡高速公路上的那排车前灯。身居要职却孤零零地站在这儿的时候，皮克林时常就会想起她。

拥有这么大的权力……我却没能拯救她。

皮克林的女儿黛安娜在被派到一艘小型海军护航舰上进行领航员训练时，死在了红海上。一个阳光明媚的下午，她在安全港口下锚泊船后不久，一艘由两名自杀性恐怖分子驾驶的满载炸药的平底小渔船慢慢驶向港口，小渔船触到护航舰的船身立刻爆炸了。黛安娜·皮克林和其他十三名年轻的美国士兵都在那一天遇害。

威廉·皮克林当时感到身心交瘁。他陷入极度的痛苦中，几个星期都无法自拔。当那次恐怖袭击追究到中央情报局多年来始终没能跟踪成功的一个知名基地组织时，皮克林就由悲痛变成了大发雷霆。他曾经冲进中情局总部，强烈要求他们给个说法。

他得到的说法真让人难以接受。

中情局显然早在几个月前就已经准备赶走这个基地组织，而且只等拿到几张高清晰度的卫星照片，他们就能针对阿富汗山区恐怖分子的藏身地拟定一个具体细微的袭击计划。那些照片原定要用国侦局造价十二亿美元、代号旋风2号的卫星拍摄，可就是这颗卫星在国家航空航天局的发射台上随运载火箭一起爆炸了。由于国家航空航天局的这次事故，中情局的袭击行动被延迟，这样一来，黛安娜·皮克林白白死去了。

理智上，皮克林告诉自己，国家航空航天局并不需要对此事负直接责任，可他发觉在情感上他却难以谅解他们。对火箭爆炸事件的调查披露，负责燃料喷射装置的工程师们为了保持预算，迫不得已使用了次等原料。

"对于无人驾驶宇宙空间飞行，"劳伦斯·埃克斯特龙在一次新闻发布会上这样解释道，"国家航空航天局首要追求的是成本效益。在这次事件中，结果诚然不甚理想。我们一定会调查此事。"

不甚理想。黛安娜·皮克林已经死了。

此外，由于间谍卫星属于机密，公众决不会知道国家航空航天局粉碎了国侦局花费十二亿美元完成的项目，而且间接地使众多美国人为之丧命。

"先生？"皮克林的秘书的声音从内部通话设备里传出来，吓了他一跳,"一号线,玛乔丽·坦奇来电。"

皮克林一下子从恍惚中回过神来,看了看他的电话机。又打电话来?一明一暗地闪着光的一号线似乎在愤怒且急迫地跳动着。皮克林眉头紧蹙,接通了电话。

"我是皮克林。"

坦奇说起话来愤怒得发狂。"她对你说了什么?"

"对不起,你说什么?"

"雷切尔·塞克斯顿与你取得了联系。她跟你说了什么?她刚才在一艘潜艇上,看在上帝的分上!说一说是怎么回事!"

皮克林立刻意识到否认事实并非明智的选择,坦奇可是早就做好了充分的准备。坦奇查到了夏洛特号,这让皮克林感到很惊讶,看来她会一直这么不依不饶的,除非给她答案。"塞克斯顿女士的确与我取得了联系。"

"你安排了飞机接人,却没有告诉我一声?"

"我是安排了飞机接人,没错。"按事先的计划,雷切尔·塞克斯顿、迈克尔·托兰和科基·马林森要两个小时之后才能到达附近的博林斯空军基地。

"可是你却故意不告诉我?"

"雷切尔·塞克斯顿提出了某些极其令人不安的控告。"

"在陨石的真实性……和她遭受的致命袭击方面吗?"

"还有别的事情。"

"毫无疑问,她在撒谎。"

"你知道她跟另外两个可以证实她的说法的人在一起吗?"

坦奇迟疑了一下。"知道,这是最让人放心不下的。白宫方面对于他们的断言感到非常不安。"

"白宫,还是你自己?"

坦奇的语气一下子变得犀利起来。"对局长你而言,今晚这并没有什么大不同。"

皮克林给人留下的印象算不上深刻,可试图在情报界建立稳固根基的凶神恶煞的政客们和他们的助手对皮克林却是无人不知，无人不晓。难得有几个人表现得如玛乔丽·坦奇这般强硬。"总统知道你打电话给我吗？"

"坦白讲，局长大人竟然考虑那些不着边的疯话，我可真觉得震惊。"

你还没回答我的问题。"我不觉得这些人有什么必要撒谎，只能想当然地认为他们要么讲了实情，要么就是犯了个简单的错误。"

"错误？扬言受到袭击？国家航空航天局都没有发现的陨石数据中的谬误吗？得了吧！这是个明显的政治阴谋。"

"若是那样的话，我可想不出是出于何种目的。"

坦奇重重地叹了口气，然后压低声音说道："局长，在这里工作压力很大，这一点你可能想不到。这方面的事情，我们稍后可以详谈，可是眼下我要知道塞克斯顿女士和其他人身在何方。在他们做出永久性破坏之前，我得先把这事儿弄个水落石出。他们在哪儿？"

"这种信息，我可不会轻易告诉别人。我会在他们到达之后联系你。"

"不行。我必须在那儿欢迎他们的到来。"

你和多少特工人员？皮克林暗忖着。"要是我把他们到达的时间和地点告诉了你，我们大家还有可能像朋友一样聊天吗，你不会想让一支秘密部队拘捕他们吧？"

"这些人对总统构成了直接威胁。白宫完全有权拘留并审问他们。"

皮克林知道她说得没错。根据美国法律第十八条第三千零五十六款，美国特工处的密探可以携带轻武器，使用致命武力，而且只要怀疑有人针对总统犯重罪或者蓄意犯重罪或者做出任何侵犯行为，都可无需逮捕令而将他们逮捕。特工处拥有便宜行事权。通常被拘留的人中有在白宫外面令人讨厌的游荡者和恶作剧地发送恐吓电子邮件的学生们。

皮克林毫不怀疑，特工处能够证明将雷切尔和其他人拖入白宫地下室,并将他们无限期地关押在那儿,这些都是合法的。那是个危险的计策,不过坦奇清楚地意识到其中重大的利害关系。问题是要是皮克林同意让坦奇控制形势,接下来会发生什么事。对此他可不想知道。

"我会采取任何必要的行动,"坦奇断然说道,"以保护总统免受错误的指控。仅仅是对欺诈行径的暗示都会对白宫和国家航空航天局造成深远的影响。雷切尔·塞克斯顿辜负了总统对她的信任,而我不想看到总统为此付出代价。"

"假如我要求允许塞克斯顿女士将她的问题交给官方专门小组调查呢?"

"要是那样,你就是无视总统亲自下的命令,还为她提供该死的扰乱政治活动的机会!我再问你一次,局长,你用飞机把他们送到哪里去了?"

皮克林长长地吁了口气。不管是否告诉玛乔丽·坦奇那架飞机这会儿正飞往博林斯空军基地,他知道她总有办法去探明。问题是她会不会那么做。皮克林从坦奇坚定的语气中察觉到她安定不下来。玛乔丽·坦奇害怕了。

"玛乔丽,"皮克林用一种清楚明白的口吻说道,"有人对我撒了谎。对此,我确信无疑。不是雷切尔·塞克斯顿和那两位非官方科学家就是你对我说了假话,我相信是你。"

坦奇勃然大怒。"你怎敢——"

"你再怎么无理取闹都没用,我不吃你那一套,所以你还是好自为之吧。你很聪明,应该知道我有确凿的证据证明国家航空航天局和白宫今晚散布了谎言。"

坦奇立刻默不作声了。

皮克林让她思考一会儿。"我和你一样,都不希望看到一场政治风波,不过谎言已经存在了,谎言总是经不起考验的。要是你想让我帮忙的话,就得从对我开诚布公做起。"

坦奇听上去颇有兴致却又很谨慎。"要是你那么确定有人撒谎,为什么不挺身而出？"

"我不插手政治事务。"

坦奇咕哝了几句，听上去很像"扯淡"之类的话。

"玛乔丽，你是不是想告诉我说总统今晚的宣言完全准确无误？"

电话里出现了很长一段时间的沉默。

皮克林知道自己战胜了她。"听着，我们彼此都知道，这是个暂时没有引爆的定时炸弹。不过时机还不算太晚，我们可以做出些让步。"

坦奇几秒钟内什么话也没说。她最终叹了口气，说道："我们应该见个面。"

成功了，皮克林心想。

"我要给你看些东西，"坦奇说道，"我想那会使你对这件事有所了解。"

"我去你的办公室。"

"不行，"她匆忙说道，"太晚了。你来会引起人们的怀疑。我希望这件事就我们两人知道。"

皮克林明白了她的弦外之音。总统对此全然不知。"欢迎你来这里。"他说道。

坦奇似乎心有疑虑。"还是找个不显眼的地方见面吧。"

皮克林同样希望这样。

"罗斯福纪念堂就在白宫附近，"坦奇说，"晚上这个时候那里应该没人。"

皮克林考虑了一下。罗斯福纪念堂处在杰弗逊纪念堂和林肯纪念堂之间，地处本市最安全的地区。沉吟了好一会儿，皮克林同意了。

"一个小时后见，"坦奇说着，准备挂断电话，"一个人来。"

刚刚挂断电话，玛乔丽·坦奇就给国家航空航天局局长埃克斯特龙打了电话。她在转述这个坏消息时，说话显得很紧张。

"皮克林是个难对付的人。"

第81章

美国广播公司制片室里，加布丽埃勒·阿什站在约兰达·科尔的办公桌旁拨打电话号码查询热线时，心中满怀着新的希望。

塞克斯顿刚刚向她传达的那个说法要是得到了证实，可能会骇人听闻。国家航空航天局在极轨道密度扫描卫星问题上撒了谎？加布丽埃勒以前看过那场可疑的新闻发布会，而且记得当时还感觉很奇怪，可是她早把此事忘得一干二净，因为几个星期以前，极轨道密度扫描卫星并不是主要问题。可是今晚，它却成了如此关键的问题。

眼下，塞克斯顿需要内部消息，而且迫切需要。他是要依靠加布丽埃勒的线人获得这种信息。加布丽埃勒曾向参议员保证她会尽力而为。当然，问题在于她的线人是玛乔丽·坦奇，这个人根本就不会帮忙。这样一来，加布丽埃勒就只得另寻他法获取信息。

"电话号码查询服务。"电话中的那个声音说道。

加布丽埃勒对他们讲了自己的需求，接线员就告诉了她在华盛顿登记入册的三个名叫克里斯·哈珀的人的电话号码。加布丽埃勒一一试打着。

第一个号码是一家律师事务所的，第二个无人接听，第三个号码刚刚接通。

铃声刚一响，一名女子就接起了电话。"哈珀家。"

"哈珀夫人吗？"加布丽埃勒尽量礼貌地问道，"但愿我没吵醒你吧？"

"当然没有！我觉得今晚无人能眠。"她听上去很兴奋。加布丽埃勒听出了背景电视节目——陨石报道。"我猜，你打电话是要找克里斯吧？"

加布丽埃勒的心跳加速。"是的，女士。"

"很遗憾，克里斯不在。总统的讲话刚一结束，他就急匆匆地上班去了。"那名女子暗自乐出了声，"当然，我看也未必有什么工作要做，很可能是去参加派对。要知道，这个宣告完全出乎他的意料，对每个人都是如此。我们家的电话整晚都在响个不停。我敢说，如今国家航空航天局的全体成员都在那个地方呢。"

"东大街的综合大楼？"加布丽埃勒问着，猜想那名女子说的是国家航空航天局总部。

"对，快去吧。"

"谢谢，我会去那儿找他的。"

加布丽埃勒挂断了电话。她匆忙走出制片室找到约兰达，约兰达刚刚组织好一群太空专家，这群专家马上要对陨石事件进行一番热情洋溢的评说。

约兰达微笑地看着加布丽埃勒走了过来。"你看上去好多了，"她说，"现在开始看到一线希望了吗？"

"我刚跟参议员谈过。他今晚开的会议并不是我想象中的那样。"

"我跟你说过坦奇是在要你。参议员怎么看待陨石消息？"

"比预料中的要好一些。"

约兰达看上去惊讶不已。"我还以为他早已一头撞在汽车上了呢。"

"他认为国家航空航天局的数据可能存在问题。"

约兰达怀疑地哼了一声。"他跟我刚才看的是不是同一场新闻发布会？人们还要怎样反复证实？"

"我要去国家航空航天局调查一些情况。"

约兰达将她那用眉笔描过的双眉向上一挑，警惕地弯成了拱形。"塞克斯顿参议员最得力的助手打算闯进国家航空航天局的总部？就在今晚？你确定不会被他们丢石头砸死？"

加布丽埃勒告诉约兰达，塞克斯顿怀疑负责极轨道密度扫描卫星的部门主管克里斯·哈珀在修复异常检测程序上撒了谎。

约兰达显然并不相信。"我们报道过那次新闻发布会，加布斯，而且我承认,哈珀那晚表现反常,不过国家航空航天局说他病得厉害。"

"塞克斯顿参议员确信他撒了谎。其他人也确信如此,是些有影响的人物。"

"要是极轨道密度扫描卫星上的异常检测程序没有修好,那极轨道密度扫描卫星是怎么发现陨石的?"

那正是塞克斯顿的意思,加布丽埃勒心想。"我不知道。参议员想让我为他找到答案。"

约兰达摇了摇头,说道:"塞克斯顿不顾一切,而且痴心妄想,他是要派你深入虎穴。别去,你不欠他什么。"

"我把他的竞选活动全搞砸了。"

"是时运不济才让他竞选失败。"

"要是参议员说得没错,而且负责极轨道密度扫描卫星的部门主管真的撒了谎——"

"亲爱的,要是负责极轨道密度扫描卫星的部门主管对全世界的人都撒了谎,怎见得他就会对你说真话呢?"

加布丽埃勒之前考虑过这种情形,之后马上就想出了个方法。"要是我在那里发现了实情,会打电话给你的。"

约兰达怀疑地大笑起来。"要是你在那儿发现了实情,就砍我的头。"

第 82 章

忘掉你所知道的有关这块陨石标本的一切信息。

迈克尔·托兰始终都在不安地反复思考着陨石这件事儿,可是这会儿,由于雷切尔的尖锐问题,他感觉这件事更加让人忧虑了。他低头看了看手里的岩石切片。

假使有人把这块岩石递给你,既不说明它是在哪里发现的,也不说明它是什么,你会得出什么分析结果?

托兰知道雷切尔的问题具有哄骗性,可是作为一次分析练习,这个方法证明是有效的。抛开一到旅居球别人就向他提供的所有数据,托兰不得不承认他对化石的分析因为一个单一的假设而受到了极大的误导,而这个假设就是包含化石的那块岩石是一块陨石。

要是没人告诉我这块陨石的情况将会怎样呢?托兰暗自问道。尽管依然无法弄清其他解释,托兰还是容许自己假设性地排除这块石头是陨石这一先决条件,并且当他这么做的时候,结果有点令人不安。这会儿,托兰和雷切尔以及摇摇晃晃的科基·马林森正在讨论各种想法。

"如此看来,"雷切尔重复着说道,声音紧张起来,"迈克,你是说假如有人不作任何说明,把这块变成化石的岩石递给你,你可能会断定这是地球上的岩石。"

"当然,"托兰答道,"还能得出什么别的结论呢?人们宣称发现了外星生命与断言发现了一块尚不为人知的地球生物的化石相比,显然是更大的飞跃。科学家们每年都要发现几十种新的生物。"

"两英尺长的虱子?"科基追问道,听上去似乎很怀疑,"你居然认为地球上有那么大的昆虫?"

"或许并不生活在现在,"托兰答道,"不过没必要非得是目前还活着的生物。它是一块化石,有一亿七千万年[1]的历史了,大约与侏罗纪属于同一个时期。当人们发现史前化石的时候,它们很多都是看上去大得令人震惊的生物——庞大的长有翅膀的爬行动物,恐龙,鸟类。"

"别在这儿充当物理学家了,迈克,"科基说道,"你的论点有个严重的谬误。你刚才提到的史前生物——恐龙、爬行动物、鸟类,它们都有内骨骼,这样即使有地球引力,它们仍然能够长得很庞大。可

---

[1] 原文即如此,疑为丹·布朗之误,应为"一亿九千万年"。

是这块化石……"科基拿起化石标本举着看了看,"这些生物具有外骨骼。它们属于节肢动物,是昆虫。你本人也说过任何一种这么大个的昆虫只可能在一种引力较小的环境里进化而来,不然它们的外骨骼可能就会因其自身的重量而被压碎。"

"没错,"托兰说道,"要是这种生物在地球上四处跑动,可能就会因其自身的重量而被压扁。"

科基恼怒地皱起了眉头。"嗳,迈克,除非某个穴居野人在管理一个反引力的虱子农场,否则依我看,你决不能断定一个两英尺长的虱子是源自地球的。"

托兰暗自笑起来,意识到科基并没有领会一个如此简单的要点。"说实在的,还有一种可能。"他彻底集中思想对他这位朋友说,"科基,你习惯了往天上看。向下看,地球上就有很多反引力环境。自史前时代起,反引力环境就在这里出现了。"

科基瞪大了双眼。"你到底在说些什么?"

雷切尔看上去也很诧异。

托兰指了指窗外洒满月光的海面,海面在飞机下泛着亮光。"海洋。"

雷切尔打了一声微弱的嘟哨。"确实如此。"

"水属于引力较小的环境,"托兰解释道,"万事万物在水中的重量都要轻一些。海洋供养很多庞大的脆弱生物,那些生物决不可能在陆地上存活——水母,巨大的枪乌贼,带形鳗鱼。"

科基默然同意,不过只是略表赞同。"就算那样,不过史前的海洋里决不会有庞大的昆虫。"

"以前确实有,而且实际上现在依然有。人们每天都在吃这种昆虫。在大多数国家,那些昆虫都是美味佳肴。"

"迈克,谁会吃庞大的海中昆虫!"

"任何吃龙虾、螃蟹和小虾的人。"

科基瞪起了双眼。

"甲壳纲动物实质上就是庞大的海中昆虫,"托兰解释道,"它们属于节肢动物门的一个亚目——虱子、螃蟹、蜘蛛、昆虫、蚱蜢、蝎子、龙虾，它们都有亲缘关系。它们都属于长着有关节的附肢和外骨骼的生物。"

科基看上去突然想要呕吐。

"从分类学的角度来看，它们看上去很像昆虫。"托兰解释起来，"鲎与巨大的三叶虫相似，龙虾的螯则与大蝎子的很像。"

科基脸色发青，说道："好吧，我再也不吃龙虾卷了。"

雷切尔看上去似乎入迷了。"这么说来，陆地上的节肢动物保持了小个头，是因为地球引力自然选择小小的生物。可是在水里，它们的肢体浮了起来，所以才可以长得非常庞大。"

"确实如此，"托兰说道，"要是我们掌握的化石证据有限，一只阿拉斯加的鲎可能要被错误地分类为一只巨型蜘蛛。"

雷切尔的兴奋这会儿似乎逐渐消失，她开始担忧。"迈克，还是抛开那块陨石的真实性不考虑，告诉我一点：你认为我们在米尔恩看到的那些化石有没有可能原本就来自海洋？地球上的海洋？"

托兰感受到了她那坦率的目光，也意识到她的问题的真正分量。"基于假设，我只得说是这样。海底存在一亿九千万年历史的断面，与化石的年代完全一致。理论上讲，海洋可以供养看上去像这种东西一样的生物。"

"行行好吧！"科基轻蔑地说，"我简直难以相信现在听到的一切。抛开陨石的真实性不考虑？这块陨石是毋庸置疑的。即使地球海底与那块陨石属于相同的年代，我们从来也没有碰到过包含熔壳、异常镍含量和很多陨石球粒的海底。你们这是在做最后的挣扎。"

托兰知道科基说得没错，可是把那些化石想象成海洋生物早已使他不再那么敬畏那些化石。不知怎的，现在那些化石似乎更加眼熟了。

"迈克，"雷切尔说道，"为什么国家航空航天局的科学家没有一个认为这些化石可能是海洋生物呢？哪怕是来自另一个星球上的海洋？"

"实际上有两个理由。那些海底的远洋化石标本往往显示有过多的混合物种。生存在海底之上数百万立方英尺海域里的所有生物最终总会死去,然后沉入海底。这意味着海底变成了处在各个深度、各种压强与温度环境中的生物的墓地。可是米尔恩的标本却很纯净——只有一种生物。它看上去更像是人们在沙漠中可能发现的东西,比如说,一窝相似的动物在一次沙暴中被埋葬。"

雷切尔点了点头。"你认为是陆地而不是海洋的第二个理由呢?"

托兰耸了耸肩。"只是一种直觉。科学家们总是相信太空要是有生命的话,居住在那里的很可能是各种各样的昆虫。从我们观测过的太空情况来看,那里出现更多的是灰尘和岩石,并非水。"

雷切尔一下子默不作声了。

"尽管……"托兰补充说道,这会儿雷切尔使他不停地思考着,"我必须承认海底存在非常深的地方,海洋学家们称其为静区。实际上,我们并不熟悉那些静区,不过静区是少有洋流和养料源的地方,所以几乎没什么生物在那儿生存,就只有几种栖息在海底的食腐动物。所以从这个观点来看,我认为那里出现单一生物的化石并非完全不可能。"

"嘿!"科基嘟囔着说道,"还记得熔壳吗?中等的镍含量?陨石球粒?为什么我们对此连提都不提呢?"

托兰没有回答。

"这个镍含量的问题,"雷切尔对科基说道,"再给我解释一遍吧。地球上的岩石中的镍含量既不会太高也不会太低,可在陨石中,镍的含量却是在一个特定的中等范围之内?"

科基频频点着头,说道:"的确如此。"

"如此看来,在这种标本中,镍的含量恰好在意料范围之内。"

"非常接近,是的。"

雷切尔看上去很惊讶。"等一下。接近?怎么讲?"

科基看上去很恼火。"正如我先前解释的那样,所有的陨石矿物都不相同。随着科学家们发现了新的陨石,我们得按照我们认为可被接受的适用于陨石的镍含量，不时更新计算结果。"

雷切尔拿起了这个标本，看上去很震惊。"这么说来，是这块陨石迫使你们重新评估你们认为的可被接受的陨石的镍含量了？这块陨石不在既定的中等镍含量范围之内吗？"

"只是略微有点偏差。"科基反驳道。

"为什么没人提到过这一点？"

"这又不是什么大问题。天体物理学可是一门动态学科，人们都在不断地为其提供最新信息。"

"在做一份极其重要的分析报告的时候呢？"

"哎，"科基气鼓鼓地说，"我可以向你保证，那种标本中的镍含量相当接近其他陨石的，而不是接近地球上的任何岩石的。"

雷切尔转向托兰，问道："你以前知道此事吗？"

托兰勉强点了点头。当时那似乎并不是重要问题。"有人告诉我，说这块陨石在镍含量方面比人们曾见过的其他陨石显得略微偏高，不过国家航空航天局的专家们似乎对此漠不关心。"

"合情合理！"科基插话道，"这个矿物学上的证据并不在于它的镍含量确实像陨石的，而在于它确实不像地球岩石的。"

雷切尔摇了摇头。"很抱歉，在我的工作中，那是一种致命的错误逻辑。说一块岩石不像地球上的东西并不能证明它是陨石。它只能证明这块岩石与人类有史以来在地球上所见过的所有东西都不一样。"

"这究竟有什么区别！"

"没什么区别，"雷切尔说道，"假如你见过地球上的所有岩石的话。"

科基沉默了一会儿。"好吧，"他最终说道，"要是镍含量让你烦心的话，就别去管了。我们还有没有裂缝的熔壳和陨石球粒。"

"的确，"雷切尔说着，听起来不为所动，"三分之二的证据都还不算糟糕。"

第 83 章

美国国家航空航天局总部所在的建筑是位于华盛顿哥伦比亚特区东大街 300 号的一座巨型长方形玻璃大楼。这座大楼里布满了两百多英里长的数据线和数千吨重的计算机处理器。这是一千一百三十四名文职人员的总部,他们掌管着国家航空航天局每年一百五十亿美元的预算,还监督着国家航空航天局遍布全国的十二个基地的日常工作。

尽管已是深夜,但看到这座大楼的大厅里挤满了人,加布丽埃勒丝毫不觉惊讶——激动不已的媒体工作者和比他们还要兴奋的国家航空航天局的工作人员显然都聚在了一起。她匆匆走了进去。入口像是一座博物馆,与原物同样大小的闻名的航天舱和卫星的复制品悬在头顶,引人注目地耸立在那儿。各家电视台的工作人员这会儿在奢华的大理石地板上占据着有利位置,想要抓住从门口进出的惊讶的国家航空航天局的员工们。

加布丽埃勒扫视着人群,可是却没看出哪个人长得像是极轨道密度扫描卫星航天任务的负责人克里斯·哈珀。大厅里一半的人佩戴着记者通行证,还有一半的人脖子里挂着国家航空航天局的带照片的身份证。加布丽埃勒两样东西都没有。她发现一位带有国家航空航天局身份证的年轻女士,匆忙朝她走了过去。

"你好,我想找一下克里斯·哈珀。"

那位女士奇怪地看着加布丽埃勒,似乎以前在某个地方见过她却记不大起来了。"刚才看到哈珀博士走了过去,我想他到楼上去了。我们认识吗?"

"我想不认识,"加布丽埃勒说着,准备走开,"我怎么才能到楼上去?"

"你是国家航空航天局的职员吗?"

"不，我不是。"

"既然这样，你不能上楼。"

"啊，有没有电话我可以用一下——"

"喂，"那位女士说着，看上去突然很气愤，"我知道你是谁了。我在电视上看过你和塞克斯顿参议员一起。难以相信你竟会厚着脸皮——"

加布丽埃勒早已走开，消失在人群中。身后，她听到那位女士气呼呼地告诉别人加布丽埃勒在这儿。

真吓人。进门刚两秒钟，我就已经上了通缉令榜首。

加布丽埃勒低着头急匆匆地走向大厅的那一边。那边的墙壁上固定着一块楼层使用一览表。她扫视着那个列表，想要找到克里斯·哈珀的名字，但是没有找着。这个列表根本就不显示任何姓名，它是按部门编排的。

极轨道密度扫描卫星？加布丽埃勒一边忖度，一边扫视着这张列表，想要找到任何与极轨道密度扫描卫星有关的信息，结果什么也没发现。她不敢向后瞥，真觉得会看到一群怒气冲冲的国家航空航天局员工过来向她扔石头。她在列表上所看到的似乎还有点希望的是四楼：

地球科学计划，第二阶段
地球观测系统

加布丽埃勒始终扭着头不看人群，朝一间装有一套电梯和一台喷泉式饮水器的凹室走去。她寻找着电梯的呼叫按钮，却只看见几条狭槽。真该死。这些电梯使用了安全控制——要用密码卡身份证开启，仅限员工出入。

一群年轻人匆忙朝电梯这边过来，兴高采烈地谈论着什么。他们的脖子上都挂有国家航空航天局的带照片的身份证。加布丽埃勒在饮水器旁边快速弯下了腰，回头注视着背后。一个脸上长有粉刺的男子将他的身份证插入狭槽打开了电梯。他一边大笑,一边惊异地摇着头。

"地外文明探索部门的家伙们肯定会疯掉的!"大家走进电梯的时候,他说道,"他们的长角的小车在小于两百毫央[1]的漂移场里追踪了二十年,可是物证竟然自始至终都埋在地球上的冰层里!"

电梯门关上,那群人就不见了。

加布丽埃勒站起身子,一边擦着嘴巴,一边思忖着要做些什么。她四下寻找一部办公室之间使用的内线电话,却什么也没找到。她思量着自己能否用什么办法偷到一张密码卡,可是她觉得那样做可能并不明智。不管怎么做,她知道自己得快速行动。她这会儿看到在大厅里最先与她说过话的那位女士随一位国家航空航天局的警官一起穿行在人群中。

一位身材修长的秃顶男子出现在拐角处,急急忙忙地朝电梯走去。加布丽埃勒又一次在饮水器旁边弯下了腰。那名男子似乎并没有注意到她。他前倾着身子将身份证插入狭槽时,加布丽埃勒则安静地注视着。另一个电梯门徐徐开启,接着那人走了上去。

见鬼去吧,加布丽埃勒想着,下定了决心,机不可失,时不再来。

电梯门徐徐关闭时,加布丽埃勒从饮水器旁边一个转身冲了过去,伸出手抓住了电梯门。电梯门又弹开了,加布丽埃勒就走了进去,兴奋得脸上露出了喜色。"你见过这样的状况吗?"她装腔作势地对那名震惊的秃顶男子说道,"老天啊,太荒唐了!"

那人怪异地看了她一眼。

"地外文明探索部门的家伙们肯定会疯掉的!"加布丽埃勒说道,"他们长角的小车在小于两百毫央的漂移场里追踪了二十年,可是物证竟然自始至终都埋在这个世界的冰层里!"

---

[1] 毫央,英文为milliJansky。央斯基(Jansky)是一种描述天体射电流量密度的国际物理单位,简写作"央",等于10—26瓦/(平方米·赫)。这一单位名称以美国无线电工程师、宇宙射电的发明者Karl Guthe Jansky的名字命名。MilliJansky是毫央,央单位的千分之一。

那人看上去很诧异。"这个……是的，太……"他扫了一眼加布丽埃勒的脖子，显然因没看到身份证而感到不安，"对不起, 你——"

"四楼，谢谢。来得太匆忙，我差一点忘了穿内裤！"加布丽埃勒大笑起来，快速地偷看了一眼那人的身份证：詹姆斯·泰森，财政部门。

"你在这里上班吗？"那人看上去局促不安，"小姐……"

加布丽埃勒任由自己微张着嘴发呆。"吉姆！我真备受打击！让一个女人觉得自己不值得注意可是再让人伤心不过的了！"

有那么一会儿，那人脸色刷白，看上去很窘迫，尴尬地用手理了理头发。"对不起。要知道，这是如此令人激动的事情。我承认，你看上去的确很眼熟。你是执行什么计划的？"

见鬼。加布丽埃勒突然露出了自信的笑容，说道："地球观测系统。"

那人指了指那个被照亮的四楼按钮，说道："显而易见。我是说具体做什么，什么计划？"

加布丽埃勒感觉心跳加速。她只能想到一个答案。"极轨道密度扫描卫星。"

那人看上去很震惊。"真的吗？我还以为哈珀博士那组的人员我都见过呢。"

加布丽埃勒局促不安地点了点头。"克里斯不让我露面。我就是那个弄错异常检测程序的立体像素指数的白痴程序员。"

这会儿是那个秃顶男子大吃一惊了。"那个人就是你？"

加布丽埃勒蹙起眉头。"我几周都没睡好觉。"

"哈珀博士因此受到了各种各样的攻击！"

"我知道。克里斯是个好人。不管怎样，他改正了那个错误。今晚的宣言可真令人激动，不是吗？那块陨石。我简直震惊了！"

电梯在四楼停住了，加布丽埃勒跳了出去。"见到你真高兴，吉姆。替我向编制预算的那些家伙问个好！"

"一定，"门徐徐关上时，那人结结巴巴地说道，"见到你，我也很高兴。"

第 84 章

扎克·赫尼与大多数前任总统一样，每晚就睡四五个小时。但他在过去几周的睡眠时间还要少得多。由于对今晚的大事的兴奋开始慢慢减退，赫尼感觉深夜来临，浑身疲惫。

赫尼与一些高级官员们在罗斯福室里品尝着庆功香槟，还不时地观看着循环播放的新闻发布会重播、托兰的纪录片选段和联播电视网播送的专家的扼要重述。这会儿的电视屏幕上，一位热情洋溢的广播电视公司的记者紧握麦克风站在了白宫前。

"除了给人类带来震撼人心的深远影响之外，"她播报道，"国家航空航天局的这项发现还对当今华盛顿产生了某种残酷的政治影响。这些陨石化石出现的时机对四面楚歌的总统来说好得不能再好了。"她的声音渐渐变得郁郁不乐，"对塞克斯顿参议员而言，却是坏得不能再坏了。"传播信号切换到了那天早些时候有线电视新闻网播送的如今已臭名昭著的辩论重播。

"三十五年过去了，"塞克斯顿断言，"我觉得我们不会找到外星生命，这是极其明显的！"

"可要是你错了呢？"玛乔丽·坦奇回答。

塞克斯顿骨碌碌地转了转眼睛，说道："噢，看在老天爷的面上，坦奇女士，要是我错了就砍我的头。"

罗斯福室里的每一个人都哈哈大笑起来。坦奇把塞克斯顿参议员逼得走投无路，这种手段事后看来显得残忍且毒辣，可是似乎并未引起电视观众的注意。塞克斯顿参议员用傲慢的口吻做出答复时是多么沾沾自喜，所以似乎他正是自食其果。

总统环视房间寻找坦奇。从新闻发布会还没开始的时候，总统就不曾见过她,而且这会儿她也不在这儿。真奇怪,总统想道,这是我的庆典,同样也是她的。

电视新闻报道就要结束,这会儿又在概述白宫在政治上的重大跃进和塞克斯顿参议员极不幸的惨败。

一天之中变化如此之大,总统心想,在政治活动中,世界瞬息之间就可能出现骤变。

到黎明时分,总统就会意识到这话有多么确切。

第 85 章

皮克林是个难对付的人。坦奇这样说过。

埃克斯特龙局长心中老在想着这条新得到的信息,压根儿没注意到旅居球外面的暴风雪这会儿刮得更猛烈了。钢丝绳的嗥鸣声越来越响,国家航空航天局的员工们都神经紧张地到处打转与人聊天,就是不愿睡觉。埃克斯特龙的心思陷入了另一场风暴中——远在华盛顿正酝酿着的一场迅速扩大的风波。过去几个小时里出现过无数个难题,埃克斯特龙都尽力将其化解。可是,眼下出现的问题比其他所有问题加在一起还要重大。

皮克林是个难对付的人。

埃克斯特龙所能想到的人世间他最不愿与之斗智的人就是威廉·皮克林。皮克林欺压埃克斯特龙和国家航空航天局至今好多年了,总想操作保密计划,企图推进其他太空行动,并且抱怨国家航天局不断攀高的失败率。

埃克斯特龙知道,皮克林对国家航空航天局的愤慨远不止在最近国家航空航天局发射台爆炸事件中损失的耗资十多亿美元的国侦局通信情报卫星、国家航空航天局的机密泄露或是在吸收制造航空与航天器的重要人员方面的争论这些问题上。皮克林对国家航空航天局的不满是出于一系列不断让人理想破灭且心生愤恨的戏剧性事件。

国家航空航天局的 X-33 航天飞机——原以为可以成为最理想的换代航天飞机——业已延误五年，造成国侦局的许多卫星维护与发射计划都得放弃或者暂停执行。最近，在发现国家航空航天局彻底取消那个计划，耗尽估计九亿美元之后，皮克林在 X-33 航天飞机问题上的愤怒达到了极点。

埃克斯特龙来到办公室门口，把门帘朝旁边一拉，走了进去。他坐在办公桌旁，将头埋在双手里。他得做出一些决定。以一次令人惊叹的胜利而开始的事业这会儿正绕过他变成一场逐渐被澄清的梦魇。他试图使自己处在威廉·皮克林的位置上进行思考。皮克林接下来会干些什么呢？聪明如皮克林一样的人必须要明白国家航空航天局的这项发现的重要性。他得原谅人们在绝望中做出的某些抉择，还得意识到破坏这个重大的胜利会造成不可挽回的损失。

皮克林利用其所掌握的信息会干些什么呢？他是要任其自然发展呢，还是要让国家航空航天局为他们的过失付出代价？

埃克斯特龙脸色阴沉，皮克林会怎么做，他几乎可以肯定。

毕竟，威廉·皮克林与国家航空航天局之间存在比较严重的争议……由来已久的私人恩怨可要比政见相左影响深刻得多。

第 86 章

G-4 型飞机沿着加拿大圣劳伦斯湾的海岸线向南飞行，雷切尔这会儿默不作声，木然地凝视着机舱。托兰坐在近旁正同科基说话。尽管大多数证据都表明那块陨石真实可信，可是科基承认了镍含量"不在预先设定的中等范围之内"，这就重新激起了雷切尔最初的怀疑。偷偷将一块陨石放到冰层之下，只有把这看成某个英明构想出来的骗局才显得合乎情理。

可是，剩下的证据都表明了陨石确有其物。

雷切尔将视线从窗前移开，低头瞥了一眼手中这块光盘形状的陨石标本。那些微小的陨石球粒闪着微光。托兰和科基一直在讨论这些闪闪发光的陨石球粒，有好一会儿，他们说着雷切尔压根儿就听不懂的科学术语——均衡的橄榄石数量，准稳熔岩凝体痕印和变质均匀再混合物。虽然这样，其要旨却很明确：科基和托兰一致认为这些陨石球粒确实存在于陨石中。那些数据并非捏造。

雷切尔在手里翻转着那块光盘形状的标本，用一根手指划过陨石边缘，边缘上某些熔壳清晰可见。比较而言，这些烧焦的地方看上去像是新的——肯定没有三百年的历史，然而科基曾经解释过这块陨石自始至终都密封在冰层里，避免了大气的侵蚀。这似乎合乎情理。雷切尔曾经看过这样的电视节目，人的尸体在四百年后从冰块里被挖了出来，其皮肤看上去几乎还是完好无损。

她细细察看着熔壳，突然脑子里冒出了一个奇怪的念头——一个明显的数据被漏掉了。雷切尔不知道这仅仅是别人给她的所有数据中的一个疏忽还是有人完全忘了提及。

雷切尔突然询问科基："有人断定过熔壳的年代吗？"

科基匆匆瞥了一眼，看上去丈二和尚摸不着头脑。"你说什么？"

"有人断定过烧焦的印子的年代吗，就是说，我们是不是确确实实地知道岩石烧焦与琼格索尔陨落恰好发生在同一时间？"

"很抱歉，"科基说道，"熔壳的年代没法断定。氧化作用使所有必要的同位素标记重新排序。再说了，放射性同位素衰减速度太慢，测定不了任何少于五百年历史的东西。"

雷切尔把前面的话考虑了许久，这会儿明白了熔壳年代不在那些数据之中的个中原委。"这么说来，就我们所知，这块岩石原本可能是在中世纪的时候烧焦的，也可能是上个周末，对吗？"

托兰笑出了声。"谁也没说过科学能解决一切问题。"

雷切尔任由自己说出了满腹狐疑。"熔壳实质上就是一层严重烧焦的外壳。严格地说，岩石上的印子原本可能是在过去半个世纪里的任何时间，用任何一种方法烧成的。"

"不对，"科基说道，"用任何一种方法烧焦？不，只能用一种方法烧焦。穿过大气层坠落下来。"

"没有其他可能吗？会不会是在熔炉里烧成的？"

"熔炉？"科基说道，"人们是在电子显微镜下观察这些标本的。即便是世界上最干净的熔炉都可能会在整块岩石上留下燃料残渣——核燃料、化学燃料和矿物燃料。别抱什么希望了。急速划过大气层留下的擦痕是什么样？在熔炉里可烧不出那样的擦痕。"

雷切尔早已忘记了陨石上的定向条纹。那块陨石看上去的确像是从天上掉下来的。"火山呢？"她冒昧地问道，"会不会是火山剧烈喷发出来的物质？"

科基摇了摇头。"这块熔壳要干净得多。"

雷切尔扫了一眼托兰。

这位海洋学家点点头，说道："很抱歉，水面上和水下的火山我都领教过。科基说得没错。火山喷发物中会渗入很多毒素——二氧化碳、二氧化硫、硫化氢和盐酸，所有这些物质都会被电子扫描器监测到。不管我们喜欢不喜欢，那种熔壳都是一次无污染的大气摩擦燃烧的产物。"

雷切尔叹了口气，重新望向窗外。一次无污染的燃烧。这句话萦绕在她耳际。她回头面对托兰，问道："你凭什么说是一次无污染的燃烧？"

托兰耸耸肩，答道："完全是因为在电子显微镜下看不到任何燃料的残余物，我们就知道了其发热是由动能和摩擦造成的，而不是化学或者核原料。"

"要是没发现任何异样的燃料成分，你们发现了什么呢？具体讲，熔壳的构成成分是什么？"

"我们发现的结果，"科基说道，"正在我们意料中。那是纯粹的大气成分，氮、氧、氢，没有石油，没有硫，没有火山酸，没有任何特别的物质，我们只看到流星划过大气层坠落下来的物质。"

雷切尔靠在椅背上，凝神思索着。

科基欠身看着她，说道："你总不至于有了新的看法，认为国家航空航天局用航天飞机把一块岩石化石带上天，再将其猛地投向地面，希望没人注意到火球、陨石坑和爆炸声吧？"

雷切尔没有想到这个解释，虽然那是一个很有趣的假设。即使行不通，仍不乏趣味。实际上，她的想法更接近答案。所有的天然大气成分，无污染的燃烧，急速划过天空形成的擦痕。突然，一线微弱的灵光掠过她的脑际。"你们所看到的大气成分比率，"她说道，"与你们见过的其他所有带熔壳的陨石的比率完全一样吗？"

科基对这个问题似乎有点闪烁其词。"你为什么这样问？"

雷切尔看到他犹豫不决，感觉自己心跳都在加速。"那些比率不对头，是吗？"

"有一个科学的解释。"

雷切尔的胸口这会儿突然怦怦直跳。"你们也许发现了哪一种成分的含量异常高吧？"

托兰和科基震惊地对视了一眼。"对，"科基说道，"不过——"

"是不是氢离子？"

这位天体物理学家双眼圆睁。"你怎么可能知道这件事！"

托兰看上去同样惊讶不已。

雷切尔瞪着他们两个人，问道："为什么没人向我提起过这件事？"

"因为有个完全合乎情理的科学解释！"科基断言。

"我洗耳恭听。"雷切尔说道。

"之所以存在过多的氢离子，"科基说道，"那是因为流星是在北极附近划过大气层的，北极的地球磁场造成了氢离子含量异乎寻常的高。"

雷切尔蹙起额头，说道："很遗憾，我却另有解释。"

第 87 章

国家航空航天局总部的四楼并不如大厅里那般激动人心——一条沉闷的长走廊，两边的墙壁上等距离地装有办公室的大门。走廊上阒无一人，由薄板做成的标牌指向各个方向。

←陆地卫星 7 号
土地卫星→
←有源谐振腔式辐射计辐照监测仪卫星
←詹森 1 号
水色卫星[1]→
极轨道密度扫描卫星→

加布丽埃勒按照标牌的指向寻找极轨道密度扫描卫星。她七弯八拐地穿过一条条走廊和一个个分岔口，来到一组厚重的铁门前。上面的文字写的是：

极轨道密度扫描卫星
部门主管，克里斯·哈珀

---

[1] 陆地卫星（Landsat）计划是至今为止时间持续最长的空间地球观测项目，第一颗"陆地卫星"于一九七二年发射。土地卫星（Terra）于一九九九年十二月十八日发射，该卫星被誉为地球观测系统"旗舰"，用于提供有关大气、陆地和海洋状态的全球数据，另外还包括它们之间以及与太阳辐射之间的相互关系。"有源谐振腔式辐射计辐照监测仪卫星"（ACRIMSAT）于一九九九年十二月二十日发射，用于长期精确地测量太阳辐射到地球、陆地、海洋和大气上的能量总量。水色卫星（Aqua）于二〇〇〇年十二月发射，主要用于对地球的相关过程（大气、海洋和陆地）及其与地球变化的相互关系的多学科研究。詹森 1 号（Jason-1）于二〇〇一年三月发射，是一项由美国和法国合作的卫星海洋学任务，用于监测全球海洋循环，揭示海洋和大气的联系，改善全球气候预测，监测诸如厄尔尼诺、拉尼纳和海洋漩涡等情况。

大门紧锁着,要用密码卡和输入个人识别号码才能进入。加布丽埃勒将耳朵凑到冰冷的金属门上听了听。有那么一会儿,她觉得自己听到有人在说话,可能是在争吵。也许不是。加布丽埃勒思量着是不是应该直接砰砰敲门,直到里面的人让她进去。遗憾的是,她对付克里斯·哈珀的计划要运用一点点智谋,而不是砰砰敲门。她环视四周寻找别的入口,却发现根本就没有别的门了。一间看门人的凹室紧挨着这扇门,于是加布丽埃勒走进去,想在灯光昏暗的凹室里找到看门人的钥匙圈或者密码卡,结果却发现除了扫帚和拖把什么也没有。

她回到门口,又趴在金属门上听了听。这次她清楚地听到了说话声。那声音越来越大,还有脚步声。门闩从屋里给闩上了。

金属门猛然打开,加布丽埃勒根本来不及躲开。她快速闪到一旁,将身子紧贴在墙壁上,这时一群人大声谈论着匆忙走了过去。他们听上去怒气冲冲的。

"克里斯究竟怎么了?我还以为他会欣喜若狂呢。"

"在今晚这样一个举国欢腾的夜晚,"这群人走过去时,另一个人说道,"克里斯想要一个人待着?他应该去庆贺一番!"

这群人从加布丽埃勒身边走开时,那扇装有气压铰链的厚重的门开始关闭,逐渐露出她的位置。那些人继续沿走廊走着,加布丽埃勒则一直僵直着身子。她尽可能坚持得久一些,在那扇门只差几英寸就关上时,她在仅能活动的几英寸内猛扑向前,一把抓住了门把手。她一动不动地站着,那些人则在走廊的那一头拐弯了,他们谈得太起劲都没人回头看一下。

加布丽埃勒胸口怦怦直跳,她拉开大门走进了对面那片灯光昏暗的地方,悄悄地关上了门。

这里是一个宽敞开阔的工作区,这让加布丽埃勒想起了大学里的物理实验室:众多计算机、独立工段、电子设备。眼睛逐渐适应这片黑暗之后,加布丽埃勒看到四处散落的蓝图和做计算用的纸张。整个工作区除了实验室最里面一间办公室之外都是黑漆漆的一片,那间办公室里的一束光线照在了门下方。门是关上的,可是透过窗户她看到

有个人坐在计算机前。她认出了他就是国家航空航天局新闻发布会上的那个人。门上的名牌写的是:

克里斯·哈珀
部门主管,极轨道密度扫描卫星

已经走到了这一步,加布丽埃勒突然不安起来,不知道自己能不能真正做好这件事。她提醒自己塞克斯顿多么肯定克里斯·哈珀撒了谎。我愿以我的竞选活动就此事打赌,塞克斯顿曾经这样说过。很明显,其他人也有同样的感觉,那些人正等着加布丽埃勒揭晓事情的真相,这样他们就可以围困国家航空航天局,试图在经过今晚毁灭性的新情况之后哪怕稳固一点根基也好。今天下午,受到坦奇与赫尼政府的那番戏耍之后,加布丽埃勒急着要出手。

她抬手正要敲门,却又迟疑了,约兰达的话这会儿萦绕在她脑际。要是克里斯·哈珀在极轨道密度扫描卫星问题上对全世界的人都撒了谎,你凭什么认为他会对你说实话?

恐惧感,加布丽埃勒暗自想道,今天自己差一点就成为它的受害者。她想了个计划。这个计划要用到一种策略,她以前就常常看到塞克斯顿参议员用这种策略来吓唬政治对手说出实情。加布丽埃勒在塞克斯顿的影响下掌握了许多策略,可并非所有的影响都具有吸引力且合乎道德。可是,今晚她得利用一切有利条件。要是能够说服克里斯·哈珀承认不管出于何种原因他撒了谎,加布丽埃勒就为参议员的竞选活动提供了一次小小的机会。除此之外,塞克斯顿这种人只要获得一丁点儿活动的空间,差不多就都能摆脱任何困境。

加布丽埃勒要对付哈珀的计策是塞克斯顿称为"言过其实"的方法——这是早期罗马当局发明用来诱骗他们认为撒了谎的疑犯认罪的一种审问技巧。这种方法简单,却容易使人上当:

语气坚定地说出你想让别人承认的事情。
接着提出更为恶劣的事情。

目的是给对手一次机会,让他两害相衡取其轻——在这种情况下,他只有说实话。

使用这种技巧要流露出信心十足的样子,而这是加布丽埃勒这会儿感觉不到的东西。深吸一口气,加布丽埃勒打了个腹稿,然后用力敲响了办公室的大门。

"跟你们说了我很忙!"哈珀大喊道,他的英国口音很耳熟。

她又敲了敲门。敲门声一次比一次响。

"跟你们说了我不想下楼!"

这次加布丽埃勒用拳头砰砰砸在门上。

克里斯·哈珀走过来,猛地拉开了门。"真该死,你们——"他戛然而止,看到加布丽埃勒明显感到诧异。

"哈珀博士。"加布丽埃勒说道,想要加强语气。

"你怎么上来的?"

加布丽埃勒的面容很严厉。"你知道我是谁吗?"

"当然。你的上司几个月以来一直在苛刻地指摘我的计划。你怎么进来的?"

"塞克斯顿参议员派我来的。"

哈珀双眼扫视着加布丽埃勒身后的实验室。"陪你一起来的人员在哪儿?"

"这不关你的事。参议员有很硬的关系。"

"在这座大楼里?"哈珀看上去有所怀疑。

"你真不老实,哈珀博士。恐怕塞克斯顿参议员已经召集由参议员组成的特别审判委员会调查你说过的谎言。"

哈珀的脸上露出阴森森的表情。"你在说些什么?"

"像你这么聪明的人没必要装疯卖傻,哈珀博士。你现在麻烦缠身,参议员派我到这儿来就是为了同你做个交易。参议员的竞选活动今晚遭受了巨大的打击。他已经没什么可输的了,如有必要,他要拉你一起下马。"

"你究竟在说什么?"

加布丽埃勒深吁一口气，然后重拳出击。"你在新闻发布会上就极轨道密度扫描卫星上的异常检测程序问题说了假话。我知道那件事，许多人都知道。这并不是问题的关键。"还没等哈珀开口辩解，加布丽埃勒赶紧接着说了起来，"塞克斯顿参议员现在就可以揭穿你的谎言，不过他没有兴趣。他醉心于更重大的新闻题材。我觉得你明白我在说什么。"

"不，我——"

"这是参议员的提议：要是你说出和你一起挪用公款的国家航空航天局高级管理人员的名字，他就闭口不谈你在程序问题上撒的谎。"

有那么一会儿，克里斯·哈珀似乎觉得莫名其妙。"你说什么？我没有挪用公款！"

"我建议你留心你说的话，先生。由参议员组成的委员会收集文件证据至今已有几个月了。你当真以为你们两个人藏头匿尾可以溜掉？假造极轨道密度扫描卫星的工作报告，还将拨给国家航空航天局的资金转入私人账户？撒谎和挪用公款可以把你送入大牢，哈珀博士。"

"我压根没干过那种事！"

"你是说你没在极轨道密度扫描卫星问题上撒谎？"

"不，我是说的确没有挪用公款！"

"这么说来，你是说你在极轨道密度扫描卫星问题上的确撒了谎。"

哈珀瞪大双眼，显然无话可说了。

"撒谎的事就算了吧，"加布丽埃勒说着，挥挥手不愿再谈，"塞克斯顿参议员对于你在新闻发布会上撒谎的事并不感兴趣。这种事，我们司空见惯了。你们的人发现了一块陨石，谁也不会在意你们是如何发现的。他所关注的是贪污问题。他得煞煞国家航空航天局的某些高层的气焰。只要告诉他谁是你的同伙，他就会完全避开你进行调查。你可以放心地告诉我们另一个人是谁，要不然参议员就要使事情败露，然后开始谈论异常检测程序和虚构变通办法的事情。"

"你这是在虚张声势。根本就没有什么挪用公款的事情。"

"你可真是个差劲的说谎者，哈珀博士。我看过文件证据。你的名字可是上了所有的指控文件，一而再，再而三地出现。"

"我发誓对于挪用公款的事情丝毫不知！"

加布丽埃勒大失所望地叹了口气。"设身处地为我想一想吧，哈珀博士。在这个问题上，我只能得出两个结论：要么你对我撒了谎，就像你在新闻发布会上那样；要么你讲了实话，可是国家航空航天局内某个有权势的人由于自身的错误而陷害你，把你当成替罪羊。"

这个说法似乎让哈珀踌躇了一下。

加布丽埃勒看了看手表。"参议员的交易在一个小时之内有效。你可以把和你一起盗用纳税人钱财的国家航空航天局的主管人员的名字告诉他，以此保全自己。参议员对你并不感兴趣，他想钓一条大鱼。这个人现在显然在国家航空航天局有些权势，他或者她已经设法使自己免受书面调查，想让你做替罪羊。"

哈珀摇了摇头。"你在撒谎。"

"你愿意在法庭上那样说吗？"

"当然，我愿意否认所有事情。"

"敢宣誓吗？"加布丽埃勒厌恶地咕哝了一句，"在修补极轨道密度扫描卫星的程序问题上撒的谎也要否认吗？"加布丽埃勒直视他，胸口怦怦直跳，"在这个问题上，仔细想好怎么抉择，哈珀博士。美国的监狱可是最令人讨厌的地方。"

哈珀同样对她怒目而视，加布丽埃勒希望他能屈服。有那么一会儿，加布丽埃勒觉得她隐约看出他让步了，可是哈珀开口说话时，声音却如钢铁般坚定。

"阿什女士，"他断然说着，眼中冒出怒火，"你这是在试图抓住一些子虚乌有的东西。你我都知道，国家航空航天局根本就没有挪用公款的事情。这个房间里唯一撒谎的人就是你。"

加布丽埃勒感觉身体一下子僵直了。哈珀凝视的目光气愤且严厉。加布丽埃勒真想转身就跑。你还想装模作样蒙骗一位顶级科学家。你到底要做些什么?"加布丽埃勒硬着头皮高昂起头。"我只知道,"她说道,装成极其自信而且对他的处境漠不关心的样子,"我看过那些指控文件,那些说你和另一个人盗用国家航空航天局资金的很有说服力的证据。参议员今晚叫我来只是想给你个选择的余地,让你放弃你的同伙,而不是独自面对调查。我会告诉参议员你情愿到一位法官那里碰碰运气。你可以在法庭上说出你跟我讲的事情——你既没有挪用公款,也没有在极轨道密度扫描卫星的程序问题上撒谎。"她冷冷地笑了笑,"不过在看了两周前你召开的拙劣的新闻发布会之后,我莫名其妙地有所怀疑。"加布丽埃勒一个转身,大步穿行在漆黑的极轨道密度扫描卫星部门的实验室里。她思忖着说不定进监狱的人是自己,而不是哈珀。

加布丽埃勒昂首挺胸地走开了,期待着哈珀把她叫回去。四周一片寂静。她从金属门里挤过去,阔步走到外面的走廊里,希望前面的电梯不像大厅里的那样要用密码卡才能开启。她失败了。尽管她做了最大的努力,可是哈珀并不上当。也许他在关于极轨道密度扫描卫星的新闻发布会上说的就是真话,加布丽埃勒心想。

金属门在她身后猛地拉开了,一阵哐当声回响在走廊里。"阿什女士,"哈珀大声叫道,"我发誓关于挪用公款的事我毫不知情。我是个诚实的人!"

加布丽埃勒感到她的心跳停了一拍。她克制着自己,继续朝前走,冷淡地耸耸肩扭头喊了一句:"可是你在新闻发布会上撒了谎。"

一阵寂静。加布丽埃勒继续沿走廊走着。

"等一下!"哈珀尖叫道。他一路小跑来到加布丽埃勒身旁,面色煞白。"这件挪用公款的事情,"他说着,压低了嗓音,"我想我知道是谁设计陷害了我。"

加布丽埃勒当即收住了脚步,思量着她有没有听错话。她尽可能缓慢且漫不经心地转过了身。"你想让我相信有人设计陷害了你?"

哈珀叹了口气。"我发誓对于挪用公款一事我丝毫不知。不过要是有不利于我的证据……"

"成堆的证据。"

哈珀叹了口气,说道:"要是那样的话,那些证据都是别人栽赃,在必要时败坏我的名声。只有一个人可能会做出那种事情。"

"谁?"

哈珀盯着她的眼睛看了看。"劳伦斯·埃克斯特龙对我恨之入骨。"

加布丽埃勒感到震惊,问道:"国家航空航天局的局长?"

哈珀坚定地点点头,说道:"他就是那个逼我在新闻发布会上撒谎的人。"

第 88 章

即使"极光"飞机的雾化甲烷推进系统此时只用了一半的功率,三角洲部队也正以音速的三倍——每小时两千多英里的速度在黑夜中疾行。他们身后的脉冲爆震波发动机不断地震动,给这次航行打着催眠的节拍。一百英尺以下,海面被"极光"的真空尾流搅得波涛汹涌,掀起了五十英尺高的羽状水柱,冲天而上,形成长长的平行水流拖在飞机身后。

这就是 SR-71 "黑鸟"退役的原因所在,三角洲一号思忖着。

"极光"正是那些不该让人知道却又人尽皆知的秘密飞行器之一,就连探索频道[1]也对"极光"及其在内华达州格鲁姆湖的试机进行过报道。机密泄露是由于远在洛杉矶就能听到的一次次"天震",还是不幸被一个北海石油钻探工亲眼目睹,或者是由于管理失误以致在五角大楼一份公开发表的预算书中还保留着对"极光"的描绘,这些

---

[1] 探索频道是全球最大的纪录片制作商,自一九八五年在美国启播后,现已成为世界上发展最迅速的有线电视网络之一,它网罗全球顶尖的纪录片制作人,提供高品质的非戏剧性节目,内容涵盖科技、自然、历史、探险和世界文化等领域。探索频道的节目被认为是世界上最优秀的纪实娱乐节目。

都不得而知。不过这几乎无关紧要。外面这样传言：美国军方有一架飞机，飞行速度可达六马赫，而且这个飞机再也不是只存在于绘图板上，它早就上了天。

"极光"由洛克希德公司制造，看上去就像一只扁平的美式足球。这架飞机长一百一十英尺，宽六十英尺，周身均匀地覆盖着一层晶莹闪亮的耐热瓷，就像航天飞机一样。其超常的速度主要是源于一个不同寻常的新型推进系统，称为"脉冲爆震波发动机"。这种发动机燃烧一种清洁、雾化的液态氢，这会在天空中留下一条能暴露行踪的脉冲尾迹。出于这个原因，它只在夜里飞行。

今晚，三角洲部队穿越茫茫大海，以惊人的速度行进在漫漫归途上。其实，他们是在赶超他们的目标。照此速度，三角洲部队不到一小时就能抵达东部海岸，比他们的目标足足早两个小时。跟踪、击落那架飞机的问题已经讨论过了，但指挥官不无理由地担忧，雷达会探测到这起事故，或者燃烧的飞机残骸可能会引起一场大规模的调查。最好让那架飞机按计划着陆，指挥官早已做出决定。一旦弄清他们的目标准备在哪里着陆，三角洲部队就会紧跟上去。

此刻，"极光"正风驰电掣地疾行在荒凉的拉布拉多海上空，这时三角洲一号的加密对讲机显示有一个来电。他接通了电话。

"情况有变，"一个电子声音通知他们，"在雷切尔·塞克斯顿和那两个科学家着陆之前，你们先对付另一个目标。"

另一个目标。三角洲一号能感觉到那是什么。疑团就要解开了。指挥官布下的局又出了一个漏洞，要他们尽快弥补。如果在米尔恩冰川上我们就成功击中了目标的话，三角洲一号提醒自己，这个局就不会出现漏洞了。三角洲一号要收拾自己的烂摊子，对此他清楚极了。

"第四方卷进来了。"指挥官说。

"谁？"

指挥官沉吟半响，然后告诉了他们一个名字。

三人面面相觑。那是一个他们非常熟悉的名字。

难怪指挥官的语气听上去那么勉强！三角洲一号想。在一个设想为"零伤亡"的军事行动中，死亡人数和目标统计曲线却正在迅速攀升。当指挥官准备明确地告知他们如何消灭和在哪里消灭这个新目标时，他觉得自己全身的肌肉都绷紧了。

"押下的注已经大大增多了，"指挥官说，"仔细听着，我下达的指令只讲一次。"

第 89 章

在缅因州北部的高空中，一架 G4 型喷气机正高速飞往华盛顿。飞机上，雷切尔·塞克斯顿开始阐释她的理论，说明为什么陨石的熔壳中可能出现过多的氢离子，迈克尔·托兰和科基·马林森则在一旁静静地看着。

"国家航空航天局有一个秘密试验中心，叫做普拉姆·布鲁克基地。"雷切尔解释道，她几乎不能相信自己就要谈起这个来了。违反协议泄露机密信息，这样的事她可从来没干过，但考虑到眼下的局势，她明白托兰和科基有权知道这些。"普拉姆·布鲁克基地实际上是一个检测国家航空航天局最具革命性的新型发动机系统的实验室。两年前，我写了篇有关国家航空航天局正在那儿调试的一种新型发动机的简报——那被称做膨胀循环发动机。"

科基狐疑地注视着她。"膨胀循环发动机还停留在理论层面，还在纸上呢。实际上根本没人进行试验。要进行测试，恐怕还得再过几十年。"

雷切尔摇了摇头道："抱歉，科基。国家航空航天局已经有了样机，而且他们正在调试。"

"什么？"科基看上去一脸的怀疑，"膨胀循环发动机以液态氧氢作燃料，而这种液体在太空中会冻结起来，这样，发动机对国家航空航天局来说就一钱不值。他们说只有解决了燃料冻结的难题后才打算造一个膨胀循环发动机。"

"他们已经解决了这个问题。他们没有用氧气,而是把燃料变成一种'浆氢'混合物,这是一种在半冻结状态下的纯氢构成的低温燃料。这种燃料能提供巨大的能量,而且燃烧非常清洁。如果国家航空航天局要进行火星之旅,它同样有望成为用于推进系统的燃料。"

科基看上去大为惊愕。"这不可能!"

"这确实是真的,"雷切尔回答,"我曾写过一份有关这种燃料的简要介绍呈交总统。国家航空航天局想把浆氢作为它的一大成就公之于众,我的上司皮克林竭力反对,他希望白宫迫使国家航空航天局将浆氢列为机密。"

"为什么?"

"原因倒无关紧要,"雷切尔回答,她可不想说不该说的话,泄露秘密。事实上,皮克林想把浆氢的成功制造列为机密是缘于日益严峻的国家安全隐患,而这个问题没几个人知道——某外国航天技术的发展给美国敲响了警钟,他们现在正开发一个极具威力的"外租"发射台,他们准备把这个发射台租给出手大方的人,而那些人大多都是美国的敌人。这样一来,美国的安全将受到毁灭性的打击。幸运的是,国侦局得知,那个国家正研制适用于发射台的推进燃料,皮克林觉得没有理由把国家航空航天局有更理想的浆氢推进燃料的消息透露给外人。

"这么说,"托兰显得有些不安地说道,"你是说国家航空航天局有一个以纯氢为燃料的清洁燃烧的推进系统?"

雷切尔点点头说:"我没有确切数据,但是这些发动机的排气管温度显然比已有的任何排气管都要高上好几倍。所以,国家航空航天局得开发各种新型的排气管材料。"她顿了顿,又道,"一块巨大的岩石,如果放在一个这样的浆氢发动机后面,就会被空前高温的高含氢量的废气烫焦,表层生成不折不扣的熔壳。"

"好啦!"科基说,"我们回到假陨石的问题上来好吗?"

托兰似乎一下子来了兴趣。"事实上,这个想法倒真不赖。那种放置方式多少有点像在航天飞机发射时把一块大石头留在了飞机下面的发射台上。"

"老天啊，"科基嘀咕着，"我这是在跟一群傻瓜坐飞机呢。"

"科基，"托兰说，"假想一下，一块放在废气排放管里的石头会呈现出跟穿透大气层坠落的石头一样的灼烧特征，不是吗？两者都会表现出具有一定走向的条纹和纹理的熔化物。"

科基咕哝着说："我想是的。"

"还有，雷切尔所说的完全燃烧的氢燃料不会留下任何化学残留物，只有氢。在熔斑上会出现过多的氢离子。"

科基转了转眼睛，说道："哎，如果真的有这么一个膨胀循环发动机，又以浆氢为燃料，我想你们所说的不是没有可能，但这也太牵强了。"

"为什么？"托兰问，"这个过程看起来很简单啊。"

雷切尔点了点头。"你所需要的就是一块具有一亿九千万年历史的化石。把化石放在浆氢发动机的废气中一烘，然后再埋到冰里，这就是速成的陨石。"

"哄哄游客还有可能，"科基说，"但这怎么能说服一个国家航空航天局的科学家！你还没有解释陨石球粒是怎么回事！"

雷切尔试图回忆科基是怎么解释陨石球粒的形成的。"您说过，陨石球粒是在太空中经过急速的加热和冷却造成的，对吗？"

科基叹了口气说："陨石球粒是这样形成的，一块岩石在大气中遇冷又突然被过度加热到部分熔化的程度——大约接近摄氏一千五百五十度，然后，这块岩石必须再次冷却，以极快的速度冷却，使液窝硬化成陨石球粒。"

托兰仔细端详着他的这位朋友。"这个过程不能在地球上发生吗？"

"不能，"科基说，"地球上不存在这样一种能导致如此迅猛的转换的温差。你在这儿说的都是核热和太空中的绝对零度，这些极限温度在地球上根本不存在。"

雷切尔寻思着说："至少不是天然形成的。"

科基转过头问道："这话怎么说？"

"难道这个加热和冷却的过程不能在地球上人工实现吗？"雷切尔问，"这块岩石可以被浆氢发动机烘热然后放到低温冷冻机中迅速冷却。"

科基瞪大了眼睛说："人造陨石球粒？"

"这是一种设想。"

"一种荒谬的设想，"科基回答，炫耀他的陨石标本，"你们大概忘了吧，这些陨石球粒的年龄确定是一亿九千万年，这是无可辩驳的。"他的语调变得神气十足，"就我所知，塞克斯顿女士，在一亿九千万年前还没有人使用浆氢发动机和低温冷冻机呢。"

不管是不是陨石球粒，托兰心想，证据越来越多了。有好几分钟他一句话也没说，雷切尔对熔壳的最新发现搅得他心里实在难以平静。她的假设，虽然胆大鲁莽，却打开了各种新的通道，引着托兰朝全新的方向思考。如果熔壳能解释得通……那么还存在哪些其他可能？

"你怎么不说话？"雷切尔在他身旁问道。

托兰瞥了她一眼。有那么一瞬间，在机舱中柔和的灯光下，他从雷切尔的眼里窥见一丝柔情，这让他想起了西莉亚。他从回忆中摆脱出来，一脸倦怠地对她叹了口气，"噢，我刚才在想……"

她笑了笑，问："是跟陨石有关吗？"

"除了这个还能想什么呢？"

"把所有的证据都过了一遍，想得出什么结论吗？"

"差不多吧。"

"有什么想法吗？"

"嗯，还没有。由于发现了冰层下面的插孔，很多数据就站不住脚了，真烦人。"

"逻辑严密的证据犹如一个纸牌搭成的房子，"雷切尔说，"抽掉你的原始假定,一切都站不住脚了。在这里,发现这块陨石的位置就是一个原始假定。"

当然。"我到米尔恩的时候,国家航空航天局的局长告诉我,那块陨石是在一块有长达三百年历史的原始冰层里发现的,而且它的密度比在那儿发现的任何一块岩石的都要大,我把这一点看做是合乎逻辑的证据,证明了那块岩石是从太空中坠落下来的。"

"你,还有我们其余的人都这样认为。"

"中等镍含量虽然颇具说服力,但显然不是确证。"

"那也接近了。"科基在一旁说道,显然他一直在听。

"但并不精确。"

科基很勉强地点了下头表示默认。

"而且,"托兰说,"这个以前从来没有人见过的太空虫,尽管样子古怪异常,实际上可能就是一种非常古老的深水甲壳类动物。"

雷切尔点点头。"还有,现在这个熔壳……"

"虽然我不喜欢这样说,"托兰说着,瞥了一眼科基,"但是我渐渐感觉反面的证据比正面的证据要多了。"

"科学不能凭预感,"科基说,"科学要的是证据。这块石头上的小球粒毫无疑问是陨石球粒。我们所看到的一切都让人恐慌,这一点我同意你们俩的看法,但我们不能忽视这些陨石球粒。正面的证据是确凿无疑的,而反面的证据却具有偶然性。"

雷切尔蹙了蹙眉,问:"如此说来,我们又能得出什么结论呢?"

"什么都没有,"科基说,"陨石球粒证明我们手头的东西是一块陨石。唯一的问题在于,为什么有人把这块陨石放到冰层下面。"

托兰想让自己相信他朋友那入情入理的推理,却又觉得哪里不对劲。

"你好像并不信服,迈克。"科基说。

托兰满脸迷惑地对科基叹了口气,说道:"我也不知道。三条证据中有两条站得住脚并不算糟,科基。但我们现在只剩下三分之一的证据可靠。我只是觉得我们漏掉了什么。"

第 90 章

这下被逮住了，克里斯·哈珀心下犯嘀咕，想到美国单身牢房的样子他就觉得身上凉飕飕的。塞克斯顿参议员知道我在极轨道密度扫描卫星程序的问题上撒了谎。

极轨道密度扫描卫星部门主管陪同加布丽埃勒·阿什回到他的办公室，关上了门，就在那一刻，他觉得自己对国家航空航天局局长的憎恨更深了。今晚，哈珀才知道局长撒的谎到底有多大。除了迫使哈珀谎称已经修复极轨道密度扫描卫星的程序外，局长显然还采取了保险措施，以防哈珀临阵退缩，不再玩儿下去。

盗用公款的证据，哈珀寻思着，敲诈勒索。真狡猾。毕竟，谁会相信一个试图败坏美国航天史上最伟大的时刻的贪污分子呢？哈珀早就目睹了国家航空航天局局长为挽救美国的航空航天局会怎样努力，并且，现在他又对外宣称发现了一块含有化石的陨石，下的注更大了。

哈珀绕着那张大桌子踱了一小会儿步，那桌上放着一个极轨道密度扫描卫星的微缩模型——那是一个菱柱体，反射屏后面连着许多天线和透镜。加布丽埃勒坐下来，一双乌黑的眸子有所期待地注视着他。哈珀觉得一阵恶心，这让他想起了召开那场无耻的新闻发布会时的感受了。那个晚上，他的表演很蹩脚，每个人都询问他怎么了。他不得不又撒了个谎，说那晚他感到身体不适，恶心想吐。他的同事和记者们对他的平平表现不屑一顾，很快就把这事儿抛到脑后了。

现在，那个谎话又萦绕在他心头，挥之不去。

加布丽埃勒·阿什的表情变得温柔了一点。"哈珀先生，你与局长为敌，得需要一个强有力的同盟军。在这一点上，塞克斯顿参议员恰好可成为你唯一的伙伴。让我们从关于极轨道密度扫描卫星程序的鬼话开始谈吧。告诉我都发生了什么事。"

哈珀叹了口气。他知道是该说出真相的时候了。我真该一开始就说出真相的！"极轨道密度扫描卫星的发射十分顺利，"他开始说道，"卫星照计划的那样进入了一条标准的极轨道。"

加布丽埃勒·阿什看上去有点烦腻。显然，这些她全知道。"说下去。"

"然后就出现问题了。我们兴奋地做好准备，开始搜查冰层看是否有密度异常的冰块的时候，卫星的异常检测程序不灵了。"

"哦……"

这时，哈珀加快了语速说道："这个程序本来能够迅速检测数千英亩冰层的数据，查出密度超出正常冰密度的那部分冰层。程序主要查找冰层里解冻的部分——这是全球变暖的表征——但如果碰到密度不一致的地方，程序也会做出标记。我们计划用极轨道密度扫描卫星花几个星期扫描北极圈，找出可用来考察全球变暖情况的异常现象。"

"但是程序不能正常运行，"加布丽埃勒说，"极轨道密度扫描卫星就不顶用了。国家航空航天局就得徒手一寸寸地检测北极的冰面，查找有问题的部分。"

哈珀点点头，又重温了一次他程序失误的噩梦。"那样就得花上几十年的工夫。情况太糟糕了。由于我编程时的一个失误，极轨道密度扫描卫星实际上一点儿用也没有了。大选在即，塞克斯顿参议员又是那样毫不客气地挑国家航空航天局的刺儿……"他叹了叹气。

"你的失误可以把国家航空航天局和总统都搞垮。"

"我错得太不是时候了。局长大发雷霆，我向他承诺，在执行下一个航天任务时解决好这个问题——这很简单，只要把支持极轨道密度扫描卫星软件系统的芯片换一个就行。但是一切都太晚了。他放了我的假，打发我回家——实际上我是被炒了鱿鱼。这都是一个月前的事了。"

"但是两个星期前你又回来了，上了电视，宣布你找到了一个替代的办法。"

哈珀很沮丧。"那是一个严重的错误。那天我接到了局长的一个急电。他告诉我出现了一些情况，可能有办法挽回我的声誉。我立即去他办公室见他。他叫我召开一个新闻发布会，对所有人宣布我找到一个替代的办法来解决极轨道密度扫描卫星程序的问题，并且几周后就会检测到相关信息。他说以后会对我解释这件事。"

"然后你就同意了。"

"不，我没有同意！但是一个小时后，局长折到我的办公室来——还是跟白宫高级顾问一起来的！"

"什么！"听到这话，加布丽埃勒显得大为惊愕，"玛乔丽·坦奇也来了？"

可怕的家伙，哈珀心里嘀咕着，点了点头。"她和局长让我坐下，然后告诉我，我的失误简直要彻底搞垮国家航空航天局和总统。坦奇女士告诉我，参议员打算将国家航空航天局私有化，她说我应该为总统和航空航天局挽回颓势。接着她就教了我怎么做。"

加布丽埃勒往前倾了倾身子。"说下去。"

"玛乔丽·坦奇告诉我，纯粹是一个好运，白宫截获了强有力的地质上的证据，表明在米尔恩冰架下埋着一颗巨大的陨石，这是迄今人们所发现的最大陨石之一。一颗那样大小的陨石对国家航空航天局来说将是一个重大发现。"

加布丽埃勒看上去目瞪口呆。"等一下，这么说，你的意思是在极轨道密度扫描卫星发现这颗陨石之前就已经有人知道陨石在那儿了？"

"是的。极轨道密度扫描卫星跟这个发现一点儿都不相干。局长知道有那样一颗陨石。他只是把陨石的坐标给了我，叫我重新设置极轨道密度扫描卫星在冰架上的位置，假装是极轨道密度扫描卫星做出了这个发现。"

"开什么玩笑。"

"他们叫我参与到这个骗局中来的时候，我也是这种反应。他们不告诉我他们是怎么发现陨石在那儿的，但坦奇女士坚持说那无关紧要，还说这是补救我的失败的理想时机。如果我能假称极轨道密度扫描卫星查到了这颗陨石的位置，那么国家航空航天局就会把极轨道密度扫描卫星作为一项了不起的成就大加赞赏，还在大选前对总统大大吹捧一番。"

加布丽埃勒吓呆了。"当然，直到你声明极轨道密度扫描卫星的异常检测程序已经完好，并开始运转之后，你才能声称极轨道密度扫描卫星探测到了一颗陨石。"

哈珀点了点头。"所以，那个新闻发布会是骗人的。我被迫卷了进去。坦奇和局长很不留情面。他们提醒我，说我辜负了所有人——总统为我的极轨道密度扫描卫星项目提供了资金，国家航空航天局在这个项目上耗费了很多年，而现在因为一个程序失误我就把一切全给毁了。"

"所以你就同意帮忙了。"

"我没有选择的余地。不答应，我的事业就全完了。事实上，如果我没有弄错程序的话，极轨道密度扫描卫星自己是会发现那颗陨石的。所以，那个时候，这看起来还是一个小小的谎话。我又找了个借口，告诉自己，几个月之后航天飞机上天的时候，程序就已修复好了，所以，我那么做只不过是提前一点公布程序已修复而已。"

加布丽埃勒嘘了一声。"借陨石发现之机撒的一个小小的谎。"

谈起这个，哈珀就觉得很难受。"所以……我一切照办了。我遵照局长的命令，召开了一个新闻发布会，宣称我已为异常检测程序找到一个替代的办法，然后我等了几天，就把极轨道密度扫描卫星重新定位在局长给我的陨石坐标值上。接下来，我向上级层层传达这个消息，我给地球观测系统部的主任打电话，向他报告极轨道密度扫描卫星探测到米尔恩冰架里有一个确凿的密度异常现象。我给了他坐标值，并且告诉他这个异常现象其密度之高像是一颗陨石。国家航空航天局很兴奋，马上派出一小队人马前往米尔恩采取冰体心。那时，那个行动高度保密，谁也不知道。"

"所以，直到今天晚上你才知道那颗陨石里含有化石？"

"是的，这儿所有人都是。听到这一点，我们都惊呆了。我找到了证据，证明了外星生物的存在，现在人人都叫我英雄。可我真不知说什么才好。"

加布丽埃勒沉默了好一会儿，一双乌黑的眼睛专注地盯着哈珀。"可是，如果极轨道密度扫描卫星没有测出冰下陨石的位置，那局长是怎么知道陨石在那儿的呢？"

"最先发现陨石的另有其人。"

"另有其人？谁？"

哈珀叹了口气道："是一个叫做查尔斯·布罗菲的加拿大地质学家——他在考察埃尔斯米尔岛。很明显，他在米尔恩冰架上进行地质考察时意外地发现了一些情况，似乎在冰下面有一颗巨大的陨石。他用无线电发送这条消息，却正好被国家航空航天局拦截了下来。"

加布丽埃勒瞪大了眼睛，说："国家航空航天局把这个发现全都归功于自己，这个加拿大人岂不是要气得跳起来？"

"不会的，"哈珀说着，感到身上一阵冰凉，"巧得很，他已经死了。"

第91章

迈克尔·托兰闭着双眼，听着G4型喷气机的引擎发出的嗡嗡声。在回到华盛顿前，他已决定不再去多想那颗陨石。照科基的观点，那些陨石球粒是确凿无疑的；米尔恩冰架里发现的石头只能是一颗陨石。雷切尔本希望他们着陆时能给威廉·皮克林一个确切的答复，但这些陨石球粒让她的思维进入了一个死胡同。尽管证明陨石的证据非常可疑，但这颗陨石似乎是真的。

不管它了。

雷切尔显然因为在海上受到的伤害而被吓着了。不过，她表现出的恢复力让托兰非常吃惊。这时，她的心思都集中在手头这个问题上——找到一个办法，要么拆穿这个陨石，要么证明它是真的，还要想想是谁想杀害他们。

在旅途中，大多数时候雷切尔都是坐在托兰身旁的。跟她谈话他很愉快，尽管现在处境很艰难。几分钟前她去了洗手间，而这时托兰惊讶地发现自己不知不觉竟想念起她在身边的样子了。他惦念着一个女人——不是西莉亚，不知过了多久，听见有人叫：

"托兰先生？"

托兰抬起头瞅了瞅。

飞行员把头伸进机舱问道："你让我到了你轮船的电话服务区后就叫你一声是吧？如果你想打电话，我可以现在就给你连上。"

"好，多谢。"托兰沿着过道走了过去。

在飞行员座舱里，托兰给他的船员拨了个电话。他想让他们知道他还得要一两天才能回去。当然，他并不打算告诉他们他遇到什么麻烦了。

电话响了几声，托兰惊喜地听到那艘船的舰载2100型综合通讯系统竟然接通了。然而，从那边传来的并不是通常听上去很职业化的问候，而是托兰的一个船员、船上那个爱开玩笑的人的粗嗓音。

"你好，你好，这里是戈雅，"那个声音说道，"非常抱歉现在这里没有人，我们全都被很大很大的虱子拐走了！实际上，我们只是暂时放了个海滨短假去庆祝迈克的非常之夜。啊，我们太骄傲了！你可以留下你的姓名和电话，也许我们明天酒醒了就回来。回见！走喽！"

托兰笑了起来，立刻想念起他的船员来了。显然，他们收看了那场新闻发布会。他们上岸去了，这让他感到很高兴；总统打来电话后，他极其突然地抛下了他们，而且，他们无所事事地待在海上简直要发疯。虽然这条留言说所有的人都上岸去了，托兰还是认为他们不会丢下船只不管，尤其是在现在泊船的地方水流湍急的情况下。

托兰撤下数字代码，打开他们留给他的内部语音留言。线路

"哔"地响了一声,有一条留言,还是那个聒噪的船员的声音。

"嗨,迈克,表现真不赖啊!如果你听到了这个留言,你大概是在白宫的某个奢华的宴会上查收留言吧,可能还想知道我们到底在哪儿。真抱歉,兄弟,我们扔下船上岸了,不过今儿晚上真得喝几杯庆贺庆贺。别担心,我们把船泊得好好的,过道灯也开着。我们背地里希望这艘船遭劫,这样你就可以让全国广播公司给你买一艘新的了!开玩笑的,伙计。别担心,泽维尔答应待在船上坚守阵地。她说她情愿一个人待着,也不去跟一帮醉醺醺的鱼贩子狂欢,你信她的话吗?"

托兰笑出了声,听到有人在船上看着,他松了一口气。泽维尔很负责,绝对不属于喜好聚会筵饮的那一类人。作为一个受人尊敬的海洋地质学家,泽维尔有着一丝不苟和直言不讳的名声。

"不管怎么样,迈克,"那个声音继续说道,"今儿晚上真是不可思议,颇有点儿让你对身为科学家感到自豪,对吧?人人都在谈论对国家航空航天局来说这看起来有多棒。依我看,让国家航空航天局见鬼去吧!这看起来对我们还更有利!今天晚上'神奇的海洋'收视率肯定上升几百万个百分点。你成了明星,伙计,不折不扣的明星。恭喜你,你干得真漂亮。"

这时电话里响起了一阵压低声音的谈话,接着那个声音又响起来了。"哦,对了,说起泽维尔,只要你不是太自高自大,她倒想借点事儿来寒碜寒碜你。喏,她来了。"

电话里传来了泽维尔刻薄的说话声。"迈克,我是泽维尔,你真有种啊,真有种。因为我这么爱你,所以就答应照看你的这个老古董一样的破船了。坦白地说,离这伙你称为'科学家'的阿飞们远一点感觉还好些。无论如何,除了要看好这艘破船以外,这帮人还要求我作为船娘尽一切所能,不要让你变成一个不知天高地厚的混球,尽管我认识到,过了今晚要做到这一点就难了,但我还是得第一个告诉你,你在纪录片里犯了一个愚蠢的错误。真的,听我的没错。这是很少见的迈克尔·托兰脑子进水的情况。不过别担心,地球上大概只有三个人会注意到这一点,而且,这几个人全都是肛门克制滞留型[1]的没有幽默感的海洋地质学家,特像我。不过,你知道他们是怎么说我们地质学家的吗——说我们总是揪错儿!"她哈哈笑着说,"不管怎么样,那个错算不了什么,只是关于陨星岩石学上的一个小问题。我只是提起这个来破坏你的非凡之夜。你可能会接到一两个关于这个问题的电话,所以我想要给你提个醒儿,让你不会最后说起话来像个傻蛋儿一样,虽然我们全都知道你真的是傻蛋儿。"她又笑了起来,"不管怎么样,我还算不上聚会动物,所以就待在船上了。别打电话骚扰我;我得打开自动接听机,该死的新闻记者一晚上都在打电话。今儿晚上你可是一个实打实的明星了,虽然你犯了错。不过,等你回来的时候我会具体告诉你的。回见。"

线路断了。

迈克尔·托兰蹙起了眉头。我的纪录片里有一个错误?

雷切尔·塞克斯顿站在 G4 的洗手间里,注视着镜子里的自己。她看上去面无血色,她寻思着,她比自己想象的还要虚弱。今天晚上受到的惊吓让她大伤元气,她不知道还要过多久自己才不会再哆嗦,还要过多久才能离海近一些。她取下夏洛特号上的帽子,把头发放下来。这下要好些了,她思量着,感觉舒服一点了。

雷切尔凝视着自己的双眼,觉察到自己疲惫极了。然而,在这后面,她看到了坚定的决心。她知道那是她母亲的赐予。没有人会告诉你能做什么和不能做什么。雷切尔想知道她母亲是否看到了今天晚上发生的事。有人想杀我,妈妈。有人想把我们全杀掉……

雷切尔的脑子接连几个小时没歇息,此时竟浮现出一个个名字来。

劳伦斯·埃克斯特龙……玛乔丽·坦奇……扎克·赫尼总统。全都有杀人动机,而且,更让人胆寒的是,全都有办法。跟总统没有关

---

[1] 肛门克制滞留型,指具有谨小慎微、吝啬和固执的性格特征的、源于儿童时期克制粪便排泄产生的快感而形成的习惯、态度和价值观。

系,雷切尔暗暗对自己说,她抱定希望,在这起神秘事件中,让她尊敬得远甚于她自己父亲的总统是一个清白的局外人。

我们仍然一无所知。

不知道是谁……不知道如果……不知道为什么。

雷切尔本想给威廉·皮克林确切答案的,但是就目前的情况来看,她所尽力做的一切不过是提出更多的疑问而已。

雷切尔离开洗手间回来,惊讶地发现迈克尔·托兰已不在座位上了。科基在一边打着盹儿。雷切尔看了看周围,飞行员挂断了无线电话,迈克从座舱里出来了。他睁大了眼睛,流露出焦虑的神色。

"怎么了?"雷切尔问道。

托兰语气沉重地告诉了她电话留言的事儿。

他片子里有一个错误?雷切尔觉得托兰的反应有点过火了。"这也许没什么要紧吧。她没具体告诉你是什么错误吗?"

"是跟陨星岩石学有关的。"

"有关岩石的结构?"

"是啊,她说仅有的会注意到这个错的人是其他几个地质学家。听上去,我犯的错总归是跟这颗陨石本身的构成成分有关。"

雷切尔猛地吸了一口气,立刻心领神会。"陨石球粒?"

"我还不知道,但似乎非常巧合。"

雷切尔很赞同他的看法。陨石球粒是仅存的一丝证据,明确无误地支撑国家航空航天局所声明的这确实是一颗陨石的说法。

科基揉着眼睛凑了过来。"怎么了?"

托兰把事情的原委告诉了他。

科基立刻面有愠色,一个劲儿地摇头道:"这不是陨石球粒的问题,迈克。绝对不是。你所有的数据都是从国家航空航天局和我这儿来的。这些数据可是毫不含糊的。"

"那我还可能犯什么岩石学上的错呢?"

"鬼知道!再说了,海洋地质学家对陨石球粒了解多少啊?"

"我不知道,但她脑子相当灵。"

"考虑到眼下的形势,"雷切尔说,"我觉得,我们在跟皮克林局长通话之前应该先跟这个女人聊聊。"

托兰耸耸肩,说道:"我给她打了四次电话,只接通了自动接听机。八成她在水下实验室,总之啥都听不见。她最快也要到明早才能听到我的留言。"托兰停下来,看了看表,"不过……"

"不过什么?"

托兰热切地注视着她,问道:"在跟你的上司谈之前跟泽维尔面谈,你认为这有多重要?"

"如果她要说点跟陨石球粒有关的事呢?我认为这很重要。迈克,"雷切尔说,"这个时候,我们手头尽是各种相互矛盾的数据,而威廉·皮克林是一个喜欢听到确切答案的人。我希望见到他的时候能提供一些实质性的东西,作为他行事的参考。"

"那我们就得在中途逗留一下了。"

雷切尔先是一怔,随即恍然大悟。"去你的船上?"

"我的船就靠在新泽西的海边,差不多正好在我们去华盛顿的路上。到时我们可以跟泽维尔谈谈,看看她知道些什么。而且,科基还带着陨石样本,如果泽维尔想拿这颗陨石做点地质学试验,船上还有设备齐全的实验室。我都不敢想象,只要一个多小时我们就能得到确切的答案。"

雷切尔感到一阵焦虑倏地袭上心头。想到这么快又要面对大海她就心慌意乱。确切的答案,她暗暗寻思着,同时为这种可能性诱惑着。皮克林肯定想知道答案是什么。

第 92 章

三角洲一号回到了坚实的地面上,心里十分高兴。

虽然"极光"飞机凭着一半的功率飞行,而且还在海面上兜着圈子前进,但已经在两小时内完成了全部行程,让三角洲部队可以率先部署阵地,准备开始指挥官下达的另一次刺杀行动。

此刻,在哥伦比亚特区外的一条秘密军用飞机跑道上,三角洲部队把"极光"抛在身后,登上了他们的新交通工具——一架守候在此的OH-58D"基奥瓦勇士"直升机。

指挥官再一次做好安排圆满了结此事,三角洲一号思忖着。

"基奥瓦勇士"原本是设计为轻型侦察直升机的,在被"加大改进"之后成为了军方最新型的攻击直升机。"基奥瓦"有红外线热成像功能,它的指示器,或者说激光测距仪,能自动标示激光制导的精密武器,像空对空防空导弹和空对地1148型"狱火"导弹系统等。此外,它还有一个高速数字信号处理器,能同时进行多目标追踪,目标可达六个之多。没有几个对手见到"基奥瓦勇士"紧逼上来还能逃过劫数、回头再来讲述脱险经历的。

三角洲一号爬进"基奥瓦"的飞行员座位里,系上安全带,感到浑身是劲,这种感觉对他来说并不陌生。他曾在这类飞机上受训,在三次秘密行动中驾驶它完成任务。当然了,他还从来没有枪杀过一个知名的美国官员。他不得不承认,执行这项任务,"基奥瓦"是最合适不过的飞机了。罗尔斯-罗伊斯·艾利森公司制造的引擎和一对半硬式的桨叶都是"无声运转式"的,这实际上就意味着只有当直升机位于地面目标的正上方时,目标才可能听到飞机的动静。再者,由于这个飞机能够在无照明的情况下飞行,而且机身涂得通体漆黑,机尾上没有反光的数字,它简直就是隐形的,除非目标有雷达。

悄无声息的黑色直升机。

阴谋理论家们对这些问题极感兴趣。有人说,无声黑色飞机的侵入证明了联合国授权的"世界新秩序风暴骑兵"的存在。有人说这些直升机是悄无声息的外星探测飞船。还有的人在夜里见过若干"基奥瓦"排成严整的队列,竟误以为自己看到是一个大得多的飞行器——一个显然能进行垂直飞行的飞碟发出的航行灯光。

又想错了。不过,军方就喜欢转移人们的注意力。

在最近一次的秘密行动中,三角洲一号驾驶着一架"基奥瓦",该机配备着最机密的新式美军技术设备——一个精巧的全息摄影武器,绰号叫做 S&M。虽然这个 S&M 让人联想起施虐受虐狂[1],但它代表的却是"烟幕和反射镜"[2],即"投射"到敌方领土上空的全息图像。"基奥瓦"用 S&M 技术将美国飞机的全息图像投射到敌人的防空台上,惊慌失措的防空炮手便对着盘旋在空中的假的图像疯狂开火。待他们弹药告罄,美国就派出真家伙。

三角洲一号及其队友乘坐飞机飞离了跑道,三角洲一号的耳畔还回响着指挥官的话音。你们要对付另一个目标。想一想他们新目标的身份,这种说法就似乎显得格外轻描淡写。然而,三角洲一号提醒自己,他没有资格提出任何疑问。他的队伍总是受命待发,严格按照指令的方式行动——不管那种方式多么骇人听闻。

我真希望指挥官能确定这着棋没走错。

随着"基奥瓦"飞离跑道,三角洲一号直奔西南方而去。他见过两次罗斯福纪念馆,但今晚是他生平第一次从空中观看。

第 93 章

"这颗陨石是一个加拿大地质学家最先发现的?"加布丽埃勒·阿什惊讶地瞪着这名年轻的程序员,克里斯·哈珀,"而且现在这个加拿大人已经死了?"

哈珀阴沉着脸点了点头。

"这事儿你知道有多久了?"她追问。

"有两个星期了。局长和玛乔丽·坦奇逼着我在新闻发布会上做假后,他们就知道我不可能违背诺言。于是他们把这颗陨石究竟是怎

---

[1] 施虐受虐狂,英文为"sadomasochism",其缩写 S&M 跟这种武器的名称一样。
[2] "烟幕和反射镜",英文为"smoke and mirrors",缩写为 S&M。

样发现的告诉了我。"

极轨道密度扫描卫星跟陨石的发现一点儿不相干!加布丽埃勒不知道这个信息会带来什么样的后果,但无疑是一桩丑闻。对坦奇来说这是坏消息,对参议员来说却是十足的好消息。

"我提起过,"哈珀说,这个时候他神情显得很严峻,"这颗陨石是通过一条被截获的无线电信息才真正发现的。你对一个叫做'INSPIRE'的规划熟悉吗?就是'国家航空航天局空间物理学电离层交互式无线电实验'。"

加布丽埃勒只隐约听说过这个词儿。

"实际上,"哈珀说道,"这是位于北极的一系列频率极低的无线电接收器,这些接收器用来收听地球自身的声音——像北极光的等离子波发射、雷雨的宽频脉冲等诸如此类的声音。"

"不错。"

"几个星期前,一个 INSPIRE 的无线电接收器偶然收听到一条从埃尔斯米尔岛发出来的消息。一个加拿大地质学家通过非常低的频率发出消息请求救援。"哈珀踟蹰了一下,"实际上,那个频率那么低,除了国家航空航天局的极低频率接收器以外没有人能收听到这个消息。我们当时料定这个加拿大人是通过长波发射信号的。"

"不好意思,我没有明白。"

"他在信息发送时用最低的有效频率来获取最大的传输距离。别忘了,他可是在很偏僻的地方,用普通的频率传不远,别人听不到。"

"他的信息怎么说的?"

"信息很短。这个加拿大人说他在米尔恩冰架上探测冰层,检测到冰里的一个密度超高的异常现象,他怀疑那是一颗巨大的陨石,然而在进行测量时却被困在了一场暴风雪中。他给出了他所在位置的坐标,请求把他从暴风雪中解救出来,然后信号就中断了。收到消息后,国家航空航天局的情报通讯站派出了一架飞机从图勒飞去营救。他们搜索了好几个小时终于找到了他,在偏离路线几英里外的地方,他随他的雪橇和狗一起坠入了一条冰隙的底部,早已命丧黄泉。显然，他想要从暴风雪中逃出去，却什么都看不见，走偏了路，最后摔进了一条冰隙里。"

加布丽埃勒揣摸着这个信息，顿时来了兴趣。"这么说来，国家航空航天局一下子就知道了有一颗巨大的陨石，而这个陨石其他任何人都不知道？"

"正是这样。而且，很讽刺的是，如果我的程序正常运行的话，极轨道密度扫描卫星早就探测出了这一颗陨石的位置——要比这个加拿大人早一个星期。"

听到这个巧合，加布丽埃勒有点犹豫。"一颗埋藏了三百年的陨石会在同一个星期内两次被发现？"

"我懂你的意思。这听上去是有一点怪诞，但是科学就有可能是这个样子。不是撑着，就是饿着。这事儿的关键是局长觉得这颗陨石无论如何应该是咱们的发现——如果我没把我的活儿搞砸的话。他告诉我，那个加拿大人已经死了，所以，如果我只是把极轨道密度扫描卫星的位置改在那个加拿大人在他发出的求救信号中提到的坐标上，也没有人精明到会看出破绽。接下来，我就能假装一开始就发现了这颗陨石，而且这样做还能从令人尴尬的失败中挽回一点人们对我们的尊重。"

"所以你就这么做了。"

"我说过，我别无选择。我把任务搞砸了。"他顿了一下，说，"不过，今天晚上当我收听到总统的新闻发布会，得知我假装发现的那颗陨石里有化石的时候……"

"你感到很震惊？"

"简直是惊得不知所措，真的！"

"你认为局长在叫你假装极轨道密度扫描卫星发现陨石之前他知道这颗陨石里有化石吗？"

"我想不出他怎么可能知道。那颗陨石埋在冰底下，在国家航空航天局第一班人马开到那儿之前一直没人碰过。我的最理想的推测就是，国家航空航天局直到派出一队人马到那儿采集了冰体心照过 X

光之后才知道他们究竟发现了什么。他们以为发现一颗巨大的陨石就是一个不大不小的胜利，所以叫我在极轨道密度扫描卫星的问题上扯谎。接下来他们赶到那儿，那时才意识到那实际上是多大的一个发现。"

由于兴奋，加布丽埃勒的呼吸都有点短促了。"哈珀博士，你能作证，说国家航空航天局和白宫逼迫你在极轨道密度扫描卫星程序的问题上撒谎吗？"

"我不知道。"哈珀看上去十分惊恐，"我无法想象那将带来怎样的损害，对局里……对这个发现。"

"哈珀博士，你我都知道不管这颗陨石是怎么发现的，它依然是一个惊天发现。现在问题的关键在于，你对全美国人民撒了谎。他们有权知道极轨道密度扫描卫星根本就不是国家航空航天局所说的那么一回事儿。"

"我不知道。我鄙视局长，但我的同事……他们可都是好人啊。"

"其实，他们也应该知道自己受骗了啊。"

"这个证据能帮我洗清盗用公款的罪名吗？"

"你大可放心，"加布丽埃勒说，几乎忘了她的诡计，"我会告诉参议员，你对盗用公款的事儿毫不知情。这只是一个阴谋——是局长采取的保险措施，让你对极轨道密度扫描卫星的事情保密。"

"那参议员能保护我吗？"

"完全能。你什么也没做错，只是奉命行事。另外，有了你告诉我的关于这个加拿大地质学家的信息，我认为参议员甚至压根儿不需要提出盗用公款的问题。我们可以把焦点完全集中在国家航空航天局关于极轨道密度扫描卫星和这颗陨石的消息误报上。一旦参议员把有关这个加拿大人的消息抖搂出来，局长就不敢冒险撒谎来诽谤你。"

哈珀看上去仍旧很焦虑。他斟酌着他的选择，不言不语，神情忧郁。加布丽埃勒给了他一些时间。其实，她先前还意识到了，在这起事件里还有一个让人担忧的巧合。她并不打算提起这一点，但她看得出，哈珀博士还需要点最后的鼓励。

"你养狗吗,哈珀博士?"

他抬起头瞅了一眼。"什么?"

"我只是觉得这事儿有点蹊跷。你对我说,就在这个加拿大地质学家在陨石所在的坐标上用无线电发送消息后不久,他的雪橇狗就迷失了方向,掉进了一条冰隙,是这样吗?"

"那时起了一场暴风雪,他们就偏离了方向。"

加布丽埃勒耸耸肩,露出怀疑的神色。"是啊……不错。"

哈珀清楚地感到了她的迟疑。"你要说什么?"

"我也不清楚。只是,围绕着这个发现有太多巧合了。一个加拿大地质学家把陨石位置的坐标通过只有国家航空航天局才能接收到的频率发送出去?而且,紧接着他的雪橇狗就迷失了方向摔下了悬崖?"她迟疑了一下,"显然,你也明白,这个地质学家的死为这次国家航空航天局的大获全胜铺平了道路。"

听到这个,哈珀吓得面无人色。"你认为局长会为这颗陨石杀人?"

没有大手笔的策略,就没有大把大把的钞票。加布丽埃勒寻思着。"我跟参议员谈谈吧,我们会再跟你联系的。这儿后面有路出去吗?"

加布丽埃勒·阿什抛下脸色煞白的克里斯·哈珀,沿着一个消防楼梯井下去,走进了国家航空航天局后面一条无人的小巷。她拦了辆出租车,有几个来国家航空航天局庆功的人刚刚从车上下来。

"到维斯特布鲁克豪华公寓大楼。"她对司机说道。她马上就要使塞克斯顿参议员变得大喜过望。

第 94 章

雷切尔思索着自己的允诺,她站在 G4 的驾驶员座舱门口,将无线电收发机电缆拉进机舱内,这样她打电话时飞行员就听不到了。科基和托兰在一边默默地看着。虽然雷切尔和国侦局局长威廉·皮克林计划在她抵达哥伦比亚特区外的博林斯空军基地之前不使用无线电联系,但此刻雷切尔有消息报告,她肯定威廉·皮克林立即就想知道是什么。她拨通了他一直带在身上的防窃听手机。

威廉·皮克林接电话的时候全然是例行公事的语气。"讲话时请当心。我不能保证这个通话就是安全的。"

雷切尔心里明白。皮克林的手机跟大部分国侦局的野外用的电话一样,有一个能检测出不安全来电的指示器。由于雷切尔是通过无线电话讲话,而这是现有的安全系数最小的交流方式,所以皮克林的电话已经给了他警告。这次对话应该语焉不详,不留姓名,不留地址。

"我的声音能表明我的身份。"雷切尔答道,在这种情形下她操的是标准的行话。她本以为自己冒险跟局长联系,他会不高兴,但皮克林的反应听上去却是持肯定的态度。

"好,我也正要跟你联系呢。我们需要改变路线。我担心可能有人正恭候着你们。"

雷切尔冷不丁打了个哆嗦。有人在监视我们。她从皮克林的口气里能听出有危险。改变路线。他应该很高兴她打电话来提出确切的请求,虽然这是出于完全不同的原因。

"真实性的问题,"雷切尔说,"我们一直在讨论这个问题。我们可能有一个办法来彻底证实或推翻这一点。"

"好极了。事情有了些进展,至少到时我行动会有坚实的根据。"

"要验证这一点,我们得中途做个短暂的停留。我们中的一个人有一个实验室——"

"为你自身安全着想,请不要说出确切地点。"

雷切尔并不打算在电话里透露她的计划。"你能给我们弄到在GAS-AC[1]的着陆许可吗?"

---

1 即海岸警卫队的亚特兰大航空站,英文全称为 Coast Guard's Group Air Station Atlantic City。

皮克林沉默了一会儿。雷切尔觉得他正在琢磨这个词儿。GAS-AC 是国侦局对海岸警卫队的亚特兰大航空站的一种隐晦简略的表达方式。雷切尔但愿局长知道这个。

"好的,"他终于开口道,"我会安排妥当。那是你的最后目的地吗?"

"不,我们还要搭直升机去别的地方。"

"到时会有一架飞机等着。"

"多谢。"

"我劝你要格外小心,我们还会知道更多的消息。不要对任何人提起这些。你的怀疑已经在高层人士中引起了很深的担忧。"

坦奇,雷切尔心里嘀咕着,她巴不得自己能直接跟总统联系。

"我现在在车里,去见我们讨论到的那个女人。她要求在一个不会引起人注意的地方与我私下见一面。这次会面应该会得到很多消息。"

皮克林正开车去某个地方见坦奇?不管坦奇要告诉他什么,要是她拒绝在电话里告诉他的话,那一定是很重要的事情。

皮克林说:"不要同任何人谈论起你最后的位置的坐标。也不要再跟我无线电联系,明白了吗?"

"是,先生。我们一小时后就抵达 GAS-AC。"

"交通工具会安排好。你们到达最后的目的地时,你可以通过更安全的频道打电话给我。"他迟疑了一下,"就你的安全来说,保持机密的重要性怎么强调都不为过。今晚你们已经遇上了劲敌。要多加小心。"说完,皮克林没声音了。

雷切尔一断开连接,马上感到浑身紧张起来了,她转过来看着托兰和科基。

"改换目的地吗?"托兰说道,看上去急切地等着答复。

雷切尔点点头,觉得有点不情愿。"去戈雅。"

科基叹了一口气,低头瞅瞅手里的陨石样本。"我还是无法想象,国家航空航天局竟然能……"他的声音渐渐弱下去,随着时间一分分过去,他看上去越来越焦虑不安。

很快我们就能知晓真相,雷切尔思忖着。

她走进座舱,还了无线电接收器。看着挡风玻璃外面,月光照耀下,翻滚的云朵从他们身下迅速地流走,她心里忐忑不安,觉得他们在托兰的船上并不会尝到好滋味。

第95章

威廉·皮克林驾着轿车行驶在利斯堡高速公路上,感到一种不同寻常的孤寂。现在差不多是凌晨两点钟,路上连个人影儿也没有。他已经有好多年没有这么晚开过车了。

玛乔丽·坦奇那刺耳的嗓音还回荡在他的脑海里。在罗斯福纪念馆碰头。

皮克林竭力回想上一次他与玛乔丽·坦奇碰面的情形——那决不是一次愉快的经历。那是两个月以前的事了,是在白宫。坦奇与皮克林在一张长长的橡木桌边面对面地坐着,桌子一圈坐着国家安全委员会、参谋长联席会议和中央情报局的成员,还有赫尼总统,以及国家航空航天局的局长。

"先生们,"中央情报局的头儿直瞪着玛乔丽·坦奇,说道,"我再一次在诸位面前竭力要求这位局长正视国家航空航天局日益严重的安全危机。"

这个开场白没有让屋内任何人感到惊讶。国家航空航天局的安全灾难已经成为情报机构一个老掉牙的话题。两天前,国家航空航天局的一个地球观测卫星拍摄的三百多张高清晰卫星照片被黑客从国家航空航天局的一个数据库中盗走。这些照片——不经意地暴露了美国在北非的一个秘密军事训练中心——已经在黑市上亮相,被中东的敌方情报机构买到手了。

"尽管出发点很好，"中央情报局局长带着疲倦的口气说道，"国家航空航天局对国家安全来说仍然是一个威胁。简单地说，我们的航空航天局还没有足够的力量保护这些数据和它所开发的技术。"

"我知道，"总统答道，"这里头有泄密行为，危害性的技术泄露。这让我十分头疼。"他朝桌子对面脸色铁青的国家航空航天局局长劳伦斯·埃克斯特龙使了个眼色，"我们又要再一次想法加强国家航空航天局的保安。"

"恕我直言，"中央情报局局长说，"只要国家航空航天局的行动仍不在美国情报机构的保护之下，不管它的保安措施怎么变，都是没有用的。"

这番陈述在人群中引起了一阵不安的窃窃私语。人们都清楚这话的弦外之音。

"你们都知道，"中央情报局局长提高了嗓门继续说道，"美国所有跟机密情报信息打交道的政府机构都受到严格的保密法规的约束——军队、中央情报局、国安局、国侦局——所有这些机构都必须在搜集数据和开发技术的保密事宜方面遵守严格的法律。我再一次请教各位，国家航空航天局——这个目前在前沿技术的开发中独占鳌头的机构，其开发的航空航天、成像、空中航行、软件、侦察和电信技术被军队和情报机构所运用，可它何以不在机密保护之下？"

总统发出一声沉重的喟叹。这个提议是一清二楚的。改组国家航空航天局，将之纳入美国军事情报机构的麾下。虽然过去其他机构也进行过类似的改组，但赫尼不肯采纳这个主意，即把国家航空航天局归到国防部、中央情报局、国侦局，或者其他任何军事指令的保护之下。国家安全委员会现在在这个问题上闹得内部意见纷纷，许多人站在了情报机构的一边。

在这些会上，劳伦斯·埃克斯特龙从未显得高兴过，这次也不例外。他朝中央情报局局长恶狠狠地瞪了一眼，说道："我斗胆再重申一遍，先生，国家航空航天局开发的技术是针对非军事的学术上的应用。如果你们情报机构想把我们的一个空间望远镜转个方向瞄准东方某个国家,那是你们的事。"

中央情报局局长看上去好像要发怒了。

皮克林看了他一眼插话道:"拉里,"他小心翼翼,语调和缓,"国家航空航天局年年都跟国会讨钱。你们的运作资金太少了,而且你们一直在为失败的航空行动买单。如果我们把国家航空航天局并入情报机构,国家航空航天局就不再需要向国会请求援助了。你们就会得到比目前多得多的重大投资。这可是个双赢的举措。一方面,国家航空航天局能够筹措到维持自己正常运转的资金,另一方面,情报机构大可放心,因为国家航空航天局的技术受到了保护。"

埃克斯特龙摇了摇头。"说实在的,这点我可不敢苟同。国家航空航天局是搞航天科学的,跟国家安全毫不相干。"

中央情报局局长噌地一下站了起来,这可是总统在座时从未发生过的事。可谁也没阻止他。他对国家航空航天局局长怒目而视。"你在跟我说科学跟国家安全毫不相干?拉里,看在上帝的分上,它们是同义词!只有这个国家的科技优势才能给我们以安全,而且,国家航空航天局在对这些技术的开发中扮演着越来越重要的角色,这是不以我们的意志为转移的。然而不幸的是,你们这个机构就像一张筛子一样漏洞百出,一次次地证明了其安全性的不可靠!"

房间里的人陷入了沉默。

这时,国家航空航天局局长腾地站起身,两眼紧盯着他的对手,开口道:"如此说来,你的高见就是把两万名国家航空航天局的科学家锁在密闭的军事实验室,让他们为你卖力?你真的认为如果不是我们的科学家怀着对宇宙看得更深远的渴望,国家航空航天局最新型的空间望远镜还能设计得出?国家航空航天局做出的惊人突破仅仅出于一个原因——我们的员工渴望更深入地了解宇宙。这是一个梦想者的团队,他们凝视星空,并且询问自己那高高在上的是什么,他们在这种凝望和自问中成长发展。驱动国家航空航天局进行创新的力量是激情和好奇,而不是可能获得的军事优势。"

皮克林想缓和一下会上的激烈情绪,便清清嗓子,轻言细语地说：" 拉里，我能肯定局长的意思并不是要招募国家航空航天局的科学家来制造军用卫星。你们国家航空航天局的使命不会改变。国家航空航天局照常运作，只是你们将会有更多的资金和安全保障。"皮克林又转身对着总统说，"要保障安全是要付出巨额代价的。这个房间里的每个人一定都意识到了，国家航空航天局的安全漏洞是资金不足的后果。国家航空航天局不得不打肿脸充胖子，在保安措施上偷工减料，跟其他国家进行项目合作来摊低费用。我建议，国家航空航天局仍旧保持其现有的高尚的、科学的、非军事化的实体不变，但是会获得更多的资金和一些自由。"

安全委员会里的几个人赞同地点了点头。

赫尼总统缓缓站起身，直视着威廉·皮克林，显然对皮克林刚刚提出的方法一点都不赞同。他说："比尔，我来问你一个问题：国家航空航天局想在未来十年内登上火星，把专项基金的大头用在登陆火星的行动上——而这个行动不会马上在国家安全方面带来任何收益，情报局对此会作何感想？"

"国家航空航天局可以做，只要他们愿意。"

"放屁。"赫尼直截了当地回答。

所有人的眼光都齐刷刷地射过来。赫尼总统很少说粗话。

"如果说作为总统我了解了一件事的话，"赫尼断然说，"那就是，谁掌握了钞票，谁就能发号施令。我拒绝把国家航空航天局的财权交到与创立国家航空航天局初衷不同的人的手上。我只能想象，要是由军方决定国家航空航天局的哪些任务可行，那还有多少纯粹的科学行动。"

赫尼双目扫视整个房间，然后慢慢地，意味深长地将严厉的目光投向了威廉·皮克林。

"比尔，"赫尼叹了口气道，"你不高兴国家航空航天局与国外航天机构进行项目合作，这是非常短见的。至少有人在进行这方面积极的合作。这个星球上的和平不是由武装力量打出来的，它必定是由那些团结到一起的力量造成的，尽管他们存在政体上的不同。依我看，国家航空航天局的联合行动比任何耗资上亿的间谍卫星更好地促进了国家安全,给未来带来了更多的希望。"

皮克林感到一股怒火在他心底翻腾。一个政客竟敢这样高人一等地跟我说话!赫尼的理想主义在会议室里说得好听,在现实生活中,却会使人丧命。

"比尔,"玛乔丽·坦奇插进来一句,仿佛她察觉出了皮克林就要发作了一样,"我们知道你失去了一个孩子。我们知道对你来说,这是一个私人问题。"

皮克林从她的语调里只听到了屈尊俯就的意味。

"但是请别忘了,"坦奇说,"白宫目前将大批希望我们把太空开放给私人的投资者拒之门外。我认为,尽管国家航空航天局犯了很多错误,但它仍是情报界的盟友。也许你们都该想想你们的种种幸遇。"

行驶在高速公路紧急停车道的齿纹标志带上所发出的隆隆声把皮克林的思绪拉了回来。接近出口了。渐渐靠近通往哥伦比亚特区的出口时,他从一头横卧路边的血淋淋的死鹿身旁驶过,突然感到了一阵奇怪的迟疑……但他还是继续前进。

他要赴一个约会。

第 96 章

罗斯福纪念馆是美国最大的纪念馆之一。馆内有一个公园,还有瀑布、雕像、凉亭和水池,纪念馆被分成了四个户外陈列馆,一个陈列馆代表罗斯福所任总统的一届任期。

离罗斯福纪念馆一英里远的地方,一架"基奥瓦勇士"飞了过来。在高高的城市上空,飞机的航行灯转暗了。在一个像哥伦比亚特区这样有着众多大腕儿和媒体的城里,天空中的直升机就跟南飞的鸟儿一样司空见惯。三角洲一号知道,只要他乖乖地待在号称"圆屋顶"的外面——那是白宫周围受保护的空域——他就不会引起任何人的注意。他们不会在这儿停留太久。

"基奥瓦"距地面两千一百英尺,它开始减慢速度,靠近黑暗中的罗斯福纪念馆,但不是在它的正上方。三角洲一号在空中盘旋,查看着自己的位置。他看看左边,三角洲二号正在操作夜视远视观察器。视频上显示出纪念馆入口车道的绿色图像。这个区域没有人。

现在,他们得等着。

这不可能是一次悄无声息的刺杀行动。有些人你就是没法将他悄悄杀死。不论采用何种方式,总会引起反响,总会引起深入的调查和探询。在这些情况下,最好的掩护是制造巨大的轰动。爆炸,大火,以及烟雾,让人觉得似乎是你在发布声明,人们首先想到的会是国外恐怖行动,尤其当目标是一个惹人注目的官员时。

三角洲一号扫了一眼下面树木掩映的纪念馆的夜视图像。停车场和入口通道上空落落的。快了,他心里嘀咕着。尽管这场密会的地点在市区,但这个时候这里竟然十分清静。三角洲一号把目光从屏幕上转移到自己的武器操纵装置上。

"狱火"武器系统是今晚的选择。"狱火"是一种激光制导的反装甲导弹,具有"发射后不管"的功能。发射出去的导弹能自动寻找地面侦察机、其他飞行器或是发射导弹的飞机自身投射的激光位置点。今晚,这颗导弹将通过架设瞄准器上的激光指示器自动导航。一旦"基奥瓦"的指示器给目标"涂"上了一条激光光线,"狱火"导弹就会自行导航。由于"狱火"导弹既能从空中也能从地面发射,今晚这儿的发射就不一定要派上飞机。除此以外,"狱火"导弹在黑市的武器交易中是一种很吃香的武器,所以,恐怖行动显然要受到谴责。

"轿车来了。"三角洲二号说。

三角洲一号瞥了一眼视频窗口,只见一辆难以归类的黑色豪华轿车恰在指定的时间开进了入口通道。这辆车是典型的为政府高层集中调度的机动车。驶进纪念馆的时候,开车的人调暗了车的前灯。车子兜了几个圈子,然后在一个林子边停了下来。三角洲一号注视着屏幕,他的搭档则把伸缩式夜视仪瞄准司机的车子侧窗。一会儿,司机的面孔出现在眼前了。

三角洲一号猛地抽了一口气。

"目标已确认。"他的搭档说。

三角洲一号盯着夜视屏——上面有能置人于死地的十字——他觉得自己就像一个瞄准了王室成员的狙击手。目标已确认。

三角洲二号转向左边的航空电子设备,打开了激光指示器。他瞄准目标,紧接着,两千英尺以下的地方,那辆轿车顶上出现了一丝光线,而车里的人却看不见。"目标已瞄准。"他说。

三角洲一号深深吸了一口气。然后,他开炮了。

飞机机身下响起一阵尖锐的嗞嗞声,紧接着,一道极暗的光直射地面。一秒钟后,在一阵炫目的烈焰中,停车场的那辆轿车被炸开了花。扭曲变形的金属飞得到处都是,燃烧的轮胎滚进了树丛。

"行动完毕,"三角洲一号说着,立刻驾驶直升机加速飞离了这块区域,"致电指挥官。"

在不到两英里远的地方,扎克·赫尼总统正准备就寝。那"宫邸"的莱克桑防弹玻璃窗足有一英寸厚。显然,赫尼根本就没听到爆炸声。

第 97 章

海岸警卫队的亚特兰大航空站在威廉·J.休斯联邦航空局技术中心的一个安全区内,该中心坐落在亚特兰大国际机场内。警卫队负责的区域包括从阿斯伯里公园至开普梅的大西洋沿岸地区。

飞机的轮胎在两座高大的建筑物之间的跑道上发出尖锐刺耳的声音,雷切尔·塞克斯顿猛地惊醒过来。她很惊讶自己竟然睡着了,便迷迷糊糊地看了看手表。

凌晨，2：13。她感觉自己好像睡了几天似的。

一条飞机上用的温暖的毯子把她裹了个严严实实，身边的迈克尔·托兰也刚刚醒过来。他朝她露出一个疲惫的笑容。

科基沿着过道摇摇晃晃地走过来，看到他们，他皱了皱眉头。"他娘的，你们这两个家伙还在这儿？我醒来，只希望今晚不过是做了一场噩梦。"

雷切尔十分理解他的感受。我要被送回到海上去。

飞机滑行了一段，停了下来，雷切尔和其他人爬出来到了一条空荡荡的跑道上。天很阴郁，但是海边的空气让人觉得闷热。比起埃尔斯米尔，新泽西就像热带一样。

"到这边来！"一个声音喊道。

雷切尔和其他人扭头一看，只见一架海岸警卫队的标准的深红色HH-65型"海豚"号直升机正守候在近旁。在机尾那闪亮的白条纹的映衬下，一个全身制服的飞行员招手叫他们过去。

托兰颇受触动地朝雷切尔点了点头。"你的上司当真把一切都安排就绪了。"

你有所不知。她想。

科基一脸沮丧。"这就好了？也不停下来吃点东西？"

飞行员招呼他们过去，领他们上了飞机。他根本不询问他们姓甚名谁，只说些打趣的话和一些安全防范措施。皮克林显然对海岸警卫队讲清楚了，这次飞行是秘密行动。然而尽管皮克林很谨慎，雷切尔还是看得出来，他们的秘密身份只保持了大约几秒钟，因为飞行员看到电视明星迈克尔·托兰时并没掩饰住自己恍然大悟的吃惊神色。

雷切尔系上扣带坐在托兰身边，她立刻就觉得很紧张。法国宇航公司出品的发动机在头顶上死命地尖叫，"海豚"那松垂的三十九英尺长的旋翼开始转平，形成银白的一片，模糊难辨。最初的"呜呜"声也变成了一阵咆哮，接着飞机飞离了跑道，升入了夜空之中。

飞行员在座舱里转过头来喊道："上面告诉我，一旦起飞后你们就会告诉我你们的目的地。"

托兰把一个距他们当前位置三十英里远的东南方海上地点的坐标告诉了飞行员。

他的船离岸有十二英里远,雷切尔寻思着,不觉打了个寒战。

飞行员把坐标值键入他的导航系统。然后他安坐下来,加大了油门。飞机往前倾斜着朝东南方向转了个弯继续前进。

随着新泽西海边昏暗的沙丘从飞机下面悄然逝去,雷切尔转过脸,不去看身下那蔓延开来的阴暗的大海。尽管她就怕再回到水上去,但想起有一个把大海视做终生朋友的男人陪着,她就尽量以此来安慰自己。在这个狭小的机舱里,托兰和她紧紧地挤在了一起,臀部和肩膀都相互挨靠着,但他们谁也没打算换一下位置。

"我知道我不该说这些,"飞行员突然迸出来这么一句,好像欣喜若狂,"但你明明就是迈克尔·托兰,我得说,嘿,我们一晚上都在电视上看你!那颗陨石啊!太不可思议了!太让人惊叹了!"

托兰耐着性子点了点头。"难以用语言形容。"

"这个纪录片太棒了!你知道,电视里放了一遍又一遍。今天晚上值班的飞行员谁也不想接这个活儿,因为大家都想看电视,但是抽签我抽到了下签。你能相信吗!下签!所以我就来啦!如果那帮小子知道我正开飞机送真正的——"

"我们很感谢你为我们带来的这次航行,"雷切尔打断他的话头说道,"而且,我们需要你对我们的行踪保密。谁也不能知道我们在这儿。"

"当然,女士。给我下的命令说得很清楚。"飞行员迟疑了一下,然后又面露喜色,"嘿,我们不会恰好是朝'戈雅'的方向走吧,是不是啊?"

托兰不情愿地点点头道:"正是这样。"

"妈呀!"飞行员大叫起来,"抱歉,对不住啊,不过我在你的片子上见过那艘船。是双船身,对吧?简直是个怪模怪样的怪物!我还从来没上过小水线面双体船。我做梦也想不到第一次要上的竟然是你的船!"

雷切尔不去睬这人，飞机朝着大海飞去，这让她感到愈发不自在。

托兰扭头看着她。"你没事儿吧？你可以待在岸上的。我跟你说过。"

我是该待在岸上。雷切尔想，不过她知道她的自尊心从来不允许自己这么做。"不必了，谢谢，我很好。"

托兰笑着说："我会照顾你的。"

"谢谢。"她惊讶地发现，他话里流露出的热情竟让她感到安全些了。

"你也在电视上见过'戈雅'，对吧？"

她点了点头。"那是一艘……呃……样子很有趣的船。"

托兰笑了起来。"是啊，想当初，这艘轮船还是很前卫的呢，但是这个样式从来没流行过。"

"真难想象怎么会这样。"雷切尔一边取笑着，一边在脑海里勾勒出这艘轮船古怪的模样。

"现在，全国广播公司正逼我改用更新型的轮船。更新型的轮船……我也说不上来，更花哨、更性感吧。再过一两年，他们就要让我和这艘船说再见了。"托兰想到这点，显得有点忧郁。

"你不想要一艘崭新的轮船吗？"

"我也说不上来……在'戈雅'上有太多的回忆了。"

雷切尔温柔地笑了笑。"嘿，就像我妈妈过去常说的，早晚我们都要让过去的成为过去。"

托兰凝视着她，良久，方才说："哦，我明白。"

第 98 章

"妈的，"出租车司机骂了一句，转过头来对加布丽埃勒说，"好像前面出事了。我们哪儿也走不了了，看来还不止等一小会儿。"

加布丽埃勒望着车外，只见救急车上不断旋转的灯光穿透了黑夜，几个警察站在前面的路上，招呼车辆在林荫道周围停下来。

"肯定是出大事了。"司机指着罗斯福纪念馆附近的火光说道。

加布丽埃勒对着摇曳的火光皱起了眉头。早不来晚不来，偏偏赶在这个时候。她还得赶去见塞克斯顿参议员，把有关极轨道密度扫描卫星和加拿大地质学家的最新消息带给他。她琢磨着，国家航空航天局在怎么发现陨石的问题上撒了谎，这能否构成一桩足以让塞克斯顿的竞选起死回生的大丑闻。也许对大多数政客来说都不能，她寻思着，但这是塞奇威克·塞克斯顿，一个把自己的竞选建立在夸大别人的过错上的男人。

塞克斯顿总有本事给对手在政治上的霉头加上点涉及道德的消极因素，加布丽埃勒对此并不引以为荣，但这一招的确奏效。塞克斯顿是惯于含沙射影轻慢侮辱的好手，可能会把国家航空航天局在这个极专业问题上的瞎话夸大为一个人格上的大问题，影响整个国家航空航天局的员工——而且，还会牵连到总统。

车窗外，罗斯福纪念馆那边的火光似乎蹿得更高了。近旁的林子也着火了，消防人员正在用救火水管扑火。出租车司机打开车上的收音机，在一个个频道间切换起来。

加布丽埃勒叹了口气，闭上双眼，只觉得全身精疲力竭。她刚来到华盛顿的时候，梦想着一直在政界打拼，说不定有一天就能闯到白宫里去。然而此刻，她只觉得这辈子跟政治打的交道已经够多了——跟玛乔丽·坦奇的较量，自己跟参议员的猥亵的照片，国家航空航天局的谎言……

收音机里一个新闻播音员正在播报一起有关汽车爆炸的事件和可能的恐怖主义的消息。

我得逃离这个城市，加布丽埃勒自从来到这个国家的首都以来还是头一次这样想。

第 99 章

指挥官很少感到疲倦，但今天已经造成了损失。一切都未照预期发展——对冰下插孔的带着悲剧意味的发现，保守秘密的困难，现在又是越来越多的遇难者。

谁都不该死的……除了那个加拿大人。

在这个计划中最困难的一步倒成了最不成问题的，这似乎很具有讽刺意味。那个东西在几个月前就插进去了，顺顺当当没有遇到一点儿障碍。这个异常物一到位，接下来要做的就是等着极轨道密度扫描卫星发射上天。极轨道扫描卫星将扫过广阔的北极圈，卫星上的那个异常检测程序早晚会检测到这颗陨石，带给国家航空航天局一个重大发现。

谁知这个该死的异常检测程序竟坏了。

当指挥官得知异常检测程序失灵，而且要大选结束后才可能修好时，全盘计划都泡汤了。没有极轨道密度扫描卫星，就检测不出这颗陨石。指挥官不得不想法子暗中提醒国家航空航天局内部的人注意这颗陨石的存在。这个方案包含一个紧急的无线电信息发送：在插入陨石位置的附近，一个加拿大地质学家发送了这条消息。出于显而易见的原因，这个地质学家得马上被干掉，而且要让他的死看起来像是一场意外。把一名无辜的地质学家从一架直升机上扔下去只是开始。现在事态正在迅速发展中。

韦利·明、诺拉·曼格，这两个人都死了。

一场公然的谋杀刚刚在罗斯福纪念馆发生。

很快要加入死亡名单的是雷切尔·塞克斯顿、迈克尔·托兰，以及马林森博士。

没有别的路可走了，指挥官想着，抑制着自己越来越强的懊悔感。太多太多的赌注都已经押下去了。

第 100 章

海岸警卫队的"海豚"号飞机离"戈雅"的位置还有两英里,此时正在距地面三千英尺的空中飞行,忽然托兰对着飞行员大叫起来。

"飞机上有夜间瞄准器吗?"

飞行员点点头道:"我是救援部的,当然有。"

托兰也正是这样希望的。夜间瞄准器是雷锡昂公司生产的海军热成像仪器,能够在黑暗中找到失事船只上的生还者。在一片黑暗的大海上,游泳者头上发出的热量会变成一个红色的斑点。

"打开。"托兰命令。

飞行员看上去迷惑不解。"为什么?有人失踪了吗?"

"没有。我只是想让大家都来看一个东西。"

"这么高的位置,我们看不到任何有热量的东西,除非有燃烧的浮油。"

"你尽管打开。"托兰说。

飞行员用一种奇怪的眼光看了看托兰,然后拨弄几个仪表控制盘,让机身下的热透镜能观测到他们前方三英里的一块狭长海域。接着,仪表板上的一个液晶显示屏亮了,图像清晰起来。

"天哪!"飞行员吃惊地往后一倒,飞机一下子歪向一边,接着他又恢复了镇静,双眼紧盯着屏幕。

雷切尔和科基凑上前来,看看屏幕上的图像,也是一样的震惊。只见一片黑暗的大海上熠熠闪烁着一个硕大的不断跳动的螺旋状红色漩涡。

雷切尔扭头看着托兰,满脸惊恐。"看起来像是龙卷风。"

"是的,"托兰说,"暖海流气旋,直径大约半英里。"

海岸警卫队飞行员很惊讶，他轻声笑道："还真不小。我们时不时地会看到这些东西，不过我还没听说过这么大的气旋。"

"这是上周刚出现的，"托兰说，"可能持续不了多少天。"

"怎么形成的？"雷切尔问道，可以理解，她对海洋中间的巨大漩涡感到困惑不解。

"岩浆丘。"飞行员说道。

雷切尔扭头看着托兰，显得很警惕。"火山吗？"

"不是，"托兰说，"东海岸通常没有活火山，但是我们偶尔会看到异常的岩浆囊，这些岩浆囊从海底冒出来，形成热点。然后，这些热点造成了一个颠倒的温度梯度——热水在下，冷水在上。这就形成了这些巨大的螺旋状的漩流。这些漩流被称为强卷流，通常持续几个星期然后会自动消散。"

飞行员看着液晶显示屏上那跳动的螺旋形，说："好像这个漩流变得越来越大了。"他迟疑了一下，看看托兰的船所在的坐标值，然后惊讶地转过头来说道，"托兰先生，好像您的船正好在这个漩流中心附近。"

托兰点点头道："风眼附近的水流会更慢一点，十八节。就像泊在一条奔腾的河上一样。我们的链条这个星期可经受了一次真正的考验。"

"我的天，"飞行员说，"流速为十八节的水流？别翻船才好！"他哈哈笑了起来。

雷切尔没有笑。"迈克，你没有提起过这些强卷流、岩浆丘，还有热流的情况。"

他把一只手放到她膝上，安慰似的说："相信我，我们很安全。"

雷切尔面露愠色。"这么说来，你之前在这里录制的纪录片是关于岩浆丘现象的？"

"强卷流和双髻鲨。"

"是的，你先前提起过的。"

托兰报以腼腆的一笑："双髻鲨喜欢暖水，这个时候，一百英里以内所有的双髻鲨都会朝着这个绵延数英里的受热的海域聚集过来。"

"好啊。"雷切尔不安地点点头道,"那么,老天保佑,双髻鲨是什么东西?"

"是大海中最丑陋的鱼。"

"比目鱼吗?"

托兰笑道:"是巨型槌头双髻鲨。"

雷切尔站在他身边,身体发僵。"槌头双髻鲨就在你的轮船周围?"

托兰眨了眨眼道:"放松些,那些鲨鱼并不危险。"

"那些鲨鱼真变危险起来时,你就不会这样说了。"

托兰笑出了声。"我想你说对了。"他开玩笑似地对飞行员喊道,"嘿,你们从一头槌头双髻鲨的口中救下一个人,那是啥时候的事了?"

飞行员耸耸肩。"哎哟,我们几十年都没从槌头双髻鲨口中救过人了。"

托兰扭头对雷切尔说道:"看到了吧,几十年呢。没啥好担心的。"

"就在上个月,"飞行员补充道,"我们遇到了鲨鱼袭击,有个白痴潜水者钓鱼——"

"等一下!"雷切尔说,"你说你们几十年来连一个人都没救出来!"

"是啊,"飞行员答道,"一个都没救出。通常情况下我们都到得太晚了。那些蠢蛋往往转眼间就一命呜呼了。"

第101章

从空中看,"戈雅"那忽隐忽现的轮廓渐渐逼近了。半英里以外,托兰能够辨认出甲板上那些明亮的灯火，那些灯是他的船员泽维尔颇为明智地开着的。他看到这些灯，感觉像是一个疲惫的旅人正开车驶进他的私人车道一样。

"我想，你说过只有一个人在船上。"雷切尔说，看到所有的灯都亮着，她显得十分惊讶。

"你独自在家时，不是也亮着灯吗？"

"只一盏灯而已，而不是整个房子都灯火通明。"

托兰笑了笑。尽管雷切尔尽力要做到轻松些，他也看得出来在这儿她感到格外不安。他想伸出一只手臂搂着她，安慰她，但他知道他实在没什么可说的。"点着那些灯是为了安全起见。这让这艘轮船看起来有人气。"

科基笑出了声。"是怕海盗吧，迈克？"

"不是。这儿最大的危险来自那些不知道怎么认雷达的白痴。避免撞船的最好办法就是确保人人都能看见你。"

科基眯缝着眼睛看着下面透亮的船只。"看见你？那就好像新年前夜的一艘狂欢巡游舰。显然，全国广播公司给你付电费。"

海岸警卫队的直升机放慢了速度，倾斜着机身绕过这艘灯火通明的大轮船，然后飞行员开始调整方向朝船尾甲板的停机坪驶去。即使是在空中，托兰也能辨认出滔滔怒浪正猛烈地击打着船身的支柱。"戈雅"的船首固定住了，船身在汹涌的水流中，被巨大的锚绳拉扯着，就像一头被链子锁住的怪兽。

"真是一艘漂亮的轮船啊。"飞行员笑着说道。

托兰心里清楚，这话不过是讽刺而已。"戈雅"相貌丑陋。"奇丑无比"，拿一个电视评论人的话来说就是这样。作为世上仅有的十七个小水线面双体船之一的"戈雅"，其外表一点儿也不起眼。

这艘轮船实际上是一个浮出海面三十英尺高的巨大的平台，下面有四个巨大的支柱连着趸船。从远处看，这艘轮船就像一个低悬的钻井台，凑近些看，又仿佛一只高脚画舫。船员宿舍、实验室以及导航驾驶台都设置在船顶上的一层层建筑内，给人的大致印象是，一个巨大的漂浮在水面上的咖啡桌托着各式各样层层叠叠的建筑物。

尽管外表称不上流线型,"戈雅"却有着更小的水线面,从而大大增强了船只的稳定性。在这个悬浮的平台上能进行更好的拍摄,实验操作也更为便捷,科学家也更不容易晕船。尽管全国广播公司正说服托兰为自己购置一艘更新型的轮船,但托兰谢绝了这番好意。得承认,现在确实有性能更出色的轮船,比"戈雅"更为稳定,但差不多十年来,"戈雅"都是他的家——在这艘船上,他在西莉亚死后努力支撑着走了过来。在一些夜晚,他仍然能在外面甲板上的风中听到她的声音。如果这些幽灵会消失,那么当幽灵消失的时候,托兰就会考虑换一艘船。

然而幽灵尚未消失。

直升机最后降落在了"戈雅"的船尾甲板上,雷切尔·塞克斯顿只觉得稍稍放松了些。好消息是她不用再飞行在海面上了,坏消息是她此刻就站在海面上。她登上甲板,环顾四周,竭力控制着双腿不要打晃。甲板窄得惊人,停了架飞机在上面更显得逼仄。雷切尔把目光投向船首,凝视着这船身的笨重的层层叠叠的建筑物。

托兰站在她身边。"我知道,"他说,他的声音盖过了海上的怒涛,"这船在电视上看起来更大。"

雷切尔点点头说:"也更稳当。"

"这是海上最安全的船只之一,我保证。"托兰把一只手搭到她的肩上,引她走到甲板的另一边去。

托兰那温暖的手比他能说的任何话都更能平静雷切尔紧张的神经。然而,当她向船尾望去时,只见翻滚的浪涛在他们身后奔涌不止,仿佛整艘船正以全速前进着。我们待在一个强卷流上,她心想。

在船尾甲板的核心部位,雷切尔发现了一个熟悉的单人特里同潜艇,那潜艇悬在一个巨大的绞盘上。这个特里同——以希腊海神的名字命名——看起来一点儿也不像它的前身,那个钢制封闭式的阿尔文。特里同前部有一个半球状的丙烯酸圆顶盖,这使它看起来不像潜艇，倒更像一只硕大的玻璃鱼缸。雷切尔想不出有什么比这个更可怕：潜入海下数百英尺，脸孔和海水之间除了一层明净的丙烯酸外就什么都没有了。当然，照托兰看来，坐在特里同里唯一不舒服的是最开始的启动过程——用绞盘缓缓放下，穿过"戈雅"甲板上的活板门，在整个过程中特里同就像一个悬在海上三十英尺高的钟摆。

"泽维尔八成在水下实验室，"托兰边说边走到甲板的另一边，"这边请。"

雷切尔和科基跟着托兰走到船尾的另一端。海岸警卫队的那名飞行员严格遵守着指令，仍旧坐在直升机里，没有用无线电。

"来看看这个。"托兰说着，在船尾护栏边停了下来。

雷切尔犹犹豫豫地走近栏杆。他们此时站在很高的地方，高出海面足足三十英尺，然而雷切尔仍旧感觉得到海水散发出越来越多的热量。

"这个温度，差不多等于洗一个热水澡了。"托兰说，他的声音盖过了浪涛的声音。他伸出手去够栏杆上的一个开关匣。"看看这个。"他轻轻打开了开关。

一道宽阔的弧形光带在船后的水里弥散开来，从里面照得船透亮透亮，仿佛一个灯火通明的游泳池。雷切尔和科基一起屏住了呼吸。

船身周围的海水里浮现出许多可怕的影子。透亮的水面以下仅数英尺处，成群的乌黑发亮的生物一起逆流而上，它们确凿无疑的锤状脑袋晃来晃去，仿佛合着某种古老的节拍。

"天哪，迈克，"科基结结巴巴地说，"真高兴你让我们也看到这些。"

雷切尔的身子都变僵了。她想从栏杆处退回去，但却动弹不得。她被这惊人的景致吓呆了。

"不可思议，是吧？"托兰问道。他又把手搭到她的肩上，安慰她道："它们会连续数周在温暖的水域内游走。在大海里，这些家伙有最灵敏的嗅觉——有发达的端脑嗅叶。它们能闻到远在一英里以外的血腥味。"

科基看上去有点不相信。"发达的端脑嗅叶？"

"不相信啊？"托兰在他们所站位置旁边的一只铝橱里搜了个遍，一会儿，他取出一条小小的死鱼。"好极了。"他从冰箱里拿出一把刀，在这条软塌塌的鱼身上划了几刀。这条鱼开始滴血了。

"迈克，天哪，"科基说，"真恶心。"

托兰把这条血淋淋的鱼扔下船，鱼儿坠入了三十英尺以下的水中。这条死鱼触到水面的那一刹那，六七条鲨鱼嗖地窜过来，激烈地厮打着，一排排银白的牙齿凶猛地啃咬着这条血淋淋的死鱼。顷刻之间，死鱼无影无踪。

雷切尔吓呆了，转过身来瞪着托兰，这时他已经抓起了另一条鱼。同一种类，同一大小。

"这次不见血。"托兰说。他没有切割这条鱼，直接就把它扔进了水里。鱼儿扑通一声落入水中，然而什么事儿也没有。双髻鲨似乎并没注意到这条鱼。于是，这个诱饵随波逐流，根本没有谁对它感兴趣。

"他们只有在闻到腥味的时候才发起攻击，"托兰一边说，一边领他们从栏杆边走过来，"事实上，你可以在这儿游泳，绝对安全——只要你身上没有创伤。"

科基指了指他脸上缝的针。

托兰皱了皱眉道："哟，你可不能游。"

第 102 章

加布丽埃勒·阿什乘坐的出租车不动了。

坐在罗斯福纪念馆附近的一个关卡处，加布丽埃勒看着窗外远处的急救车，觉得好像一阵如梦如幻的雾霭笼罩了整个城市。这个时候，收音机里正在播放新闻，说爆炸的车里可能有一位政府高官。

加布丽埃勒掏出手机拨参议员的号码。他肯定纳闷儿,到底出了什么事,让加布丽埃勒耽误了这么长时间。

然而,线路正忙。

加布丽埃勒看着出租车那嘀嗒作响的计价器,蹙起了眉头。其他一些塞在这儿的汽车正准备靠路边停下,掉头寻别的路走。

司机转过头来问:"还想等下去吗?说吧。"

这时,加布丽埃勒看见又来了更多的公务车,便说:"别,我们走吧。"

司机赞同地嘀咕了一句,然后开始调头,十分艰难地挪动着车子打弯。待他们到了路边,加布丽埃勒又试着给塞克斯顿打电话。

还是线路忙。

几分钟后,出租车绕了个大圈,驶上了 C 大街。加布丽埃勒看到菲利普·A·哈特办公大厦渐渐逼近了。她本打算直接去参议员府邸的,但离她的办公室这么近……

"靠路边停,"她对司机喊道,"就在这儿,谢谢。"她说着指了指方向。

车停了下来。

加布丽埃勒照计价器上显示的金额付了款,然后又加上十美元,说:"你能等十分钟吗?"

司机瞅瞅钞票,又看了看手表,说:"一分钟也不多等。"

加布丽埃勒匆匆下了车。我五分钟后就出来。

这个时候,参议员办公楼那空无一人的大理石走廊显得几乎有点阴森森的。加布丽埃勒从排列在三楼通道两边那神态严峻的雕像身边匆匆经过,她浑身的肌肉都绷紧了。那些雕像的石头眼睛似乎盯着她,仿佛沉默不语的哨兵。

加布丽埃勒走到塞克斯顿参议员那五室的办公套房大门口,取出钥匙打开门走了进去。总台门厅处灯光很暗。她穿过大厅,沿着一条过道朝自己的办公室走去。她进了办公室,打开日光灯,径直朝文件橱走去。

她有一份完整的有关国家航空航天局地球观测系统预算编制的文件，里面包含了许多极轨道密度扫描卫星的信息。一旦她告诉塞克斯顿哈珀的事，他一定想拿到所有可能到手的极轨道密度扫描卫星的数据。

国家航空航天局在极轨道密度扫描卫星这个问题上撒了谎。

加布丽埃勒翻弄着文件，这时，她的手机突然响了。

"参议员吗？"她说道。

"不是，加布斯。我是约兰达。"她朋友的声音异常尖刻，"你还在国家航空航天局吗？"

"不，我在办公室。"

"在国家航空航天局发现什么了吗？"

你有所不知。加布丽埃勒知道，只有跟塞克斯顿谈过之后，她才能将原委告诉约兰达；关于如何最好地利用这些信息，参议员会有非常具体的办法。"我跟塞克斯顿谈过之后会告诉你怎么回事。我这就去他那儿。"

约兰达迟疑了一下。"加布斯，你说的塞克斯顿的竞选经费和太空前线基金会的事儿你清楚吗？"

"我跟你说过我弄错了，还有——"

"我刚发现我们这儿的两个做航天新闻的记者在调查同一件事。"

加布丽埃勒大吃一惊。"什么意思？"

"我也说不清。但这些家伙目光敏锐，而且他们似乎非常确信塞克斯顿从太空前线基金会拿回扣。我只是想我该给你打个电话。我知道先前我告诉过你，这种想法很荒唐。玛乔丽·坦奇说的话似乎还不足为信，但我们的人……我说不清，见参议员之前，你也许想跟他们谈谈吧。"

"如果他们这么确信，那他们怎么不公开声明呢？"加布丽埃勒本来不想这么竭力防卫。

"他们没有确凿的证据。参议员显然很会掩盖自己的言行。"

大多数政客都会这一招。"他什么都没做,约兰达。我告诉过你的,参议员承认接受过太空前线基金会的捐款,但这些捐赠全都没超过最高限额。"

"我知道这是他对你说的话,加布斯,我也不是在这儿宣称自己知道孰真孰假。我只是觉得应该告诉你,因为我跟你说过不要相信玛乔丽·坦奇,然而现在我发现除了坦奇,还有别的人也认为参议员可能在拿黑钱。如此而已。"

"这些记者是谁?"此刻,加布丽埃勒感到心中生起无名火。

"不知道名字。我可以召集一个会议。他们都非常机灵,都知道总统竞选的经济法规……"约兰达犹豫了一下,"要知道,这些人实际上是认为塞克斯顿已经为钱栽了跟头——甚至破产了。"

在静静的办公室里,加布丽埃勒耳边回响起了坦奇那刺耳的谴责声。凯瑟琳死后,参议员把她的大部分遗产挥霍在恶性投资和个人享受上,而且他还收买人心使自己在候选人初选中看似胜券在握。实际上,半年前你的候选人就破产了。

"我们的人很乐意跟你谈谈。"约兰达说。

他们当然乐意了,加布丽埃勒想。"我会给你回电的。"

"你听上去有点恼了。"

"不是针对你,约兰达。不是针对你。谢谢你。"

加布丽埃勒挂断了电话。

塞克斯顿参议员的维斯特布鲁克公寓外的走廊上,一个警卫正倒在椅子里打盹儿,听到手机响,他一下子惊醒过来。他从椅子里弹起来,揉揉眼睛,从便装口袋里掏出电话。

"喂?"

"欧文,我是加布丽埃勒。"

塞克斯顿的警卫听出了她的声音。"哦,你好。"

"我要跟参议员说话。你能帮我敲敲他的门吗?他的电话正忙呢。"

"现在有点晚了。"

"他还醒着,我肯定。"加布丽埃勒听上去迫不及待,"我这里有紧急情况。"

"又是紧急情况?"

"还是那一件事,只让他接个电话就行了,欧文。我真的有事要问问他。"

警卫叹了口气,站起身来。"好吧,好吧。我去敲门。"他伸了伸懒腰,径直朝塞克斯顿的房间走去,"不过,我这样做只是因为先前我让你进去,他感到很高兴。"他不情愿地抬起手要敲门。

"你刚才说什么?"加布丽埃勒急切地问。

这个警卫的拳头停在了半空中。"我说,先前我放你进去,参议员感到很高兴。你说得对,根本没有什么问题。"

"你跟参议员谈起过这事?"加布丽埃勒听上去非常吃惊。

"是啊,怎么了?"

"没,我只是没想到……"

"实际上,这事儿有点怪。参议员还想了一小会儿才记起来你进去过。我想那些家伙当时是贪了几杯酒。"

"你们俩什么时候谈起这事的,欧文?"

"就在你刚走后,怎么了?"

加布丽埃勒沉默了片刻。"不,不,没什么。喏,既然我想起了这事,我们就不要在这个时候去打扰参议员了。我会接着打他房里的电话,如果还不走运的话,我会给你回电,你再去敲门。"

警卫的眼睛骨碌转了一下。"你说咋办就咋办吧,阿什女士。"

"谢谢你,欧文。打扰你了,真抱歉。"

"没关系。"警卫挂断了电话,又一屁股坐回椅子上睡去了。

加布丽埃勒独自待在自己的办公室,一动不动地站了一会儿才挂上电话。塞克斯顿知道我已经去过他那里了……他怎么压根儿不跟我提起这事儿呢?

今晚上那些难以捉摸的怪事变得更让人费解了。加布丽埃勒想起了她在美国广播公司时参议员的来电。参议员无端地承认，他会见了航空公司的人，还收了人家的钱，惊得她目瞪口呆。他的坦率把她拉回到了他身边，甚至让她感到羞愧。然而现在，他的坦白看起来真的没那么高尚了。

一小笔钱，塞克斯顿曾这样说。都是完全合法的。

顷刻间，加布丽埃勒对塞克斯顿参议员所有隐隐的怀疑似乎一下子又全部冒了出来。

外面，出租车的喇叭正嘟嘟作响。

第103章

"戈雅"的驾驶台是一个普列克斯玻璃舱，位于主舱面上两层楼高的地方。雷切尔从这儿环顾了一下四周三百六十度范围内黑暗的海面，这样令人心惊胆战的景致她只看了一下，还没看全，就把注意力转到手头的事情上去了。

打发托兰和科基去找泽维尔后，雷切尔准备和皮克林联系。她答应过局长的，到地方之后就给他打电话，而且她迫切地想知道他在跟玛乔丽·坦奇的会面中都获得了哪些消息。

"戈雅"的2100型舰载综合通讯系统是雷切尔足够熟悉的一个平台，她知道，如果通话时间短，那通话就是安全的。

她拨了皮克林的私人号码，抓起2100型舰载综合通讯系统的耳机凑到耳边等着。她巴望着皮克林能在第一声铃声响起的时候就接起电话。然而，线路里的铃声一直在响。

响了六声、七声、八声……

雷切尔凝视着外面深黑的大海，她无法联系上局长，也无法抑制待在海上她感到的不安。

响了九声，十声。接电话呀！

她踱着步子,等着。到底怎么了?皮克林总是把手机带在身边的,而且他还清清楚楚地嘱咐过雷切尔给他打电话的。

响了十五声后,她挂上了电话。

她心里愈加忧虑,拿起舰载综合通讯系统的听筒又拨了一次号。

铃声响了四声,五声。

他在哪儿呢?

终于,电话连通了。雷切尔一下子松了口气,但这感觉稍纵即逝。电话那头没有人,没有声音。

"喂,"她提示道,"是局长吗?"

线路里响起了三声急促的咔哒声。

"喂?"雷切尔说。

线路里传来一阵静电噪音,在雷切尔耳边炸开来。她痛苦地把听筒拿开。噪声一下子没了。现在她能听到一阵半秒一次的急促的杂音。雷切尔疑惑顿消,一下子明白过来是怎么回事,一阵恐惧袭上心头。

"见鬼!"

她转过身来对着驾驶台上的控制器,把听筒摔到底座里,切断了线路。有好一会儿,她吓得站在那儿,不知道自己的电话挂得是否及时。

在船的中部,两层甲板以下的地方是"戈雅"的水下实验室,那是一个宽敞的工作室,里面被狭长的案台和孤立的工作台分隔成若干部分。这些台子上电子仪器堆得满满当当的——底地层剖面仪、水流分析仪、除湿仪、挡烟罩、放样本的大冰箱、电脑,还有许多板条箱,存放着研究数据和备用的电子仪器,这些设备确保一切顺利运行。

托兰和科基进去的时候,留守在"戈雅"上的地质学家泽维尔正歪在一台聒噪的电视前,连头都没有扭一下。

"你们这些家伙把啤酒钱喝光啦?"她转过头来喊道,显然她以为是几个船员回来了。

"泽维尔，"托兰说，"我是迈克。"

地质学家猛地一转身，把一个小份的三明治咬了一大口咽下去。"迈克？"她结巴着问道，显然，看到他，她太惊讶了。她站起身，关小电视机的声音，走了过来，嘴里还在嚼着。"我还以为是哪个家伙从酒会上回来了呢。你这是干吗呢？"泽维尔长得很壮实，皮肤黝黑，嗓子很尖，还带着点傲然的神情。她指了指电视机，上面正在重播托兰的实地拍摄的陨石纪录片。"你肯定没在冰架上逛悠很长时间，对吧？"

有问题了，托兰想。"泽维尔，我肯定你认得这是科基·马林森。"

泽维尔点点头，说道："我很荣幸，先生。"

科基正瞅着她手里的三明治。"看起来味道不错。"

泽维尔用一种异样的眼光瞅了瞅他。

"我收到你的消息了，"托兰对泽维尔说，"你说我在片子里犯了一个错误？我想跟你谈谈这事。"

地质学家瞪着他，然后尖声笑了起来。"你就是为这回来的？噢，迈克，看在上帝的分上，我告诉过你的，那没什么大不了的。我只是打破了你的推理而已。很明显，国家航空航天局给了你一些旧数据。不过这没什么大不了的。说真格的，世界上只有三四个海洋地质学家可能注意到这个失误！"

托兰屏住了呼吸。"这个失误。这个失误会跟陨石球粒相关吗？"

泽维尔震住了，面色茫然。"我的天。难道那些地质学家中已经有人告诉你了不成？"

托兰立刻傻眼了。陨石球粒。他瞅了瞅科基，然后又看着这个海洋地质学家。"泽维尔，我要知道你能告诉我的有关这些陨石球粒的所有情况。我犯的是什么错？"

泽维尔注视着他，很明显，她觉察出了他现在是动真格的。"迈克，这真的没什么。我刚在一本行业杂志上读到一篇小文章。不过我不明白你怎么这么担心。"

托兰叹了口气说道:"泽维尔,这事儿听起来要多怪就有多怪,今天晚上你知道得越少越好。我只求你把你所知道的陨石球粒的情况全都告诉我们,然后我们需要你帮忙检测一个岩石样本。"

泽维尔显得一脸困惑,对于被排除在他们那个圈子之外,她感到有点不安。"好吧,我把那篇文章给你看看。在我的办公室里。"她放下手里的三明治,朝门口走去。

科基在她身后喊道:"我可以把它吃掉吗?"

泽维尔停下脚步,似乎不太相信。"你想吃我剩下的三明治?"

"嗯,我只是想如果你——"

"吃你自己的三明治去吧。"泽维尔说完走了。

托兰笑出了声,指着实验室对面一个放标本的冰箱说:"在底层架子上,科基,萨姆布卡酒和鱿鱼糖精片中间。"

外面甲板上,雷切尔走下驾驶台陡峭的楼梯,大步流星地朝直升机起降台走去。海岸警卫队的飞行员在打盹儿,雷切尔拍拍座舱,他一下子坐了起来。

"好了?"他问,"挺快的嘛。"

雷切尔紧张地摇摇头。"你会用地空雷达吗?"

"当然。有效范围为十英里。"

"麻烦你打开。"

飞行员看上去很困惑,他启动了几个开关,雷达屏幕亮了。雷达的指针慢吞吞地转着圈。

"看到什么了?"雷切尔问。

飞行员让指针转了几周,他调节了几个操纵器,然后注视着屏幕。屏幕上什么也没有。"外围有几艘小船,但都离我们越来越远了。我们很安全。数英里以内的海面上,四面八方都很清静。"

雷切尔·塞克斯顿舒了口气,然而她并没感到特别放松。"帮我个忙,如果你看到有什么靠近——船只啊,飞机啊,不管什么——可以马上告诉我吗?"

"没问题。一切都好吗?"

"是的。我只是想知道是不是还有人跟着我们。"

飞行员耸耸肩。"我会监视着雷达的,女士。如果有信号,你将是第一个知道的。"

雷切尔朝水下实验室走去,觉得浑身颤栗。她走进实验室,只看见科基和托兰站在一台电脑屏幕前,嘴里嚼着三明治。

科基嘴里塞得满满的,他对她喊道:"要来点儿什么?鱼香鸡肉?鱼腊肠,还是鱼香鸡蛋色拉?"

雷切尔几乎没听到他的问题。"迈克,我们要多久才能知道结果,然后下船?"

第 104 章

托兰在水下实验室里踱着步子,跟雷切尔和科基一起等泽维尔回来。陨石球粒的消息几乎跟雷切尔试图联系皮克林的消息一样令人不快。

局长没有应答。

而且还有人试图通过脉冲信号偷测出"戈雅"的位置。

"放松些,"托兰对大家说,"我们很安全。海岸警卫队的飞行员正监视着雷达。如果有人朝我们这边过来,他会及时向我们发出警报的。"

雷切尔赞同地点了点头,然而她看上去仍旧十分不安。

"迈克,这到底是什么?"科基指着一个斯巴克的电脑显示器问道,只见屏幕上出现了一个不祥的荧光图像,这个图像有规律地跳动着,搅荡着,仿佛通了电一样。

"声学多普勒流速廓线,"托兰说,"这是一个水流横截面,还有这艘轮船下海水的温度梯度。"

雷切尔目不转睛地看着图像。"我们就停在这个上面？"

托兰不得不承认，这个图像看上去确实有点吓人。在表层，海水就像一个蓝绿色漩流，不过越往下，随着温度的升高，蓝绿色就逐渐变成了一种凶险的橘红色。靠近底部的地方，一英里以下的位置，一个血红的漩涡汹涌着，逡巡盘旋在海底之上。

"这就是强卷流。"托兰说。

科基嘀咕着说："就像水下龙卷风。"

"道理都一样。通常，海水在靠近海底的地方更冷更稠，但在这里其动态却是颠倒过来的。深水受热更轻，所以就上升到表面来。同时，由于表层海水更重，它就下泻形成一个巨大的漩涡，去补那个空档。这样，就形成了海洋里的排水管似的涡流，硕大无朋的漩涡。"

"海底那个大的隆起部分是什么？"科基指着平坦宽阔的海底，那儿一个巨大的穹形土丘冒出来，就像一个水泡似的。土丘正上方，那个漩涡不断地旋转着。

"这个隆起部分是一个岩浆丘，"托兰说，"就是在这个地方，海底下面的火山岩在不断地升高。"

科基点点头。"就像一个大脓疱似的。"

"这也是一种说法。"

"要是它爆炸了呢？"

托兰蹙起了眉头，回忆起有名的一九八六年胡安·德富卡海脊强卷流事件，在那儿，成千上万吨摄氏一千二百度的岩浆全部同时喷涌入海，几乎在刹那间就增强了卷流的强度。随着涡流的迅猛向上扩张，海表的急流更加汹涌澎湃。接下来所发生的事今晚托兰就不打算告诉科基和雷切尔了。

"大西洋岩浆丘不会爆炸，"托兰说，"环流在岩浆丘周围的冷水持续冷却并加固地壳，把岩浆始终安全地控制在一道厚厚的岩石层下面。最终，下面的火山岩冷却，接着漩流就会消失。强卷流通常都不危险。"

科基指着放在电脑旁边一本破破烂烂的杂志说道："那么，你是说《科学美国人》在编故事喽？"

托兰看到那个封面，眉头一皱。显然，有人把这本杂志从"戈雅"的科学杂志旧刊堆里抽了出来：《科学美国人》，一九九九年二月号。封面上是一个画家所表现的一艘超级油轮在一个硕大的海水漏斗中旋转着失控的情形。标题是：强卷流——海里来的大杀手？

托兰对此付之一笑。"这完全不相干嘛。这篇文章谈的是地震带中的强卷流。这是几年前流行的百慕大三角洲的假想，解释船只失踪现象。原则上讲，如果在海底爆发某种剧烈的地质变化，某种前所未有的变化，那个岩浆丘是有可能破裂的，然后涡流就会变大，足以……哦，你们知道的……"

"不，我们并不知道。"科基说。

托兰耸了耸肩。"升到海面上来。"

"太棒了！你让我们待在船上，真高兴。"

泽维尔手里拿着一些文件进来了。"对强卷流感到震惊？"

"啊，是啊，"科基揶揄道，"迈克刚告诉我们，如果那个小小的土包破裂了，我们都会在一个巨大的排水管里打转呢。"

"排水管？"泽维尔冷笑道，"我看倒更像被冲到世界上最大的抽水马桶里去了呢。"

"戈雅"外面的甲板上，海岸警卫队的直升机飞行员警觉地注视着电子信息系统的雷达屏幕。作为一位救援飞行员，他早就能从人们的眼里看到他们心里怀有的那一分恐惧；雷切尔·塞克斯顿叫他留意有没有靠近"戈雅"的不速之客时，肯定是心怀恐惧的。

她以为会有什么样的不速之客呢？他寻思着。

就这个飞行员所见，方圆十英里以内的海面和空中看上去都没有任何反常的现象。八英里以外的地方，一艘渔船渐行渐远了。偶尔有一架飞机掠过他们的雷达监控范围边缘，又朝着某个莫名的目的地飞去了。

飞行员舒了口气，凝视着外面，这时，只见海水在船身周围汹涌澎湃着。这感觉真有点儿可怕——尽管船被泊定，却仿佛以全速航行着。

他把目光转到雷达屏幕上来，关注着上面的动静，不敢有一丝大意。

第105章

在"戈雅"号上，托兰这时把泽维尔和雷切尔介绍给了对方。船上的地质学家见到这位备受瞩目的随行人员站在水下实验室，站在自己眼前，愈发显得困惑起来了。而且，雷切尔急切地要求进行试验，还要尽快下船，这显然让泽维尔感到心神不安。

慢慢来，泽维尔，托兰恳求她。我们需要知道一切。

这时，泽维尔开口说话了，她的语气很严厉。"迈克，你在你的纪录片里说这块岩石中的那些微小的金属掺杂物只可能在太空中形成。"

托兰立刻感到了一阵忧虑。陨石球粒只在太空中生成。国家航空航天局正是那样对我说的。

"但是根据这些记录，"泽维尔举起手中的文件说道，"这并不完全正确。"

科基瞪大了眼睛嚷道："这当然是正确的！"

泽维尔朝科基沉下脸，扬了扬手中的文件说："去年，哲鲁大学一位名叫李·波洛克的年轻地质学家用一种新型海洋机器人在马里亚纳海沟做太平洋深海地壳取样时，取出了一块松动的岩石，这块岩石呈现出一个他从未见过的地质特征。这种特征在外表上非常像陨石球粒。他称之为'斜长岩应力掺杂物'——都是些小金属泡，显然是在深海的增压反应下被再均质化而形成的。波洛克博士在一块海底岩石上发现了金属泡,对此大为震惊,然后他阐述了一条独特的理论来解释这些金属泡。"

科基咕哝道:"我猜他不得不这样做。"

泽维尔没有睬他,继续说:"波洛克博士断言,这块岩石在一个极深极深的海洋环境中形成,那里极强的压力使一块先前存在于此的岩石发生了质变,一些异质金属随即产生了熔化现象。"

托兰心里琢磨起来。马里亚纳海沟有七英里深,是地球上最后几个尚未真正勘测过的地区之一。人们只利用少数机器人闯入过那个深渊,然而那些机器人还远没能到达底部时就大都坏掉了。海沟里的水压奇大无比——是令人惊骇的每平方英寸一万八千磅,跟海面上仅有的每英寸二十四磅形成鲜明对比。海洋学者对最深处的海底的地质力学仍知之甚少。"这么说,这个叫波洛克的人认为马里亚纳海沟能产生带有陨石球粒般特征的岩石?"

"这是一个极含糊的理论,"泽维尔说,"事实上,这条理论从来没有正式发表过。上个月,我研究流体-岩石相互作用,为我们即将进行的强卷流演示做准备时,偶然在网上发现了波洛克的私人笔记。要不,我根本就不会听说这个理论。"

"这条理论从未发表过,"科基说,"那是因为它太荒谬了。生成陨石球粒得需要高温。水压根本就不能重组岩石的晶质结构。"

"压力,"泽维尔反唇相讥道,"正是导致我们这颗星球上的地质变化的最重要的一种因素。不是有种东西就叫做变质岩吗?地质学入门课程学过的。"

科基立即沉下脸来。

托兰意识到泽维尔说得有道理。虽然高温对地球的一些变态地质的形成起到了一定的作用,但大多数变质岩都是在极强的压力下形成的。不可思议的是,在巨大的压力之下,地壳深处的岩石表现出来的特性不像坚硬的岩石,倒更像黏稠的糖浆,在此过程中,它们变得富有弹性,并且产生了化学变化。尽管如此,波洛克博士的理论仍旧像是对事实的歪曲。

"泽维尔，"托兰说，"我从来没有听说过单单水压就会改变一块岩石的化学特性。你是地质学家，你怎么想的？"

"喔，"她一边翻看手头的文件一边说，"听起来好像水压不是唯一要素。"泽维尔翻到一页，逐字逐句地读起波洛克的记录来，"'马里亚纳海沟的海底地壳已存在于强大的流体静力增压状态下，而该地区潜没带的地壳构造力使之压缩得更紧密。'"

那是自然，托兰心里嘀咕着。马里亚纳海沟深入水下七英里，而且还是一个潜没带——是挤压带，太平洋板块和印度洋板块在这里互相靠拢，互相碰撞。这条海沟里的压力可能强大无比，又由于这个地区太偏僻、危险，不便研究，如果下面真有陨石球粒，人们知道的机会也是非常微小的。

泽维尔继续读着。"'流体静力和地质构造的双重压力有可能将地壳变成一种有弹性的或者半流体的状态，让更轻的元素熔化，从而形成被认为只可能发生在太空中的陨石球粒般的构造。'"

科基的眼珠骨碌转了一下。"这是不可能的。"

托兰瞥了科基一眼。"那对于波洛克博士发现的岩石上的球粒还有别的解释吗？"

"这还不容易，"科基说，"可以认为，波洛克发现了一颗真正的陨石。一直都有陨石坠入海里。由于在水下这么多年，熔壳腐蚀，陨石看起来就像一块普通的岩石，所以波洛克不会想到这就是一颗陨石。"科基转过头来对泽维尔说，"我想波洛克还不会精明到去测镍含量，对吧？"

"实际上，他测了，"泽维尔回敬他，又翻阅着这沓文件，"波洛克写道：'我发现这个标本的镍含量为中等，而地球上的岩石往往不具备中等镍含量这一特征，所以，这让我太吃惊了。'"

托兰和雷切尔面面相觑。

泽维尔继续念道："虽然此镍含量并不在通常认可的陨石所特有的中等含量范围以内，却是出奇地接近这个限度。"

雷切尔看上去有点焦躁。"有多接近？这个海底岩石会不会被误认为是一颗陨石呢？"

泽维尔摇了摇头。"我不是化学岩石学家，但是就我所知，波洛克发现的这块岩石和真正的陨石在化学特性上有诸多差别。"

"有什么差别？"托兰追问道。

泽维尔把注意力转到她手中文件的一个曲线图上。"从这上面显示的看，有一个差别是在球粒自身的化学结构上。似乎钛与锆的比率不一样。在这个海下标本的球粒中，钛锆之比表现出锆的成分少而又少。"她抬起头说，"只有百万分之二。"

"百万分之二？"科基冲口而出，"陨石里的比率是这个的几千倍！"

"说得对，"泽维尔回答，"这就是为什么波洛克认为其标本球粒不是在太空中生成的原因。"

托兰弯下身对科基小声说："国家航空航天局测了米尔恩石头里的钛锆比率吗？"

"当然没有了，"科基忿忿地说，"谁也不会去测的。去测那个就好比盯着一辆汽车却去检测轮胎的橡胶含量，以此来确认你看到的是不是汽车一样！"

托兰叹了一口气，回头看着泽维尔。"如果我们给你一个含有球粒的岩石标本，你能通过试验确认这些球粒是陨石球粒还是……波洛克所说的一种深海压缩物吗？"

泽维尔耸耸肩膀道："我想没问题。电子微探针的精确度够高了。不过，这到底怎么回事？"

托兰对科基说："拿给她。"

科基不情愿地从衣袋里掏出那个陨石标本递给了泽维尔。

泽维尔接过这块石盘，眉头紧皱。她仔细审视着熔壳，又端详着嵌在石头里的化石。"天哪！"她叫道，猛地一抬头，"这不就是部分……"

"是的，"托兰说，"很遗憾，正是如此。"

第106章

加布丽埃勒·阿什独自待在办公室里,倚窗而立,寻思着下面该怎么办。就在不到一个小时之前,她激动不已地离开了国家航空航天局,准备把克里斯·哈珀在极轨道密度扫描卫星上耍的花招告诉参议员。

然而现在,她有点拿不准了。

约兰达说的,美国广播公司两个有独到见解的记者怀疑塞克斯顿收受太空前线基金会的贿赂。此外,加布丽埃勒刚刚得知,塞克斯顿实际上已经知道了在他与太空前线基金会会晤时,她偷偷溜进了他的房间,可他怎么对她只字不提呢?

加布丽埃勒叹了口气。她叫的出租车早就开走了,尽管过会儿她又得重新叫车,但她知道眼下自己该先做什么。

我真要试试吗?

加布丽埃勒蹙起眉头,知道自己已别无选择。她不知道自己还能相信谁。

她走出办公室,一路回到前台大厅,走上对面一条宽敞的过道。在远远的路的尽头,她看得到塞克斯顿的办公室那厚重的橡木门,门两边是两面旗——右边是星条旗,左边是特拉华州州旗。他的办公室门,跟这幢大楼里大多数参议员的办公室一样,都是钢板加固的,还配上了普通的钥匙、一个电子密码锁和一个警报器严加防范。

她知道,如果她进得去,哪怕只有几分钟,所有的答案都会立即揭晓。此刻,加布丽埃勒朝着这些戒备森严的房门走去,她并不幻想着能破门而入。她有别的法子。

离塞克斯顿的办公室还有十英尺远,加布丽埃勒突然右转,拐进了女洗手间。日光灯自动打开了,照在白瓷砖上反射出刺眼的光。加布丽埃勒等眼睛适应过来,她停了停,看着镜子里的自己。跟往常一样,她的面容比自己期待的更显温柔,几乎有点娇弱。她总是觉得自己比她的外表要坚强。

你确定要这样做了吗?

加布丽埃勒知道塞克斯顿正急切地等着她向他完整地汇报极轨道密度扫描卫星的情况。遗憾的是,她现在已经意识到了塞克斯顿今天晚上巧妙地控制了她。加布丽埃勒·阿什不喜欢被人控制。今天晚上,参议员对她有所隐瞒。问题在于,他对她隐瞒了多少。她知道,答案就藏在他的办公室里——与这个洗手间仅一墙之隔。

"就五分钟。"加布丽埃勒大声说,坚定自己的决心。

她朝盥洗室的储藏间走去,伸手去够上面,一只手摸到了门框上。一把钥匙哐当一下掉到了地板上。菲利普·A·哈特的保洁人员都是联邦政府的雇员,每当爆发罢工的时候他们就似乎都消失了,所以每次盥洗室里都会接连几个星期没有卫生纸和卫生棉可用。塞克斯顿手下的女职员经常脱了裤子才发现没有纸可用,她们实在受不了这种尴尬,所以事必躬亲,拿到了一把储藏间钥匙,以防"紧急情况"。

今晚正派上用场,她想。

她打开了储藏间。

储藏间里很狭促,塞满了清洁剂、拖把,还有满架子的纸。一个月前,加布丽埃勒找纸巾的时候突然有了一个不寻常的发现。她够不着架子顶上的纸,就用一把扫帚的一头去戳那卷纸,让它掉下来。戳的时候,她敲松了天花板的一块贴砖。她爬上去把贴砖挪回原处,竟然听到了塞克斯顿参议员的说话声,这让她大吃一惊。

说话声听得一清二楚。

根据听到的回音,她意识到参议员正在他办公室的私人洗手间里自言自语,显然,那个盥洗室跟这个储藏间只隔着一层可移动的纤维板的天花板贴砖。

今天晚上,加布丽埃勒又在这个时候来到储藏间,可不是为了取卫生纸。她踢掉鞋子,爬上架子,顶开纤维板的天花板贴砖,爬了上去。原来国家安全不过如此,她心里嘀咕着,琢磨着她要犯多少条国法州法。

加布丽埃勒从塞克斯顿的私人洗手间的天花板上钻下来,她穿着长筒丝袜的双腿踩在冰凉的瓷制水槽上,然后跳到了地板上。她屏住呼吸,走出去,进了塞克斯顿的私人办公室。

他那东方式的地毯踩上去让人觉得十分柔软、温暖。

第 107 章

三十英里以外,一架黑色的"基奥瓦"武装直升机飞速掠过北特拉华州的松树林梢。三角洲一号核对了一下自动导航系统上锁定的坐标值。

虽然雷切尔的舰载信号传输装置和皮克林的手机都被加密以保护其通话内容不被窃听,但三角洲部队已用脉冲波窃取了雷切尔从海上打出的电话信号,不过通话内容并不是三角洲部队的目标而确定打电话的人的所在位置才是他们的目的。全球定位系统和电脑三角测量法能轻而易举地查明传输信号的坐标,比破解电话的实际内容来得容易多了。

大多数手机用户都不知道,每次他们打电话时,都有一个政府听音哨,如果它有意为之的话,能检测出他们所在的位置,不管在地球上哪个角落,误差不会超过十英尺——对于这一点,手机公司没有对外宣传。每次想起这些,三角洲一号都觉得很好笑。今天晚上,一旦三角洲部队获取了威廉·皮克林的手机接收频率,他们就能轻而易举地追踪到来电的坐标值。

此时,三角洲一号正从最近的路线飞行追踪他们的目标,距离目标不到二十英里了。"防空火网到位?"他扭头问三角洲二号,三角洲二号正在操作雷达和武器设备。

"确认。等候到达五英里射程范围内。"

五英里,三角洲一号想。他得驾驶着飞机深入目标的雷达监测范围以内,将目标纳入"基奥瓦"的武器设备的有效射程。他相信,"戈雅"上有人正在紧张地注视着天空,由于三角洲部队当前的任务是铲除目标,不给他们任何机会通过无线电发送求救信号,所以,这个时候三角洲一号必须不打草惊蛇地靠近他的猎物。

十五英里以外,这个距离仍在雷达监控的范围之外,三角洲一号将"基奥瓦"猛转三十五度偏离了航线向西驶去。他驾驶着飞机攀升到三千英尺的高度——这是较小的飞机的射程——他又将速度调到了一百一十节。

随着一个新的信号出现在方圆十英里以内,"戈雅"甲板上海岸警卫队直升机的雷达显示器"哗"地响了一下。飞行员腾地坐直了,专注地审视着屏幕。这个信号好像是一架小型的货机向西方朝岸边飞来。

也许是飞往纽华克。

尽管这架飞机沿着当前的航线可以飞到距"戈雅"不到四英里的范围之内,但这样一条航线显然是一种偶然。然而,海岸警卫队的飞行员保持着高度警惕,观察到那个一闪一闪的亮点以一百一十节的速度缓行,划出一道线,贯穿雷达显示器的右边。在最接近的地方,这个飞机大约位于西面四英里处。如他所料,这架飞机继续前行——现在离他们远去了。

4.1英里。4.2英里。

飞行员吐了一口气,放松了下来。

然而紧接着,最不可思议的事情发生了。

"防空火网已启用。"三角洲二号喊道,他坐在"基奥瓦"武装直升机舱门边的武器控制椅里,竖起了大拇指,"火力网、调制噪声、掩护脉冲全都激活并锁定。"

三角洲一号心领神会，驾驶着飞机猛地向右一个侧转，飞机又驶上了一条前往"戈雅"的直线路径。这一招能躲过"戈雅"的雷达监控。

"锡箔包确定！"三角洲二号喊道。

三角洲一号表示赞同。雷达干扰是在二战中发明的，当时一个精明的英国飞行员在轰炸航路上把一堆堆包在锡箔纸中的干草投出飞机，德军的雷达检测到如此之多的反光点，他们都不知道该朝哪个射击了。从那时起到现在，这个技术已经得到了大幅度的改进。

"基奥瓦"上的"防空火网"雷达干扰系统是军方最致命的一种电子战斗武器。"基奥瓦"将背景噪声作为掩护打到一组指定坐标点的空中，就能让他们的目标眼不能看，耳不能听，口不能言。就在一小会儿之前，"戈雅"上所有的雷达显示屏几乎全变成了一片空白。等到船上的人意识到他们需要求救时，他们已无法发送任何信号了。在一艘船上，所有的通讯都是经由无线电或者短波发射进行的——船上没有固定电话线。如果"基奥瓦"靠得足够近，"戈雅"上所有的通讯设备都会瘫痪，其载波信号会被散布在"基奥瓦"前方看不见的大量热噪声破坏，这些热噪声宛如熄灭了的汽车的前灯。

绝对的孤立，三角洲一号想。他们毫无抵抗力。

他们的目标幸运且狡猾地从米尔恩冰架上逃脱了，但这回他们不会再得逞了。雷切尔·塞克斯顿和迈克尔·托兰选择弃岸上船，真是糟糕的选择。不过，这将是他们所做的最后一个坏决定了。

白宫内，扎克·赫尼总统懵懵懂懂地从床上坐起来，拿起了电话听筒。"现在？埃克斯特龙想现在跟我通话？"赫尼瞟了一眼床头的钟：凌晨三点十七分。

"是的，总统先生，"接线员说，"他说有紧急情况。"

第 108 章

科基和泽维尔挤在电子微探针前,测量球粒里的锆含量,雷切尔则跟着托兰穿过实验室走进了隔壁的房间。在这里,托兰打开了另外一台电脑。显然,这位海洋学者还想核查另外一个东西。

电脑启动后,托兰转头看着雷切尔,他双唇微启,仿佛有话要说,但他又犹豫了。

"怎么了?"雷切尔问,她居然被他吸引住了,而且还是在如此混乱的情况下,这让她着实有点惊讶。她希望不去理会那些,只愿跟他待在一起——就一分钟也好。

"我该向你道歉。"托兰露出一脸懊悔的神情说道。

"为什么?"

"还记得在甲板上吗?那些双髻鲨?我当时很兴奋。有时候我忘了大海对许多人来说会是多么可怕。"

雷切尔与他相向而视,觉得自己就像一个少女,跟新结识的男朋友站在门口一般。"谢谢。其实没什么的。真的。"她心里隐隐觉得托兰想吻她。

顿了一下,他不好意思地转过头去了。"我知道。你想上岸。我们得干活儿了。"

"现在开始。"雷切尔温柔地笑笑。

"现在开始。"托兰重复她的话,坐在了电脑前。

雷切尔吁了口气,这会儿她就站在他身后,品味着和他在这个小实验室里独处的美妙。她见托兰捣腾着一连串文件,问道:"我们这是干什么呢?"

"检查一下大型海洋虱子的数据库。我想看我们能不能找到一些史前海洋生物化石,像我们看到的国家航空航天局发现的陨石里的那个东西。"他打开一个搜索页面,几个粗体字横贯页面顶端:生物多样性计划。

托兰一边翻阅菜单,一边解释道:"'生物多样性'实际上是一个不断更新的海洋生物数据的索引。当一个海洋生物学家发现一种新的海洋生物或者化石时,他可以将数据和照片上传到一个中央数据库,炫耀一番,把他的发现公之于众。由于每周都可以发现这么多的新数据,这实在是保证研究跟上最新潮流的唯一途径。"

雷切尔看着托兰查阅菜单。"这么说你现在就是在上这个网站喽?"

"不。在海上上网很麻烦。我们另寻空间,把这些数据存在船上一系列容量巨大的光驱里。每次进港,我们就拼命地上生物多样性计划的网站,用最新发现更新我们的数据库。这样,我们在海上不上网也能访问数据,而且这些数据只滞后一两个月。"托兰开始在电脑上输入搜索关键词,他轻声笑着说,"你可能听说过那个富有争议的音乐文件共享程序,网景公司的?"

雷切尔点了点头。

"生物多样性被认为是网景的海洋生物学家版。我们称之为'大龙虾'——个别海洋生物学家彻底共享古怪研究。"[1]

雷切尔大笑起来。即使在这种紧张的情形下,迈克尔·托兰也能流露出一种冷嘲式的幽默感,驱散了她的恐惧。她开始意识到,近来她在生活中笑得太少太少了。

"我们的数据库非常庞大,"托兰把那些描述性的关键词输入完毕,说,"储藏了 10 TB 的文字和照片。这里储存着谁也没见过以及谁也不可能见到的信息。海洋生物的种类太庞大了。"他点击了"搜索"按钮,"好吧,让我们看看有没有人见过一种跟我们这个小太空虫一样的海洋生物化石。"

几秒钟后,屏幕刷新,显示出四个动物化石的列表。托兰一一点

---

[1] 大龙虾,英文为 lobster,此处是"Lonely Oceanic Biologist Sharing Totally Eccentric Research"(个别海洋生物学家彻底共享古怪研究)每个单词首字母的组合。

开这些列表，核查照片。然而，没有哪个看上去有一丝半毫像米尔恩陨石里的化石。

托兰皱起了眉头。"我们试试别的看。"他从一连串搜索关键词里删去"化石"这个词，然后点击"搜索"，"我们来搜一下所有活着的物种。说不定我们能找到一种活着的古生物的后裔，这种生物具有某种米尔恩化石所有的生理特征。"

屏幕刷新了。

托兰又皱起了眉头。电脑上弹出来成百上千条条目。他呆坐了好一会儿，捋着他那现已是黑须拉茬的下巴。"嗯，这也太多了。我们来缩小一下搜索范围。"

雷切尔在一旁看着，托兰打开一个下拉菜单，菜单名为"栖息地"。选项列表长得仿佛没有尽头：潮池、沼泽、咸水湖、沙洲、海脊中央、硫磺出口。托兰把列表往下拉，选中了一个条目，写的是：具有破坏力的边缘/海沟。

好机灵，雷切尔立刻醒悟过来。托兰把他的搜索范围只限制在那些生活在特定环境附近的物种内，人们假想在那种环境里，岩石能产生这些陨石球粒状的特征。

页面更新了。这回，托兰笑开了。"太棒了。只有三条内容。"

雷切尔眯缝着眼睛看着列表上的第一项。鲎……

托兰点开了这个条目。屏幕上出现了一张照片，这种生物看上去就像一个加大号的没有尾巴的马蹄蟹。

"不对。"托兰说着，又返回到先前的页面。

雷切尔仔细看着目录上的第二条。地狱来的丑虾。她有点搞糊涂了。"真有那种名字吗？"

托兰轻声笑道："不是。这是一个新的物种，还没有进行归类。发现这个物种的家伙还有点儿幽默感。他建议把'丑虾'列入正式的分类法中去。"托兰点击打开了照片，眼前随即出现了一个奇丑无比的长得像虾的生物，长长的胡须，还有发荧光的粉红色触须。

"名字取得不赖,"托兰说,"但不是我们的太空虫。"他又回到索引,"最后的一个是……"他点击第三个条目,页面打开了。

"深海巨型虫……"随着文字显示出来,托兰大声读了起来。照片下载完毕,是一张色彩浓艳的特写。

雷切尔吓了一跳。"天哪!"这个生物正朝着她瞪眼,她不禁打了个寒战。

托兰轻轻抽了一口气。"哦,天,这家伙看起来有点儿眼熟。"

雷切尔点了点头,一句话也说不出来。深海巨型虫。这个生物像一只巨大的水虱子,跟国家航空航天局那块岩石里的化石像极了。

"还是有些细微的区别,"托兰说着,把页面往下拉到几张解剖图和简要说明上,"但是太接近了。特别是想到这种生物已有一亿九千万年的进化历史,感觉太像了。"

像就对了,雷切尔想,太像了。

托兰把屏幕上的描述文字读出来:"'这种稀有且最近才归类的物种深海巨型虱被认为是海洋里最古老的物种之一,它是一种貌似大丸虾的食腐肉的深海等足类动物。这种动物体长达两英尺,长着像甲壳质软体动物的外骨骼,骨骼一节节地嵌入头、胸和腹部。它长着成对的附器、触须,还有复眼,跟生活在陆地上的昆虫一样。这种栖居海底的生物没有已知的天敌,并且生活在先前被认为无生命的荒芜的远洋环境里。'"托兰猛地抬起头来,"这正好可以解释为什么在这个标本里没有其他化石!"

雷切尔目不转睛地看着屏幕上的这种生物,十分激动却又不太确定她是不是完全弄明白了这是什么意思。

"设想一下,"托兰兴奋地说,"在一亿九千万年前,这些深海生物中有一群被埋在了深海的泥槽里,随着这些泥土演变成岩石,这些岩石里的虫子也就变成了化石。与此同时,海底就像一个缓慢移动的传送带,持续不断地朝海沟移动,将这些化石带入了一个高压区,在那里,这些岩石生成了球粒!"这时,托兰说得更快了,"而且,如果这些变成了化石的带有球粒的岩壳断裂竖立在海沟的增生楔上,这种情况并不稀罕,这样,在这个绝好的位置上,这块石头就会被人发现!"

"但是如果国家航空航天局……"雷切尔结结巴巴地说,"我的意思是,如果这是一个彻头彻尾的谎言,国家航空航天局一定知道早晚会有人发现这个化石像一个海洋生物,对吧?我的意思是我们就发现了!"

托兰开始在一台激光打印机上打印这个深海生物的照片。"我不知道。即使有人站出来指明化石和一个活着的海虫的相同点,它们的生理构造也是不一样的。这几乎更有力地证明了国家航空航天局的发现。"

雷切尔突然明白了。"胚种论。"地球上的生命都来源于太空。

"对。太空生物和地球生物之间的相同点确实有重大的科学意义。这个海虫确实增强了国家航空航天局的发现的说服力。"

"除非这颗陨石的真实性有问题。"

托兰点了点头。"一旦这颗陨石有问题,那所有的推论都站不住脚。我们的海虫从支撑国家航空航天局说法的证据变成了国家航空航天局成败的关键所在。"

深海生物的页面在打印机上一页页滚出来,雷切尔静静地站着,一言不发。她试图叮嘱自己,这完全是国家航空航天局的一个无心之失,但她知道事实并非如此。犯无心之失的人不会杀人。

科基那带鼻音的声音突然从实验室那边传来。"不可能!"

托兰和雷切尔都扭头一看。

"再测一下那个该死的比率!这没道理的!"

泽维尔手里攥着一张电脑打印纸慌慌张张地跑来,脸都吓白了。"迈克,我不知道该怎么说……"她声音都变嘶哑了,"这个钛锆比,我们在这个样本里测到的,"她清了清喉咙说,"很明显,国家航空航天局犯了一个大错。他们的陨石是一块普通的海底岩石。"

托兰和雷切尔面面相觑,谁都说不出一句话来。他们刚才就知道了。同样,所有的猜疑和困惑已经达到了极点,到了崩溃的边缘。

托兰点点头,眼神里流露出一丝忧伤。"好的。谢谢你,泽维尔。"

"但我不明白,"泽维尔说,"这个熔壳……在冰下的位置——"

"上岸时我们会给你解释的,"托兰说,"我们要走了。"

很快,雷切尔把他们现有的所有文件和证据都收集起来。证据是确凿的:显示米尔恩冰架插孔的透地雷达的照片;跟国家航空航天局发现的化石相像的还存活的海虱的照片;波洛克博士关于海生球粒的文章;显示那颗陨石里极少锆含量的微探针的数据。

结论是不容否定的。这是一场骗局。

托兰看着雷切尔手里的一沓文件,忧伤地长叹一声。"好了,我得说威廉·皮克林找到证据了。"

雷切尔点了点头,又一次思忖着皮克林为什么没有接电话。

托兰拿起旁边电话的听筒,递给她。"你想在这儿再跟他联系一下吗?"

"不,我们走吧。我会试着在飞机上联系他。"雷切尔已下了决心,如果联系不上皮克林,就让海岸警卫队直接送他们飞往国侦局,到那儿大概只有一百八十英里。

托兰正要挂上电话,但又突然停下来了。他看上去很困惑,听着听筒,皱起了眉头。"怪了,没有拨号音。"

"你这是什么意思?"雷切尔说,这会儿她警惕起来了。

"好怪,"托兰说,"通讯卫星公司的线路从来不会丢失信号的——"

"托兰先生在吗?"海岸警卫队的飞行员冲进实验室,脸色刷白。

"怎么了?"雷切尔忙问道,"有人来了?"

"就是这个问题,"飞行员说,"我不知道是不是。所有机载雷达和通讯设备全部失灵了。"

雷切尔把文件塞到自己的衬衣里,说:"上飞机,走,快!"

第 109 章

加布丽埃勒穿过塞克斯顿参议员那黑漆漆的办公室，一颗心怦怦直跳。这个办公室十分奢华，布置也十分雅致——华丽的镶板墙壁、油画、波斯地毯、皮椅，还有一张宽大的红木桌。房间里只有塞克斯顿的电脑屏幕发出怪异的霓虹光。

加布丽埃勒朝他的办公桌走去。

塞克斯顿狂热地喜欢"数字办公室"，这样避免了多得放不下的文件橱，一切信息尽在他的个人电脑中，不占空间，又可搜索，操作起来简单明了，他往电脑里储存了大量信息——数字化的会议记录，扫描下来的文章，演说稿，奇思妙想。塞克斯顿的电脑是他的圣地，为了保护他的电脑，他总是锁着他的办公室。他甚至拒绝连入互联网，唯恐黑客潜入他神圣的数据库。

要是在一年前，加布丽埃勒绝不会相信，一个政客会傻到把证明自己有罪的文件存到电脑里，然而，在华盛顿的日子教会了她许多。信息就是力量。加布丽埃勒很惊讶地得知，接受可疑的竞选捐赠的政客间有一条通用惯例，那就是保留这些捐赠的确切证据——信件，银行记录，收据，日志——所有这些都藏在一个安全的地方。这个反勒索策略在华盛顿被委婉地称为"连体保险"，它保护竞选人免遭捐赠人伤害，避免捐赠人无端觉得他们的慷慨有理由让他们对竞选人施加过分的政治压力。如果一个捐赠者要求太过分，那么这个候选人只需拿出非法捐赠的证据，提醒捐赠者双方都犯了法。这个证据保证候选人和捐赠者永远结合在一起——就像连体婴儿一样。

加布丽埃勒溜到参议员的办公桌后面坐了下来。她看着他的电脑，深吸了一口气。如果参议员接受了太空前线基金会的贿赂，这里面会有证据的。

塞克斯顿的电脑屏保是一张不断变换的白宫及其周围空地的幻灯片，幻灯片是他的一个工作卖力的职员为他设计的，此人善于制图和积极思维。在图像周围，一条彩带缓慢移动着，上面的标语写着：美国总统塞奇威克·塞克斯顿……美国总统塞奇威克·塞克斯顿……美国总统……

加布丽埃勒碰到了鼠标，一个安全对话框立即弹了出来。

输入密码：

她料到了这一点。这不是问题。上周，加布丽埃勒走进塞克斯顿的办公室，他正坐下来登录他的电脑。她看到他飞快地连敲了三个键。

"那是密码吗？"她走进来站在过道上问。

塞克斯顿抬起了头。"什么？"

"哦，我只是想，你非常注重安全，"加布丽埃勒很和蔼地批评道，"你的密码就三个键？我想专业人员告诉过我们，至少要用六个字符。"

"专业人员都是小孩子。他们过了四十岁让他们来试试记住六个任意字母看看。再说了，这个门有警报器。谁都进不来。"

加布丽埃勒微笑着走近他。"如果你在洗手间的时候有人偷偷溜进来了呢？"

"把密码的每一种组合都试一遍？"他一脸怀疑地笑道，"虽然我在洗手间里动作慢，但还不至于慢到那个程度。"

"我打赌能在十秒钟内猜出你的密码，猜出来了去大卫餐厅吃饭。"

塞克斯顿看上去颇有兴致，他被逗乐了："你可吃不起大卫啊，加布丽埃勒。"

"这么说你承认自己是胆小鬼了？"

塞克斯顿接受了这个挑战，看起来几乎为她感到很遗憾。"十秒钟？"他退出系统，示意加布丽埃勒坐下，让她一试，"你知道，我在大卫只点意式煎小牛肉火腿卷的，那可不便宜。"

她坐下来，耸了耸肩膀。"那是你的钱。"

输入密码:

"十秒钟。"塞克斯顿提醒道。

加布丽埃勒要笑了。她只需要两秒钟。即使站在过道,她也看得到,塞克斯顿飞快地连输三个字符的密码,而且只用了食指。显然都是同一个键。真笨。她也看得到,他的手放在键盘非常靠左的位置——这就把可能的字母限定到仅有的九个字母中了。选出那个字母也很简单:塞克斯顿总是喜欢他的名字和头衔的三个押头韵的字母。塞奇威克·塞克斯顿参议员。

永远不要低估了一个政治家的自负。

她键入 SSS,接着,屏保一下子消失了。

塞克斯顿大惊失色。

这是上周的事了。现在,加布丽埃勒又一次面对着他的电脑,她肯定塞克斯顿还没有花工夫想怎样设置一个不同的密码。为什么要设置呢?他毫无保留地信任我。

她键入了 SSS。

无效密码——拒绝访问。

加布丽埃勒惊讶地瞪大了眼睛。

显然,她高估了参议员对她的信任度。

第 110 章

袭击毫无征兆地来了。西南方的低空中,"戈雅"上方,一架武装直升机杀气腾腾地逼近,压下来,就像一只大黄蜂。这是什么,为什么出现在这儿,雷切尔心里十分清楚。

黑暗中，直升机前端发出一阵断断续续的射击，一连串子弹横扫"戈雅"的玻璃纤维甲板，劈出了一条横贯船尾的线。雷切尔扑倒在地，想躲起来，可是太迟了，她只觉得一颗子弹擦破她的胳膊，火辣辣地痛。她重重地摔倒在地上，打了个滚，爬到了特里同潜艇那透明的球状圆顶盖后面。

随着直升机朝这艘船猛扑下来，直升机旋翼那雷鸣般的声音在头顶轰然炸开。紧接着，直升机急速上升飞到海上，准备再来一个大侧转，伴随着一阵古怪的"嗞嗞"声，机翼的巨大噪声逐渐消失了。

雷切尔躺在甲板上，她浑身颤抖，抱着自己的胳膊，看了看后面的托兰和科基。这两个男人显然是冲到了一个储藏室后藏了起来，这会儿，两人的双腿直打颤，眼睛扫视着天空，充满了恐惧。雷切尔费力地站起身。整个世界似乎一下子都慢悠悠地转了起来。

雷切尔蹲在特里同那透明弯曲的潜艇舱后面，惊恐万分地看着他们唯一的逃生之路——海岸警卫队的直升机。泽维尔这会儿已经爬进机舱，发疯似地朝大家挥着手，让他们赶快登机。雷切尔看到飞行员冲进了驾驶员座舱，疯狂地推动开关和操纵杆。飞机的桨叶动起来了……很慢很慢。

太慢了。

快点！

这时，雷切尔觉得自己站起来了，准备跑，她寻思着自己能不能在敌人第二次横扫这艘轮船之前跑到甲板另一边去。身后，她听到科基和托兰朝她和等候在此的直升机冲来了。对！快点！

接着，她看到了那一幕。

一百码开外，在高高的空中，空寂的暗夜里突然出现一道铅笔粗细的红光，这个红光刺破夜空斜射下来，搜寻着"戈雅"的甲板。接着，这道光找到了目标，停在了静止不动的海岸警卫队直升机的侧面。

刹那间这一幕景象发生了。在那个可怕的时刻，雷切尔觉得"戈雅"甲板上发生的一切变得模糊起来，人影和声音夹杂在一起。托兰和科基朝她冲过来——泽维尔在直升机里疯狂地挥手——鲜红的激光自夜空斜射下来。

一切都太迟了。

雷切尔朝科基和托兰转过身来,他们这时正全速奔跑着冲向直升机。她冲出去跟着他们,伸出手臂试图让他们停下来。他们三个结结实实地摔倒在甲板上,手脚相互纠缠着,就像一列失事的火车。

远处,蓦地出现了一道白光。雷切尔充满疑虑,惊恐地看着,只见一条笔直的火线顺着激光的路径径直朝直升机射去。

"狱火"导弹猛地撞上了飞机的机身,飞机就像一个玩具似的一下子炸开了花。随着燃烧的炮弹片如雨般倾泻下来,散发着热气、伴有噪音的冲击波响声如雷,横扫全船。直升机那燃烧的残骸朝后面破碎的机尾倒去,摇摆了一会儿,然后就在一阵嘶嘶作响的蒸汽中从船的尾部坠入了大海。

雷切尔闭上双眼,感到呼吸困难。她能听到那燃烧的飞机残骸下坠时发出嘎嘎的、劈里啪啦的声响,那飞机残骸被巨浪牵扯着,脱离了"戈雅"。在一片混乱中,迈克尔·托兰大声叫喊着。雷切尔感到他那强有力的双手正试图把她拉起来。但是她一动也动不了。

那个海岸警卫队的飞行员和泽维尔都死了。

接下来轮到我们了。

第 111 章

米尔恩冰架上的天气已经稳定下来了,旅居球内也是静悄悄的。即便如此,国家航空航天局局长劳伦斯·埃克斯特龙也没打算歇息。好几个小时了,他一个人在圆顶屋里踱来踱去,凝视着那个挖掘井,双手在那块烧焦的大岩石的凹槽上来回抚摸着。

最后,他下定了决心。

此刻,他坐在旅居球的野外安全通讯系统室里的可视电话边,仔细端详着美国总统那疲惫的双眼。扎克·赫尼穿着一件睡衣,看上去一点也不开心。埃克斯特龙心里清楚,等自己把那些不能不告诉他的事跟他汇报之后他会更不开心的。

埃克斯特龙说完,赫尼脸上立刻露出了一种局促不安的神情——就好像他觉得自己一定是太不清醒了,没能正确理解他的话似的。

"等一下,"赫尼说,"这肯定是线路不好。你刚才跟我说,国家航空航天局从一个紧急的无线电信号发射中截获了这块陨石的坐标——然后假装是极轨道密度扫描卫星发现了这块陨石?"

埃克斯特龙没有说话,在黑暗中独自待着,他希望自己能从这场噩梦中清醒过来。

他的沉默无疑让总统感到不高兴了。"看在上帝的分上,拉里,告诉我这不是真的!"

埃克斯特龙语气冷淡地说:"陨石早就被发现了,总统。这就是全部的相关事实。"

"我叫你告诉我这不是真的!"

他的低语在埃克斯特龙的耳边逐渐变成了沉闷的怒吼。我早该告诉他,埃克斯特龙叮嘱自己。情况没有变好,倒是越来越糟糕了。"总统先生,极轨道密度扫描卫星的失灵会在选举中置您于死地。所以,当我们拦截了一条无线电发送的消息,说在冰里有一块巨大的陨石时,我们意识到这是一个反击的机会。"

赫尼显得颇为震惊。"假造一个极轨道密度扫描卫星的发现?"

"极轨道密度扫描卫星就要好了,很快就可以运转,但是还赶不上选举的时间。您的选票在下跌,而且塞克斯顿在猛烈抨击国家航空航天局,所以……"

"你真疯了!你对我撒了谎,拉里!"

"这个机会就在眼前,先生。我决定抓住它。我们拦截到了那个发现了陨石的加拿大人发出的无线电信号。他死在一场暴风雪中了。其他谁也不知道那个陨石在那儿,而极轨道密度扫描卫星正在那个区域沿轨道运行。国家航空航天局需要一场胜利。我们获得了坐标。"

"你为什么现在告诉我这些?"

"我觉得你应该知道。"

"你知道如果塞克斯顿发现了的话他会怎么利用这个信息吗?"

埃克斯特龙情愿不去想这个问题。

"他会向全世界宣布,国家航空航天局和白宫对美国人民撒了谎!而且你知道,他说得没错!"

"您没有撒谎,先生,撒谎的是我。我还会辞职,如果——"

"拉里,你没听懂我的意思。我一直竭力以忠诚和庄重作为任职的原则!天哪!今天晚上我还是清白的,有尊严的。现在我竟然发现我对全世界撒了谎!"

"只是一个小小的谎言,先生。"

"根本就不是这回事,拉里!"赫尼怒不可遏地说。

埃克斯特龙只觉得这间小屋子愈发局促起来了。他有那么多事要告诉总统,但是他也看得出该等到早晨再说,"很抱歉我吵醒您了,先生。我只是觉得您应该知道这些。"

在这个城市的另一端,塞奇威克·塞克斯顿又大饮了一口法国白兰地酒,在他的公寓里踱来踱去,越来越恼火了。

加布丽埃勒到底在哪儿?

第112章

黑暗中,加布丽埃勒·阿什坐在塞克斯顿参议员的桌旁,垂头丧气地对着他的电脑。

无效密码——拒绝访问

她已经试了其他几个似乎可能的密码,但全都不管用。加布丽埃勒搜查办公室，看是否有未上锁的抽屉和零散线索，之后她就只得放弃了。她正要离开，突然看到什么古怪的东西在塞克斯顿桌上的日历上闪着微光。原来，有人用红、白、蓝荧光笔描出了大选的日期。显然不是参议员描的。加布丽埃勒把日历挪近些看，只见一个夸张的闪着微光的感叹句醒目地标在日期上：POTUS！

显然，塞克斯顿那热情洋溢的秘书在他的选举日上涂上了一些颇为自信的感想。这个POTUS的首字母缩略词是美国特工处使用的"美国总统"的代码。在大选那天，如果一切顺利，塞克斯顿就会成为新一届的POTUS。

加布丽埃勒准备离开了，她在他桌上重新放好这个日历，站起身来。突然她停住了，又瞥了一眼电脑屏幕。

输入密码：

她又看了看日历。
POTUS。
加布丽埃勒突然感到心底涌起一阵希望。POTUS作为一个理想的塞克斯顿式的密码，一下子抓住了加布丽埃勒的心。这个密码简单，明了，且与他自己有关。
她飞快地键入了这几个字母。
POTUS
她屏住呼吸，敲下"重试"键。电脑哔哔响了起来。

无效密码——拒绝访问

加布丽埃勒灰心丧气，放弃了努力。她朝浴室门走回去，准备沿原路返回。走到一半的时候，她的手机突然响了。本来她就很不安了，这声音更是吓了她一大跳。她一下子站住，掏出手机，抬头看了一眼塞克斯顿珍贵的乔丹牌落地式大摆钟。差不多凌晨4点了。加布丽埃勒知道在这个时候给她打电话的只可能是塞克斯顿。显然，他想知道她究竟在哪儿。我是接电话还是让它这样响？如果加布丽埃勒接了电话，她就不得不撒谎。如果不接，塞克斯顿就会起疑。

她接了电话。"喂？"

"加布丽埃勒？"听上去塞克斯顿很不耐烦，"你怎么了？"

"我在罗斯福纪念馆，"加布丽埃勒说，"出租车堵住了，现在我们——"

"听上去你不像是在出租车里。"

"是的，"她答道，这会儿她的血液都沸腾了，"我不在车里。我决定顺便到我的办公室去取些国家航空航天局的材料，这些材料可能跟极轨道密度扫描卫星有关。找文件有点麻烦。"

"哦，快点。我想在早晨安排一个新闻发布会，我们得谈一些细节问题。"

"我就来。"她说。

电话里停顿了一下。"你真在你的办公室？"他突然显得有点疑惑了。

"是啊。再过十分钟我就走。"

又是一阵沉静。"好吧，一会儿见。"

加布丽埃勒挂上了电话，她太投入了，丝毫没有注意到仅在几英尺外塞克斯顿珍爱的乔丹牌落地式大摆钟发出的响亮而又独特的滴答声。

第 113 章

迈克尔·托兰拉着雷切尔藏到特里同后面，看到她胳膊上的血才意识到她受了伤。他从她脸上紧张的神情觉察出，她还一点不知道痛。把她安顿下来后，托兰又转过身去找科基。这名天体物理学家从甲板那头朝他们爬过来,由于恐惧,他的目光显得惶恐而茫然。

我们得找个藏身之所,托兰想,他还没有完全弄清楚刚才发生的恐怖事件是怎么一回事。他本能地抬眼飞快看了一下他头顶上的层层甲板。通往驾驶台的台阶全部暴露在外面,驾驶台本身也是一个玻璃室——从空中看下来就是一个透明的玻璃圆窗。往上走就是自取灭亡,现在只剩下一条路可走了。

就在一瞬间,托兰充满希望地瞥了一眼特里同潜艇,盘算着他能否让大家都藏到水下去,躲过子弹袭击。

荒谬。特里同只藏得下一个人,而且这个控制绞盘要花上足足十分钟才能放下潜艇,使之穿过甲板上的活门,降到三十英尺以下的大海上。而且,没有电量充足的电池和压缩机,特里同在水下是不会工作的。

"他们来了!"科基大喊,他指着天空,由于极度惊恐,他的声音都变得尖厉起来了。

托兰连头都没有抬一下。他指着近旁的一道舱壁,那里有一条铝制斜坡通往甲板下面。很明显,科基是不需要人帮忙的。他低下头,急忙朝路口赶去,然后沿着斜坡下去,不见了。托兰伸出一只有力的臂膀搂着雷切尔的腰,跟了上去。飞机回来,在头顶上扫射的当儿,他们俩正好消失在甲板下。

托兰扶着雷切尔沿嘎嘎作响的斜坡下来,走到趸船上。他们一到趸船上,托兰就感觉到雷切尔的身体一下子变僵硬了。他担心她是不是被一枚跳弹击中了,猛地转过身来。

他看到她的脸,立即知道另有原因。托兰顺着她那吓呆了的目光朝下看,马上明白过来了。

雷切尔一动不动地站着,她的双腿动弹不得。她盯着下面那个异乎寻常的世界。

由于"戈雅"的小水线面双体船的造型,"戈雅"没有船壳,仅仅有一些支杆,就像一个大筏子一样。他们刚刚穿过甲板下来,走上了一条嘎嘎作响的甬道,这条甬道悬在一个敞开的缺口上,三十英尺以下就是咆哮的大海。这里的涛声震耳欲聋,在甲板下激起阵阵回响。还让雷切尔感到恐惧的是这艘船的水下聚光灯仍旧通明透亮,就在她脚下,聚光灯向大海深处投射出了一片明亮的绿光。她发觉自己正盯着下面水里六七个鬼魅般的影子。那是硕大的双髻鲨,它们长长的身影逆流而行——富有弹性的身体前后来回伸缩着。

托兰的声音在她耳畔响了起来。"雷切尔,你没事的。只管朝前看,我就在你后头。"他的双手从后面绕过来,轻轻搂着她,试图让她松开紧攥着栏杆的双手。这时,雷切尔看到鲜红的血滴从她手臂上淌下来,滴到了栏杆下面。她的目光跟随着那滴血,看它径直滴入大海。虽然她根本没有看见那血滴触到水面,她却十分清楚地感知到了那一瞬间,因为双髻鲨突然一起冲过来,用它们强有力的尾部挤出一条路,横冲直撞着,它们的牙和鳍猛烈地撕咬扭打着,一片狂乱。

发达的端脑嗅叶……

它们能闻出一英里以外的血腥味。

"朝前看,"托兰重复道,他的话严厉又让人安心,"我就在你后头。"

雷切尔觉得他的手正放在她的腰际,鼓励她往前走。雷切尔想象了一下她脚下的空隙,开始沿着甬道走下去。她能听到上面某个地方直升机的旋翼又响起来了。惊恐之中,科基像喝醉了酒似的,一口气穿过了甬道,已经在他们前面大老远了。

托兰向他喊道:"朝着那个远的支杆走,科基!下台阶!"

这个时候,雷切尔能看出他们是在往哪儿走了。前面,是一连串"之"字形斜坡。在水平面,一道狭窄的、像搁架般的甲板伸了出去,甲板下是几个小小的吊船坞,形成了一种位于船身以下的微缩船坞。一个大牌子上写着:

潜水区
可能会有游泳者意外浮出水面

——船只小心行驶——

雷切尔只能假设迈克尔并未打算让他们下水。托兰在甬道两旁的一排铁丝网储存柜边停了下来,这时雷切尔感到更惊恐了。他拉开柜门,只见里面挂着潜水衣、水下呼吸管、橡皮脚掌、救生衣,还有水下鱼枪。她还没来得及表示反对,他就把手伸进去,拽出来一把信号枪。"走。"

他们又走了。

前方,科基已经到了"之"字形斜坡处,他已经下去了一半。"我看到了!"他大叫起来,他的声音盖过了狂怒的海水,听上去十分兴奋。

看见什么了?科基沿着这条狭窄的通道跑下去的时候,雷切尔心里嘀咕着。她能看见的就是鲨鱼肆虐的大海翻腾着,近在咫尺,很是危险。托兰敦促着她前进,突然雷切尔看到了让科基兴奋的是什么了。在下面甲板的远远的一头,系着一艘小小的汽艇。科基朝那汽艇奔去。

雷切尔瞪大了眼睛看着。坐汽艇逃脱直升机的袭击?

"汽艇里有无线电,"托兰说,"如果我们能够跑得够远,避开直升机的干扰……"

雷切尔没有听到他后来说的话。她刚看到一个东西,让她浑身的血液都变得冰凉。"太晚了,"她嘶哑着声音说,颤抖的手指指着那边。我们完了……

托兰扭过头来,他一下子就知道他们这回完蛋了。

在船的远远的一头,那个黑色的直升机降下来,正对着他们,就像一条龙一样,注视着一个洞的洞口。刹那间,托兰觉得那飞机就要穿过船中央径直朝他们飞下来了。不过,直升机又开始打了个弯,瞄准目标。

托兰顺着枪管的方向一看。不!

科基蹲在汽艇边松开绳索,直升机机身下的机关枪轰隆隆一阵扫射,科基抬头看了看,突然他晃了一下,好像中弹了。他发疯般地从甲板边缘上爬过去,跳下船,伸开手脚躺在船板上以求掩护。枪击停止了。托兰能看见科基正慢慢朝汽艇的更里面爬去。他右腿偏下的地方已经流血了。科基蹲在挡水板下,他站起来在控制器上摸索着,手指终于碰到了钥匙。这艘船的功率为二百五十马力的水星牌发动机吼叫着转动起来了。

霎时,一道红色的激光光束出现了,从盘旋在空中的直升机的前端发射出来,对准汽艇抛下了一枚飞弹。

托兰本能地做出了反应,用他手头仅有的武器瞄准目标。

他扣动扳机,手中的信号枪发出嘶的一声,只见一道炫目的光在船下沿着一条水平轨道飞快地划过,径直射向直升机。即便如此,托兰也觉得他动作还是太慢了。随着飞驰的火光逼近直升机的挡风玻璃,机身下的火箭筒自身也发出光来。几乎就在导弹发射的同一瞬间,飞机为了避开前来的火光,猛地转向,往更高的地方飞去,再也看不见了。

"当心!"托兰大喊,猛地拽着雷切尔伏倒在甬道上。

导弹偏离了轨道,正好错过了科基,顺着"戈雅"飞来,击中了雷切尔和托兰脚下三十英尺处的支杆底部。

只听得一声巨响,犹如世界末日降临一般,海水和火焰在他们脚下喷涌而起,无数扭曲变形的金属器件在空中飞扬,最后纷纷散落在他们脚下的甬道上。随着船身微微倾斜着移动以求平衡,金属与金属互相碰撞着。

随着烟雾散去,托兰看得见"戈雅"四个主支杆的其中一个已经被严重毁坏了。汹涌的巨浪拍打着趸船,似乎要把它折断。往下层甲板去的旋转楼梯看起来像是被一条细细的绳子悬着一样。

"来!"托兰大喊,催促着雷切尔朝那儿跑去。我们得下去!

但是他们来得太晚了。只听得一阵噼啪声,楼梯从被毁坏了的支杆上自行脱落,坠入了大海。

在船的上空，三角洲一号费力地操纵着"基奥瓦"直升机的控制器，让它又恢复了正常。先前他被迎面而来的火光一下子弄花了眼，反射性地升高了飞机，结果"狱火"导弹偏离了目标。他嘴里骂着娘，这会儿又盘旋在船首上方，准备降下来，完成任务。

消灭船上所有的人。指挥官的命令非常清楚。

"娘的！看！"坐在后座上的三角洲二号大叫起来，指着窗户外面，"快艇！"

三角洲一号旋即转过身来，只见一艘被子弹打得满是窟窿的克雷斯特快艇从"戈雅"身边擦过，驶进了一片黑暗之中。

他得做出一个决定。

第114章

克雷斯特幻影 2100 在海面上奋力前进，科基流血的双手紧紧地握着快艇的舵轮。他一直狠狠地往前推油门杆，力求保持最大速度，直到这会儿，他才感到火辣辣地疼。他往下一看，只见右腿上鲜血正汩汩地往外冒。他顿时觉得一阵头晕目眩。

科基撑在舵轮上，转过头来往后看"戈雅"，情愿直升机奔自己而来。托兰和雷切尔被困在甬道上，科基已没法去接他们了。他被迫做出了一个仓促的决定。

各个击破。

科基知道如果他能够把直升机从"戈雅"身边引开，只要足够远，也许托兰和雷切尔就能发射无线电求救信号。遗憾的是，他转过头来看那灯火通明的轮船时，却看见那架直升机仍然在那儿盘旋着，仿佛犹豫不决。

狗娘养的你来啊！跟我来啊！

然而直升机并没有跟过来。相反，直升机倾斜着机身在"戈雅"

的船尾上空转了个弯，调整好位置，慢慢下降，最后降落在了甲板上。不！科基惊恐万状地注视着这一幕，他现在意识到自己已将托兰和雷切尔置于死地。

科基知道现在该由他来发射无线电求救信号了，他摸索着遮水板，找到了无线电。他轻轻地按下电源开关，却什么反应都没有。没亮灯，也没有静电噪声。他把音量旋钮转到最大，但什么反应都没有。快点啊！他松开舵轮，跪下来看看到底怎么回事。他一弯腰，腿就疼得要命。他紧盯着无线电，简直无法相信他所看到的一切。原来，遮水板已被子弹狂扫过，无线电号码盘被击得粉碎，松垮垮的电线露出来吊在了面前。他瞪大了眼睛，简直不敢相信这一切。

怎么偏偏这么不走运……

科基的双膝软弱乏力，他又站了起来，琢磨着形势是否会更糟。他看着后面的"戈雅"，马上明白了。那边，两名武装士兵从直升机里出来，跳到了甲板上，接着直升机又升空了，掉头朝科基的方向全速追来。

科基一下子泄气了。各个击破。显然，今天晚上他不是唯一一个用此良策的人。

三角洲三号从甲板对面一路走来，接近嘎嘎作响的通往下面甲板的甬道时，他忽然听到脚下某个地方传来一个女人的叫喊声。他回头朝三角洲二号打了个手势，示意他到甲板下面去看个究竟。他的同伴点点头，留在后头搜查上层甲板。这两人能通过加密对讲机保持联系；"基奥瓦"的干扰系统巧妙地提供了一个不易识别的带宽，让他们自己能进行联系。

三角洲三号紧握住他的平头机关枪，悄悄地朝通往下层甲板的甬道走过去。凭着一个训练有素的杀手的警觉，他开始一点点挪动步子往下走，枪口对着下面。

甬道的斜面限制了视线，三角洲三号蹲得低低的，以便看得更清楚。现在，他能更清楚地听到叫喊声了。他继续往下走。走到楼梯的一半，他立即弄明白了，原来这条弯曲的迷宫般的甬道通往"戈雅"的底面。此时，喊叫声更大了。

就在那时，他看到了她。在这条"之"字形甬道的对面，雷切尔·塞克斯顿正俯在栏杆上看着下面，绝望地对着大海呼喊迈克尔·托兰。

托兰掉下去了？也许被炸下去了？

若真是这样，三角洲三号的活儿可就比预想的简单多了。他只需要再往下走几英尺，开上一枪，如同探囊取物。唯一让他隐隐感到不安的是雷切尔站在一个打开着的器材箱旁边，这就意味着她可能手上有武器——或是一把水下鱼枪，或是一把猎鲨枪——不过这两个都抵不上他手中的机枪。三角洲三号自信控制了局势，他举起枪，又往下走了一步。此时，几乎可以清清楚楚地看到雷切尔·塞克斯顿了。他端起了枪。

只要再走一步。

他所站的楼梯下突然一阵骚动。三角洲三号看着下面，与其说是吓着了还不如说是弄糊涂了，只见迈克尔·托兰伸出一支铝杆向他的双脚刺来。虽然三角洲三号被戏弄了，但对这种试图绊倒他的拙劣手段他差不多是嗤之以鼻的。

接着他感到了杆子的尖头戳到了他的脚后跟。

他脚下受到一阵猛刺，右脚被刺穿，一阵钻心的疼痛传遍全身。三角洲三号失去了平衡，双腿颤抖着，从楼梯上摔了下来。他重重摔倒在甬道上，机关枪当啷滚下甬道，掉到船下去了。他忍着极度的痛苦，蜷起身子去抓他的右脚，但却什么都感觉不到了。

托兰监视着他的敌人，手里仍旧紧紧攥着还在冒烟的炸药杆——一根五英尺长的顶端装炸药的防鲨器件。这个铝杆顶端装有一个高感压性的十二口径的猎枪筒，万一遇上鲨鱼袭击时可用来自卫。托兰给炸药杆重新填上了另一种炮弹，此时他正举着这个边缘参差不齐、冒着烟的尖头对准了他的敌人的喉结。这人仰躺着，仿佛瘫了一般，他仰视着托兰，脸上带着愤怒和痛苦的神情，同时又惊讶不已。

雷切尔跑上了甬道。在这一计中，她要拿走这人的机关枪，但可惜的是机关枪已经从甬道边滚进了大海中。

这人腰带上的通讯设备响了起来。里面传出来的声音十分机械。"三角洲三号？听到请回答。我听到一声枪响。"

这人动弹不得，没法应答。

对讲机又哗哗作响了。"三角洲三号？请回答。你需要援助吗？"

几乎紧接着，线路里又响起了一个声音。这个声音也是很机械的，但是凭着背景里一架直升机发出的噪声，可以判断出这个声音不是刚才那人的。"我是三角洲一号，"飞行员说，"我正在追赶那艘逃走的船。三角洲三号，请回答。你没事吧？你需要援助吗？"

托兰把火药杆压在这人的喉咙上。"跟飞行员说，放弃那艘快艇。如果他们杀了我朋友，你就得死。"

这名士兵拿起通讯设备放到嘴边，痛苦地皱着眉头。他直勾勾地盯着托兰，按下通话键，开口道："三角洲三号收到。我很好。消灭那艘逃走的船。"

第 115 章

加布丽埃勒·阿什回到塞克斯顿的私人盥洗室，准备原路翻出他的办公室。塞克斯顿的电话让她感到十分紧张。她告诉他自己在办公室时，他明显很迟疑——好像他无端知道她在撒谎似的。不管怎么样，她没能进入塞克斯顿的电脑，这会儿正拿不准下一步该怎么走。

塞克斯顿在等着。

她爬到水槽上，准备爬上去，突然听到什么东西咔哒一下掉到了花砖地板上。她低头一看，颇为恼火地发现自己把塞克斯顿的一对袖口链扣碰到地上去了,显然那对链扣本来是放在水槽边上的。

让一切保持原样。

加布丽埃勒爬下来,拾起袖口链扣,放回到水槽上。她正准备爬上去的时候,愣了一下,又瞥了一眼这对袖口链扣。如果是在别的任何一个晚上,加布丽埃勒都不会去理睬这对链扣,但是今天晚上,这上面的花押字引起了她的注意。跟塞克斯顿的大多数花押字一样,这上面有两个交织在一起的字母:SS。加布丽埃勒突然想起来塞克斯顿最先的电脑密码——SSS。她想起了他的日历……POTUS……白宫图案的屏保以及在屏幕上不断闪动的充满乐观主义精神的标语。

美国总统塞奇威克·塞克斯顿……美国总统塞奇威克·塞克斯顿……美国总统……

加布丽埃勒站了一会儿,思忖着。他就那么自信吗?

她知道只消片刻就能见分晓,便匆匆折回塞克斯顿的办公室,走到他电脑跟前,打下了一串七个字母的密码。

POTUSSS

屏保一下子就消失了。

她瞪大了眼睛,觉得简直不敢相信。

永远都不要低估了一个政客的自负。

第 116 章

克雷斯特幻影驶进黑夜,科基·马林森没再掌舵了。他知道,有没有他掌舵船都会笔直前进。毫无阻力的路线……

科基坐在颠簸的船的尾部,试图估摸一下他腿上的伤势。一颗子弹进入了他的小腿前部,刚刚擦过胫骨。小腿背后没有伤口,由此他知道子弹一定还在他的腿中。他四下里搜寻可以用来止血的东西,却什么都没有找到——只有一些脚蹼、一个水下呼吸管,还有几件救生衣。没有急救箱。科基发狂似地打开一个小小的多用箱，找到一些工具，还有抹布、胶带、油，以及其他一些必需品。他看着自己流血的腿，想知道他得走多远才能走出鲨鱼出没的地带。

还要走很远很远。

三角洲一号驾驶着"基奥瓦"直升机低低地飞行在海面上，在黑暗中搜寻逃走的克雷斯特。三角洲一号认为那艘逃走的船会朝岸边驶去，力图远离"戈雅"，他便沿着克雷斯特从"戈雅"逃走的原始路线进行追踪。

我这会儿应该赶上他了。

正常情况下，追踪逃走的船只不过是用雷达这么简单的事，但是由于"基奥瓦"的干扰系统发射出覆盖方圆数英里的热噪音作掩护，三角洲一号的雷达就不管用了。只有当他知道"戈雅"上的人都死了时他才能关闭干扰系统。今天晚上，"戈雅"上任何紧急电话都打不出去。

陨石的秘密在这儿石沉大海了。就在此地。就在此刻。

所幸的是，三角洲一号还有别的办法进行追踪。即使是在海水被加热了的异乎寻常的情形里，要查出一艘汽艇留下的热痕还是很容易的。他打开了热扫描仪。他身边的大海显示出九十五度的温度，相当热。值得庆幸的是，一个飞速前进中的二百五十马力的尾挂发动机要比这个温度高出数百度。

科基·马林森的腿和脚都麻木了。

他不知道还有什么别的法子，他用抹布擦干净受伤的小腿，又用胶带把伤口一层一层包扎起来。胶带用完了，他整条小腿，从脚踝到膝盖，都紧紧地包在一个绷紧的银色套子里了。血止住了，不过他的衣服和手上还是血糊糊的。

科基坐在出逃的克雷斯特船板上，觉得迷惑不解，直升机怎么还没找到他呢。此时，他看着外面，扫视着他身后水天相接的地方，期望看到远处的"戈雅"和渐渐逼近的直升机。说也奇怪,他什么都没看到。"戈雅"上的灯光早就消失了。他肯定还没有走得那么远,对吧?

科基突然看到一线希望,觉得自己也许逃脱了。也许在黑暗中他们找不到他了。也许他能到岸上去!

就在那个时候,他注意到了他船后的尾流并不是一条直线。船身后留下的尾流似乎是渐渐地打着弯,仿佛他是沿曲线前进,而不是直线前进。他感到很迷惑,转过头来看着尾流的弧线,顺着这个弧度推断出了划过海面的一条巨大的弯道。一会儿,他看到了那艘船。

"戈雅"就在他的左舷外,不到半英里远。科基惊恐万分,意识到了自己的错误,可惜已经太迟了。原来,没有人掌舵,克雷斯特的船头会一直不断地根据迅疾的水流的方向——强卷流的圆形水流自行调整方向。我在一个该死的大圈子里航行!

他又循原路折回了!

科基意识到自己仍在鲨鱼众多的强卷流中,他回想起托兰冷酷的话来。发达的端脑嗅叶……双髻鲨能嗅到一英里以外的一滴血的味道。科基看着自己包着胶带的血淋淋的腿和手。

直升机很快就会追上他的。

科基一下子脱下他的带血的衣物,赤着身子朝船尾爬去。他知道没有哪条鲨鱼能追得上这艘船,他便在这汹涌的尾流中尽可能地冲洗身子。

一滴血……

科基站了起来,全身都暴露在黑夜中了,他知道只有一条路可走。他曾得知,动物用尿液来标志它们的领地,因为尿酸是其体内所能产生的气味最浓的液体。

比血的气味更浓烈,他希望。科基觉得自己今天晚上该多喝一点啤酒,他抬起受伤的右腿放到甲板边缘,试着在胶带上小便。快点!他等着。在有直升机追赶的情况下,还得使出浑身解数撒尿,这样的压力可是没有什么能比得上。

终于来了。科基把尿撒到胶带上，把胶带全都泡湿，用膀胱里仅剩下的那点尿打湿一条破布，接着用这块布裹住全身。真痛快！

黑暗的空中突然出现了一道红色的激光，那道光斜斜地射向他，就像是一把巨大的忽闪着寒光的铡刀的刀锋。直升机弯了一个斜角出现了，飞行员显然有点搞糊涂了，科基怎么绕着圈子朝"戈雅"驶回来了。

科基飞快地穿上一件高浮救生衣，走到快艇的尾部。汽艇那血迹斑斑的地板上，离科基所站之处仅五英尺远的地方，出现了一个炽热的红点。

时候到了。

"戈雅"上，迈克尔·托兰没有看到他的克雷斯特幻影 2100 在烈焰中炸开和在烈火及浓烟中飞上天空又落了下来的情形。

不过，他听到了爆炸声。

第 117 章

这个时候，西侧厅通常是静悄悄的，但是总统穿着睡衣、趿着拖鞋突然出现，把他的助手和在场的员工都从他们的"定点床铺"和卧室里匆匆叫了起来。

"我找不到她，总统先生。"一名年轻的助手说道，跟着总统匆匆走进了总统办公室。他把所有的地方都查过了。"无论是呼机还是手机，坦奇女士都没有接。"

总统看起来非常恼火。"你查了——"

"她离开大楼了，先生，"另一个助手匆匆跑进来说道，"她在大约一个小时前就签名走了。我们认为她可能是去了国侦局。一个接线员说她和皮克林今天晚上通过电话。"

"威廉·皮克林？"听上去总统觉得莫名其妙。坦奇和皮克林决不是喜好交际的那类人，"你给他打电话了吗？"

"他也没有接电话，先生。国侦局的总机联系不上他。他们说皮克林的手机连响都不响。好像他从地球上消失了似的。"

赫尼盯着他的助手，半响，他才朝酒柜走去，给自己倒了一杯波旁威士忌酒。他举起酒杯正放到唇边，一个特工匆匆赶了进来。

"总统先生在吗？我本不想打扰您，但是应该让您知道，今天晚上在罗斯福纪念馆发生了一起汽车爆炸案。"

"什么！"赫尼手中的酒杯差点掉到地上，"什么时候？"

"一小时前，"他神情很严峻，"而且联邦调查局刚刚确认了死者的身份……"

第 118 章

三角洲三号的脚痛得要命。他觉得整个人都恍恍惚惚的。我死了吗？他试着动一动却觉得不能动弹，他几乎不能呼吸了。他看见的只是一些模模糊糊的影子。他的脑子一片混乱，回想着发生过的事，克雷斯特在海上爆炸了，他看到了迈克尔·托兰眼里的愤怒，当时这个海洋学者正监视着自己，手里握着会爆炸的炸药杆向自己的喉咙刺来。

托兰一定把我杀死了……

然而，三角洲三号右脚那钻心似的疼痛提醒他自己还好好地活着。渐渐地，他想起来了。听到克雷斯特的爆炸声，托兰发出了一声痛苦的怒号，因为他失去了他的朋友。接着，托兰把愤怒的目光投向三角洲三号，他的腰弯成了弓形，仿佛准备用这个杆子刺穿三角洲三号的喉咙。但是他正要这么做的时候，似乎又犹豫了，好像他自己的良心不允许他这么做了。托兰带着难以忍受的受挫感和愤怒，猛地把杆子甩到一边，抬起自己穿靴子的脚狠狠地踩在三角洲三号伤痕累累的脚上。

三角洲三号最后想起来的事是他痛苦地呕吐着，接着就神志不清，四周一片漆黑。现在他清醒过来，根本不知道自己昏迷了多长时间。他感觉得到自己的双臂被绑在背后，绳子的结那么紧，只可能是一个水手打的。他的双腿也被绑住了，朝后弯曲，跟他的手腕绑在一起，把他绑成一个朝后弯曲的弓形，动弹不得。他试图喊叫，却叫不出声。他的嘴巴也被堵住了。

三角洲三号无法想象此时的情形究竟怎么样了。就在这时，他感到了一阵凉爽的微风，接着看到了明亮的灯光。他意识到他在"戈雅"的主舱上。他扭着身子，寻求援助，却看到了可怕的一幕。他自己的影子——在"戈雅"的深水潜艇那反光的普列克斯玻璃透明圆顶上，他的影子圆滚滚的，扭曲变形了。潜艇就悬在他正上方，三角洲三号意识到他正躺在甲板上一扇巨大的活板门上。可显然，还有一个问题比这更让他深感不安。

如果我在甲板上……那么三角洲二号在哪儿呢？

三角洲二号也不自在了。

尽管他的同伙在加密对讲机里声称自己没事，但那一声枪响并不是机关枪发出的。显然，要么是托兰要么是雷切尔·塞克斯顿开了火。三角洲二号走过去朝甬道下看，他的同伙就是从那儿下去的，他看到了血迹。

他举起机关枪，朝甲板下面走去，沿着血迹走上一条通往船头的甬道。在这儿，他顺着血迹，退到了另外一条通往主舱的甬道。这条通道早已废弃不用了。三角洲二号愈加谨慎起来，他沿着这道长长的深红色污迹顺着侧甲板又折回到船尾，那条污迹在这里经过了他最初下来的甬道路口。

到底是怎么回事？这条污迹似乎绕了个大圈。

三角洲二号小心翼翼地挪着步子，把枪瞄准前方，从这艘船的实验室门口走了过去。这条污迹一直通到船尾甲板。他小心翼翼地绕着角落走，大幅度地挥舞着手中的枪。他的目光顺着这条痕迹看了过去。

突然，他看到了那一幕。

天哪！

三角洲三号躺在那儿——五花大绑，还被堵住了嘴，他被粗鲁地扔在了"戈雅"的小潜艇的正下方。即使是在远处，三角洲二号也能看清楚他的同伙右脚缺了一大块。

三角洲二号提防着埋伏，举起枪朝前走去。三角洲三号此时痛苦地扭动着身子，竭力想开口说话。很讽刺的是，这人被绑成这个样子——膝盖屈得很厉害，弯到身后，这倒可能救了他一命，因为这样一来，他脚上的血似乎流得慢了。

三角洲二号走近那艘潜艇，只见整艘船的样子都映在这艘潜艇的圆形驾驶舱顶上了，难得他能从驾驶舱顶上看到自己的后背，他走到了正痛苦挣扎的搭档跟前。他看到了他眼里警告的神色，但已经太晚了。

一道银光不知从哪儿倏地闪了出来。

特里同的一个操纵爪突然朝前飞过来，落下来狠狠地钳住了三角洲二号左边的大腿。他想挣脱，可那爪子已压了下来。他痛得尖叫起来，觉得一根骨头都要断了似的。他把目光投向潜艇的舵手座。透过甲板的影子，三角洲二号这时看见他了，他就藏在特里同舱内的阴影中。

迈克尔·托兰待在潜艇里，坐在控制器旁。

失算了，三角洲二号怒火中烧，他忍着痛，扛起机关枪。他向上瞄准，对着托兰胸部的左边，托兰在潜艇普列克斯玻璃圆顶的另外一边，只有三英尺远。他扣动扳机，机枪砰地发出一声巨响。三角洲二号对自己被耍感到无比愤怒，他疯狂地扣动扳机，直到最后一发子弹咔嗒掉到甲板上，机枪发出空响为止。他气喘吁吁地扔下武器，怒视着跟前这个被捣碎了的圆顶。

"去死吧!"他咬牙切齿地叫着,用力把腿从那个夹子里往外拉。他一扭身子,铁夹子马上撕破了他的皮肤,切开了一道又深又长的口子。"操!"他立即伸手去拿别在皮带上的加密对讲机。但是当他把对讲机放到嘴边时,又一只机器手啪哒一下突然在他面前张开,向前伸过来夹住了他的右臂。加密对讲机掉到了甲板上。

就在这个时候,三角洲二号看到了他面前玻璃窗里的幽灵。只见一张苍白的脸侧向一边,从一处没有受损的玻璃边上向外觑视。三角洲二号惊呆了,他看着圆顶中央,这才意识到子弹竟然根本没有打穿厚厚的外壳。这个圆顶上到处都是子弹坑。

一会儿,潜艇顶上的门开了,紧接着迈克尔·托兰走了出来。他看上去很虚弱,但是却安然无恙。托兰爬下铝制舷梯,走到甲板上,注视着他的潜艇那遭毁的圆顶窗。

"每平方英寸一万磅的压力,"托兰说,"看来得给你一把大一点的枪才行。"

在水下实验室里,雷切尔知道时间所剩不多了。她听到了甲板上的枪声,祈祷一切都是照托兰计划的那样进行的。她不再在乎谁是陨石骗局的幕后主使——是国家航空航天局局长,还是玛乔丽·坦奇,还是总统本人——这些都不再重要了。

他们逃不掉的。不管是谁,总会真相大白的。

雷切尔胳膊上的伤不再流血了,而且她全身一阵激动,痛苦减轻了,注意力提高了。她找到纸笔,潦草地写下一条两行字的消息。这些措辞虽然直截了当又略显笨拙,但这个时候她确实无暇讲究文采修辞。她把这个便条跟她手中那一堆控诉文件放在一起——透地雷达的拍摄图像、深海巨虫的图片、有关海洋球粒的照片和文章,还有一份电子微扫描仪的结果图。那颗陨石是个假货,这就是证据。

雷切尔把全部文件塞进水下实验室的传真机里。她只记得仅有的几个传真号码,选择有限,但是她已经确定了让谁接收这些文件和她的留言。她屏住呼吸,小心翼翼地按下了那个人的传真号码。

她按下"发送"键，祈祷她选这个接受者是明智之举。

传真机响了起来。

　　错误：无拨号音。

雷切尔早料到了会这样。"戈雅"的通讯系统仍受到干扰。她站在那儿，等着，注视着传真机，希望它能像她家里的那台一样正常工作。

快点啊！

五秒钟后，传真机又响了起来。

　　重拨……

好！紧接着，雷切尔看着这个传真机陷入了一种无止境的指令循环中。

　　错误：无拨号音。
　　重拨……
　　错误：无拨号音。
　　重拨……

雷切尔丢下传真机让它搜寻拨号音，她冲出了水下实验室，恰在此时，直升机的桨叶又在头顶轰隆隆地响了起来。

第 119 章

在距离"戈雅"一百六十英里的地方，加布丽埃勒·阿什正盯着塞克斯顿参议员的电脑屏幕，惊讶得说不出话来。她的怀疑原来是对的。

但她决没料到真相比她所猜想的更为惊人。

她看着屏幕上大量的银行支票的电子扫描图，这些支票是私人航天公司开给塞克斯顿的，而且，这些款项都是存在开曼群岛的数字编号的户头里。加布丽埃勒看到的数额最小的一笔款子是一万五千美元。有几笔高达五十万美元。

都是些小钱，塞克斯顿这样告诉她。所有的捐赠都没有超过两千美元的最高限额。

显然，塞克斯顿一直都在撒谎。加布丽埃勒看着这数额巨大的非法竞选融资，一阵被玩弄的感觉和幻灭感顿时紧紧地揪住了她的心。他骗了我。

她觉得自己愚蠢至极。她觉得自己龌龊不堪。但最最要命的是，她觉得自己都要疯了。

加布丽埃勒独自坐在黑暗中，下一步该怎么走，她发现自己竟全然不知。

第 120 章

在"戈雅"上，"基奥瓦"倾斜着机身在船尾甲板上打了个弯，三角洲一号看着下面，注视着完全出乎意料的一幕。

迈克尔·托兰正站在甲板上一个小潜艇旁边。三角洲二号悬在半空，在潜艇的机器手中晃来晃去，好像被一只巨大的昆虫逮住了，他挣扎着试图摆脱两只巨大的爪子，却无济于事。

天哪？！这到底是怎么回事？！

同样令人震惊的一幕是，雷切尔·塞克斯顿刚刚走上甲板，占据了一个有利位置，俯视着潜艇底下一个五花大绑、还在流血的人。那个人只能是三角洲三号。雷切尔拿着一支三角洲部队的机关枪瞄准他,抬头注视着直升机,好像在激他们进攻似的。

一时间三角洲一号觉得不知所措,弄不明白怎么可能发生这种事。三角洲部队先前在冰架上犯下的错误已实属罕见,但还说得过去,而这一次简直不可思议。

就是在平常三角洲一号蒙受这样的羞辱也够难堪的了,何况今晚飞机里还有一个和他一道来的人,这人偏偏在这时候出现,更让他无地自容。

这人就是指挥官。

指挥官曾命令三角洲一号在罗斯福纪念馆的刺杀行动结束之后就飞往离白宫不远的一个没有人的开放式公园。奉指挥官之命,三角洲一号的飞机降落在了树丛中一个杂草丛生的土墩上,就在那时,已在附近泊好车的指挥官从漆黑的夜色中走出来,登上了"基奥瓦"。几秒钟后,他们又上路了。

尽管指挥官直接参与任务执行的情况颇为少见,三角洲一号也绝不能有所抱怨。指挥官对三角洲部队在米尔恩冰架上采取的刺杀行动忧心忡忡,担心会招致越来越多的怀疑和多方面的调查,指挥官早已告知三角洲一号,要亲自监督行动的最后一步。

此刻,指挥官就在旁边,亲眼目睹了一次三角洲一号从来都不能容忍的失败。

一切都该结束了。就在现在。

指挥官从"基奥瓦"上注视着下面"戈雅"的舱面,不明白事情怎么发展成了这个样子。所有的一切都不对劲——有人怀疑陨石是假的,三角洲部队在冰架上行刺失败,不得不在罗斯福纪念馆进行明目张胆的刺杀。

"指挥官,"三角洲一号结结巴巴地说,他看着"戈雅"甲板上的情形,大为震惊,像感到很丢脸一样,"我没法想象……"

我也是,指挥官心里嘀咕。显然,他们先前大大低估了被追捕的猎物。

指挥官看着下面的雷切尔·塞克斯顿，她面无表情地仰视着直升机那反光的挡风玻璃，并举起了一只加密对讲机，放到唇边。当她那被合成的声音在"基奥瓦"舱内响起来时，指挥官料想她肯定是要求直升机后退或是关闭干扰系统以便托兰能够呼叫求救。但是雷切尔·塞克斯顿嘴里说出的话远比这让人胆寒。

"你们来得太晚了，"她说，"并不是只有我们才知道真相。"

这话在直升机机舱里回荡了好一会儿。尽管这个声明似乎有点牵强，但这话有那么一丁点儿可能是真的，这让指挥官迟疑了。要使整个计划成功，就要消灭所有知道真相的人，这个政策就是这样血腥，指挥官就是要这样做，他得确保这样的结局。

其他人知道了……

考虑到雷切尔·塞克斯顿严格遵守有关机密数据的苛刻协定的好名声，指挥官觉得很难相信她会决定把这个消息告诉外人。

雷切尔的声音又在加密对讲机里响起来了。"往后退，我们会放开你们的人。只要再靠近些他们就没命了。无论如何，真相已经散布出去了。减少你们的人员伤亡吧，快后退。"

"你在吓唬人，"指挥官说，很清楚雷切尔·塞克斯顿听到的自己的声音是一种难以辨明性别的机械的声音，"你没有告诉别人。"

"你打算赌一把吗？"雷切尔挑衅地说，"我先前用电话联系不上威廉·皮克林，所以我吓坏了，就采取了一些保险措施。"

指挥官面露愠色。这倒是有可能的。

"他们不上钩。"雷切尔看着托兰说道。

被钳在铁爪子里的士兵露出一个痛苦却得意的笑容。"你们的枪没子弹了，直升机马上就要送你们进地狱。你们俩都得死。你们唯一的希望就是放我们走。"

休想，雷切尔想着，试图揣摸下一步的行动。她看着躺在她脚下潜艇正下方这个五花大绑被堵住嘴的人。他似乎因失血过多神志不清了。她在他身边蹲下来,仔细注视着这人那愤恨的目光。"我把你嘴里的东西拿出来,给你拿着加密对讲机。你要说服直升机撤退,明白吗?"

这个人认真地点了点头。

雷切尔扯出塞在他嘴里的东西。这名士兵朝着雷切尔脸上啐了一口带血的口水。

"婊子,"他咬牙切齿地说,一边咳嗽起来,"我要看着你死。他们会像宰一头猪一样把你干掉,我要欣赏你死的全部过程,享受每一分每一秒。"

雷切尔擦去脸上热辣辣的口水,她觉得托兰的手正拖开她,拉她回去,让她安定下来,他拿起了她的机关枪。她能感觉到托兰颤抖着碰到她,他内心仿佛有什么爆发了。这时,托兰走到了几码开外的一个控制板边,手搁在一个操纵杆上,死死地盯着躺在甲板上的这个人。

"两个都干掉,"托兰说,"在我的船上,这就是你们的下场。"

带着一种决绝和愤怒,托兰猛地拉下了操纵杆。特里同下面甲板上的一道巨大的活板门打开了,就像绞刑架的地板一样。这名被绑的士兵从这个开口骤然跌落下去,他惊恐地发出一声短暂的哀嚎,随后就消失不见了。他坠入了三十英尺以下的大海中。飞溅的水花一片绯红。霎时鲨鱼就涌到了他跟前。

指挥官勃然大怒地摇摇头,从"基奥瓦"里看着下面,只见三角洲三号残缺的尸体随着巨浪从船底下浮出来。被灯光照得透亮的海水一片粉红。几条鱼争夺着什么,看起来像是一条胳膊。

天哪。

指挥官又看了看甲板。三角洲二号仍旧吊在特里同的铁爪子里,但是这会儿潜艇正悬在甲板上一个敞开的洞上。他的脚在空中蹬来蹬去。托兰只需松开爪子,那么三角洲二号就将是下一个给鲨鱼果腹的人了。

"好了,"指挥官对着加密对讲机咆哮,"等一下,等一下!"

雷切尔站在下面的甲板上注视着空中的"基奥瓦"。即使是在这么高的地方，指挥官也感觉到了她目光中流露出的坚定决心。雷切尔拿起加密对讲机放到嘴边。"你还认为我们是在虚张声势吗？"她说，"呼叫国侦局的总机，问问吉姆·萨米利安。他在企划和分析部值夜班。我把陨石的全部情况都告诉了他。他会证实这一点。"

她给了我一个确切的人名？这不是什么好兆头。雷切尔·塞克斯顿可不傻，她应该知道指挥官在几秒钟内就能核实这是否是吓唬人的。尽管指挥官没听说国侦局有谁叫做吉姆·萨米利安的，但这个机构太庞大了，雷切尔很有可能说的是真话。在下达最后的谋杀令之前，指挥官得证实一下这是不是吓唬人。

三角洲一号回过头来。"你要我关闭干扰机吗，好让你打电话核实一下？"

指挥官看着下面的雷切尔和托兰，他们俩都看得清清楚楚。指挥官知道，如果他们中任何一个走开去打手机或是发无线电，三角洲一号都可以随时激活系统，切断他们的信号。所以，风险很小。

"关掉干扰机，"指挥官说着，掏出了一只手机，"我要证实雷切尔是在撒谎。然后我们想法救出三角洲二号，把这事儿来个了断。"

在费尔法克斯，国侦局中央总机的接线员都不耐烦了。"我刚跟你说过，企划和分析部没有吉姆·萨米利安。"

打电话的人很执着。"不同的拼写法你试过了吗？还有其他部门呢？"

接线员已经检查过了，不过她又检查起来。几秒钟后，她说："我们的员工中，哪儿都没有叫吉姆·萨米利安的人。所有的拼写都试过了。"

奇怪的是，打电话的人听到这个消息显得很高兴。"这么说你确定国侦局里没有叫做吉姆·萨米利安——"

电话线路里突然传来一阵嘈杂声。有人大叫起来。打电话的人大骂着一下子挂断了电话。

在"基奥瓦"上,三角洲一号愤怒地尖叫着,急忙重新启动干扰系统,然而,他启动得太迟了。在飞行员座舱里那一大排亮着的控制器前,一个小小的液晶仪表显示一个卫星通信的数据信号从"戈雅"发射出去了。但这是怎么发射的?谁也没离开甲板啊!三角洲一号还没能来得及用干扰机,从"戈雅"上发出的信号就自动断开了连接。

在水下实验室里,那台传真机欢快地响着。

载波找到……传真已发送。

第121章

不是你死,就是我亡。雷切尔发现了自己内心中她从未知道的一面。求生模式——一种被恐惧激发起来的原始的坚忍。

"发送出去的传真是什么内容?"加密对讲机里传出的声音质问道。

雷切尔听到传真已确认按计划发送出去,她放心了。"离开这个地方,"她命令,一边在对讲机里讲着,一边看着上面盘旋的直升机,"一切都结束了。你们的秘密传出去了。"雷切尔把她刚才发送出去的所有讯息都告诉了对方,那是半打印着图片和文字的文件,证明那颗陨石是假货的确凿证据,"伤害我们只会让你们的处境更糟。"

线路里一阵沉寂。"你把传真发给谁了?"

雷切尔不想回答这个问题。她和托兰需要赢得尽可能多的时间。他们站在甲板上那个开口附近,跟特里同平行,这样的话,直升机要朝他们开枪就一定也会击中吊在潜艇爪子里的那名士兵。

"威廉·皮克林。"指挥官猜道,奇怪的是,他听起来好像存有一点希望似的,"你把传真发给威廉·皮克林了。"

错了,雷切尔想。皮克林原本是她的首选,但她担心皮克林已被敌人干掉，所以才不得不选了别人，她的这一大胆举动足以让敌人胆寒。在做出孤注一掷的决定的那一刻，雷切尔把手里的信息发给了她唯一记得的另一个传真号。

那是她父亲的办公室。

母亲死后，塞克斯顿参议员的传真号让雷切尔痛苦地铭记在心，那时她父亲选择独自处理财产上的细节问题而避开跟雷切尔直接打交道。雷切尔从来没想过困难之时会向父亲求助，但今天晚上，这个男人具备了两个关键要素——一是他正好具备那样的政治动机，会毫不迟疑地披露陨石数据，二是还有足够大的势力，他能打电话给白宫，威胁他们制止这个谋杀小组的行动。

虽然这个时候他父亲肯定不在办公室，但雷切尔知道他总是锁着办公室，就像保险库一样。雷切尔实际上是把数据传真到了一个上了定时锁的保险箱里。即使敌人知道她把传真发到哪儿去了，他们突破菲利普·A·哈特参议员办公大楼严密的联邦政府保安系统，闯入一间参议员办公室而不被发现，这种可能也是微乎其微的。

"不管你把传真发到哪儿，"上面的这个声音说道，"你都把那人置于险境之中了。"

雷切尔知道，不管她感到多害怕，她都得以一个权威的身份说话。她指着那名夹在特里同的铁爪里的士兵。他的双腿在那个无底洞上晃荡，血滴下来坠入三十英尺以下的大海中。"现在唯一一个身处险境的是你的人，"她对着对讲机里说，"一切都结束了。往后退。数据都传出去了。你输了。离开这个地方，否则这个人就没命了。"

加密对讲机里的声音反驳道："塞克斯顿女士，你不明白这个问题的重要性——"

"明白？"雷切尔怒斥，"我明白你杀害了无辜的人！我明白你在陨石的问题上撒了谎！我还明白你逃不掉的！即使你把我们都杀死了，你也完了！"

电话里一阵长久的寂静。最后这个声音说道："我下来。"

雷切尔觉得她浑身的肌肉都绷紧了。下来？

"我没带武器,"这个声音说道,"别冲动。你我之间需要面对面地谈谈。"

雷切尔还没来得及做出反应,直升机就降落在了"戈雅"的甲板上。机舱的门打开了,一个人走了出来。这是一名相貌平平的男子,身着黑色外套,打着领带。刹那间,雷切尔的脑子里一片空白。

她正注视着威廉·皮克林。

威廉·皮克林站在"戈雅"的甲板上,带着懊悔的神情注视着雷切尔·塞克斯顿。他从来没想到事情会弄成今天这个样子。他朝她走去,能看到他属下眼里百感交集令人不安的目光。

震惊,背叛,困惑,愤怒。

全都能理解,他想。毕竟,有太多事情她都不了解了。

一时间,皮克林突然想起了他的女儿黛安娜,不知道她死前都有些什么感觉。黛安娜和雷切尔都是同一场战争的受害者,那是一场皮克林誓死战斗到底的战争。有时候,受害者会表现得极其冷酷。

"雷切尔,"皮克林说,"我们仍能解决这个问题。有太多事需要我来解释。"

雷切尔·塞克斯顿看上去吓呆了,简直感到很恶心。托兰马上拿着枪瞄准了皮克林的胸膛。他看上去也弄糊涂了。

"别过来!"托兰大喊。

皮克林在五码开外的地方停下了脚步,眼睛盯着雷切尔。"你的父亲收受贿赂,雷切尔。他接受私人航天公司的贿赂。他计划解散国家航空航天局,把太空开放给私人机构。为国家安全起见,得阻止他这样做。"

雷切尔的表情一片茫然。

皮克林叹了一口气。"国家航空航天局尽管有错,但它必须是一个政府机构。"她肯定懂这里的危险性。私有化会让国家航空航天局最优秀的人才和思想潮水般涌入私人机构。智囊团会解散。军方会难以享有其成果。私人航天公司指望增加资本,他们就会开始把国家航空航天局的专利和思想在全世界范围内兜售给出价最高的人!"

雷切尔的声音在颤抖。"你伪造了陨石还杀害了无辜的人……就是以国家安全的名义吗?"

"我绝没想到会这样的,"皮克林说,"我的计划是挽救一个重要的政府机构。杀人不在此列。"

皮克林知道,陨石骗局就跟大多数情报提案一样,都是恐惧带来的结果。三年前,他们力图把国侦局的水听器放入更深的水中,放在敌方破坏者碰不到的地方。那时,皮克林带头施行一个项目,此项目运用一种新开发的国家航空航天局的建筑材料,偷偷地设计了一艘具有惊人持久性的潜艇,该潜艇能载人潜入海洋最深的区域——包括马里亚纳海沟的底部。

这个双人潜艇由一种突破性的全新陶瓷铸造而成,其造型是依照一张窃来的设计图设计出来的,而该图又是从一个名为格雷厄姆·霍克斯的加州工程师的电脑上窃来的,此人是一个天才潜艇设计师,其毕生的梦想就是打造一艘超深水潜艇,他称之为"深飞二号"。然而,霍克斯难以找到资金来建造一个样品。而皮克林却有着数不清的专款。

皮克林用这个机密的陶瓷潜艇派出一支秘密分队到水下,把新型水听器安到马里亚纳海沟的壁上,这比任何敌人有可能看到的地方都要深。然而,在钻孔的过程中,他们发现了一些科学家从未见过的地质构造。这些发现包括球粒以及一些不知名的生物化石。当然,国侦局对可以潜到如此深度的能力是保密的,所以不可能有人知道这些信息。

直到最近,又是被恐惧感所驱使,皮克林和他那个由国侦局科学顾问组成的秘密小组才决定利用他们所掌握的马里亚纳海沟独特地质的信息来帮助挽救国家航空航天局。把马里亚纳海沟里的一块岩石变成一颗陨石,这已被证明是一桩小小的骗术。国侦局的工作组启用了一个燃烧浆氢的膨胀循环发动机,把岩石烧焦,使其出现令人信服的熔壳。接着,他们用一艘小型载物潜艇潜到米尔恩冰架下,把这块烧焦的石头从下面插到冰层里。一旦这个插孔重新冻结，这块石头看起来就好像在那儿待了三百多年似的。

可惜的是，最了不起的计划往往可能被最细微的障碍所破坏，这在秘密行动中是常有的事。昨天，整个假象被一些发光的浮游生物给破坏了。

三角洲一号从空转的"基奥瓦"的座舱里看着戏剧性的一幕展现在他眼前。雷切尔和托兰似乎完全控制着局面，但三角洲一号看着这一出假戏差点笑出了声。托兰手中的机关枪毫无用处；待发杆装置已经退了回来，表明弹匣是空，这一点，三角洲一号从他那儿都看得出来。

三角洲一号注视着外面，只见他的搭档在特里同的金属爪里挣扎着，他知道他动作要快。甲板上的焦点完全转移到了皮克林身上，现在三角洲一号可以采取行动了。他让直升机的旋翼空转着，自己从机舱后部溜出来，以直升机为掩护，神不知鬼不觉地走上了右边的通道。他手里拿着机关枪，朝船头走去。飞机降落在甲板上之前，皮克林就给他下达了具体指令，三角洲一号不想在这个简单的任务上失误。

就几分钟的事，他知道，一切都要结束了。

第122章

扎克·赫尼还穿着睡衣，他坐在总统办公室的办公桌边，头阵阵作痛。这一谜团最新一个问题的答案刚刚揭晓。

玛乔丽·坦奇死了。

赫尼的助手说，他们掌握的消息说，坦奇驱车前往罗斯福纪念馆去跟威廉·皮克林秘密会面。既然皮克林失踪了，工作人员担心皮克林可能也死了。

近来，总统和皮克林一直在较量。几个月前，赫尼得知皮克林为了自己的利益，试图挽救自己竞选的颓势，做了违法的事。

皮克林利用国侦局的资源，颇为谨慎地获得了塞克斯顿的丑闻，足以把他在竞选中拉下来——那是塞克斯顿与他的助手加布丽埃勒·阿什的可耻的性爱照片，还有指控他有罪的金融记录，证明他从私人航天公司收受贿赂。皮克林把所有证据匿名地寄给了玛乔丽·坦奇，认为白宫会聪明地利用这些证据。但赫尼看到了这些信息却不准坦奇使用。性丑闻和受贿是华盛顿的痼疾，而且再动摇一位官员在公众面前的形象只会加深他们对政府的不信任。

犬儒主义正在摧毁这个国家。

虽然赫尼知道他能用丑闻毁了塞克斯顿，但这样做的代价将是玷污美国参议院的尊严，而这是赫尼不愿做的。

不能再出现更多的负面因素了。赫尼要光明正大地击败塞克斯顿参议员。

皮克林对白宫拒绝使用那些他提供的证据感到非常生气，他试图披露这桩丑闻，放出传言说塞克斯顿跟加布丽埃勒上过床。可惜的是，塞克斯顿带着令人信服的义愤声明了自己的清白，结果总统不得不亲自对此道歉。结果，威廉·皮克林好心反而做了坏事。赫尼告诉皮克林，如果他再插手竞选之事就会被起诉。当然了，更大的讽刺在于，皮克林压根儿就不喜欢赫尼总统。这位国侦局局长力图帮助赫尼竞选，仅仅是对国家航空航天局命运的担心使然。不管怎么说，扎克·赫尼是两害之中较小者。

现在有人杀了皮克林？

赫尼无法想象。

"总统先生？"一个助手说，"按您的要求，我给劳伦斯·埃克斯特龙打了电话，告诉了他玛乔丽·坦奇的事。"

"谢谢。"

"他想跟您说话，先生。"

赫尼对劳伦斯·埃克斯特龙在极轨道密度扫描卫星问题上撒了谎

仍很生气。"告诉他我会在早晨跟他通话。"

"埃克斯特龙先生想现在就跟您通话,先生。"助手看起来很不安,"他很难过。"

他还难过?赫尼只觉得自己十分恼火,就要发作了。他走过去接埃克斯特龙的电话,想知道今儿晚上到底还会有什么不对劲的事情。

第 123 章

在"戈雅"上,雷切尔觉得一阵眩晕。那些浓雾般笼罩着她的疑云此时都消散了。赤裸裸的现实一清二楚,让她觉得被扒光了衣服一般,感到十分厌恶。她看着眼前的这个陌生人,几乎听不到他的说话声了。

"我们需要恢复国家航空航天局的形象,"皮克林说,"从诸多方面考虑,他们的声望逐渐下降,经费日渐紧缩,这是非常危险的。"皮克林顿了一下,他那灰色的眼睛注视着她的目光,"雷切尔,国家航空航天局极其需要一场胜利,得有人促成此事。"

得做点什么,皮克林想。

这块陨石是铤而走险的最后一招。皮克林和其他人试图挽救国家航空航天局,他们游说把国家航空航天局并入情报机构,这样,它就能享有更多的资金投入和更好的安全保障。但是白宫一直反对这个构想,认为这是对纯科学的抨击。目光短浅的理想主义。随着塞克斯顿反国家航空航天局的言辞越来越深入人心,皮克林和他那群军事上的权力经纪人知道时间越来越紧迫了。他们断定,激起纳税人和国会的幻想是剩下的唯一一条路,这可以挽回国家航空航天局的形象,并且把它从拍卖台上救下来。如果这个航空机构要生存下去,就需要一个显赫的成就——要能让纳税人想起国家航空航天局还有阿波罗[1]那光辉的日子。而且，如果扎克·赫尼要打败塞克斯顿参议员，他就还需要帮助。

我要帮他，皮克林叮嘱自己，他回忆起自己寄给玛乔丽·坦奇的所有具有危害性的证据。可惜的是，赫尼不允许使用这些证据，这让皮克林别无选择，只得采取极端措施。

"雷切尔，"皮克林说，"你刚刚从船上传真出去的信息是很危险的。你必须明白这一点。如果消息泄露出去，白宫和国家航空航天局就显得沆瀣一气，那将激起人们对总统和国家航空航天局的极度强烈的反对。总统和国家航空航天局一点都不知情，雷切尔。他们是无辜的，他们以为这颗陨石是真的。"

皮克林甚至没打算把赫尼和埃克斯特龙纳为同盟军，因为这两个人太过理想主义，他们不会同意任何欺诈行为，尽管这种行为有可能保住总统的职位和航空机构。埃克斯特龙局长的唯一过错就是说服极轨道密度扫描卫星的部门主管在异常检测程序上撒谎，当意识到这颗陨石会被那样仔细地检查时，他无疑对此举深感懊悔。

玛乔丽·坦奇对赫尼坚持清清白白竞选的执着感到灰心丧气，联合埃克斯特龙在极轨道密度扫描卫星的问题上撒谎，希望一个小小的极轨道密度扫描卫星的成功能帮助总统抵挡住不断高涨的塞克斯顿热潮。

如果坦奇用了我给她的那些照片和受贿的数据，就什么事都不会有了！

坦奇被杀害虽然十分可惜，但雷切尔给坦奇打电话告诉假陨石的事时，她就注定要死了。皮克林知道坦奇会彻底调查此事，直到查明雷切尔做如此惊人言论的真正动机为止，而这个调查显然是皮克林决不允许的。具有讽刺意味的是，坦奇用她的死在最大程度上为总统效了力，她的死把模模糊糊的谋杀的嫌疑投射在了困顿绝望的塞克斯顿

---

[1] 一九六九年美国阿波罗航天飞船载人登月飞行，七月十六日，人类首次登上月球。

身上，而他是被玛乔丽·坦奇在有线电视新闻网上公开羞辱了一番的，不仅如此，她的死还帮助白宫赢得了同情的一票。

雷切尔坚定地站着，对她的上司怒目而视。

"听着，"皮克林说，"如果这个假陨石的消息泄露出去，你就毁了一位无辜的总统和一个无辜的航空机构。你还会把一个很危险的人物推上总统的宝座。我要知道你把这些数据传真到哪儿去了。"

他说这些话的时候，雷切尔脸上掠过一丝奇怪的神情，这是一个人在刚刚意识到铸成大错时所流露的恐惧和痛苦的神情。

三角洲一号绕过船头，从左边折回来，这会儿他站在水下实验室里，直升机降落的时候，他看到雷切尔就是从这里出来的。实验室里的一台电脑上显示着一个让人不安的图像——一个跳动着的深海涡流的多色频图像，很明显，这个涡流在海底与"戈雅"之间的某个地方盘旋着。

又有了一条离开这里的理由，他心里嘀咕着，马上朝目标走去。

传真机放在远处墙边的一个台子上。托盘里塞满了文件，正是皮克林想要的那些。三角洲一号拿起了这一摞文件。雷切尔的留言在最上面一张。只有两行字。他读了起来。

真是一语中的，他想。

他草草地翻阅这些文件，托兰和雷切尔对这场陨石骗局揭露的程度让他又惊讶又沮丧。谁看到这些打印文件都知道这意味着什么。幸运的是，三角洲一号甚至不需要按一下"重拨"键看这些文件都发到哪儿去了，最后一个传真号仍显示在液晶屏上。

最前面的号码是华盛顿的区号。

他仔细地抄下这个传真号，扯下所有的文件，离开了实验室。

托兰的双手紧握着机关枪，把枪口对准威廉·皮克林的胸膛，他觉得手上汗津津的。这位国侦局局长还在逼雷切尔告诉他把数据都发到哪儿去了，托兰开始有种不安的感觉，他觉得皮克林只是在拖延时间而已。为什么呢?

"白宫和国家航空航天局是无辜的,"皮克林重复道,"我们合作吧。别让我的错毁了国家航空航天局所剩无几的信誉。如果消息泄露出去,国家航空航天局会显得有罪。我们是可以达成协议的。国家需要这块陨石。趁现在还不算太晚,告诉我你把那些数据传真到哪儿了。"

"这样你就可以又杀人了?"雷切尔说,"你让我觉得恶心。"

托兰对雷切尔的坚忍大为震惊。她鄙视她的父亲,但她无疑不愿让参议员陷入任何险境中。不幸的是,雷切尔发传真给父亲求救的打算产生了适得其反的结果。即使参议员进到办公室,看见传真,打电话告诉总统假陨石的消息,并叫他制止这场袭击,白宫里谁也不会明白塞克斯顿在说什么,连他们在哪里也不知道。

"我最后再说一遍,"皮克林用一种威胁的眼光怒视着雷切尔,说道,"对你来说情况太复杂了,你还不能完全搞懂。你把数据从这个船上传出去,就已经铸成大错。你已把你的祖国置于险境。"

威廉·皮克林就是在拖延时间,托兰突然醒悟过来。三角洲一号正沿着船的右舷若无其事地朝他们走了过来。托兰看到那个士兵带着一沓文件和一挺机关枪朝他们从容地走过来时,感到一阵害怕。

托兰果断地做出了反应,连他自己都感到震惊。他紧握着机关枪转过身来,瞄准士兵,扣动了扳机。

枪咔哒一声响,但没人受伤。

"我找到了传真号,"士兵说着,递给皮克林一张纸条,"而且,托兰先生现在没有弹药了。"

第 124 章

塞奇威克·塞克斯顿在菲利普·A·哈特参议员大楼的过道上飞

奔。他不知道加布丽埃勒怎么得逞的,但毫无疑问她进了他的办公室。他们在电话里通话时,塞克斯顿清清楚楚地听到了背景里传来他的乔丹牌落地式大摆钟独特的滴答声。他能想象的就是,加布丽埃勒偷听了他与太空前线基金会的会面,不再信任他,并且她一直在搜查证据。

她究竟怎么进我办公室的!

塞克斯顿很庆幸自己更改了电脑密码。

塞克斯顿一到他的私人办公室,就键入密码,取消了警报器。接着他摸出钥匙,打开厚重的大门,一把推开,猛地进去,希望当场抓住加布丽埃勒。

但是办公室里空无一人,漆黑一团,只有他电脑的屏保发着光。他打开灯,扫视四周。一切看起来都很正常。房间里一片沉寂,只有他的钟滴答响着。

她到底在哪儿呢?

他听到他的私人盥洗室里有什么窸窣作响,就跑过去,打开灯。盥洗室里没有人。他看看门后,什么都没有。

塞克斯顿弄糊涂了,盯着镜子里的自己,纳闷儿,是不是今天晚上喝得太多了。我听到有东西响的。他觉得晕头转向,脑子糊里糊涂的,走回了他的办公室。

"加布丽埃勒!"他大声喊。他沿着门厅朝她办公室走去。她不在。她的办公室里一团漆黑。

女洗手间里突然响起了一阵冲水的声音,塞克斯顿猛地转过身来,立刻迈开步子朝洗手间的方向走过去。他到的时候加布丽埃勒正烘干手准备出来。看到他,她吓了一跳。

"天哪!你吓死我了!"她说,看上去真的吓坏了,"你在这儿干吗?"

"你说你到办公室取国家航空航天局的文件的,"他断然说道,眼睛盯着她的空手,"文件在哪儿呢?"

"找不到了。我到处都看过了,所以耽误了这么长时间。"

他直勾勾地盯着她的双眼。"你刚才在我办公室吗？"

全亏了他的传真机，我才能活命。加布丽埃勒寻思着。

就在几分钟前，她坐在塞克斯顿的电脑前，想把他电脑上那些非法支票的图片打印下来。但不知怎么的，这些文件写保护了，她要耽误更多的时间来想怎么把这些打印出来。要不是塞克斯顿的传真机响了，惊了她，把她拉回到现实中来，这会儿她很有可能还在试呢。加布丽埃勒觉得应该走了，她没顾得上看发过来的传真是什么，就退出了塞克斯顿的电脑系统，收拾了一下，原路出去了。她刚爬出塞克斯顿的盥洗室就忽然听到他进来了。

现在，塞克斯顿站在她面前，俯视着她，她觉得他正盯着自己的眼睛看她有没有撒谎。塞奇威克·塞克斯顿能察觉出谎言，他这样的人加布丽埃勒以前从来都没见过。如果她撒了谎，塞克斯顿会觉察到的。

"你喝酒了。"加布丽埃勒说着，转过头去。他怎么知道我去过他办公室的？

塞克斯顿把手放在她的肩膀上，把她的身子转过来。"你刚才在不在我的办公室？"

加布丽埃勒觉得更害怕了。塞克斯顿确实喝过酒了。他的动作很粗鲁。"你的办公室？"她追问道，勉强做出一个困惑的笑，"怎么去？为什么去？"

"我打电话给你的时候听到背景里传来我的乔丹钟的响声了。"

加布丽埃勒心里一虚。他的钟？她连想都没想过这一点。"你知道这听起来有多可笑吗？"

"我整天都待在那个办公室里。我知道我的钟是什么声音。"

加布丽埃勒觉得她得立即结束这个话题。最佳的防守就是进行有效的进攻。至少约兰达·科尔总这么说。加布丽埃勒双手叉腰，决定劈头盖脸地骂他。她朝他走去，到他面前，狠狠地瞪着他。"我就直说了吧，参议员。现在是凌晨四点钟，你喝过酒了，你在电话里听到滴答声，就因为这个你过来了？"她愤怒地指着门厅那边他的办公室门，"必须郑重声明，你是在指控我解除了联邦政府的警报系统，撬开两道锁，闯入你的办公室，蠢得在犯一桩重罪的过程中还接听电话，出去的时候重新装好警报系统，若无其事地用一下洗手间，再两手空空地逃走？情况就是这样吗？"

塞克斯顿瞪大眼睛，惊讶极了。

"这就是一条不该单独喝酒的理由，"加布丽埃勒说，"现在你想跟我谈国家航空航天局的事，还是不谈？"

塞克斯顿走回他的办公室，觉得脑子迷迷糊糊的。他直接走到他的调酒柜桌前，给自己倒了一杯百事可乐。他十分肯定他没有醉意。难道真是他弄错了？房间对面，他的乔丹钟取笑似的滴答作响。塞克斯顿喝干他的百事可乐，又倒了一杯，还倒了一杯给加布丽埃勒。

"喝一点吗，加布丽埃勒？"他问道，折回屋子中央。加布丽埃勒并没有跟他进来。她还站在门口，揪着此事不放。"噢，看在上帝的份儿上！进来吧。告诉我你在国家航空航天局都发现了些什么。"

"我觉得今晚我受够了，"她说，听上去冷冷的，"我们明天再谈吧。"

塞克斯顿没有心思玩游戏。他现在就需要这些信息，而且他也不想求她。他疲倦地长叹一口气。提高信任度。都是跟信任有关。"我把事情弄糟了，"他说，"对不起。今天真倒霉。我都不知道自己在想些什么。"

加布丽埃勒仍站在门口。

塞克斯顿走到桌边，把给加布丽埃勒倒的百事可乐放在他的吸墨台上。他指着他的皮座椅——那是权贵之座。"坐吧，喝一杯苏打水。我去洗手间醒醒脑子。"说完，他朝盥洗室走去了。

加布丽埃勒还是没有动。

"我想我看到传真机里有一份传真。"塞克斯顿走进盥洗室时转过头来说。向她表示你信任她。"帮我看一下，好吗？"

塞克斯顿关上门，把水池灌满冷水。他把水泼到脸上，但并未觉得清醒了多少。这种事还从来没在他身上发生过——十拿九稳,却又大错特错。塞克斯顿是一个相信直觉的人,而且他的直觉告诉他加布丽埃勒·阿什就是去过他的办公室。

但她是怎么去的呢?她是不可能进去的。

塞克斯顿叮嘱自己别去管它了,把注意力放到手头的事上来。国家航空航天局。他现在就需要加布丽埃勒。这不是疏远她的时候。他需要知道她所知道的消息。别去想你的直觉。你弄错了。

塞克斯顿擦干脸,他扭过头来,深深地吸了一口气。放松,他叮嘱自己,别昏了头。他闭上双眼,又深深地吸气,感觉好多了。

塞克斯顿走出盥洗室,看到加布丽埃勒已经默默地到他的办公室里来了,他感到一阵欣慰。好,他想,现在我们可以讨论实质问题了。加布丽埃勒正站在他的传真机旁草草地翻阅传真过来的那些文件。然而,看到她的脸,塞克斯顿被弄糊涂了。那是一张充满了困惑和恐惧的脸。

"是什么?"塞克斯顿朝她走去,问道。

加布丽埃勒打了个趔趄,好像要昏倒似的。

"是什么?"

"陨石……"她颤抖着手把这一沓传真递给他,声音微弱地哽咽着,"还有你的女儿……她现在很危险。"

塞克斯顿迷惑不解地走过来,从加布丽埃勒手里接过传真。最上面的一页是手写的留言。塞克斯顿立刻认出了这个笔迹。这个信息措辞颇为简单,既笨拙又令人震惊。

陨石是假的。这是证据。
国家航空航天局、白宫要杀我。救命!
——雷·塞

参议员很少有完全摸不着头脑的时候,可当他把雷切尔的话重新读过一遍时,他还是无法理解这话是什么意思。

陨石是假的？国家航空航天局和白宫要杀她？

塞克斯顿愈发困惑了，细细看起这半打文件来。第一页是一张电脑图片，标题为"透地雷达"。图片似乎是冰层探测之类的。塞克斯顿看见了他们谈论过的电视上的挖掘井。他的目光被浮在那个井里像是一具尸体的隐隐约约的轮廓吸引住了。接着，他看到了一些更令人惊骇的东西——又一个深井的清晰的轮廓，就在陨石位置的正下方——仿佛这块石头是从冰层下插进去的一样。

究竟是怎么回事啊？

塞克斯顿翻到第二页，面前赫然出现一张照片，是某种还现存于世的海洋生物，名为深海巨型虫。他惊愕万分地注视着照片。这是陨石里的动物化石！

这会儿他翻得更快了，看到了一个图示，上面描绘的是陨石熔壳里被电离了的氢含量。这一页上还有一个手写的笔迹：烧浆氢？国家航空航天局的膨胀循环发动机？

塞克斯顿简直不能相信自己的眼睛。他觉得四周都开始旋转起来。翻到最后一页——那是一张岩石的照片，岩石上有金属泡，看起来跟那个陨石里的那些像极了。更让人惊骇不已的是，旁边的描述说，这块岩石是海底火山作用的产物。一块海里的石头？塞克斯顿纳闷儿。但国家航空航天局说陨石球粒只会在太空中生成！

塞克斯顿把这些文件放到他的办公桌上，一屁股坐在椅子里。他只用了十五秒就把他看到的一切都想明白了。文件上图片的含义清清楚楚。任何一个稍有脑子的人都明白这些照片证明了什么。

国家航空航天局发现的陨石是一个假货！

在塞克斯顿的职业生涯中，没有哪一天像今天这样充满了如此悬殊巨大的高潮和低谷。今天，希望和绝望轮流登场。当塞克斯顿意识到这个骗局对他来说在政治上意味着什么时，他对这个大骗局如何得逞的困惑就沦为细枝末节的问题了。

等我把这些信息公开的时候，总统的位置就是我的了！

一阵喜庆之情涌上心头，塞奇威克·塞克斯顿参议员一时间忘记了他女儿的话，她身陷困境。

"雷切尔有危险，"加布丽埃勒说，"她的留言上说国家航空航天局和白宫要——"

塞克斯顿的传真机突然又响起来了。加布丽埃勒一个转身，定睛看着传真机。塞克斯顿也不觉注视着传真机。他无法想象雷切尔还能给他传些什么过来。更多的证据？还能有多少呢？这已经很多了！

传真机接通了这个电话，然而，并没有文件输出。传真机检测到没有数据信号，就转到了接听模式上。

"喂，"传真机传出的塞克斯顿的声音有点沙哑，"这是塞奇威克·塞克斯顿参议员办公室。如果您要发送传真，可以在任何时候进行传输。如果不是发传真，您可以就此留言。"

塞克斯顿还没来得及拿起话筒，电话就响了。

"塞克斯顿参议员吗？"这个男人的声音里带着一丝生硬，"我是威廉·皮克林，国侦局局长。这个时候你可能不在办公室，但我得马上跟你说话。"他停顿了一下，好像等人来接电话似的。

加布丽埃勒伸手去拿话筒。

塞克斯顿一把抓起她的手，把她粗暴地拽到了一边。

加布丽埃勒看上去惊呆了。"但那是国侦局局长——"

"参议员，"皮克林接着说，从他的语调听得出，没人接电话他倒松了一口气似的，"恐怕我打电话是要告诉你一些很糟的消息。我刚刚接到消息，您的女儿雷切尔现在处境极其危险。我们通话的时候，我已经派出了一队人马设法营救她。我不能在电话里跟你细说，但是我刚刚得知，她可能给您传真了一些有关国家航空航天局陨石的资料。我还没见过那些资料，也不知道是什么内容，但是那些要挟您女儿的人警告我说，如果您或任何人把那些信息公开，您的女儿就会没命。我很抱歉说得这么直，先生，我这么做是为了说清楚。您女儿的生命现在受到威胁。如果她确实给您传真了什么东西，不要给任何人看。千万不要。您女儿的性命全在这上头了。待在原地别走。我马上就到。"他顿了一下，"老天保佑，参议员，这一切都会在您醒来时解决好的。如果在我到您办公室之前您听到这个留言,请待在原地别走,不要给任何人打电话。我会尽我所能带您女儿安全归来。"

皮克林挂断了电话。

加布丽埃勒浑身都在打颤。"雷切尔被当做人质了?"

塞克斯顿觉察到,尽管加布丽埃勒对自己大失所望,但想到一个年轻聪明的女人遇到危险,她还是流露出了一丝痛苦的同情。奇怪的是,塞克斯顿竟难以产生同样的情感。他最大的感受就如同一个小孩收到了他最渴望的圣诞礼物,而且不准任何人从他手里夺走这个礼物。

皮克林想叫我对此事保持沉默?

他站了一会儿,试图判断出这一切都意味着什么。出于他内心冷酷和狡猾的一面,塞克斯顿觉得事情开始理出头绪了——一台政治电脑,放出每一幕,权衡每一种结果。他看着手中的一沓传真,开始觉察到这些图片惊人的价值。国家航空航天局的陨石粉碎了他的总统梦。但这不过是一个彻头彻尾的谎言。一个构想。现在,那些肇事者都要为此付出代价。任何人做梦都想不到,他的对手一手制造的用来搞垮他的陨石现在倒帮了他的大忙。他的女儿保证了这一点。

只有一个可以接受的结果。他知道。对一个真正的领导者来说,只有一条路可走。

塞克斯顿为他自己起死回生的光辉景象所沉醉,他穿过房间,就像穿越迷雾一般。他走到复印机前,打开机器,准备把雷切尔传真给他的文件复印下来。

"你在干什么?"加布丽埃勒不解地问。

"他们不会杀雷切尔。"塞克斯顿断言。即使会出什么事,塞克斯顿知道,丢了女儿只会让他更加强大。无论如何,他都会赢。这是可以接受的风险。

"这些复印件给谁?"加布丽埃勒追问,"威廉·皮克林说过不要告诉任何人!"

塞克斯顿从复印机前转过身来看着加布丽埃勒,他突然觉得她那样讨厌,让自己都感到吃惊。在那一瞬间,塞克斯顿参议员是一个孤岛。谁也碰不到他。此时,实现他梦想所需要的一切都已掌握在他手中。此时,什么也阻止不了他。不会有人说他受贿,不会有性丑闻的谣言,什么都不会有。

"回去吧,加布丽埃勒。我这里用不着你了。"

第 125 章

完了,雷切尔想。

她和托兰肩并肩地坐在甲板上,抬头注视着三角洲一号手里的机关枪那黑洞洞的枪口。不幸的是,现在皮克林已经知道雷切尔把传真发到哪儿了。是塞奇威克·塞克斯顿参议员的办公室。

雷切尔拿不准她父亲会不会听到皮克林给他的电话留言。皮克林可能会在今天早晨赶在任何人之前到塞克斯顿的办公室去。如果皮克林能在塞克斯顿到达之前进去,悄悄撤走传真,并删除电话留言,那就不必再伤害参议员了。威廉·皮克林可能是华盛顿少数几个能用欺诈手段悄悄进入美国参议员办公室的人之一。对于那些能"以国家安全的名义"完成的事,雷切尔总是颇为震惊。

当然了,如果没得逞,雷切尔想,皮克林可以驾飞机飞去,将一枚"狱火"导弹从窗户外发射进去,炸烂那台传真机。但她又觉得这样做没有必要。

这会儿,雷切尔紧挨托兰坐着,惊讶地感觉到他的手轻轻地放在了她的手里。他的手轻轻地碰着她,他们的手指交扣在一起,是那么的自然,雷切尔觉得好像他们已经这样坐了一辈子。黑夜中,大海在他们身边翻腾,发出让人难以忍受的咆哮,此刻,雷切尔只想待在他的怀抱里,远离这一切。

不,她意识到,不能就这样完了。

迈克尔·托兰觉得自己就像一个在走向绞刑架的途中发现了希望的人一样。

命运在嘲笑我。

西莉亚死后那么多年来,托兰熬过了漫漫长夜。在那些夜晚,他想一死了之,痛苦和孤独时时刻刻都缠绕着他,仿佛只有死亡才是解脱之道。然而他还是选择了生,他告诫自己他一个人能行。今天,托兰第一次开始明白他朋友们一直跟他说的话。

迈克,你不需要一个人过。你要再找一位爱人。

他握着雷切尔的手,觉得这话是那么难以置信。命运有残酷的安排。他觉得仿佛层层盔甲从他心上剥落了。刹那间,在"戈雅"这个破旧的甲板上,托兰觉得西莉亚的魂魄在端详着他,就像往常一样。她的声音在奔腾的水里……对他说着她临终时的话。

"你要活下去,"她的声音很弱,"答应我,你会再找一位爱人的。"

"我永远都不想再找了。"托兰告诉她。

西莉亚的笑容充满了智慧。"你得慢慢学。"

此刻,在"戈雅"的甲板上,托兰意识到了他正在学。他心里突然涌起一种深沉的感情。他意识到那是幸福。

随之而来的,是一种压倒一切的求生的愿望。

皮克林朝着两个就要到手的俘虏走去,心中有一种莫名其妙的超然之感。他在雷切尔面前停下来,隐隐地感到惊讶,觉得这对他来说并没多难。

"有时候,"他说,"形势会让人做出不能接受的决定。"

雷切尔的目光十分坚定。"你造成了这些形势。"

"战争就要有牺牲,"皮克林说,他的语调现在更强硬了。问问黛安娜·皮克林,或者那些每年在保卫这个国家的战争中牺牲的人。"在所有人当中,你最应该懂这一点,雷切尔。"他的目光凝视着她。牺牲少数，保全多数。

他看得出，她听懂了这句话——几乎是在国家安全圈子里的陈词滥调。牺牲少数，保全多数。

雷切尔盯着他，眼里流露出毫不掩饰的厌恶。"所以现在迈克和我就成了你的少数中的一员？"

皮克林思忖着。没有别的路可走了。他转身对三角洲一号说："把你的搭档放下来，把这事了结了吧。"

三角洲一号点点头。

皮克林深深地望了雷切尔最后一眼，然后迈开步子走到旁边的船左舷的栏杆边，凝视着外面波涛汹涌的大海。他不愿看到这一幕。

三角洲一号紧握手中的武器，瞥了一眼他那吊在夹子里的同伴，觉得自己被授予特权了一般。接下来要做的就只是关上三角洲二号脚下的活板门，把他从夹子里放下来，干掉雷切尔·塞克斯顿和迈克尔·托兰。

可惜的是，三角洲一号看到活板门旁边的控制板十分复杂——一系列没有标记的操纵杆和按钮显然控制着这个活板门和绞盘发动机，还有许多其他的操作。他可不想按下错误的操纵杆，错误地让潜艇掉到大海里去，拿他同伴的生命冒险。

消除所有的风险。千万不要冒失。

他要逼托兰来进行实际的操作。而且，为了确保他不耍花招，三角洲一号要采取保险措施，他们这一行称之为"血亲担保。"

用你的对手中的一个来对付另一个。

三角洲一号摆动枪口，直接瞄准了雷切尔的脸庞，停在了离她额头仅几英寸远的地方。雷切尔闭上了眼睛，三角洲一号看得出托兰的拳头紧紧地攥着，带着一种关切的神情和巨大的愤怒。

"塞克斯顿女士，站起来。"三角洲一号命令道。

她站了起来。

三角洲一号的枪紧紧地抵着她的后背，他让她走上那个铝制的轻便台阶,台阶从后面通往特里同潜艇的顶部。"爬上去,站到潜艇顶上。"

雷切尔看上去又害怕又困惑。

"尽管爬。"三角洲一号说。

爬上特里同后面的铝制舷梯,雷切尔觉得自己像是在穿越一场噩梦似的。她在台阶顶上停下来,不想跨过那个缺口站到吊在空中的特里同上去。

"站到潜艇顶上去。"这名士兵说着,又重新瞄准托兰,把枪抵着他的头。

雷切尔前面,那名夹在夹子里的士兵看着她,痛苦地扭着身体,显然,他急切地想出来。雷切尔看着托兰,一个黑洞洞的枪口正对准他的头。站到潜艇顶上去。她别无选择。

雷切尔觉得自己似乎正缓缓走上一个高耸于峡谷之上的峭壁,她踏上了特里同的发动机外壳,那是一个位于圆顶窗后面的平坦的部位。整个潜艇就像一个巨大的铅锤,悬在敞开的活板门上。即使是吊在绞车钢丝绳上,这个九吨重的潜艇也几乎没有感觉到她的分量,她在上面站稳了身体,潜艇只晃动了几毫米。

"好了,走,"士兵对托兰说,"到操纵器那儿去,把活板门关上。"

在枪口的威胁下,托兰朝操纵板走去,三角洲一号跟在身后。托兰朝雷切尔走去,他慢慢走着,雷切尔能感觉到他的眼睛正紧紧盯着自己,好像要给她什么暗示似的。他紧盯着她,然后看了看特里同顶上那个敞开的舱口。

雷切尔朝下面看了一眼。她脚下的舱口盖打开着,沉重的圆顶盖支了起来。她能看到下面的单人舵手舱。他想让我进去?雷切尔觉得自己一定弄错了,又看了一眼托兰。他快走到操纵板那儿了。托兰的目光锁定在她身上。这个时候他不那么含糊了。

他开口道:"跳进去!快!"

三角洲一号用眼睛的余光看到雷切尔的行动,本能地转过身对她开火,她跳下潜艇的舱口,正好躲过了一连串的子弹射击。子弹从圆形开口反弹开去,那个敞开的舱口发出清脆的声音,溅起一阵火花,砰地一下把盖子从她头顶上关住了。

托兰在觉得枪从他背后挪开的那一刹那就采取了行动。就在三角洲一号转过身来对准他开枪时,他猛地向左边扑去,离开那个活板门,扑在甲板上就势一滚。子弹在托兰身后炸开来,他爬起来躲到船尾锚链绞盘的后面——那是一个巨大的机动化的圆柱筒,缠绕在圆柱筒上面的是连在锚上的几千英尺长的钢索。

托兰有一个计划,而且得马上实施。三角洲一号朝托兰冲过来,托兰爬了上去,双手一把抓住锚轮,猛地拉开。刹那间,锚链绞盘开始放出长长的钢索,"戈雅"在汹涌的水流中突然歪向一边。船突然一动使甲板上所有人和物都往一边歪去。随着船逆着水流加速,这个锚链绞盘越来越快地放出了钢索。

快点,老弟。托兰催促。

三角洲一号恢复了平衡,又朝托兰走去。托兰等着,直到最后的适当时刻,他站直身子,一使劲把操纵杆又推了上去,把锚链绞盘锁上了。链条紧咬,船突然停住了,"戈雅"的整个船身猛烈地颤动着。甲板上的所有东西都飞了起来。三角洲一号摇摇摆摆地跪倒在托兰跟前。皮克林从栏杆旁摔倒在甲板上。特里同吊在钢索上猛烈地摇晃着。

当受损的支杆最终倒下时,船下传来了一阵刺耳的废金属的声音,就像地震一般。由于自身的重量,"戈雅"船尾的右角开始塌了。船摇晃着沿对角线的方向倾斜起来,就像一只大桌子的四条腿掉了一条似的。下面传来的声音震耳欲聋——扭曲的、吱嘎作响的金属发出的声音和澎湃的浪涛声夹杂在一起。

雷切尔待在特里同的驾驶舱里,神经极为紧张,这个九吨重的机器在此时极度倾斜的甲板上的活板门上不停地摆动起来,她努力地坚持住。透过玻璃圆顶的底部,她能看到大海在下面咆哮。她抬起头,眼睛扫视着甲板寻找托兰,几秒钟内她看到甲板上发生了古怪的一幕。

就在一码开外,那个被夹在特里同铁爪子里的三角洲士兵痛苦地号叫着,他就像个绑在一根棍子上的木偶一样动来动去。雷切尔看着威廉·皮克林爬过去,抓住甲板上的一个系绳铁角。在锚杆旁边,托兰也抓紧了,努力不要从船沿滑到海里去。雷切尔看到拿着机关枪的三角洲一号在旁边站稳了身子,便急忙在潜艇里喊了起来:"迈克,当心!"

然而三角洲一号完全无暇理会托兰。他看着后面空转的直升机,惊恐得张大了嘴巴。雷切尔顺着他的目光转过身来,只见"基奥瓦"武装直升机那巨大的旋翼还在转动着,而机身已开始慢慢地顺着倾斜的甲板往前滑去。飞机那长长的金属起落橇滑动着,就像在一个斜面上的滑雪板一样。就在这时,雷切尔意识到了这个大家伙正径直朝着特里同滑过来。

三角洲一号顺着甲板朝正在下滑的直升机爬去,他爬进了座舱。他可不想让他们唯一的逃生工具滑下船掉进海里去。三角洲一号抓住"基奥瓦"的控制器,推起了操纵杆。起飞!随着一声震耳欲聋的吼叫声,飞机的桨叶在空中加速旋转,竭力从甲板上拉起这架荷枪实弹的武装直升机。升空,该死的!直升机一直朝着特里同滑去,三角洲二号还吊在特里同上。

随着"基奥瓦"的飞机机头向前倾斜,飞机的桨叶也倾斜了,飞机摇晃着飞离甲板,与其说是升空,倒不如说是往前滑行,它像一把巨大的电动圆锯一样朝着特里同加速前进。升空!三角洲一号拉动操纵杆,希望自己能扔下半吨"狱火"弹头,减轻重压。飞机的桨叶刚好从三角洲二号和特里同潜艇的头顶上掠过,但飞机飞得太快了,根本无法避开特里同的绞车钢丝绳。

随着"基奥瓦"那每分钟三百转的钢桨叶跟潜艇那牵引力为十五

吨的绞车钢索相撞，黑夜里突然迸发出金属与金属相碰撞的尖厉的巨响。这响声让人想起壮观的战争场面。在直升机的装甲驾驶舱里，三角洲一号看到飞机的旋翼戳进了潜艇的钢索，就像一把巨大的割草机从一条钢链子上碾了过去。空中爆发出一阵炫目的火花，紧接着"基奥瓦"的桨叶也发生了爆炸。三角洲一号觉得飞机的底部已经张开，支柱重重地撞到了甲板上。他试图控制住飞机，但已经没法将之提升了。飞机两次弹在倾斜的甲板上，接着又往下滑，撞到了船的护栏上。

一时间，他觉得护栏还能挡住飞机。

就在那时，三角洲一号听到了断裂声。这个负荷沉重的直升机倾斜着翻过船沿，轰然坠入了汪洋大海。

在特里同里，雷切尔·塞克斯顿紧紧靠在座位上，瘫坐着。直升机的旋翼一缠上钢索，这个小型潜艇就剧烈地摇荡起来，但是她努力坚持住。不知怎的，飞机的旋翼没有扫到潜艇的主舱，但她知道钢索一定受到了严重的损坏。在这个当口，她所能想到的就是尽快从潜艇里逃出去。那名夹在夹子里的士兵发狂似地瞪着她，身上在流血，并且被弹片灼伤了。在他上头，雷切尔看到皮克林还抱着倾斜的甲板上的一个系缆铁角。

迈克尔在哪儿？她没有看见他。她的恐慌只持续了片刻，新的恐惧又突如其来。头顶上，特里同那被碾碎的绞车钢索发出一阵不祥的拍打声，好像钢索散开来了一样。接着，只听得一阵很响的断裂声，雷切尔感觉钢索断了。

随着潜艇的猛烈下沉，雷切尔突然感到失重，从驾驶舱里的座位上弹了起来。头顶上的甲板不见了，"戈雅"下面的甬道也飞驰而过。随着潜艇的加速下坠，困在夹子里的士兵瞪着雷切尔，吓得脸色刷白。

下落的过程仿佛没个尽头。

当潜艇坠入"戈雅"下面的大海时，船身猛地扎到汹涌的浪涛里，把雷切尔狠狠地摔到座位上。照得透亮的海水迅速淹没了潜艇的圆顶，她一下子有了种压迫感。潜艇在水下缓缓停下来，然后又朝水面升上去，像软木塞子一样浮起来，她感到了一阵令人窒息的拉力。

鲨鱼一下子就涌过来了。坐在头排座位上的雷切尔看到仅在几英尺以外的景象，吓得呆坐在座位上，一动不动。

三角洲二号感到鲨鱼那椭圆形的脑袋带着难以想象的冲击力向他扑来。一只锋利的钳子紧紧地夹住了他的上臂，直切进骨头，咬得紧紧的。鲨鱼扭动着强壮的身躯，猛烈地摇晃着脑袋，把三角洲二号的手臂扯了下来，他感到一阵难以忍受的剧痛。其他鲨鱼也游过来了。他觉得仿佛有刀子刺穿了大腿，接着是身子、脖子。当鲨鱼把他的身体撕成一大块一大块的时候，三角洲二号已痛苦得无力尖叫。他最后看到的东西是一张月牙形的嘴，那张嘴侧向一边，深深的牙齿插进了他的脸庞。

整个世界顿时陷入一片黑暗。

在特里同里，那些沉重的软骨质的脑袋猛烈撞击圆形顶窗发出的巨响终于渐渐消退了。雷切尔睁开了眼睛。那人不见了。海水拍打着顶窗，一片绯红。

雷切尔被撞得够呛，她在座位上蜷成一团，膝盖抵到胸部。她能感觉到潜艇在动。潜艇在水流上漂浮着，在"戈雅"的下层潜水甲板上擦得嘎嘎作响。她也能感觉到潜艇在朝另外的方向移动。在下沉。

潜艇外面，海水涌入沉浮箱所发出的独特的汩汩声变得更大了。透过玻璃窗向外望去，海水渐渐升高了。

我要沉下去了！

一阵惊恐之感霎时传遍雷切尔的全身，她一下子爬了起来。她举起手拽住了舱口盖。如果她能爬到潜艇的顶上，她还有时间跳上"戈雅"的潜水板。潜水板只有几英尺远。

我要出去！

舱口盖上面清楚地标着往哪边转可以将之打开。她用力拉了一下。舱口盖纹丝不动。她又试了一下，还是没有丁点儿反应。舱口卡得严严实实的，有点弯了。就像周围不断升高的海水一样，雷切尔的恐惧感也越来越强烈，她又试了最后一次。

舱口还是没有动。

特里同又往下沉了几英寸，最后撞了"戈雅"一下，然后就从破败不堪的船身下漂出来了……漂进了开阔的大海。

第 126 章

"别这样，"参议员复印完文件时，加布丽埃勒请求他，"你在拿你女儿的性命冒险！"

塞克斯顿没听她的，拿着十叠复印件回到他桌前。每一叠都是雷切尔传真给他的文件的复印件，包括她的手写便条，她在便条上声称陨石是假货，并且控诉国家航空航天局和白宫试图谋杀她。

这是有史以来最骇人听闻的新闻，塞克斯顿想，他开始小心翼翼地把每一沓材料塞进他自己的大号白色亚麻布纸信封。每一个信封上都写着他的名字、办公室地址，还盖着参议员的图章。因此，这些不可思议的信息从哪儿来的毋庸置疑。本世纪最大的政治丑闻，塞克斯顿想，我即将成为那个揭发丑闻的人！

加布丽埃勒还在请求塞克斯顿考虑雷切尔的人身安全，但塞克斯顿什么也听不进。他把这些信封放到一起时，完全沉浸在自己的世界里。每一个政治家的职业生涯都有一个决定性的时刻。现在就是我的这一刻。

威廉·皮克林的电话留言警告说，如果塞克斯顿把消息公开，雷切尔的生命就有危险。对雷切尔来说，不幸的是，塞克斯顿同样知道，如果他把国家航空航天局造假的证据公开，这一大胆之举会让他以美国政治史上前所未有的确定性和戏剧性入主白宫。

生活充满了艰难的决定,他想,胜者就是那些做出抉择的人。

加布丽埃勒·阿什以前看到过塞克斯顿目光中的这种神情。遏制不住的野心。她有点怕。凭理性,她马上醒悟过来,显然,塞克斯顿为了成为第一个公布国家航空航天局骗局的人,他准备拿自己的女儿冒险。

"你没看到你已经赢了吗?"加布丽埃勒质问道,"扎克·赫尼和国家航空航天局在这桩丑闻中无路可走了。不管由谁公开,不管什么时候公开都一样。请等到你知道雷切尔安全了才行动,等你跟皮克林谈过后再行动吧!"

塞克斯顿分明不再听她说了。他打开他的办公桌抽屉,取出一张箔片纸,上面粘着许多镍币大小的写着他姓名首字母的自粘蜡封印。加布丽埃勒知道,他总是在发布正式邀请时用这些东西,但是他显然认为,绯红的蜡封印会给每一个信封增添一点儿戏剧色彩。塞克斯顿把这些圆形封印从箔片纸上剥下来,贴在每一张信封的褶皱处,粘好,就像一个有花押字的书信似的。

这时,由于另一种愤怒,加布丽埃勒的心怦怦直跳。她想起了他电脑里那些非法支票的图片。如果她要说起这些,她知道他就会把证据都删掉。"别这样,"她说,"否则我就把我们的事公开。"

塞克斯顿贴着这些蜡封印,大声笑起来。"真的吗?你觉得他们会相信你——一个在我的部门被革除了职位,不惜代价寻求报复的渴望权势的助手?我以前否认过我们的关系,结果全世界都相信了我。我只要再否认一次就行了。"

"白宫有照片。"加布丽埃勒断然说道。

塞克斯顿连头都没有抬一下。"他们不会有照片的。即使他们有,那些照片也毫无意义。"他粘好了最后一个蜡封印,"他们奈何不了我。这些信封能击退任何人对我的任何攻击。"

加布丽埃勒知道他说得没错。塞克斯顿欣赏着他的手工制品,加布丽埃勒觉得自己束手无策了。他的桌上搁着十个雅致的白色亚麻布纸信封，每一个都凸印着他的姓名和地址，而且还用一个绯红的带有他姓名首字母的蜡封印粘牢了。这些信件看起来就像皇家信件一样。当然了，国王加冕不需要这么多让人信服的信息。

塞克斯顿拿起这些信封就要离开。加布丽埃勒走过去拦住了他。

"你在犯一个大错。稍等一下。"

塞克斯顿的眼睛死死地盯着她。"我过去用你，加布丽埃勒，现在我不用你了。"

"雷切尔发来的传真会让你当上总统的。你欠她的。"

"我已经给了她很多了。"

"她要是有事怎么办？"

"那她会让我赢得人们的同情票。"

加布丽埃勒简直不能相信他的脑子里竟会有这种想法，更不用说从嘴里吐出来了。她感到非常厌恶，伸手去拿电话。"我要打电话给白——"

塞克斯顿旋即转过身，狠狠搧了她一巴掌。

加布丽埃勒趔趄着往后退去，觉得嘴唇都裂开了。她扶着桌子站稳了，抬起头震惊地注视着这个一度让她仰慕的男人。

塞克斯顿又狠狠瞪了她半响。"如果你在这件事上公然跟我作对，我会让你后悔一辈子。"他毫不妥协地站着，紧紧抓住夹在腋下的那一沓封好的信封。他眼里燃烧着无情的威胁的怒火。

加布丽埃勒出了办公楼，走在冷冷的夜色中，她的嘴唇还在流血。她招手拦了一辆出租车，钻了进去。此时，加布丽埃勒·阿什崩溃了，自打到华盛顿来这还是第一次，她号啕大哭起来。

第 127 章

特里同掉下去了……

迈克尔·托兰在倾斜的甲板上跟跟跄跄地站起身来，从锚链绞盘上看着磨断的绞车钢索，特里同原来就是吊在这个钢索上的。他又转身对着船尾，扫视了一下水面。特里同刚刚随着水流从"戈雅"下面浮上来。看到潜艇至少还是完好无损的，托兰放心了。他注视着潜艇舱口，最希望的莫过于看到舱口打开，雷切尔安然无恙地爬出来。但舱口却紧闭着。托兰想知道是不是在猛烈的下落过程中她已经昏迷过去了。

即使在甲板上，托兰也能看见特里同在水中航行的位置格外低——远远低于它正常的潜水吃水线。它在往下沉。托兰想不出为什么会这样，但是在这个时候什么原因已经不重要了。

我必须救雷切尔出来。马上。

就在托兰站起来朝甲板边缘冲去的时候，他头顶上突然响起一阵机关枪的扫射声，头上的锚链绞盘溅起阵阵火花。托兰又跪在了地上。妈的！他窥视锚链绞盘四周，却始终只看到皮克林站在上层甲板上，像个狙击手一样地用枪瞄准。三角洲一号爬进那架注定要毁灭的直升机时，他手上的机关枪掉落在地上，显然又被皮克林捡到了。这个时候，这位局长已经爬到了较高的位置。

托兰被困在锚链绞盘后，看了看后面正在下沉的特里同。快点呀，雷切尔！出来吧！他等着舱口盖打开，却什么反应都没有。

托兰朝后面看了看"戈雅"的甲板，目测了一下他的位置跟船尾护栏之间的距离。有二十英尺远。这可真够远的，还没有任何掩护。

托兰深深吸了一口气，下定了决心。他脱下衬衫，往右边没有遮掩的甲板上扔去。当皮克林开枪把衣服打得全是洞的时候，托兰朝左冲去，顺着倾斜的甲板侧着身子奔到船尾。他猛地一跃翻过护栏，从船后部跳下去了。托兰在高高的空中划出一道弧线，只听得子弹在他周围嗖嗖飞过，他知道，只要一点点擦伤，他在下水的一刹那就会去喂鲨鱼。

雷切尔·塞克斯顿感觉自己就像一头困在笼子里的疯狂的野兽。

她已经一次次地试着打开舱盖，却怎么也打不开。她能听到下面不知哪里的一个沉浮箱有水灌进来，而且她也觉察到潜艇变重了。昏暗的海水正顺着透明的圆顶慢慢升高，一幅黑幕从下往上升起来了。

从玻璃窗的下半部分，雷切尔能看到苍茫的汪洋大海就像坟墓一样招引着她。下面那无垠空旷的世界即将把她整个儿吞没。她抓着舱口，再一次试着把舱口盖拧开，但是舱口盖却纹丝不动。这会儿，她的肺很紧张，过多的二氧化碳阴湿而且带有恶臭，十分刺鼻。她不去管这个，有一个想法不断萦绕在她脑海里。

我要一个人死在水下了。

她扫视了一眼特里同的控制台和操纵杆，看能不能找到有用的东西，但是所有的指示器都是黑的。没有电。她被锁在一个钢铁地窖里了，一直往海底沉去。

这时，沉浮箱里的水似乎汩汩地流得更快了，海水再升高几英尺就完全没过玻璃顶了。远处，在一片无尽的苍茫中，一束绯红的光芒从地平线上慢慢升起。快到清晨了。雷切尔担心，这恐怕是她看到的最后的一抹曙光了。她闭上眼睛，设想着即将到来的命运，只觉得孩提时的可怕景象又浮现在了脑海中。

掉到冰下去了。在水下面往下滑。

无法呼吸。爬不起来。一直往下沉。

她的母亲在呼喊："雷切尔！雷切尔！"

潜艇外面一声重重的拍打声让雷切尔倏地从幻觉中惊醒过来。她猛地睁开了双眼。

"雷切尔！"这声音模模糊糊的。一张幽灵般的脸贴在玻璃窗上，颠倒着，黑头发打着旋。在黑暗中她差点没认出他来。

"迈克！"

托兰浮出水面，看到雷切尔还在潜艇里动，他放心地吐了一口气。她还活着。托兰使劲儿划着水游到特里同尾部，爬到被淹没了的发动机平台上。他低下身子，好躲过皮克林的枪口，他站稳后，伸手去抓住那个圆形舱盖的螺钉,只觉得身边的海浪打在身上又热又重。

特里同的船体这时差不多全都在水面以下了,托兰知道,要打开舱口把雷切尔拉出来,他得非常利落。艇顶距水面仅十英寸,这点距离在迅速减小。一旦舱口被淹没,打开舱口就会有一股汹涌的水流涌入特里同,雷切尔就会被困在里面,特里同就会自由下沉至海底。

"机不可失,时不再来。"他气喘吁吁地,抓着舱口盖盘用力朝逆时针方向往上拉。然而一点反应都没有。他又使出全身力气试了一次。舱口盖还是打不开。

他能听到里面雷切尔的动静,她在舱口的另一面。她的声音很憋闷,但他还是觉察出了她内心的恐惧。"我试过!"她大声喊,"但我拧不动!"

海水已经在拍打着舱口盖了。"一起拧!"他对她大喊,"你在里面顺时针拧!"他知道转盘上清楚地标明了方向,"好了,拧!"

托兰的身体紧紧地抵着沉浮箱,他使出了浑身力气。他能听到在下面雷切尔也跟他一样拧着。转盘转了半英寸,又卡死了。

托兰突然明白是怎么回事了。原来,舱口盖并没有均匀地卡在缺口上。就像一个广口瓶的盖子斜放着拧紧了一样,舱口盖被卡住了。尽管橡胶封圈可能放对了,但是舱口盖的掣动爪弄弯了,这就意味着打开舱口的唯一办法是用焊接枪凿开。

随着潜艇的顶部沉下水面,托兰突然感到一阵难以遏制的恐惧。雷切尔·塞克斯顿没法从特里同里逃脱了。

两千英尺以下的地方,在重力和深海涡流强大拉力的作用下,负载着炸弹的"基奥瓦"直升机那变形的机身正在迅速往下沉。在驾驶舱里,三角洲一号的尸体被海洋深处极其强大的压力所破坏,再也无法辨认。

飞机旋转着下沉,"狱火"导弹仍在飞机上面,海底那火热的岩浆丘就像一个炽热的发射台。在它三米厚的外壳下,沸腾的岩浆慢慢沸滚着,温度有一千摄氏度,一个火山即将爆发。

第 128 章

托兰站在下沉的特里同的发动机箱上,海水没膝,他绞尽脑汁地想办法营救雷切尔。

不要让潜艇沉下去!

他看着后面的"戈雅",想知道有没有办法弄一个绞盘连到特里同上,让它保持在水面附近的位置,但这是不可能的。这时,"戈雅"已经在五十码以外的地方了,而且皮克林还居高临下地站在驾驶台上,那样子就像一位古罗马皇帝坐在主席台上观赏竞技场上的一出血腥表演。

快想想!托兰叮嘱自己。潜艇怎么会往下沉?

潜艇的浮力装置十分简单:沉浮箱抽取空气和水来调节潜艇的浮力,让潜艇在水中上下移动。

显然,这些沉浮箱已经满了。

但不应该是这样的啊!

每一个潜艇的沉浮箱其顶部和底部都有孔。底层的开口称为"溢水孔",这些孔总是开着的,而顶上的孔叫做"排气阀",可开可关,以便排走空气让水进来。

也许是特里同的排气阀莫名其妙地开了?托兰想不明白这是怎么回事。他在被水淹没的发动机平台上摸索着,摸到了特里同的一只沉浮箱。这些排气阀都是关着的。但是当他触摸排气阀时,他的手指碰到了别的什么东西。

弹孔。

妈的!雷切尔跳进去的时候特里同早已被子弹打得都是窟窿。托兰立即跳下去,游到潜艇下面,用手小心翼翼地抚摸特里同的更为重要的沉浮箱——负沉浮箱。英国人把这种沉浮箱称为"下沉快车"。

德国人称之为"穿铅鞋"。不管哪种说法，意思都是很明确的。负沉浮箱里充满了东西时，就会让潜艇下沉。

托兰的手摸到这个沉浮箱的壁上时，他摸到了许多子弹孔。他能感觉到水在往里涌。不管托兰是否愿意，特里同就要沉下去了。

这个时候，潜艇已经在水下三英尺深的地方了。托兰游到前部，脸贴着玻璃，朝圆顶窗里面看。只见雷切尔一边砰砰地锤打着玻璃，一边大喊大叫。她的声音充满恐惧，让托兰有一种无力感。一时间，他仿佛回到了一个寒冷的医院里，眼睁睁看着他心爱的女人就要死去，却很清楚自己无能为力。托兰浮在下沉的潜艇前方，他叮嘱自己，再也不能忍受这种情况了。你要活下去，西莉亚曾对托兰这样说，但托兰不想一个人侥幸活下来……再也不想了。

托兰的肺极度需要空气，但他还待在下面，跟她一起。雷切尔每一次锤打玻璃时，托兰都能听到气泡汩汩地升起来，潜艇下沉得更深了。雷切尔大声喊叫着，说水从窗户周围涌了进来。

观察窗漏水了。

窗户上有子弹孔？这似乎很可疑。托兰的肺就要炸开了，他准备浮到水面去。就在他的手掌往上抚摸着这个巨大的丙烯酸玻璃窗时，手指忽然碰到了一个松动的橡胶捻缝。一个外围的封圈显然在潜艇落下来时震松了。这就是驾驶舱为什么会漏水的原因。坏消息还在后头。

托兰吃力地爬到水面上，深深地吸了三口气，试图理清自己的思路。水流进驾驶舱只会加快特里同下沉的速度。潜艇已经在水下五英尺深的地方了，托兰的脚几乎碰不到它了。他能感觉到雷切尔在绝望地拍打着船身。

托兰只能想到一个办法。如果他潜到水下特里同的发动机箱那儿，找到那个高压气筒，他可以用这个气筒朝负沉浮箱里打气。尽管给这个受损的沉浮箱打气有可能会劳而无功，但这样做也许会让特里同在穿孔的负沉浮箱里又涌入水之前能在水面附近多待几分钟。

接下来怎么办呢？

当前还没有别的路可走，托兰准备潜下去。他深深地吸了一口气，让自己的肺膨胀得远远超过了自然状态，差不多都要痛了。肺活量再大一点。再多点氧气。在水下待得久一点。他觉得肺部扩张压迫了胸腔，这时他突然有了一个奇怪的想法。

要是他增大潜艇内部的压力会怎么样？观察窗的封圈损坏了。如果托兰能加大驾驶舱内的压力，他也许就能把整个观察窗从潜艇上掀开，把雷切尔救出来。

他吐了口气，在水面上踩了一会儿水，思忖着这个办法是否可行。这个法子完全符合逻辑，不是吗？要知道，潜艇是只在一个方向上很牢固。潜艇能挡得住外面来的巨大的压力，但是来自里面的压力却几乎一点儿都受不了。

而且，特里同使用了规格统一的调节阀，这样便于减少"戈雅"必须携带的备件。托兰只需要松开高压充气筒的充气管，把它塞进潜艇左舷的一个紧急换气管调节阀里！给潜艇舱里增压会让雷切尔的身体十分痛苦，但这样也许救得了她。

托兰吸了一口气，然后潜入了水中。

这会儿潜艇在水下足足八英尺深了，而且水流湍急，光线暗淡，这让托兰很难找准方向。他一找到增压箱，便迅速地把管道抽出来插在别的调节阀上，准备朝驾驶舱里充气。他紧握活塞，增压箱壁上那反光的黄色油漆提醒他这么做有多危险：警告：压缩空气——三千磅/平方英寸。

每平方英寸三千磅，托兰心里嘀咕。他希望在驾驶舱里的压力弄伤雷切尔的肺之前特里同的观察窗就能脱开潜艇。托兰实际上是在把一根高压的消防水龙软管插进一个水球里，祈望这个水球能快点炸开。

他抓住龙头，下定了决心。他浮在下沉的特里同的后部，拧开龙头，打开了调节阀。软管立即变硬了，托兰还能听到空气正以巨大的冲力灌进驾驶舱。

在特里同里，雷切尔突然觉得头部一阵撕裂般的疼痛。她张开嘴巴想喊，但是空气进入她的肺部，巨大的压力让她感到十分痛苦，她觉得自己的胸部就要炸开来了。她觉得自己的眼睛仿佛正被狠狠地往脑壳里挤压。一声震耳欲聋的隆隆声响彻她的耳膜，她就要晕过去了。她本能地闭紧了双眼，双手捂住耳朵。她觉得越来越痛了。

雷切尔听到她正前方砰的一声响。她使劲睁开眼睛，正好看到黑暗中迈克尔·托兰那浑身水淋淋的样子。他的脸贴着玻璃。他朝她打手势叫她做什么。

可做什么呢？

在一片昏暗中，她几乎看不见他。她的视线很模糊，巨大的压力使她的眼球都变形了。即使这样，她也能辨别出潜艇已经沉到"戈雅"的水下照明灯那最低的闪烁的灯光以下了。她的周围，只是一个没有尽头的墨黑的深渊。

托兰张开四肢，整个身体贴在特里同的窗户上，不断地捶打着。他的肺部急需空气，他知道再过几秒钟他必须得再回到水面上。

往前推玻璃！他命令她。他能听到压进去的空气漏出玻璃外，有泡泡冒上来了。哪里的封圈松了。托兰的手摸索着寻找一个边缘，好让他的手指能放在下面，可他什么也没摸到。

就在他肺部的氧气快耗尽时，他的视野越来越狭窄，他最后撞了一下玻璃窗。他甚至再也看不见她了。太黑了。凭着肺里的最后一口气，他在水下大声喊了起来。

"雷切尔……推……推……玻璃！"

他说出口的话就像冒水泡一样，含糊不清。

第 129 章

在特里同里，雷切尔的头部仿佛被夹在一种中世纪拷打罪犯用的老虎钳里。她半蹲着,弓着身子待在驾驶舱的座位旁,能感觉到死亡正渐渐向她逼近。她的正前方,那个半球状的观察舱什么也看不到。一片漆黑。那个撞击声停止了。

托兰走了。他把她撂下了。

压缩空气在头顶上发出的嘶嘶声让她想起了米尔恩冰架上那震耳欲聋的下降风。潜艇内的地板上这时已经有一英尺深的水了。让我出去!无数个念头和数不清的往事纷纷闪过她的脑际。

在黑暗中,潜艇开始倾斜,雷切尔摇晃着失去了平衡。她在座位上绊了一下,往前扑去,重重地撞到了半球状观察舱的内壁上。肩膀一阵剧痛。就在她猛地撞到玻璃上时,她有一种突如其来的感觉——潜艇里的压力突然减小了。雷切尔耳朵里绷紧的鼓膜能感觉到放松了,而且她还真听到了空气漏出潜艇时发出的汩汩声。

她一下子意识到是怎么回事了。她摔到圆顶舱上时,她的重量不知怎么的把这个球状舱板往外推,以致舱内的气压从封圈边上释放了一部分。显然,这个圆顶玻璃松了!雷切尔一下子明白托兰增加舱内的气压是要干什么了。

他是要把这个圆顶窗炸开!

在头顶,特里同的气压筒还在继续充气。即使她躺在那儿,她也能感觉到气压又增加了。这会儿,她几乎是很乐意这样做,然而她觉得令人窒息的阵痛就要让她晕厥了。雷切尔爬起来,使出浑身力气从玻璃窗内侧往外压。

这一次,没有汩汩的声音。玻璃窗几乎没动。

她又使出全身力气向玻璃窗上撞去。还是没有反应。她肩膀上的伤很痛,她低头一看,血已经干了。她准备再试一次,但是没有时间了。受损的潜艇出人预料地开始倾斜了——向后倒去。由于特里同沉重的发动机箱重量超过了溢满水的平衡水舱,特里同的背面翻到下面去,现在是后部先沉了。

雷切尔用她的背部去撞击驾驶舱的后墙。她站在晃晃荡荡的水中,凝视着上面那漏水的圆顶,那圆顶悬在她头上就像一个巨大的天窗。

外面只有一片黑夜……还有，千万吨海水直压下来。

雷切尔命令自己站起来，但她觉得身体又麻又重。就在这时，她又一次回想起了困在一条结冰的河里的情形。

"加油，雷切尔！"她的妈妈在喊，同时伸手下去把她拉出水面，"抓稳！"

雷切尔闭上了双眼。我沉下去了。她的溜冰鞋仿佛铅一般重，直把她往下拽。她能看到妈妈手脚伸展开趴在冰面上以此来分散她自身的重量，她伸出手来了。

"踢，雷切尔！用脚踢！"

雷切尔尽最大的力气踢。她的身体在冰窟窿里稍稍上来一点了。闪现了一丝希望的火花。她的母亲一直把她往上拽。

"对！"她的母亲喊，"让我把你拉起来！用脚踢！"

母亲在上面拉，雷切尔使出她最后的力气用她的溜冰鞋拼命地踢。这就够了，母亲终于把雷切尔拽出来了，安全了。她把浑身湿透了的雷切尔一直拉到积雪的岸边，这才一下子放声大哭起来。

现在，在这个愈加湿热的潜艇里面，雷切尔睁开双眼看着黑漆漆的四周。她听到母亲在坟墓里对她低声说话，即使在这个下沉的特里同里，她的声音也非常清晰。

用脚踢。

雷切尔仰视着头上的圆顶，鼓起最后的勇气，吃力地爬上驾驶座，那个座位现在几乎是水平仰置的了，就像牙科病人的椅子一样。雷切尔平躺着，屈起膝盖，尽可能地把双腿往后拉，双脚对准上面，她绝望地大叫一声，双脚朝这个丙烯酸圆顶的中央用力踢去。顿时，剧烈的疼痛传遍小腿，让她头晕目眩。她的耳朵里突然一阵轰鸣，她感到了一阵汹涌急流般的压力。圆顶左边的封圈脱落了，这个巨大的透镜挪开了一点，来回摆动着敞开了，就像一扇谷仓门似的。

一股汹涌的水流一下子涌进潜艇，把雷切尔逼回到座位上。海水在她身边发出雷鸣般的响声，在她的背下打着漩，马上把她从座位上托了起来，把她颠倒着抛来抛去，就像一只袜子在洗衣机里打转一样。雷切尔什么也看不见，她摸索着想够到什么可以抓住的东西，但她猛烈地打着转。随着海水不断涌入驾驶舱，她能感到潜艇开始朝海底迅速地自由下落。她的身体被往上推到驾驶座里，仿佛被钉住了似的动弹不得。她身边冒出大量的水泡，绕着她，把她往左边和上面拽。坚硬的丙烯酸玻璃撞到了她的屁股上。

就在同一时刻，她自由了。

雷切尔打着转，翻转着跌进了无尽的温暖而又潮湿的黑暗的大海之中，她觉得自己的肺急需呼吸空气。到海面去！她寻找着光却什么也看不到。整个世界四面八方看起来都是一样的。一片黑暗。没有重力。辨不出哪是上哪是下。

就在这个可怕的时刻，雷切尔意识到她不知该往哪里游了。

在她身下数千英尺的地方，下沉的"基奥瓦"直升机在不断增大的压力下挤变了形。在这股压缩力的作用下，那十五枚还在飞机上的高爆炸性反坦克 AGM-114 型"狱火"导弹的铜制衬垫锥体和弹性起爆头正一点点地朝里移动，十分危险。

在海底一百英尺以上的地方，强大的柱状大卷流吸住了直升机残骸，直把它往下拽，猛地掷到了岩浆丘炽热的外壳上。像一盒火柴逐次点燃了一样，"狱火"导弹一下子爆炸了，在岩浆丘的顶部炸开了一个口。

迈克尔·托兰浮出水面呼吸空气，接着又绝望地潜了下去，他在水下十五英尺的地方在一片黑暗中扫视着，突然"狱火"导弹爆炸了。白光滚滚地升上来，照亮了令人震惊的一幕——他会永远记住这定格的一幕。

雷切尔·塞克斯顿就像一个乱蓬蓬的牵线木偶似的悬浮在他身下十英尺的地方。在她身下，特里同潜艇迅速地下坠，潜艇的圆顶松垮垮地悬着。这块区域里的鲨鱼显然觉察到了这里即将有危险，它们四散开来，寻找更开阔的海域。

看到雷切尔从潜艇里出来，托兰感到一阵兴奋，然而他意识到马上就要出什么事，这种兴奋感顿时一扫而光。白光消失后，托兰回忆着她的位置，狠狠地扎下去，朝她游去。

几千英尺以下的地方，炸碎的岩浆丘外壳进开来，海底火山猛地喷发，一千二百摄氏度的岩浆喷涌而出。炽热的熔岩所到之处，所有的海水都蒸发成汽，一股巨大的蒸汽流沿卷流的中轴线涌上来，直冲海面。受到跟推动龙卷风运动的流体动力学上的相同运动特性驱使，这股蒸汽垂直上升的能量被环绕在外围的一个反气旋旋涡的能量所抵消，把能量携带到相反方向去了。

海浪盘旋在这股上升气流柱四周，此时变得更汹涌了，一股脑儿旋转着往下流去。散溢的蒸汽形成了一个硕大的真空吸尘器，将千百万加仑的海水往下吸，与岩浆混合。这些新来的海水到达海底，也变成了蒸汽，需要排出去，便又混入了越来越庞大的排出的蒸汽中，直冲而上，将更多的水又带了下来。随着越来越多的水涌进来填补空间，这个旋涡就越来越猛烈了。这个热液卷流变得更长了，而且每过一秒钟，这个激烈的旋涡就变得更强大，旋涡的上端也越来越接近海面。

一个海洋黑洞就此产生了。

雷切尔觉得自己就像待在子宫里的婴儿一样。周围闷热、潮湿，黑暗吞噬了她。在漆黑而温暖的大海中，她的思想一片混乱。呼吸。她抑制着这种本能反射。她看到的那束光只可能是从海面传来的，可是看起来是那样的遥远。这是幻觉，到水面去。雷切尔浑身虚弱无力，她开始朝她看到光亮的方向游去。这个时候，她看到更多光了……远处古怪的红光。是日光吗？她游得更卖力了。

一只手抓住了她的脚踝。

雷切尔在水下几乎尖叫着，差不多吐出了最后一口气。

这只手把她拽了回去，扭转着她的身体，对她指着相反的方向。

雷切尔感到一只熟悉的手抓住了自己的手。迈克尔·托兰在那儿，拉着她朝另一个方向游去。

雷切尔的脑子告诉自己他正拉着自己往下沉，但她的心告诉自己他知道自己在做什么。

用脚踢，她母亲的话音又响起来了。

雷切尔拼命地踢着水。

第 130 章

即使托兰和雷切尔浮出了水面，他也知道这下完了。岩浆丘喷发了。一旦这个旋涡的顶部抵达海面，这个巨大的海下龙卷风就会开始把所有的一切都拉下去。奇怪的是，海面上并不是片刻之前他离开时那个安静的黎明。噪声震耳欲聋。大风抽打着他的身体，仿佛他在水下的时候又有一场风暴袭来了。

由于缺氧，托兰觉得阵阵眩晕。他试着在水里托起雷切尔，但她正被一股力量拉着挣脱他的手臂。急流！托兰努力撑住，但是这股看不见的力量拽得更厉害了，就要把她从他手中完全扯开。突然，他的手滑脱了，雷切尔的身体从他的臂弯里滑了出去——但却是朝上的。

托兰困惑不解地看着雷切尔的身体浮出了水面。

头顶上，海岸警卫队的"鱼鹰"号翻转旋翼飞机盘旋着，把雷切尔吊了起来。二十分钟前，海岸警卫队得到了一份关于海上爆炸事件的报告。他们失去了"海豚"号直升机的行踪，而它本该出现在这个区域的，所以他们担心发生了意外。他们在导航系统上输入该飞机最后的已知坐标，希望能有所发现。

在离灯火通明的"戈雅"半英里远的地方，他们看见了漂在急流上的燃烧的遇难船只。看起来那是一艘快艇。快艇附近，一个男人在水里疯狂地挥舞着手臂。他们把他吊了上来。他完全赤裸着身子——只有一条腿上绑着胶带。

托兰精疲力竭地抬头看着这个雷鸣般的翻转旋翼飞机的机腹。震耳欲聋的强风从飞机的水平螺旋桨下吹下来。雷切尔被绑在钢索上吊起来，许多双手伸出来把她拉进了机舱。托兰看着雷切尔被拉进机舱，平安无事，这时他突然发现了一个很眼熟的人，他半裸着身子蹲在过道里。

科基？托兰的心都要跳出来了。你还没死！

就在这时，安全带又从天上放下来了，落在十英尺远的地方。托兰想游过去抓住绳子，但他已经感觉到了卷流的吸附力。身边的大海无情地抓牢了他，不放他走。

急流在下面拉他。他奋力向水面游去，但是他太疲惫，实在撑不住了。你要活下去，有人在说。他踢踢腿，拼命地朝水面划去。他冲破急流，到了强风底下，他还是够不着安全带。急流猛烈地把他往下拽。托兰抬起头，顶着阵阵旋风和噪声，他看到了雷切尔。雷切尔正往下看，她的眼神命令他上来，到她这儿来。

托兰狠狠地划了四下，够到了安全带。他使出最后一丝力气，把头、手伸进安全索内，然后全身就瘫了。

大海一下子在他身下远去了。

托兰看着下面，此时张着大口的旋涡打开了。强卷流终于抵达了海面。

威廉·皮克林站在"戈雅"的驾驶台上，这个壮观的景象在他身边展现开来，他呆呆地看着，吓得一句话也说不出来。在"戈雅"船尾右舷外，一个巨大的盆状凹陷正在海面上形成。旋涡的直径达数百码，而且还在迅速扩大。海水不断地成螺旋状涌入旋涡中，奇怪的是，在旋涡边缘海面又光滑又平坦。在他周围，一声粗嘎的哀鸣从旋涡深处传来。皮克林看着这个开口迅速扩大，直逼自己而来，仿佛某位饥饿的神灵张大了嘴巴要吞下祭品一般，皮克林的大脑顿时一片空白。

我在做梦吧,皮克林心里嘀咕。

忽然,"戈雅"驾驶台上的玻璃窗震碎了,伴随着一声巨响,一个高耸的蒸汽流猛地从旋涡中喷出来,直上云霄。一个巨大的喷柱攀上天空,发出雷鸣般的声响,顶部消失在黑暗的天空中。

刹那间,这个漏斗状的旋涡壁变得更陡峭了,旋涡的外围此时正以更快的速度扩大,横扫海面直向他逼来。"戈雅"的船尾朝这个不断扩大的洞穴猛烈地摇晃着。皮克林失去了平衡,双膝跪倒在地。像一个在上帝面前祈祷的小孩一样,他凝视着下面那不断变大的深渊。

他最后想起的是他女儿,黛安娜。他祈祷,但愿她死的时候没有体验过这样的恐惧。

逃逸的蒸汽发出的震荡把"鱼鹰"号飞机推向一边。托兰和雷切尔拥着对方,飞行员将飞机调整过来,倾斜着从劫数难逃的"戈雅"上方飞过。飞机外,他们能看到威廉·皮克林——这个贵格会教徒——身穿黑色外套,打着领带,跪倒在注定要沉没的船的上层护栏边。

随着船尾在这个巨大的旋风上方左右摆动,锚索最终断开了。"戈雅"的船头在空中骄傲地昂着,船身向后面的水壁滑去,被吸入了那陡峭的旋转的水洞里。"戈雅"消失在大海里的时候,船上的灯依然亮着。

第 131 章

华盛顿的早晨天清气朗。

一阵轻柔的风卷起落叶阵阵飞舞在华盛顿纪念碑的基座周围。世界上最大的方尖碑醒来时,总是在如镜的池塘中照见自己平静的样子,然而今天,这个清晨却有些混乱,记者们推搡着,全都预先拥挤在纪念碑基座周围。

塞奇威克·塞克斯顿参议员从他的豪华轿车里走了出来,像一头雄狮一样大步流星地朝等候在纪念碑基座的媒体走去,感觉自己比华盛顿纪念碑本身还要高大。他已经邀请了国内十大媒体记者到此,并且承诺向他们披露世纪丑闻。

没有什么能比死尸味更能招来秃鹫,塞克斯顿想。

塞克斯顿手中紧握着那一沓白色亚麻布纸信封,每一个信封上都精致地凸印着他姓名花押字的蜡制封印。如果说信息就是力量的话,那么现在的塞克斯顿就正携着一枚核弹头。

他一步步走近墩座,觉得陶醉极了,他十分高兴看到他的临时讲坛还有两块"幕框"——伫立在他的讲坛两旁的高大的、直立的隔板,宛如深蓝色的帘子一样——这是罗纳德·里根惯用的把戏,以此确保在任何背景前他都显得十分抢眼。

塞克斯顿径直走上了讲坛,从隔板后面大步流星地走了出来,仿佛一个从戏院后台走出来的演员。记者们迅速在面朝讲坛的几排折椅上坐了下来。东方,旭日刚刚升上国会大厦的穹顶,射下粉红色和金色的光芒,洒在塞克斯顿身上,仿佛天堂之光。

成为世上至尊无上的人,今天真是个好日子。

"女士们,先生们,早上好,"塞克斯将信封放在他面前的讲演台上,说道,"我会尽可能让此会议简短而轻松地结束。我即将与你们分享的信息,坦白地说,是十分恼人的。这些信封里装有政府最高层制造的一场骗局的证据。对此,我羞愧地说,半个小时前,总统打电话给我,求我——对,求我——不要将这个证据公之于众。"他沮丧地摇了摇头,继续说,"然而,我是一个尊重事实的人。不管这事实多么令人痛苦。"

塞克斯顿停了一下,举起这些信封,逗引着在座的人。记者们的目光跟着这些信封来回挪动,仿佛一群狗仔垂涎于某种未知的美味佳肴。

半小时前总统打电话给塞克斯顿,向他解释了一切。赫尼已经跟雷切尔通过话了,雷切尔就在某个地方的飞机上,很安全。不可思议的是,在这场惨败中,在威廉·皮克林策划的一个阴谋中,似乎白宫和国家航空航天局都是无辜的局外人。

这无关紧要,塞克斯顿想,扎克·赫尼还是会输得很惨。

塞克斯顿多么希望自己现在是落在白宫墙上的一只苍蝇,好看看总统意识到塞克斯顿要公开那些证据时的表情。塞克斯顿刚刚同意在白宫与赫尼会面,讨论如何将陨石真相最为妥善地告知公众。此刻,赫尼也许就目瞪口呆地站在电视机前,醒悟过来,白宫根本就不可能改变命运。

"我的朋友们,"塞克斯顿说,目光直接对着人群,"我已经慎重地权衡了利弊。我考虑过尊重总统的意志,不公开这些信息,但我必须遵从我的良心。"塞克斯顿叹了一口气,垂下了头,就像一个被历史愚弄了的人一样,"真相就是真相。我不会以任何方式擅自影响你们对这些事实的理解。我只是向你们陈述一个事实。"

忽然,塞克斯顿听到远处传来了巨大的直升机旋翼振动的声音。一时间,他纳闷儿,也许是总统在惊恐之中从白宫飞来了,巴望着制止这场新闻发布会。那可真是锦上添花啊,塞克斯顿得意地想,赫尼要是出现的话,他该显得多么罪孽深重啊!

"我并不喜欢这么做,"塞克斯顿接着说道,感觉他对时机的掌握真是棒极了,"但我觉得,我有义务让美国人民知道自己被骗了。"

直升机轰响着飞了进来,降落在他们右边的广场上。塞克斯顿瞥了一眼,惊讶地看到,这根本不是什么总统的直升机,而是一架体型更大的"鱼鹰"号翻转旋翼飞机。

飞机机身上写着:美国海岸警卫队。

塞克斯顿迷惑不解地看着机舱门打开了,一位女士走了出来。她穿着一件橘黄色的海岸警卫队毛皮风雪大衣,看上去衣冠不整,仿佛刚经历了一场战争似的。她迈开步子朝新闻发布会现场走来。塞克斯顿一下子都没认出她来。然后他恍然大悟。

雷切尔？他惊讶得瞠目结舌。她来这儿究竟要干吗？

人群中响起了一阵困惑的窃窃私语。

塞克斯顿脸上灿烂的笑容没有了，他转过身对着新闻界举起了一根手指以表歉意。"请给我就一分钟时间好吗？十分抱歉。"他很疲惫、和蔼地长叹一声，"家庭优先。"

有几个记者笑了起来。

塞克斯顿的女儿从他右侧迅速下了飞机，他确信这场父女重聚最好能在私下进行。可惜的是，此时此刻难得享有片刻清静。塞克斯顿的目光投向了他右边的大隔板。

塞克斯顿仍旧镇定地笑着，朝他女儿挥挥手，从麦克风前走开了。他以一个角度朝她走去，这样做，雷切尔就必须从隔板后面过来。塞克斯顿在半路迎上去，躲开了新闻界的众多耳目。

"亲爱的，"雷切尔朝他走了过来，他微笑着张开双臂喊道，"真是一个惊喜啊！"

雷切尔走上前，啪地给了他一记耳光。

此时，雷切尔跟他父亲单独在一起，藏在隔板后面，她厌恶地瞪着父亲。她狠狠地捆了他一巴掌，他却一点儿没有退缩。他竭力克制着自己，他那虚伪的笑容消失了，脸上的表情变成了一种警告似的怒视。

他的声音变成了恶毒的低语。"你不该出现在这儿。"

雷切尔看到了他眼里的愤怒，然而，有生以来第一次，她感到毫不畏惧。"我向你求救，你却把我给卖了！我差点被杀了！"

"你显然很好嘛。"他的语调中几乎有几分失望。

"国家航空航天局是无辜的！"她说，"总统告诉过你了！你在这儿干吗？"雷切尔在乘海岸警卫队的"鱼鹰"号飞机前往华盛顿的短途飞行中不断地通着电话，有白宫的，有她父亲的，甚至还有一个精神发狂的加布丽埃勒·阿什的电话。"你答应过扎克·赫尼，你要去白宫的！"

"我会去的。"他得意地笑了笑，"在大选那天。"

想到这个男人是自己的父亲，雷切尔觉得真恶心。"你要做的是极愚蠢的事。"

"哦，是吗？"塞克斯顿笑出了声。他转身，指着身后的讲坛，在隔板的尽头可以清楚地看到讲坛。一叠白色信封搁在讲台上。"那些信封里装着你发给我的信息，雷切尔。是你。总统的命断送在你的手上。"

"我把那些信息传真给你，当时我需要你的帮助！当时我以为总统和国家航空航天局有罪！"

"想想这些证据吧，看起来国家航空航天局无疑是有罪的。"

"但实际上他们没有！他们应该有一个机会来承认自己的错误。你已经赢了大选。扎克·赫尼完了！你知道的。还是让这个人保持一点尊严吧。"

塞克斯顿低沉地说："好天真。这不是赢得选举的事，雷切尔，这有关权势，有关决定性的胜利，是壮举，是毁灭性的打击，是对华盛顿权势的控制，这样你就可以有所作为了。"

"那要以什么为代价？"

"不要自以为这么有道德。我只是把证据拿出来而已。到底谁有罪，人们可以得出自己的结论。"

"你知道场面会是什么样子。"

他耸耸肩道："也许国家航空航天局的死期已到了。"

塞克斯顿参议员感觉到隔板后面的记者们坐立不安了，他可不想一上午都站在这儿被他女儿教训。他的光辉时刻就在眼前。

"我们就到此为止，"他说，"我有新闻发布会要开。"

"我以你女儿的身份请求你，"雷切尔恳求道，"别这样做。好好想一想你这么做的后果。总会有别的办法的。"

"对我来说没有。"

忽然，他身后的扩音系统里响起一阵噪声，塞克斯顿转过身，只见一名晚到的女记者，在他的讲台上弓着身子，试图把一个广播公司的麦克风接到一个鹅颈管接线柱上。

这些白痴怎么就不能准时来？塞克斯顿火冒三丈。

这名记者匆忙之中把塞克斯顿的那叠信封碰到了地上。

该死的！塞克斯顿快步走过去，嘴里还骂着女儿干扰了他。待他走到那儿时，这个女人正跪在地上，手忙脚乱地拾捡掉到地上的信封。塞克斯顿看不见她的脸，但显然她是广播公司的——她穿着一件长羊绒外套，披着与之匹配的披巾，低檐马海毛贝雷帽，还别着一个美国广播公司的通行证。

蠢货，塞克斯顿想。"我来吧。"他急切地说，伸出手来拿这些信封。

这个女人拾起最后一个信封，然后头也不抬地把全部信封交给了塞克斯顿。"抱歉……"她咕哝着说，显然感到很尴尬。她羞愧地半蹲着身子，匆匆跑到人群中去了。

塞克斯顿飞快地点了一下信封。十个，好样的。今天没有人能抢走他的成功。他把这些信封重新排列起来，调整好麦克风，对着众人打趣地笑了笑。"我想，最好趁着还没有人受到伤害就把这些发下去。"

人们哈哈笑了起来，看上去十分急切。

塞克斯顿觉得他女儿就在附近，就站在讲台后面，在隔板后。

"别这样，"雷切尔对他说，"你会后悔的。"

塞克斯顿不理睬她。

"我请你相信我，"雷切尔说，她的声音变得更大了，"这样做是错误的。"

塞克斯顿拾起他的信封，把边缘弄平整。

"爸爸，"雷切尔说，她此时颇为急切，用哀求的语调说着，"这是你最后一次做正确的事的机会了。"

做正确的事？塞克斯顿捂住麦克风，转过头来，仿佛是要清清嗓子似的。他慎重地瞥了一眼他女儿。"你就跟你妈一样——理想化，小家子气。女人根本不懂权势的真正本质。"

塞奇威克·塞克斯顿转过身来面对着拥挤不堪的新闻记者,他已经把女儿抛在脑后了。他高昂着头,绕着讲台走了一周,然后把这叠信封交到了等候多时的新闻记者手中。他看着这些信封迅速地在人群中传开来。他能听到这些封印被撕破的声音,这些信封就像圣诞礼物一样被扯开了。

人群突然安静下来了。

在寂静中,塞克斯顿能感觉到他的职业生涯那决定性的时刻到来了。

陨石是假的。而我就是那个揭露真相的人。

塞克斯顿知道,新闻界得花上一小会儿来领悟他们看到的景象的真实含义:透地雷达拍摄的冰层里一个插孔的图像;一颗几乎跟国家航空航天局的化石一模一样的现存海洋生物;在地球上形成的球粒的证据。这一切会让人得出一个骇人听闻的结论。

"先生,"一个记者审视着手里的信封结结巴巴地说,显得十分震惊,"这是真的吗?"

塞克斯顿忧郁地叹了口气。"是的,恐怕这是千真万确的。"

人群里马上又响起了迷惑不解的低语声。

"我会给诸位一点时间来彻底审查这些资料,"塞克斯顿说,"然后我会回答问题,使大家进一步了解你们所看的东西。"

"参议员,"另一个记者问,听上去他完全弄糊涂了,"这些图片是真的吗?……没有被修改过?"

"百分之百是真的,"塞克斯顿说,他此时更坚定了,"否则我就不会把这些证据给你们了。"

人们感到更困惑了。塞克斯顿觉得他甚至听到了一些笑声——这可不是他想听到的反应。他担心起来,恐怕自己高估了媒体将明显的事实联系起来的能力。

"呃,参议员,"有人说,奇怪的是,他听上去像是被逗乐了一般,"您郑重声明,您保证这些图片的真实性?"

塞克斯顿都要泄气了。"我的朋友们，我最后说一次，你们手里的证据百分之百的确切无误。如果有人能证明不是这样，就砍了我的头！"

塞克斯顿等着人们的笑声，但笑声再也没有了。

一阵沉寂。茫然的凝视。

刚才说话的那名记者朝塞克斯顿走来，他一边往前走一边草草地翻阅完他手中的复印件。"你说得对，参议员。这的确是丑闻。"记者迟疑了一下，摇了摇头，"所以我猜，我们感到困惑的是，为什么你决定以这种方式把这些证据给我们，尤其是在您早些时候强烈否认此事之后。"

塞克斯顿不明白这人在说什么。这个记者把复印件递给了他。塞克斯顿看了看复印件——霎时，他的脑子变成了一片空白。

一句话也说不出来。

他注视着这些陌生的照片。黑白照。两个人。赤裸着身子。胳膊与双腿交织在一起。一时间，塞克斯顿不知道眼前是什么。紧接着，他想起来了，仿佛被一枚炮弹击中了。

惊恐之中，塞克斯顿猛地抬起头对着人群。这个时候他们都在笑。半数的人已经给他们的新闻编辑部打电话报道此事了。

塞克斯顿感到肩膀上被拍了一下。

恍惚中，他转过身去。

雷切尔就站在那儿。"我们竭力阻止你，"她说，"我们给了你一切可能的机会。"一个女人站在她身边。

塞克斯顿的目光一下转移到雷切尔身边的那个女人身上，他不禁浑身发抖。她就是身穿羊绒外套，戴着马海毛贝雷帽的那个记者——那个碰掉他的信封的女人。塞克斯顿看着她的脸，全身的血液都冻结了。

加布丽埃勒的黑眼睛仿佛看穿了他，她解开外衣，露出整整齐齐塞在腋下的一叠白色信封。

第132章

总统办公室里很黑,只有赫尼总统办公桌上的黄铜台灯发出一片柔和的光。加布丽埃勒·阿什站在总统面前,下巴扬得高高的。总统身后,窗外西边的草坪上暮色渐浓。

"我听说你要走。"赫尼说,听上去他颇感失望。

加布丽埃勒点了点头。尽管总统已经十分客气地向她提供了白宫内一个确切的避难所,以避开新闻界的纠缠,加布丽埃勒还是情愿不要在众目睽睽下躲起来以避开这场非比寻常的风暴。她想能走多远就走多远。至少在一段时间内如此。

赫尼注视着办公桌对面的她,看上去很受震动。"今天早晨你做出的选择,加布丽埃勒……"他停顿了一下,仿佛找不到适当的措辞了。他的眼神单纯清澈——跟那深藏着秘密、让人捉摸不透的眼神无法相比,而那眼神曾吸引着加布丽埃勒来到塞奇威克·塞克斯顿身边。然而,即使是在这个权威之所中,加布丽埃勒也能看到他凝视的目光中的真正善意,一种她不会很快就忘记的正直和高贵。

"我这样做也是为了自己。"加布丽埃勒最终说道。

赫尼点了点头。"我依然感谢你。"他站起来,示意她跟着自己走到大厅中去,"实际上,我希望你待得久一点,我就能给你提供一个我已列入预算的员工职位。"

加布丽埃勒半信半疑地看了他一眼。"是停止挥霍,开始改善吗?"

他笑了出来。"差不多吧。"

"先生,我想我们俩都清楚,在这个时候,我对您来说只能是一项债务而不是资产。"

赫尼耸了耸肩。"给自己几个月时间吧。一切都会淡忘的。许多了不起的男女都经历了同样的处境,并且做出了一番成就。"他使了个眼色,"他们中有些人还是美国总统呢。"

加布丽埃勒知道他说得没错。加布丽埃勒失业才几个小时,今天她就已经谢绝了两个工作机会——一个是美国广播公司的约兰达·科尔提供的,一个是圣·马丁出版社提供的,他们可以向她提供一笔恶心的预付稿费,如果她能出版一本吐露全部真相的传记的话。不,谢谢了。

加布丽埃勒和总统沿着过道走着,加布丽埃勒想起了这会儿正在电视上大肆曝光的自己的照片。

对国家的危害会更严重,她叮嘱自己。严重得多。

加布丽埃勒到美国广播公司取回照片,并借了约兰达·科尔的记者证之后,就偷偷地溜回塞克斯顿的办公室去取那些复制的信封。然而,在这些信封里面,她装入了塞克斯顿电脑里的募捐支票副本。加布丽埃勒在华盛顿纪念碑下碰到塞克斯顿后,她把这些支票副本递给目瞪口呆的参议员,并且要求他三思。给总统一个机会,承认他自己在陨石问题上的错误,否则这些数据也要被公开。塞克斯顿参议员看了一眼这些经济证据,待在他的豪华轿车里没有出来,然后扬长而去。此后再也没有他的消息了。

此时,总统和加布丽埃勒到达了新闻发布室的后门,加布丽埃勒能听到等候在外面的人群嘈杂声。在这一天内,全世界的人第二次聚集在一起,倾听一场特别的总统演说。

"你准备跟他们说什么?"加布丽埃勒问道。

赫尼叹了口气,他的表情格外平静。"这些年来,我一次又一次地领悟到了一点……"他把一只手搭在她肩上,微笑道,"没有什么可取代事实。"

加布丽埃勒看着他大步走向讲台,心中充满了一种突如其来的自豪感。扎克·赫尼要去承认他有生以来犯下的最大的错误,然而奇怪的是,此时的他比任何时候都显得更有总统风范。

第 133 章

雷切尔醒来,屋子里一团漆黑。

时钟的荧光指针显示此时是晚上十点十四分。这个床不是她自己的。有好一会儿,她一动不动地躺着,揣测着自己到底在哪儿。慢慢地,一切都在记忆中重现了……强卷流……清晨,在华盛顿纪念碑……总统邀请她留宿在白宫。

我在白宫,雷切尔明白过来了。我在这儿睡了一整天。

受总统之命,海岸警卫队的直升机把精疲力竭的迈克尔·托兰,科基·马林森,还有雷切尔·塞克斯顿从华盛顿纪念碑送到了白宫,在这里,有人安排他们吃了一顿丰盛的早餐,看过了医生,然后让他们在这幢楼的十四间卧室里任意挑选房间,以便休息和恢复精力。

他们全都接受了。

雷切尔无法相信自己竟然睡了这么久。她打开电视,吃惊地发现赫尼总统已经结束了他的新闻发布会。雷切尔和其他人之前提出过在他向全世界宣告这个令人失望的陨石事件时和他站在一起。是我们一起酿成了这个错误。可是赫尼坚持独自承担重荷。

"真令人悲伤,"一个政治分析家在电视上说,"似乎国家航空航天局终究还是没有在太空中发现生命的迹象。这标志着国家航空航天局十年来第二次错误地对陨石进行归类,认为它表现出外星生命的迹象。然而,这一次,相当多有声望的民间人士也在被愚弄之列。"

"一般来说,"又一个分析家插话道,"我认为,今天晚上总统所描述的这个骗局对他的职业生涯来说具有破坏性的影响……然而,考虑到今天早晨华盛顿纪念碑的情形,我得说,扎克·赫尼继任总统的机会看起来比以往大多了。"

第一个分析家点了点头。"是的,太空中没有生命,不过塞克斯顿的竞选也完了。现在,随着令参议员苦恼的牵涉重大经济问题的新闻不断披露——"

一阵敲门声传入了雷切尔的耳朵。

迈克尔,她盼望着,迅速关掉了电视。早餐过后她就没见过他。他们到白宫后,雷切尔最希望的莫过于躺在他的臂弯里进入梦乡了。尽管她能看出托兰也跟她想的一样,但科基跑进来,往托兰的床上一坐,便滔滔不绝地复述起他往自己身上涂尿从而扭转败局的事迹。最后,雷切尔和托兰都实在没精神了,他们就此作罢,出去各找卧房休息了。

此时,雷切尔朝门口走去,她审视着镜子里的自己,看到自己穿着滑稽的样子,实在觉得好笑。她找到的能穿着睡觉的东西就是柜子里的一件宾夕法尼亚州球衣。球衣皱巴巴地垂到她膝盖上,就像男式睡衣一样。

敲门声还在响。

雷切尔打开门,失望地看到美国特工处的一位女职员站在门口。这位女特工穿着一件蓝便装,显得能干又伶俐。"塞克斯顿女士,林肯卧房里的那位先生听到了您放电视的声音。他让我告诉您,如果您已经醒了……"她顿了一下,扬起眉毛,显然对白宫高层楼上的夜生活很有经验。

雷切尔的脸刷地红了,浑身激动不已。"谢谢。"

这名特工领着雷切尔沿布置得无可挑剔的走廊朝附近一个朴素的门道走去。

"这就是林肯卧房,"这位特工说,"还有,在这个门外我总会说,'睡个好觉,小心有鬼。'"

雷切尔点了点头。林肯卧房闹鬼的故事跟白宫自身一样古老了。据说温斯顿·丘吉尔在这儿看到过林肯的鬼魂,还有许许多多其他的人也看到过,包括埃莉诺·罗斯福夫人、埃米·卡特、演员理查德·德雷福斯,以及几十年来的男女仆人。据说有一次里根总统的爱犬在这个门外狂吠了好几个小时。

想到历史人物的鬼魂,雷切尔一下子意识到这个房间是一个多么神圣的地方。她突然觉得不好意思了,她穿着长长的足球衫,光着腿站在这儿,就像某个偷偷溜进男孩房间的女大学生一样。"这样合适吗?"她小声对那个特工说,"我的意思是,这可是林肯卧房。"

这名特工眨眨眼道:"在这层楼上我们的政策是'不闻不问'。"

雷切尔笑了笑。"多谢。"她伸出手去抓门把手,已经感觉到了接下来会发生什么事。

"雷切尔!"一个带鼻音的说话声沿着走廊传过来,就像一把电动小圆锯一样。

雷切尔和这名特工转过身来,只见科基·马林森正拄着拐杖一拐一拐地向她们走来,他的腿现在已经过了专业的包扎。"我也睡不着!"

雷切尔觉得她的浪漫幽会就要泡汤,一下子泄了气。

科基的目光审视着这名伶俐的特工处员工,他向她露出一个灿烂的笑容。"我喜欢穿制服的女人。"

这名特工把她的便装拉到一边,露出一把看起来很危险的随身武器。

科基心虚了。"说正经的,"他转过去对雷切尔说,"迈克也醒了?你要进去吗?"科基看起来十分急切地想加入。

雷切尔嘟囔着说:"实际上,科基……"

"马林森先生,"这名特工插话道,从她的上衣里拿出一张便条,"这是托兰先生给我的,根据这个便条,我得到明确的命令要陪您去厨房,您想吃什么,就让我们的大厨给您做什么,而且还要请您生动详细地给我讲解您是怎么死里逃生的,用……"这名特工犹豫了一下,接着又扮个鬼脸读起这个便条来,"……用尿涂在您自己身上?"

显然,这名特工的话很有魔力。科基马上扔掉他的拐杖,一只胳膊撑在这女人的肩上,说:"去厨房,亲爱的!"

那女特工不太情愿地扶着科基一拐一拐地沿着走廊走远了,雷切尔确信科基·马林森肯定乐得像在天堂一样。"尿是关键,"她听到他说,"因为那些该死的端脑嗅叶什么都能闻到!"

雷切尔走进林肯卧房时,房间里一片昏暗。她惊讶地发现床上没人,没人动过。根本没有迈克尔·托兰的影儿。

床边点着一盏老式油灯,在柔和的灯光中,她勉强能认出布鲁塞尔地毯……著名的雕花红木床……林肯夫人玛丽·托德的画像……甚至还有林肯签署《解放宣言》时用的那张办公桌。

雷切尔随手关上门,感到一阵阴风从她光着的腿上吹过。他在哪儿呢?房间对面,一扇窗户开着,白色的透明硬纱窗帘在风中飞舞。她走过去关窗,这时从壁橱里传来一阵古怪的低语声。

"玛……丽……"

雷切尔噌地转过身来。

"玛……丽……"这个声音又在说了,"是你吗……玛丽·托德·林……肯?"

雷切尔迅速关上窗,转过身来对着壁橱。她的心怦怦跳个不停,但她知道这很愚蠢。"迈克,我知道是你。"

"不……"那声音继续说,"我不是迈克……我是……亚伯。"

雷切尔手双手叉腰。"哦,真的吗?真正的亚伯?"

响起了一阵捂住了嘴的笑声。"差不多真正的亚伯……是的。"

这个时候雷切尔也笑了起来。

"害……怕,"从壁橱里传来的声音低吟道,"很……很……很害怕。"

"我不害怕。"

"请你害怕……"这个声音呻吟道,"对人类来说,恐惧感和性觉醒是密切联系的。"

雷切尔噗哧一下笑了起来。"这就是你的挑逗方式?"

"原……谅……我……"这个声音呻吟着,"我有好多年……年……没跟女人在一起了。"

"显然是的。"雷切尔说着,猛地拉开了门。

迈克尔·托兰站在她面前,撇着嘴露出一个淘气的笑。他穿着一套藏青色绸缎睡衣,显得十分诱人。雷切尔看到他胸前装饰的总统印章,先是一怔,随即又恍然大悟。

"总统睡衣?"

他耸了耸肩。"这些都放在抽屉里。"

"我只有这件足球衫可穿?"

"你早该选林肯卧房的。"

"你应该让给我的!"

"我听说这个床垫很差,都是过去的马鬃。"托兰眨了眨眼,指着大理石铺面的桌子上一个包装好的小包,"这个会补偿你的。"

雷切尔有点感动。"给我的?"

"我让总统的一个助手出去找来这个给你。刚刚送来。别摇。"

她仔细地拆开包装,取出里面沉重的东西。包装内是一个很大的水晶碗,碗里游着两条丑陋的橙色金鱼。雷切尔困惑地看着他,感到很失望。"你在开玩笑,是吗?"

"丝足鱼。"托兰骄傲地说。

"你买鱼给我?"

"这是很稀罕的中国接吻鱼。非常浪漫。"

"鱼才不浪漫呢,迈克。"

"对那些家伙说去吧。他们会几个小时不断地接吻。"

"这又是一种挑逗吗?"

"我对浪漫之事很迟钝。你能对我的努力打分吗?"

"以后再说吧,迈克,鱼绝对不能让人兴奋。用花试试看。"

托兰从背后抽出一束白色的百合花。"我想找红玫瑰的,"他说,"但我溜进玫瑰园差点挨枪子儿。"

托兰揽过雷切尔,让她紧贴着自己,吸着她头发散发出的柔和的芳香,觉得多年来内心深处那隐秘的孤独感消失了。他深深地亲吻着她，感到她的酥胸微微地起伏着。白色的百合花落到他们脚下，那道托兰从未意识到的自己所筑起的屏障一下子消失了。

鬼魂没有了。

此时，他觉得雷切尔带着他一点点朝床边挪去，她在他耳边柔声说道："你并不是真的认为鱼很浪漫，对吧？"

"我确实认为很浪漫，"他说着，又吻了吻她，"你真该看看水母的交配仪式，简直太有激情了。"

雷切尔让他平躺在马鬃床垫上，轻轻地将自己的纤纤玉体压在了他的身上。

"还有海马……"托兰说。他尽情地享受着她隔着他单薄的绸睡衣的抚摸，心跳不已。"海马跳……一种性感得难以置信的爱之舞。"

"别再说什么鱼了，"她轻声说着，一边解开他的睡衣，"你能跟我说说高级灵长类动物的交配仪式吗？"

托兰叹了口气说："我可不怎么研究灵长类动物。"

雷切尔脱下足球衫道："好了，研究自然的家伙，我建议你这就学吧。"

后　记

　　国家航空航天局的运输机高高地飞行在大西洋上空，飞机倾斜着转了个弯。

　　飞机上，劳伦斯·埃克斯特龙局长最后看了一眼货舱里这块烧焦了的大石头。回到海里去吧，他心里念叨着。回到他们发现你的地方。

　　飞行员遵从埃克斯特龙的命令，打开货舱门，把这块巨石放了下去。他们看着这块巨石从飞机后面垂直落下，划过阳光照耀的海洋上空，溅起银色水柱，消失在海浪之中。

　　这块巨石迅速地下沉。

　　水下三百英尺的地方，光线仅够照出这块岩石不断翻转的轮廓。下沉了五百英尺之后，这块岩石坠入了彻底的黑暗之中。

　　岩石迅速下沉。

　　沉得更深了。

　　这块石头下坠了差不多十二分钟。

　　接着，就像陨石撞击到月球的阴面一样，这块岩石坠入了海底一片广阔的泥浆里，溅起一片沉渣。待尘埃落定，一个生灵从无数不知名的海洋生物中兀自游了过来，审视着这个相貌古怪的访客。

　　然而，它对这新来的访客丝毫不感兴趣，又径自游走了。